JOSÉ FRÈCHES

Né en 1950, José Frèches, ancien élève de l'ENA, est également diplômé d'histoire, d'histoire de l'art et de chinois. Conservateur des Musées nationaux au Louvre, au musée des Beaux-Arts de Grenoble et au musée Guimet, il crée en 1985 la Vidéothèque de Paris. Il devient président-directeur général du *Midi libre* et membre du conseil artistique de la Réunion des Musées nationaux. Il anime aujourd'hui une agence de communication et dirige une galerie d'art. Il a publié plusieurs essais, notamment sur Toulouse-Lautrec et sur le Caravage chez Gallimard.

La trilogie du *Disque de jade* constitue sa première expérience de l'écriture romanesque.

Pour en savoir plus : www.josefreches.com

LE DISQUE DE JADE

JOSÉ FRÈCHES

LE DISQUE DE JADE

*

LES CHEVAUX CÉLESTES

XO ÉDITIONS

© XO Éditions, Paris, 2002
ISBN : 2-266-13459-0

Ici, l'Empire au centre du monde. La terre ouverte au labeur des vivants. Le continent milieu des Quatre-mers. La vie enclose, propice au juste, au bonheur, à la conformité.

Où les hommes se lèvent, se courbent, se saluent à la mesure de leurs rangs. Où les frères connaissent leurs catégories : et tout s'ordonne sous l'influx clarificateur du Ciel.

Victor SEGALEN, *Stèles*.

Prologue

— Ce disque de jade, il me le faut à n'importe quel prix ! murmura, bouleversé, le marchand qui venait de se parler tout haut à lui-même, ce qui ne lui arrivait jamais.

De sa vie, Lubuwei n'avait vu un objet rituel d'une taille aussi extraordinaire. Dès qu'il l'avait aperçu, il avait fendu la foule qui, à cette heure du jour, grouillait sur la place de Handan où, sous un éclatant soleil déjà haut, se tenait le marché du matin.

De minuscules gouttes de sueur perlaient sur son front.

Il sentit que ses jambes le portaient irrémédiablement vers le fond de la place, là où un homme avait disposé l'objet sur un petit tréteau portatif fait de tiges de bambou assemblées.

Il ne voulait pas avoir l'air fébrile de celui qui trop se presse. Son vieux maître confucéen Rituel Immuable lui avait appris dès son enfance qu'il fallait en toutes circonstances, y compris les plus marquantes et étonnantes, faire montre d'une attitude calme et détachée et ne jamais laisser transparaître à autrui – quel qu'il fût – ses émotions profondes. La morale confucéenne était claire : c'était la forme supérieure du respect que chacun doit à l'autre. Et Lubuwei s'était donné cette morale pour code de conduite.

Son fidèle secrétaire Zhaosheng, comme à l'accoutumée, l'accompagnait. Lubuwei avait donc pour habitude de ne jamais montrer de sautes d'humeur et encore moins d'enthousiasmes mal placés devant ce jeune homme dont la discrétion égalait l'intelligence et qui travaillait auprès de lui, totalement dévoué à son service, depuis cinq ans.

Un grand marchand, le plus grand même, et le plus fortuné du royaume de Zhao, se devait d'être un patron affable et impavide. Le marchandage était un art qui nécessitait à la fois du calme et de la concentration. Lubuwei n'avait pas son pareil pour négocier au meilleur prix la récolte des châtaignes d'eau et des céréales, ou encore des ballots de laine que ses rabatteurs allaient lui chercher dans les steppes arides des contrées du Nord, là où les tribus Xiongnu élevaient les moutons à poil bouclé et les chèvres au long pelage. De même, lorsqu'il négociait l'achat des chevaux dont il était un spécialiste du commerce, il prenait soin, en dépit de la passion qu'il nourrissait pour les équidés, d'adopter le bas profil d'une indifférence nonchalante devant les marchands et les éleveurs qui venaient des quatre coins du pays lui proposer leurs bêtes à la vente. C'est ainsi qu'il avait pu acquérir les plus beaux étalons et les plus fécondes pouliches du royaume.

Mais là, foin de la présence de son secrétaire ! Le marchand n'essayait même pas de cacher cet attrait irrépressible ressemblant fort, constatait-il non sans effroi, à du désir, qui le poussait irrésistiblement à prendre dans ses mains cet objet rituel.

Zhaosheng n'avait jamais vu son maître dans un tel état. Il en écarquillait les yeux, ne reconnaissant plus Lubuwei dans cet homme qui, tendu comme un arc, fonçait vers un individu à la face de vieux singe dépenaillé, vêtu de hardes crasseuses, qui paraissait l'attendre et, maintenant qu'ils étaient arrivés devant lui, le dévisageait avec un sourire narquois.

Lorsqu'il se trouva à portée de l'objet de jade, Lubuwei éprouva un choc encore plus violent. Éperdu d'émotion, il ne put contenir un cri où la stupéfaction se mêlait à la joie. À trois pas derrière, le fidèle secrétaire assista alors à une scène qu'il n'aurait jamais pu imaginer quelques instants plus tôt.

C'était plus fort que lui ! On eût dit que le disque était comme un aimant qui attirait un morceau de fer nommé Lubuwei.

Sans hésiter une seconde ni demander une permission quelconque, celui-ci s'empara de l'objet sous le regard en coin de l'homme à la face de singe dépenaillé qui le lui avait désigné d'une main grise de salissures.

C'était un immense disque percé au centre, un Bi de jade noir constellé de minuscules particules argentées et dorées disposées comme autant d'étoiles parsemant un ciel de pleine lune dépourvu de nuages.

En fixant son regard sur la surface de l'objet, le marchand eut l'impression qu'il tenait dans sa main tout le firmament qui surplombait la terre lorsqu'il faisait nuit. Il se pinça pour être sûr qu'il ne rêvait pas. Non, les étoiles surgies des profondeurs de la pierre étaient bien là, minuscules et brillantes comme des astres.

Depuis qu'il tenait le Bi, il commençait aussi à sentir une douce chaleur sortir de cette pierre qui était si dure qu'on ne pouvait la polir qu'avec des abrasifs particuliers, dont la composition avait été le grand secret des tailleurs de jade des vénérables dynasties anciennes des Shang et des Zhou. C'était en effet au cours de cette époque fort lointaine, qui avait commencé mille trois cents ans plus tôt et s'était étalée sur pas moins de mille ans, que la plupart des objets rituels en jade avaient été taillés par des hommes dont la science et l'habileté

11

étaient suffisamment grandes pour réussir à donner à cette pierre si compacte des formes si aériennes.

L'émerveillement du marchand était à son comble. Il connaissait parfaitement les disques de jade, le vieux Rituel Immuable lui avait appris la fonction divinatoire de ces objets soigneusement polis, troués en leur centre d'un autre cercle non moins parfait, censés représenter le ciel et la terre.

De ces Bi rituels taillés et polis un millier d'années plus tôt, considérés comme des reliques magiques sculptées dans la pierre mythique qui était à l'origine du monde, Lubuwei possédait déjà une bonne centaine à Handan, dans la splendide collection d'antiquités réunie et amassée depuis des générations par sa famille. Tous ces Bi de jade étaient soigneusement rangés, avec des vases sacrificiels en bronze datant de la même époque, sur les étagères de deux lourdes armoires en sycomore qui trônaient, tels d'imposants autels, dans le petit temple domestique où l'on célébrait, tous les matins que le soleil faisait, le culte aux ancêtres.

Il y en avait là de toutes les tailles et de plusieurs couleurs, soigneusement enveloppés dans des pochettes de soie frappées au sceau de sa famille. Ces disques étaient classés selon la qualité de la pierre dans laquelle ils avaient été polis : des gris azurés et des bleu lavande, des blancs « de graisse de mouton », des simplement vert jade qui ressemblaient à l'eau des fleuves, des mouchetés de gris, des gris-vert de la couleur des nuages, des vert pomme qu'on avait envie de croquer. Il y en avait aussi qui étaient ornés de savants motifs, extraordinairement difficiles à réaliser sur une pierre aussi dure : en forme de masques de dragons Taotie ou d'entrelacs complexes et sinueux comme des serpents enroulés entre eux ; en forme de nattes tressées, et, encore plus rares et plus précieux, faits de ces petits boutons disposés en cercle ou en carré qu'on appelait joliment « grain de riz qui germe ».

Amateur d'objets rares et précieux, Lubuwei, pour se détendre après une journée harassante en négociations, comptages, contrôles et autres marchandages de toute nature, prenait un plaisir immense à venir contempler ses pièces de collection dignes d'un véritable musée public.

Alors Rituel Immuable lui délivrait les explications nécessaires relatives à la fonction précise, le plus souvent cultuelle, de ces objets de jade et de bronze. Il lui donnait toutes sortes de précisions sur leurs formes et leur style, ainsi que sur leurs techniques de fabrication, qui permettaient de les dater et d'en élucider la provenance.

Dans cette collection d'antiquités qui faisait la part belle aux disques de jade, il n'y en avait aucun qui atteignît la dimension et la perfection de ce Bi noir étoilé.

En le tenant en main, Lubuwei pouvait encore mieux évaluer sa taille hors du commun. Son diamètre équivalait à la largeur de ses deux paumes réunies. Quant à l'orifice central, il pouvait y passer sa main sans difficulté.

La pierre dans laquelle il avait été taillé était de ce noir absolu qu'on ne trouvait que dans les pierres de lave sorties des entrailles des volcans. C'était dans le contraste entre cette couleur de néant infini et le scintillement des minuscules soleils et des lunes infinitésimales que résidait la magie de cet immense Bi. C'était le scintillement de leur éclat aussi pur que celui du diamant qui faisait de ce disque un véritable morceau d'étoile par bonheur tombé du ciel.

De tous les Bi de jade qu'avait pu approcher Lubuwei, aucun n'irradiait cette fascinante étrangeté d'un contraste aussi rare entre la pierre et la lumière. Ce mélange de splendeur et de rareté, où le ciel et la terre paraissaient s'être unis dans le grain du jade, avait interpellé de si loin l'œil infaillible de ce marchand d'habitude parfaitement maître de ses émotions qu'il lui avait fait perdre toute maîtrise de soi et tout sens des convenances.

— Mon nom est Dent Facile et vous êtes le grand marchand Lubuwei de Handan, dit l'homme au visage de singe dépenaillé d'une voix onctueuse, à peine Lubuwei se fut-il emparé de l'objet rituel.

Le marchand, surpris d'avoir été reconnu, leva les yeux et dévisagea l'homme qui l'interpellait et connaissait son nom.

Au sommet d'un crâne luisant de crasse, une touffe de cheveux jaune paille ne faisait qu'accentuer l'allure simiesque de l'individu. En riant, l'homme découvrit une bouche immense d'où s'échappaient une odeur pestilentielle ainsi que deux uniques incisives plaquées d'or qui lui donnaient aussi l'air d'un gros rongeur.

Ce Dent Facile ne disait décidément rien qui vaille à Lubuwei. Ce devait être, pensa-t-il, un de ces vendeurs à la sauvette qui encombraient les marchés de Handan et s'enfuyaient dès qu'ils apercevaient les contrôleurs fiscaux des étalages et des emplacements qui patrouillaient dès l'ouverture pour traquer les commerçants en situation illégale.

Mais peu lui importait l'aspect du vendeur. La rareté de l'objet méritait qu'il passât outre cette mauvaise impression. Après tout, c'était le Bi noir qui l'intéressait et pas la personnalité de son propriétaire ni la conformité de sa situation vis-à-vis des règlements divers dont les autorités de Handan accablaient les commerçants des marchés de plein air.

— Combien veux-tu pour cet objet ?

— Cet objet n'est pas à vendre, répondit l'homme

avec emphase en se hissant sur la pointe des pieds pour se donner de l'importance.

Le marchand expérimenté reconnut la méthode des négociateurs habiles : mettre la barre le plus haut possible pour faire monter les enchères. Devant ce genre d'attitude, Lubuwei – qui, lorsqu'il s'agissait de ses affaires, savait faire preuve de la plus immense âpreté – avait pour habitude de refuser de négocier et coupait court à toute surenchère. Il fallait, expliquait-il souvent au jeune Zhaosheng, savoir refuser d'acheter à n'importe quel prix. Mieux valait rater un achat plutôt que de le payer trop cher.

Mais là, c'était autre chose ! L'argent n'importait plus. Ce Bi de jade noir étoilé, il avait su qu'il serait le sien dès qu'il en avait aperçu, au loin, les scintillements mordorés, entre mille autres marchandises dont regorgeaient les étalages sur cette place encombrée de toutes sortes d'étals.

Lubuwei regarda intensément les yeux de l'homme à la face de singe. C'était sûr, cet objet allait bientôt lui appartenir. Une voix intérieure lui disait que cette rencontre, sur ce marché, avec ce grotesque vendeur n'avait rien d'anodin ni de fortuit.

Alors vinrent à son esprit les propos tenus par Confucius sur le jade, dont il avait appris les strophes pendant ses études. Ces phrases figuraient dans le *Livre des Rites,* ce gros manuel sur les préceptes de conduite que s'efforçaient de suivre les hommes aux temps des Shang et des Zhou, à l'époque des Grands Empires :

« Les sages de l'Antiquité comparaient la vertu au jade. Cette pierre est à l'image de la bonté : douce au toucher et onctueuse ; à l'image de la prudence : ses veines sont fines, compactes, très denses ; à l'image de la justice parce que ses angles, pour peu qu'ils soient polis, ne blessent pas ; à l'image de la sincérité parce que son éclat n'est pas voilé par ses défauts ni ses

défauts par son éclat. Le jade est enfin à l'image de la vertu parce qu'on en fait des tablettes qu'offrent les envoyés des princes à leurs semblables sans qu'il soit nécessaire d'y joindre d'autres cadeaux. »

— Je t'en offre trois taels d'or, lança Lubuwei à Dent Facile en regardant fixement le gredin dans le blanc des yeux.

Zhaosheng, qui venait d'entendre le prix ahurissant proposé par son maître, sursauta. Trois taels d'or représentaient plus du double de la somme de la récolte annuelle des châtaignes d'eau du Zhao dont Lubuwei avait le monopole. Tout ça pour un simple disque de jade ! Même si l'objet avait une taille appréciable, cela lui paraissait hors de proportion et irréel. Mais, par respect pour son maître et parce qu'il était bien élevé, il s'abstint de tout commentaire.

Le forban au visage simiesque savait manifestement qu'il avait affaire à l'homme de loin le plus fortuné du royaume de Zhao. Il opposa par conséquent un refus tout net à la proposition du marchand.

— Ce disque de jade rend immortel celui qui le possède. C'est pourquoi il n'a pas de prix, répondit-il d'une voix de fausset.

De ce ton théâtral, on pouvait déduire qu'il répétait là une formule qu'il avait apprise par cœur.

Lubuwei commença à monter son enchère.

— Six taels d'or. Bien sûr, je paie comptant !

Le secrétaire ne put s'empêcher de laisser échapper un cri douloureux. Avec six taels d'or, on pouvait acheter une sacrée étendue de terres arables, avec au moins trois cents esclaves, hommes, femmes et enfants, pour les cultiver.

L'homme s'était rapproché de Lubuwei. Son orifice buccal de gros rongeur exhalait une odeur fétide de viande rancie.

— Je te l'ai déjà dit, ce Bi possède des vertus immenses. C'est un instrument du ciel...

Le marchand recula brusquement, l'odeur était insupportable. Il comprit aussi qu'il valait mieux changer de tactique et essayer de savoir si l'homme était ou non réellement vendeur du fameux Bi.

— Puisque tu me parles des vertus de cet objet, d'où le tiens-tu ?

L'homme à la face de singe souriait d'un air narquois.

— Ça, c'est un secret ! Nul ne le saura jamais, répondit-il d'un air entendu.

Lubuwei savait que l'homme ne lâcherait pas prise facilement. Il était du genre retors et paraissait un négociateur habile. Surtout, il était parfaitement conscient de l'attrait que l'objet exerçait. La partie s'annonçait des plus rudes.

— Et pourquoi dis-tu qu'il rend immortel son propriétaire ?

Le visage de l'homme à la face de singe dépenaillé s'éclaira. Il hésita une seconde puis leva son doigt pour signifier qu'il allait dire quelque chose d'important.

— Je tiens ce fait de la bouche d'une prêtresse médiumnique qui vit dans une grotte située à mi-pente du pic de Huashan, au pied d'une immense cascade.

Lubuwei observait Dent Facile de l'air de celui qui n'en croyait pas un mot. Il ne voyait pas ce que venait faire dans cette histoire une prêtresse vivant sur le flanc de cette cime qui domine l'immense massif rocheux situé à l'ouest de la capitale du Zhao, à mi-chemin entre ce royaume et l'État du Qin, son puissant rival.

— « Le Bi noir étoilé qui porte sur lui la trace du Chaos originel de Hongmeng qui est l'embryon d'un poussin jaune en son centre », telles furent les paroles de cette femme...

Dent Facile avait prononcé la phrase sur un ton mécanique.

— Je dirai même plus, ce fut la phrase exacte de Vallée Profonde. C'est le nom de ce médium, ajouta, le regard soudain saisi d'effroi, l'homme à la face de singe.

On pouvait voir qu'il ne comprenait pas un traître mot de la formule qu'il venait d'énoncer.

Cette histoire de Chaos de Hongmeng ne disait rien, au demeurant, de bien précis à Lubuwei. L'homme au visage simiesque devait mentir avec ces histoires de chaos qui rappelaient au marchand les mots du taoïsme que le bon élève pétri de culture confucéenne qu'il était considérait, avec une évidente pointe de mépris, comme la religion du très bas peuple. Mais peu lui importait. Il n'avait que faire du fatras de l'homme à la face de singe. Il désirait le Bi, un point c'est tout.

Il ferma à nouveau les yeux, tout occupé qu'il était à explorer la sensation que lui procurait le contact de sa peau avec le disque de jade. Il éprouvait une impression fort étrange : le Bi noir étoilé irradiait à présent une telle chaleur qu'il lui brûlait presque les paumes.

Les yeux mi-clos, attentif à ces influx qui paraissaient sortir de la pierre pour se diffuser lentement dans son corps, il imaginait sans peine le visage de celui qui avait sculpté le disque à l'époque des Grands Empires du temps jadis.

Il voyait les mains expertes de cet éminent artiste manier les scies à archet, les forets, les meules d'émeri nécessaires à la transformation du bloc de pierre brute qui finirait en disque plat comme une lame, et aussi poli qu'était douce une peau de jeune fille. Il entendait le crissement des outils sur cette pierre si dure qu'on ne pouvait l'attaquer qu'avec ses propres morceaux, auxquels il fallait ajouter des abrasifs faits de grenat, de quartz, de diamant ou de perle réduits ensemble en une poudre très fine. Il savait que ce tailleur d'éternité n'avait pas compté les jours ni, probablement, les années pour atteindre une telle perfection dans la sculpture et le polissage d'un objet aussi dur, sur lequel le temps avait, en définitive, si peu d'emprise, puisque ce Bi était là, devant lui, intact comme au premier jour.

Ce disque, de par sa taille, ne pouvait être que de provenance royale. Son commanditaire avait été assurément un roi ou un prince de très haut rang. Mais Lubuwei avait aussi l'intime et folle conviction que ce disque rituel avait été sculpté exprès pour lui et qu'il lui était transmis du fond des âges avec cette logique et cette force implacables du fleuve qui finit toujours par trouver la mer.

Il serrait de toutes ses forces ce disque qui faisait désormais corps avec sa main. La chaleur irradiée se répandait à présent jusque dans ses jambes.

Il était temps de lancer l'estocade finale. Peu importait le prix à payer, Lubuwei n'en avait cure. Il désirait tellement cet objet qu'il avait hâte d'entendre son hideux vendeur dire oui.

Alors, il prit son élan mental et tenta le tout pour le tout :

— Je t'en offre trente taels d'or, dit-il d'une voix lente, les yeux plongés dans ceux de l'homme simiesque.

Devant cette gigantesque quantité d'or, qui représentait au bas mot le quart de la fortune de Lubuwei, le jeune Zhaosheng faillit s'étrangler. Il se dit que son maître commençait à perdre l'esprit, qu'il s'égarait complètement, et que la situation devenait vraiment très grave.

— Mais c'est beaucoup trop ! marmonna-t-il suffisamment fort pour que son maître l'arrête sèchement de la main.

L'homme à la face de singe dépenaillé marqua un

temps d'arrêt. Sa bouche répugnante s'ouvrit béatement, laissant paraître sur fond de palais noir les horribles incisives dorées. Il reprit le disque de jade des mains du marchand, qui le lui rendit à regret et dont le cœur commença à battre la chamade lorsqu'il vit le Bi à nouveau dans les mains immondes de son propriétaire.

Dent Facile soupesa longuement l'objet rituel, fit mine d'hésiter, poussa l'outrecuidance jusqu'à le humer comme un vulgaire aliment, puis finit par le rendre à Lubuwei qui eut du mal à cacher son soulagement.

— Il est à toi. Le prix me convient.

Le marchand ne put s'empêcher de pousser un petit cri de joie. Il était si heureux qu'il ne regrettait pas d'avoir proposé d'emblée trente taels d'or alors que vingt auraient probablement suffi. C'était la première fois qu'il négociait ainsi l'achat d'un bien sans que ni l'argent ni son prix ne lui importât.

Il était parvenu à ses fins, et cela seul comptait. Il n'en voulait même pas à l'homme aux incisives d'or de lui prendre ainsi, en un instant, ce qu'il avait mis plus de dix ans à gagner.

Zhaosheng, pétrifié de stupeur, avait assisté aussi impuissant que médusé à ce dialogue surréaliste entre les deux hommes. Il s'en voulait de n'avoir pu empêcher le coup de folie de son maître. Que dirait-on demain, lorsqu'il serait obligé de justifier auprès du comptable en chef de Lubuwei l'emploi d'une telle somme ?

— Puis-je le conserver ? Demain, tu pourras venir chez moi récupérer la somme que je te dois, fit Lubuwei d'une voix pressante.

De peur que l'autre ne changeât une fois de plus d'avis, il tenait absolument à conserver le Bi noir pardevers lui.

— Aucun problème ! La parole du grand marchand

Lubuwei a largement dépassé les frontières de ce royaume de Zhao. Demain, je serai chez toi pour prendre mon dû, répondit l'homme sur un ton parfaitement obséquieux en s'inclinant cérémonieusement devant le marchand. Souhaitez-vous d'autres objets de qualité équivalente, je veux dire ayant la même provenance que celui-ci ? ajouta-t-il à l'adresse de Lubuwei d'un air complice alors que celui-ci s'apprêtait à repartir.

— Pourquoi pas ? Je n'ai rien contre. Reparlons-en demain, conclut Lubuwei qui commençait à reprendre ses esprits et voyait là une occasion, peut-être, d'en savoir plus sur les origines de ce Bi noir étoilé qui venait de lui donner tant de fil à retordre pour l'arracher aux mains souillées de cette immonde créature.

L'homme au visage de singe replia son petit étal, l'enroula avec une grosse corde de chanvre, rajusta la ceinture de son manteau troué et criblé de taches, tourna les talons et s'en fut par une ruelle, laissant seuls le marchand et son secrétaire.

Des garnements morveux, sentant qu'il venait de se passer quelque chose de peu ordinaire, formaient déjà un petit attroupement autour des deux hommes. Zhaosheng battit des mains pour qu'ils s'écartent. Ils s'exécutèrent dans un éclat de rire et avec des quolibets moqueurs, comme une nuée de moineaux s'envolant devant l'épouvantail que le vent faisait bouger.

— Vois-tu le dessin que forment ces particules sur le fond noir ? Il y en a sur chaque face, dit d'une voix douce Lubuwei à son secrétaire en lui présentant le disque qu'il tenait à plat sur ses deux paumes.

— Oui, mon maître, je le vois.

— Qu'évoque-t-il pour toi ?

Zhaosheng peinait à répondre. Il ne voyait que les trente taels d'or qui venaient de s'envoler du coffre de son maître.

— Ne vois-tu pas comme deux nuages de lumière séparés par une tracée noire ?

— On peut le dire en effet, admit le secrétaire qui ne voyait toujours pas où Lubuwei voulait en venir.

— Demain, quel jour serons-nous ?

Le secrétaire réfléchit un instant.

— Pourquoi une telle question ? Nous serons le septième jour du septième mois lunaire de l'année.

— Ne vois-tu pas le lien ?

Le visage du jeune Zhaosheng s'éclaira de la joie du bon élève qui sait enfin répondre à la question du maître.

— La Tisserande et le Bouvier ! Demain, c'est la fête des deux amants stellaires. Et le dessin engendré par les corpuscules brillants de ce Bi noir a la forme de leur constellation ! s'exclama-t-il soudain, au comble de l'excitation lui aussi.

— Je savais bien que tu étais un garçon perspicace ! lui retourna son maître en guise de compliment.

La belle histoire du Bouvier et de la Tisserande donnait lieu chaque année à l'une des fêtes les plus importantes, avec celle du Nouvel An lunaire. Le récit de l'amour impossible entre deux étoiles avait valeur d'exemple. Tous ceux et toutes celles qui cherchaient l'âme sœur y trouvaient des raisons d'espérer. C'était la grande fête des cœurs et des sentiments intimes.

Lubuwei n'avait jamais été marié, au grand dam de sa mère, tandis que Zhaosheng venait d'épouser une jeune femme qui répondait au joli nom d'Intention Louable. Mais l'un comme l'autre – le premier pour se consoler de n'avoir pas encore trouvé d'épouse, et le second pour se persuader qu'il continuerait à l'aimer comme au premier jour – connaissaient bien les tenants et les aboutissants de cette belle histoire des deux étoiles séparées qui arrivaient un jour à se retrouver.

Dans les temps anciens, un jeune orphelin était en

butte à la méchanceté et à l'avarice de son frère et de la femme de celui-ci. Il gardait un buffle doué de parole. Un jour, cet animal qui l'avait pris en pitié l'avait encouragé à quitter sa maison en ne demandant comme bien à son frère que lui, le buffle. L'autre avait accepté.

Un matin, le buffle avait alors conseillé au bouvier de se rendre au bord d'un lac situé de l'autre côté de la montagne. Là, il verrait sept jeunes filles descendre du firmament pour s'y baigner. En volant les vêtements de la plus jolie, il l'empêcherait de remonter vers le ciel et pourrait l'épouser... Le bouvier avait suivi le conseil du buffle et avait épousé une jeune femme aussi belle que le jour.

Quand le buffle avait été sur le point de mourir de vieillesse, il avait dit au bouvier de conserver sa peau après sa mort, car il lui suffirait de la remettre sur ses épaules pour que ses vœux soient exaucés. Le couple avait eu deux enfants et vivait des années heureuses.

Mais le pauvre bouvier ignorait qu'il avait épousé la Septième Fille de la Reine Mère Céleste, la Tisserande des nuages colorés du soleil couchant.

Devant l'absence de ces beaux nuages, la Reine Mère Céleste entra dans une grande colère et vint s'emparer de sa fille pour la remettre sur son nuage céleste.

De retour de son champ et ayant constaté la disparition de son épouse, le bouvier revêtit la peau du buffle et émit le vœu de retrouver sa femme. Il fut d'un seul coup aspiré vers le ciel.

Alors la Reine Mère Céleste enleva une épingle de son chignon et, pour empêcher les amants de se rejoindre, traça un trait immense dans le ciel. Désormais, les deux étoiles du Bouvier et de la Tisserande seraient séparées à jamais par un amas d'étoiles auquel on donna le nom de Voie Lactée.

Mais l'Empereur de Jade, qui régnait sur l'univers dont il était à l'origine, eut pitié des deux jeunes gens que la Voie Lactée empêchait de s'unir. Aussi décréta-t-il que chaque septième jour du septième mois, la Tisserande et le Bouvier pourraient se rencontrer et s'unir sur le pont qui se formait, cette nuit-là, par-dessus la Voie Lactée, entre les deux étoiles les plus brillantes du firmament...

Tout en rentrant chez eux, Lubuwei et Zhaosheng se repassaient mentalement, chacun à sa façon, l'histoire des deux amants célestes.

Troublé par ce qu'il venait de voir, Zhaosheng n'osait plus rien dire. Il marchait silencieusement, plus muet qu'une carpe, en pensant à la forme du pont sur lequel, une fois par an, les deux étoiles peuvent se toucher.

Quant au marchand, il avançait dans les rues de Handan comme sur un nuage, le disque de jade serré contre son cœur.

Il savait déjà qu'il tenait là son bien le plus précieux.

Il ne l'échangerait pour rien au monde, pas même contre un pur-sang magique, un cheval ailé qui l'aurait emmené tout là-haut galoper sur cette Voie Lactée dont il tenait, à travers sa représentation sur les faces du Bi noir étoilé, un morceau bien plus précieux encore, puisque désormais cet objet rituel lui appartenait.

*

Deux jours plus tard, Lubuwei attendait toujours Dent Facile.

L'homme aux dents d'or s'était fait invisible. Mais le marchand ne se souciait guère de ce retard, tout occupé qu'il était à admirer son disque de jade. Quant à Zhaosheng, il se disait que c'était au moins quelques jours de gagnés avant de débourser la somme astronomique promise par son maître.

Le marchand Lubuwei habitait avec sa vieille mère,

Diffuse la Lumière, l'un des plus beaux bâtiments de Handan, que ses habitants avaient surnommé le « Palais du Commerce » tant cet édifice, dédié essentiellement au stockage des marchandises, ressemblait à un somptueux palais. Lubuwei y avait également ses bureaux, où une armée de comptables et de commis rédigeaient des inventaires, des factures, des lettres de change et autres documents commerciaux de tous types qui faisaient le quotidien d'une affaire aussi sérieuse que celle du marchand le plus important de Handan, dont il présidait d'ailleurs la guilde.

Toutes les activités de Lubuwei étaient ainsi réunies dans un seul lieu, à l'exception de l'élevage des chevaux, qui était pratiqué dans ses somptueux haras situés au nord-est de la ville, au milieu de prés immenses et de collines boisées qui s'étendaient à perte de vue.

C'était l'activité de vente et d'achat de milliers de bêtes, toutes issues des races les plus nobles et soignées avec le plus grand soin, qui constituait le plus gros du chiffre d'affaires de la firme de Lubuwei et faisait que sa renommée avait largement dépassé les frontières du royaume de Zhao.

Dans l'immense aire occupée par le Palais du Commerce, de vastes entrepôts s'alignaient au cordeau, si propres qu'on aurait pu y manger à même le sol. Les bâtiments regorgeaient de marchandises stockées prêtes à la vente. On trouvait là des denrées alimentaires sèches et fraîches, des ballots de toile et de laine, des coupons de soie multicolore précieusement gardés par des sentinelles, des vases de bronze à usage domestique, des billes de bois précieux, des tenons et des mortaises, des cylindres de bronze prêts à la fonte, des poteries à usage culinaire, et même des moutons et des chèvres pour lesquels avait été construite une étable.

Fermant un beau terre-plein ceint d'une colonnade s'élevait la résidence de Lubuwei, une vaste maison au plan carré dont la cour centrale était occupée par le temple dédié à ses ancêtres. Là se trouvaient les fameuses armoires de sycomore renfermant les objets archéologiques du trésor familial.

C'était dans ce véritable saint des saints du temple, une pièce circulaire de dimensions modestes autour de laquelle toute la construction de l'édifice cultuel avait été organisée, que Lubuwei avait rangé le Bi noir aux étoiles, sur un coussin précieux un peu à l'écart des autres, dans cette grande armoire de bois odorant dont lui seul possédait la clé.

Autour de l'espace central où l'on rendait le culte, le père de Lubuwei avait fait disposer de grandes cages à oiseaux. Il y en avait de toutes les variétés : rouges-gorges, perroquets nains, loriots et tourterelles qui piaillaient le jour durant, sauf quand les domestiques recouvraient leurs cages d'immenses draps noirs. Des paons majestueux, traînant leurs queues émaillées de bleu et de vert, picoraient nonchalamment les pelouses du jardin peuplé d'arbres miniatures qui ceinturaient ce sanctuaire comme une exquise et inutile barrière de protection.

Lubuwei, désireux d'être au calme pour mieux examiner sa trouvaille, avait fait taire la volière. Il ne se lassait pas de regarder sur le Bi noir la constellation de la Tisserande et celle du Bouvier, séparées par le ruban magique de la Voie Lactée. Les autres disques de jade de la collection familiale paraissaient ne plus l'intéresser, tout comme les bronzes rituels d'époque Shang et les somptueux bijoux en or que contenait la deuxième armoire.

Zhaosheng, comme à son habitude, se tenait près de lui.

— Et s'il ne venait pas ? dit le secrétaire au marchand.

Il espérait toujours en secret que son maître n'aurait pas une telle somme d'or à débourser.

— Dent Facile te manque-t-il à ce point ? répliqua Lubuwei avec une pointe d'humour.

— Pas vraiment. Cet homme ne vaut pas grand-chose à mon sens...

— Te souviens-tu du nom de cette femme dont il a parlé, cette médium qui vit sur les pentes du pic de Huashan ?

— Si mes souvenirs sont exacts, il a prononcé le nom de Vallée Profonde, répondit Zhaosheng, qui ajouta d'un air désespéré : Vous n'allez tout de même pas aller à votre tour consulter cette femme qui n'existe peut-être même pas !

Le secrétaire se tordait les mains, l'air de supplier Lubuwei de cesser de le torturer.

— Je compte y aller dans quelques jours. Mais tu n'as pas à t'en faire, j'irai seul. Le pic de Huashan, avec un bon cheval, n'est qu'à deux jours d'ici.

— Et si je souhaitais vous y accompagner ? fit le secrétaire qui ne voulait à aucun prix que son maître continue de poursuivre ses chimères.

— Non, j'irai seul. Ainsi, tu pourras rester avec ta jeune épouse, Intention Louable sera contente.

Zhaosheng comprit que la discussion n'irait pas plus loin et il s'abstint d'aborder le sujet dont il souhaitait parler à son patron concernant le prix de vente de la future récolte des châtaignes d'eau qui lui tenait tellement à cœur. Le nouveau comportement de Lubuwei était pour lui un mystère.

Il le regarda de nouveau. Le marchand était penché sur le disque. Il scrutait ses minuscules étoiles, le dos voûté, comme un scribe déchiffrant une énigme, étranger à tout ce qui pouvait se passer autour de lui, le regard totalement capté par l'instrument rituel qui lui coûtait plus cher que son palais.

Zhaosheng ne reconnaissait plus son maître, ce marchand pragmatique et retors, puissant et avisé, perpétuellement aux aguets de la bonne affaire et que rien ni personne ne pouvait détourner des objectifs commerciaux et financiers qu'il s'était fixés.

Autour d'eux, les paons faisaient la roue. Mais Lubuwei était trop absorbé pour les remarquer. Seul Zhaosheng s'en était aperçu.

Alors vint à ce dernier une pensée qui lui semblait obscène mais qu'il ne refoula pas. Le dévoué secrétaire de Lubuwei se demanda tout simplement si son maître n'était pas devenu un peu fou.

PREMIÈRE PARTIE

1

Dent Facile cravachait sa monture si durement qu'elle manquait de trébucher à chaque coup de fouet. L'homme à la face de vieux singe dépenaillé suait à grosses gouttes, ce qui ne l'empêchait pas d'exulter.

Lubuwei était une proie encore plus idéale qu'il ne l'avait pensé ! Grâce au célèbre marchand de chevaux, il allait enfin devenir un homme riche, et même fabuleusement fortuné. Il serait proprement cousu d'or. Jamais il n'avait imaginé, même dans ses rêves les plus fous, qu'il pourrait tirer une telle somme d'argent auprès d'un homme dont la réputation était pourtant aussi redoutable. Au premier regard que le marchand avait jeté sur le disque de jade, Dent Facile avait compris que la partie était gagnée. Il ne restait plus qu'à transformer l'essai pour soutirer au richissime homme d'affaires encore plus de taels d'or.

Dans deux jours, il serait à pied d'œuvre. Il ne lui resterait plus qu'à finir de piller le tombeau où il avait trouvé le Bi. Ce serait chose facile, il suffisait d'y revenir au plus vite, avant qu'il ne soit visité par d'autres pilleurs.

Voilà à quoi s'employait, à l'instant même, l'homme au visage simiesque et aux incisives d'or qui cravachait de toutes ses forces son cheval fourbu.

31

Dans une semaine tout au plus, il reviendrait chez Lubuwei pour toucher les trente taels d'or et, si possible, lui en soutirer le double en lui proposant d'autres objets funéraires de qualité aussi exceptionnelle que ce Bi noir étoilé qui avait rendu fou comme un garçonnet avide d'un jouet le riche marchand.

Alors, Dent Facile deviendrait enfin un homme argenté et puissant. Alors, il aurait les moyens de lever une armée de malandrins capable d'arrêter les grands convois de marchandises qui sillonnaient les grandes routes reliant entre elles les capitales des grands royaumes. Dent Facile, Grand Prince des Brigands ! C'est ainsi que, bientôt, tout le monde l'appellerait ! Le titre l'invitait à sourire et à rêver. Et le Grand Prince des Brigands ferait rendre gorge à tous ces aubergistes qui obligeaient les vagabonds à payer si cher leur silence pour ne pas les dénoncer auprès des gendarmes.

Tout à son rêve de puissance et de gloire, le malandrin n'en finissait pas de taper sur son pauvre cheval dont les flancs se zébraient peu à peu de striures sanguinolentes.

Dent Facile n'était pas de ces pilleurs de tombes professionnels comme il y en avait dans les campagnes où l'on trouvait des sépultures un peu partout, sous les arbres des champs pour les paysans pauvres, au bord des routes et signalées par une colonnette pour ceux qui étaient plus riches et, bien sûr, dans les nécropoles réservées aux puissants, aux nobles et aux princes ainsi qu'aux fonctionnaires de rang supérieur dont les obsèques étaient prises en charge par l'administration publique.

L'homme au visage de singe dépenaillé était plutôt de l'espèce des petits bandits de grand chemin qui survivaient ici d'une rapine et là d'une combine. Sans domicile fixe, il habitait les fourrés quand il ne pleuvait pas et les étables quand il faisait trop froid pour dormir à la belle étoile, ou que l'avide aubergiste monnayait trop cher le prix de son silence. Il menait ainsi une existence vagabonde, franchissant les frontières des royaumes mitoyens par des chemins de traverse pour éviter de payer l'octroi.

Sa seule contrainte était de ne jamais devoir subir de contrôle de la part d'un policier ou d'un soldat. Alors, faute de pouvoir dire d'où il était et d'en présenter une preuve tangible sous forme d'un certificat dûment estampillé par le gouverneur de la province, il aurait risqué la peine capitale. Dans ces royaumes en guerre les uns contre les autres, où les espions pullulaient, la loi prévoyait que chaque individu devait obligatoirement avoir un toit et un lieu de naissance. Les hères et les vagabonds étaient des morts en puissance, dont les cadavres dépourvus d'existence légale étaient revendus aux éleveurs de chiens pour servir de nourriture à leurs bêtes qu'ils vendaient grasses.

Les maigres subsides que Dent Facile tirait de ses menus trafics, il se hâtait d'aller les boire dans les auberges. Là, dans une atmosphère enfiévrée par l'alcool de riz ou de sorgho, les malfrats de son espèce racontaient leurs misérables faits d'armes et s'échangeaient des tuyaux crevés et des combines aléatoires. Elles n'étaient que rarement lucratives sur le plan des espèces sonnantes et trébuchantes, chacun gardant pour soi les vraies aubaines, mais on pouvait toujours y glaner une indication sur un convoi de voyageurs plus facile à piller qu'un autre ou sur telle maison vide d'occupants dont on pouvait cambrioler sans risque le maigre contenu.

C'est à l'Auberge du Signe Noir, sur cette même route qui reliait entre elles Handan, capitale du Zhao, à Xianyang, capitale du Qin, qu'il avait entendu pour la première fois parler d'un très grand marchand de chevaux qui habitait Handan et avait pour nom Lubuwei. L'homme passait pour immensément riche et amateur de belles choses. Ses entrepôts regorgeaient de denrées et de marchandises, toutes plus précieuses les unes que les autres : les soieries fines, disait-on, s'y entassaient avec les bois rares et les ballots de laine en monticules plus hauts que des collines. Lubuwei possédait aussi des milliers de chevaux de pure race qu'il élevait pour les vendre. Hélas pour les malandrins, le riche marchand habitait le palais le mieux gardé de la ville, plus surveillé encore qu'un coffre-fort de percepteur d'impôts ! Quant à ses chevaux, dont certains valaient de véritables fortunes, sa myriade de palefreniers en armes empêchait tout curieux de trop s'en approcher.

Plus d'un malfrat aurait rêvé de cambrioler le plus petit de ses entrepôts ou de lui prendre le plus chétif de ses poulains. Mais il aurait fallu, pour réaliser de tels exploits, chausser ces bottes « aux semelles de vent » dont seuls certains magiciens possédaient le secret et qui permettaient de franchir les plus hautes murailles sans se faire repérer.

La richesse de Lubuwei était ainsi ce territoire inaccessible auquel rêvaient tous les brigands attablés, en compagnie de Dent Facile, dans ce recoin obscur de la salle commune de l'auberge.

— Combien donnerais-je pour chausser de telles bottes ! avait soupiré Dent Facile qu'un tel entassement de richesses laissait songeur.

— Je ne connais qu'une créature qui pourrait, par ses pouvoirs surnaturels, t'aider à accomplir un tel exploit, lança en hoquetant un des ivrognes.

Dent Facile rapprocha sa chaise de l'individu et lui fit servir un verre de vin supplémentaire.

— C'est la prêtresse du pic de Huashan. Mais elle a toujours refusé de me les procurer ! Sans doute parce qu'elle n'aime pas les ivrognes, ajouta le gredin en riant grassement.

C'est ainsi, grâce à trois verres de vin de plus qui avaient mis à sec toutes ses réserves financières, que Dent Facile l'avait fait parler.

Ils étaient nombreux à être revenus bredouilles de la grotte où habitait la magicienne, alors qu'ils pensaient y obtenir le secret de ces chaussures extraordinaires qui auraient fait d'eux des hommes riches, capables de voler comme des fantômes au-dessus des murailles.

Dent Facile l'avait alors décidé, il se rendrait dès qu'il le pourrait auprès de la magicienne du pic de Huashan pour tenter, lui aussi, sa chance.

Mais le hasard avait fait qu'entre-temps, il lui était arrivé une aventure extraordinaire qui lui avait fait penser que, pour une fois, il tenait sa chance.

L'événement remontait à dix jours à peine et avait pourtant failli très mal tourner. Cela s'était passé au royaume de Qin, le puissant rival situé à l'ouest qui, grâce à ses puissantes armées, grignotait depuis des décennies le territoire du Zhao.

C'était le soir, dans les faubourgs de Xianyang, sa capitale, où il s'était rendu pour écouler un rouleau de tissu de laine qu'il avait réussi à dérober sur l'étal d'un marchand un peu distrait.

Il faisait déjà nuit noire, et la rue où il se trouvait était presque déserte. Il proposait à la sauvette et sans succès sa pièce de tissu aux rares passants quand un homme tenant deux énormes molosses en laisse s'arrêta, paraissant intéressé. Dent Facile s'apprêtait à marchander quand l'homme avait sorti de sa poche son sceau de policier. Il n'avait eu que le temps de laisser tomber la pièce de tissu et de se lancer dans une course désespérée pour échapper à ce contrôle d'identité qui signifiait sa mort.

Il avait entendu les deux molosses aboyer rageusement à ses trousses. Le policier les avait lâchés à sa poursuite et ils n'allaient faire qu'une bouchée de l'homme à la face de singe dépenaillé. Il avait couru du mieux qu'il avait pu, la bouche grande ouverte, à se rompre les jambes et le cœur. Les rares passants encore dehors se rabattaient contre les murs, affolés, sur le passage de cet homme aux dents d'or menaçantes qui semblait poursuivre une proie invisible.

Arrivé au bout de la rue, il s'était déchaussé et avait jeté sur le sol ses bottes rapiécées en espérant que leur odeur nauséabonde retarderait l'arrivée des chiens. La lune était haute mais des bancs de nuages commençaient à la recouvrir. Il avait continué à courir pieds nus le plus vite possible, au bord de l'asphyxie. Ses orteils saignaient. Ses plantes des pieds brûlaient. Il avait dépassé les dernières maisons de la ville et atteint la campagne environnante. Si le dieu des brigands avait existé, il l'aurait imploré ! À défaut, il avait invoqué dans sa course Zhang l'Immortel qui protégeait les enfants des morsures du Chien céleste, en espérant qu'il éloignerait les crocs acérés de ces affreux molosses dont les aboiements se rapprochaient dangereusement de ses fesses.

Devant lui, un peu plus loin, il avait aperçu une forêt de cyprès au milieu de laquelle s'élevaient des monticules de terre qui ressemblaient à des tertres funéraires. Il n'était pas familier des cimetières et les tombes ne lui disaient rien qui vaille, mais il n'avait guère le choix. Il fallait foncer sans délai vers la forêt.

Avisant l'arbre le plus haut, il y avait grimpé prestement en s'aidant de ses ongles. Les branches de l'arbre, heureusement, formaient une sorte d'escalier. Assis sur la plus haute branche, il avait vu arriver les molosses qui s'étaient mis à tourner en hurlant autour du grand cyprès. Sans broncher, il avait attendu en regardant ses pieds et ses mains en sang. De guerre lasse, les deux chiens avaient fini par abandonner la partie. Leurs aboiements, d'ailleurs, s'étaient éloignés et il avait commencé à respirer. Il fallait à présent trouver une cachette pour dormir.

Sur ce cyprès séculaire qui formait un vaste éventail, il était difficile de demeurer caché car ses branches étaient très espacées. Le policier n'avait qu'à attendre le petit matin et il le retrouverait à coup sûr !

Alors, décidé à trouver un refuge moins exposé, il était descendu avec d'infinies précautions par l'échelle de branches. À trois pas du tronc se trouvait un tertre plus grand que les autres dont l'entrée devait s'ouvrir au bas d'un escalier de pierre. Il avait pris son élan et forcé d'un violent coup d'épaule la porte de bois odorant qui en fermait l'accès. Elle avait facilement cédé, il était sauvé ! Il avait trouvé sa cachette. Il n'avait plus eu qu'à pousser la porte dont les gonds avaient gémi. Elle donnait sur une sorte d'antichambre.

Une fois entré, il avait été surpris par ce qu'il voyait. Un rayon de lune éclairait d'un trait argenté de lumière une salle où les mets d'un festin avaient été déposés. Il y avait là des mangues séchées, des boules racornies qui avaient dû être des pêches, des germes de blé à moitié dévorés par les rats et des gâteaux secs qui avaient miraculeusement échappé aux dents de ces rongeurs. Le tout était disposé sur des coupelles laquées qui reposaient sur un large plateau de bronze dont les poignées figuraient le serpent qui se mordait la queue. Le plateau avait été déposé à même le sol, juste derrière la porte.

C'était donc une tombe.

Ce qu'il ne savait pas, en revanche, c'était que tous ces mets étaient les restes des offrandes rituelles de la fête annuelle des morts, au cours de laquelle les familiers du défunt venaient lui préparer de la nourriture qu'ils laissaient ensuite à sa disposition. Il s'était rué sur les biscuits durs comme la pierre et les avait avalés avec difficulté mais goulûment, tant il était affamé. Son estomac, qui n'avait rien reçu depuis deux jours, avait été à peu près calé.

Puis il avait refermé doucement la porte d'entrée, qui avait grincé comme une vieille truie que l'on dérange, et, après s'être assuré qu'il n'entendait plus les aboiements des molosses, s'était endormi d'épuisement.

Le lendemain, il avait été réveillé par les lueurs orangées du soleil qui dardait ses premiers rayons sous la porte d'entrée du tombeau.

Il n'y avait aucun bruit. Il ne croyait pas à ces histoires de fantômes qui visitaient les sépultures et dont les pilleurs de tombes parlaient dans les auberges, en jouant à se faire peur. Il avait ouvert la porte du tombeau.

Les rayons de l'astre solaire avaient alors heurté, en s'y réfléchissant, le mur du fond de l'antichambre et avaient éclairé l'ensemble d'une vive lueur. La pièce voûtée où il se trouvait était de dimensions moyennes. Ses murs étaient faits de pierres liées par un mortier blanchâtre. Au fond de l'antichambre, vers la gauche, s'ouvrait un couloir plus étroit.

Dent Facile avait pénétré dans le couloir. Celui-ci était en pente. Au bout de quelques pas, dans une obscurité totale, il avait senti à l'écho de son pas qu'il venait d'entrer dans une salle beaucoup plus vaste. Il était revenu vers l'antichambre en s'aidant de ses mains pour longer le couloir d'entrée.

En pénétrant à nouveau dans l'antichambre, il avait aperçu, sculptés dans les pierres de la voûte, des couples d'oiseaux bizarres qui paraissaient avoir été coupés en deux. Il ignorait le symbole de l'oiseau Biyiniao, signe d'amour, puisqu'il ne pouvait voler qu'accouplé, chaque moitié ne possédant qu'une aile. Ces Biyiniao entouraient un oiseau encore plus étrange. Dent Facile ne savait pas non plus que les Biyiniao devaient voler autour du phénix aux ailes déployées qui était signe de noblesse. Pas plus qu'il ne pouvait deviner que, tout autour de la voûte, une frise de caractères yin attestait de la féminité de la défunte. Il était incapable d'arriver à la certitude que ce tombeau avait été construit par un mari en l'honneur de sa haute dame.

Il n'était qu'un vulgaire profanateur pressé de trouver un peu d'or ou de bronze dans cette tombe dont il se souciait comme d'une guigne. Et si or il devait y avoir, ce ne pouvait être que dans la salle funéraire. Il fallait donc revenir dans la grande pièce située au bout du couloir en pente.

Dent Facile était sorti de l'antichambre pour ramasser quelques branches de cyprès desséchées qui jonchaient le sol au pied de son arbre salvateur. Avec sa pierre à feu, il avait allumé les branches qu'il tenait dans sa main pour s'en servir comme d'une torche.

Au bout du couloir en pente, la grande pièce était surtout beaucoup plus haute qu'il ne l'avait imaginé. Elle était parfaitement ronde et construite en gros moellons ajustés comme l'intérieur d'une tour forte. Au centre se dressait un immense cercueil de pierre noire, qui devait être un mausolée. Il reposait sur un socle de granit décoré de têtes de dragons aux quatre angles. De chaque côté du cercueil reposaient, à même le dallage du sol, deux coffrets en bois laqué.

Dent Facile s'était rué, fou d'excitation, vers l'immense cercueil de pierre, mais avait constaté très vite qu'il ne servait à rien d'essayer d'en soulever le couvercle tant il était lourd et ses scellements solides. De rage, il avait donné un grand coup de pied sur le bord du cénotaphe, ce qui avait eu pour effet de renverser l'un des coffrets de bois laqué dont le contenu s'était répandu bruyamment sur le dallage rendu sonore par la haute voûte du plafond. C'est alors qu'il avait vu rouler vers le mur une sorte de disque plat.

Il s'était précipité et, en le ramassant, sa tête avait heurté la paroi de moellons. À moitié assommé, il s'était relevé péniblement et avait constaté avec émerveillement que le sol était jonché de bijoux précieux d'or et de jade. Il y avait là des épingles de coiffe, des boucles de manteau en or serties de jade et de pierreries, des poignards de jade aux poignées de bronze ornées d'animaux, bref tout un somptueux bestiaire issu des matériaux les plus rares. Tout cela devait assurément valoir extrêmement cher !

Il s'était baissé pour s'emparer du trésor qui s'étalait devant lui comme une colonie de gros insectes aux carapaces vertes et mordorées qui serait montée à l'assaut du grand cercueil de pierre. Mais dans sa précipitation, son pied avait glissé et la torche lui avait échappé des mains. Les brandons avaient roulé sur le sol dans un dernier crépitement de flammes. Une âcre fumée avait envahi la salle funéraire qui s'était retrouvée plongée dans l'obscurité.

Dans le noir total, la tête endolorie, il avait toussé et s'était râclé la gorge tout en cherchant le mur à l'aide de la main. Devant ses yeux, il avait vu scintiller de minuscules étoiles rouges puis, soudain, ces points rouges avaient pris forme pour dessiner une image dont les contours, peu à peu, étaient devenus plus nets. La peur l'avait saisi et il avait commencé à tourner fébrilement à tâtons autour de la pièce pour retrouver le débouché du couloir.

Au moment où le vide dans le mur lui indiquait la voie à suivre, un terrifiant masque Taotie rouge avait surgi du néant, le faisant hurler d'effroi. Le dragon paraissait cracher du feu et ses flammes allaient le brûler comme un fétu de paille ! Alors, fou d'angoisse, guidé à la fois par son instinct de survie et par le rai de lumière qui lui indiquait la sortie, il avait pris son élan, foncé dans le couloir, traversé l'antichambre et s'était rué vers l'extérieur.

Le soleil l'avait ébloui comme une taupe sortie de son tunnel de terre. Il avait continué à trembler de tous ses membres, les yeux écarquillés. Peu à peu, il avait vu enfin le ciel et la cime tranquille des cyprès qu'une légère brise faisait balancer comme de lourds éventails. Cette vision l'avait rassuré, il était bien vivant, mais l'effort qu'il venait de fournir l'avait mis en nage. Lorsque, après s'être calmé et assuré que le dragon était resté enfermé dans les ténèbres du tombeau, sans doute parce qu'il s'agissait d'un être nocturne, il avait enfin regardé l'objet qu'il tenait dans sa main.

C'était un immense disque rituel taillé dans un drôle de jade noir qui lui avait paru bien terne à côté de la profusion d'or, de bronze et de jade des trésors qui jonchaient le sol et que le dragon l'avait empêché d'emporter.

Il serait bien revenu dans la tombe pour la piller davantage mais le picotement général qu'il ressentait dans tout son corps l'en avait dissuadé. Il avait eu sa dose de frayeur. Le dragon devait encore s'y tenir et il n'avait nulle envie de se retrouver nez à nez avec ce monstre crachant autant de feu. Le plus prudent était de se contenter de cet objet rituel et d'essayer de le monnayer dans les meilleures conditions possible. Après quoi, foi de Dent Facile, c'était sûr, il serait toujours temps de revenir ! Il avait vaguement prié Zhang l'Immortel – dont ça n'était nullement le propos mais, après tout, son nom, il ne savait même pas pourquoi, lui était venu à l'esprit... – que personne ne pille le trésor de la tombe avant qu'il n'y revienne.

Il avait donc repris son chemin. La pêche aurait pu être meilleure mais son équipée si mal partie se terminait finalement plutôt bien. Il convenait de tirer le meilleur parti de ce qu'elle avait déjà donné. Un objet rituel de cette provenance devait valoir quelque argent et certainement bien plus que le ballot de laine qu'il avait dû laisser choir à Xianyang. Toutefois, il ne connaissait pas assez de choses sur de tels instruments pour les négocier avec un amateur au prix fort.

Aussi avait-il pensé naturellement à Lubuwei lorsque, la chance pour une fois lui étant favorable, il avait compris qu'il tenait entre ses mains un Bi rituel d'une dimension exceptionnelle, taillé dans un jade à la couleur vraiment étrange, même s'il était à mille lieux d'en imaginer la valeur.

À la fin de sa journée de marche à travers les champs, de peur d'être à nouveau repéré, Dent Facile avait déjà son plan en tête. Il lui avait suffi de repenser aux histoires qu'il avait entendues à l'Auberge du Signe Noir : celle de Lubuwei le marchand, celui qui était si riche, et celle de la prêtresse médium du pic de Huashan, qui savait parler aux dieux puisqu'elle possédait le secret des bottes « aux semelles de vent ».

À défaut d'obtenir le secret de ces fameuses bottes, n'était-il pas plus simple de tenter de monnayer au prix fort, auprès de ce Lubuwei, le disque de jade ? Encore fallait-il, pour que le marchand acceptât de payer le plus cher possible, que Dent Facile en sût un peu plus sur la valeur de cet objet rituel. Et c'était là que pouvait intervenir la magicienne du pic de Huashan... Lorsqu'on savait fabriquer des chaussures qui permettaient de survoler les montagnes, on devait bien être capable d'en dire un peu plus sur un objet tel que ce disque noir.

Le plan imaginé par Dent Facile lui avait donné satisfaction au-delà de toute espérance. Il avait obtenu tout ce qu'il souhaitait, de l'une comme de l'autre.

Fort de ce résultat, il n'avait plus qu'à retourner chercher les autres objets qu'il avait dû laisser dans la tombe lorsqu'il avait été surpris par le dragon cracheur de flammes. Il y avait là de quoi devenir très riche. Si Lubuwei avait accepté de payer trente taels d'or pour un simple disque, que n'accepterait-il pas de donner pour tous ces bijoux extraordinaires qui l'attendaient ?

Il apercevait déjà la cime des cyprès de la nécropole. Il touchait enfin au but. Dans deux jours, fortune faite, il deviendrait Dent Facile, Très Grand, Immensément Grand Prince des Brigands... La prêtresse médium du pic de Huashan qu'il s'était dépêché d'aller consulter au sujet de sa découverte n'avait pas cru si bien dire en prédisant gloire et fortune à celui qui avait l'honneur de posséder ce Bi noir étoilé !

Dent Facile, par un fait étrange qui trahissait, en réalité, une profonde inconscience, n'avait guère été impressionné par cette femme qui l'attendait à l'entrée de sa grotte au pied d'une cascade immense. Lorsqu'il lui avait montré le Bi, en lui demandant de l'air le plus gauche et niais possible quelle pouvait bien en être la valeur, la femme avait examiné longuement le disque de jade. Puis elle l'avait observé avec étonnement, se demandant sans doute comment il avait pu se le procurer.

— C'est un objet très rare et paré de grandes vertus. Il rend immortel qui le possède et lui apporte la gloire, avait-elle dit simplement.

Dent Facile avait alors demandé à la prêtresse sur quels éléments elle pouvait étayer cette affirmation. Elle lui avait répondu par des phrases dont le sens lui échappait et dont il s'était contenté de retenir quelques bribes qu'il avait soigneusement apprises par cœur. Peu lui importait de ne rien entendre aux propos abscons de la prêtresse ! Il lui suffisait de pouvoir faire semblant de dire des choses intelligentes lorsqu'il serait en face du marchand.

Des phrases prononcées par la femme concernant les

étoiles micacées du disque de jade, il s'était rappelé l'expression du « *Chaos originel de Hongmeng qui est l'embryon d'un poussin jaune en son centre* ». Dent Facile avait relevé mentalement mot pour mot la formule et se l'était répétée sans cesse pour ne pas l'oublier. Il avait ainsi pu la ressortir naturellement à Lubuwei sans y comprendre goutte, et celui-ci n'y avait vu que du feu.

Puis la prêtresse médium avait embrassé longuement, avec ferveur, les deux faces de l'objet rituel et le lui avait rendu sans un mot avant de retourner dans sa grotte au fond de laquelle Dent Facile avait aperçu ce qui ressemblait aux ailes d'un perroquet vert.

Une fois cette expertise obtenue, le reste avait relevé du jeu d'enfant. Il lui avait suffi d'exposer le disque de jade sur le marché de Handan où Lubuwei avait l'habitude de se rendre. L'appât avait fait des merveilles... Tout s'était déroulé, et même au-delà, comme prévu.

Dent Facile en était sûr, tout là-haut dans le ciel, la bonne étoile des malandrins de son espèce le protégeait. Il s'entendait déjà raconter toutes ces belles et bonnes choses à ses anciens compagnons d'infortune, à l'Auberge du Signe Noir.

Il était si occupé à se congratuler lui-même et à rêver de sa propre gloire qu'il ne pouvait apercevoir, alors qu'il pénétrait dans ce cimetière dont le pillage de la tombe principale était censé faire de lui un homme heureux et fortuné, ces ombres inquiétantes qui l'y attendaient en silence, tapies contre la porte d'entrée.

Il pouvait encore moins savoir qu'il ne sortirait pas vivant de cette tombe royale vers laquelle il était revenu tout joyeux.

2

Dans sa vaste chambre, austère et sombre, dont le somptueux plafond de bois doré à caissons était orné, comme celui de la tombe pillée par Dent Facile, de phénix rouges aux ailes déployées, le vieux roi Zhong se réveilla après une nuit lourde d'angoisse. Il regarda vers le plafond et, constatant que les beaux oiseaux rouges s'y trouvaient toujours, poussa un soupir de soulagement.

Comme tous les matins, le vieux roi du Qin avait eu peur de mourir pendant son sommeil. Et cela le rendait toujours de fort méchante humeur.

Les nuits et les réveils paraissent difficiles à ceux qui sont hantés par l'idée, qui leur fait horreur, qu'un jour ils vont passer de vie à trépas. Plus ils sont vieux et faibles, plus proche est l'échéance, et plus ils la redoutent. Leur sommeil est un calvaire.

De fait, Zhong était de ceux pour qui dormir, c'était aussi un peu mourir.

Le vieillard, assis dans son immense lit dont les montants de bois exotique embaumaient l'air de la chambre, replia sur ses jambes longues et squelettiques une épaisse couverture de zibeline couleur miel. Puis il fit tinter une clochette d'argent. Aussitôt, cassé en deux, le regard angoissé de qui s'attend au pire, le Grand

45

Chambellan Droit Devant, qui guettait ce moment derrière la porte, entra précipitamment dans la chambre de son prince.

Droit Devant était un eunuque zélé. Selon un règlement édicté par le vieux roi Zhong, seul un castrat avait le droit de pénétrer dans l'intimité du souverain pour assister à son lever. Sire Zhong, que la vieillesse avait rendu méfiant au plus haut point, avait de surcroît proclamé un autre édit qui interdisait à quiconque de pénétrer dans sa chambre sans son accord.

Le Grand Chambellan Droit Devant était au service du vieux roi depuis que celui-ci était tombé malade et passait le plus clair de ses journées à se plaindre de son grand âge. Il restait au lit des heures entières à somnoler. Mais on devait dire qu'il méditait. Lorsqu'il se sentait un peu mieux, la seule promenade qu'il s'autorisait était une visite au Pavillon de la Forêt des Arbousiers.

Avant de devenir Grand Chambellan, ce qui l'avait contraint à se faire émasculer à l'âge adulte, Droit Devant avait dirigé le Bureau des Chroniques royales du Qin où il supervisait la rédaction de l'histoire officielle du royaume, telle que ses rois successifs souhaitaient expressément qu'elle fût racontée. C'est dans ces fonctions délicates, où il fallait savoir naviguer finement entre les écueils de l'amour-propre royal et le souci de vérité des historiens professionnels, que le très zélé Droit Devant s'était fait remarquer par le prince dont il écrivait l'auguste chronique des hauts faits d'armes et des actions édifiantes.

Lorsque le roi Zhong, déjà affaibli par l'âge et la maladie, l'avait pressenti pour occuper les fonctions de Grand Chambellan, il n'avait pas hésité une seconde. Plus on était proche du roi et plus on gagnait en pouvoir. Cela valait bien, avait-il pensé, une paire de testicules.

En perdant ses attributs mâles, il avait pourtant failli

mourir et avait souffert le martyre. Tant d'abnégation avait plu au vieux roi, qui n'aimait rien tant qu'on lui prouvât son dévouement par des actions extraordinaires. En l'occurrence, c'en était une. Droit Devant avait été opéré par Couteau Rapide, le chirurgien en chef des eunuques qui savait ôter en un rapide tournemain – d'où ce surnom – dont lui seul possédait le secret les testicules des jeunes gens qui s'apprêtaient à entrer dans cette caste de réprouvés aux pouvoirs énormes où l'on compensait le vide laissé par cette cruelle opération par un admirable sens de l'intrigue, mais aussi de l'entraide, sans oublier ce goût prononcé du pouvoir dont les eunuques connaissaient à merveille tous les arcanes.

Couteau Rapide, qui portait bien son nom, castrait ses semblables par fournées entières comme un vétérinaire l'aurait fait pour des chiens, des chats ou des chevaux, sans précaution particulière ni remède pour empêcher la souffrance. L'opération de ce pauvre Droit Devant avait failli rater. Il en était sorti presque saigné à blanc, et avait dû demeurer de longs mois en convalescence dans un chalet de montagne pour retrouver les forces qu'il avait perdues.

Depuis qu'il était eunuque, Droit Devant, qui avait été plutôt bel homme, avait grossi comme une matrone sur le retour d'âge. Ses bajoues pendaient comme des sacs de sable de chaque côté de son menton pointu. Il avait perdu ses cheveux, portait une perruque, et ses yeux avaient disparu dans l'océan de graisse flasque qu'était devenu son visage. Pour paraître moins gros, il se déplaçait juché sur de hautes socques de bois qui claquaient comme des crécelles sur le dallage de marbre blanc de la chambre royale. Il allait toujours entièrement revêtu de soie rouge et seule la minuscule bordure d'hermine de sa veste matelassée marquait une diversion virginale dans l'imposante masse de carmin de sa silhouette.

Les fonctions dévolues au Grand Chambellan du roi n'étaient pas de tout repos. D'abord, il fallait être capable de goûter la nourriture du souverain pour détecter si elle était saine. Ensuite, comme il était le collaborateur du roi qui connaissait le mieux son intimité, la supériorité de ses pouvoirs que cette proximité lui conférait sur les autres pouvait à tout moment se retourner contre lui. Il était ainsi l'un des courtisans les plus redoutés mais aussi l'un des plus exposés à la jalousie et aux cabales. Un beau jour, cela était déjà arrivé à d'autres, il pourrait finir par agacer le vieux roi ou, à tout le moins, le gêner.

Par exemple, quand Droit Devant voyait le roi dans des postures qui n'étaient pas forcément à son avantage, il craignait le pire. De collaborateur indispensable, il risquait de passer instantanément à témoin gênant. Alors, c'en serait fini de lui. Aussi y avait-il de nombreuses scènes auxquelles il avait assisté mais sans jamais les voir, et encore moins y faire la moindre allusion.

Droit Devant, qui servait à la fois de confident, de camérier et de secrétaire à sire Zhong, menait ainsi une vie bien plus dangereuse et difficile qu'il n'y paraissait à première vue.

À peine entré dans la chambre royale, il n'avait pas eu le temps de prononcer son rituel : « Sa Majesté a-t-elle bien dormi ? » que le vieillard lançait déjà sa plainte lancinante :

— J'étouffe ! Apporte-moi mon verre d'eau et ma pilule de cinabre !

L'autre aussitôt s'en fut quérir l'une des pilules que le grand prêtre taoïste Wudong préparait pour le monarque à l'aide de quelques gouttes d'oxyde de mercure incorporées à de la poudre de jade, puis il la tendit au roi avec un gobelet d'eau.

— Que deviendrais-je sans cette pilule d'immortalité... Au fait, en reste-t-il ? ajouta le vieil homme qui vit se décomposer le visage de son Grand Chambellan.

Droit Devant, qui s'était mis à suer à grosses gouttes, fit un « non » désespéré de la tête en montrant à sire Zhong son petit pilulier de bronze désespérément vide.

En d'autres temps, pareille bévue eût coûté à son auteur une rétrogradation immédiate et à tout le moins quelques coups de bambou portés devant d'autres serviteurs du souverain afin de faire perdre la face à cet étourdi ! Mais les années étaient passées par là, et ce vieillard qui, jeune roi, était capable d'occire un ours brun de ses propres mains et de maîtriser, seul, le plus rebelle des pur-sang des steppes du Nord, ce guerrier valeureux qui ne dédaignait pas finir les batailles à l'arme blanche, debout au milieu de sa soldatesque admirative, n'était plus que l'ombre de lui-même. Ses colères, qui pouvaient jadis être telluriques, ne prêtaient plus à conséquence. Son caractère comme sa mémoire s'émoussaient. Le vieux Zhong était capable de s'emporter et puis, quelques instants plus tard, de tout oublier.

Lorsque l'on perd la mémoire, on est forcément moins sévère car on oublie les fautes commises par les autres.

C'est dire si l'entourage du roi, à commencer par Droit Devant, profitait de ces pertes de mémoire dont la fréquence s'accélérait et qui, somme toute, lui rendaient la vie beaucoup plus tranquille qu'auparavant.

Le vieux roi se contenta donc de grimacer, il avait déjà oublié de gronder le Grand Chambellan à cause du pilulier vide.

— Fais venir « qui tu sais », il doit être chez lui. J'ai une douleur pointue à la place du cœur. Il en profitera pour me porter ma ration de pilules d'immortalité.

Le Grand Chambellan, trop content de ne pas avoir

essuyé d'orage, passa la tête dans l'antichambre où se tenaient, de jour comme de nuit et sabre au clair, les quatre ordonnances royales qui veillaient sur la sécurité de leur prince. Il héla leur chef dont les étoiles d'or du col de l'uniforme étaient un peu plus larges que les autres.

— Coupure de la Ligne Droite, le roi veut séance tenante auprès de lui « qui tu sais ». Cours vite chez lui et fais-le venir ici même. Tu lui diras d'apporter ses pilules.

Les ordonnances se tenaient figées et immobiles comme des statues de pierre. Seules les lames de bronze polies de leurs longs sabres aux manches de jade sculptés en forme de serre de rapace tremblaient imperceptiblement.

— Comme d'habitude, cette visite ne doit être connue de personne. Tu feras passer « qui tu sais » par la porte dérobée du Gynécée Central.

Droit Devant assortit cet ordre de sa menace rituelle : « En cas de désobéissance, vous connaissez la sanction ! » et il accomplit ce geste éloquent qui consiste à faire glisser d'un trait la tranche de la main de la droite vers la gauche perpendiculairement au cou.

Coupure de la Ligne Droite prit son élan et s'élança vers la longue galerie qui menait des appartements du roi, après des cours interminables plantées d'arbres aux espèces les plus rares, à la porte dérobée du Gynécée Central. Là, on pouvait entrer et sortir du Palais Royal sans être vu.

Le vieux souverain s'était extrait de son lit et approché de la vaste fenêtre qui s'ouvrait sur les toits de la capitale de son royaume.

Sa chambre occupait le dernier étage de sa résidence privée nichée à l'extrême bout du Palais Royal. Cette élégante bâtisse construite en briques crues recouvertes de plaques de marbre rose et gris se dressait en effet sur la partie la plus haute et la plus reculée de cette place forte entourée de murailles imposantes que les habitants de Xianyang appelaient « ville haute » et non « palais du roi », car c'était bien une cité à part entière, avec ses rues, ses cours et ses places – à ceci près qu'elle était interdite d'accès au peuple –, qui dominait la partie basse de la capitale du Qin.

On ne pouvait pénétrer dans le Palais Royal que par trois portes imposantes gardées par des condamnés qui s'étaient bien tirés des griffes de la justice puisque, au lieu et place de la tête, on ne leur avait coupé que les pieds. Ces concierges royaux, dont l'efficacité reposait sur la mutilation qu'ils avaient subie en les empêchant de bouger de leur poste, se chargeaient d'appeler des gardes surarmés qui surgissaient dès qu'un intrus tentait de pénétrer dans ce sanctuaire où le roi mangeait, buvait et dormait à l'abri des regards de la population. Confiné volontaire, protégé par une étiquette qui le privait pratiquement de tout contact avec ses sujets, hormis les audiences, le roi régnait sans être vu.

La fenêtre de sa chambre était le seul moyen qu'avait le vieux roi Zhong de regarder son peuple vaquer dans les rues de la somptueuse ville qu'était Xianyang, la capitale que ses ancêtres avaient souhaité construire au bord de la rive nord de la majestueuse rivière Wei, dont les limoneuses boucles rouges serpentaient paresseusement au pied des montagnes que la lumière rasante du soleil matinal transformait le soir en ombres bleues.

Zhong pouvait percevoir à perte de vue les lignes brisées des toits de tuiles peintes de couleurs vives, aux pointes recourbées terminées en « queue d'hirondelle », descendre en pente douce, telles les marches d'un majestueux escalier, depuis la ville haute jusqu'aux prairies sablonneuses qui bordaient la rivière.

Le vieux roi semblait avoir moins mal au cœur. Il rêvassait en regardant sa ville s'éveiller doucement.

Chacun commençait à sortir. Les coqs chantaient et les chevaux s'ébrouaient. Dans les rues, on s'apprêtait à aller et venir. Les marchands ambulants ouvraient leurs étals sur lesquels les quidams trouveraient les brochettes de viande et les galettes dont ils se nourriraient en ce début de journée où chacun devait prendre des forces. Devant les bâtiments publics, les queues des quémandeurs et des plaideurs commenceraient à se former. Bref, l'orgueilleuse capitale du Qin s'apprêtait à vivre un de ses jours ordinaires, avec ses rues encombrées, ses marchés regorgeant de légumes et de viandes, ses voleurs à la tire qui s'activeraient, ses tripots où l'on jacassait et ses temples où des prêtres s'apprêtaient à célébrer les cultes.

Sous le soleil et la poussière, Xianyang doucement s'ébrouait et commençait à prendre ses airs de fourmilière.

— Majesté, « qui vous savez » attend dans l'antichambre. Dois-je le faire patienter ?

Droit Devant était entré dans la chambre sur la pointe de ses socques de bois, manquant mille fois glisser, pour éviter de déranger le vieillard. Il avait l'air obséquieux et timide de ces serviteurs qui, péchant par excès de zèle, déclenchent le plus souvent l'ire de leurs maîtres.

— Mais qu'il entre..., soupira le roi d'une voix lasse.

L'homme qui venait de pénétrer dans la chambre du roi était prêtre taoïste et s'appelait Wudong. Il était aussi grand que le roi mais, parce qu'il était dans la force de l'âge, il paraissait beaucoup plus fort. Il était recouvert de la tête aux pieds d'une ample cape noire qu'il fit tournoyer harmonieusement dans les airs, à peine fut-il introduit dans la chambre, pour l'ôter.

Lorsqu'il se présentait au roi, le grand prêtre n'aimait rien tant que cette théâtrale entrée qui seyait fort bien à son personnage.

L'homme avait fière allure. Il avait le crâne entièrement rasé, à l'exception d'une courte natte qui pointait du haut de sa nuque. De fines et très longues moustaches noires lustrées au cirage pendaient de chaque côté de sa bouche pulpeuse. Ses yeux étaient ourlés d'un coup de crayon d'encre qui renforçait l'acuité de son regard d'hypnotiseur. Ses mains étaient longues et fines, et l'extrémité de ses ongles était durcie comme de la corne par l'usage des produits alchimiques. Sur sa poitrine pendait un Bi taillé dans une émeraude où s'entremêlaient les symboles du Yin et du Yang. La ceinture de sa tunique jaune canari portait une large boucle de bronze ovoïde qui était gravée du caractère Dao qui signifie « Grande Voie ».

Cela faisait bientôt trois ans que le vieux roi recevait en cachette le grand prêtre de cette religion – laquelle n'avait pas officiellement droit de cité à la cour du Qin – afin qu'il lui apprenne à devenir un immortel.

— Ce matin, je me sens mal. Ma mémoire faiblit. J'ai besoin de faire notre exercice habituel, gémit le vieillard en faisant signe à Droit Devant de le laisser seul avec le grand prêtre, ce que l'eunuque accepta de mauvaise grâce.

Wudong sortit de son sac un brûle-parfum de bronze de type Boshanlu, dont le couvercle représentait la montagne sacrée du Kunlun avec sa forme de champignon inversé tandis que le trépied figurait le crapaud à trois pattes censé habiter la lune... C'était là, disait-on aux taoïstes, sur cette montagne extraordinaire, que la Reine Mère de l'Occident, Grande Déesse du Couchant et de la Mort, conviait les initiés à déguster les Pêches de Longévité qu'elle servait au cours d'un somptueux banquet.

Puis sa voix caverneuse se fit entendre :

— « *Au bout de mille ans, l'essence du sang se*

transforme en pierre précieuse, celle du pin en ambre jaune, en une pierre verte ou en une tortue couchée. »

Tout en prononçant cette formule qui permettait d'entrer en relation avec les éléments primordiaux, Wudong alluma un feu et souffla sur les braises. Puis il versa une pincée d'encens par les fentes du couvercle qui servaient de vallées à la montagne du Kunlun. Des fumerolles odorantes s'échappèrent des flancs de la montagne de bronze. Alors, il fit signe au vieux roi de s'asseoir au plus près du brûle-parfum pour respirer la fumée d'encens qui s'échappait du couvercle en forme de montagne sacrée.

— Nous pouvons commencer par l'exercice de la mémoire, puis nous pratiquerons celui de la respiration, annonça le grand prêtre au vieillard qui opina de la tête.

— Quel est le nom de votre première concubine qui est enterrée dans son mausolée de la nécropole royale ? énonça Wudong d'une voix claire.

— Son nom est sur mes lèvres. Je vais le dire... Je vais le dire dans un instant, assura fébrilement le vieil homme.

Mais le nom de sa première concubine n'arrivait pas, malgré tous ses efforts. Le roi ne se sortait pas de son trou de mémoire. Le temps passait et il était incapable de formuler la moindre réponse. Il avait pourtant aimé passionnément cette femme, qui lui avait donné un enfant mâle du nom d'Anwei.

— Cette perte de mémoire devient insupportable, geignit le roi en proie à un désespoir qu'il n'essayait même pas de cacher.

— Passons à la respiration ! lança Wudong pour essayer de le sortir de cette impasse.

Le grand prêtre se tenait face au roi et lui boucha les narines en les pinçant avec deux doigts. Il lui fit pencher la tête au-dessus du brûle-parfum sur lequel il venait de jeter un dé de poudre de menthe tout en exerçant une forte pression sur son ventre avec l'autre main. Au bout de quelques instants, le roi se trouva au bord de l'asphyxie, la tête prête à éclater. Comme d'habitude, il crut qu'il allait mourir et son regard se remplit de panique. Il poussa un long râle.

Alors Wudong relâcha brusquement la pression sur les narines et sur le ventre du vieillard dont les yeux s'étaient révulsés. Sous l'effet du souffle mentholé qui s'engouffrait dans ses poumons, le vieux Zhong poussa un cri libérateur avant de commencer à expirer et inspirer profondément au rythme de la cadence que lui indiquait le grand prêtre en frappant le sol du talon de sa botte.

— Poitrine et ventre sont comme les palais et les demeures : les quatre membres sont les faubourgs et les articulations les fonctionnaires d'autorité. Qui sait gouverner son corps sait gouverner un pays, psalmodiait Wudong.

Le grand prêtre fit répéter au roi la formule centrale du canon taoïste qui permettait de tout comprendre du monde et des hommes, selon laquelle le corps humain n'est que la reproduction en miniature de l'univers tout entier avec lequel il doit fusionner dans une harmonie générale.

Le roi Zhong se dérida d'un coup. Il se mit à pousser des cris de joie comme un petit enfant qui vient de retrouver le jouet qu'il a perdu.

— Ma mémoire me revient ! Le nom de ma concubine adorée était Étoile du Sud. C'est elle qui repose dans le mausolée de la nécropole royale qui s'étend au-delà des faubourgs. Elle m'a donné un fils, que j'ai envoyé comme otage à la cour du Chu.

Tout à la joie d'avoir retrouvé le nom de sa première concubine morte en couches dix années auparavant, Zhong, devenu soudainement intarissable sur Étoile du Sud, s'était lancé dans le récit de ses amours. Son idylle avait commencé à l'époque où il n'était encore que le prince héritier du royaume. La princesse Mei venait d'accoucher du prince Anguo, et Étoile du Sud avait su avec habileté suppléer à l'absence de la première épouse du roi, que la maternité avait éloignée de la couche royale.

— Après sa mort, ma tristesse fut grande. Heureusement, elle me laissa le prince Anwei dont l'affection ne me fit jamais défaut ! Je la comblai de cadeaux quand nous l'enterrâmes. Je me souviens de ses funérailles comme si c'était hier... Je fis disposer deux coffrets remplis d'objets rares et précieux au pied de son cénotaphe afin de lui rendre la vie plus douce au-delà des montagnes de ce monde. J'y avais fait placer le plus beau Bi de jade qu'il m'ait été donné de voir. Il était noir, orné de minuscules étoiles, et il était censé, affirmaient nos prêtres, rendre immortels ses propriétaires. On disait qu'il représentait le Chaos originel de Hongmeng ! poursuivit-il avec l'allant de l'amnésique qui, soudain, a retrouvé la mémoire.

— Vous voulez parler de ce magma originel de couleur jaune d'où vient et part la Grande Voie ? Ce Chaos dont les saintes écritures disent qu'il est jaune au centre comme l'embryon du poussin et annonce la venue d'un empereur qui sera aussi grand que le fut l'illustre Empereur Jaune ?

— Je ne sais si ce Bi annonçait la venue d'un futur empereur... Ce que je peux certifier en revanche, c'est que depuis ma plus tendre enfance j'ai toujours entendu les sages de la cour lui prêter les plus grandes vertus.

En prononçant ces dernières paroles vint à Zhong une idée qui lui parut si saugrenue qu'il s'abstint d'en faire part à Wudong. Il la chassa de son esprit mais elle y revint et, tenace, s'y installa.

L'idée se mit à le tarauder au point qu'il fit signe au grand prêtre qu'il pouvait disposer. Il voulait être seul pour y réfléchir un peu plus. Alors « qui vous savez », après avoir fait à nouveau tournoyer, cette fois en sens inverse, sa cape noire au-dessus de sa tête jusqu'à la pointe de ses pieds, quitta la chambre.

Quelques instants plus tard, contemplant sa ville dont les rues étaient désormais noires de monde, le vieux roi Zhong, plus perdu que jamais dans ses pensées, réexamina l'idée qu'il venait d'avoir. Il trouva non seulement qu'elle en valait bien d'autres, ce qui l'autorisait à en parler à autrui sans craindre le ridicule, mais encore qu'elle était géniale et qu'il pourrait en tirer un immense profit.

mina l'idée qu'il venait d'avoir. Il trouva non seulement qu'elle en valait bien d'autres, ce qui l'autorisait

3

Le rangement des tablettes de bambou sur lesquelles
on écrivait au stylet les caractères pour former des phrases qui, mises ainsi bout à bout, formeraient à leur tour
des chapitres, lesquels deviendraient finalement un
livre, était une tâche éminemment délicate, surtout lorsque ces tablettes se comptaient par milliers.

Le Très Sage Conservateur du Pavillon de la Forêt
des Arbousiers, qui répondait au beau nom d'Accomplissement Naturel, ne laissait cette tâche à personne.
C'était un lettré de pure souche, reconnaissable à son
allure discrète et élégante, à sa coiffure au chignon parfaitement tiré, et au stylet à écrire qui pendait à sa large
ceinture de cuir noir.

Il occupait à la cour du Qin d'importantes fonctions.
Par son âge et l'étendue immense de ses connaissances,
il en était à la fois la mémoire et la culture. Placé hors
hiérarchie par le roi Zhong, il avait rang de ministre
mais n'abusait jamais de son titre, encore moins de son
statut. Il connaissait par cœur tous les livres ; les Quatre
Livres et les Cinq Classiques, bien sûr, mais aussi toutes les compilations historiques et les manuels rituels,
sans oublier toutes les cartes du ciel et les cartes géographiques que l'administration des territoires com-

mençait à dresser pour mieux situer les conquêtes du Qin.

Accomplissement Naturel était une bibliothèque vivante à lui seul. Il avait en mémoire, à la phrase près, les titres des milliers de livres dont il devait assurer le classement et l'entretien. Sa carrière était un modèle du genre. Il avait gravi un à un les stades du parcours qui menait, après moult examens et concours de plus en plus difficiles, à la qualité enviée de lettré-fonctionnaire. Il avait même été nommé, plusieurs années auparavant, plus jeune gouverneur de province. Mais il aimait davantage la réflexion et l'étude que l'action administrative, et le poste qu'il occupait auprès du roi le comblait d'aise. Il était une sorte de grand prêtre des lettres et des arts, dont le temple était le Pavillon de la Forêt des Arbousiers.

Cet édifice élégant, quoique imposant, occupait une vaste esplanade sur la place centrale du Palais Royal. Il était ceinturé de douves profondes décorées de plantes aquatiques soigneusement ordonnées autour de rochers qui en faisaient un véritable lac en miniature. Dans l'eau claire de ces douves nageaient de grosses carpes que les serviteurs préposés venaient nourrir trois fois par jour.

Le Pavillon proprement dit était constitué par une tour centrale gigantesque de section carrée, dont chaque étage était pourvu d'un balcon de marbre blanc qui la ceinturait, rompant ainsi élégamment l'austérité des moellons de pierre brune avec lesquels elle avait été construite. Cette tour servait à la fois de bibliothèque et de musée royal. On l'appelait aussi la Tour de la Mémoire.

La bibliothèque royale en occupait les cinq premiers étages. Elle contenait tout ce qu'il pouvait, en ce temps-là, exister de livres. Le royaume de Qin avait eu soin d'y rassembler, au fil des ans, l'ensemble des textes qui avaient commencé par se transmettre oralement de génération en génération depuis la nuit des temps, avant que des scribes spécialisés ne les transcrivent avec le plus grand soin sur des milliers de lamelles de bambou qu'Accomplissement Naturel passait son temps à collationner, à trier et à ranger. Aussi le classement et l'entretien de cette bibliothèque unique, qui se voulait exhaustive, tenaient-ils quasiment du bûcheronnage et du débroussaillage. Quant aux rayonnages, un non-initié n'y aurait vu, de prime abord, que des fagots provenant du nettoyage d'une bambouseraie.

Le sixième et dernier étage de la Tour de la Mémoire abritait le musée des collections du Qin. Plus de cinq mille pièces y étaient répertoriées : carapaces oraculaires, vases et tripodes archaïques en bronze, objets rituels en jade, armes de toutes sortes, sans oublier les bijoux d'or et d'argent dont certains remontaient à la dynastie des Shang, des Yin, et même des Xia, témoignaient de l'intérêt et de la valeur que le Qin accordait aux vestiges d'un passé qu'il faisait sien pour mieux asseoir sa propre légitimité. Le musée était le symbole ultime de cette puissance que le Qin ne cessait de prouver par ses actions militaires.

La Tour de la Mémoire avait été bâtie au milieu d'une cour semée de gravillons et entourée par une double rangée d'arbousiers nains plantés dans des vases de bronze. Ces plantes avaient donné leur nom à l'ensemble du bâtiment. Aux quatre angles de la cour s'élevaient d'élégants pavillons dont le toit en forme de parapluie était soutenu par de fines colonnettes de marbre rose. Là, on pouvait s'asseoir et admirer le lac miniature formé par les douves qui ceinturaient l'ensemble.

Le Pavillon de la Forêt des Arbousiers avait été construit sur les conseils avisés d'Accomplissement Naturel en tenant compte des Cinq Directions qui gouvernaient le monde depuis toujours. Chacune correspondait à un empereur céleste de l'Antiquité. Le lettré avait scrupuleusement respecté les enseignements du *Classique des montagnes et des mers*, où étaient décrits avec une extrême précision les hauts faits des dieux et surtout leur place dans les différents orients de l'univers.

L'édicule dirigé vers le Sud, dont la couleur associée était le rouge et la saison l'été, était consacré à l'empereur Yandi, qui était celui du soleil et avait transmis aux humains les premières graines de céréales. Celui de l'Ouest, dont la couleur associée était le blanc et la saison l'automne, était dédié à l'empereur Shaoshao dont l'un des fils avait inventé l'arc et les flèches. Celui de l'Est, dont la couleur associée était le vert et la saison le printemps, avait été construit en l'honneur de l'empereur Taihao qui avait apporté aux hommes les huit trigrammes et le feu. L'édicule du Nord, dont la couleur associée était le noir et la saison l'hiver, était placé sous l'égide de l'empereur Zhuanxu qui savait gouverner la mer et le vent et avait appris aux hommes à respecter les rites.

La cinquième direction, celle du Centre, dont la couleur associée était le jaune, était régie par l'Empereur Jaune, le Souverain du Milieu et Empereur du Ciel, et représentée par la gigantesque tour centrale de l'édifice.

Cet ensemble de bâtiments figurait ainsi le monde, ses couleurs, ses saisons, mais également les éléments dont il est constitué : le Feu pour le Sud, le Métal pour l'Ouest, le Bois pour l'Est et l'Eau pour le Nord. Quant au Centre, son élément associé était évidemment la Terre.

Le roi Zhong venait souvent méditer au coucher du soleil dans l'édicule tourné vers l'ouest. Là, tranquillement assis sur un banc de pierre, accoudé à la rambarde de marbre ajourée comme une dentelle, il ne se lassait pas d'admirer les sauts des carpes géantes qui, à cette heure précise du crépuscule, prenaient, sous l'effet de la lumière rasante des derniers rayons de l'astre qui irait bientôt mourir derrière le tremblement bleu des montagnes tout au loin, toutes les teintes de l'arc-en-ciel.

En cette fin d'après-midi, le vieillard se trouvait là, assis comme d'habitude sur son banc de pierre. Il fit signe à Accomplissement Naturel d'approcher.

— Comment vont tes recherches ? demanda le souverain au lettré.

— Desquelles voulez-vous parler ? interrogea avec respect le Très Sage Conservateur dont l'activité intellectuelle était débordante.

— Mais de celles qui m'intéressent, bien sûr ! dit le roi Zhong d'un air agacé.

— Je n'ai encore rien trouvé... finit par répondre avec gêne le lettré.

Le visage d'Accomplissement Naturel s'était rembruni. Voilà trois mois au moins que le vieillard lui avait demandé de faire des recherches sur les cartes maritimes de la bibliothèque pour y découvrir la trace des Îles Immortelles. Le lettré connaissait parfaitement le sujet, mais les cartes qu'il avait compulsées n'avaient apporté aucune réponse satisfaisante. Ses recherches étaient demeurées parfaitement vaines.

L'histoire de ces îles, pourtant, était bien connue. Il y avait fort longtemps de ça, longtemps avant en tout cas les empereurs mythiques des Cinq Directions, cinq îles merveilleuses où le jade et les perles pouvaient pousser sur les arbres dérivaient dangereusement sur la mer de l'Est et risquaient d'être englouties dans l'immense précipice où se jetait la mer. Il fallait agir pour préserver de telles raretés ! Aussi fit-on venir d'immenses tortues géantes pour les soutenir du fond de l'eau et empêcher qu'elles continuent à glisser vers le néant du précipice. Mais des géants stupides pêchèrent deux de ces tortues, si bien qu'il ne resta bientôt que trois îles : Penglai, Yingzhou et Fanzhang, qui continuèrent de flotter sur la mer, arrimées à ses profondeurs.

Telles étaient ces îles, les îles Penglai, que l'on surnommait les Îles Immortelles. Il suffisait d'y accoster pour ne jamais mourir. Et c'était là que le vieux Zhong, dans ses rêves un peu fous, aurait tant voulu trouver refuge, à l'ombre de ces arbres aux fruits de jade qui permettaient d'échapper aux usures du temps. Voilà ce qui expliquait son insistance à obtenir ces informations géographiques auprès du lettré.

Accomplissement Naturel avait eu beau retourner en tous sens les dessins formés par les cartes de la bibliothèque, il ne voyait toujours rien qui ressemblât à ces trois îles. Plus les semaines passaient et plus le vieux roi se faisait pressant. Cela commençait à devenir gênant.

— Faut-il vraiment s'en tenir aux cartes marines ? hasarda-t-il enfin pour tenter de se justifier. J'ai examiné en vain toutes celles de la bibliothèque. Ne faut-il pas chercher la trace de ces îles sur d'autres documents ?

— Je veux bien ! Mais à quoi fais-tu allusion ?

— Oh ! je ne sais pas... Pourquoi pas sur des objets qui dateraient de l'époque où les deux îles ont été englouties, par exemple ? précisa le lettré qui ne paraissait pas lui-même très convaincu par ce qu'il venait de proposer.

À sa grande surprise, le visage du vieillard s'illumina.

Les propos d'Accomplissement Naturel venaient à point nommé lui rappeler sa fameuse idée.

Le vieux roi se leva et appela Droit Devant qui conversait avec les serviteurs préposés à la nourriture des carpes géantes.

— Fais-moi quérir « qui tu sais » ! Je le veux dans

ma chambre d'ici une heure, ordonna le vieux Zhong à son Grand Chambellan.

Puis il salua courtoisement le Très Sage Conservateur qui lui rendit sa révérence et regagna d'un pas plus alerte que d'habitude ses appartements royaux.

*

Le grand prêtre Wudong habitait avec son acolyte Zhaogongming une immense bâtisse à moitié en ruine située à la lisière d'un quartier résidentiel du sud de Xianyang. Le Palais des Vents, tel était son nom, s'élevait sur une sorte de terrain vague où personne ne venait jamais, de crainte d'y croiser les fantômes dont on croyait qu'ils peuplaient ce bâtiment – son nom signifiant « ouvert à tous vents ».

Le relatif isolement du Palais des Vents, que nul autre bâtiment ne jouxtait, permettait aux deux hommes de se livrer en toute quiétude à leurs cultes et à leurs expériences alchimiques. De temps à autre, des explosions de fumée montaient au-dessus du toit et faisaient dire aux gens du quartier que le dieu du Tonnerre et du Feu habitait cette sombre et lugubre demeure.

Quand il revint du Palais Royal où le vieux Zhong l'avait de nouveau convoqué, Wudong trouva son acolyte en train de broyer consciencieusement du cinabre et de la chaux vive dans un mortier de marbre. Zhaogongming était aussi petit et chétif que Wudong était immense. Plutôt efféminé, il parlait avec force gestes et mimiques. Sa propension à lever les yeux au ciel à la moindre contrariété faisait rire sous cape ses interlocuteurs. Toujours vêtu de bure noire, il assistait le grand maître avec des attitudes de vieille servante lorsque celui-ci pratiquait les exercices taoïstes et les expériences alchimiques.

C'était le père de Zhaogongming, lui-même initié à

la Grande Voie, qui avant de mourir avait confié son fils encore tout jeune à son ami grand prêtre. Aussi Wudong considérait-il Zhaogongming comme son fils spirituel et ne lui cachait-il aucun de ses secrets.

— Est-ce qu'il reste encore des carapaces de tortue ? demanda Wudong à l'acolyte.

— Je crois qu'il en reste trois. Puis-je savoir ce que tu veux en faire ? répondit l'autre dont les sourcils prirent subitement la forme du caractère Ren, qui signifiait « homme » et se calligraphiait comme un petit chapeau.

— Va les prendre pendant que j'allume le brasier, reprit le grand prêtre sans répondre à la question posée.

Devant l'air étonné de son assistant, Wudong lui raconta l'objet de l'entretien qu'il venait d'avoir :

— Le roi veut savoir s'il lui est possible d'aller faire quérir un objet rituel dans un certain tombeau et m'a demandé d'appeler les dieux à ce sujet. Il prétend que ce disque de jade permet d'atteindre l'immortalité. C'est bizarre mais c'est ainsi...

Il croyait davantage aux vertus du cinabre qu'à celles du jade dès lors qu'il n'était pas question de l'ingérer puisqu'il n'était pas en poudre.

Wudong poursuivit néanmoins son récit : le roi avait besoin des oracles du Jiaguwen avant de savoir s'il était autorisé à faire quérir le Bi noir étoilé qu'il avait fait placer dans le mausolée de sa bien-aimée Étoile du Sud. Le souverain, fort impatient d'obtenir une réponse, avait donné au grand prêtre deux jours pour la lui apporter.

— L'affaire est d'importance ! Il s'agit de ne pas nous tromper dans l'interprétation de ces idéogrammes aléatoires que les flammes écrivent et que les hommes lisent, conclut Wudong.

— Dans ce cas, il vaut mieux en effet utiliser la carapace de tortue plutôt que l'os plat de l'épaule du cerf ou du mouton. Outre qu'elles se craquellent beaucoup plus vite une fois mises sur les flammes, les Jia-guwen y sont plus fins et moins difficiles à déchiffrer, décréta l'acolyte comme s'il s'agissait d'une vulgaire recette de cuisine.

En un trottinement déhanché, il rapporta d'une lourde armoire trois carapaces, bombées comme des casques, empoussiérées et grisâtres, dont on percevait toutefois les écailles nervurées.

Dans le fond de la salle obscure, le mur s'ouvrait pour former un petit foyer. Wudong y avait allumé un feu de bois auquel il ajouta du charbon pour en aug-menter la température. Pendant ce temps, Zhaogong-ming avait placé au pied du mur, à l'aplomb du foyer, son brûle-parfum Boshanlu. Lorsque les braises furent rougeoyantes, il en posa trois directement avec ses doigts dans le brûle-parfum, puis saupoudra le tout d'un mélange d'encens et d'épices odorantes.

Le grand prêtre s'empara alors de la première cara-pace, puis, ayant doucement fermé les yeux, il la plaça au-dessus du brasier en continuant à la tenir tout en inspirant à pleins poumons les fumerolles entêtantes qui s'échappaient du brûle-parfum. Il ne paraissait pas sen-tir la chaleur brûlante qui, au bout de longues minutes, commença à provoquer de fines craquelures sur la face intérieure de la carapace de l'animal. Quand la paroi devint sombre, il retira la carapace du dessus du brasier et la posa, encore toute fumante, sur la table. Puis il fit de même avec les deux autres carapaces. L'opération terminée, une âcre odeur de corne brûlée avait envahi la salle obscure.

Il ne restait plus qu'à déchiffrer les Jiaguwen, ces craquelures qui ressemblaient à des idéogrammes écrits par le feu sur la corne.

Wudong et Zhaogongming installèrent devant eux les trois carapaces et se penchèrent attentivement sur elles en les soupesant et en les examinant dans tous les sens. Ils s'apprêtaient à passer de longues heures à scruter sur la corne noircie par les flammes les étranges messages qu'elles y avaient gravés afin d'en déchiffrer le sens.

*

— Votre Majesté, les oracles paraissent positifs !

Wudong avait apporté les trois carapaces de tortue noircies par les flammes pour les montrer au roi.

— Regardez ici, n'est-ce pas le caractère qui indique le Sud ? demanda Wudong au souverain en désignant de l'index une minuscule craquelure sur une des carapaces.

Zhong, dont la vue était très basse, se trouvait incapable de déchiffrer quoi que ce soit, mais il répondit néanmoins par l'affirmative.

— Et là ! C'est encore plus extraordinaire ! N'y a-t-il pas marqué en lettres de feu : « La voie est libre » ? ajouta le grand prêtre en désignant d'un air triomphant le bord inférieur de la deuxième carapace.

Le roi se pencha, ne vit rien mais, ravi de ce qu'il venait d'entendre, acquiesça encore.

— Il est donc bien écrit sur cet os de tortue que je ne commets pas une mauvaise action en allant faire chercher le Bi noir étoilé dans le tombeau de ma première et tendre concubine ? s'enquit le vieux Zhong qui jubilait comme s'il venait de découvrir un immense trésor.

Car c'était là sa fameuse idée ! Il exultait d'avoir eu une si bonne intuition. Il était sûr que les dessins des nervures du jade du disque noir étaient la carte qui permettait d'accéder aux Îles Immortelles. Il affréterait un bateau et s'y rendrait. Alors, il vivrait dix mille ans et sa mémoire resterait intacte.

C'était donc un vieillard ragaillardi et guilleret que Wudong avait devant lui.

— On peut le dire. Votre Majesté ne commet pas de mauvaise action en envoyant chercher l'objet rituel, répondit en s'inclinant le grand prêtre.

Alors le roi fit venir dans sa chambre le chef de ses ordonnances Coupure de la Ligne Droite pendant que Droit Devant, resté sur le pas de la chambre perché sur sa montagne de carmin, se tordait les mains de dépit que son roi ne lui ait pas demandé de le faire.

— Je te confie une mission de confiance, annonça Zhong à l'ordonnance en chef. Tu vas aller récupérer dans le tombeau d'Étoile du Sud un disque de jade noir qui s'y trouve et dont j'ai absolument besoin.

— À vos ordres, ô mon roi ! s'écria Coupure de la Ligne Droite auquel le Grand Chambellan ordonna furieusement d'un regard de quitter cette chambre où les ordonnances n'entraient jamais.

Le grand prêtre allait sortir à son tour de la pièce quand le vieux roi l'arrêta.

— Reste encore un peu. J'ai envie à présent de te confier un lourd secret qui me pèse.

Il ajouta, le regard embrumé par la nostalgie :

— Tu es bien le seul à qui je puisse le confier. Mais après tout nous partageons déjà bien des secrets...

Assis dans un fauteuil un peu plus bas que celui du roi, Wudong, qui avait placé à ses pieds les trois carapaces, écouta le récit du vieux Zhong.

Plus de quinze ans avaient passé depuis que Zhong avait rencontré l'amour et qu'il l'avait laissé échapper. Il n'était encore que le prince héritier du royaume, la plupart du temps au combat au milieu de ses hommes sur les champs de bataille. Son père, pour l'éprouver, lui avait confié le commandement du corps d'armée du

Nord qui était chargé de défendre, de ce côté-là, les frontières du royaume.

Cela s'était produit dans un petit village du nord-est du Qin qui servait de poste-frontière. Il y avait installé son corps d'armée en garnison en attendant la fin de l'hiver qui, cette année-là, était particulièrement rude. Dans cette région, les paysans élevaient des bovins et cultivaient des céréales quand les rares pluies permettaient d'arroser les sols. Autour de ce village aux maisons creusées dans le plateau de lœss, il y avait de belles collines orangées où l'on chassait le cerf et le sanglier. C'était là l'une des seules occupations intéressantes de Zhong, avec les exercices de tir à l'arc auxquels il se livrait tous les matins.

Un soir qu'il revenait seul d'une battue qui n'avait rien donné, ses pas l'avaient conduit dans un endroit qu'il ne connaissait pas. Et il s'était perdu. Un violent orage avait éclaté, déclenchant des pluies torrentielles qui provoquaient des coulures de lœss jaunes comme un canari sur les arbres, les rochers et les chemins. Cerné par les éclairs, il avait trouvé refuge dans l'anfractuosité d'une haute falaise. Il était inutile de vouloir regagner le village, la pluie et le vent étaient trop violents. Mieux valait attendre le lendemain matin. Il avait décidé de dormir dans la grotte et cherché un endroit où le sol était plat.

Il avait fait quelques pas lorsqu'il avait aperçu devant lui une bête au pelage indécis qui se dressait sur ses pattes arrière. Croyant qu'il s'agissait d'un ours de la steppe, il avait sorti son poignard pour égorger la bête. Lui qui avait déjà tué de tels animaux de ses mains s'était rué vers l'avant et agrippé à ce qu'il croyait être son cou pour lui tenir la gorge haute, bloquer sa tête et plonger le poignard dans sa base.

Quelle n'avait pas été sa surprise de constater qu'il s'agissait d'un être humain vêtu de peaux de chèvre dont, d'un geste vif, il avait fait tomber la cagoule de poils qui lui masquait le visage. Il avait cru alors se trouver face à l'un de ces Gui ou démons- fantômes qui prenaient souvent les traits d'un animal, voire à une renarde magicienne, de celles dont on disait qu'à cinquante ans elles pouvaient se transformer en femmes et à cent ans en jolies filles.

Son étonnement avait redoublé quand, après avoir réussi à plaquer cette créature sur le sol où elle avait commencé à le griffer au visage, il avait découvert qu'il s'agissait d'une superbe jeune femme dont les yeux de braise le fixaient avec défi et méfiance. Il avait constaté de surcroît, après l'avoir entièrement dénudée, que son corps souple et doré aux seins fermes et au ventre plat était tout sauf celui d'une renarde... Il l'avait relâchée sans peine. La jeune femme avait alors promptement recouvert son admirable corps d'une couverture de peaux de renard argenté.

Zhong avait examiné la situation. Des charbons éteints jonchaient le sol de la grotte, formant un long sillon noir. Devant lui se tenait la jeune femme. Sous sa couverture, elle ressemblait à une renarde de cent ans. Elle avait l'air adorable.

Passée leur surprise mutuelle, ils étaient partis tous deux d'un franc éclat de rire. La jeune femme avait expliqué au prince héritier qu'elle était une prêtresse médium qui commandait à la pluie et aux nuages. Ses fonctions lui interdisaient de parler aux villageois, pour lesquels elle intercédait. Elle vivait en ermite dans cette grotte, nourrie par les habitants du village qui déposaient tous les soirs les mets les plus fins devant sa porte. Elle ne sortait que trois fois par an, au moment des trois « jours d'embuscade » qui marquaient les canicules les plus fortes, pendant lesquels elle était transportée sur un char rempli d'offrandes, telle une déesse vivante, dans les rues du village poste-frontière.

Quant aux charbons éteints qui parsemaient le sol, c'étaient les restes des braises sur lesquelles la jeune femme était tenue de marcher à chaque lune pour garder le contact avec les dieux du vent et de la pluie.

Dès la première nuit, si loin qu'ils étaient du monde, l'attirance charnelle qu'ils avaient d'emblée éprouvée l'un pour l'autre les avait promptement réunis. À peine allongés, ils avaient fait l'amour, comme de jeunes animaux qui se laissent guider par l'instinct, sur des dépouilles d'animaux sauvages qui leur servaient de lit. Puis ils s'étaient endormis l'un dans l'autre, enlacés dans la chaleur mutuelle de leur Yin et de leur Yang, et ne s'étaient réveillés qu'au petit jour.

Ce jour-là, Zhong avait expliqué à ses hommes qu'il s'était perdu et, craignant les représailles des villageois contre la jeune femme, avait décidé qu'il ne partagerait avec quiconque ce tendre et doux secret.

Le lendemain, Zhong, qui avait gardé un souvenir impérissable de cette première nuit passée dans les bras de la sauvageonne, était revenu dare-dare, à peine la nuit tombée. La jeune femme s'était montrée encore plus sensuelle et aimante que la veille pour ce guerrier dont elle ne connaissait même pas le nom. Elle avait su, grâce à son seul instinct, lui prodiguer mille plaisirs. Ses lèvres sensuelles et purpurines l'avaient embrassé avec la fougue d'une tigresse tandis que les mains de Zhong ne s'étaient guère lassées de caresser le ventre brûlant de désir de cette femme-tigresse, qu'il avait appelée « ma douce renarde ». Le prince héritier du Qin, qui n'avait jusque-là connu que de fades étreintes ainsi que les caresses à peine plus expertes de ses concubines les plus délurées, découvrait le plaisir intense des corps dont les souffles étaient parfaitement accordés. Chaque étreinte avec cette femme à la sensualité animale devenait une fête.

La prêtresse médium était très belle. Elle avait les

71

yeux en amande et le front haut des filles de la steppe. Ses cheveux auburn luisaient de reflets cuivrés. Lorsqu'elle riait avec insouciance dans les bras de son guerrier inconnu, ses petites dents éclatantes formaient un rang de perles sur la bouche pulpeuse et rose de son joli minois.

Ils avaient fini par se dire leurs noms respectifs. Elle portait un beau nom, qui rendait bien compte de ce qu'elle était.

Les semaines s'écoulaient, les nuits d'amour se succédaient tout au long de l'hiver. L'harmonie des deux amants était de plus en plus parfaite. Tout occupé qu'il était à cultiver cet amour étrange qui le comblait, Zhong avait oublié le temps qui passait.

Et le printemps, ce délicieux moment où la sève des plantes montait et où les bourgeons éclosaient, était arrivé très vite.

Un matin, la jeune femme en larmes avait annoncé au guerrier qu'elle attendait un enfant de lui. Or une prêtresse médiumnique faiseuse de pluie se devait de rester vierge, faute de quoi elle encourait la mort. Il fallait partir.

Zhong, qui restait fou d'amour, avait eu pitié d'elle et l'avait emmenée en cachette à la cour de Xianyang où la jeune femme avait accouché secrètement d'une petite fille qu'ils appelèrent Inébranlable Étoile de l'Est. « Inébranlable » parce que sa mère savait commander à la pluie, « Étoile » parce qu'elle avait la beauté d'une étoile, « de l'Est » parce que l'enfant avait été conçue dans la contrée la plus orientale du royaume de Qin.

Après l'accouchement, la mère n'avait pas eu d'autre choix que d'abandonner l'enfant à son père, car l'étiquette en vigueur à la cour du Qin interdisait au roi d'avoir des enfants d'autres femmes que de ses épouses ou de ses concubines.

Wudong écoutait en silence le récit du vieillard dont les yeux, au rappel de cet amour si fort et impossible, étaient inondés de larmes.

— Comment s'appelait cette femme, au cas où vous souhaiteriez que j'interroge les Jiaguwen pour que vous sachiez où elle se trouve ? interrogea le grand prêtre d'une voix douce.

— Je préfère ne pas savoir ce qu'elle est devenue... Elle s'appelait Vallée Profonde.

En prononçant ce nom, le vieux Zhong ne put réprimer un sanglot.

Lorsqu'il prétendait qu'il ignorait ce que Vallée Profonde était devenue, le vieux roi mentait. Mais dire la vérité à Wudong lui paraissait impossible, alors même qu'il s'était proposé quelques instants plus tôt de le faire, tant ce qui s'était réellement passé continuait à lui faire honte.

Aussi décida-t-il d'arrêter là sa confession.

Wudong ne saurait jamais qu'un jour, deux ou trois ans après la naissance de l'enfant, alors qu'il venait d'être sacré roi du Qin, Zhong avait été stupéfait de constater la présence de Vallée Profonde dans la queue des solliciteurs qu'il recevait au cours d'audiences ouvertes à n'importe quel homme ou femme de son peuple.

Il suffisait de prendre un billet d'entrée auprès d'un comptable des audiences, qu'il fallait payer comptant comme une sorte d'impôt spécial, et de décliner son identité auprès d'un scribe-contrôleur qui comparait le nom des solliciteurs avec celui qui figurait sur les rôles fiscaux, car n'étaient alors citoyens que les contribuables.

La jeune femme n'était plus qu'à quelques mètres du trône et lui, craignant par-dessus tout le scandale, se demandait quel allait être le comportement de cette femme qu'il avait tant aimée, ainsi que les raisons de sa venue. Il se sentait de plus en plus mal à l'aise au fur et à mesure que le tour de Vallée Profonde approchait.

C'est alors que, providentiellement, deux gendarmes avaient fait irruption dans la salle d'audience et s'étaient emparés de la jeune femme dont les cris de désespoir avaient résonné sous le riche plafond décoré de la salle d'audience.

— Cette femme n'est pas en règle. Le nom qu'elle a donné au scribe ne figure sur aucun des rôles du royaume ! s'étaient écriés ces hommes en guise d'explication.

Alors, il avait éprouvé un lâche soulagement et avait laissé faire en regardant ailleurs.

Mais le dernier regard que lui avait lancé Vallée Profonde, lorsque les gardes l'avaient traînée brutalement par sa belle chevelure pour lui faire franchir la porte de sortie, resterait à jamais gravé dans la mémoire du vieux roi que cette lâcheté continuait de miner.

C'était un regard de mépris, de tristesse, mais aussi de haine. Il en avait eu mal au ventre pendant des mois.

Et c'était la même douleur lancinante, comme une ceinture de feu, qui venait de le reprendre, juste en y repensant. Il se disait qu'il se serait bien passé de cet excès de mémoire qui lui avait rappelé un épisode si peu glorieux.

— Et cette enfant, que devint-elle ? demanda Wudong.

— Elle se porte comme un charme et fait des études... répondit le vieux roi. Oui, ici même, à la Cour ! ajouta-t-il en souriant.

Il souriait toujours lorsqu'il pensait à cette enfant qu'il aimait profondément.

— Elle étudie le droit public au Collège des Fonctionnaires Supérieurs d'Autorité, précisa-t-il.

— Mais n'est-ce pas une école réservée à ceux du

sexe Yang ? s'exclama le grand prêtre qui n'en croyait pas ses oreilles.

Le roi, qui ne souhaitait pas en dire plus, esquissa à nouveau un sourire. Puis, comme s'il en avait trop dit au grand prêtre, les paupières de son vieux visage parcheminé se fermèrent.

Lorsque Wudong se pencha vers lui, le souverain, épuisé, dormait déjà.

4

— Ton cheval pue la sueur et la crasse. La prochaine fois, ce sera le bâton ! Passe-moi l'étrille !

Les inspections du haras central du royaume de Qin
par le général Paix des Armes finissaient toujours mal.
Surtout lorsqu'il se montrait aussi intraitable qu'irascible. Et tous les palefreniers, tous les dresseurs, les garçons de stalles et autres soigneurs, de quelque grade ou
rang qu'ils fussent, trouvaient que l'écuyer en chef du
royaume, ou plus exactement l'Intendant Général des
Grandes Écuries du Royaume de Qin, était chaque jour
d'une humeur un peu plus massacrante.

Le palefrenier, donc, n'opposa pas de résistance et
tendit d'une main tremblante son étrille à Paix des
Armes.

Celui-ci la prit violemment et se mit à brosser le dos
du cheval en hurlant à la ronde :

— Je vais t'apprendre, moi, à étriller comme il le
faut un cheval !

Dans l'immense hangar des haras centraux, chacun
filait doux, qui curant des sabots en baissant la tête, qui
se mettant à l'abri sous une couverture de monte ou
plus simplement s'accroupissant contre les murs en
planche des stalles pour ne pas se faire voir et échapper
aux invectives.

76

Ce jour-là, il valait mieux ne pas être dans le champ de tir de l'Intendant Général Paix des Armes.

La colère rendait cet homme plus beau qu'il n'était. De taille moyenne, ce cavalier émérite avait les jambes arquées par la monte et cela paraissait rapetisser son corps qu'il sanglait impeccablement dans l'uniforme des soldats à cheval dont les jambières de tissu tenues par des lanières de cuir montaient, tels des serpents, à l'assaut de la jambe. Malgré sa colère, son visage respirait la sympathie. Il portait un fin collier de barbe. Son front haut renforçait la noblesse du port de tête, et son regard un peu triste devenait lumineux lorsque l'irritation le prenait.

Paix des Armes avait de bonnes raisons d'être de si méchante humeur. De par ses fonctions, tout ce qui touchait au cheval dans le royaume de Qin relevait de sa responsabilité. Or la pénurie en chevaux devenait si alarmante que bientôt il faudrait se résoudre à désarmer plusieurs corps d'armée.

En ce temps-là, en effet, la puissance des royaumes combattants se mesurait parfaitement à l'aune du nombre de leurs chevaux. Et l'orgueilleux royaume de Qin avait besoin de chevaux plus que nul autre !

Ce grand État avait choisi la voie des armes. Son expansion s'était faite dans le fracas des batailles et dans le sang versé. Ce qui n'était au départ qu'une principauté rustique, dont la seule richesse était l'acharnement au combat de ses hommes, s'était peu à peu hissé au niveau d'un militaire et conquérant royaume qui régnait sur de vastes territoires annexés par la force aux dépens de ses rivaux voisins. Cela valait au Qin l'inimitié séculaire des puissances adverses qui l'entouraient et attendaient la faille qui tardait à venir, à l'abri derrière les murs de leurs villes fortifiées, mais avec la peur au ventre car les armées du Qin étaient encore les plus redoutables : le très riche Zhao, vers l'est ; le singulier Qi, plus au nord ; vers le désert de la steppe, le Yan dont les guerriers avaient la réputation d'être des hordes sauvages ; et, donnant vers le sud, le Chu et le Wu où il faisait bon vivre en raison de la douceur particulière du climat qui donnait à la nature une luxuriance tranchant avec l'aridité des contrées plus septentrionales.

Faute d'équidés nombreux, puissants et valeureux, qui traînerait les chars de combat du Qin, les quadriges luxueusement ornementés de plaques de bronze sur lesquels se postaient ses valeureux généralissimes pour ordonner l'assaut, et les lourdes charrettes bourrées de munitions indispensables pour défaire l'ennemi ? Comment ferait-on avancer les chars cuirassés indestructibles, que ce soit par les pierres ou par le feu, et ceux du génie, où l'on entassait arbalètes géantes, pelles, pioches, piquets et planches d'échafaudages grâce auxquels les armées pouvaient franchir les rivières lors des crues du printemps ? Dépourvue de chevaux, que deviendrait cette armée si glorieuse, dont le renom et les hauts faits étaient célébrés par les bardes dans les contrées lointaines ?

Car sans chevaux, une armée était privée des éléments qui faisaient toute sa force et sa mobilité. Les cavaliers en constituaient effectivement le fer de lance. C'étaient eux qui, arme au poing, galopant vers l'adversaire, avaient permis les offensives fulgurantes et victorieuses du royaume de Qin. Plus redoutables encore, les fameux archers à cheval étaient capables de parcourir le champ de bataille en un éclair pour atteindre leur cible avec la précision d'un aigle qui fond sur sa proie.

Cette osmose totale entre les guerriers et leurs montures, que ses soldats avaient su obtenir à force d'entraînement, constituait la vraie supériorité des armées du Qin. Elle lui avait permis d'infliger de cuisantes défaites à ses puissants voisins.

La crise du cheval avait commencé, sournoisement, trois ans plus tôt. Mais depuis un an elle avait atteint des proportions franchement inquiétantes. Les élevages royaux, déjà, ne suffisaient plus à renouveler les générations d'équidés dont beaucoup mouraient jeunes sur les champs de bataille. Paix des Armes avait bien interdit qu'on employât les juments pleines dans les combats, mais cette mesure était intervenue trop tard.

Ce qui n'était qu'une légère pénurie qu'on pouvait tant bien que mal compenser par l'amélioration des races et des espèces était devenu un problème si alarmant que le roi Zhong lui-même s'en était saisi.

Il avait demandé à Paix des Armes de lui rendre compte chaque semaine de la gravité de la situation et des remèdes qu'on pouvait y apporter. L'Intendant Général des Grandes Écuries du Royaume vivait ainsi sous une pression permanente, au point qu'il avait fini par en perdre le sommeil. Cet homme au naturel humble et doux, convivial avec autrui, s'était transformé en l'espace de quelques mois en un officier acariâtre de la pire espèce que ses hommes avaient bien du mal à reconnaître.

Et cette crise du cheval avait émoussé les ardeurs guerrières des armées, provoquant un dangereux engrenage. En effet, les victoires sur le terrain se faisant plus rares, le Qin pouvait de moins en moins compter sur la capture, parfois, de milliers de chevaux dont une seule bataille gagnée pouvait fournir l'occasion. Faute de telles prises, le cheptel s'appauvrissait inéluctablement. Le royaume était dans une impasse et Paix des Armes ne voyait pas comment, à lui tout seul, il pourrait trouver la solution miracle pour en sortir.

Il finirait, c'était sûr, pensait-il, par y perdre sa place, peut-être sa tête, et même, pis encore, la face.

C'était donc devenu un homme miné et rongé d'inquiétude.

Aussi le général, ce matin-là, s'apprêtait-il, pour calmer ses nerfs à vif, à souffleter le pauvre palefrenier qui en menait de moins en moins large. C'est alors qu'il sentit une main lui taper sur l'épaule.

— Le roi souhaite que vous veniez le voir.

Il se retourna. L'ordonnance en chef Coupure de la Ligne Droite le regardait avec considération et respect.

Le palefrenier poussa un soupir de soulagement et profita de l'aubaine pour s'en aller à reculons sur la pointe des pieds pendant que Paix des Armes, arrêté dans son élan, se donnait une contenance en époussetant et en arrangeant les pattes de tigre que les généraux de la cavalerie portaient en épaulette.

Quand il entra dans la salle d'audience, le général était si contrarié qu'il ne comprit pas tout de suite le sens du petit signe d'amitié et d'encouragement que lui adressait l'eunuque Droit Devant.

Il constata avec un pincement au cœur que son ennemi intime, le général Défaut du Jade, était déjà présent dans la salle et qu'il discutait avec sire Zhong.

Paix des Armes et Défaut du Jade se détestaient cordialement. Aucun des deux n'était pourtant le supérieur hiérarchique de l'autre. Ils avaient tous les deux rang de général d'armée et dépendaient directement du roi. Défaut du Jade était le commandant opérationnel des armées du Qin. C'était un homme immense et gros, intelligent et retors, parfaitement rompu aux intrigues de cour. Il était allergique au crin de cheval et, par conséquent, ne savait pas tenir sur une croupe. Mais cette caractéristique ne l'avait nullement empêché, grâce à son habileté diabolique et à un sens aigu de la flatterie et poussé de la manœuvre, de devenir le commandant en chef des armées du royaume.

La sourde rivalité qui opposait les deux hommes était en fait inscrite dans l'antagonisme de leurs fonctions. La pénurie de chevaux pénalisait les armées et donc l'action de Défaut du Jade. L'absence de victoires qui en était le contrecoup, privant le Qin du butin en chevaux de ses conquêtes militaires, ne faisait que compliquer la tâche de Paix des Armes.

À cette opposition frontale, qui les conduisait à se rejeter mutuellement la responsabilité de la situation, s'en ajoutait une autre, beaucoup plus personnelle. Les deux caractères étaient si contraires que leur détestation réciproque se doublait d'une profonde incompréhension.

— Paix des Armes, peux-tu me faire un rapport sur l'état de la délicate question du cheval au Qin ? demanda le souverain affalé sur son trône pendant que Défaut du Jade, aux anges, se préparait à assister avec délectation à l'interrogatoire de son ennemi intime.

— Hélas, elle n'a pas beaucoup changé depuis huit jours, répondit l'écuyer en chef du royaume pour se donner une contenance.

Ravi de cette réponse un peu courte, Défaut du Jade en profita pour enfoncer un peu plus son rival.

— Dans huit jours, tu diras la même chose !...

Puis, se tournant vers le vieux roi, il ajouta :

— La situation devient intenable. Dans moins de six mois, mes armées ne pourront plus livrer une seule petite guerre !

Paix des Armes était furieux. Voilà que Défaut du Jade commençait à instruire son procès. Ce méchant homme le lui paierait un jour ! Mais en attendant, il fallait bien trouver une réponse aux questions du roi.

— Majesté, je sais d'avance que la solution que je vais vous suggérer va tellement vous contrarier que vous allez encore refuser de l'envisager. Cela dit, au point où nous en sommes, elle me paraît être la seule.

Paix des Armes marqua un temps d'arrêt et regarda le visage du vieillard pour guetter sa réaction.

— Eh bien, continue ! s'écria ce dernier avec agacement.

— Pourquoi n'irions-nous pas chercher les chevaux là où on en trouve ?

— Mais nous n'avons même pas de quoi livrer une guerre victorieuse ! répliqua rageusement Défaut du Jade.

— On peut trouver des chevaux sans combattre, poursuivit Paix des Armes, qui marqua alors un temps d'arrêt. Il suffit de les acheter, ajouta-t-il lentement en regardant le roi droit dans les yeux.

Puis il attendit, guettant la réaction royale à cette proposition qui, il y a quelques mois encore, eût été considérée comme pure provocation...

Défaut du Jade allait intervenir mais le roi l'en empêcha d'un signe de la main. Manifestement, l'argumentation de Paix des Armes avait fait mouche, ou à tout le moins ne l'avait pas laissé indifférent.

— Mais qui donc serait capable de nous en vendre ? demanda, intéressé, le vieux souverain à son écuyer général.

— Un homme qui habite au Zhao, à Handan. Il vend des chevaux par milliers. Je crois qu'il s'appelle Lubuwei...

Le général se garda bien de sourire, de peur de donner au roi le sentiment qu'il avait le triomphe trop facile. Il commençait toutefois à entrevoir, du fait de l'attitude du vieux monarque qui semblait positive, une solution au problème qui le mettait de si méchante humeur lorsqu'il inspectait ses haras.

— Et comment comptes-tu entrer en contact avec cet homme ? Es-tu sûr qu'il est prêt à vendre ses bêtes à un pays en guerre avec le sien ? intervint, ulcéré, Défaut du Jade avec un mauvais sourire.

Le roi vint au secours de son écuyer en chef.

— Si c'est un marchand, seul le prix que nous paierons comptera ! lança-t-il en éclatant d'un rire sonore.

L'assistance, médusée, n'en croyait pas ses oreilles d'entendre ainsi le vieux roi plaisanter.

— Avec les marchands, on finit toujours par trouver des arrangements ! ajouta, rigolard et moins tassé dans son fauteuil, le vieillard.

— Qingming approche. Dans deux mois, la Fête du Printemps coïncidera avec la grande Fête du Cheval. J'espère bien que d'ici là, j'aurai pu entrer en contact avec cet homme pour l'inviter à participer à cette foire, reprit Paix des Armes qui semblait soudain soulagé.

Lorsqu'il sortit de la salle des audiences royales, après avoir retourné à Droit Devant le clin d'œil que l'eunuque lui avait lancé, le général – cela ne lui était pas arrivé depuis des mois ! – se sentit un peu plus en paix avec lui-même.

Devant lui, la silhouette majestueuse de la Tour de la Mémoire du Pavillon de la Forêt des Arbousiers se dressait au fond de l'allée de cyprès, telle la colonne unique d'un temple qui aurait eu le ciel pour toit.

La douce mélopée des paroles de l'antique chanson de la Fête du Printemps lui revenait :

« Qingming ! Sur le tapis d'herbes et de fleurs, c'est le temps de l'amandier, de l'éclaircie et de la giboulée ! Sous les saules, ivres, dorment les promeneurs... »

*

De retour dans sa chambre, après avoir passé son heure habituelle à contempler les carpes géantes des douves du Pavillon de la Forêt des Arbousiers, le vieux souverain avait l'air totalement épuisé.

Il se traîna jusqu'à son lit, s'y affala, puis déboutonna sa veste. Il respirait mal et se tenait le ventre. Il ne remarqua pas la profonde contrariété qui marquait le visage de son Grand Chambellan et la sueur qui le transformait en fontaine quand il lui installa les oreillers sous sa nuque.

— Apporte-moi une pilule de Wudong, je me sens très las, dit le roi dans un souffle en se passant la main sur le front.

— Majesté, Coupure de la Ligne Droite est là derrière la porte et souhaite vous rendre compte de la mission que vous lui avez confiée, murmura timidement l'eunuque à son oreille.

La respiration du vieillard était de plus en plus rauque tandis que l'eunuque tremblait comme une feuille.

— Donne-moi ma pilule ! Et vite ! répéta le roi excédé parce que l'autre ne lui obéissait pas assez vite.

L'eunuque s'exécuta. Il tremblait de tous ses membres quand il donna la pilule et un gobelet d'eau parfumée. La montagne carmin n'était plus qu'une somme d'angoisses, de vibrations et de respirations saccadées qui allait et venait en tous sens dans la pièce comme un gros papillon de nuit qui se heurte à une lampe à huile. Le roi prit sa pilule et le gobelet, ferma les yeux, marmonna une incantation qui tenait plus du borborygme que d'autre chose, et avala d'un trait en grimaçant son cachet de cinabre.

— Coupure de la Ligne Droite... La mission que vous lui avez confiée... bredouilla de nouveau l'eunuque.

— Mais, pauvre homme, de quoi donc parles-tu ? Je n'ai confié aucune mission à cette ordonnance, affirma, plus calme, le vieux roi.

Droit Devant, sous le choc, retint son souffle pendant quelques instants puis, jetant un regard incrédule vers son maître, constata que celui-ci venait de s'endormir.

Voilà qu'il avait tout oublié ! Une fois de plus, sa mémoire l'avait brusquement abandonné. Que ce fût la tombe de sa première concubine, le Bi de jade, tout ce qui l'occupait encore le jour précédent s'était envolé de son esprit ! Droit Devant osait à peine le croire.

Alors, sur la pointe de ses socques pour faire le moins de bruit possible, comme s'il craignait qu'en se réveillant le vieillard retrouvât le fil de ses pensées, il regagna aussi vite qu'il put l'antichambre où Coupure de la Ligne Droite, prostré sur un banc, roulait des yeux blancs et imaginait sa vie future sous deux hypothèses : l'une, favorable, où il finirait comme un concierge aux pieds amputés, et celle, qui l'était beaucoup moins, où il n'aurait plus de tête au-dessus de son cou.

— Il a heureusement reperdu la mémoire, chuchota, au bord de l'apoplexie, la montagne carmin à la sentinelle éplorée.

L'eunuque n'osa pas ajouter que si le dieu de l'Oubli n'existait pas, il faudrait l'inventer, mais il le pensait alors très fort.

Le chef des ordonnances sortit dans la cour prendre un peu l'air. Un immense soulagement dénouait le nœud affreux qui lui serrait le ventre depuis la veille. Il n'avait pas été contraint d'avouer au vieux roi le terrible échec de sa mission.

Car l'expédition au tombeau d'Étoile du Sud avait tourné au cauchemar.

Lorsqu'il était arrivé à la nécropole avec ses hommes, Coupure de la Ligne Droite avait constaté que le tombeau avait été violé et le Bi noir étoilé volé. Tandis qu'ils rangeaient les objets d'or et de jade éparpillés sur le sol, ils avaient entendu le bruit des sabots d'un cheval sur le chemin empierré de la nécropole. Ils s'étaient cachés et avaient pu surprendre le pillard sur le fait, au moment où il posait pied à terre, juste devant l'entrée.

C'était un homme à la face de singe et aux incisives d'or. Ils l'avaient traîné sans ménagement dans la tombe et torturé pour le faire parler. Le pillard avait avoué avoir volé puis perdu le Bi. Lardé d'estafilades profondes qui le laissaient exsangue, il leur avait proposé une forte somme d'argent pour avoir la vie sauve. Alors Coupure de la Ligne Droite, emporté par une folie meurtrière, avait de rage étranglé de ses mains ce mécréant qui respectait si peu l'intimité des défunts et dont l'âme morte, jugeait-il, méritait de finir sa vie au fond des Sources Jaunes.

Mais en le mettant à mort, il s'était privé de toute confidence permettant la localisation du disque de jade ! Son excès de zèle allait strictement à l'encontre du but recherché. C'était plus qu'une erreur, c'était une véritable faute.

Il en frissonnait encore.

Instinctivement alors, il ouvrit sa main droite. On pouvait y voir le mauvais éclat des incisives d'or que, dans sa fougue enragée, il avait arrachées à Dent Facile après lui avoir serré le cou jusqu'à ce que les os produisent ce craquement sinistre dont il entendait encore le son.

— Ne crois-tu pas qu'il vaudrait mieux les jeter ? Je ne pense pas qu'elles pourront servir à quoi que ce soit..., suggéra, l'air un peu inquiet, le Grand Chambellan du roi au chef des ordonnances Coupure de la Ligne Droite.

5

C'était la troisième fois de la journée que le prince héritier Anguo rendait les hommages des sens à Huayang. Le fils du vieux roi ne se lassait pas des bras délectables et des nombreux atouts dont disposait sa jeune et jolie épouse.

À dire vrai, elle le méritait bien. Huayang était la plus belle femme de la cour du Qin. Et probablement la plus intelligente. Très consciente de ses atouts, elle avait réussi à se faire désirer à tout moment par Anguo, dont les penchants le portaient beaucoup plus vers la recherche du plaisir charnel que vers les disciplines austères nécessaires au bon gouvernement de l'État.

Son père Zhong à cet égard ne lui accordait aucune excuse. Il le prenait pour le dernier des benêts, et s'il avait surpris les minauderies de sa bru, au moment même où son mari lui faisait comprendre qu'il souhaitait avoir une lapée d'amour supplémentaire après celles qu'il avait prises deux heures plus tôt, cela n'aurait fait que confirmer la piètre opinion qu'il avait de son fils.

La belle avait épousé son prince trois ans plus tôt et les feux du désir dont Anguo brûlait pour sa femme, loin de faiblir sous l'effet du temps, avaient atteint l'intensité des grands incendies qui pouvaient ravager d'immenses étendues de steppes lorsque les herbes hautes étaient sèches comme de la paille.

— Ta Sublime Porte de l'Est a ses pensées printanières, et mon Rameau Rouge Dressé s'incline vers ce qui l'enchante, roucoulait Anguo dont la langue cherchait à s'introduire dans le délicieux orifice de Huayang.

Devant le petit sexe parfaitement épilé et parfumé au jasmin que Huayang, aussi splendide que redoutable, savait faire vibrer sur commande, le prince héritier se faisait volontiers poète :

— J'aime cette fleur dont la corolle est toujours entrouverte, poursuivait le prince héritier qui sentait à nouveau cette délicieuse vague de désir, dont il ne se lassait pas, monter dans son bas-ventre.

Huayang écarta ses jambes fuselées en gémissant de plaisir et cambra ses seins pointus. Elle regardait ailleurs. Sa Sublime Porte de l'Est n'avait aucune espèce d'intention printanière à l'égard du prince Anguo, elle s'accordait parfaitement aux formes de son époux tout simplement parce que la princesse en maîtrisait le mécanisme d'ouverture et de fermeture. Elle avait appris à simuler le plaisir.

Huayang offrait ainsi son joli corps mais ne se donnait pas. Anguo, par exemple, n'avait jamais pris son eau féminine et ne la prendrait jamais. Elle trouvait ses manières trop brutales et expéditives. En revanche, connaissant ses penchants naturels, elle le tenait comme un animal en laisse. Elle répondait précisément à ses désirs, comme une courtisane avec un client plus riche et généreux que les autres. Elle savait par exemple qu'après la langue il glisserait un doigt puis un autre dans sa Porte de l'Est et qu'il les ferait lentement tourner à l'intérieur avant de porter sa main à sa bouche pour goûter l'essence intime de son épouse. L'onguent qu'elle avait eu soin d'y placer sentirait la cannelle.

Anguo n'y verrait que du feu et prendrait cette crème goûteuse pour l'heureuse conséquence de ses compétences amoureuses et le fruit secret du désir que son épouse éprouvait pour lui.

— Veux-tu que je fasse « le Dragon Noir qui pénètre puissamment la Mer Profonde » ou que nous exécutions ensemble « Épervier et Loriot battant les airs de leurs ailes droites et fermes » ?

La proposition de Huayang arrivait, exprès, un peu tard. Anguo, qui avait appris par cœur une bonne partie des figures du *Manuel des Intentions Printanières*, n'arrivait plus à se retenir, si bien qu'il ne réussit à faire ni le Dragon ni l'Épervier mais qu'il s'épancha en rugissant de plaisir à peine le Rameau Rouge eut-il fait une timide incursion dans la Porte de l'Est.

Puis, comme d'habitude, il s'endormit sur-le-champ et se mit à ronfler.

Sitôt l'exploit du prince héritier accompli, Huayang appela sa première suivante Épingle de Jade pour qu'elle la recoiffe et la maquille à nouveau. Elle ne supportait pas d'être défaite. Son visage à l'ovale parfait, où deux yeux verts en amande encadraient un petit nez retroussé, était dès le réveil délicatement tamponné à la poudre de riz. Elle aimait aussi que sa lourde chevelure, qui lui tombait jusqu'à la taille, fût toujours parfaitement lissée et brillante.

Épingle de Jade passait un peigne de bronze dans les cheveux de sa maîtresse lorsque la haute silhouette de la reine mère Mei, accompagnée d'une dame de cour, apparut sur le seuil de la chambre. La sévère épouse du roi Zhong appela d'une voix sèche :

— Anguo ! Où es-tu ? Il faudrait que tu viennes ! Je souhaite te parler.

En guise de réponse, elle n'entendit que les ronflements sonores de son fils qui continuait à prendre, affalé sur le ventre et la tête dans les coussins du lit, le repos du guerrier.

La reine mère eut une moue de dégoût. Huayang la regarda à peine, feignait de se limer les ongles. Elle se méfiait comme de la peste de cette vieille femme qui était aussi une mère abusive et jalouse, surveillant à toute heure du jour et de la nuit les allées et venues de son fils, épiant ses faits et gestes, ulcérée de la passion irrépressible qu'il nourrissait pour Huayang, minée par l'attente de cet héritier mâle qui ne venait toujours pas.

— Il doit dormir encore, répondit laconiquement Huayang à sa belle-mère, qui se jeta sur son fils avant de le secouer comme une furie pour le réveiller.

— Anguo ! Réveille-toi, et rends-toi dans mes appartements ! lança la mère au fils d'un ton sec avant de tourner les talons, suivie de la dame de cour, sans même adresser un signe de tête à Huayang.

Lorsque Anguo passa devant Huayang pour aller retrouver sa mère, celle-ci prit soin de laisser entrevoir, à travers la fente de son pantalon de soie vaporeuse, le délicieux bouton rose de sa Porte de l'Est dont la douce couleur et la forme délicate faisaient penser à une perle. C'était ainsi qu'elle réussissait à le tenir toujours en haleine.

Le prince héritier pensait encore à cette jolie perle rare quand il arriva dans les appartements de sa mère. Celle-ci se tenait dans le jardin d'agrément, assise au bord de la margelle d'une petite fontaine rocailleuse. Elle ne lui laissa guère le temps de continuer à rêver et, en le foudroyant du regard, alla droit au but.

Sa voix était dure, tout comme le regard qu'elle portait vers son fils.

— Anguo, dans quelques semaines ce sera la Fête du Printemps. J'ai commencé à invoquer la grâce de la Souveraine Originelle des Nuages Irisés qui préside à la naissance des enfants pour qu'elle soit prête à exaucer mes vœux le jour du Qingming. Le temps presse ! La santé du roi faiblit de jour en jour. Il faut que ta femme nous donne un enfant mâle. Tu ne vas pas tarder à monter sur le trône, et le royaume de Qin a besoin d'un nouvel héritier.

Anguo, pris au dépourvu, ne savait trop quelle contenance adopter. Il regardait sa mère d'un air penaud, comme un garnement pris sur le fait. Devant elle, il s'était d'ailleurs toujours comporté comme un petit garçon apeuré.

Un silence pesant commençait à s'installer, juste troublé par les cris des hirondelles qui tournoyaient en cercles concentriques au-dessus du jardinet attenant à la chambre.

— C'est que ce n'est pas faute de rendre les hommages nécessaires à mon épouse, fit-il un peu gêné.

— Si Huayang n'est pas capable de nous en donner un malgré les efforts nombreux que tu sembles fournir, c'est un comble ! s'écria-t-elle avec dépit.

Penaud, Anguo baissait la tête.

— Tes concubines sauront bien y pourvoir, à condition, ne t'en déplaise, que tu leur réserves un peu de ta liqueur de jade... ajouta-t-elle perfidement.

Anguo avait à sa disposition cinq concubines au Gynécée Central du palais, mais il n'allait les voir qu'une fois par mois, uniquement lorsque Huayang était indisponible, et encore parce qu'on l'y appelait expressément.

— Je vais y penser, répondit en bredouillant le prince héritier qui était incapable de dire non à sa mère.

Puis, sortant à reculons du jardin d'agrément ainsi que le voulait l'étiquette, il prit congé de la reine Mei pour aller s'adonner à une chasse au lièvre qui serait, avec les hommages qu'il avait rendus à son épouse, sa seule occupation de la journée.

*

Pendant que le fils, après s'être fait sermonner par sa mère, battait les collines alentour de la ville, un collet en cordelette de chanvre à la main, Huayang, sans perdre une seconde, avait fait introduire dans sa chambre le seul homme avec lequel elle entretenait alors une véritable relation amoureuse.

De l'eau coule de ses pupilles noires,
Une fleur naît de son visage rose.
Le nuage de son chignon est délicatement
Ajusté comme une aile de cigale !
Ses sourcils de phalènes tracent
Le pâle contour des montagnes printanières
Ses lèvres rouges cernent une pêche mûre
Ses dents blanches alignent un double rang de jade.

Le cœur de Huayang ne fondait que pour deux raisons précises : l'écoute d'un délicat poème et les objets d'art.

La poésie et les antiquités étaient alors ses deux passions.

Celui qui récitait cette poésie ancienne en passant le seuil de sa chambre était un noble duc qui s'appelait Élévation Paisible de Trois Degrés.

Il connaissait suffisamment les goûts de Huayang pour savoir que ces strophes, qu'il déclamait avec la force de conviction et le ton nécessaires tout en lui passant la main sur la poitrine et le ventre, avaient le don de la faire défaillir de plaisir.

Cet homme, dont la grande culture contribuait ainsi à l'habileté amoureuse, était aussi noble par ses origines que par son port altier. Il avait déjà atteint la quarantaine mais continuait à porter beau. Il était issu d'une des familles les plus anciennes du royaume de Qin, qui avait fait, heureusement pour elle, sagement allégeance à la famille de Zhong, s'évitant ainsi, lorsqu'un roi avait émergé des familles nobiliaires qui se partageaient alors le pouvoir et les prébendes, la spoliation et l'humiliation de la déchéance de son titre, sans parler de la déportation, voire de l'extermination, que tant de familles de haut lignage avaient subie après avoir été spoliées.

Le système féodal vivait ses dernières heures. La constitution des monarchies s'opérait au détriment de ses grandes baronnies. Autrefois partagé entre cinq ou six grandes familles, le pouvoir s'identifiait désormais à l'État. Les codes administratifs et législatifs remplaçaient peu à peu les rapports de force, et les gouverneurs de province avaient barre sur ce qui restait de marquis et de ducs dont les terres étaient peu à peu confisquées au profit du seul royaume. Les fonctionnaires de haut rang avaient pour directive de se méfier des nobles dont l'influence ne cessait de décliner devant la montée en puissance du pouvoir central.

Par rapport à ses congénères, tous plus ou moins dans les affres de la disgrâce, l'homme dont Huayang recevait les hommages en secret bénéficiait également d'un statut à part.

En effet, lorsque le duc Élévation Paisible de Trois Degrés avait fait allégeance à Zhong au moment où celui-ci était monté sur le trône, il avait entraîné avec lui le dernier carré nobiliaire qui demeurait rebelle, tuant ainsi dans l'œuf toute velléité de rébellion de la part de cette classe qui voyait ses avantages et son pouvoir décliner de jour en jour.

Désireux de lui prouver sa reconnaissance, et d'acheter définitivement au passage cette loyauté qui servait d'exemple, le roi avait confié au duc la charge de Grand Officier des Remontrances du royaume de Qin.

C'était l'une des fonctions administratives les plus hautes, les plus enviées, mais aussi les plus redoutables du royaume. On l'occupait à vie et seul le roi pouvait y nommer son titulaire. Le Grand Officier des Remontrances avait tout simplement pour mission de dire au roi ce qui n'allait pas dans le pays de Qin. Il pouvait se rendre partout où bon lui semblait, pour enquêter à sa guise et susciter les confidences des plus humbles. Rien ne devait lui échapper, des prévarications des agents de l'octroi aux détournements des collecteurs des impôts ; de la vente de diplômes pour leur propre compte par les scribes préposés à leur rédaction aux trafics d'armes dont des soldats véreux profitaient en cédant aux malandrins, et jusqu'aux jugements hâtifs et non respectueux des codes rituels rendus par des juges contre monnaie sonnante et trébuchante.

Tout ce qui n'était pas conforme à la loi, à l'étiquette et à la règle arrivait ainsi à ses oreilles grâce à un réseau d'espions et de délateurs dont beaucoup, pour mieux cacher leurs propres turpitudes, dénonçaient à qui mieux mieux celles des autres. Dans ces torrents de boues nauséabondes où les plus malins faisaient leur miel, le duc s'efforçait d'effectuer un tri presque impossible entre ce qui relevait de la vengeance et les fautes réelles, dont il informait le roi seul à seul, à l'occasion d'une audience spéciale qui avait lieu tous les mois.

Élévation Paisible de Trois Degrés, qui avait été élevé dans le strict respect des principes de morale tels que Confucius les avait décrits dans ses *Analectes*, s'efforçait d'accomplir cette tâche avec probité et équité. Il ne souhaitait ni profiter ni abuser de ses immenses pouvoirs en les détournant à des fins personnelles.

De ce fait, il était redouté et respecté de tous au Qin pour sa totale probité. Le roi Zhong lui accordait une confiance indéfectible et ne répugnait pas à citer cet homme en exemple aux autres grands féodaux de la cour.

Le seul écart de conduite que s'octroyait le duc était d'ordre privé : il s'agissait de sa relation clandestine avec la princesse Huayang, qui l'avait subjugué par son charme, son intelligence et sa beauté et, malgré ses réticences, avait fini par lui faire accepter, après moult manœuvres de séduction, de goûter aux plaisirs que son corps savait offrir à un homme.

Il venait d'achever de dire son poème.

— Viens franchir le Pont du Charme, roucoula la belle Huayang à l'oreille de son noble amant. Il t'attend avec impatience...

Elle le regarda de son air le plus langoureux. Elle appréciait sa conduite amoureuse, beaucoup plus douce et surtout bien plus intelligente et experte que celle de son vorace époux.

— Il faut faire attention. J'ai peur que la reine Mei nous fasse espionner, murmura le duc en embrassant son cou d'ivoire.

Elle se mit à genoux devant lui puis, en prenant soin d'offrir à son regard le décolleté pigeonnant de sa chemise qui laissait entrevoir la pointe rose de ses petits seins pointus, elle commença à lui prodiguer avec une infinie douceur les soins célestes auxquels Élévation Paisible de Trois Degrés ne savait résister.

— Je dois partir. On risque de nous voir, chuchota le duc, repu par la cure que lui avait prodiguée son amante.

Il embrassa sa belle et quitta subrepticement sa chambre par la longue colonnade qui menait à la grande Cour d'Honneur. Il pressa le pas, de peur qu'on ne le surprît, mais tout lui parut calme. Dans la pénombre, il n'entendit que le battement d'ailes d'une chauve-souris qui devait nicher dans l'un des caissons du plafond.

Tout ému par les charmes inoubliables de son amante, il ne vit pas que l'ombre légère d'une silhouette fugitive disparaissait derrière l'une des colonnes, au moment précis où il passait à sa portée.

C'était l'ombre de quelqu'un qui venait de surpren-

dre les ébats entre le Grand Officier des Remontrances
et la première épouse du prince héritier du royaume.

*

La princesse Xia, fille adoptive du roi du Zhao, était
depuis près de deux années lunaires l'otage de son pays
à la cour du Qin, où elle coulait les jours plutôt tranquilles d'une concubine royale désœuvrée.

L'échange des otages entre les grands royaumes qui
se combattaient servait à maintenir entre eux une paix
armée que seule la mort de l'un d'entre eux pouvait
rompre. Aussi prenait-on le plus grand soin de ces per-
sonnages qui devaient toujours, pour l'efficacité de leur
fonction, être du plus haut rang possible.

Il n'était pas rare de trouver parmi ces otages des
enfants royaux cadets ou des princes issus de la propre
famille du roi.

C'est ainsi que l'otage symétrique du Qin à la cour
du Zhao, Wangbi, était l'un des nombreux fils naturels
du roi Zhong, auquel sa santé précaire interdisait le
métier des armes. Wangbi était le pendant de Xia. Leurs
sorts étaient liés. S'il devait arriver malheur à l'un,
l'autre devrait subir le même sort. La paix entre le Qin
et le Zhao reposait de cette manière sur le bon traitement que chaque État accordait à l'otage de l'autre.

De même, Zhong avait dû se résoudre à envoyer son
fils préféré le prince Anwei comme otage à Ying, la
capitale du royaume de Chu dont la puissance et la
population industrieuse faisaient le rival le plus sérieux
du Qin. Il chérissait pourtant ce fils que lui avait donné
sa concubine aimée Étoile du Sud au point de l'avoir
même reconnu comme un fils légitime, au grand dam
de la reine Mei. Il l'aurait volontiers gardé auprès de
lui à Xianyang mais, compte tenu de l'importance des

relations entre les deux États, il n'avait pu se contenter d'y envoyer un bâtard.

Les otages femmes étaient beaucoup plus rares.

Sans doute le roi du Zhao avait-il eu quelques bonnes raisons d'envoyer à Xianyang la jeune Xia, qui était l'une des filles de son frère cadet dont il se méfiait comme de la peste. Il avait payé une forte somme d'argent à ce frère pour qu'il accepte le marché, qui était aussi une bonne façon de le tenir. Au Qin, la démarche avait quelque peu surpris, mais il n'était pas dans les mœurs de ce temps de récuser les otages dont le choix relevait de la seule appréciation de leur État d'origine.

Afin d'assurer le meilleur traitement possible à la jeune femme, le roi Zhong l'avait placée au Gynécée Central de la Cour, où elle avait rejoint le cercle des concubines de son fils le prince Anguo.

C'était là qu'elle vivait en recluse, en compagnie de quatre autres jeunes femmes qui y étaient entrées après que leur virginité eut été dûment contrôlée par l'eunuque Forêt des Pinacles, lequel avait la lourde charge de Directeur de ce Haut Concubinage.

— Allons, mesdemoiselles ! Préparez-vous, nous allons commencer le tirage au sort ! s'écria en battant des mains tel un maître d'école ce personnage, outrageusement maquillé comme une mère maquerelle.

L'eunuque Forêt des Pinacles était juché sur d'immenses cothurnes dont la semelle épaisse comme la paume était ornée, sur leur tranche écarlate, de phénix argentés. Il portait un chignon serré qui lui tendait la peau du visage vers le ciel, tandis que de lourds anneaux d'oreilles en bronze lui tiraient les lobes vers le bas. Le résultat de cette extension auriculaire lui donnait l'air de chien de chasse au sanglier.

Forêt des Pinacles réunissait ainsi ses cinq ouailles une fois par mois afin de procéder au tirage au sort de l'heureuse élue qui serait appelée à passer la nuit avec le prince héritier. Les jeunes femmes, fait particulièrement rare dans un gynécée, n'éprouvaient mutuellement aucune jalousie. Elles étaient complices comme des enfants élevés ensemble, et meublaient leur existence en jouant à la balle ou en brodant au pied du mûrier centenaire du jardin du gynécée. Lorsque le sort tombait sur l'une d'entre elles pour subir les assauts mécaniques et brefs d'Anguo, les autres ne lui en voulaient pas et, au contraire, se montraient plutôt compatissantes.

Le hasard – ou la chance – avait voulu que cette tâche n'eût encore jamais incombé à la princesse Xia. Celle-ci, en raison de son statut et de ses origines, avait été autorisée à emmener avec elle sa jeune suivante Renarde Rusée qui était à son service depuis sa tendre enfance.

Le tirage au sort allait pouvoir commencer.

— Asseyez-vous par terre en rond, comme d'habitude ! intima Forêt des Pinacles d'une voix si haut perchée que Renarde Rusée ne put s'empêcher de pouffer de rire en regardant sa maîtresse.

Les cinq concubines s'exécutèrent avec docilité. L'eunuque tenait une coupelle de bronze qui contenait cinq cigales en jade, les mêmes qu'on utilisait pour boucher les orifices des défunts quand on les mettait en terre pour empêcher que leur souffle interne ne les quittât trop vite.

Il se mit au centre du cercle et lança le contenu de la coupelle vers le ciel. Les cigales roulèrent sur le sol. La jeune fille dont la distance avec la cigale, à condition qu'elle eût la tête tournée vers elle, était la plus courte était désignée par le sort. Telle était la méthode imparable qu'utilisait le Directeur du Haut Concubinage pour tirer au sort la concubine qui bénéficierait du privilège insigne de partager le soir même la couche royale.

Ce jour-là, pour la première fois, la chance tomba sur la princesse Xia.

Au vu du résultat, Renarde Rusée ne put s'empêcher de battre des mains. Sa jeune maîtresse la foudroya du regard. Elle aurait bien continué à passer son tour... Les souvenirs que laissaient les nuits passées avec Anguo étaient loin d'être impérissables pour les autres concubines qui raillaient les méthodes balourdes et expéditives de ce prince héritier incapable de se souvenir même de leur nom lorsqu'il se réveillait.

C'est donc avec l'enthousiasme du condamné à une lourde peine qu'elle rejoignit le prince héritier du Qin dans la chambre haute du gynécée qui lui était réservée.

La princesse Xia, avant ce moment-là, n'avait jamais connu d'homme.

Docilement, elle suivit les conseils prodigués par Forêt des Pinacles et écarta ses jambes en fermant les yeux. Le prince Anguo entra subitement en elle. Elle ressentit comme un léger picotement. Il allait et venait avec facilité, de plus en plus vite. Sa Sublime Porte n'avait eu aucun mal à le laisser passer et les parois de cette grotte intime, dont elle sentait qu'elles devenaient légèrement humides, l'encourageaient à persévérer. Elle ouvrit les yeux et vit que le prince devenait de plus en plus rouge. Alors le dos de cet homme se cambra, se redressa, et elle ressentit tout au fond de son ventre comme une onde de chaleur qui s'étalait en vagues successives jusqu'à atteindre une sorte de point de non-retour.

Tout son corps, inexplicablement, se mit à vibrer et une longue pulsion de plaisir se répandit de ses jambes jusqu'à sa tête. Dans le tréfonds de ses entrailles, elle avait l'impression qu'Anguo avait touché une minuscule cible.

Elle ferma les yeux et se laissa porter par la douce torpeur qui montait en elle. Puis elle s'endormit alors qu'il ronflait déjà.

Au petit matin, en la laissant à moitié endormie sur sa couche, Anguo lui dit au revoir en l'appelant par son nom.

— Tu seras bonne en amour, princesse Xia, dit le prince en lui passant la main dans la chevelure au moment où il quittait la chambre haute.

Dans la bouche de cet homme qui ne parlait aux concubines que par bribes, c'était bien plus qu'un compliment, mais elle l'entendit à peine.

Un mois plus tard, après l'avoir examinée, Forêt des Pinacles annonça à la princesse Xia qu'elle était enceinte du prince héritier Anguo.

Ce jour-là, Renarde Rusée regarda avec une certaine appréhension le visage consterné de sa maîtresse lorsqu'elle accueillit la nouvelle. Otage et mère à la fois, elle risquait de ne pas revoir son pays et sa famille de sitôt.

Renarde Rusée avait tort de s'inquiéter. Si elle avait su que Xia, huit mois après, accoucherait d'un enfant mâle qui s'appellerait Yiren, de joie elle aurait battu des mains ! Elle pouvait encore moins imaginer, et pour cause, que la venue de cet enfant allait bouleverser tant de choses et changer le cours de sa propre vie.

6

Dans son boudoir du Palais du Commerce, Diffuse la Lumière, la vieille mère de Lubuwei, était pétrie d'inquiétude. Pour passer le temps, elle brodait une écharpe de soie pour son fils en compagnie de sa sœur jumelle Accroche la Lumière, qui était restée vieille fille et vivait avec elle dans une aile des appartements privés du marchand.

— Combien de jours faut-il pour aller au pic de Huashan et revenir à Handan ?

C'était la énième fois que Diffuse la Lumière posait la même question à sa sœur.

— Tu t'inquiètes trop vite, comme toujours ! Il n'y a guère que cinq jours que ton fils est parti, répondit Accroche la Lumière en regardant sa sœur d'un air agacé.

Quoique fort semblables physiquement, les deux sœurs n'avaient pas grand-chose de commun.

Diffuse la Lumière, qui était veuve, ne vivait qu'au travers de son fils unique. Remplie d'une admiration sans bornes pour Lubuwei, elle le voyait aller très loin et très haut. Elle le trouvait digne et capable des plus hautes fonctions publiques et sociales, et l'imaginait un jour, pourquoi pas, à un poste politique de premier plan. Car elle le trouvait singulièrement à l'étroit dans ses activités commerciales, qu'il menait certes avec un talent consommé mais dont elle considérait, sans jamais avoir osé le lui dire en face, qu'il avait fait le tour et qu'il était temps pour lui de passer à autre chose, et surtout à une vie beaucoup plus exaltante.

Cette femme ambitieuse, qui avait soif d'absolu et de risque, priait chaque jour Xishen, le dieu de la Joie que l'on n'était jamais sûr d'avoir rencontré et qui faisait partie, avec celui du Bonheur, de la constellation des Trois Étoiles, pour que son fils qui possédait déjà la fortune accédât un jour, aussi, à la gloire.

Accroche la Lumière, qui avait mené, avant de trouver refuge chez sa sœur, une existence libre et dissolue, était beaucoup plus fantasque de caractère. Encore jeune fille, elle avait rencontré un homme qui pratiquait la religion de la Grande Voie, le Dao, et avait été initiée par lui aux arcanes de ces rituels magiques que les confucéens de stricte obédience considéraient comme des croyances superstitieuses, tout juste bonnes à embrouiller l'esprit du bas peuple.

Aussi n'avait-elle pas été choquée, contrairement à sa sœur, quand Lubuwei leur avait annoncé qu'il avait décidé d'aller montrer le Bi noir étoilé à une prêtresse médium qui habitait dans une grotte située à mi-pente du pic de Huashan.

— C'est une idée bizarre, mon fils, que tu as là ! Je serais à ta place que j'y renoncerais. Emmène au moins Zhaosheng, comme ça tu ne seras pas seul. Les routes sont dangereuses... avait suggéré Diffuse la Lumière, qui trouvait hasardeuse l'initiative de son fils.

— Non, j'irai seul. Je n'ai pas besoin de Zhaosheng ! avait répondu Lubuwei d'un ton ferme et définitif à sa mère.

Accroche la Lumière avait pris sa défense.

— Je comprends parfaitement sa démarche. Les médiums révèlent toujours des choses intéressantes, avait-elle répliqué à sa sœur, volant ainsi au secours de son neveu. Le disque de jade porte sur ses faces la représentation du Chaos originel de Hongmeng. Cela mérite bien une expertise ! avait-elle ajouté tout en se lançant dans une longue digression sur ces chaos de toutes sortes qui étaient considérés comme les tenants et les aboutissants du Dao dans la doctrine de la Grande Voie.

Selon sa vieille tante, le Bi noir étoilé de Lubuwei était loin d'avoir délivré tous ses secrets et cette sorte d'examen qu'il comptait demander au médium pouvait se révéler fort bénéfique. Elle l'avait donc vivement encouragé à mener son projet à bien.

Le lettré Rituel Immuable, suivi de Zhaosheng, avait à présent rejoint les deux femmes et essayait de rassurer la mère de Lubuwei.

— J'ai confiance en votre fils, c'est le contraire d'un écervelé ! lança le vieux maître confucéen dans un langage cru qui ne lui ressemblait pas et témoignait, contrairement à ce qu'il prétendait, d'une certaine appréhension.

Diffuse la Lumière, rongée par l'angoisse, se tordait les mains tandis que sa sœur prenait un air détaché et regardait ailleurs.

Pendant que le vieux maître continuait à s'enferrer dans une attitude étrange que trahissaient ses propos lénifiants, les deux sœurs, qui étaient assises face à la porte du boudoir, se levèrent soudain ensemble et poussèrent le même hurlement de terreur.

Rituel Immuable se retourna pour voir à son tour le spectacle qui glaçait d'effroi les deux vieilles femmes.

Un homme immense et hirsute, aux habits couverts de boue et de taches qui devaient être du sang, occupait pratiquement tout l'espace du chambranle. Derrière lui, le concierge du Palais du Commerce, qui avait l'air fort contrarié, expliquait avec des gestes désespérés qu'il n'avait pu empêcher le colosse de pénétrer dans les appartements privés.

L'homme gigantesque tenait à l'horizontale dans ses bras la forme d'un corps humain allongé. Diffuse la Lumière poussa un cri encore plus strident que le premier. Elle avait immédiatement reconnu le corps de son fils dans la dépouille qui était ainsi portée comme une tragique offrande par cet homme à la taille hors du commun. Le géant ressemblait à ces monstrueuses créatures qui hantent parfois les montagnes. Elle se dit qu'il allait peut-être dévorer son fils sous ses yeux.

Alors, avec l'énergie d'une tigresse qui défend son petit, elle tenta de se précipiter en hurlant vers ce qu'elle croyait être son cadavre pour sortir sa dépouille des griffes de l'immonde créature, mais elle fut arrêtée dans son élan par Rituel Immuable qui, pour la protéger, lui barra le passage de tout son poids.

L'homme géant posa avec d'infinies précautions le corps de Lubuwei sur un banc. Tous, ils retinrent leur souffle. Puis, en souriant timidement pour les amadouer, il leur fit signe d'approcher. Après quelque hésitation, ils s'exécutèrent à pas comptés.

Lorsque Diffuse la Lumière put enfin se pencher sur le corps de son fils, elle constata avec soulagement qu'il respirait.

Lubuwei ne faisait que dormir très profondément.

On appela les médecins et les serviteurs. Tandis qu'on lui nettoyait délicatement le visage, le marchand ouvrit un œil, puis le second. Son premier geste fut de vérifier que sa sacoche était toujours bien accrochée à sa ceinture.

Alors seulement, il s'assit et sourit à sa mère.

— Je vais bien, juste la fatigue du voyage ! Si je suis là, c'est grâce à cet homme. Désormais, il fera partie de notre famille, dit-il d'une voix affaiblie en désignant le géant. C'est un guerrier hun qui ne parle pas notre langue. Nous l'appellerons l'Homme sans Peur, ajouta-t-il sobrement.

La stupeur de tous les rendait cois.

— Comme quoi il n'y a pas que de grands méchants Xiongnu ! fit remarquer Accroche la Lumière pour briser cette atmosphère que la consternation rendait silencieuse.

Sa plaisanterie ne fit pas rire sa sœur, qui s'était mise à tâter éperdument les membres de son fils pour s'assurer qu'il ne leur manquait rien.

Lubuwei se leva et réclama à manger et à boire. Avec le géant Xiongnu, ils se partagèrent un coq rôti à la broche et des petits pains farcis de légumes cuits à la vapeur.

Aux questions timides de sa mère, qui souhaitait savoir ce qui s'était passé, Lubuwei, l'esprit ailleurs, ne répondait pas. Quant au géant salvateur, il ne parlait pas un traître mot du langage de ses hôtes.

À la fin du repas, Lubuwei prit congé de sa mère, donna des ordres pour que l'on prépare une belle chambre à l'Homme sans Peur. Puis, comme si de rien n'était, il demanda à Zhaosheng de l'accompagner jusqu'au temple des ancêtres.

Là, il ouvrit avec précaution sa sacoche que le sang et la boue avaient transformée en une masse informe. Il en sortit le Bi noir étoilé qui était resté enveloppé dans son carré de soie et le posa délicatement à sa place dans l'armoire de sycomore.

— J'ai bien fait de ne pas t'y emmener, confia le marchand à son secrétaire, nous aurions pu ne pas en revenir...

Le secrétaire, silencieux, attendait qu'il poursuive son récit.

— Dent Facile a-t-il reparu ? ajouta brusquement Lubuwei en changeant de sujet.

Zhaosheng répondit par la négative et constata avec

satisfaction que cela ne paraissait pas émouvoir Lubuwei outre mesure.

Un long silence s'installa, à peine troublé par les
allées et venues des paons autour des volières que les
serviteurs avaient recouvertes.

Zhaosheng ne comprenait pas pourquoi le marchand
lui avait demandé de venir ainsi auprès de lui dès lors
qu'il ne lui disait rien de plus sur son expédition auprès
du médium.

— J'ai une bonne nouvelle à vous annoncer. La
récolte de châtaignes d'eau rapportera cette année deux
fois plus que l'année dernière, osa-t-il timidement, pour
meubler la conversation.

Avec une pareille nouvelle, il croyait faire plaisir à
son patron.

— Si tu savais combien cela m'importe peu ! répondit Lubuwei en refermant avec le plus grand soin la
porte de l'armoire et en jetant un dernier regard au Bi
noir qui avait déjà failli lui coûter la vie.

Le marchand avait sommeil. Il se sentait épuisé.

C'était étrange, il n'avait même pas eu la force de
raconter ce qu'il avait vécu à son fidèle Zhaosheng.

*

Pas plus que Zhaosheng, Diffuse la Lumière ne
reconnaissait son fils.

Depuis l'expédition au pic de Huashan, Lubuwei
semblait avoir l'esprit ailleurs.

Certes, il continuait à gérer avec maestria le déve-
loppement de ses affaires, mais il n'y mettait plus la
même conviction. Il n'osait avouer à sa mère qu'il
comprenait mieux, à présent, les rêves de gloire qu'elle
avait toujours nourris pour lui et qui ne lui paraissaient
auparavant que vaines chimères.

Il en était à un point où son statut de riche commerçant finissait par le lasser, et même par lui peser. Il ne prenait plus le même plaisir à acheter et à vendre, à négocier âprement les prix. Il se rendait peu à peu compte que son horizon était étroitement borné.

En ce temps-là, même les paysans, qui fournissaient la nourriture aux hommes et les hommes aux armées, étaient placés beaucoup plus haut dans la hiérarchie sociale que la caste des commerçants. Et que dire des militaires de haut rang, et surtout des fonctionnaires d'autorité qui incarnaient la force et le prestige de l'État !

Dans la pyramide des honneurs rendus et des considérations à donner que constituait alors la société du Zhao, tout comme, d'ailleurs, celle de ses rivaux comme le Qin, le marchand venait bon dernier, derrière tous les autres : lettrés, fonctionnaires, soldats et juges, paysans riches et paysans pauvres. Le marchand était celui qu'on chargeait de l'intendance et qui s'enrichissait sur le dos du plus grand nombre tant que le peuple voulait bien l'accepter. La caste des marchands n'avait droit, ainsi, ni à l'honneur ni à la considération. Condamnée à ne jamais dire non à personne parce qu'un client devait toujours être satisfait, seul l'argent était sa récompense.

Fait symptomatique, bien qu'il présidât leur guilde à Handan, Lubuwei n'avait jamais été reçu en tant que tel au Palais Royal de Handan par le roi du Zhao.

Il possédait pourtant à lui seul autant de chevaux que les armées de tout le Zhao réunies mais n'avait jamais eu droit à une audience de ce roi qui était infiniment moins riche que lui et dont on n'apercevait le visage que de loin lorsque, une fois par an, il venait saluer son peuple d'un simple hochement de tête, du haut de son balcon.

Jusque-là, quand sa mère, se plaisant à mettre en exergue ce paradoxe, lui suggérait de regarder plus loin vers d'autres horizons et de tirer parti lui-même de tous ses talents et de toutes ses richesses, il coupait court et lui répondait qu'elle faisait partie de ceux que leur insatisfaction permanente empêchait d'être heureux...

Dans la bonne ville de Handan, le grand marchand de chevaux était un homme reconnu et respecté. Il prenait soin de donner aux pauvres et passait pour généreux. Il s'était à ce jour contenté d'accroître l'immense fortune dont il avait hérité de son père, et éprouvait le plus grand bonheur du monde à regarder galoper les milliers de chevaux de ses élevages ou à compter avec Zhaosheng le bénéfice de telle vente qu'il avait particulièrement bien réussie.

Mais depuis que le Bi noir étoilé l'avait amené chez la prêtresse du pic de Huashan, tout cela paraissait dérisoire.

Il croyait, jusqu'alors, avoir définitivement choisi entre la fortune et la gloire. Il s'apercevait à présent qu'il n'en était rien. Se contenter d'être le plus riche et le plus opulent des marchands ne lui suffisait plus.

Cette frustration qu'il sentait monter dans son cœur le rendait irascible. Tout, désormais, était prétexte à agacement. Ses activités commerciales lui laissaient un goût toujours plus fade, il n'éprouvait plus de plaisir à surveiller les facturations et les encaissements, et le soir venu, à compter l'argent rentré à flots.

Tous les soirs maintenant, au grand dam de Zhaosheng, il courait se réfugier dans la contemplation de ce Chaos originel de Hongmeng dont il n'arrivait pas encore à saisir le sens profond. Cela durait des heures, et il passait désormais plus de temps qu'avec quiconque au temple de ses ancêtres, en compagnie de son Bi noir qu'il chérissait au plus haut point et dont il ne se lassait pas d'explorer les mystérieuses figures et les signes.

Seuls les chevaux, envers lesquels sa passion demeurait intacte, continuaient à l'intéresser.

Lui qui dormait, avant, du sommeil du juste était devenu insomniaque. Le souvenir de ce périple hantait ses nuits.

Au petit matin, lorsque, à bout de forces d'avoir tourné en rond dans sa chambre, il se jetait, épuisé, sur son lit, son esprit ne cessait d'y penser. Il refaisait mentalement le voyage du pic de Huashan. Il revivait par le menu cet événement inouï qui bouleversait déjà tant de choses dans sa façon de penser.

Lorsqu'il était arrivé devant l'entrée de la grotte de la prêtresse par un chemin empierré rempli de mousse, il pleuvait des hallebardes et l'eau ruisselait sur le dos et les jambes de son étalon robuste. Il faisait sombre sous ces arbres, si hauts et si rapprochés qu'ils cachaient le ciel. Il avait été guidé par le bruit de la cascade, dont on apercevait, beaucoup plus bas dans la montée, le filet blanc de sa chute vertigineuse depuis les hauteurs rocheuses de la montagne jusqu'au petit lac au bord duquel la prêtresse avait élu domicile. À son arrivée à l'entrée de la grotte, les nuages s'étaient dissipés et les rayons de soleil avaient commencé à trouer cette voûte végétale qui paraissait encore impénétrable quelques instants avant. Des fumerolles légères montaient des sols tapissés de plantes grasses et de champignons aux couleurs éclatantes où des colonies d'escargots montaient à l'assaut du pied moussu des arbres. La cascade, sous l'effet du soleil, était ourlée d'une brume arc-en-ciel.

Lubuwei avait cru, lorsqu'il l'avait aperçue, à une apparition. Il avait pensé qu'une sorte d'esprit venait de sortir de terre.

La femme médium se tenait là, à contre-jour, silhouette en ombre se détachant devant la blancheur irisée du rideau d'eau. Elle tenait à la main la corne de buffle qui servait aux médiums à appeler les dieux. Elle paraissait irréelle. Son cheval, inquiet et perturbé lui aussi par cette étrange vision, remuait ses oreilles en tous sens.

Après être descendu de son cheval, il avait attaché l'animal à un tronc de saule tordu comme une fourche et s'était approché lentement de la femme.

La silhouette avançait à sa rencontre, sur le tapis de mousse.

Il était sûr à présent, sans trop savoir pourquoi, qu'il s'agissait bien de la femme médium. Il avait été frappé par la douceur intérieure qui émanait des yeux verts, presque phosphorescents, de la prêtresse. Ses longs cheveux châtain clair, qu'éclairaient par-derrière les rayons de soleil qui avaient réussi à transpercer l'épaisseur du toit végétal, semblaient parsemés de fils d'or. Sur son épaule se tenait un oiseau, un perroquet vert, du même vert émeraude que ses yeux. La femme avait un beau visage ovale aux pommettes hautes et saillantes comme celui de certaines déesses dont les statues de pierre ornent les temples.

Elle avait parlé la première.

— C'est toi qui viens me montrer un disque de jade noir d'une taille peu usuelle. Mon nom est Vallée Profonde. Je te souhaite la bienvenue dans mon royaume.

La femme avait esquissé un étrange sourire.

— Comment savez-vous tant de choses ? avait-il bafouillé.

— L'homme qui m'a montré ce disque, il y a quelques jours, ne pouvait pas en être le propriétaire. C'est pourquoi je t'attendais. Car je savais que, tôt ou tard, son vrai dépositaire finirait par venir me le montrer à son tour.

Lubuwei, abasourdi par les propos de la femme, n'avait trop su que lui répondre.

— Montre-le-moi une fois encore, avait-elle ordonné d'une voix douce.

Il s'était exécuté, avait sorti l'objet rituel de sa sacoche et le lui avait tendu. La femme l'avait pris des deux mains et l'avait levé en direction du sommet de la cascade d'où s'élevait un nuage de fines gouttelettes irisées par la lumière. Devant ce contre-jour, le Bi noir étoilé ressemblait à un soleil noir percé d'une lune blanche.

— Ce Bi rend immortel celui qui le possède. Gloire et honneur à son heureux propriétaire qui peut contempler tous les jours la figure indéfinissable du Chaos originel de Hongmeng qui est l'embryon d'un poussin jaune en son centre, avait-elle murmuré suffisamment fort pour que Lubuwei entende parfaitement son oracle.

Elle avait paru au marchand totalement habitée par les esprits, comme si les mots qu'elle venait de prononcer venaient de l'au-delà.

Lubuwei avait regardé les délicats pieds nus de la femme. Il avait eu l'impression qu'ils avaient décollé du sol et qu'elle flottait à quelques pouces au-dessus du tapis de mousse verte où les escargots avaient formé un cercle autour d'elle.

D'étonnement, il s'était frotté les yeux. Mais il ne rêvait pas.

— Qu'est-ce donc que l'étrange Chaos originel de Hongmeng ? avait-il réussi à articuler péniblement en avalant sa salive.

— Tu le sauras bien assez vite ! L'embryon du poussin annonce un nouvel empereur, à l'image de l'Empereur Jaune, celui des temps révolus..., avait répondu la prêtresse.

Son regard transperçait littéralement Lubuwei, qui avait été contraint, devant tant de force et de puissance intérieure, de baisser les paupières.

— Mais en quoi cela me concerne-t-il, moi qui ne suis qu'un marchand sans histoire ? avait-il bredouillé comme s'il était effrayé par la prédiction de la voyante.

— Cela te concerne bien plus que tu ne le crois aujourd'hui. Pour toi, demain, tout va changer. L'avenir te surprendra..., avait affirmé la femme d'une voix un peu plus forte.

Alors, tout en se dandinant de droite à gauche sur l'épaule de la prêtresse dont les pieds reposaient à présent parfaitement sur le tapis de mousse, le perroquet vert avait répété cette dernière prédiction d'une voix perchée et nasillarde.

En d'autres circonstances, devant le spectacle de cet animal répétant les formules de sa maîtresse, le marchand eût éclaté de rire. Mais là, en l'occurrence, l'heure n'était vraiment pas aux badineries.

La prestation du perroquet avait déclenché une immense clameur de piaillements et de pépiements divers. Lubuwei avait sursauté. Tous les oiseaux qui nichaient dans les hautes cimes s'y étaient mis, des rouges-gorges aux hiboux en passant par les mésanges et les aigrettes, tous participaient à ce concert qui finissait par recouvrir le grondement de la cascade.

Au son de cet assourdissant vacarme de volatiles, la prêtresse avait regagné d'un pas lent l'entrée de sa grotte, en prenant soin de ne pas écraser les escargots qui lui avaient ouvert le chemin. Puis elle avait disparu dans les tréfonds de la montagne sans même se retourner une dernière fois vers lui.

Le marchand était resté là un long moment, hagard et pétrifié par ce qu'il venait de voir et d'entendre. Autour de lui, les éléments naturels paraissaient avoir suspendu leur activité. L'air était immobile, la cascade paraissait figée comme dans de la glace, les oiseaux s'étaient subitement tu, les troncs des arbres ressemblaient aux colonnes statufiées d'un immense temple. Dans cet écrin où rien ne bougeait plus, le chemin mousseux qui menait à l'entrée de la grotte où les points blancs des coquilles des gastéropodes semblaient dessiner les huit trigrammes du *Livre des Mutations* lui avait rappelé l'image que les initiés au taoïsme pouvaient avoir de la Grande Voie du Dao.

Lubuwei se souvenait vaguement qu'il avait été sorti de cette longue torpeur méditative par les chauds naseaux de son cheval qui lui frottait doucement l'épaule. L'étalon, qui avait réussi à se détacher, était venu en quelque sorte lui signifier qu'il était temps de repartir.

Alors, heureux de cette présence inattendue et réconfortante, il avait flatté l'encolure de l'animal puis était reparti vers Handan, profondément ébranlé par les propos qu'avait tenus Vallée Profonde.

Lorsqu'il avait repris, en sens inverse, le chemin du retour, il avait eu l'impression d'emprunter un immense escalier de végétaux et de pierres qui le ramenait du chaos luxuriant du ciel vers le monde ordonné des hommes.

Les phrases prémonitoires prononcées par la femme médium ne cessaient de résonner à ses oreilles, comme si le perroquet vert, perché à présent sur sa propre épaule, continuait à l'accompagner dans la descente.

Après les pentes du pic s'ouvrait la forêt de mélèzes, profonde et sombre, que le chemin sablonneux traversait en dessinant des lacets. La nuit commençait à tomber et Lubuwei avait pressé l'allure de l'étalon pour arriver à l'auberge qui se trouvait deux lieues plus loin.

Il était entré dans cette forêt de futaies hautes sans savoir que le plus éprouvant était à venir.

La lune était déjà levée et les ululements des chats-huants brisaient le lourd silence qui régnait. À la sortie d'un virage du chemin, il n'avait pas vu qu'on l'attendait derrière un fossé.

Sa surprise avait été totale.

Avant même de s'en rendre compte, il s'était retrouvé violemment projeté à terre par deux hommes tandis qu'un troisième, armé d'un coutelas dont la lueur de l'astre nocturne faisait briller la lame, avait saisi son cheval par le mors. Étourdi par sa chute, Lubuwei avait vu avec horreur que l'homme au coutelas avait entrepris de saigner son destrier en lui coupant les artères du poitrail. Le sang avait giclé comme une fontaine et l'homme, les yeux fous d'excitation, avait placé sa bouche sur l'une des blessures et l'avait aspiré goulûment, de toutes ses forces. L'homme-vampire, après s'être rassasié du sang chaud de l'animal, avait pris une coupe et l'avait placée sur le poitrail de la pauvre bête dont les jambes s'étaient agitées de tremblements saccadés avant que le cadavre roule lourdement sur le sol. L'homme avait tendu ce récipient à ses compagnons qui, à tour de rôle, avaient lapé le sang.

— Au moins, nous aurons pris des forces ! avait claironné l'homme au coutelas, qui devait être le chef, tandis qu'un autre, qui avait plaqué le malheureux marchand sur le dos, le forçait à boire cet horrible breuvage.

Lubuwei s'était débattu de toutes ses forces pour refuser le sang de son animal familier. Mais l'homme qui le bloquait au sol avait répandu sur son visage le reste de la coupe en riant grassement. Aveuglé par tout ce sang, le marchand qui ne voyait plus rien s'était mis à hurler au secours dans l'espoir que des voyageurs viendraient le tirer de ce mauvais pas.

— Dis-moi où est ton argent ! avait grommelé l'homme d'un ton menaçant, en accentuant sa pression sur son cou.

— Je n'ai sur moi que mes vêtements ! avait hurlé le marchand qui ne voulait avouer pour rien au monde qu'il avait trente taels de bronze dans sa sacoche, de peur que les voleurs ne découvrissent le précieux disque de jade.

— Tu mens ! Lorsqu'on possède un cheval de cette

valeur, on ne voyage pas sans argent ! s'était exclamé le voleur dont les doigts bleuissaient à force de serrer le cou de Lubuwei.

Celui-ci avait senti peu à peu ses forces l'abandonner et l'air lui manquer. Pendant que le voile noir de l'asphyxie commençait à monter devant ses yeux, il s'était dit que la prédiction de Vallée Profonde risquait de tourner court, à moins que la gloire ne l'attendît après son trépas de l'autre côté des montagnes de l'Immortalité !

Il était devenu calme et résigné. La dernière image qu'il se remémorait était celle du disque de jade, qui se détachait devant les eaux irisées du mur d'eau de la cascade lorsque la prêtresse l'avait brandi au-dessus de sa tête.

Puis le voile noir avait fini par emprisonner son esprit. Il avait perdu connaissance.

Mais ce qu'il ne savait pas, c'est que cette syncope due à l'étouffement que le brigand lui avait fait subir ne durerait pas longtemps.

Il avait ouvert un œil, sentant qu'on lui tapotait la joue. Il n'avait pas le souvenir de grand-chose. Il avait ouvert l'autre œil et avait tâté son cou tuméfié. Il était bien toujours de ce côté-ci de la montagne.

Encore tout étourdi, il s'était redressé avec peine et s'était assis.

Un homme immense le regardait avec douceur. À son teint cuivré et au chignon qui retenait sa longue chevelure, il avait deviné que c'était un Hun. Le géant lui adressait un timide sourire et paraissait vouloir le réconforter.

Peu à peu, Lubuwei avait retrouvé ses esprits.

Les mains et les bras du géant étaient couverts de sang. Le marchand avait compris qu'il s'agissait du sang des trois hommes qui lui avaient tendu l'embuscade. Leurs membres horriblement déchiquetés gisaient sur le sol, autour de la dépouille du cheval. Un peu plus loin, dans le fossé, il voyait l'effrayant trophée de la tête du chef de la bande qui le regardait dans un sourire figé. Le géant avait dû les démembrer et leur arracher la tête à l'aide de ses seules mains, qu'il avait énormes, car il ne semblait pas porter une arme quelconque.

Lubuwei se souvenait qu'il s'était alors approché en titubant de la carcasse de l'étalon dont le ventre commençait à gonfler. Il avait dû chasser un essaim d'énormes mouches vertes qui festoyaient sur l'amas de sang qui pendait à la selle : c'était sa sacoche, qu'entourait comme une gangue une croûte noirâtre et visqueuse qui résistait à la pression de ses doigts. Il s'en était saisi, l'avait jetée sur le sol en la piétinant jusqu'à ce que la croûte se fendît. Il avait ouvert fébrilement la sacoche. Un voile noir recommençait à monter, c'était la peur de ne pas le retrouver... Une peur panique bien difficile à supporter.

Il voyait à nouveau l'image du Bi devant la cascade, tenu si haut par le médium. Mais ses propres doigts effleuraient aussi le disque rituel !

Alors, ayant constaté que le Bi noir étoilé n'était pas qu'une image mais qu'il le tenait bien dans sa main, après l'avoir porté une dernière fois contre son cœur il avait sombré, soulagé, dans l'inconscience.

Tels étaient les souvenirs qu'il conservait précieusement en mémoire de cette expédition qui avait failli si mal se terminer pour lui.

C'est seulement après avoir revécu cette histoire sur le lit de sa chambre que commençaient à éclairer les premières lueurs de l'aube que Lubuwei, rassuré sur la présence de son disque de jade, put enfin s'endormir en pensant aux paroles immémoriales que Vallée Profonde avait prononcées.

Après son voyage au pic de Huashan dont le souvenir hantait ses nuits, la passion de Lubuwei pour ses chevaux, en revanche, était demeurée intacte.

Elle remontait à son enfance. Son père était un cavalier émérite et lui avait fait faire ses premiers pas à cheval. Adolescent, Lubuwei galopait pendant des heures, parvenant à épuiser les montures les plus puissantes. Il devinait leur caractère. Il était capable d'évaluer d'un seul regard leurs futures performances à la course ou aux concours de présentation, et trouvait dommage aussi que la plus noble conquête de l'homme fût utilisée par celui-ci pour tuer et faire la guerre. Certaines batailles voyaient les chevaux succomber par centaines, le ventre percé de flèches ou les jarrets tranchés par les lames des sabres. Pour le marchand qu'il était, une telle casse relevait d'un insupportable gâchis. Mais un commerçant n'avait pas à tenir compte de la qualité d'un client dès lors que celui-ci acceptait de payer comptant au juste prix. Aussi s'était-il fait, quoique avec réticence, une raison : il ne s'interdisait pas de vendre ses animaux aux forces armées de son pays.

Pour rien au monde, néanmoins, Lubuwei n'aurait accepté que l'étalon Épervier Pourpre, dont il était ce jour-là venu assister au dressage, ne finît ainsi massacré par des rustres sanguinaires sur un champ de guerre, fût-ce le prix d'une belle victoire.

— Il accepte déjà qu'on lui place sur le dos une couverture. Il progresse, c'est bien, constata avec plaisir le marchand qui observait Épervier Pourpre tourner autour de Mafu, son nouvel écuyer en chef, qui le tenait par une longe.

— Dans quelques années, vous pourrez le vendre à prix d'or, dit d'un air satisfait l'écuyer à son maître.

— Pour ça, c'est autre chose. Ce cheval n'est pas à vendre et ne le sera jamais !

Épervier Pourpre était sans aucun doute le plus beau cheval de Lubuwei mais également celui qui lui avait coûté le plus cher. C'était un « cheval céleste ».

L'animal n'avait pas la taille immense des chevaux de trait dont la robustesse l'emportait souvent sur l'élégance. Son allure était au contraire d'une finesse extrême et ses jambes nerveuses semblaient n'attendre que le galop et les cabrioles. Quand l'écuyer Mafu le faisait sortir de la stalle particulière que Lubuwei lui avait fait spécialement installer, ses départs jaillissaient comme l'éclair dès qu'il voyait le champ libre d'une distance à parcourir. Ce destrier avait le caractère d'un fauve. Ce qui le distinguait entre mille autres était la couleur de sa robe bai feu et sa crinière presque blanche, tirant sur le jaune poussin à certaines heures du jour. Il était de la race Akkal, celle des « chevaux célestes ».

Lubuwei l'avait acheté quelques mois plus tôt à un éleveur Xiongnu qui avait dû le capturer à l'état sauvage dans ces steppes arides où la nourriture et l'eau sont si parcimonieusement données par la nature que seuls s'y développent les chevaux de cette race à la résistance et à l'endurance extraordinaires. Ces petits chevaux de la steppe devaient être autant capables, de par leur mobilité extrême, d'échapper au redoutable tigre blanc que de parcourir, grâce à leur exceptionnelle endurance, les immenses distances qui séparaient les points d'eau autour desquels poussait l'herbe rare et piquante dont ils se nourrissaient.

L'éleveur voulait échanger l'Akkal contre trois étalons de trait et deux poulinières. Lubuwei avait conclu l'affaire contre deux étalons de trait et une poulinière.

— Il faudrait que nous lui trouvions sa jument, ce cheval mérite une descendance de sa race. Toi qui parles en orfèvre et connais si bien ces petits chevaux de la steppe, peux-tu me dire où nous pourrions acheter une telle jument ? demanda le marchand à l'écuyer qui surveillait le rythme du trot du cheval bai feu.

— Ce spécimen est extrêmement rare, surtout pour sa couleur. Je ne vois qu'un endroit, et encore..., répondit Mafu au marchand.

— Et où donc, selon toi ?

— À Xianyang, à la Fête du Cheval. Elle aura lieu bientôt, le jour de Qingming. Chaque année, on y trouve des milliers d'équidés de toutes races et à tous les prix.

Lubuwei opina. Il connaissait de réputation cette foire, où il n'était jamais allé, qui se déroulait au Qin chaque année au moment de la Fête du Printemps. Il ne s'était d'ailleurs jamais rendu chez cet orgueilleux voisin du Zhao.

— Tu connais bien cette manifestation ? demandat-il à l'écuyer.

— Dame, oh oui ! Lorsque je m'occupais des écuries royales du Yan, c'est là que nous nous fournissions en étalons lorsque nous en manquions.

Avant d'entrer au service de Lubuwei, Mafu avait échappé de justesse à un procès public ignoble, où il aurait sûrement fini par y laisser sa tête s'il n'avait pas pris les devants en choisissant le chemin de l'exil.

Fort injustement, le Premier ministre du royaume de Yan l'avait rendu responsable de la pénurie de chevaux qui affaiblissait les armées de ce petit pays de l'extrême Nord, coincé entre la mer et les steppes désertiques où les conditions de vie étaient difficiles. Or il n'y était pour rien. Ses fonctions étaient des plus précises et ne concernaient pas l'approvisionnement en équidés ni l'amélioration de la race, il n'était que le directeur des écuries du roi. Mais il fallait à l'administration un bouc émissaire et le souverain, dont certains n'hésitaient pas, à juste titre, à mettre en cause la responsabilité dans cette situation, avait lâchement laissé faire. Un procès allait s'ouvrir, à charge contre le pauvre Mafu, dont le roi disait partout le plus grand mal.

Pour échapper à un sort funeste, Mafu n'avait eu d'autre choix que l'exil. Il avait quitté son pays natal à pied et sans un sou vaillant. Après avoir erré pendant des mois, il était arrivé à Handan où il avait frappé à la porte du grand marchand pour lui proposer ses services, ce que l'autre avait accepté sans peine en raison de ses antécédents professionnels, après qu'il eut raconté sa triste histoire.

— C'est donc une grande fête pour les chevaux ! s'exclama Lubuwei en souriant.

— Et d'autant plus rare que le Qin, vous ne l'ignorez certainement pas, connaît une pénurie en destriers supérieure encore à celle du Yan. Si cela continue, ce royaume n'aura bientôt plus aucun cheval jeune et vigoureux à sa disposition, ajouta l'écuyer qui flattait, pour le féliciter, l'encolure d'Épervier Pourpre.

— Je l'ai vaguement entendu dire, mais je ne pensais pas que cela atteignait les proportions que tu indiques...

En réalité, Lubuwei venait de découvrir, grâce aux indications de l'écuyer du Yan, l'ampleur de cette pénurie qu'il ne soupçonnait pas.

— Eh bien, nous irons à Xianyang ! conclut-il avec un large sourire en s'adressant à Épervier Pourpre, qui avait dû comprendre les propos du marchand puisqu'il sembla répondre « oui » en encensant.

Puis le marchand rentra très vite chez lui car, ce soir-là, désireux de se changer les idées et de s'ouvrir l'esprit, il avait prévu de se retrouver en galante compagnie.

*

120

Le quartier des Fleurs et Saules de Handan n'occupait guère plus qu'un demi-pâté de maisons.

Il faisait déjà nuit noire et Lubuwei marchait d'un pas rapide. Comme d'habitude lorsqu'il se rendait dans une maison de plaisir, il essayait de sortir incognito et avançait coiffé d'un turban bleu foncé qui lui enserrait le crâne depuis le haut des yeux. Personne à Handan n'aurait pu le reconnaître.

Car Lubuwei était si beau et avenant qu'il ne passait jamais inaperçu. Ses traits étaient d'une grande finesse et son corps, quoique de taille moyenne, était parfaitement proportionné et musclé par la pratique intensive du cheval. Une calvitie précoce le rendait plus jeune qu'il n'était et accentuait la finesse de son nez qu'équilibrait le subtil contour de ses yeux noisette. Il avait pris le parti, pour éviter d'avoir à coiffer des touffes de cheveux fins et clairsemés, de se raser entièrement le crâne. Ses lèvres carmin, parfaitement dessinées, faisaient ressortir la peau claire de son visage.

Le marchand, qui allait toujours vêtu avec élégance et recherche, plaisait aux femmes dont il s'attirait facilement les faveurs, tant par son physique de jeune prince charmant que par ses manières, toujours des plus courtoises.

Il en allait ainsi, d'ailleurs, de la courtisane à laquelle il rendait hommage ce soir-là en lui caressant doucement le sexe délicatement entrouvert, au bord duquel la rosée douce de la belle, dont la montée du plaisir faisait rosir les joues, n'allait pas tarder à perler.

— C'est bon ! Comme j'aime la douceur de tes doigts ! gémissait la femme dont le ventre ondulait comme un cerf-volant de soie lorsqu'il gonfle sous l'effet du zéphyr.

Le marchand qui n'avait gardé que son turban lui faisait subir mille châtiments exquis. La courtisane, moue de plus en plus gourmande, en redemandait. Il lui donna ce qu'elle réclamait. Elle le lui rendit au centuple en lui ouvrant ses portes ensorcelantes, celle de devant et celle de derrière, en le couvrant de ses baisers les plus tendres, pour finir par l'enserrer dans ses bras et ses jambes comme un oiseau dans la cage du plaisir.

— Peux-tu me dire ton nom, brillant sujet ? Tu es le premier client qui donne autant ! demanda en gémissant la courtisane.

Elle venait de se nouer un foulard de soie autour de la taille, qu'elle faisait aller et venir, comme si elle voulait s'astiquer le ventre.

Le marchand se contenta de glisser une pièce d'argent dans cette ceinture aux couleurs chatoyantes et, après s'être rhabillé, s'en fut comme il était venu.

— Des clients aussi doués que toi, je n'en connais pas... Au moins, reviens vite me voir, doux inconnu ! implora l'esclave au moment où Lubuwei refermait la porte de l'alcôve.

Dans la rue, les rares passants pressaient le pas pour rentrer chez eux de peur des malandrins. L'esprit du marchand était apaisé par les caresses expertes de la courtisane. Il marchait tranquillement en rêvassant.

La nuit serait, pour une fois, meilleure. Il sentait que le sommeil viendrait beaucoup plus vite.

Le son étouffé d'une voix féminine qui chantait le fit s'arrêter net. La musique venait du bout de la rue perpendiculaire à son chemin. En tendant mieux l'oreille, on percevait aussi les accords délicats d'un luth qui accompagnait la voix. Une mélodie aussi harmonieuse et un ton aussi cristallin lui donnèrent envie d'aller voir. Il tourna sur sa droite et prit la rue. Plus il s'approchait de la voix ensorcelante et plus elle l'attirait. Il accéléra. Il avait hâte de voir quelle créature pouvait bien se cacher derrière cette voix.

Au bout de la rue, sur une placette, un cirque ambulant avait dressé sa tente. Devant celle-ci, juché sur un tabouret, un homme bonimentait sur les numéros du spectacle à venir. La voix féminine venait de l'intérieur du cirque. Le marchand doubla la queue des spectateurs qui commençaient à entrer sous la tente, se planta devant le directeur du cirque et lui demanda tout net :

— Où peut-on voir le visage de celle qui chante si bien ?

— Il vous suffit de prendre un billet et d'assister au spectacle. La sublime Zhaoji en est le clou. Elle chante, elle danse et elle joue du luth ! répondit l'homme avec le sourire factice des vendeurs qui font l'article sur leur marchandise.

Du moins connaissait-il le nom de scène de l'inconnue : Zhaoji.

Il s'installa au premier rang du public, juste au bord de la piste recouverte par une couverture de chanvre.

Après les mimiques pataudes d'un ours dressé et les jeux de balles incertains du directeur qui s'était fait jongleur, Zhaoji apparut enfin sur la piste. Un grand silence, soudain, se fit parmi les spectateurs.

Lubuwei eut le souffle coupé devant tant de grâce et de beauté réunies.

La jeune fille était très jeune, sans doute à peine pubère. Son visage charmant et enfantin qu'éclairaient des yeux noisette irisés de jaune tranchait avec un corps déjà parfaitement formé. Le marchand, subjugué, n'avait d'yeux que pour cette apparition qui le plongeait dans un profond ravissement. Il en avait déjà oublié la bouche et les doigts experts de la courtisane à qui il venait de rendre ses hommages.

Le corps de Zhaoji paraissait être fait pour la danse. Un justaucorps de soie plissée rose faisait ressortir deux seins ronds comme des pêches dorées. Au milieu d'un ventre plat et musclé par l'exercice, un délicieux petit nombril s'ornait d'une perle fine. Les jambes recouvertes d'un tulle transparent étaient élancées et doucement galbées. Elle avançait ainsi, sur la pointe des pieds, selon les grandes enjambées d'une danseuse. Elle s'assit sur un tabouret et se mit à chanter en s'accompagnant du luth. Sa voix céleste montait sous la tente comme une invocation au couple des étoiles désunies du Bouvier et de la Tisserande avant qu'elles ne se rejoignent sur le pont qui enjambe la Voie Lactée.

La chanson achevée, elle prit des castagnettes et se mit à danser. Spectacle inoubliable ! Ses bras dessinaient des volutes et ses jambes de savantes arabesques. Lubuwei voyait bouger avec ravissement les deux pointes de ses seins et tournoyer dans un cercle parfait la perle du nombril. Zhaoji, de son pied droit, martelait le sol en cadence pour suivre le rythme de la musique qui s'accélérait. Le directeur du cirque frappait sur un tambour. Les flammes vacillantes des torches éclairaient les mouvements du corps souple de la danseuse.

À la fin du spectacle, lorsque Zhaoji eut achevé ses figures et qu'épuisée de tant d'efforts, à genoux sur la piste, elle ouvrit ses bras tendus pour recevoir l'offrande de l'ovation du public, le marchand, éperdu de désir et de reconnaissance, entreprit de lui envoyer son mouchoir de soie dans lequel il avait placé un demi-tael d'argent.

La jeune femme dénoua le mouchoir puis, regardant le marchand d'un air indifférent, elle tendit la pièce au directeur avant de sortir du chapiteau par la porte des coulisses en laissant choir sur la piste le petit carré de soie. Il y avait là l'équivalent de la recette d'au moins dix spectacles ! Devant une telle aubaine, l'homme s'inclina cérémonieusement devant le marchand avec son même sourire forcé.

Lubuwei alla ramasser son mouchoir et le remit précieusement dans sa poche après l'avoir porté à ses narines. Puis, d'un air gauche, il s'approcha du directeur.

D'habitude, il était à l'aise et sûr de lui. Mais la vision de cette jeune danseuse lui avait fait perdre, ce soir-là, toute assurance.

— Puis-je aller saluer la jeune fille ? demanda-t-il timidement au directeur.

La réponse claqua sèchement. Le sourire commercial s'était évanoui dans les petits yeux de fouine du directeur.

— Revenez demain. Là maintenant, c'est très tard, et elle doit m'aider à démonter la tente !

Le marchand ne sut que faire et se promit de revenir dès le lendemain au petit matin.

Il rentra à pas lents au Palais du Commerce où, hanté cette fois par la vision de la divine Zhaoji, il ne put fermer l'œil de la nuit.

Au petit jour, il se glissa hors du lit et sortit sans faire de bruit de sa belle demeure. Il fit en courant le chemin qui le séparait de la placette où la tente du cirque avait été montée. Lorsqu'il l'atteignit, à bout de souffle, il éprouva un choc. Elle était déserte. La tente avait été démontée et le cirque s'était volatilisé.

Maigre consolation, il ne planait plus que le souvenir de cette voix cristalline et de la vision du visage d'enfant sur ce corps parfait et souple d'adolescente.

Il rentra, accablé et triste, se reprochant son manque d'insistance et maudissant le directeur qui, profitant de l'argent donné à la jeune danseuse, avait dû se dépêcher de quitter Handan.

Alors il se rendit au temple de ses ancêtres, où il ne lui restait plus qu'à s'abîmer dans la contemplation du disque de jade.

Devant le Bi noir étoilé, il éprouva un certain réconfort. Cela n'était qu'une intuition, mais elle était suffisamment forte pour que son cœur s'apaise : Lubuwei avait l'intime et rassurante conviction qu'il existait un lien, certes encore obscur et indéfinissable, entre la vision du Chaos originel de Hongmeng et la voix cristalline de cette femme-enfant dont il venait, à son grand dam, de perdre la trace.

Tout n'était peut-être pas perdu.

Cette nuit-là, il rêva qu'il retrouvait la jeune fille.

7

Le géant hun, qui paraissait encore plus immense, souriait en regardant trotter le superbe étalon Akkal.

— Rituel Immuable est un excellent professeur, l'Homme sans Peur commence à parler notre langue ! Nous travaillons bien tous les deux ensemble. Et il n'est pas de trop pour m'aider à dompter cet animal, dit en souriant l'écuyer Mafu.

Il faisait tourner Épervier Pourpre au bout de sa longe comme on tient un cerf-volant.

— J'en sais quelque chose, il m'a fait apprendre par cœur en quelques semaines toutes les strophes des *Analectes* de Confucius ! répondit Lubuwei d'un ton enjoué en effleurant avec délicatesse l'épaule du vieux maître qu'il avait convié à venir assister au dressage de son étalon-vedette.

— Tu faisais déjà preuve, malgré ton jeune âge, d'une grande intelligence et d'une excellente mémoire, rétorqua le vieux maître, flatté du compliment.

— Cheval puissant ! Cheval très dur, mais très gentil ! articula le Hun géant.

— Il est le seul à réussir à tenir sur le dos d'Épervier Pourpre... ajouta Mafu à l'intention de Lubuwei.

— Fais-nous voir, demanda le marchand en s'adressant au géant.

L'Homme sans Peur prit la longe et l'enroula autour de son bras puis, presque en l'enjambant, monta à califourchon sur le petit cheval feu qui se mit à ruer et à sauter avant de partir au galop, telle une flèche, jusqu'au fond du pré. Puis le Hun fit exécuter à l'étalon, grâce à la seule force de ses jambes, des figures de plus en plus complexes, réalisées par l'animal avec la précision d'un astrologue dessinant la carte du ciel.

Cet improbable équipage, malgré le déséquilibre de ses proportions, avançait et manœuvrait sur le pré comme si l'homme et sa monture n'avaient fait qu'un depuis toujours. Le cavalier émérite qu'était Lubuwei regardait avec émerveillement le spectacle de l'alliance entre ces deux forces et ces deux instincts.

Sa décision était prise. Ils iraient participer au concours.

— Ce cheval a des qualités exceptionnelles. Je compte l'inscrire à la course de la Fête du Cheval de Xianyang, annonça-t-il à la petite assistance qui s'empressa d'acquiescer bruyamment.

Mafu, de joie, battit des mains. L'écuyer connaissait bien le concours final de la Fête du Cheval pour y avoir participé à de nombreuses reprises lorsqu'il occupait ses précédentes fonctions. Les chevaux de la cour du Yan n'avaient d'ailleurs jamais remporté le premier prix. Au demeurant, aucun d'eux n'aurait pu égaler Épervier Pourpre, ni en vitesse ni encore moins en endurance. Pour lui, une victoire du petit Akkal ne faisait aucun doute. Les qualités de l'étalon étaient telles que le premier prix était déjà gagné ! Il pensait tenir là, enfin, sa propre revanche, après toutes ces tentatives infructueuses auxquelles il avait participé.

— Nous en profiterons pour te trouver une épouse digne de toi ! Tu le mérites bien, conclut Lubuwei en flattant l'encolure en sueur de l'étalon qui continuait de piaffer.

— Faites entrer les « chevaux nuages » ! cria alors Mafu à l'adresse de ses hommes.

Les palefreniers ouvrirent les barrières et vingt chevaux à la robe blanche tachetée de noir et de gris firent irruption sur le pré dans un concert de hennissements.

— Pourquoi les appelles-tu « chevaux nuages » ? demanda le marchand à son écuyer en chef.

— C'est ainsi qu'on les nommait au Yan, répondit l'écuyer, parce que les taches sur leur robe ressemblent aux nuages du ciel.

— Confucius disait que la beauté féminine est comme un nuage : changeante et impalpable ! ajouta sentencieusement Rituel Immuable que l'on n'avait pas encore entendu.

Lubuwei sourit. Il était homme à apprécier les métaphores poétiques, surtout lorsqu'elles venaient avec un tel à-propos.

Il contemplait ses chevaux fringants en se disant que, somme toute, ils auraient tous fière allure à la Fête du Cheval de l'orgueilleux Qin.

Sur le pré, les destriers blanc, gris et noir entouraient le jeune étalon feu et lui faisaient déjà fête, avec force croupades, cabrioles et courbettes.

— Quoi de plus beau qu'un cheval céleste entouré de chevaux nuages..., murmura, songeur, le marchand.

*

Quatre-vingt-quatre sabots résonnaient sur les pierres qui pavaient la route reliant les deux capitales. Cela faisait du bruit. Cela ne passait pas inaperçu. Aussi le convoi de Lubuwei attirait-il nombre de badauds sur son passage, aux portes des auberges ou sur les talus qui bordaient cette large artère qui permettait d'aller du Zhao au Qin.

Le spectacle permanent du flux incessant des hommes et des convois qui sillonnaient la voie dans les deux sens en séduisait plus d'un. Il y avait là de vrais oisifs, qui occupaient leurs journées à regarder passer les voyageurs, et des malfrats et autres petits gredins de tous acabits qui en profitaient pour repérer au passage les éventuelles proies qu'ils détrousseraient un peu plus loin, la nuit tombée. Ceux-là, lorsqu'ils voyaient l'immense Hun qui chevauchait en tête, fièrement assis sur sa monture, abandonnaient tout projet nuisible à l'encontre de cette escorte impressionnante qui accompagnait le marchand de chevaux.

Ce fut donc sans encombre que Lubuwei, son secrétaire, son écuyer et l'Homme sans Peur, avec les vingt chevaux nuages et Épervier Pourpre, arrivèrent au poste frontière du Qin.

Le convoi de Lubuwei ne comportant pas de char ni de carriole, les formalités seraient moins longues puisqu'il ne serait pas nécessaire de procéder au changement d'essieux – chaque État, pour mieux se protéger et contrôler le paiement de l'octroi, ayant édicté une largeur différente. Et comme les roues des chars traçaient, par le frottement de leur cerclage de bronze, de véritables rigoles dans l'empierrement des routes, ces rails antiques n'avaient pas la même largeur au Zhao et au Qin. Le changement d'essieux ou de char s'effectuait, contre paiement d'une taxe spéciale, au poste frontière. Il permettait également aux douaniers de contrôler par le menu le contenu des charrois qui transitaient ainsi, d'un État vers l'autre, bourrés de marchandises et d'hommes.

Un douanier crasseux venait de sortir de sa guérite et regardait avec étonnement les chevaux nuages qui entouraient le cheval feu. Il poussa un petit sifflement d'admiration et fit signe à son chef de venir le rejoindre.

— Présentez-nous les documents attestant de la propriété des chevaux, indiqua ce dernier d'un ton mécanique et péremptoire à la fois.

L'homme regardait attentivement un à un les chevaux du convoi comme s'il les comptait pour en évaluer de façon précise le prix ou la rançon.

Lubuwei se demanda si tout ça n'était pas le prélude à quelque extorsion de fonds dont les douaniers du Zhao étaient coutumiers. Il fit signe à Zhaosheng de présenter l'attestation de son élevage prouvant qu'il était l'heureux propriétaire de ce cheptel. Le secrétaire tendit alors à l'homme deux lamelles de bambou qu'il avait extraites de sa sacoche, sur lesquelles figuraient les noms des chevaux, leur date de naissance et le sceau de l'entreprise commerciale de Lubuwei.

Les deux douaniers prirent le document et regagnèrent la guérite dont la porte ouverte laissait échapper une odeur de crasse et d'alcool de riz.

Le marchand ne pouvait pas voir qu'à l'intérieur de la guérite le chef des douaniers montrait le sceau de Lubuwei à un soldat qui portait l'insigne en forme de cheval ailé des estafettes royales du Qin. L'estafette, après avoir examiné le sceau, se rua hors du poste frontière, sauta sur son cheval et s'en fut au triple galop.

Le douanier ressortit avec le document. Son visage avait changé. Il remit en souriant au marchand une plaquette de bronze trouée en son centre.

— Voici votre sauf-conduit, messire Lubuwei. Bienvenue au Qin où l'on vous attend ! Au retour, il vous suffira de nous rendre ce document officiel, prenez-en soin.

Le ton était professionnel, un rien obséquieux, celui d'un fonctionnaire zélé et intègre que, manifestement, ce douanier n'était pas.

— En voilà un qui avait l'air pressé ! dit Zhaosheng au douanier en désignant l'estafette qui n'était déjà qu'une minuscule silhouette sur la route.

— Il avait une bonne nouvelle à annoncer à qui de droit. Dans ce cas, il vaut mieux faire vite, répondit d'un air entendu, appuyé d'une œillade, le douanier.

Cet homme regrettait l'intérêt qu'en très haut lieu on semblait porter à ce riche marchand Lubuwei. Un intérêt sans lequel il aurait sûrement arrondi confortablement son maigre salaire de fin de mois en rançonnant ces cavaliers dont le maître, à en juger par l'ampleur de son convoi et l'élégance de ses vêtements, paraissait cousu d'or.

Et quand il vit la petite cavalerie de Lubuwei s'ébranler vers Xianyang, il pesta en son for intérieur comme un diable et se mit à maudire mille fois ce pouvoir central incapable de laisser travailler en paix les petits fonctionnaires de son espèce.

*

Ce matin-là, le général Paix des Armes s'était enfin réveillé de bonne humeur. Il avait bien dormi.

La veille au soir, Droit Devant lui avait appris l'arrivée imminente à Xianyang du marchand de chevaux de Handan. Cette heureuse nouvelle l'avait rempli de joie. Les douanes du poste frontière lui avaient fait un rapport des plus circonstancié : Lubuwei avait emmené vingt et un chevaux au Qin dont un étalon rouge des steppes, de la race des chevaux Akkal, une variété extrêmement rare dont il n'existait aucun exemplaire dans les haras publics du Qin.

Décidé à mettre tous les atouts de son côté, l'Intendant Général des Grandes Écuries du Qin avait choisi d'enfiler son uniforme d'apparat pour aller à la rencontre de Lubuwei sur le champ de foire. Il comptait bien impressionner le marchand de Handan.

Il enfila fièrement son « bonnet qui fendait les nuages ».

Ce couvre-chef, dont la couture centrale aplatissait le centre de la coiffe et relevait ses extrémités en deux séries de cornets et de volutes, était réservé aux officiers généraux de troisième grade, le plus élevé dans la hiérarchie militaire, juste après le ministre de la Guerre en personne. Puis il boutonna avec soin sa tunique pourpre et en ajusta les plis après avoir bouclé son ceinturon, dont la boucle de jade représentait un masque Taotie. Il accrocha ses épaulettes faites de pattes de tigre blanc de la steppe. Il ne lui restait plus qu'à serrer ses bandes molletières dans leurs lanières entrecroisées de cuir de buffle.

Il était plutôt fier de son apparence. Sur le seuil de sa demeure, un serviteur lui tendit son épée et un bouclier en peau de rhinocéros qui résonnait mieux qu'un tambour. Il était fin prêt et sortit sous le regard admiratif des passants.

Dans les rues de Xianyang, on voyait des chevaux partout.

Il y en avait en bois sculpté, dont les têtes étaient accrochées aux portes des maisons. On en voyait d'autres sur les masques suspendus aux murs, en l'honneur du dieu Mafu dont ils avaient pris l'apparence. Mafu était le protecteur de l'espèce chevaline dont le visage rouge s'ornait d'un troisième œil qu'il avait pris à Luban, l'ancêtre des menuisiers. On en admirait d'immenses, bien vivants ceux-là, et gras à souhait, attachés aux piliers majestueux des temples, destinés aux sacrifices rituels qui seraient accomplis le soir même. On en apercevait en miniature, au bout des hochets de bambou que les enfants agitaient en riant.

Mais surtout, les rues de Xianyang en étaient pleines de toutes les tailles et de toutes les races, qui se dirigeaient au pas ou en trottinant vers le foirail dans le vacarme assourdissant de leurs sabots heurtant les pierres des rues et l'odeur entêtante de crottin et d'urine que ces bêtes laissaient derrière elles.

Les hommes et les chevaux, par milliers, convergeaient ainsi de tous les quartiers de Xianyang vers le bord de la Wei où s'étendait l'immense champ de foire dont Paix des Armes apercevait à présent au loin, dans le poudroiement du soleil, le scintillant rectangle de sable et de poussière.

Là, dans l'arrondi d'une boucle de la Wei, cette rivière paresseuse mais trompeuse lorsque l'orage la transformait en torrent impétueux, sur une lande sablonneuse où des milliers de sabots avaient déjà effacé la trace du moindre brin d'herbe, grouillait la foule des grands jours venue admirer sa plus noble conquête.

L'uniforme de Paix des Armes, dans la rue, faisait la joie des enfants.

Il est vrai qu'il ne passait pas inaperçu ! Nombreux étaient les bambins qui traînaient leurs parents tout près de cette silhouette imposante coiffée d'un bonnet de général, dotée d'un immense bouclier circulaire en peau de rhinocéros.

— Viens voir, c'est un homme tigre ! On a peur ! crièrent à leur père deux marmots qui montraient d'un air craintif les deux grosses pattes griffues de félin que le général portait en guise d'épaulettes.

— Celui que vous nommez « homme tigre » est un valeureux général, répondit le père à ses garçons qui s'empressèrent de le tirer en hurlant vers le foirail.

De la terrasse du jardin d'agrément de la Bourse de Commerce, Paix des Armes avait le champ de foire à ses pieds. Il observait avec attention les allées et les barrières où les exposants attachaient les bêtes pour essayer de repérer les vingt chevaux nuages accompagnés du cheval céleste, l'étalon Akkal.

La couche de poussière qui flottait sur la foire empêchait de distinguer autre chose que des grappes humaines qui se pressaient autour des encolures. En inspectant tout l'espace très attentivement à la recherche d'un indice qui pourrait le mettre sur la bonne piste, il vit, vers le fond gauche du terrain, un attroupement plus important que les autres et se dit que ce devait être là.

Il descendit de la terrasse sur le champ de foire et entreprit de le traverser, en fendant la foule, pour se rendre vers l'endroit où ce grand nombre de badauds s'était massé. Très vite, il sut qu'il avait deviné juste. Dans la file des promeneurs et des amateurs d'art équestre qui revenaient de cette direction, il n'était question que de « cheval rouge » et de chevaux nuages sur la rareté et la beauté desquels on ne tarissait pas d'éloges.

Il ne pouvait s'agir que des chevaux du marchand de Handan !

Paix des Armes s'approcha et se fraya avec peine un chemin dans la masse compacte des spectateurs qui se pressait autour de l'enclos des chevaux de Lubuwei.

Là, il vit un immense cavalier hun qui brossait le dos du cheval bai des steppes. Les enfants admiraient les chevaux nuages dont les crinières avaient été ornées de rubans de soie blanche et noire. Devant l'enclos, un homme au crâne rasé donnait des explications aux curieux qui se pressaient, admirant ce qui était visiblement l'une des attractions majeures de cette foire.

— Vous êtes bien Lubuwei, le grand éleveur et marchand de chevaux de Handan ? Je me présente, général Paix des Armes, Intendant Général des Grandes Écuries de ce royaume.

Le marchand parut à la fois surpris et amusé. Il savait qu'il était attendu à Xianyang mais n'avait pas imaginé que ce serait par un personnage d'un rang aussi important, harnaché avec autant de soin que s'il s'était agi d'une cérémonie officielle.

— Je suis bien celui que vous cherchez. Nous espérons faire bonne figure lors de la course finale, si du moins nous sommes sélectionnés par le jury, répondit le marchand d'un ton qui se voulait modeste.

— Ça, j'en fais mon affaire ! Le jury est présidé par l'un de mes officiers supérieurs... Et l'allure de votre étalon rouge parle pour lui sans qu'il soit nécessaire de faire de longs discours.

Le général Paix des Armes s'efforçait de déployer tout le charme dont il était capable.

— C'est effectivement un joli petit cheval, constata sobrement Lubuwei.

— Cheval rapide comme la flèche ! Cheval céleste ! ajouta une voix caverneuse.

La voix venait de derrière, Paix des Armes se retourna.

C'était le Hun géant dont les enfants touchaient les muscles des cuisses corsetées dans des braies de buffle, comme si elles avaient le pouvoir de porter bonheur.

Sur le coup, l'homme lui parut plus immense encore que dans l'enclos avec les chevaux. Il eut un mouvement instinctif de recul et sa longue épée de bronze heurta le bord du bouclier en peau de rhinocéros qui vibra d'un gong sourd comme un tambour de pluie. Les badauds éclatèrent de rire.

— Vous êtes mon invité. J'ai beaucoup de choses à vous dire. Venez me rejoindre demain au palais des Hôtes Officiels du Qin, c'est derrière le haras central, bredouilla Paix des Armes en cherchant à retrouver sa contenance.

— Ce sera un honneur pour moi, fit Lubuwei en s'inclinant poliment, flatté qu'un officier de si haut rang pût traiter ainsi un simple marchand.

— À dire vrai, vous êtes l'invité officiel du royaume de Qin ! s'écria alors une voix aiguë.

Sans même se retourner, Paix des Armes avait reconnu Droit Devant qui, toujours de carmin vêtu, se dandinait sur ses cothurnes. L'irruption du Grand

Chambellan du roi Zhong le contrariait. Il en voulait à l'eunuque de surveiller ainsi tous ses faits et gestes. Il préféra ne rien dire et s'employa néanmoins à faire les présentations.

Droit Devant, qui supportait à peine la vue d'un cheval et que le contact du crin faisait tousser de quintes interminables, n'était sûrement pas venu sur le champ de foire de sa seule initiative. Il avait dû être envoyé par le souverain lui-même. Le général se consola en se disant que Lubuwei, auquel il avait le premier pensé, était devenu un enjeu dont, en très haut lieu, on avait fini par comprendre l'importance.

— Maître Lubuwei, venez vite, je crois que j'ai trouvé une épouse à Épervier Pourpre !

C'était le fidèle Zhaosheng qui accourait en hurlant, tout à la joie d'annoncer cette bonne nouvelle à son patron.

Lubuwei fit signe à ses visiteurs de l'attendre et s'en alla à la rencontre de son secrétaire.

— Là, trois enclos plus loin, il y a un marchand qui a une pouliche de la même race et de la même couleur qu'Épervier Pourpre !

Lubuwei appela le Hun géant et ils suivirent le secrétaire jusqu'à l'enclos où un éleveur tirait avec acharnement sur le mors d'une pouliche rétive de race Akkal qui ressemblait en plus menue à Épervier Pourpre.

L'homme qui maltraitait cet animal aux jambes élancées comme les tiges du roseau et au poitrail si fin qu'on eût dit un traversin de soie était un Xiongnu à la peau cuivrée par le soleil et aux yeux presque invisibles derrière les fentes de ses paupières. Lorsqu'il vit que sa petite jument intéressait du beau monde, il sourit en montrant une langue et des dents aussi noires que de la suie.

Lubuwei pria le Hun géant de servir d'interprète.

— Elle pas à vendre ! traduisit l'Homme sans Peur

137

après que Lubuwei lui eut fait demander le prix qu'il souhaitait pour la petite jument des steppes.

Lubuwei ne put masquer son agacement. Voilà qu'il avait en face de lui un autre Dent Facile !

Il n'était pas à Handan et n'avait pas de temps à perdre. La jeune pouliche Akkal paraissait en parfaite santé, elle lui était nécessaire s'il voulait voir des poulains Akkal dans ses élevages. Il n'avait, de surcroît, aucunement l'intention de perdre la face devant ce général Paix des Armes qui l'avait suivi et assistait à la scène.

Tout cela obligeait à couper court et à négocier au mieux et au plus vite.

Après un rapide calcul, il fit proposer à l'éleveur la somme exorbitante d'un tael d'or, ce qui provoqua chez Paix des Armes un sifflement d'admiration. L'éleveur se hâta d'accepter sans davantage se faire prier. C'était bien plus que Lubuwei n'avait payé Épervier Pourpre mais, en l'occurrence, peu lui importait. Son cher Épervier Pourpre le méritait bien.

L'éleveur donna la bride de la jument à Lubuwei, qui la confia à son secrétaire.

— Toutes mes félicitations, dit Paix des Armes. Vous aviez le mari, vous avez la femme ! ajouta-t-il en s'inclinant pour dire au revoir à Lubuwei.

De retour à l'enclos des chevaux nuages, Mafu mit les deux chevaux feu de la steppe en présence. Puis il leur dit en souriant que, désormais, ils allaient former un couple de chevaux célestes.

— Couple extraordinaire ! Descendance inouïe ! articula le géant hun.

Son sourire immense dévoilait ses dents blanches comme l'écume d'une cascade. À quelques pas devant l'Homme sans Peur, les deux chevaux fringants se reniflaient doucement les naseaux.

Lubuwei félicita son secrétaire pour sa perspicacité :

— Notre premier objectif est atteint, Épervier Pourpre pourra saillir. Il ne nous reste plus qu'à remplir demain le second, dit-il à Zhaosheng en lui touchant familièrement l'épaule. Puisque c'est toi qui l'as trouvée, tu lui donneras le nom que tu souhaites ! ajouta-t-il en caressant l'encolure de la petite pouliche.

Le secrétaire était ému de tant de gentillesse, de prévenance et de simplicité.

Il commençait à comprendre tout le bien que le Bi noir étoilé était en train de procurer à son maître.

*

— Qingming est-il aussi fêté à Handan qu'à Xianyang ? demanda Paix des Armes au marchand Lubuwei.

Les deux hommes, confortablement assis sur un divan profond, partageaient un belle carpe bouillie et refroidie dans la salle à manger de la résidence des Hôtes Officiels. Une jolie servante se chargeait de ne jamais laisser vides leurs coupes de vin rouge.

— Le printemps est le même partout ! Et le Zhao n'est qu'à trois jours de marche du Qin. Pendant trois jours, comme vous, nous mangeons froid, répondit-il en montrant le poisson dans le plat, parce qu'il vaut mieux ne pas faire de feu..., comme il est écrit dans les rituels anciens.

— Ici, c'est pareil. Sauf que nous fêtons aussi le cheval, indiqua Paix des Armes à l'intention de son nouvel ami.

— Est-il vrai que vous en manquez cruellement dans vos forces armées ? s'enquit Lubuwei, décidé à aborder le vif du sujet.

Le général saisit cette perche que l'autre lui tendait et avoua sans ambages :

— Plus encore que vous ne l'imaginez ! Dans les

139

élevages du Qin, les vieilles pouliches sont plus nombreuses que les étalons, qui ont été décimés par nos conquêtes militaires. Les poulains se font ainsi de plus en plus rares. Notre roi a dû désarmer deux régiments de cavalerie. Bientôt il nous faudra reconvertir nos cavaliers en fantassins ! Nous n'avons même pas de quoi lancer des offensives victorieuses contre des tribus Xiongnu qui élèvent dans les steppes les centaines de chevaux qui nous manquent !

L'écuyer en chef était devenu intarissable. Il avait décidé de ne rien cacher au marchand de chevaux de l'ampleur du désastre qui frappait les armées de son pays. La situation était trop grave. Il jouait là son va-tout. Il avait seulement hésité sur l'entrée en matière, et voilà que Lubuwei la lui avait magistralement fournie grâce à sa question si directe.

— Et que puis-je faire pour un puissant et glorieux État comme le Qin, moi qui ne suis qu'un particulier qui élève et vend des chevaux à Handan ? interrogea le marchand qui cherchait à savoir jusqu'où voulait aller son interlocuteur.

— Après cette foire, il vous faut revenir ici pour que nous en reparlions. Notre roi vous verra sûrement. Je suis sûr qu'il vous le revaudra au centuple si d'aventure vous nous aidez à régler notre problème.

Une danseuse avait fait son entrée, accompagnée d'une musicienne. Paix des Armes les arrêta d'un geste.

— Nous devons rejoindre le foirail. L'heure de la course approche ! dit-il en se levant et en invitant Lubuwei à le suivre.

Le marchand aurait bien assisté à l'évolution de la danseuse car elle lui rappelait un peu le souvenir de la belle Zhaoji, mais il n'aurait voulu pour rien au monde rater le départ de la course pour laquelle Épervier Pourpre, le matin même, à l'issue de son examen par le jury officiel de la foire, n'avait eu aucun mal à se qualifier.

Lorsqu'ils arrivèrent sur le foirail, les spectateurs s'étaient déjà massés au bord du terrain où la course devait se dérouler.

On avait fait dégager tout le centre du champ de foire pour y aménager une piste de sable séparée dans sa longueur par un muret autour duquel les chevaux, seuls, devaient galoper. C'était ce qu'on appelait une course de « chevaux libres », c'est-à-dire sans cavaliers.

Elle ne donnait lieu qu'à un tour de piste, dans une sorte d'aller et retour. Un cheval distancé n'avait aucune chance de gagner, sauf si ceux qui le devançaient n'arrivaient pas à finir la course pour cause de claquage ou de chute, ce qui arrivait fréquemment car les bêtes étaient obligées de lancer toutes leurs forces sur une courte distance. L'épreuve la plus redoutable était celle du virage très serré, situé au bout du muret, que le cheval devait prendre le plus possible à la corde avant de revenir dans l'autre sens s'il ne voulait pas être distancé par ses concurrents. Tout cela devait être bref, brutal et implacable.

Paix des Armes fit entrer Lubuwei dans le carré réservé aux personnalités officielles. Il y avait là tout ce que le Qin comptait de ministres, de mandarins et de généraux importants.

— Puis-je vous présenter le général Défaut du Jade, commandant en chef de nos armées ? demanda l'écuyer en chef au marchand, que son ennemi intime toisa d'un œil mauvais sans le saluer...

Lubuwei fit semblant de ne pas voir cette attitude désobligeante et gratifia Défaut du Jade d'un large sourire en inclinant poliment la tête.

Le directeur de la course invita l'assistance à faire silence. Le brouhaha cessa peu à peu. Devant lui, à quelques coudées, Lubuwei voyait Épervier Pourpre que l'Homme sans Peur tenait par la crinière. À côté de l'étalon Akkal, dix-neuf chevaux fringants tenus par leurs palefreniers s'apprêtaient également à prendre le départ.

Dans un silence sépulcral et sous un soleil radieux, une trompette sonna et les palefreniers se dérobèrent. Le ruban de soie rouge qui contenait les poitrails frémissants des chevaux tomba mollement sur le sol. Les chevaux s'élancèrent sous les hurlements de la foule.

L'épreuve reine de la Fête du Cheval venait de commencer.

Épervier Pourpre s'était rué en avant le premier et avait pris d'emblée la tête de la cavalcade, comme s'il avait deviné ce qu'il fallait faire pour gagner une telle course. Les deux chevaux qui se trouvaient juste derrière lui quelques instants après le départ s'étaient violemment heurtés et gisaient déjà sur le sol, les antérieurs brisés par la violence du choc. Le cheval céleste continuait à galoper devant les autres, crinière dorée au vent, sous les encouragements de la foule déchaînée. Derrière, le peloton des suiveurs ne s'étirait toujours pas et continuait à galoper serré, chaque concurrent cherchant en vain l'ouverture. L'arrivée au virage fut fatale. Il en résulta un magistral télescopage au bout du muret, lorsqu'une dizaine de chevaux regroupés en une masse compacte essayèrent ensemble de virer serré avant de revenir dans l'autre sens. Neuf d'entre eux mordirent la poussière avec des hennissements de douleur dans un enchevêtrement sanguinolent. La course était terminée pour eux.

C'est alors qu'un immense cheval noir rescapé du carnage porta son attaque. L'animal essayait de s'introduire entre l'étalon Akkal et le muret pour coincer le cheval de la steppe et tenter de le doubler.

Le marchand s'entendit hurler. Le cheval sombre était une fois et demie plus haut que le petit Akkal. Il paraissait beaucoup plus puissant. De ses naseaux aussi larges qu'un col de vase de bronze à libation s'échappait un flot d'écume. Lubuwei, la mort dans l'âme, commençait à douter. Les deux chevaux étaient à moins de dix li [1] de la ligne d'arrivée. La foule en délire soutenait chaque champion.

On vit alors le spectacle étrange d'un destrier se transformant en fauve carnassier. On entendit le claquement sec de la mâchoire de l'Akkal se refermer brusquement avec la force d'une tenaille sur l'oreille droite du cheval noir et la couper net à la pointe.

Déséquilibré par la douleur et aveuglé par le sang qui giclait de sa blessure, le grand cheval, en se cabrant, fit un écart et bascula de l'autre côté du muret pour retomber jambes raides et dos rompu sur la piste, juste à côté des deux premiers chevaux qui s'étaient entrechoqués et agitaient encore mécaniquement leurs antérieurs.

La voie était libre pour Épervier Pourpre qui fut déclaré vainqueur par le directeur de la course devant une foule béate qui n'avait d'yeux que pour ce cheval rouge à la crinière d'or dont la ténacité n'avait eu d'égal que le courage. Chacun alors put voir le géant hun se précipiter sur le petit étalon Akkal et lui poser sur le dos la couverture rouge vif destinée au vainqueur. L'ensemble du public, debout dans un élan unanime, adressait ses compliments à Épervier Pourpre, ce cheval céleste qui venait de gagner le concours.

Paix des Armes exultait presque autant que Lubuwei, dont l'étalon des steppes était devenu le héros de Xianyang. Cette victoire était la preuve éclatante de sa clairvoyance. Le marchand de Handan était bien l'homme qu'il fallait au Qin.

Épervier Pourpre venait de rejoindre le panthéon des chevaux tel qu'on l'honorait à Xianyang dans le temple

---

1. Un li = cinq cents mètres.

du dieu Mafu. Et chacun de s'extasier devant les qualités et l'allure du vaillant petit cheval dont on graverait le nom sur la pierre dressée consacrée aux chevaux victorieux de cette course. Des générations entières de cavaliers honoreraient son nom, qui resterait inscrit à jamais sur cette stèle commémorative noircie par l'encens qui s'élevait, telle une colonne immense, à l'entrée du temple du Cheval. D'innombrables mains d'éleveurs viendraient ainsi pieusement effleurer les quatre idéogrammes, celui de l'épervier, celui de la couleur pourpre, celui du cheval et celui du ciel, qui allaient être gravés dans le marbre pour les imposer ensuite à leurs propres étalons dont ils caresseraient le poitrail, afin d'améliorer leur descendance et en espérant qu'ils leur donnaient là autant d'énergie que n'en avait déployé le petit cheval céleste Akkal.

— Je tenais à vous féliciter, dit à Lubuwei un homme qui portait beau et dont la voix claire ne sonnait pas faux.

Paix des Armes fit les présentations. Il s'agissait du Grand Officier des Remontrances qui avait assisté à la course mêlé au public avant de les rejoindre dans le carré des officiels.

— Le duc Élévation Paisible de Trois Degrés est chargé de pointer le doigt sur tout ce qui ne va pas dans notre bon royaume de Qin ! ajouta le général Paix des Armes à l'adresse du marchand.

Lubuwei regarda le Grand Officier des Remontrances d'un air incrédule, tant il avait de peine à imaginer en quoi consistaient de semblables fonctions.

— Si je comprends bien, cet homme a donc également à connaître du vaste problème qui est le vôtre ? demanda-t-il à Paix des Armes.

Celui-ci, un peu gêné, préféra s'en tirer par une pirouette :

— Il n'est pas de haut responsable au Qin, qu'il soit

civil ou militaire, qui ne soit concerné par la question dont je vous ai entretenu...

La voix nasillarde de l'eunuque Droit Devant se mêla à son tour à tout ce brouhaha.

— Quand tu dis « haut responsable », tu pourrais ajouter « le responsable le plus haut », ma parole ! lança le volcan de carmin dressé sur ses ergots.

Lubuwei commençait à mieux comprendre l'ampleur de la tâche qui l'attendait, mais aussi l'opportunité exceptionnelle qu'elle pourrait constituer pour ses nouveaux projets et ses récentes aspirations.

Il regarda avec intérêt tous les uniformes chamarrés et somptueux qui se pressaient pour le congratuler dans le carré des officiels et se dit que ce monde, d'où il était exclu tant qu'il était resté à Handan, devenait ici, au Qin, à sa portée.

Tout à la douce euphorie à laquelle il venait de succomber, le marchand ne prêta même pas attention au regard noir et hostile que le général Défaut du Jade, le visage fermé et la moue contrariée, avait lancé à Épervier Pourpre avant de sortir sans saluer personne du carré des officiels.

*

Maintenant que son fils avait décidé d'aller s'installer pour quelques mois à Xianyang, Diffuse la Lumière commençait à regretter ce départ auquel elle avait pourtant contribué.

Elle n'osait pas le dire à Lubuwei mais s'en était ouverte au vieux Rituel Immuable.

— Madame, il vous est difficile d'empêcher votre fils d'accomplir sa destinée après l'y avoir si vivement encouragé. S'il doit partir au Qin, il me paraît seulement nécessaire qu'il puisse continuer à rendre le culte des ancêtres tous les jours, affirma le maître confucéen.

— Mais comment pourrait-il le faire ? gémit doucement la vieille femme que sa sœur regardait avec exaspération.

— Je connais un fabricant d'autels portatifs qui habite...

— Vous et vos autels portatifs ! Tout cela est grotesque ! Il lui suffira d'une planchette de bois où il pourra pointer les viscères, le cœur et les membres avec un stylet trempé dans du sang de poulet, s'écria Accroche la Lumière en lui coupant la parole.

Le vieux lettré prit son air pincé et se tut.

— C'est bien plus pratique et efficace que vos prosternations innombrables devant les autels des ancêtres ! ajouta-t-elle.

Le vieillard, que le sang de poulet avait toujours écœuré, eut une moue d'agacement mêlé de dégoût devant cette description du « pointage du corps » pratiqué par la religion populaire taoïste en lieu et place du sage culte des ancêtres, tel qu'il l'avait appris à Lubuwei, où tout versement de sang, heureusement, était formellement exclu.

L'arrivée du marchand, venu saluer sa mère, coupa court à leur conversation.

— Je venais te souhaiter une bonne journée, dit le fils.

— Justement, nous parlions de toi, répondit doucement la vieille femme.

Elle avait du vague à l'âme dans le regard.

— Quand comptes-tu partir ? ajouta-t-elle.

— Dès que la jument céleste Épervier Rose aura été dressée...

Sa vieille mère fit l'étonnée.

— C'est le nom que Zhaosheng a trouvé pour la jument des steppes que je compte faire saillir par Épervier Pourpre. Le dressage prendra un ou deux mois lunaires, pas plus, précisa-t-il.

Puis il s'inclina et sortit, laissant les yeux de la pauvre Diffuse la Lumière se noyer de larmes sous le regard inquisiteur et courroucé de sa sœur jumelle.

Le marchand enfourcha son cheval et se rendit au pré, comme il le faisait tous les matins depuis son retour de Xianyang, pour assister au dressage de la petite jument Akkal.

Le jeune animal était en train de donner du fil à retordre au géant hun et à Mafu. Malgré tous leurs efforts, ils n'arrivaient pas à la faire tenir en place. La jeune bête, cabrée sur ses postérieurs, tordait son cou dans tous les sens et des filets d'écume perlaient de ses naseaux.

— Qu'a-t-elle pour être aussi agitée ? questionna, inquiet, Lubuwei qui venait de s'accouder à la clôture.

— Jeune animal avoir mal ! Mais où ? Nous pas savoir ! répondit l'Homme sans Peur, aussi désolé que s'il se fût agi de son propre enfant.

— P'passez-l'lui c'cette po-pomm'ade sur l'la gencive. C'cette ju-jument est b'blessée par son m'mors, fit alors une voix bégayante, sortie dont ne sait où.

La voix était celle d'un homme que personne n'avait vu venir et qui s'était approché sans bruit. Il se tenait à quelques pas derrière Lubuwei.

Le marchand se retourna et dévisagea le bègue qui tendit au géant hun un pot d'onguent qui embaumait l'eucalyptus. La pommade fit un effet immédiat. À peine lui eut-il massé la gencive que la jeune pouliche se calma. Lubuwei se souvint alors que son ancien propriétaire l'avait tirée violemment par le mors sur le marché aux chevaux.

— Vous avez vu juste, noble étranger ! Vous avez l'air de vous y connaître en médecine, dit le marchand à l'inconnu en guise de compliment.

— Si je devais être médecin, ce serait plutôt pour

l'esprit, assura l'inconnu. Je suis un philosophe du droit, ajouta-t-il comme pour s'excuser par avance de l'étonnement qu'il s'apprêtait déjà à susciter.

L'homme charriait une grosse besace, ainsi qu'un fagot de bambous.

— Mais votre sac paraît rempli de simples ! remarqua Lubuwei qui venait d'aviser le sac en toile.

— C'est exact. Je m'y connais un peu en plantes médicinales. J'ai là de quoi me préparer les onguents nécessaires pour atténuer les blessures que m'inflige la marche.

L'homme bègue, au visage régulier et à la corpulence moyenne, montrait ses chaussures de tissu rapiécées d'où s'échappaient ses orteils. Ses vêtements étaient à l'avenant, ils étaient faits de bure, constellés de trous, laissés sans couleur par la pluie et le soleil. Ils contrastaient avec son physique qui n'était en rien celui d'un vagabond.

L'homme assurément avait dû effectuer contraint et forcé un long périple. Il ressemblait plutôt à un lettré qu'à un brigand et paraissait fourbu. À ses pieds où il venait de le poser, Lubuwei vit le fagot de bambous brunis, polis par des années de manipulations, retenus entre eux par des cordelettes de soie rouge.

— Ce sont là quelques-unes de mes œuvres philosophiques et juridiques, expliqua timidement l'inconnu dont le bégaiement, loin de cesser, s'était amplifié, comme c'est souvent le cas pour les bègues lorsqu'on les oblige à parler d'eux.

Épervier Rose gambadait à présent sur le pré avec Épervier Pourpre. Les deux petits chevaux de la steppe caracolaient ensemble et se faisaient fête.

— Puis-je savoir où vous vous rendez ? J'aimerais vous offrir l'hospitalité, proposa Lubuwei au bègue.

— En principe, je fais route vers Xianyang où je compte m'installer, répondit celui-ci.

— Je me présente : Lubuwei, président de la guilde des marchands de Handan.

— Je suis Hanfeizi, dit l'inconnu sobrement.

— Eh bien, cher Hanfeizi, vous êtes mon invité pour quelques jours ou même plus si vous le souhaitez.

Le bègue regarda le marchand et sourit. C'était bien la première fois depuis le début de sa longue fuite qu'un peu de bonté et de compassion se manifestait. Il accepta de bonne grâce et avec reconnaissance.

Lubuwei le fit monter sur un cheval. À la manière dont il enfourcha sa monture en s'aidant d'une seule main et sans que celle-ci bronchât, le marchand comprit sur-le-champ que le philosophe juriste se doublait d'un cavalier émérite.

— Vous connaissez les chevaux ! constata-t-il avec satisfaction.

— J'aime les chevaux et je sais parler leur langage. En général, ils m'écoutent, confia le philosophe d'une voix douce.

Lubuwei commençait à s'habituer au bégaiement de Hanfeizi. Ce défaut obligeait l'homme à parler lentement et à détacher ses syllabes comme un maître qui apprenait à écrire à de jeunes enfants, alors que les lettrés avalaient toujours leurs longues phrases émaillées de termes inconnus pour bien marquer la supériorité de leur savoir et de leur culture sur ceux qui ne les possédaient pas.

Lubuwei se dit qu'il avait affaire là à un lettré singulier, dont le défaut d'élocution ne paraissait pas avoir affecté les capacités intellectuelles ni la science médicinale.

Les deux hommes partirent au petit trot pour revenir en ville au Palais du Commerce où les attendait un délicieux déjeuner de petits pains farcis à la viande de porc assaisonnée à la citronnelle.

Le marchand avait demandé à Rituel Immuable de se joindre à eux.

— Puis-je savoir d'où vous venez ? demanda le vieux maître confucéen au philosophe.

— Du pays de Qi, de Linzi où j'enseignais la philosophie, répondit Hanfeizi.

— Ne me dites pas que vous êtes professeur à l'Académie Jixia ? s'écria Rituel Immuable en battant des mains.

Lubuwei regarda son vieux maître d'un air étonné. Ce nom ne lui disait rien.

— L'Académie Jixia est le creuset où est formée l'élite du Qi, mais sa renommée dépasse de très loin les frontières de ce royaume. Cet établissement accueille les meilleurs éléments du Yan et du Zhao, mais aussi, m'a-t-on dit, du Chu, dit Rituel Immuable à l'adresse de Lubuwei.

— En effet, tout cela est exact, reconnut Hanfeizi qui venait d'avaler un petit pain farci.

— Quelle discipline enseigniez-vous ? reprit le vieux lettré qui regardait désormais le bègue avec respect.

— La philosophie législative et le droit des affaires publiques, précisa le philosophe.

— Et que vous est-il arrivé pour que nous nous retrouvions ainsi à déguster des pains farcis de viande cuits à la vapeur ? interrogea le marchand d'un air étonné.

— J'en ai été chassé. Et pour échapper à un procès, disons... avilissant, j'ai préféré m'enfuir, admit le bègue d'un air affligé.

— Comment un philosophe inoffensif peut-il faire l'objet d'un tel opprobre ? poursuivit, méfiant, le vieux précepteur.

— Je me pose encore la question... fit l'autre tristement.

Il paraissait affamé. Lubuwei l'invita à continuer de manger. Il engouffra voracement, d'une seule bouchée cette fois, un autre petit pain farci à la viande.

— Mais comment peut-on être chassé d'une telle institution dès lors qu'on appartient à son corps professoral si haut en prestige ? insista Rituel Immuable qui trouvait l'explication du philosophe un peu courte.

Un lourd silence s'installa. Le philosophe mastiquait avec application ses petits pains farcis. Il se fit servir une coupe de vin qu'il but d'un trait. Puis il prit sa respiration, regarda le vieux maître confucéen dans le blanc des yeux, et affirma posément :

— Lorsque ce que l'on enseigne est si vrai et juste que ça devient gênant. Dans certains lieux, dire la vérité est pris pour une insulte !

Lubuwei observait le philosophe. Celui-ci avait dû subir plus d'une avanie. Il avait prononcé cette phrase terrible sans broncher, comme si elle allait parfaitement de soi.

Il ne paraissait pas, physiquement, marqué par les épreuves. Hanfeizi avait le front haut des intellectuels. Sa chevelure, soigneusement tirée par un chignon, le rendait plus austère encore qu'il ne le paraissait. Une fine moustache tirait un trait noir sur des lèvres minces dont les commissures adoucissaient la dure netteté. Des paupières à peine tombantes, signe d'âge mûr, ourlaient des yeux noirs, légèrement bridés, brillants d'intelligence.

Le marchand se dit qu'il n'était pas convenable de soumettre ainsi son hôte à la question. Il en voulait un peu à Rituel Immuable de n'avoir que trop joué les inquisiteurs. L'heure, jugeait-il, n'était pas aux interrogatoires : pousser davantage le philosophe dans ses retranchements n'eût pas été convenable.

Il lui parut préférable d'éluder et de passer à autre chose.

— Vous transportez donc vos œuvres ? lança-t-il d'un ton enjoué en changeant volontairement de sujet.

— Oui, j'en ai pris une partie. Le reste était trop volumineux et j'ai dû l'abandonner à l'Académie. J'espère qu'ils ne le brûleront pas ! s'exclama-t-il sur le ton de la plaisanterie.

— Pouvez-vous nous en dire un peu plus ? Quel livre transportez-vous ? s'enquit Rituel Immuable de cet air emphatique et entendu du lettré s'adressant à un collègue.

Il désignait de son index boudiné le fagot de bambous que Hanfeizi avait posé contre un mur.

— Le titre parle de lui-même. Ce livre s'appelle *Forêt des Anecdotes*. Il s'agit d'une compilation d'historiettes édifiantes à l'usage des monarques et des princes qui ont des responsabilités politiques et souhaitent les exercer dans de bonnes conditions, sans être, un jour où l'autre, renversés et contraints de s'exiler... dit le philosophe.

— Pouvez-vous nous en citer quelques-unes ? suggéra gentiment Lubuwei.

Hanfeizi fit signe à Rituel Immuable qu'il pouvait, s'il le désirait, détacher la corde qui retenait le fagot de bambous coupés par le milieu. Le vieil homme s'exécuta, prit la première lamelle et s'apprêta à déclamer les idéogrammes qui y étaient gravés au stylet.

— Je m'excuse par avance pour la macabre énumération qui va suivre. Il s'agit de gens honnêtes qui ont eu le malheur de dire leurs quatre vérités à des monarques qui n'admettaient pas la critique. Être conseiller du pouvoir est un métier des plus dangereux ! annonça le philosophe en riant.

Penché sur la première lamelle, le vieux lettré confucéen commença sa lecture. Elle était édifiante :

« *Le marquis de Yi finit rôti. Celui de Gui salé et séché comme un jambon. Le prince Bigan eut le cœur arraché. Meibo fut haché menu et marina trois mois dans la saumure. Bailizi dut s'enfuir et mendier sur les routes. Le cadavre de Sima Ziqi finit jeté à la rivière. Guanlongfang fut décapité pour avoir dit la vérité... »*

— Mais c'est horrible ! fit le marchand.

Le vieux lettré avait arrêté de lire.

— Et la liste n'est pas finie. Regardez vous-même ! renchérit alors Hanfeizi en montrant les autres bambous enroulés à Lubuwei.

Rituel Immuable reprit sa lecture. Au fur et à mesure qu'il procédait à cette macabre énumération, sa vieille bouche se tordait dans un rictus de dégoût et d'horreur. Il avait achevé la première lamelle. Il arrêta là sa déclamation et se tourna vers le philosophe.

— Pourquoi toutes ces horreurs ? questionna-t-il d'un air courroucé.

— Vous êtes tombé sur un chapitre de la *Forêt des Anecdotes* où il est expliqué que les mauvais rois sont ceux qui ne savent pas tenir compte des bons conseils. Tous ces despotes sanguinaires ont été tués à leur tour par des soulèvements populaires, car ils étaient incapables de suivre les principes du bon gouvernement.

Lubuwei, qui semblait captivé par les propos du philosophe, voulut en savoir plus.

— Et quels sont ces principes ?

— Il faudrait des jours entiers pour les décrire par le menu. Si je devais résumer, je dirais que le roi efficace est celui qui n'a rien à faire de plus que d'assurer le respect des lois de l'État. Son système de pouvoir, d'une parfaite efficacité, se suffit à lui-même. Ne pas avoir à agir : voilà le signe du monarque qui a les affaires en main !

— Et quels sont les critères d'une telle efficacité ? demanda Lubuwei que ce discours ne manquait pas de surprendre.

Hanfeizi esquissa un sourire et ses yeux noirs se

mirent à briller. C'était toujours ainsi. Il savait qu'il avait, une fois de plus, grâce à cette macabre énumération fait brutalement réagir son interlocuteur. La violence de ses propos visait précisément à choquer le sens commun des gens cultivés qui, à l'instar de Lubuwei, avaient été nourris au lait du confucianisme bien-pensant.

Or, contrairement à Confucius, Hanfeizi croyait plus à l'efficacité d'un pouvoir exercé grâce à la contrainte qu'à l'importance des rituels mis en avant.

— La ruse, le secret, et la force de la Loi, répondit-il à la question posée par Lubuwei.

Il avait particulièrement insisté sur le dernier terme, celui de « Loi ».

— C'est là une doctrine bien sombre et pessimiste, déclara le vieux Rituel Immuable que les propos de Hanfeizi plongeaient dans un abîme de perplexité. Confucius n'a-t-il pas dit : « Le roi est comme un vase, le peuple est comme l'eau » ? ajouta-t-il d'un air agacé.

— Certes. Mais si le vase se renverse et tombe à terre, il se casse et l'eau s'infiltre dans le sol ! Connaissez-vous des peuples qui acceptent une autorité qu'ils n'ont pas choisie sans que celle-ci s'exerce par la force ? Plus un peuple est nombreux et plus il a besoin de règles strictes. Et celles-ci ne valent que si elles sont obéies, au besoin par la peur si c'est nécessaire, précisa le philosophe en avalant un dernier petit pain à la vapeur.

— Mais comment faire pour que le peuple obéisse ? demanda le marchand.

Il était passionné par le tour qu'avait pris cette discussion de haut vol.

— En punissant impitoyablement tout manquement à la règle ! J'ai une thèse : lorsqu'on arrête un criminel, il doit mourir ; mais celui qui ne l'a pas dénoncé doit mourir aussi ! expliqua Hanfeizi.

— Mais dans ce cas, n'y a-t-il pas un risque que la terreur s'installe ? insista Lubuwei.

— Mieux vaut encore la terreur où le peuple peut manger que le chaos social, car c'est de lui que naîtront les pires calamités pour le peuple ! Je veux parler, bien sûr, de la famine qui guette en permanence notre population qui est de plus en plus nombreuse...

— Et qu'allez-vous donc faire au Qin ? s'enquit alors Lubuwei.

Le marchand était partagé entre l'admiration pour l'agilité intellectuelle dont faisait preuve son invité et une certaine répugnance pour la violence de ses thèses.

— J'essaierai de convaincre le monarque de cet État de me recruter comme conseiller politique. J'ai ouï dire que le vieux roi Zhong a besoin de mes services. On dit que le prince héritier n'est guère capable de raisonner sainement. Le Qin est devenu une grande nation. Plus une nation est grande et plus elle est difficile à gouverner !

— Dans ce cas, me ferez-vous l'honneur de m'y accompagner ? dit le marchand au philosophe bègue.

Hanfeizi, surpris, dévisagea Lubuwei. Il ne s'attendait pas à une telle proposition. Son hôte était puissant et riche, faire le voyage de Xianyang avec lui serait plus facile que d'y aller seul, à pied. Hanfeizi détestait la compagnie de la stupidité. Or il ne doutait pas de l'intelligence de Lubuwei. Les questions et les argumentations du marchand lui avaient paru des plus pertinentes. Sa proposition tombait à pic.

— L'idée ne me paraît pas mauvaise, acquiesça-t-il en souriant.

Le marchand de son côté était ravi de pouvoir compter sur la présence auprès de lui d'un esprit aussi distingué. Il se leva, accompagna son invité jusqu'à sa chambre et lui souhaita une bonne nuit.

Dans son immense modestie, Hanfeizi avait omis de dire à Lubuwei qu'il n'était pas un inconnu à Xianyang.

Le roi Zhong s'était procuré tous ses ouvrages depuis longtemps et faisait grand cas de ses théories sur le pouvoir et la puissance de la loi. Des rayonnages entiers de la bibliothèque de la Tour de la Mémoire portaient l'étiquette : « Écrit par Hanfeizi. »

Lubuwei, et pour cause, ne savait pas encore que l'homme qui venait de dévorer avec voracité six petits pains farcis à la viande était en fait l'un des plus grands philosophes de son temps.

Descendant direct de la famille royale du Han, le plus petit des royaumes qui se combattaient entre eux mais pas le moins valeureux, il avait déjà écrit des dizaines d'ouvrages où il expliquait comment la Loi devait passer avant les hommes, et même les rois. Ce bègue qui aimait l'équitation avait commencé à jeter les bases de la philosophie de l'État et des organisations collectives qui se substituaient peu à peu au vieux système des féodalités et des baronnies.

Les rois épris de modernité et d'ambition pour leur royaume connaissaient son œuvre et commençaient à s'en inspirer. Certains lui avaient demandé de leur rendre visite afin de les aider à construire des États où la loi régnerait.

Si Lubuwei avait pu deviner que le philosophe avait même écrit un texte sur le jade, nul doute qu'il lui aurait demandé de le lui lire.

C'était l'histoire tragique de monsieur He, un pauvre homme qui avait dû être amputé des deux pieds avant qu'un roi ne fasse enfin polir la pierre qu'il avait offerte en vain à ses prédécesseurs, lesquels, n'y voyant qu'un vulgaire caillou, lui avaient fait subir le châtiment réservé aux menteurs.

Une fois passée à la meule, la pierre était devenue le splendide Jade de monsieur He que tous les princes s'arrachaient, à un tel point que certains avaient sacrifié jusqu'à leurs propres territoires pour le posséder...

La morale de cette fable en disait long sur le pessimisme tragique qui caractérisait son œuvre philosophique : les vertus étaient toujours, forcément, cachées, et il valait mieux s'abstenir d'offrir aux princes des jades dans leur gangue si l'on voulait éviter de finir amputé.

Cette historiette qui, s'il l'avait entendue, aurait empêché de dormir le nouveau propriétaire du Bi noir étoilé reposait tranquillement avec bien d'autres dans le fagot de bambous que le philosophe avait pu sauver du bûcher où les autorités du Qi avaient condamné tous ses textes à périr carbonisés. Il n'avait dû son salut qu'à la fuite et à l'exil qui avait amené sa route à croiser ce jour-là celle du marchand de Handan.

Sans Hanfeizi, mais cela, Lubuwei serait bien placé, un jour, pour le savoir, le Grand Empire qui n'allait pas tarder à venir n'aurait jamais existé. Ce jour-là, la Loi impériale écraserait de tout son poids le peu qui restait aux individus des libertés infimes déjà anéanties sous la masse pesante des nécessités collectives.

Quand il fut installé dans sa chambre et qu'il put enfin s'allonger dans un lit confortable, le philosophe bègue se prit à penser que ce Lubuwei, tout marchand qu'il fût, ferait un excellent disciple.

Jamais il n'avait imaginé qu'un marchand de chevaux pût avoir l'esprit aussi philosophique. Il lui savait gré, par ailleurs, de la retenue dont il avait su faire preuve lorsqu'il avait évoqué les problèmes qui l'avaient amené à s'enfuir de l'Académie Jixia. Tant d'élégance et de courtoisie ne pouvaient qu'être le signe d'un esprit supérieur.

Ce marchand était de la race si rare des gentilshommes de l'esprit.

Avec une formation adéquate, il ferait sûrement le meilleur des princes !

8

Le vieux roi Zhong, comme toujours à cette heure de la journée, assistait pensivement aux cabrioles aériennes des carpes géantes qui, sous l'effet des rayons du soleil couchant, se teintaient des couleurs chatoyantes de l'arc-en-ciel. Dans l'eau des douves du Pavillon de la Forêt des Arbousiers, ces poissons n'étaient que des masses informes noyées dans la vase et l'eau boueuse. Mais lorsqu'ils en jaillissaient pour effectuer leur ballet sous le regard attentif du vieux monarque, ils devenaient des joyaux qui scintillaient de mille feux.

Zhong avisa Accomplissement Naturel qui sortait de la Tour des Livres et lui fit signe d'approcher. Il n'y avait, alentour, personne d'autre que les deux hommes.

— J'aimerais que tu te rendes au Collège des Fonctionnaires Supérieurs d'Autorité. Il y a là un seul élève en première année. Je crois que son nom est Regret Éternel. Je souhaiterais que tu m'amènes ce jeune garçon dont on me dit qu'il est particulièrement intelligent, demanda le roi au Très Sage Conservateur.

— Vos désirs sont des ordres, ô mon roi ! répondit en s'inclinant Accomplissement Naturel qu'une telle requête ne manquait pas d'étonner.

Le soleil venait d'être englouti par la chaîne bleue et grise des montagnes qui découpaient l'horizon lorsque le Très Sage Conservateur revint, accompagné du jeune élève.

Le vieux roi fit signe au lettré de se retirer.

L'eau des douves était à nouveau parfaitement immobile et le calme du lieu ne serait plus troublé que par le bruit des carpes lorsqu'elles recommenceraient à sauter.

Le vieillard et l'enfant étaient seuls, l'un face à l'autre.

— Comme tu grandis vite, Inébranlable Étoile de l'Est ! Il n'y a pas deux lunes que nous nous sommes vus et je te vois déjà changer ! murmura doucement le vieux roi en prenant les mains de sa fille.

— Je me languis d'être seule au collège... dit l'enfant en dénouant sa coiffe d'où s'échappa instantanément un flot de boucles brunes.

Le vieux roi sourit. Il était fier que sa fille eût été la seule reçue cette année-là à ce concours si difficile.

Pour la circonstance, elle avait dû se déguiser en garçon et changer d'identité. Son père avait choisi son nom d'études : Regret Éternel, en souvenir de Vallée Profonde. Ce travestissement, dont ses professeurs ignoraient tout, amusait follement le vieux roi.

Il avait fini par accéder au souhait exprimé par sa fille d'intégrer cette école où l'on formait l'élite du royaume. Mais pour passer ce concours difficile, il fallait être un garçon. Pour la jeune fille, ça n'était pas un problème. Le vieux roi, au départ, s'était montré réticent, il ne percevait pas le bien-fondé du désir de sa fille. Puis il avait cédé, devant la fougue de son insistance et la pertinence de ses arguments. Il avait admis qu'elle se travestît en garçon. L'intelligence et la culture déjà vaste d'Inébranlable Étoile de l'Est avaient fait le reste : le jeune Regret Éternel avait, seul, obtenu le nombre de points nécessaires pour être admis.

Inébranlable Étoile de l'Est ressemblait à sa mère.

Elle en avait les yeux de jade taillés en amande et le petit nez retroussé. Sous les bandelettes qui serraient sa poitrine d'adolescente, les petits seins de femme pointaient déjà. Ses mains ivoirines étaient fines. Sous son air sérieux et enfantin couvaient les braises d'un caractère passionné.

— Mais que veux-tu que je fasse ? Envoyer d'autres élèves ? On ne rentre au Collège des Fonctionnaires Supérieurs d'Autorité qu'après le concours que tu as brillamment réussi ! rétorqua avec fierté le père.

Puis le vieillard se ravisa. Une solution lui apparaissait, dont il comptait s'ouvrir au Grand Officier des Remontrances.

— Et si je cessais de me déguiser en garçon ? demanda Inébranlable Étoile de l'Est en éclatant de rire.

Son vieux père l'arrêta aussitôt. Ne sachant trop si elle plaisantait, il fit une mise au point :

— Il faut cesser d'y penser. Seuls les garçons peuvent devenir hauts fonctionnaires. Si l'on découvrait notre secret, c'en serait fait de nous ! Un roi se doit de respecter ses propres lois. Faire une exception pour sa fille serait puni encore plus sévèrement. Chacun doit s'incliner devant la Loi, dit-il d'un ton soudain devenu grave.

Prenant sa fille dans ses bras, il la couvrit de baisers et de caresses tandis que l'enfant se blottissait tout contre sa vieille carcasse.

— Le bruit court que mon demi-frère va avoir un enfant. Je vais être tante ! souffla la jeune fille.

— Les bruits vont vite dans ce palais ! C'est exact, le prince Anguo s'est enfin décidé à assurer une descendance à notre famille, reconnut l'air de rien le monarque d'un air distrait.

L'événement dont la cour bruissait depuis quelques jours le laissait plutôt indifférent. Cette paternité à venir ne lui faisait ni chaud ni froid.

Des pas se firent entendre sur les gravillons de la cour.

— J'entends qu'on vient ! Remets vite ta coiffe, chuchota-t-il à l'oreille de l'enfant qui s'arrangea à la hâte.

Une ombre furtive approchait, qui venait de surgir du passage donnant sur la cour.

— Je ne pensais pas vous déranger, fit la voix claire et chantante de la princesse Huayang.

Lorsqu'il vit sa bru qu'enveloppait une robe vaporeuse laissant entrevoir ses formes parfaites, soulignées par les chaînettes d'or qui lui serraient les chevilles et les poignets, le visage du vieux roi s'illumina.

— Vous ne me dérangez jamais, belle Huayang, assura-t-il en faisant signe à Inébranlable Étoile de l'Est qu'elle pouvait à présent se retirer. Je félicitais un jeune étudiant particulièrement méritant, ajouta Zhong en désignant Regret Éternel qui s'inclina devant la première épouse de son demi-frère avant de s'en aller.

Huayang s'était agenouillée aux pieds du vieillard qui pouvait sentir le parfum de poivre et de jasmin dont elle avait enduit sa longue chevelure. Ces odeurs enivrantes le firent frissonner. Elles lui rappelaient d'autres caresses brûlantes. Il ferma les yeux. Il n'eut pas longtemps à attendre pour sentir les doigts experts de Huayang remonter avec lenteur le long de ses cuisses et s'introduire comme le furet dans son terrier par la fente de son pantalon.

— Laisse-moi toucher le beau bâton de jade qui est là, murmura doucement Huayang qui avait commencé à masser adroitement son vieux sexe flapi par les ans.

Le vieillard se tortillait sur sa banquette. Il sentit une onde de désir remonter en lui et constata avec bonheur que son bâton de jade, d'ordinaire assez triste, commençait à prendre forme.

Cela ne lui était pas arrivé depuis des mois.

— Tu es bien la seule à être plus efficace que le mélange de gingembre et de cinabre des pilules de Wudong ! s'écria-t-il en écartant ses jambes amaigries que sa bru avait à présent largement découvertes.

Entre Zhong et Huayang, c'était déjà une longue histoire qui avait commencé quelques semaines à peine après qu'elle eut épousé son fils. Elle n'avait pas tardé à séduire son beau-père, peu de temps après l'avoir rencontré pour la première fois. Elle n'avait eu aucun mal à s'en faire apprécier.

Depuis, elle lui dispensait ses caresses avec parcimonie et sur sa seule initiative. Le seul jour où il lui avait demandé, sans trop y mettre les formes, de venir partager sa couche, elle lui avait sèchement répliqué qu'elle seule décidait de la date et du lieu. Les prestations prodiguées par la belle Huayang méritaient amplement que le monarque acceptât les conditions unilatérales de la première épouse de son fils.

Son irruption au Pavillon de la Forêt des Arbousiers était, pour le vieux monarque, la divine surprise qu'il n'aurait jamais osé solliciter.

Sûre de son fait, et certaine d'être désirée, la princesse plongeait avec application sa tête entre les cuisses du vieillard pour organiser la rencontre entre la rosée douce de sa langue et le jade liquéfié qui jaillirait du bâton. Cet heureux mélange, dont elle était seule à détenir le secret de fabrication tant il était difficile de réveiller les sens de ce vieux corps meurtri par les ans, ne se fit pas attendre.

La rencontre de leurs souffles internes fut des plus brèves mais arracha au vieillard un râle de plaisir. Elle le plongea dans une douce torpeur dont Huayang s'empressa de le faire sortir. Elle se retira et approcha son visage du sien.

— J'ai appris qu'Anguo a fait un enfant à la concubine qui est l'otage du Zhao auprès du Qin ! s'insurgea-t-elle avec violence.

Le vieillard, tout à la contemplation émue de son bâton de jade d'où perlaient encore quelques gouttes de sève, fit semblant de ne pas entendre.

Huayang enfonça ses ongles dans les cuisses du souverain. Il gémit. Alors, pour mieux capter son attention, elle plongea un regard aigu dans les yeux inexpressifs du vieux roi dont les pupilles, de plaisir, commencèrent à se dilater. Il était persuadé que la belle allait l'embrasser. Il se trompait.

— Il faut me laisser du temps, reprit-elle d'une voix dure.

— Peux-tu préciser ta pensée ? interrogea le vieux Zhong qui, quelque peu déçu, revenait petit à petit à lui.

— Jure-moi que l'enfant qui naîtra ne sera jamais désigné, si c'est un mâle, comme le prince héritier du royaume de Qin avant qu'un autre ne soit sorti de mes entrailles ! s'écria sa belle-fille qui se mit à pleurer à chaudes larmes.

— Il ne tient qu'à toi de faire un enfant à Anguo. Je crois savoir que tu reçois ses hommages plusieurs fois dans la même journée, dit le vieux Zhong non sans aigreur.

— Mais cela ne semble pas venir !

Ses sanglots redoublaient. Son corps superbe était agité de spasmes.

— As-tu consulté le Carré des Géomanciens de la Cour ? Peut-être la configuration de ta chambre t'empêche-t-elle d'être féconde ?

— Ils sont déjà venus trois fois ! J'ai eu beau invoquer le Corbeau Azuré Qingwu, qui fut le géomancien de Huangdi l'Empereur Jaune en personne, rien n'y a fait ! gémit la femme dont les gémissements désespérés faisaient tressaillir les seins si désirables.

Le vieux Zhong la trouvait encore plus belle lorsque les larmes mouillaient ses yeux.

— Les experts des souffles et des eaux Fengshui ont mesuré la chambre dans tous les sens. Ils ont posé leur boussole au centre de la pièce pour procéder à l'énumération des huit vents et au positionnement des cinq agents dans l'espace. Et ils m'ont affirmé que le Qi recevait l'influence du Shun à l'endroit précis où mon lit rencontre le mur. Par ailleurs, un grand cyprès a été planté au nord-ouest de cette chambre, ce qui est normalement facteur de bonheur et de prospérité, ajouta-t-elle en se tordant les mains.

— C'est à n'y rien comprendre... La prochaine fois, il faudra leur suggérer d'employer la méthode « ciel-homme », elle est infaillible, affirma le roi, feignant la compassion.

Il savait pertinemment que la méthode « ciel-homme » n'apporterait rien de plus aux procédures savantes mises en œuvre par les Géomanciens de la Cour pour déterminer si l'espace où elle dormait était bien accordé aux souffles et aux directions. Le désarroi – qui ne paraissait pas feint – de cette femme sur laquelle il n'avait eu jusqu'alors aucun moyen de pression était pour lui, en revanche, l'heureuse surprise de la soirée. Il y voyait une emprise possible sur cet être indomptable.

— Tu n'as pas répondu à ma requête, insista tristement Huayang dont les larmes avaient cessé.

— Je l'ai bien reçue, fit le vieux roi qui avait retrouvé le sourire.

Elle regardait à présent fixement l'eau des douves, à la surface de laquelle seuls quelques ronds concentriques troublaient encore le calme plat.

— Je suis même prêt à l'entendre... à condition que tu sois toujours aussi gentille avec le bâton de jade de Zhong, insinua-t-il en désignant son entrecuisse.

La femme tourna ses yeux vers le vieillard. Elle s'était reprise et, décidée à ne pas perdre un pouce de son avantage, elle répondit d'une voix mielleuse et enjouée :

— Ma gentillesse sera inépuisable, dès lors que tu l'auras méritée. Je pourrais même un jour, si tu es gentil et compréhensif avec moi, accéder à ta demande d'ouvrir pour toi ma Sublime Arrière-Cour...

À ces mots, le vieux Zhong conçut une joie profonde. Fallait-il qu'elle eût besoin de lui pour lui faire une telle proposition !

L'heure avançait. Il fallait partir. Elle pointa sa langue et lui toucha le bout du nez. Ensuite elle lécha délicatement le lobe de ses oreilles. Il frissonna.

Puis, telle une ombre furtive, elle s'en fut dans la pénombre naissante, laissant le vieillard seul face à ses fantasmes.

Là-bas, dans les douves noires et immobiles, se reflétait déjà la froide lumière de la lune.

*

— Vois-tu ça ? C'est extraordinaire ! Voilà que je retrouve un peu mes forces de jeune homme. On dirait que je viens de prendre la poudre des cinq pierres qui fait manger froid !

Assis dans son lit, les cheveux encore ébouriffés par l'effet qu'il venait de subir de la part de la tornade nommée Huayang, le vieux Zhong montrait avec satisfaction la protubérance que formait son sexe sous son pantalon.

Il pointait avec emphase l'auguste témoignage de sa virilité retrouvée devant le regard perplexe du grand prêtre taoïste qu'il avait convoqué dans sa chambre, toutes affaires cessantes, en cette heure avancée de la nuit.

— Ce bel événement, je le dois à une femme aussi experte que belle ! Et non à tes pilules ! s'écria le vieillard qui, du coin de l'œil, guettait la réaction de Wudong.

Le vieux souverain désignait la boîte de pilules confectionnées à base de poudre de quartz, de réalgar, de lait de stalactite, d'orpiment et de ginseng. La poudre des cinq pierres était supposée avoir un tel effet sur le réchauffement de l'organisme qu'il devenait impossible, après sa prise, d'avaler autre chose que des aliments refroidis.

Peu désireux d'entrer dans cette polémique, Wudong regardait ailleurs. Il trouva soudain la parade.

— Vous a-t-elle pris de la virilité ? demanda-t-il au vieux Zhong d'un air inquiet.

— Bien sûr, et où est donc le mal ? maugréa, excédé, le vieux roi qui n'avait jamais compris l'acharnement de Wudong à le convaincre que toute émission impromptue d'essence spermatique équivalait à une perte de souffle vital.

Le prêtre, gêné, ne savait trop que répondre devant cet élève indocile qui n'en était pas moins roi du Qin.

— Mes potions font donc un certain effet... hasarda-t-il timidement.

— Moins que la langue de cette femme ! répliqua le vieillard d'un ton acide.

Wudong se tordait les méninges pour dénicher la formule rituelle ou le poème classique qui aurait l'heur de faire oublier la gêne qu'il éprouvait d'être mis aussi facilement en difficulté, quand le vieillard lui tendit une perche inespérée.

— Parle-moi du Yin et du Yang. J'ai besoin de comprendre comment cette femme réussit à réveiller le buffle mort que je suis, ajouta en effet ce dernier dans un souffle.

Wudong alluma rapidement son brûle-parfum Boshanlu et se mit à déclamer d'une voix grave les strophes qui désignaient la façon dont le Yin et le Yang étaient positionnés dans l'espace :

Quand les effluves Yin culminent,
On atteint, vers le bas du monde, les sources jaunes.
Aussi ne doit-on pas, alors, creuser la terre ou forer
*   [des puits ;*
Quand les effluves Yang culminent,
On atteint, vers le haut du ciel, le toit rouge.
Aussi ne doit-on pas, alors, aplanir les collines ou
*   [monter sur les toits.*

Les yeux mi-clos, le vieillard écoutait avec attention.

— Traduis-moi. Ma mémoire me quitte encore, gémit le vieillard que ses douleurs au ventre semblaient avoir repris.

— Le Ying et le Yang sont à la fois contraires et complémentaires. Tout les oppose lorsqu'ils sont loin. Lorsqu'ils sont emmêlés, alors s'ouvre la Grande Voie. Cette femme qui réussit à réveiller vos sens est un peu votre Dao, conclut Wudong.

Le roi, béat d'avoir compris, acquiesça bruyamment.

— C'est l'expression exacte : cette femme est mon Dao ! répéta-t-il à plusieurs reprises.

Le grand prêtre était quelque peu soulagé d'avoir pris à nouveau l'avantage sur le vieux roi sceptique qui, heureusement pour lui, avait recommencé à se plaindre de sa mémoire défaillante.

Le vieil homme, recru de fatigue, s'assoupissait doucement. Nulle trace de virilité ne faisait plus saillir son pantalon. Il gisait, affalé sur son lit, le souffle court et le regard vide, perdu vers le plafond à caissons de la chambre.

Wudong le préférait ainsi, pauvre carcasse fourbue et dépendante, plutôt que tout à l'heure quand, méfiant et oublieux de tous les soins que le grand prêtre lui prodiguait en secret depuis des mois, il avait commencé à instruire contre lui cette sorte de procès qui aboutissait à dénigrer ses pratiques et ses médicaments. Le grand prêtre n'avait jamais eu confiance dans les rois et encore moins dans les vieux souverains capricieux dont il trouvait les lubies soudaines aussi incontrôlables qu'injustes.

Il s'apprêtait à sortir sur la pointe des pieds lorsque la voix tremblotante du vieillard se fit entendre.

— Peux-tu me dire si ma belle-fille a été initiée à la Grande Voie ?

Wudong sursauta.

C'était donc de Huayang qu'il était question depuis tout à l'heure... Que n'y avait-il pensé plus tôt !

Il connaissait bien la première épouse d'Anguo, qu'il initiait dans le plus grand secret aux pratiques taoïstes dans le Palais des Fantômes en présence du seul Zhaogongming. Huayang était une adepte brillante et qui apprenait vite. Elle était proche du degré nécessaire pour être ordonnée prêtre. À trois, ils avaient accompli à plusieurs reprises les exercices secrets où les corps s'emmêlent et se pénètrent. Ils s'étaient ainsi rejoints dans l'extase de l'orée de la Grande Voie, quand le Yin et le Yang ne font plus qu'un, en prenant bien soin néanmoins, et malgré l'inexorable montée du désir, de ne capter ni des uns ni des autres – car il fallait éviter toute dispersion des énergies internes – les liqueurs intimes.

Wudong avait la gorge nouée. Il avait juré à Huayang de ne jamais rien dire de son initiation.

Il commença à rassembler ses esprits pour mentir le plus naturellement possible au vieux Zhong.

— Majesté, j'étais sur le seuil et je n'ai pas bien entendu votre question, articula-t-il pour gagner un peu de temps et préparer une réponse convaincante.

Dans la chambre, seuls les ronflements sonores du vieillard lui firent écho.

Alors, soulagé pour la deuxième fois de la soirée, il quitta cette chambre en se disant qu'il était, avec la belle Huayang, l'un des seuls à pouvoir y entrer.

*

— J'en ai appris de belles ! Et moi qui croyais que nous partagions tous nos secrets ! lança le grand prêtre.

Wudong regardait Huayang d'un air de reproche. Il avait fait passer un message à la première épouse du prince héritier en lui demandant de se rendre au jardin botanique de Xianyang dont ils arpentaient, en évitant de trop se faire remarquer, les allées majestueuses plantées de ginkgos séculaires.

— Je n'appartiens qu'à moi-même, si ce n'est à la Grande Voie, répliqua-t-elle d'une voix tremblante d'indignation.

Huayang était très intelligente. Elle tenait à montrer à Wudong qu'elle était une adepte du Dao libre de ses actes et surtout pas la bonne élève docile qui confiait à son professeur tous ses faits et gestes. Elle savait aussi mieux que personne, pour l'avoir souvent pratiquée, que la meilleure défense, en l'espèce, était encore l'attaque.

— J'espère que tu sauras me préparer la potion qui me rendra fertile, ajouta-t-elle d'un ton comminatoire.

— Il faudrait commencer par invoquer la Souveraine Originelle des Nuages Irisés...

— Je n'ai cessé d'invoquer les grâces de la sixième suivante de la Sainte Mère ! Cela n'a rien donné. Je compte bien, en revanche, sur tes talents d'alchimiste, l'interrompit la première épouse d'Anguo.

Wudong ne put s'empêcher de lui lancer un regard admiratif. Tant de pugnacité était rare. Cette femme débordait d'énergie mentale. Il vit aussi qu'une larme perlait au coin des yeux de jade.

— Est-ce la future paternité d'Anguo qui te met dans un tel état ? lui demanda-t-il avec d'infinies précautions.

— Le roi m'a promis d'attendre que mon enfant vienne au monde avant que celui de la concubine Xia ne soit désigné comme le futur prince héritier.

— Si c'est un garçon ! crut bon d'ajouter le grand prêtre.

Alors, elle ne put se retenir plus longtemps et éclata en sanglots.

— Mais c'est sûr, ce sera un garçon ! J'ai consulté la carte du ciel de la nuit où cet enfant a été conçu. L'étoile du Nord touchait la queue du chariot. C'est la configuration stellaire à dominante Yang, précisa-t-elle en hoquetant de désespoir.

— Il nous reste un peu plus de six mois lunaires, dit Wudong d'un ton compatissant.

— Tu le sais aussi bien que moi : c'est très court ! répondit Huayang en sanglotant de plus belle.

Un coucou se mit à chanter. Elle tendit l'oreille. Le chant apaisant de cet oiseau l'aidait à se calmer.

— D'après la légende, c'est peut-être l'âme du roi de Chu qui vient à mon secours, suggéra-t-elle en se moquant d'elle-même.

L'oiseau qui faisait son nid dans celui des autres avait réussi à lui faire réprimer ses larmes. Elle avait repris le dessus. Huayang détestait que quiconque la vît pleurer.

Wudong l'observait en silence. Il appréciait le caractère de cette femme que rien ne semblait pouvoir abattre. Il contemplait en même temps les minuscules boursouflures que façonnaient sur les rameaux de l'arbre les bourgeons du ginkgo. Dans quelques semaines, ils formeraient ces pièces d'or qui donnaient aussi leur nom à ces arbres dont la décoction des feuilles était réputée offrir longue vie à ceux qui la buvaient.

Huayang avait la même force que la sève des plantes que rien ne peut empêcher de remonter sous l'écorce quand le printemps arrive.

— Si ce délai est trop court, je ne vois qu'une solution, dit-il soudain d'une voix lente et grave.

— Laquelle ?

Elle s'efforça de maîtriser la folle anxiété mêlée d'espoir que les propos de Wudong venaient de susciter en elle.

— Faire disparaître celui à qui il incombe de nommer le futur prince héritier !

— Tu veux parler du vieux Zhong ? murmura-t-elle dans un souffle.

— Tu l'as dit, conclut-il à voix basse en lui serrant le bras.

Huayang perçut dans ce geste une sorte de serment.

Elle ferma les paupières et serra à son tour fortement les poignets du grand prêtre. Ils restèrent ainsi longtemps, tenus l'un à l'autre, comme deux êtres qui, malgré leurs différences, parviennent à se transmettre mutuellement leur souffle vital mais aussi leur courage et leur rage de vivre.

Sur les pelouses qui bordaient l'allée où ils se livraient à ces terribles confidences, des paons faisaient la roue et des tourterelles picoraient les miettes de pain laissées là par des enfants. Les gingkos semblaient assister à ce spectacle avec la bienveillance qu'ils tenaient de leur grand âge. Une douce lumière printanière baignait ce jardin composé comme un air de musique, où les espèces les plus rares se répondaient comme des notes : hautes pour les arbrisseaux délicatement penchés ; basses pour les plus vieux arbres qui dressaient fièrement leurs futaies vers le ciel ; éclatantes pour les roses dont les boutons allaient bientôt éclore ; stridentes pour les pivoines dont les massifs multicolores scandaient le rythme calme et apaisant des pelouses qui s'échappaient par les trouées buissonnières à perte de vue.

Dans ce cadre fait d'harmonie et de douceur, Wudong et Huayang venaient de sceller un pacte dont nul ne pouvait savoir qu'il changerait tant de choses dans le grand royaume de Qin.

9

La promenade s'annonçait belle. Comme tous ces bâtiments dont il admirait l'allure. Et ce jeune architecte, qui savait si bien les lui décrire, connaissait la ville sur le bout des doigts.

Tandis qu'il suivait son guide, Lubuwei se souvenait avec plaisir de sa première rencontre avec Parfait en Tous Points.

— Je suis l'architecte dont le général Paix des Armes vous a annoncé la venue, avait proclamé le jeune homme d'une voix claire après s'être respectueusement incliné devant Lubuwei. Je m'appelle Parfait en Tous Points et suis tout juste diplômé de l'école des architectes publics, avait-il ajouté fort modestement.

Le marchand avait répondu par un large sourire à ce jeune homme bien mis dont le visage aux traits réguliers respirait la sincérité.

Lorsqu'il était arrivé à Xianyang quelques semaines plus tôt, escorté de ses chevaux et accompagné par ses hommes, Lubuwei avait constaté avec satisfaction que Paix des Armes l'attendait au premier carrefour, entouré d'une escouade de palefreniers du haras central qui leur avaient rendu les armes en signe de bienvenue.

L'Intendant Général des Grandes Écuries du

Royaume s'était comporté avec lui comme un hôte parfait.

Il avait trouvé à Lubuwei une belle et haute demeure au toit de tuiles vernissées qui dominait une colline verdoyante entourée de pâtures, située un peu à l'écart de la ville.

Le marchand s'était empressé d'acheter cette élégante bâtisse de briques rouges, dont les hauts murs de pierres sèches s'évasaient légèrement vers la base, afin de l'aménager à sa guise. Le porche d'entrée, large et majestueux, était flanqué de deux dragons de pierre de la hauteur d'un homme. Les fenêtres de la bâtisse étaient rondes comme des yeux de lézard et cernées de pierre grise. Autour d'une vaste cour intérieure, des galeries de bois permettaient de passer d'une pièce à l'autre. Cet espace central entourait une petite pelouse arborée où un puits avait été creusé.

Il y avait là autant de chambres qu'il fallait pour loger toute sa maisonnée, depuis Zhaosheng, son secrétaire, qui avait laissé sa chère et jeune épouse Intention Louable à Handan, jusqu'à l'écuyer Mafu, en passant par l'Homme sans Peur et tous les autres serviteurs. Hanfeizi pour sa part disposait également d'un vaste appartement privé situé au dernier étage, d'où la vue était imprenable sur la capitale.

L'ensemble ressemblait, quoique en moins austère, à une sorte de majestueux château fort.

Lubuwei avait souhaité faire construire les écuries à flanc de coteau, sur les pentes herbeuses de la colline, afin d'y installer le couple de petits chevaux célestes et les autres bêtes qu'il avait emmenées avec lui pour les présenter aux autorités du Qin. Il avait choisi les équidés avec le plus grand soin, veillant scrupuleusement à ce que toutes les races, les plus rapides et les plus nobles qu'il élevait, fussent représentées. Il ne souhaitait pas, à juste titre, que des chevaux aussi précieux et rares dormissent à la belle étoile.

Pour le satisfaire, Paix des Armes lui avait promis de le mettre en rapport avec un jeune et brillant diplômé de l'école des architectes publics dont il connaissait les parents. Il avait, là comme ailleurs, tenu parole à la grande satisfaction du marchand de Handan.

— Seriez-vous capable de construire des écuries en quatre semaines ? lui avait demandé tout de go Lubuwei qui souhaitait aller vite en besogne.

— C'est un très court délai. C'est toutefois possible, à condition de les monter en bois, avait alors répondu Parfait en Tous Points que cette requête n'avait guère semblé démonter.

Le chantier ne durerait ainsi qu'un petit mois lunaire.

Depuis le début des travaux, les deux hommes avaient déjà su nouer des relations amicales et complices. L'intuition et la maestria du jeune diplômé avaient fait des merveilles. Le marchand et l'architecte étaient rapidement tombés d'accord sur les plans et le prix de l'ouvrage à construire.

Parfait en Tous Points, conscient qu'il tenait là une chance inespérée de se faire connaître, avait projeté de construire un édifice majestueux et original à la fois, dont le toit en forme de coque de navire renversée devrait reposer sur quatre immenses troncs d'arbres laissés à l'état brut.

Le dessin d'architecture qu'il avait réalisé sur une planchette de bois tendre avait enchanté Lubuwei. Restait à trouver les arbres nécessaires, ce qui fut fait par l'achat d'une petite forêt d'épicéas située de l'autre côté de la colline, à mi-flanc de l'un des premiers contreforts montagneux de la chaîne où culminait, au-delà des premières cimes visibles, le pic de Huashan.

Recruter les ouvriers forestiers ne posa pas de problèmes particuliers à Zhaosheng, lequel s'acquitta de cette tâche avec son efficacité habituelle. Lubuwei avait accepté de verser aux ouvriers de fort beaux salaires.

Pendant que les bûcherons sciaient et taillaient dans un nuage de copeaux et de sciure les troncs immenses et rectilignes, après avoir aplani le flanc de la montagne pour y aménager une vaste terrasse, le jeune architecte avait proposé à Lubuwei de profiter de ce répit pour visiter les splendeurs architecturales de Xianyang, ce que le marchand avait accepté avec joie.

Comme ville importante, Lubuwei ne connaissait que la petite cité terne et grise qu'était Handan quand on la comparait à Xianyang. Dans l'orgueilleuse capitale du Qin, le marchand de chevaux célestes avait peu à peu découvert que l'architecture, au-delà même des bâtiments qu'elle incarnait, témoignait de l'équilibre complexe qui s'établissait, dans la société et l'État, entre les divers pouvoirs qui les régissaient. Ainsi, à Xianyang, l'architecture militaire rivalisait-elle par la splendeur de ses matériaux et la pureté de ses lignes avec les plus beaux palais de l'architecture civile. Chaque ministère, chaque administration, chaque corporation et chaque caserne possédait ainsi son immeuble, qui était aussi destiné à en représenter l'image et la puissance. Tout bâtiment public était construit pour paraître beau et imposant, pour en jeter plein la vue au passant et au citoyen. Les immenses casernements étaient bâtis de marbres précieux, afin de témoigner de la puissance des armées ; les blocs de pierre parfaitement taillés des palais de justice se voulaient à l'image de la rectitude des juges et de la Loi. Quant au Palais Royal, siège du pouvoir absolu du monarque du Qin sur l'ensemble de ses sujets, à l'abri derrière ses murailles infranchissables et implacables, agressivement crénelées, sous ses toits orgueilleusement recourbés vers le ciel, il dominait la ville de toute sa hauteur et sa superbe.

— Avez-vous entendu parler du projet du « Grand Mur du Qin » ? avait demandé l'architecte à son client alors qu'ils admiraient les hauts murs de pierres sèches taillées au cordeau qui ceinturaient le palais du roi Zhong.

— Pas vraiment. De quoi s'agit-il ?

— D'une muraille qui serait longue de plusieurs milliers de li, issue pour une part des murailles de protection déjà construites ici et là grâce à la ténacité de nos anciens rois. Il s'agirait de relier entre elles les portions existantes et de rehausser le tout. C'est un chantier dont on parle depuis des années mais qu'aucun roi du Qin n'a encore osé lancer. Le « Grand Mur du Qin » serpenterait comme le corps d'un immense dragon qui protégerait définitivement notre beau pays des incursions des cavaliers barbares et de leurs pillages.

— Et qu'est-ce qui empêche le roi du Qin de le faire construire ?

— Plusieurs raisons. La carence de nos moyens, surtout depuis la crise du cheval, car une telle construction mobiliserait une très large part de nos ressources financières et humaines en privant d'autant nos armées. Mais surtout l'absence de volonté politique et d'ambition. Je vous le dis tout bas : il manque au Qin un roi digne de ce nom, un souverain ambitieux et capable de voir loin !

L'architecte avait soufflé sa dernière phrase à l'oreille du marchand de peur qu'on ne l'entende. Ce dernier avait été touché par la franchise du propos, de la part d'un interlocuteur qu'il connaissait à peine. C'était une belle marque de confiance que le jeune architecte lui témoignait. Ce projet de « Grand Mur », toutefois, lui paraissait quelque peu extravagant.

— Mais n'est-ce pas là une idée un peu folle ?

— À l'école d'architecture, nos professeurs nous ont appris que c'était là une idée d'empire ! C'est peut-être

bien la même chose... avait alors répondu finement Parfait en Tous Points.

Le marchand de chevaux était parti dans un grand
éclat de rire tandis que l'architecte l'avait saisi par le
bras pour continuer leur promenade architecturale.

Xianyang était construite en terrasses majestueuses
qui descendaient lentement vers la plaine où coulait la
rivière. Deux ponts de bois enjambaient la Wei. On
devinait aussi les premières fondations de ce qui serait
un large pont de pierre. Les bâtiments épousaient parfaitement la déclivité du site, rien ne semblait pouvoir
empêcher les tuiles luisantes des toits de ses palais et
de ses maisons, aux pointes recourbées en queue
d'hirondelle, de suivre cette douce pente naturelle. Ils
dessinaient dans l'espace des lignes et des courbes
intermittentes, trouées çà et là par de vertes frondaisons
qui finissaient au loin par mourir en pointillés subtils.

Depuis les berges du fleuve, l'impression était
inverse : l'étagement majestueux des bâtiments publics
donnait l'illusion, par leur vue en raccourci, que la ville
n'était qu'une gigantesque falaise multicolore dont le
palais du roi aurait été l'orgueilleux et inaccessible
aboutissement.

Ce jour-là, c'était leur dernière promenade. La fin
du chantier des écuries approchait. L'architecte avait
amené son client au pied d'un mur si haut qu'il était
impossible de deviner jusqu'où il montait.

— La Tour de l'Affichage est la plus haute de la
ville ! C'est là, sur les murs de briques du premier étage,
qu'on appose nos lois et nos décrets pour les promul-
guer. Ainsi, personne ne peut dire qu'il n'en a pas pris
connaissance, expliqua l'architecte.

— Au royaume de Zhao, nous nous contentons de
graver nos lois et nos édits sur les tripodes de bronze.

— C'est aussi ce qui se faisait à Xianyang, mais le
père de l'actuel souverain a décrété que le respect de

la loi supposait que celle-ci soit connue et visible par le peuple dans son entier. Du haut de cet édifice, la Loi en impose à tous.

L'architecte désignait fièrement le mur.

Il conduisit Lubuwei sur une terrasse adjacente d'où on pouvait contempler cette tour immense, érigée sur un tertre de terre qui la rendait plus imposante encore qu'elle n'était. L'édifice quelque peu pompeux et massif, dont chaque étage était souligné par de lourds encorbellements de marbre blanc, avait été construit à la gloire de la Loi. Il rivalisait en hauteur avec la Tour de la Mémoire du Pavillon de la Forêt des Arbousiers.

Un peu plus loin se dressait, en plein centre d'une place ronde et pavée, la silhouette massive d'un bâtiment cubique dépourvu de fenêtres. Le marchand demanda à l'architecte quel était le nom de cette prison.

— C'est bien une prison, mais pour les textes. Voilà notre Palais des Archives. Au Qin, on pourrait dire que gouverner, c'est écrire ; et tout ce qui est écrit doit être archivé et conservé. Une moitié des fonctionnaires écrit et relate ce que l'autre fait ! plaisanta Parfait en Tous Points.

La découverte de cette ville immense où tous les symboles des pouvoirs civils et militaires étalaient leur puissance avait achevé de donner envie à Lubuwei d'y devenir quelqu'un d'important.

Les propos que lui avait tenus Hanfeizi à Handan prenaient soudain un nouveau sens. Gouverner, c'était aussi, et surtout peut-être, en imposer.

Il comprenait mieux à présent en quoi l'urbanisme et l'architecture pouvaient aussi témoigner d'une volonté politique dont ils incarnaient la puissance et la faculté d'intimidation.

Dans quelques jours à peine, le travail de l'architecte serait achevé.

La forme de navire renversé du toit de planches commençait à se voir de loin. Ce curieux vaisseau échoué à flanc de colline, dont les colonnes longilignes faisaient penser à des mâts, suscitait d'élogieux commentaires de la part des badauds qui venaient observer l'évolution de l'étonnante bâtisse. Chacun voulait savoir le nom de l'homme riche et puissant qui faisait construire ces écuries aux formes si originales. Certains, au vu de leur aspect, les prenaient pour un temple dédié à la mer ; d'autres y voyaient un sanctuaire consacré au dieu des chevaux Mafu ; et les plus fantasques, mais non moins poètes, un mystérieux cénotaphe au sein duquel un homme très riche s'apprêtait à déposer les reliques d'une princesse défunte qu'il avait aimée et dont personne ne connaissait le nom.

De toutes ces rumeurs dont la ville bruissait, le marchand de Handan commençait à tirer quelque fierté...

Le lancinant écho des étonnantes prédictions de Vallée Profonde résonnait encore dans sa tête. Il ne doutait pas qu'une bonne étoile l'accompagnait. Il croyait à son destin.

En quelques semaines, sa vie déjà avait changé. De nouveaux horizons, bien plus vastes que ceux qu'il avait pu connaître, s'étaient ouverts à lui. Il avait lié connaissance avec des gens extraordinaires, des militaires de haut rang, un philosophe légiste, un architecte de talent, un géant hun qui lui avait sauvé la vie. Le seul petit regret, la seule frustration était cette jeune danseuse de cirque qui, malgré le songe qu'il avait fait, semblait lui avoir définitivement échappé.

Persuadé que c'était bien le Bi noir étoilé qui lui avait apporté toute cette chance, il avait aménagé une cache spéciale dans le mur de sa chambre pour mettre le si précieux objet rituel hors de portée de rôdeurs ou d'éventuels voleurs. Tous les soirs, comme à Handan, il continuait à l'admirer et à plonger ses yeux avec délices dans son firmament de pierre.

Lorsque les écuries de bois furent achevées, dressant fièrement leur silhouette maritime et sylvestre sur la colline, tout Xianyang savait qu'un riche et célèbre marchand de chevaux du Zhao avait choisi de s'installer au Qin.

Et nul ne doutait que ce marchand ne fût là pour accomplir de grandes choses.

*

Ce soir-là, pour la première fois depuis qu'il était arrivé à Xianyang, Lubuwei avait décidé d'explorer le quartier des Fleurs et Saules où se concentraient les cent dix-neuf maisons de plaisir que comptait Xianyang.

Le Qin, contrairement au Zhao, avait étatisé ses maisons closes. L'initiative venait du père du roi Zhong, qui avait trouvé là un moyen efficace et indolore de faire rentrer les impôts. Le système fonctionnait au-delà de toute espérance.

Les prostituées appartenaient à l'État et celui-ci tirait de leur commerce d'énormes bénéfices. Le quartier des plaisirs de Xianyang était à l'image de cette organisation lucrative réglée comme une horloge à eau. Six rues le traversaient de part en part ; trois d'est en ouest et trois du nord au sud. Ce quadrillage permettait une étroite surveillance de l'ensemble, chaque pâté de maisons relevant de l'autorité d'un fonctionnaire qui surveillait la caisse des quatre auberges dont il avait la charge. L'ensemble des maisons closes était régi par une entité administrative qui portait le joli nom de Cercle des Intentions Printanières. Les courtisanes étaient soit des esclaves étrangères récupérées au titre des butins de guerre, soit d'anciennes concubines déchues, ou parfois encore de très jeunes filles venues des campagnes que leur famille avait vendues pour échapper à la misère.

Quand Lubuwei pénétra dans le quartier, il vit que les auberges, toutes rigoureusement identiques, s'alignaient impeccablement le long de rues qui paraissaient avoir été tirées au cordeau. Il ressentit une forme de malaise devant ces maisons toutes semblables d'où entraient et sortaient, comme des fourmis d'une fourmilière, les acheteurs de plaisir d'un soir.

Il fit quelques pas, puis s'arrêta. Où irait-il ? Il ne le savait pas.

Il se mit à hésiter.

Cette profusion d'auberges où l'abattage des filles paraissait si rationnellement organisé lui coupait tout appétit. Il préférait le vieux quartier des plaisirs de Handan, avec ses pans de murs lépreux et ses fontaines couvertes de lierre, et surtout le charme suranné de la maison close où il avait ses habitudes qui s'accordait parfaitement à la cour qu'il aimait faire, même si elle était au trois quarts feinte, à la courtisane auprès de laquelle il passerait la nuit.

Il s'aperçut que ses pas l'avaient conduit vers le bout de la rue, là où finissait le quartier des Fleurs et Saules. Alors, il revint en arrière.

Il y avait un peu moins de monde aux portes des auberges. L'heure de pointe sans doute était passée puisqu'on pouvait voir les clients, rassasiés de plaisirs charnels, rentrer tranquillement chez eux.

Lubuwei s'apprêtait à faire de même lorsque des hurlements stridents le firent sursauter.

Les cris venaient de la dernière auberge dont le vaste porche laissait entrevoir le patio intérieur. Lubuwei, machinalement, entra dans cette cour. Là, une énorme maquerelle dont les seins opulents paraissaient vouloir jaillir du décolleté de sa chemise abreuvait d'injures une autre femme dont le marchand ne pouvait voir que le dos menu et frêle qui semblait appartenir à une toute jeune fille.

— Ici, on est là pour travailler ! Si tu continues à refuser de monter dans la chambre, tu vas entendre parler de moi ! hurlait la maquerelle qui s'apprêtait à user d'une canne noueuse pour forcer la récalcitrante.

Autour, vexés mais hilares, les clients éconduits par la belle assistaient au spectacle en espérant bien que l'énorme femme infligerait une bonne leçon à cette courtisane effrontée qui leur refusait si obstinément ses faveurs.

Le marchand, sans trop savoir pourquoi, au prix de quelques pas supplémentaires s'était approché des deux femmes. La maquerelle s'acharnait sur la jeune courtisane rebelle, et les coups s'apprêtaient à pleuvoir sur ce dos et cette nuque parfaits dont il ne voyait toujours pas le visage. Au moment où la femme, bras levé, allait abattre sa canne, Lubuwei lui saisit le poignet pour arrêter le châtiment. La maquerelle poussa un juron sonore et, une fois passée la surprise, dévisagea le marchand d'un air mauvais. Les clients éconduits se rapprochèrent avec un murmure de réprobation pour voir quel était l'insolent qui avait osé s'opposer de la sorte à une punition si amplement méritée.

— Laisse-moi tenter ma chance, peut-être voudra-t-elle monter avec moi ! s'écria d'une voix sonore le marchand qui venait de poser sa main sur le bras de la rebelle.

Lorsque celle-ci se retourna, il reçut un tel choc qu'il vacilla. Si la maquerelle avait été un tant soit peu plus attentive, elle aurait pu lire sur le visage de Lubuwei une intense surprise mêlée au plus grand des bonheurs. Car c'était la jolie danseuse du cirque ambulant de Handan qui se tenait en face de lui.

Au timide sourire qu'elle esquissa, il comprit qu'elle

l'avait reconnu. Il lui adressa un clin d'œil complice et lui fit signe de monter avec lui à l'étage, ce qu'elle accepta après quelques secondes d'hésitation. Sous le regard stupéfait de l'assistance et en jetant un regard de défi à la grosse maquerelle, Zhaoji commença à grimper les escaliers. Le marchand se fit promptement attribuer un numéro d'alcôve avant de la suivre dans celle-ci.

— Vous souvenez-vous de moi ? demanda-t-il avec anxiété à la jeune femme.

— Vous m'avez dit bonjour à Handan il y a quelques semaines. Le directeur du cirque m'avait interdit de vous parler. Comme à tous les autres spectateurs d'ailleurs, répondit-elle, éprouvant le besoin de se justifier.

— Savez-vous que je vous ai cherchée partout le lendemain matin ?

Elle le regarda d'un air quelque peu étonné. Il ne la sentait pas capable de mentir.

— Il a exigé que nous quittions la ville dès le soir, juste après le démontage de la tente. Il avait hâte de mettre sa recette à l'abri, précisa Zhaoji d'une voix un peu lasse.

Lubuwei observait avec attention la courtisane rebelle. Elle ressemblait à une petite fille perdue dans le monde des adultes. Il était fasciné par la pureté des traits de cette femme-enfant. Il retrouvait l'éclat de ses incomparables yeux noisette irisés de jaune. Vus de près, c'étaient de vrais petits soleils. Le marchand se sentait fondre devant tant de grâce et d'ingénuité.

Les explications de Zhaoji, jusqu'ici, paraissaient convaincantes. Il cherchait à comprendre pourquoi, à Handan, elle avait paru aussi insensible à ses compliments et aussi lointaine. Sa présence dans ce lieu, en revanche, l'étonnait au plus haut point.

— Mais que faites-vous ici, dans cette maison close ? murmura-t-il avec une infinie douceur.

Il ne voulait à aucun prix l'effaroucher. Il perçut en elle un grand trouble qu'elle s'efforçait de remiser.

— Trois jours après notre départ de Handan, nous avons été capturés par des voleurs de grand chemin qui s'en sont pris au directeur. Ils l'ont égorgé avant d'emporter la recette. J'ai eu la vie sauve, mais c'était pour me vendre à un entremetteur qui m'a cédée à son tour à ce bordel, confia-t-elle sobrement.

Zhaoji avait prononcé ces terribles phrases sans la moindre larme mais avec une grande tristesse, comme ces enfants martyrisés qui, n'ayant aucune prise sur le monde des adultes, ne s'indignaient jamais parce qu'ils réservaient leurs forces pour survivre et se protéger.

Le marchand détourna le regard. Cette toute jeune fille avait dû déjà en voir de toutes les couleurs.

Il se disait qu'il aurait peut-être mieux valu qu'il se montrât moins généreux avec ce directeur de cirque, qui n'aurait pas démonté sa tente aussi vite et ne serait pas tombé dans cette embuscade qui lui avait été fatale et avait valu à la jeune fille de se retrouver dans cette maison close.

— Le plus urgent me paraît à présent de vous faire sortir d'ici, dit-il, bouleversé, à la femme-enfant.

Le visage de celle-ci s'illumina. Lubuwei constata avec plaisir qu'il était dépourvu pour la première fois de toute méfiance.

Alors, devant tant de grâce, une onde immense de paix traversa le cœur du marchand. Il se rendait compte à quel point cette jeune femme lui avait manqué depuis qu'il avait perdu sa trace. Il se sentait déjà tenir à elle de toutes ses fibres.

Sa détermination était totale. Il ferait l'impossible pour arracher Zhaoji à son funeste sort.

— D'ici trois jours, je vous en donne ma parole,

vous aurez quitté cet endroit, déclara-t-il en lui glissant dans la paume le prix convenu pour la passe.

En la quittant, de peur de l'effaroucher, il n'osa même pas l'embrasser sur le front et se contenta de lui toucher la main.

Dès qu'il rentra chez lui, son premier geste fut d'aller réveiller le philosophe bègue pour lui demander conseil.

Hanfeizi dormait déjà à poings fermés et Lubuwei dut tambouriner longuement à la porte de sa chambre pour le réveiller.

— Si la jeune femme travaille dans une maison de plaisir publique, elle appartient à l'État du Qin. La seule issue possible est d'obtenir que celui-ci vous la vende, répondit sans hésiter le philosophe après que Lubuwei lui eut expliqué la situation.

— Mais qui, en l'espèce, devons-nous solliciter ? demanda le marchand qui commençait à comprendre que la promesse qu'il venait de faire à Zhaoji n'irait pas de soi.

Le philosophe bègue, encore ensommeillé, bâilla. Puis il se mit à aller et venir dans la chambre. Lubuwei, installé sur une chaise, regardait Hanfeizi réfléchir.

Les yeux du philosophe se mirent soudain à pétiller.

Depuis son arrivée à Xianyang, il cherchait en vain le bon motif pour entrer en contact avec les autorités suprêmes du Qin. Et voilà que Lubuwei venait de lui en fournir un excellent prétexte.

— Le plus simple et le plus efficace est encore de solliciter une audience auprès du roi Zhong en personne. S'il est convaincu du bien-fondé de votre requête, il donnera les instructions en conséquence et ce ne sera plus qu'une question d'argent.

— Le plan me paraît bon. J'en parlerai dès demain matin au général Paix des Armes ! s'écria le marchand satisfait de tant d'à-propos.

— N'en faites rien, protesta le bègue, il convient de

186

ne pas mélanger les genres. Paix des Armes s'occupe des chevaux du Qin, pas des courtisanes publiques. Lui demander d'user de son truchement pourrait le mettre en difficulté. Je connais bien les mécanismes d'une cour royale et de ses étranges ballets réglés entre des courtisans rivaux. Tous ceux qui, croyant bien faire, sortent de leur rôle sont vite suspectés d'intriguer pour leur propre compte... Laissez donc Paix des Armes continuer à dire du bien de vous et de vos chevaux en haut lieu. Vous ne devez pas bouger.

Lubuwei ne put qu'acquiescer devant tant d'aplomb. Ce philosophe, décidément, possédait plus d'un tour dans son sac.

— Quel conseil me donneriez-vous dans ces conditions ?

— Laissez-moi faire, dit Hanfeizi en souriant avant de retourner se coucher.

*

Le lendemain, le philosophe bègue s'était rendu au Palais des Remontrances de Xianyang, où il lui avait suffi de décliner son identité pour être reçu séance tenante par le Grand Officier dont c'était la matinée de permanence, au cours de laquelle il recevait les doléances des administrés.

— On me dit que vous êtes le juriste et philosophe Hanfeizi. Si c'est bien le cas, j'ai l'honneur de recevoir un esprit dont la réputation est déjà très grande au royaume de Qin, déclara le duc Élévation Paisible de Trois Degrés en s'avançant vers le bègue dont il serra les deux mains avec effusion.

Hanfeizi s'inclina avec respect devant le Grand Officier. Celui-ci l'invita à s'asseoir dans un fauteuil du petit salon attenant à la salle des doléances publiques.

— Quel bon vent vous amène ici ? Je vous croyais

toujours professeur de philosophie du droit à l'Académie Jixia, reprit le duc tandis qu'un serviteur offrait aux deux hommes une coupe de thé vert.

— L'enseignement commençait à me peser. Je souhaite à présent mettre mes connaissances et mes réflexions au service du prince qui voudra bien de moi.

— En voilà une bonne nouvelle ! Nul doute que vous aurez l'embarras du choix si l'on devait considérer le nombre des princes qui professent vos théories et s'efforcent de les appliquer ! s'exclama le Grand Officier.

Le noble confucéen avait déjà lu plusieurs chapitres de la *Forêt des Anecdotes* ainsi que quelques strophes des *Charades à usage interne*, un autre livre qui avait contribué à la renommée du philosophe. Mais les convenances et son sens de la politesse l'obligeait à mentir.

Car pour ce confucéen de stricte obédience qu'avait été, du fait de son milieu social et de son éducation, le Grand Officier des Remontrances, les principes philosophiques de Hanfeizi étaient profondément choquants. Pis encore, il n'était pas loin de les juger dangereux. Ce mélange de pessimisme sur la nature humaine et de célébration de la Loi censée représenter l'intérêt général ne faisait que nourrir, de son point de vue, l'absolutisme et la tyrannie de l'État. Les confucéens comptaient plus sur les rituels, les traditions héritées du passé et le respect dû aux parents que sur la terreur d'État officialisée telle que la prônait la doctrine légiste de Hanfeizi.

Lorsqu'il avait entendu le roi Zhong s'extasier pour la première fois sur les écrits du philosophe bègue, le Grand Officier des Remontrances s'était d'ailleurs abstenu de tout commentaire et avait cherché à comprendre les raisons de cet engouement royal. Aussi s'était-il procuré quelques livres du théoricien légiste. En les lisant, il avait été édifié. Tant d'apologie du cynisme et de la ruse l'avait mis fort mal à l'aise. C'était la justification de l'absolutisme cultivé par le vieux monarque qui s'était toujours méfié des bouffées d'indépendance dont le peuple sait parfois faire preuve. Le confucéen Élévation Paisible de Trois Degrés ne partageait pas un tel mépris ni une telle suspicion envers les individus. Il croyait plus que les légistes en la nature humaine.

Toutefois, en tant que haut fonctionnaire, sa prudence et son sens politique lui avaient recommandé de garder cette opinion par-devers lui.

À la cour du Qin, le légisme gagnait peu à peu du terrain, reléguant dans la catégorie des vieilles lunes les préceptes vieillots de l'ancien féodalisme. L'efficacité de l'État reposait exclusivement sur la tyrannie dont il était capable. Et le noble duc savait fort bien qu'il était parfaitement vain, compte tenu des circonstances, de lutter contre cette inéluctable et terrible évolution.

Le Grand Officier regardait cet homme, si calme et doux en apparence, boire tranquillement son bol de thé. Hanfeizi ne ressemblait pas, physiquement parlant, à ses livres. Il paraissait bien plus humain. Presque normal et plutôt sympathique.

— Le dossier que je viens plaider ici est celui d'une jeune courtisane publique qu'un de mes amis souhaiterait racheter pour la prendre pour épouse, expliqua le bègue, qui ne pensait pas trop s'avancer en disant cela.

— Une courtisane publique est considérée comme un bien d'État. Je ne me souviens plus exactement de l'article du code public qui le stipule, mais je sais qu'il est absolument inaliénable, répondit le Grand Officier.

— À moins qu'un texte inverse soit pris, de même valeur juridique que l'article du code, répliqua le fin juriste qu'était Hanfeizi.

— En effet, mais ceci relève de la seule autorité suprême et, surtout, du bon vouloir de celle-ci...

— C'est bien l'objet de cette visite. Pourriez-vous user de votre noble influence pour que le roi du Qin accepte de recevoir l'humble philosophe que je suis ? demanda Hanfeizi avec la componction qu'accentuait son bégaiement.

— Si je lui dis que vous êtes venu me trouver, je suis sûr qu'il souhaitera vous recevoir toutes affaires cessantes, assura en souriant Élévation Paisible de Trois Degrés. Puis-je savoir le nom de cet ami pour lequel vous intervenez ? ajouta-t-il alors que le philosophe prenait congé.

— Il s'agit de Lubuwei, un grand marchand de chevaux venu de Handan.

— Vous parlez de l'homme aux chevaux célestes qui fait bâtir ces belles écuries de bois sur la colline de l'Ouest ? Son nom est sur toutes les lèvres, on ne cesse de l'entendre prononcer à la cour de Xianyang ! Le roi Zhong vous en entretiendra sûrement. Le Qin attend beaucoup, d'après ce qui se dit, de ce Lubuwei.

Hanfeizi s'inclina et sortit. Il entendit la voix forte du duc résonner dans la salle des doléances, elle s'adressait encore à lui :

— Tout comme il pourrait beaucoup attendre de vous !

Dehors, devant la file ininterrompue des quémandeurs qui attendaient à l'entrée du Palais des Doléances, Hanfeizi se fit la réflexion que l'on était bien imprudent, au royaume de Qin, d'ouvrir ainsi les portes aux récriminations de toutes sortes. Cette foule bruyante ne disait rien qui vaille à celui qui avait écrit : « *Le calcul est le seul trait d'union qui vaille entre prince et sujet* », et encore : « *L'altruisme excite la haine car il génère l'envie.* »

En remontant vers la colline, Hanfeizi observa Épervier Pourpre et Épervier Rose qui caracolaient ensemble.

Il siffla entre ses doigts. Le couple de petits chevaux des steppes accourut à la barrière. Le philosophe bègue flatta les encolures soyeuses et les Akkal baissèrent la tête, effectuant devant lui une sorte de révérence.

Hanfeizi se méfiait des hommes et préférait les chevaux. Eux, au moins, étaient bienveillants à son égard.

10

Accomplissement Naturel en était à son troisième
jour de voyage mais il paraissait toujours particulièrement contrarié.

Sa mauvaise humeur n'était pas liée au médiocre
empierrement de la route qui faisait cahoter sa charrette
et lui broyait les reins malgré la montagne de coussins
qui calait son dos.

C'était la mission elle-même, dont « on » l'avait
chargé, qui continuait à le mettre d'une humeur exécrable.

Il admettait mal que le roi Zhong n'eût pas daigné
s'adresser à lui directement et se soit contenté d'utiliser
le truchement d'Élévation Paisible de Trois Degrés
pour lui demander de se rendre à l'Académie Jixia afin
de ramener à Xianyang quelques-uns de ses éléments
les plus brillants destinés à compléter la promotion de
la première année du Collège des Fonctionnaires Supérieurs d'Autorité.

Le Très Sage Conservateur voyait pourtant le roi tous
les jours au Pavillon de la Forêt des Arbousiers, où il
ne cessait de l'interroger sur l'état d'avancement de ses
recherches relatives aux cartes maritimes des Îles
Immortelles. Peut-être était-ce là une sorte de punition
destinée à lui signifier qu'il était temps de trouver ce

que le vieux monarque demandait depuis des mois ? Le souverain s'était contenté d'annoncer, sans plus s'étendre, que le Grand Officier des Remontrances avait quelque chose d'important à lui confier.

Le soir même, Élévation Paisible de Trois Degrés lui avait donné l'ordre de se rendre à Linzi sans délai. Accomplissement Naturel, qui n'y avait jamais mis les pieds, avait commencé par arguer de son mal de dos avant de s'entendre dire le fatidique : « C'est un ordre du roi ! »

Accomplissement Naturel n'avait plus qu'à s'exécuter.

De Xianyang à Linzi, il y avait plus de dix journées de route, à condition de ne pas traîner. Une confortable carriole aux banquettes rembourrées, son cocher et deux paires de chevaux de trait avaient été mis à la disposition du lettré. Trois archers à cheval lui servaient d'escorte. Le directeur du Collège des Fonctionnaires Supérieurs d'Autorité lui avait confié une importante somme d'argent en vue de la délicate négociation qui l'attendait à la capitale du pays de Qi.

Pour atteindre ce royaume côtier, il fallait traverser le pays de Wei que barraient des chaînes de montagne. Le Wei était l'allié du Qin. Les citoyens de ces deux États n'avaient besoin que d'un sauf-conduit pour franchir leurs frontières respectives. Au poste frontière, il avait donc suffi à Accomplissement Naturel de présenter aux douaniers son document officiel et de faire changer les essieux de sa carriole pour les adapter aux dimensions du Wei.

Sitôt passée la frontière, la montée vers les premiers cols commençait. La route, plus étroite et empierrée de façon moins régulière, montait en lacets au milieu de longues pentes herbeuses déchirées par d'immenses traînées d'éboulis de pierre blanche.

De temps à autre, on pouvait distinguer des troupeaux de chèvres et de moutons, gardés par des bergers emmitouflés dans des couvertures de laine. Ces pâtres à la mine sombre et au regard inquiétant portaient tous la longue épée qui permettait de se défendre contre l'ours. D'immenses chiens au poil fauve, aussi dru que celui d'un plantigrade, se tenaient à leurs pieds, prêts à attaquer l'intrus qui aurait voulu s'en prendre aux bêtes dont ils assuraient la surveillance.

Il valait mieux, dans ces endroits, passer son chemin sans demander son reste.

Le voyage était long et donnait le temps de réfléchir. Pourtant, le Très Sage Conservateur ne comprenait pas mieux le sens de la mission qui lui avait été confiée.

Il se demandait surtout quelle lubie avait donc pu saisir le roi Zhong pour lui demander d'aller chercher au Qi les plus brillants éléments de l'Académie Jixia, alors qu'il suffisait d'organiser un nouveau concours à Xianyang pour recruter plus d'élèves au Collège des Fonctionnaires Supérieurs d'Autorité. Et ces renseignements qu'on lui avait demandé d'obtenir sur l'identité des professeurs qui enseignaient à Jixia lui paraissaient encore plus absurdes. On l'avait même prié d'en établir un rapport écrit ! À quelles fins ? Bien entendu, il l'ignorait. Comme si cela regardait le Qin et présentait un intérêt quelconque ! Le vieux lettré était persuadé d'être la victime du caprice d'un bureaucrate trop zélé.

Le tangage et le roulis de la carriole, qui lui arrachaient à présent des petits gémissements de douleur, ne faisaient qu'accroître son courroux et sa perplexité. De surcroît, le cocher que l'administration avait mis à sa disposition était une brute épaisse auprès de laquelle toute tentative d'engager la conversation avait échoué.

Le mieux était encore de se réfugier dans les livres qu'il avait tous en mémoire à force de les recopier et de les classer.

Pour se changer les idées, le vieux lettré décida de

se réciter l'un des poèmes du *Classique des Vers* dont il connaissait au caractère près toutes les strophes :

Les rivières Zhen et Wei viennent de sortir de leur
[lit,
Garçons et filles s'en vont cueillir les orchidées.
Allons là-bas, insistent les filles.
Nous en venons ! répondent les garçons,
Au-delà de la Wei, un beau gazon s'étend,
Allons-y tous ensemble cueillir les fleurs.

Il aimait particulièrement cette ode antique qui symbolisait les rapports amoureux entre les jeunes gens et les jeunes filles au moment du printemps. Le paysage alentour, d'ailleurs, qui commençait à changer, s'y accordait bien.

Des ravins profonds où coulaient des cascades abondantes signalaient la présence de cimes neigeuses que le soleil faisait fondre. Des vautours tournaient avec lenteur dans l'azur, dessinant des cercles concentriques de leurs ailes noires frangées de blanc, attentifs au moindre cri d'un agneau ou d'un chevreau qui serait tombé dans un éboulis et sur le cadavre duquel ils pourraient fondre avant de le déchiqueter avec leurs serres.

Le lettré sentait venir sur son visage le léger essoufflement provoqué par l'altitude.

Après chaque col, on montait un peu plus haut vers les cimes montagneuses où les pics rocheux avaient succédé aux mamelons herbeux. Des plaques de neige avaient fait leur apparition sur les prairies qui bordaient la route.

Accomplissement Naturel, emmitouflé jusqu'au cou dans une pelisse de renard, songeait à ce qu'il lui reviendrait de faire, une fois arrivé à Linzi, pour accomplir la mission dont il était chargé. Il ne se sentait pas vraiment l'âme d'un négociateur et, bien que commençant à se sentir un peu flatté de la confiance que les autorités du Qin lui témoignaient, il ne comprenait toujours pas pourquoi c'était à lui qu'elles s'étaient adressées. Mais ce sentiment de fierté laissait aussitôt place à la sourde inquiétude qui, depuis son départ, n'avait cessé de le tarauder.

S'il revenait bredouille, c'en serait fini à coup sûr de sa fonction de Très Sage Conservateur. Ceux qui avaient soufflé son nom au roi Zhong voulaient-ils à ce point sa perte ? Après tout, la sollicitation dont il avait été l'objet n'était peut-être qu'un énorme piège dans lequel il était tombé à pieds joints !

Plus le terme de l'expédition approchait et moins il était enclin à en mener large.

*

— Un futur diplômé de médecine devrait se comporter plus sérieusement au réfectoire !

Le ton de Pic dans les Nuages était dur et comminatoire.

Lorsque le Grand Surveillant de l'Académie fronçait les sourcils, le pont pileux noir de jais qui reliait ses yeux prenait des airs de bonnet pointu.

C'était si drôle que l'élève Ainsi Parfois avait le plus grand mal à arrêter son fou rire. Il tenait dans sa main droite le bol vide avec lequel il venait de faire le pitre devant les autres en s'en servant comme d'une calotte. Les étudiants continuaient à se tordre de rire.

C'en était trop pour le Grand Surveillant, qui n'hésita pas à lever un long bâton noueux pour en frapper l'insolent sur les épaules.

— Mais il n'a rien fait de mal ! Si on ne peut même plus plaisanter entre nous...

L'élève qui venait au secours d'Ainsi Parfois s'appelait Lisi.

Ce futur diplômé en droit et en calligraphie était considéré, de l'avis unanime du corps professoral, comme le plus brillant sujet de Jixia. On le citait toujours en exemple pour son assiduité et ses notes brillantes qui faisaient de lui le mieux classé. Cette caractéristique lui conférait dans l'établissement un statut à part. Il était le seul à pouvoir s'adresser presque d'égal à égal aux enseignants de l'Académie et ne perdait jamais une occasion de remettre à sa place le Grand Surveillant qui était chargé de faire régner la discipline dans cet établissement prestigieux où trois cents élèves suivaient une scolarité de trois ans.

Lisi et Ainsi Parfois, quoique s'adonnant à des spécialités très différentes, étaient devenus des amis inséparables. Leurs origines sociales les avaient rapprochés. Tous deux issus de familles paysannes très pauvres, ils étaient nés dans le même village d'une province méridionale du royaume de Chu, une vaste contrée qui s'étendait au sud du Qin avec lequel elle entretenait depuis des lustres des relations belliqueuses.

Repérés au cours d'une tournée des inspecteurs chargés de la scolarisation des meilleurs éléments du Chu, ils avaient été placés auprès d'un lettré de Ying, la capitale de cet État. Là, ils avaient appris à lire les textes anciens et à les recopier. Au vu de leurs aptitudes et de leurs bons résultats scolaires, le lettré leur avait vivement conseillé de solliciter leur inscription au concours d'entrée à la prestigieuse Académie Jixia.

Le concours avait lieu chaque année à l'automne. Les épreuves rassemblaient des milliers de candidats venus de tout le Qi mais aussi du Zhao et du Chu. Les candidats étaient nourris et logés sur place. Nul ne pouvait sortir de l'Académie avant la fin des épreuves. Celles-ci visaient à éprouver leurs connaissances en littérature, en calligraphie et en rhétorique. Il fallait être capable, par exemple, de réciter de mémoire tous les édits rassemblés dans le *Livre des Documents* et de donner toutes les dates du moindre événement recensé dans la *Chronique des Printemps et des Automnes* de la principauté de Lu d'où Confucius était originaire. Des épreuves physiques telles que la course d'orientation, le tir à l'arc, le lancer de poids et bien d'autres encore, destinées à tester l'adresse et l'endurance des élèves, complétaient ce dispositif de sélection impitoyable.

Pour entrer à Jixia, il fallait disposer, ainsi que le proclamait la pancarte qui barrait fièrement le haut du portail principal, d'« une tête bien pleine sur un corps sain et souple ».

Cela avait été le cas pour Ainsi Parfois et Lisi qui avaient intégré sans peine l'Académie, à la très grande fierté de leurs parents.

Les deux jeunes gens y finissaient leur scolarité, le premier dans la section des études scientifiques et l'autre dans la section littéraire, de loin la plus prestigieuse, qui débouchait le plus souvent sur une carrière politique pour ses lauréats.

Le Grand Surveillant préféra lâcher prise devant Lisi dont il craignait par-dessus tout les discours argumentés et la rhétorique qui lui avaient fait tant de fois perdre la face devant les autres élèves.

Un surveillant vint opportunément l'avertir que l'Administrateur de l'Académie l'attendait toutes affaires cessantes dans son bureau. Il tourna prestement les talons devant Ainsi Parfois qui continuait à hoqueter de rire et fila comme un trait d'arbalète vers le bureau de l'Administrateur qui était situé à l'autre bout du bâtiment, de l'autre côté des dortoirs.

Lorsqu'il y entra après avoir frappé trois coups à la porte, il constata qu'un visiteur portant à sa ceinture le stylet à écrire des lettrés était assis en face de l'Administrateur, Raisonnement sans Détour.

— Pic des Nuages est le Grand Surveillant de notre Académie. Nos élèves sont très intelligents et donc, souvent hélas, très indociles, dit ce dernier en souriant à l'adresse de son visiteur.

Celui-ci se leva avec cérémonie et s'inclina avec respect devant le Grand Surveillant.

— Mon nom est Accomplissement Naturel. Je suis le bibliothécaire du roi du Qin.

— Ce noble lettré a fait tout ce long voyage pour se renseigner sur nos professeurs et leurs méthodes pédagogiques. Le roi du Qin semble caresser l'idée de créer une académie semblable à la nôtre, expliqua Raisonnement sans Détour au Grand Surveillant dont le pont pileux entre les deux yeux exprimait une totale surprise.

L'Administrateur était un petit homme gros et gras, au nez porcin, perpétuellement en sueur. Il parlait en avalant ses mots.

Un serviteur avait apporté une assiette de sucreries au miel dont l'Administrateur paraissait faire une consommation immodérée et qu'à son immense soulagement Accomplissement Naturel refusa poliment de goûter.

Le lettré du Qin se demandait comment un porc de cette espèce, dont la bouche lippue auréolée de sucre dégoulinait de miel, pouvait diriger un établissement où l'esprit et l'intelligence étaient censés régner en maîtres.

Il n'eut pas le temps de s'étendre sur ce paradoxe étonnant.

Raisonnement sans Détour avait déjà commencé à énumérer les noms du corps professoral de Jixia en les assortissant de commentaires tantôt lapidaires, tantôt sentencieux, selon le degré de sympathie qu'il pouvait avoir, sur les qualités et les défauts de chaque professeur.

Le pauvre Accomplissement Naturel, qu'une telle hâte surprenait, commençait à en avoir le tournis. Les noms, les disciplines et les épithètes jetés en pâture par Raisonnement sans Détour valsaient dans sa tête sans qu'il puisse en retenir la moindre miette. Un nom, toutefois, revenait dans la bouche dégoulinante de l'Administrateur. Un nom qu'il citait à profusion, comme le contre-exemple du bon professeur et pour mieux le vitupérer. Ce devait être le nom de son pire ennemi à en juger par l'éclat de haine dont son regard brillait chaque fois qu'il le prononçait.

Il s'agissait du nom de Hanfeizi, sur le comportement duquel Accomplissement Naturel essaya d'obtenir, en relançant l'Administrateur, les précisions qu'il souhaitait avoir. Le lettré du Qin, à force d'y revenir, finit par obliger l'autre à raconter de façon plus précise les raisons d'un tel opprobre.

— J'ai dû faire en sorte que ce corrupteur de l'esprit soit chassé de cette Académie ! précisa-t-il d'un ton glacial en tapant du poing sur la table.

— De quels manquements exacts à vos règles cet homme s'est-il rendu coupable ? demanda avec d'infinies précautions le Très Sage Conservateur.

Il connaissait parfaitement les écrits du philosophe bègue. La plupart de ses livres étaient conservés dans la Tour centrale du Pavillon de la Forêt des Arbousiers. C'était lui qui en avait suggéré la lecture au roi Zhong, lequel n'avait pas tardé à s'enflammer pour les théories légistes de Hanfeizi.

— Ils sont trop nombreux à énumérer, répondit, le visage fermé, l'Administrateur.

L'homme au visage porcin n'avait manifestement aucune envie de s'étendre sur le sujet.

— Ce philosophe a un gros défaut d'élocution : il est bègue. C'est la raison pour laquelle son esprit, parfois, déraille, ajouta d'un air sentencieux Pic des Nuages.

— Oui, c'est cela ! Il est bègue ! répéta l'Administrateur.

Accomplissement Naturel ne voyait pas ce que le bégaiement de Hanfeizi venait faire dans cette embrouille. Son regard reflétait son étonnement. Mais l'autre, imperturbable, continuait sur sa lancée.

— Ce bègue était en outre un voleur de livres rares ! Au Qi, ce crime est puni de mort ! clama-t-il d'un ton sarcastique.

Pic des Nuages chassa une mouche qui voletait au-dessus des sucreries dont l'Administrateur continuait à s'empiffrer.

Dehors, dans les couloirs, on pouvait entendre les pas traînants des élèves qui s'apprêtaient à regagner leurs classes en rang deux par deux après le petit-déjeuner pris au réfectoire.

L'assiette de sucreries au miel s'était vidée en un rien de temps. On n'entendait plus que le bruit grasseyant et le chuintement de la déglutition de l'Administrateur.

Le lettré du Qin, peu convaincu mais, somme toute, profondément troublé par ce qu'il venait d'entendre, se dit qu'il était temps pour lui d'entrer dans le vif du sujet et d'aborder la vraie question qui motivait sa présence à Jixia.

— Le roi du Qin souhaiterait proposer à quelques élèves de votre Académie de venir passer une année au Collège des Fonctionnaires Supérieurs d'Autorité de Xianyang, avança-t-il avec prudence.

L'Administrateur et le Grand Surveillant se regardèrent avec étonnement. Les petits yeux rusés noyés dans la graisse de l'homme au visage de porc se mirent à pétiller. Un plan était en train de germer dans son esprit.

Il cherchait depuis des mois à faire taire ce Lisi et son camarade Ainsi Parfois, ces deux fortes têtes qui commençaient à troubler sérieusement l'atmosphère feutrée qui régnait à Jixia, où la docilité et la sagesse des étudiants étaient légendaires. Les chahuts provoqués par ces deux insolents protégés par leurs brillants résultats avaient valu à Raisonnement sans Détour une convocation en bonne et due forme par le ministre de l'Éducation du Qi en personne. Ce haut personnage auquel Raisonnement sans Détour rêvait de succéder l'avait vertement sermonné.

— Il est inadmissible que quelques individus, pour brillants qu'ils soient, ternissent ainsi la réputation de notre grande école ! avait tonné le ministre.

— Mais, Votre Excellence, l'un d'eux est notre meilleur élève. Il rafle les meilleures notes dans toutes les matières ! avait protesté timidement l'Administrateur de Jixia.

Puis il avait tendu au ministre la planchette de bois sur laquelle avait été gravé le relevé des notes obtenues par Lisi au cours de l'année écoulée. Mais il enrageait de devoir prendre la défense de l'élève rebelle et insolent qui l'avait mis dans un tel embarras.

— Si vous ne faites pas régner un peu plus d'ordre dans votre établissement, quelqu'un d'autre en sera bientôt chargé !

L'avertissement sec du ministre avait fait grimacer la face porcine de Raisonnement sans Détour.

C'était encore un mauvais coup préparé, il en était sûr, par son ennemi intime Hanfeizi dont le nom circulait depuis des mois à la cour de Linzi pour lui succéder. Il le soupçonnait même de monter certains élèves contre lui. L'impertinent Lisi, par exemple, ne se privait pas de dire haut et fort dans les couloirs et sous les préaux de l'Académie tout le bien qu'il pensait de l'œuvre du philosophe bègue !

Accroché à son poste comme le coquillage au rocher, l'Administrateur avait alors jeté les bases du complot qu'il avait ourdi et qui avait abouti à faire partir de Jixia son professeur le plus célèbre. Raisonnement sans Détour avait simplement fait en sorte que Hanfeizi fût accusé d'un vol de livres dans la bibliothèque de l'Académie.

Au royaume de Qi, l'écrit était vénéré comme une relique sacrée. Les scribes étaient rares et plus encore les écrits. Les bibliothèques étant considérées comme des sanctuaires contenant des trésors nationaux, elles étaient plus sévèrement gardées que des prisons. Quiconque volait un livre ou, a fortiori, le détériorait, était puni de mort.

L'Administrateur s'était arrangé pour subtiliser dans la bibliothèque de l'Académie un exemplaire rarissime du *Rituel des Zhou*, un texte plutôt ésotérique dont les élèves devaient apprendre le multiple sens des formules. Les deux cent trente-deux planchettes de bambou retenues par des cordonnets de soie effilochés étaient censées avoir mille ans au moins et constituaient le joyau principal de la collection de livres de Jixia.

Pour effacer toute trace, il n'avait pas hésité à faire brûler le précieux exemplaire. Le bois séché par le temps s'était consumé très vite, laissant place à une fine couche de cendre blanche où il ne restait plus que quelques tortillons de soie. Puis, moyennant finance, il avait convaincu le Grand Surveillant de témoigner contre le philosophe bègue, lequel, devant l'énormité de l'accusation, avait pensé qu'en l'absence de tout mobile crédible il lui suffirait de nier toute implication de sa part et que cette grotesque accusation se dégonflerait d'elle-même.

Lorsque le pauvre Hanfeizi s'était aperçu que l'enquête avait été transmise à un juge, il était trop tard pour démonter le piège. Alors, rassemblant toutes ses forces, le philosophe bègue avait écrit une sorte de lettre ouverte où il s'insurgeait avec tous les arguments possibles contre cette enquête bâclée.

Cette dissertation tenait sur une longue planchette qu'il avait gravée au stylet en une seule nuit. Sa démonstration, implacable et d'une limpidité éblouissante, visait à mettre en évidence qu'il était le dernier à qui ce crime profitait.

Il avait placé en exergue son célèbre fabliau sur le médecin qui accepte de sucer les furoncles de ses patients alors qu'il n'a aucun lien de parenté avec eux, tout simplement parce que l'intérêt le pousse à agir de la sorte. Il y fustigeait le conformisme et le manque d'à-propos de l'institution judiciaire du Qi, dont l'enquête s'était contentée de prendre pour argent comptant les allégations fallacieuses de Pic des Nuages et les insinuations soupçonneuses de Raisonnement sans Détour.

Son raisonnement était implacable et sa logique imparable.

Les mobiles de l'instigateur du complot y figuraient au grand jour. Sans même qu'il eût été besoin de citer son nom, l'Administrateur apparaissait comme l'évident chef d'orchestre de cette misérable opération qui aboutissait, c'était un comble, à faire risquer sa tête au plus grand thuriféraire de la loi et de l'ordre que le Qi ait connu !

Mais le temps jouait contre Hanfeizi, qui avait également bien plus d'ennemis qu'il le pensait... L'encre du texte était à peine sèche que l'on annonçait déjà à Jixia l'arrivée des gendarmes venus pour arrêter le bègue.

Celui-ci n'avait eu d'autre choix que de laisser là sa dissertation inachevée et de partir en pleine nuit, comme un suspect traqué, après avoir rassemblé à la hâte ses effets les plus précieux et les quelques livres qu'il avait encore par-devers lui. Sa fuite, toutefois, signait sa culpabilité. Aux yeux du Qi, Hanfeizi n'était plus qu'un vulgaire voleur de manuscrits précieux.

Le lendemain, l'Administrateur avait constaté avec déplaisir que Lisi avait eu vent de ce texte où Hanfeizi assumait sa défense.

— Tout ce complot finira bien par être démonté ! avait-il insinué à haute voix lorsque Raisonnement sans Détour avait annoncé à l'ensemble des élèves de l'Académie que leur professeur de droit public avait préféré s'enfuir plutôt que d'affronter le châtiment de la justice.

Depuis cet épisode, l'Administrateur ne se sentait pas tranquille. Il suspectait l'élève brillant et rebelle de préparer l'action qui ferait découvrir sa forfaiture. Il savait que Lisi était persuadé de l'innocence de Hanfeizi, et il craignait que le brillant élève ne découvrît tôt ou tard, par simple déduction, le véritable auteur de ce piège. D'ailleurs, il voyait dans ses chahuts et ses frondes qui se multipliaient les signes avant-coureurs d'une offensive à laquelle il s'agissait à présent de mettre un terme avant qu'il ne soit trop tard. Il cherchait donc les moyens d'éloigner de l'école cet étudiant trop perspicace et insolent.

La proposition d'Accomplissement Naturel lui en fournissait à coup sûr l'occasion inespérée. Mais il convenait, là comme en toutes choses, de bien cacher son jeu.

— Votre proposition honore cet établissement mais elle me paraît rigoureusement impossible à accepter, dit-il en indiquant qu'on lui apporte une autre assiette de sucreries au miel. Cela ne s'est jamais fait !

Il regarda de biais le visage d'Accomplissement Naturel et vit avec satisfaction qu'il se décomposait. Puis il porta à sa bouche, comme si de rien n'était, une boulette à la farine de pignons farcie au miel.

Un lourd silence venait de s'installer dans le bureau.

Le lettré du Qin semblait complètement désemparé. Il se voyait déjà, revenu bredouille à Xianyang, expliquer au Grand Officier des Remontrances qu'il avait essuyé une fin de non-recevoir. Il imaginait l'opprobre qui serait le sien et regrettait amèrement de n'avoir pas su refuser à temps cette mission impossible.

L'Administrateur jubilait intérieurement en observant le trouble qui s'était emparé de son visiteur.

— Vous avez l'air très contrarié, reprit-il d'une voix suave.

— En effet, vous m'en voyez catastrophé, répondit Accomplissement Naturel d'un ton désespéré.

— Dans ce cas, et seulement pour vous être agréable, nous pourrions voir s'il serait possible de nous arranger, insinua l'Administrateur sur un mode à la fois engageant et parfaitement explicite.

Il frotta vulgairement son pouce contre l'index et le majeur réunis de sa main droite.

Le lettré fut frappé de stupeur devant un discours aussi cru.

Il se souvint cependant de la forte somme d'argent qu'Élévation Paisible de Trois Degrés lui avait confiée avant de partir. Il n'avait pas envisagé une seconde qu'elle lui servirait à soudoyer le directeur d'une institution publique d'enseignement aussi prestigieuse...

Le lettré du Qin, qui avait consacré toute son existence à l'étude, était d'une profonde honnêteté personnelle. Vivant à l'écart du monde, préservé par le rempart de ses livres et de ses collections archéologiques, il continuait de croire aux valeurs de désintéressement qu'il pensait partagées entre tous ceux qui vaquaient aux choses de l'esprit.

La cupidité de l'Administrateur le faisait tomber de fort haut !

Au Qi, tout s'achetait et tout était à vendre, y compris au royaume des lettres et des arts. Le sort que ce pays avait réservé à Hanfeizi en disait d'ailleurs long sur la décadence de ses institutions.

— Combien faut-il ? articula-t-il péniblement avec une moue de dégoût qu'il s'efforça de cacher.

La réponse fusa sans tarder, preuve que Raisonnement sans Détour avait déjà réfléchi à la question.

— Cinq taels d'or et vous aurez mes deux élèves les plus brillants.

Accomplissement Naturel prit le sac de toile qu'on lui avait confié et en versa le contenu sur le bureau de l'Administrateur. Quatre larges pièces d'or trouées d'un petit carré en leur centre roulèrent sur les planches.

— C'est tout ce qu'il y a ! constata-t-il en refermant le sac qu'il n'avait pas ouvert depuis qu'il était parti de Xianyang.

L'autre, dont les doigts boudinés persistaient à enfiler des sucreries dans sa bouche dégoulinante de miel et de sucre, avait compris à qui il avait affaire. Il était temps de conclure avant que ce lettré, qui paraissait profondément choqué par cette négociation sordide, ne se rebelle et ne le plante là.

Mieux valait, donc, tenir que courir.

— Va pour quatre taels d'or ! Mais c'est bien pour vous être agréable.

Le pont pileux du Grand Surveillant reliait deux pupilles que la concupiscence faisait briller du plus mauvais éclat.

Le lendemain matin, l'Administrateur avait ordonné au Grand Surveillant d'aller chercher Ainsi Parfois et Lisi au réfectoire des élèves. Les deux jeunes gens s'attendaient à se voir délivrer une grosse punition, comme recopier entièrement le *Livre des Rites*, voire un avertissement avant expulsion.

— Vous avez été choisis par notre ministère pour représenter notre Académie à Xianyang. Le roi Zhong, du pays de Qin, a entendu parler de vos bons résultats et souhaite faire votre connaissance, leur annonça-t-il avec solennité.

Il mentait effrontément et avec une incroyable facilité. Quant aux deux intéressés, ils étaient plutôt soulagés par ce qu'ils venaient d'entendre et n'étaient pas si mécontents de quitter cette Académie où ils étouffaient. Aussi n'opposèrent-ils ni arguments ni résistance particulière à la proposition de l'Administrateur.

Le soir même, le vénérable lettré du Qin pouvait les emmener avec lui.

— Tu bifferas les noms de Lisi et d'Ainsi Parfois du registre des élèves, dit froidement dès le lendemain Raisonnement sans Détour au Grand Surveillant qui le regardait, l'air effaré.

— Mais quel motif faut-il inscrire ? bredouilla Pic des Nuages.

— Tu n'as qu'à mettre : originaires du Chu, disparus au cours d'une chasse au tigre ! Il doit bien y avoir un ou deux tigres mangeurs d'hommes qui rôdent dans les parages et n'attendent que ça depuis des mois...

C'est ainsi qu'Accomplissement Naturel revint à Xianyang avec les deux meilleurs élèves de la troisième et dernière année d'études de l'Académie Jixia.

L'intelligence et la soif d'apprendre des deux jeunes gens étaient telles qu'ils avaient réussi, à peine leur voyage entamé, à conquérir la confiance du vieux lettré.

Le Très Sage Conservateur était heureux d'avoir enfin trouvé à qui faire partager son immense savoir et l'étendue de ses connaissances. Dans la carriole du retour, ce n'étaient que discours brillants et subtiles joutes rhétoriques, concours de poésie et de mémoire, exégèses fouillées des textes antiques, odes à la nature environnante et aux enivrantes montagnes, énoncés chronologiques auxquels pas une date ne manquait.

— Et dire que vous êtes tous deux nés dans le royaume ennemi héréditaire du Qin. Le hasard est souvent malicieux ! s'était exclamé le lettré lorsque les deux élèves lui avaient raconté leurs origines.

Une académie des meilleurs esprits semblait s'être rassemblée dans cette charrette bringuebalante qui cheminait entre cascades et ravins.

Pour récompenser ses élèves si studieux, Accomplissement Naturel leur apprit quelques vers qu'ils ne connaissaient pas encore. Ils étaient tirés de l'*Ode à la Montagne* que récitaient jadis les habitants du royaume de Chu :

La route est dangereuse. Nous sommes en retard.
Seul, debout sur la montagne, je regarde passer les
*   [nuages, au dessous.*
La brume est épaisse et il n'y a presque pas de jour.
Le vent d'Est s'est levé, porteur de pluie divine...

— La poésie est la source de toute chose, murmura le jeune Ainsi Parfois à son ami.

— Je ne suis pas d'accord avec toi. Les poèmes sont une douce musique. Mais seule la Loi est ce socle de pierre sur lequel se construisent les plus grandes choses, répondit Lisi.

Accomplissement Naturel, qui avait tout entendu, se dit que ce jeune élève n'avait pas froid aux yeux.

11

Le doux ululement d'un hibou qui nichait dans le cyprès nain du jardin en miniature de la courette sur laquelle donnait sa chambre rythmait la somnolence de Huayang.

Dehors, il faisait nuit noire et au Palais Royal, à l'exception du vieux Zhong qu'une crise d'angoisse avait de nouveau étreint, chacun dormait.

La première épouse d'Anguo avait donné rendez-vous à son amant Élévation Paisible de Trois Degrés. Ce n'était pas le moment de s'endormir. Elle s'était massé et parfumé la peau du ventre à l'onguent de pétale de rose et avait éliminé un à un à l'aide d'une petite pince d'argent les très légers duvets qui affectaient à peine l'éclatante blancheur de sa Sublime Porte de l'Est. Elle portait une courte chemise de gaze verte transparente et un pantalon bouffant de soie rose fendu de haut en bas sur les deux côtés.

Il lui suffisait de se mouvoir à peine pour que tous ses charmes, au détour d'une pose savante, soient un peu dévoilés, donnant envie à l'amant de boire à ses sources goûteuses et rafraîchissantes.

Lorsqu'il fut rassasié, l'amant, comme il le faisait habituellement pour répondre à son souhait, raconta à Huayang les derniers potins qui couraient à la Cour, mais aussi la visite que lui avait faite cet éminent philosophe dont les écrits déjà célèbres passionnaient tellement le vieux roi Zhong.

— Te rends-tu compte qu'il m'a sollicité pour discuter du cas d'une jeune courtisane publique que le marchand de chevaux du Zhao voudrait récupérer !

— Tu veux parler de ce Lubuwei dont le nom court sur toutes les lèvres, ce marchand de chevaux qui fait construire ces somptueuses écuries sur la colline ?

— Lui-même, chuchota le duc en caressant la pointe d'un des petits seins immaculés de la première épouse du prince héritier.

— La femme désirée doit en valoir la peine ! s'exclama Huayang, que cette histoire de rachat d'une courtisane publique excitait au plus haut point.

— Le philosophe m'a demandé d'intercéder auprès du roi pour qu'il le reçoive en audience. Lui seul a le pouvoir de prendre le décret d'aliénation de la courtisane au profit du marchand.

Les yeux de jade de la première épouse du prince Anguo brillaient de mille feux. Elle brûlait de connaître les raisons qui avaient poussé ce riche marchand de chevaux à racheter une fille publique. Une telle démarche n'aurait jamais été initiée par un personnage haut placé natif du Qin qui se serait entiché d'une courtisane publique. Elle lui aurait valu quolibets et soupçons. Au Qin, il valait mieux se montrer austère si l'on voulait être bien vu.

L'initiative de ce marchand était une bouffée d'air frais dans la grisaille et la froideur du carcan social, fait de convenances et de rites, auquel les courtisans les plus haut placés devaient soumettre leur vie.

Huayang croyait à l'amour. Elle savait qu'à lui seul il pouvait déplacer des montagnes. Elle ressentait déjà une connivence avec cette fille que Lubuwei avait décidé d'extraire de cette auberge de plaisir en remuant ciel et terre, n'hésitant pas à solliciter le roi Zhong en personne. Elle rêvait de la rencontrer et de voir son visage.

Dans le cyprès nain du jardin miniature, le hibou venait de cesser ses ululements réguliers.

— Quand le hibou chante, c'est qu'une femme appelle ! Comme j'aimerais connaître, moi aussi, cette femme dont tu viens de parler...

Puis elle raccompagna le duc dans le corridor.

Dès qu'il fut parti, Huayang parcourut elle aussi la longue galerie pour aller prendre l'air dans la Cour d'Honneur.

De là, on pouvait découvrir l'immense Tour de la Mémoire du Pavillon de la Forêt des Arbousiers dont les contours éclairés par la lune se détachaient devant les hauts murs crénelés de la façade de la résidence privée du vieux Zhong.

Sur ces murailles noires qui se fondaient avec le ciel, elle aperçut la lueur tremblotante d'une torche qui brillait derrière la fenêtre la plus haute.

Elle se dit que le vieux Zhong ne devait pas dormir.

Elle allait revenir sur ses pas lorsqu'une force inconnue la poussa à braver l'interdit qui empêchait toute femme de se promener seule après le couvre-feu dans le Palais Royal. Rasant les murs et avançant comme un chat, elle parvint sans peine à la porte de bois de santal de la résidence royale. Avant d'y apposer ses deux mains pour l'entrouvrir, elle se retourna. Elle avait son ombre pour seule compagne. La porte céda avec un long grincement qui la fit sursauter.

Dans l'hôtel particulier du roi Zhong régnait un silence sépulcral. Elle traversa des cours inertes et des jardins vides. À l'entrée de l'antichambre, la sentinelle de garde dormait à poings fermés et ronflait bouche ouverte sur la banquette.

Elle entra dans la chambre royale sur la pointe des

pieds. À la lueur d'une torchère, le vieux Zhong, assis sur son lit et enveloppé d'une couverture de laine blanche si fine qu'on la nommait « duvet de grue », paraissait déchiffrer un texte avec peine. Penché sur sa planchette, il n'avait pas entendu Huayang pénétrer dans sa chambre. Il sursauta quand il s'aperçut qu'il n'était pas seul.

Il allait crier pour appeler le garde quand il vit que sa bru, toujours aussi désirable et resplendissante, se tenait devant lui.

— Nul interdit ne te fait donc peur ! Ferme vite cette porte, lui dit-il en souriant.

Il désignait l'ouverture qui donnait sur l'antichambre. Toute trace de surprise avait disparu de son visage qui rayonnait de joie devant l'aubaine. Il se précipita sur les mains de Huayang, dont il embrassa les doigts avec effusion. Elle effectua une légère torsion du buste qui fit s'entrebâiller l'une des fentes de son pantalon bouffant. Au fond du couloir de soie, le vieux Zhong aperçut la délicate fleur rose, toute serrée, de son Bouton de Lotus. Elle était aussi lisse que nacrée, traversée par cette fente imperceptible et inoubliable qui ne demandait qu'à s'ouvrir.

Cette vision provoqua un gloussement étouffé du vieillard dont la main cherchait à s'introduire dans le couloir de soie. Mais la belle, de son bras souple, n'en finissait pas de l'en détourner, si bien que le vieillard se mit à geindre comme un animal demandant sa pitance à la main qui va le nourrir mais qui la lui fait sentir avant de la lui donner.

— Pas tout de suite, murmura la belle à l'oreille du vieux monarque, je dois d'abord t'entretenir d'un souhait.

— Tu veux parler de l'enfant que tu souhaites concevoir ? C'est d'accord. J'attendrai qu'il soit au

213

monde pour désigner l'héritier de mon fils, lança-t-il en avalant ses mots.

Huayang, ravie, constatait que le vieux monarque avait retenu sa leçon au-delà de toute espérance.

— Il s'agit de cela, mais aussi d'autre chose, reprit-elle en se penchant adroitement en avant, ce qui eut pour effet de faire jaillir, comme si de rien n'était, ses deux seins pointus de sa courte chemise de gaze qu'elle avait savamment nouée sous sa poitrine.

— Parle, mon amour céleste, et tes désirs seront accomplis... rugit le vieil homme dont la bouche venait de s'écraser dans l'échancrure du corsage de la première épouse de son fils.

— Tu ne vas pas tarder à recevoir une demande d'audience de la part du Grand Officier des Remontrances. Un philosophe célèbre désire venir plaider devant ta personne le cas d'une jeune courtisane publique qu'un certain Lubuwei de Handan souhaiterait racheter à l'administration des lupanars d'État. J'aimerais simplement être présente à cette audience.

— Tu viendras même deux fois si tu le souhaites, répondit le vieillard qui se fichait comme d'une guigne de cette histoire et n'avait d'yeux que pour ce qui apparaissait dans l'échancrure du pantalon bouffant de Huayang.

Elle lui permit de placer deux doigts que la passion faisait déjà trembler sur sa Sublime Porte de l'Est. Alors elle l'embrassa prestement tout en effleurant de sa langue rose au goût mentholé ses vieilles lèvres boursouflées par les ans. Puis elle le repoussa gentiment et referma ses cuisses. Il retomba lourdement, éperdu de désir, sur les coussins du lit. Lorsqu'il se redressa avec peine en crachotant, il constata, tout penaud, qu'elle était repartie aussi vite qu'elle était arrivée.

Sa frustration était immense. Une profonde tristesse

l'envahit. Il regardait ses mains ridées et vides encore imprégnées de l'odeur unique de la belle Huayang.

— Sa Majesté a-t-elle soif ?

C'était la voix de fausset de Droit Devant qui tanguait devant lui sur ses cothurnes, les yeux embrumés de sommeil, une coupelle de bronze à la main. Il avait entendu du bruit dans la chambre et venait aux nouvelles.

— Non. Je lisais simplement quelques trigrammes pour essayer de trouver le sommeil, indiqua le vieillard avec lassitude.

L'eunuque s'apprêtait à aller se recoucher.

— Élévation Paisible de Trois Degrés m'a demandé d'accorder une audience à quelqu'un. Peux-tu lui dire que c'est d'accord ? Il faudra prévenir Huayang, je souhaiterais également sa présence, lança alors le vieillard d'une voix forte.

Droit Devant, interloqué par de tels propos à une heure aussi avancée de la nuit, acquiesça mécaniquement et manqua, en reculant, de se cogner la tête au montant du lit.

Zhong, depuis qu'il était pris par les tourments de l'âge, n'accordait que très rarement des audiences. Quelle mouche l'avait donc piqué ? Droit Devant, contrarié par cette situation, se perdait en conjectures. Il pensait, puisqu'il le côtoyait tous les jours et assistait à tous ses faits et gestes, bien connaître les habitudes du vieux roi, mais voilà qu'un élément nouveau, dont il ignorait tout, était intervenu.

Cette recommandation nocturne qui lui avait été faite l'inquiétait plus qu'autre chose. L'eunuque avait horreur de se laisser surprendre. Le vieux roi ne cherchait-il pas à le manipuler ? Il en vint même à se demander, lorsqu'il regagna sa couche sans plus avoir sommeil, si tout cela ne signifiait pas le début d'une disgrâce. Une folle inquiétude, dès lors, oppressa sa poitrine. Et si le vieux Zhong s'était aperçu qu'il l'avait berné avec Coupure de la Ligne Droite au sujet du pillage de cette tombe ?

Le souverain ne lui avait jamais reparlé du fameux Bi rituel. Droit Devant avait cru, à cet égard, dormir sur ses deux oreilles. Il craignait à présent d'avoir imprudemment compté sur les pertes de mémoire du vieillard.

Il pouvait assurément être accusé par ce dernier de mensonge par omission. Dans ce cas, il finirait au moins révoqué ou déporté dans un puits de sel.

Il sentit que son cœur battait à tout rompre dans sa poitrine baignée de sueur. Il invoqua à tout hasard l'immortel excentrique Dongfangshao, ce serviteur zélé d'un empereur d'autrefois qui, voulant plaire à chacun, allait aussi bien avec les femmes qu'avec les hommes. Il avait érigé en modèle de conduite cet être inclassable dont la légende voulait qu'il descendît d'une étoile. Il se serait bien vu partir lui aussi vers cet astre, même s'il ne croyait qu'à moitié à l'histoire de cet eunuque bisexuel.

Une fois de plus, les yeux rivés vers le plafond de la petite chambre attenante à celle du roi, il constata qu'il ne décollait pas de terre. Dongfangshao ne répondait pas.

Alors il éprouva cet étrange sentiment d'inquiétude que tous les courtisans, un jour ou l'autre, éprouvent.

Plus on est près du soleil et plus on a de pouvoir, mais plus on risque, aussi, de se brûler.

*

— Qu'on fasse entrer le célèbre philosophe et penseur Hanfeizi ! tonna la voix du roi Zhong.

Dans la salle des audiences royales, les murs avaient été spécialement tendus pour l'occasion de lourdes bannières décorées de l'arbre Fusang, d'où l'on disait que le soleil se levait avant qu'il ne surgît de l'horizon.

Le Grand Chambellan, comme à son habitude tout de carmin vêtu, servait de maître des cérémonies. Il avait la charge d'aller prendre les visiteurs dans l'immense vestibule et de les introduire, selon une étiquette très rigoureuse, auprès du souverain. Il cachait à peine le tracas que lui causait cette audience intempestive à laquelle avaient été conviés, outre le Grand Officier des Remontrances et la princesse Huayang, les généraux Défaut du Jade et Paix des Armes.

Dans le vestibule, il vit deux hommes. Le premier, dont le crâne entièrement rasé mettait en valeur la finesse des traits, avait les épaules recouvertes d'un manteau décoré du caractère « Ma », qui signifiait cheval, entièrement brodé de fils d'or. L'autre était vêtu d'un pourpoint de soie noire au-dessous duquel s'évasait en franges plissées une robe tissée de poil de chèvre. Il portait un livre épais sous son bras.

Les apparences des deux visiteurs, ainsi qu'eux-mêmes l'avaient souhaité et prévu, témoignaient à elles seules de leur identité et de leur qualité.

— Je suppose que vous êtes le marchand Lubuwei et vous le juriste Hanfeizi, dit l'eunuque d'un ton théâtral sous lequel pointait une once de circonspection.

— Ces deux hommes n'ont pas encore acquitté le droit d'audience !

C'était le comptable préposé aux audiences royales qui s'avançait, portant sur son ventre, attaché par des bretelles, le bureau portatif qui lui servait aussi de tiroir-caisse. La monarchie du Qin avait compris que rien n'était plus efficace que de transformer les droits des citoyens en devoirs. La citoyenneté était alors, au mieux, le droit d'être taxé. Les audiences royales, comme tout le reste, étaient payantes.

Lubuwei s'exécuta pour son propre compte et pour celui du philosophe bègue.

Droit Devant entreprit alors de leur expliquer succinctement les règles de l'étiquette des audiences royales : ne jamais parler le premier mais en laisser l'initiative au roi ; ne jamais le regarder dans les yeux quand on lui adressait la parole ; ne jamais lui montrer son dos et, s'il vous demandait de vous asseoir, ne jamais diriger vers son visage la pointe de ses pieds car c'était là un signe d'insolence. À la fin de cette énumération énoncée de la voix morne de qui a l'habitude de rappeler un règlement, l'eunuque précisa enfin aux visiteurs que tout manquement à l'étiquette était susceptible d'entraîner l'amputation du pied gauche du contrevenant.

Devant Lubuwei et Hanfeizi, au signal de l'eunuque, deux gardes armés jusqu'aux dents ouvrirent les deux battants cloutés de pointes de bronze taillées en diamant de la lourde porte de cèdre par laquelle on accédait au grand salon des audiences.

Ils ne virent d'abord rien d'autre qu'une forêt de poteaux sculptés noircis par les fumées d'encens qui envahissaient la pénombre des lieux comme d'étranges sentinelles et soutenaient un riche plafond qui paraissait doré à la feuille d'or. Au fond, ils aperçurent, à demi cachée par cette densité ligneuse, une estrade éclairée par le jour qui devait pénétrer dans cette salle obscure grâce à une ouverture du plafond.

Le vieux roi se tenait là, assis sur un fauteuil de pierre sculptée dont les accoudoirs représentaient des dragons crachant des flammes. Les visiteurs, guidés par Droit Devant, se dirigèrent lentement vers l'estrade devant laquelle ils accomplirent les trois prosternations rituelles, en prenant bien soin de ne jamais regarder le souverain en face.

— C'est pour nous un honneur insigne que de recevoir un grand juriste dont les écrits ont déjà fait la renommée et inspirent la politique que le royaume de Qin souhaite mettre en œuvre, déclama le vieux roi avec une certaine emphase qui n'était pas feinte.

À ces mots, le philosophe se releva et, après avoir respiré un bon coup, répondit d'une voix forte :

— L'l'l'honn'neur est pou'pour moi !

Lubuwei, dont la face était toujours tournée vers le sol, ne pouvait pas lire sur le visage du souverain la stupéfaction de la découverte du défaut d'élocution du grand philosophe qui faisait de celui-ci un piètre orateur, alors qu'il était si célèbre pour ses écrits. Hanfeizi, coutumier des réactions consécutives à ses prises de parole, en profita pour déposer aux pieds du roi le livre qu'il tenait sous son bras.

— Que Votre Majesté veuille bien accepter mon dernier livre, que j'ai appelé *Les Dix Erreurs*...

— Pourquoi ce titre ? demanda le monarque.

Tourné du côté du philosophe, le vieillard paraissait parfaitement indifférent au sort de Lubuwei dont la tête était toujours recourbée sur le ventre.

— C'est un florilège des erreurs qui peuvent coûter leur pouvoir aux princes, répondit malicieusement le bègue, sûr de son effet.

À ces mots, le visage du vieux Zhong grimaça imperceptiblement. Il fit signe au Grand Chambellan que Lubuwei pouvait se redresser.

— Voilà donc l'homme qui peut régler la question dont tu es chargé, dit le roi du Qin en s'adressant à Paix des Armes qui était assis à sa droite.

Puis il tourna son regard vers le général Défaut du Jade qui, visage fermé, était assis de l'autre côté.

— Lubuwei de Handan possède des milliers de chevaux aptes au combat. Il est le seul, à ma connaissance, à posséder un couple de chevaux célestes, précisa l'Intendant Général des Grandes Écuries du Royaume qui regardait le marchand en souriant.

Le Grand Officier des Remontrances, debout derrière le souverain, décida d'aborder la question qui avait motivé la présence des deux visiteurs.

— Le sieur Lubuwei a demandé à Hanfeizi de plaider sa requête devant Votre Grâce Éternelle...

— Et de quoi s'agit-il donc ? questionna, faussement surpris, le vieillard qui en connaissait déjà parfaitement le motif.

— Mon client souhaiterait obtenir le droit de racheter à l'administration une jeune courtisane publique du quartier des Fleurs et Saules, déclara le philosophe.

Il avait prévu de se comporter comme une sorte d'avocat du marchand de chevaux.

— Est-il possible de connaître les motifs de votre client ? lança une voix douce et chantante.

La silhouette élégante de Huayang, surgie de derrière une colonne, était soudain apparue au milieu de ce cercle d'hommes.

Habillée de soie verte et d'or, elle venait du fond de l'estrade et s'était jusque-là tenue dans l'ombre. Lubuwei demeura bouche bée devant une si étrange apparition. Il était déjà sous le charme de la beauté de cette femme dont la présence, dans cet univers aussi sombre qu'austère, paraissait incongrue.

Le marchand décida de lui répondre directement, sans passer par le truchement du philosophe.

— Cette jeune fille mérite un sort plus enviable. Elle a été vendue à la maison de plaisir après avoir été enlevée. Je connais bien ses parents qui sont mes voisins à Handan.

Il venait d'inventer une histoire mais peu lui importait. C'était un pieux mensonge destiné à arracher une jeune fille innocente des griffes de sa pitoyable condition d'esclave. Hanfeizi le regarda avec un certain étonnement mais Lubuwei lui fit comprendre, d'un signe des yeux, qu'ils s'en expliqueraient plus tard.

— Comme tout cela est triste ! Et comme elle doit être malheureuse ! s'écria Huayang dont l'indignation n'était pas feinte et qui prenait déjà fait et cause pour la jeune recluse enlevée de force à sa famille.

Le vieux roi, yeux mi-clos, observait avec attention le jeu des uns et des autres. Il avait décelé dans le ton de Huayang le souhait de sa bru de voir exaucée la demande de Lubuwei. En accédant à ses désirs, elle devenait débitrice à son égard. Il repensa à sa bouche, à ses mains, à sa sublime Porte de l'Arrière. Il commençait à sentir ce léger fourmillement dans les jambes annonciateur du réveil de ses sens.

— Je suis d'accord pour prendre le décret de déclassement de cette courtisane, affirma-t-il à la plus grande joie de la princesse, tandis qu'un murmure de surprise parcourait la petite assistance peu habituée à des décisions aussi rapides. Mais qu'offrez-vous en échange au royaume de Qin ? ajouta-t-il à l'adresse de Lubuwei.

Le Grand Chambellan se crut obligé de battre des mains et d'adopter, à l'intention des autres, une mimique complaisante d'admiration pour tant d'à-propos.

— Je parle en mon nom mais je peux vous offrir mes conseils, avança Hanfeizi que Lubuwei remerciait du regard pour cette initiative.

— Vos conseils m'intéressent vivement, mais le tribut doit être réglé par le solliciteur, rétorqua le vieux Zhong.

Toute cette histoire commençait à l'amuser et lui faisait retrouver peu à peu sa verve d'antan.

— Majesté, si je peux me permettre, Lubuwei de Handan pourrait payer le Qin en nous aidant à reconstituer son patrimoine équestre, dit le général Paix des Armes qui ne s'était pas encore exprimé.

Le roi regarda le marchand d'un air interrogatif. Il

attendait sa réaction. Lubuwei réfléchissait intensément, ce qui lui provoquait une légère rougeur sur le crâne qu'il avait toujours parfaitement lisse. Il comptait que la bureaucratie du Qin lui aurait laissé le temps de mettre en œuvre une stratégie soigneusement préparée et pesée. Il n'avait pas pensé que le monarque prendrait position aussi vite et s'attendait à devoir plaider son dossier devant des instances prévues par les règlements ou que le souverain aurait spécialement désignées à cet effet. Mais il ne lui avait pas échappé que la présence de la superbe créature était pour quelque chose devant tant de rapidité. Tant d'enchaînements imprévus prenaient totalement de court l'habile stratège qu'il était.

Conscient de son avantage, le général Paix des Armes avança de nouveau ses pions.

— Et ce couple de chevaux célestes de race Akkal dont le mâle a vaincu l'épreuve de la course de la dernière Foire ne pourrait-il pas faire l'affaire ?

Lubuwei faillit s'étrangler mais fit en sorte, en mettant sa main devant sa bouche, que personne ne s'en aperçoive. Il ne s'attendait pas à tant de rouerie de la part de ce vieux roi. L'idée de devoir se séparer d'Épervier Pourpre et d'Épervier Rose le contrariait au plus haut point. Il s'était juré de ne jamais les vendre à quiconque. Il les revoyait caracolant joyeusement sur le pré de sa colline et venir lui faire fête lorsqu'il les sifflait.

Il se préparait à refuser la proposition de l'Intendant Général des Grandes Écuries du Royaume, mais au moment même où il mettait mentalement au point son argumentaire, l'image de Zhaoji, comme celle des rivières qui débordaient au printemps avec la fonte des neiges, submergea son esprit.

Il imagina le regard de la femme-enfant lorsqu'il lui apprendrait qu'elle était délivrée, et la reconnaissance qu'elle aurait alors pour lui. Il vit ses petites mains fines battre de joie et un sourire pur comme le cristal illuminer la moue gentiment moqueuse de ses lèvres pulpeuses parfaitement dessinées. Il sentit la douceur de la peau de ses joues qu'elle lui aurait, pour la première fois, laissé caresser...

Alors la réponse fusa d'elle-même et résonna sous le haut plafond à caissons. Il crut même, tant elle était précipitée, qu'elle avait été prononcée par quelqu'un d'autre que lui.

— C'est d'accord. Va pour mon petit couple de chevaux célestes. Louée soit leur descendance qui appartiendra au royaume de Qin !

Le vieux monarque fit signe au Grand Chambellan de lever la séance. Deux serviteurs amenèrent une chaise à porteurs sur laquelle ils hissèrent la grande carcasse décharnée du vieillard. Un héraut vêtu aux couleurs et aux armes du monarque annonça que l'audience était achevée. L'assistance s'inclina sur le passage du roi, à l'exception de Huayang à qui, au passage, il décocha une œillade entendue à laquelle elle répondit par un malicieux plissement des paupières.

Lubuwei ressentit un léger vertige. Il vacilla, et Hanfeizi le prit par les épaules.

Une main lui touchait le bras. Il se retourna.

C'était la somptueuse créature qui le gratifiait une nouvelle fois d'un merveilleux sourire. Elle était si près de lui qu'il pouvait sentir le parfum de menthe et de jasmin dont elle avait dû s'enduire la poitrine. À travers la soie de sa chemise, il devinait un sein aussi blanc et ferme qu'une fleur d'arum.

— J'aurai plaisir à rencontrer cette jeune femme. Je m'appelle Huayang et suis la première épouse du prince héritier de ce royaume. Au fait, comment s'appelle cette créature aussi chanceuse ? glissa-t-elle de sa voix la plus chantante au marchand de Handan.

— Elle a pour nom Zhaoji, répondit doucement Lubuwei.

— Je suis sûre qu'elle et moi nous entendrons à merveille ! assura-t-elle avant de disparaître à son tour derrière la forêt des pilastres de la salle d'audience.

— Voilà une affaire rondement menée, dit le général Paix des Armes au marchand de chevaux.

— Espérons que la jument sera fertile... bougonna avec aigreur Défaut du Jade à l'adresse de Droit Devant en quittant l'assistance d'un pas saccadé sans saluer personne.

— Cet homme paraît être votre ennemi intime, constata le philosophe bègue.

— Il est allergique au crin de cheval ! s'exclama Droit Devant que sa plaisanterie faisait rire à gorge déployée.

— Mais le plus fort, c'est que les deux disent vrai, ajouta Paix des Armes le plus sérieusement du monde.

Après quoi, chacun salua l'autre et rentra chez soi.

— J'ai apprécié la promptitude de votre réaction. On aurait cru à une longue pratique des audiences royales, confia le bègue au marchand alors qu'ils regagnaient sa demeure sur la colline.

— La femme, plus que le roi, m'a impressionné. Que de rouerie sous tant de grâce...

— Quelques chapitres de ma *Forêt des Anecdotes* relatent des histoires et des fabliaux où des rois et des princes ont été mis à bas par la seule ruse des femmes !

Lubuwei n'osa pas lui répondre, lui qui venait de se séparer des deux chevaux des steppes pour les seuls beaux yeux d'une femme-enfant.

De retour dans sa chambre, il prit dans sa cache le Bi noir étoilé et, pour se rassurer, se plongea dans l'univers miniature des étoiles micacées.

Il cherchait à comprendre pourquoi, dans sa vie

jusqu'alors si linéaire, tout n'était plus à présent que surprises extraordinaires, rencontres étonnantes et hasards qui ne devaient pas l'être.

Tout se passait comme si des forces invisibles et impalpables le poussaient doucement dans une immense pente qu'il dévalait sans même s'en rendre compte vers un destin qui n'avait pas fini de l'étonner.

12

Le soleil inondait le doux et fin visage d'Inébranlable Étoile de l'Est et lui faisait cligner les yeux.

Elle aimait la chaleur de ses rayons sur sa peau délicate. Elle avait dénoué son turban et ses longs cheveux, animés par une brise légère, flottaient librement sur ses épaules.

Hors de Xianyang, la fille adultérine du roi Zhong pouvait aller cheveux au vent et reprendre son apparence de jeune fille.

Elle marchait d'un bon pas vers la colline où s'élevait l'immense écurie de bois en forme de nef renversée dont elle commençait à distinguer la forme. Elle avait dépassé les dernières maisons de la ville. Elle accéléra l'allure et se boucha les narines en passant devant le gibet public. C'était une sinistre estrade de pierre sur laquelle étaient dressés une dizaine de poteaux où pourrissaient des corps qui exhalaient une odeur fétide flottant comme un mauvais nuage au-dessus de membres sectionnés et de crânes à moitié dévorés par les rats.

Quelques pas plus loin, heureusement, à cette vision d'horreur succédait, de part et d'autre du chemin, celle des jardins maraîchers qui offraient au regard une profusion multicolore de coloquintes et de pois de senteur. Du cresson odorant transformait les rigoles gorgées d'eau en tapis verts sur lesquels de minuscules grenouilles paraissaient rouler comme des billes de jade. Elle se sentit enivrée comme un animal qui arrive au soleil après être resté trop longtemps dans l'ombre de sa caverne.

Pour la jeune étudiante, ces deux jours d'interdiction d'enseigner étaient l'aubaine de la semaine. Ils avaient été décrétés par le Grand Astronome de la Cour et résultaient de calculs savants où entraient en compte la position des astres dans le ciel et les nœuds énergétiques qui gouvernent la vie des hommes. Le mois précédent, il avait été interdit de se couper les cheveux le troisième jour lunaire et de déplacer les meubles de la maison l'avant-dernier jour.

Les professeurs du Collège des Fonctionnaires Supérieurs d'Autorité avaient donc averti leurs élèves qu'ils pouvaient se dispenser de rester à l'école les deux jours suivants.

Inébranlable Étoile de l'Est, qui n'avait pu mettre le nez dehors depuis des mois, avait décidé de faire l'école buissonnière en toute légalité. Ses nouveaux camarades, Lisi et Ainsi Parfois, lui parlaient souvent de ce philosophe qui avait été leur professeur à l'Académie Jixia et du marchand de chevaux de Handan qui avait repris en main les élevages du royaume. Elle brûlait d'envie d'aller voir à quoi ressemblait la colline où le marchand s'était établi, en compagnie du philosophe, et avait fait construire ces écuries de bois dont le toit évasé avait la forme de la coque d'un navire renversée.

Au pied de la déclivité verdoyante de la propriété de Lubuwei, des centaines hommes s'affairaient à achever la construction des clôtures autour d'un pré qui s'étendait d'ouest en est à perte de vue. En s'approchant, elle comprit qu'il s'agissait d'un savant dispositif permettant de trier les chevaux et de les orienter vers des pâtures et des enclos spécifiques. Venues de derrière la colline, les bêtes surgissaient par dizaines. Après qu'elles avaient été parquées dans l'aire d'arrivée, des palefreniers qui recevaient leurs ordres d'un homme posté sur un haut mirador les sélectionnaient selon la couleur de la robe et la taille, puis le sexe, avant de les diriger vers des enclos secondaires où un vétérinaire les examinait. Tout cela s'ordonnait selon un flux incessant et parfaitement régulier comme l'eau qui s'écoule dans les canaux d'irrigation.

La jeune fille était stupéfaite par une telle organisation dont l'efficacité sautait aux yeux. Elle se dit que celui qui avait mis en place un tel dispositif s'était inspiré de *L'Art de la Guerre* du grand Sunzi.

Rien n'avait été laissé au hasard. De ce gigantesque triage se dégageait une impression de puissance et de course contre le temps. La tâche à laquelle le marchand de Handan s'était attelé était assurément titanesque. Il se disait déjà à Xianyang qu'en cas de réussite il deviendrait ministre. Inébranlable Étoile de l'Est n'avait jamais imaginé qu'un homme pouvait, à lui seul, réduire la pénurie en chevaux dont souffrait le Qin et qui risquait de faire perdre au royaume des décennies de conquêtes victorieuses.

Au Collège des Fonctionnaires Supérieurs d'Autorité, on apprenait aux élèves que l'individu n'était rien face à l'organisation collective et qu'il fallait l'y soumettre. On inculquait la suprématie de l'État. Celui-ci, par construction, n'était jamais en faute. Inébranlable Étoile de l'Est, que ces thèses ne convainquaient qu'à moitié, avait demandé à ses professeurs comment s'expliquait, dans ces conditions, la carence en équidés qui menaçait la suprématie du royaume. Leur réponse était restée évasive. Ils n'avaient même pas été capables de désigner des boucs émissaires, se contentant, comme s'ils récitaient une leçon sans conviction, de vagues digressions sur la baisse de fertilité d'une certaine race chevaline. Elle avait fait part de ses doutes à ses deux nouveaux camarades qui avaient rejoint le Collège et dont elle souhaitait éprouver l'esprit critique.

— Le poisson pourrit toujours par la tête ! La pénurie de chevaux n'est que la partie d'une carence plus vaste, avait répondu abruptement celui qui s'appelait Lisi.

Cette assertion lui avait paru irréfutable, même si elle l'avait quelque peu peinée à cause de l'allusion faite à son père.

Elle se souvenait des propos admiratifs des deux jeunes garçons qui, depuis quelques mois déjà, partageaient sa condition d'élève studieux et avide d'apprendre :

— Tu verras, Regret Éternel, le cerveau de Hanfeizi et l'argent de Lubuwei auront la même efficacité que la tête et les jambes réunies d'un individu surdoué ! avaient-ils annoncé à leur nouvel ami d'un air de défi.

Lisi et Ainsi Parfois avaient, en fait, déjà pris fait et cause pour ce tandem efficace constitué par le marchand et le philosophe.

Des deux jeunes gens, Inébranlable Étoile de l'Est était plus attirée par Lisi, dont le visage fin et émacié, aux grands yeux noirs, ne la laissait pas indifférente. Elle était en outre subjuguée par l'étincelante intelligence de ses jugements souvent péremptoires mais toujours si pertinents.

Cette préférence s'était révélée dès leur première rencontre, lorsque Accomplissement Naturel, qui ne croyait donc pas si bien dire, avait fait les présentations au cours d'une brève cérémonie, en disant aux deux nouveaux venus :

— Je vous présente l'élève Regret Éternel qui, tout brillant qu'il soit, a hâte de ne plus être seul à suivre les cours de ce prestigieux Collège !

Le duc Élévation Paisible de Trois Degrés avait également tenu à être présent pour l'arrivée de Lisi et d'Ainsi Parfois.

Ensemble, les deux hommes avaient fait découvrir aux nouveaux venus ce qui allait être leur cadre de vie.

Le Collège des Fonctionnaires Supérieurs d'Autorité occupait un bâtiment d'aspect sévère dont les cours et les préaux se succédaient dans un même ordonnancement.

Chaque promotion d'étudiants disposait de sa cour et de son préau particuliers. Les conditions de vie y étaient spartiates. Les repas, toujours pris sur place, étaient des plus frugaux. Les élèves dormaient à même le sol, sur des matelas de crin qu'ils déroulaient le soir. Du lever au coucher du soleil, on apprenait par cœur les livres de littérature, de droit et de philosophie, et la calligraphie constituait un autre moment fort de la journée. Il fallait apprendre à dessiner au stylet, si possible d'un seul trait, d'abord sur des planches de bois recouvertes d'une fine pellicule de sable, puis sur des matériaux plus durs, les trois milliers de caractères qu'un lettré se devait de connaître. Les six mille autres seraient appris plus tard, par ceux qui, après des années de pratique et de compilation, accéderaient à la catégorie des « grands lettrés » qui auraient en charge la codification des dictionnaires de la langue ou qui, à l'instar d'Accomplissement Naturel, deviendraient une sorte de mémoire vivante de toutes les connaissances transmises et acquises au fil des siècles.

Une journée sur dix était entièrement consacrée au tir à l'arc, qui était considéré comme une activité physique mais surtout comme un exercice mental de concentration. L'histoire de Hou Yi, l'archer Yi devenu un dieu grâce à sa force mentale, expliquait cet engouement pour l'archerie : l'Empereur Jun, père des dix soleils, avait envoyé Yi l'archer en abattre neuf car ils faisaient régner sur terre une chaleur insupportable pour les hommes. Hou Yi avait également tué six monstres, dont un sanglier géant qui semait la terreur dans la forêt des mûriers, menaçant les hommes. Coupable d'avoir eu une aventure amoureuse avec Mifei, épouse du Comte du Fleuve Jaune, Yi l'archer avait été condamné à demeurer sur terre où son mauvais caractère avait déclenché la haine de son entourage, qui avait fini par le tuer avec un lourd bâton en bois de pêcher. C'était ainsi que l'archer, en récompense des bienfaits que lui devait l'humanité, était devenu un pur esprit vénéré comme un dieu dont chacun avait à cœur d'implorer la protection et le soutien.

Regret Éternel avait à peine la force de soulever l'arc immense, fait de baguettes de coudrier et de lamelles de bambou collées et assemblées entre elles par des anneaux de bronze, et encore moins celle de tendre sa fine corde de chanvre. C'était la seule matière où son professeur désespérait de lui faire atteindre le niveau requis par un élève du Collège. Pour le reste, l'unique élève de sa promotion brillait par son intelligence et une mémoire immense qui lui faisaient apprendre du premier jet les textes par cœur. Elle dessinait déjà impeccablement plus de deux mille caractères sur le plateau sablé du professeur.

Lorsqu'il avait vu pour la première fois ses deux futurs compagnons d'études, Regret Éternel n'avait pas caché sa joie et un beau sourire avait illuminé son visage fin. La jeune fille savait gré au roi son père d'avoir si peu tardé à la satisfaire. Elle ne serait plus seule, face à trois professeurs qui ne la lâchaient pas d'un pouce. Ils seraient désormais à trois contre trois !

— Ces deux brillants élèves viennent de la célèbre Académie Jixia, avait ajouté non sans fierté Accomplissement Naturel en poursuivant les présentations.

Lisi s'était avancé le premier pour toucher la main de Regret Éternel.

Il ne se doutait pas que, sous les traits si réguliers et subtils de ce jeune homme, dont le turban serré recouvrait entièrement le front, se cachait une jeune fille qu'il n'avait pas laissée indifférente. Il souriait franchement comme un bon camarade et paraissait sincèrement ravi, tandis qu'Inébranlable Étoile de l'Est faisait tout pour cacher l'émoi qui l'avait étreinte.

L'effet de surprise passé, l'émoi du début s'était, au fil des semaines, peu à peu transformé en attirance. Pendant les récréations, ou au cours des repas, la dernière fille du roi Zhong aimait plonger son regard dans celui du jeune homme et s'amusait de la gêne qu'elle y sentait monter lorsqu'elle se faisait trop insistante. Le soir, sur sa couche avant de s'endormir, ses pensées allaient toujours vers lui.

C'était encore Lisi qui l'avait encouragée à aller visiter le grand chantier de Lubuwei et lui avait décrit les idées novatrices professées par le philosophe bègue, lequel, après avoir été son professeur, avait mis son intelligence et sa vaste culture au service du marchand de chevaux. Ainsi avait-elle suivi les conseils de son jeune ami puisqu'elle avait décidé d'aller se rendre compte, sur place, de l'ampleur de la tâche à laquelle s'étaient attelés les deux hommes.

Elle était à présent à moins d'une cinquantaine de li de l'enceinte de la colline aux chevaux. Elle n'avait plus que quelques pas à faire pour en franchir le portail d'entrée lorsque son oreille fut attirée par les battements d'un tambour. Ils provenaient du mirador au pied duquel un homme immense donnait ainsi la cadence aux hommes et aux bêtes.

— Un peu moins vite, Homme sans Peur ! Les pouliches pleines risquent de heurter les montants des barrières, cria au géant celui qui donnait des ordres du haut de la tour de contrôle.

Aussitôt le flux des bêtes se ralentit, comme les eaux

du fleuve lorsqu'il sort de la montagne pour entrer dans la plaine, laissant Inébranlable Étoile de l'Est admirative devant la réactivité parfaite de cette machinerie complexe.

— Les femmes ne sont pas admises ici sans autorisation !

Inébranlable Étoile de l'Est se retourna.

C'était un palefrenier dont la tignasse était blanche de poussière et le sourire narquois complètement édenté. Tout à la contemplation de cet étrange ballet des bêtes et des hommes, elle ne s'était pas aperçue qu'elle s'était avancée jusqu'à la première clôture.

— Laisse-la, elle ne fait rien de mal ! protesta un homme d'allure juvénile qui se tenait un peu plus haut vers la colline et qui se présenta à elle comme le secrétaire de Lubuwei.

La jeune fille répondit en souriant qu'elle s'était égarée et, laissant là Zhaosheng qui aurait volontiers engagé la conversation avec elle, elle s'en retourna par où elle était arrivée.

*

Au moment précis où Inébranlable Étoile de l'Est découvrait la colline aux chevaux, Paix des Armes effectuait sa visite quotidienne au petit couple d'Akkal que Lubuwei avait donné au Qin pour sortir la jeune Zhaoji de son lupanar d'État.

Ils lui étaient aussi précieux que la prunelle de ses yeux. Il les voyait déjà à l'origine d'une descendance nombreuse de petits chevaux solides, vifs comme l'éclair et valeureux, au service des armées équestres du royaume. Demain, les armées du Qin pourraient être dotées de ces fameux chevaux célestes dont ils deviendraient à coup sûr le symbole.

Deux stalles jumelles avaient été spécialement aménagées à cet effet dans le haras central de Xianyang. L'Intendant Général des Grandes Écuries du Royaume avait veillé lui-même à leur construction. Il en avait choisi les planches de catalpa, d'une épaisseur digne des sarcophages les plus somptueux. Soigneusement polies, elles s'arrêtaient au niveau du garrot des bêtes, ce qui permettait à Épervier Pourpre et à Épervier Rose de se faire fête tout en étant chacun de son côté. La paille de ces deux stalles, si luxueuses que l'on aurait dit des chambres à coucher les humains, était changée deux fois par jour. Paix des Armes avait donné ordre, afin d'améliorer leur descendance, d'ajouter une pincée de poudre de jade au picotin des deux Akkal chers à son cœur...

— Je sens que cette jument est en chaleur ! Il faudra veiller à la faire saillir dès demain matin, ordonna le général au palefrenier préposé à l'entretien et à la surveillance du couple de chevaux célestes.

— Ce sera fait, mon général, répondit l'homme en baissant la tête avec respect.

— J'espère bien moi aussi pouvoir assister au spectacle ! gloussa une voix haut perchée.

Surgi de derrière l'une des parois de planches de catalpa, émergea soudain un gros nuage de tulle grenat.

C'était Droit Devant, qui n'avait même pas laissé le temps à Paix des Armes d'exprimer un geste de surprise ou de recul et l'entraînait par le bras à l'écart vers le bout de l'allée. Le général sentait la bouche de l'eunuque collée à son oreille, à deux doigts de lui chuchoter un secret.

Au vu du regard froidement déterminé et brillant d'excitation de Droit Devant, Paix des Armes sentit que ce devait être important et réprima l'agacement qu'avait fait naître en lui cette soudaine apparition de l'eunuque.

C'était peut-être l'ultime mauvais coup de Défaut du Jade dont Droit Devant souhaitait le prévenir ? Le

Grand Chambellan du roi mettait toujours un soin jaloux à servir d'intermédiaire entre les deux généraux ennemis intimes... Paix des Armes vérifia machinalement que le palefrenier préposé aux deux Éperviers ne pouvait pas entendre leurs propos et fit signe d'un air excédé à la créature vêtue de rouge qu'il était prêt à l'écouter.

— J'ai reçu ça hier soir. Lis-le vite, souffla cette dernière au général en lui tendant une lamelle de bambou fraîchement coupée par le milieu.

Paix des Armes prit la lamelle afin de l'examiner attentivement. L'écriture était plutôt malhabile, elle ne devait pas être le fait d'un lettré. La trace blanche du stylet indiquait qu'elle était très récente. Elle comportait les douze caractères suivants : Hua Yang et Grand Officier, Épervier et Loriot, battre les airs, ailes droites et fermes.

Paix des Armes, fort surpris, regarda l'eunuque au comble de l'excitation, dont les yeux paraissaient sortir des orbites.

— C'est une dénonciation ! Quelqu'un te fait savoir que le duc Élévation Paisible de Trois Degrés et Huayang entretiennent une liaison amoureuse, constata, effaré, le général.

— Je l'ai trouvée au pied de mon lit. On a jeté ça par la fenêtre de ma chambre, parvint à articuler, malgré sa vive émotion, l'eunuque Droit Devant. Si le prince Anguo apprend cela, c'en est fini de sa première épouse ! ajouta-t-il avec gourmandise en reprenant des mains de Paix des Armes la planchette de bambou.

Toute la haine qu'il avait pour l'épouse du prince héritier s'étalait à présent sur son visage blafard de vieille chouette.

— Mais comment le Grand Officier des Remontrances a-t-il pu se mettre dans cette situation ? Tout cela, après tout, n'est peut-être que ragots ! s'exclama l'Intendant Général.

Il entretenait les meilleurs rapports du monde avec le duc Élévation Paisible de Trois Degrés. Malgré la tristesse que suscitaient en lui les conséquences probables de cette affaire, on pouvait sentir la colère que lui inspirait un tel acte de délation.

— Sûrement pas, fit l'eunuque au regard de fouine, voilà des mois que j'observe leur manège... Pour ma part, j'en étais sûr.

Cachant mal le dégoût qu'il lui inspirait, Paix des Armes regardait Droit Devant.

Il n'avait jamais eu à se plaindre du comportement du Grand Chambellan à son égard et n'avait cessé de le défendre devant les autres courtisans, qui l'accusaient toujours de mille turpitudes et s'en méfiaient comme de la peste. Il comprenait mieux à présent, au ton de jouissance de l'eunuque, les raisons de l'opprobre dont il était l'objet. Toute compassion était étrangère à cette créature dont le pouvoir et l'influence reposaient sur les secrets plus ou moins avouables qu'elle détenait sur les uns et les autres.

— Je serais à ta place que je ferais comme si je n'avais pas reçu ce morceau de bambou, lâcha-t-il à l'eunuque d'une voix blanche.

— Tu as raison. Mais un jour, peut-être déciderai-je que je l'ai bien reçu, rétorqua Droit Devant.

Le ton dur et froid du Grand Chambellan sonnait comme un défi.

Et le nuage grenat s'évapora comme il était venu, derrière les panneaux de planches de catalpa, laissant l'Intendant Général des Grandes Écuries du Royaume perdu dans ses pensées, oubliant le couple de petits Akkal sur lequel il s'était pourtant promis de veiller comme la prunelle de ses yeux, assommé qu'il était par ce qu'il venait de lire et d'entendre.

*

Ils s'étaient donné rendez-vous dans une auberge de campagne située à l'écart de la ville pour pouvoir se parler librement à l'abri des regards indiscrets.

De la terrasse, derrière un rideau de bambou qui permettait de voir sans être vu, on pouvait découvrir, vers la gauche, les toits de Xianyang qui semblaient monter à l'assaut du palais du roi Zhong, et vers la droite la colline aux chevaux et le navire échoué de ses majestueuses écuries. Seuls les cris des hirondelles qui dessinaient des montagnes dans l'azur troublaient le calme de ces lieux.

— Es-tu bien sûr qu'on ne nous observe pas ? chuchota Huayang au Grand Officier des Remontrances qui était assis juste en face d'elle sur un fauteuil de rotin.

La princesse était inerte.

D'habitude, elle plaçait la pointe de son petit pied entre les cuisses du duc et ce simple geste, qui lui faisait étendre sa jambe fine et mettait en valeur son galbe, avait pour conséquence une montée immédiate de désir dans le corps de son amant qui approchait alors sa bouche de la sienne.

Cette fois-ci, elle paraissait attendre qu'il fît le premier pas.

Malgré l'absence de cette invite, son noble amant s'était penché sur le visage de la princesse pour tenter de goûter au moins à la fraîcheur de sa langue. Elle le repoussa plus vivement qu'il ne s'y attendait et demeura pelotonnée dans son fauteuil.

Elle paraissait extrêmement contrariée. Ses yeux se mouillèrent peu à peu de larmes.

Elle ne tarda pas à éclater en sanglots.

— Depuis quelques semaines, je sens que l'eunuque

me regarde d'un air en coin, comme s'il savait ce qui se passe entre nous. Il ne faut plus venir, gémit-elle au grand désespoir d'Élévation Paisible de Trois Degrés.

Le duc, l'air penaud d'un garnement pris en faute, pour se donner une contenance regardait l'horizon.

— Ton imagination vagabonde ! C'est absurde, nous prenons toutes les précautions du monde. Je ne viens chez toi que lorsque toutes les lumières sont éteintes. Quant à Anguo, quand il sort de tes bras, il est si épuisé qu'il faudrait un carillon pour le réveiller ! protesta-t-il tout en cherchant toujours à embrasser sa belle.

Mais Huayang pleurait de plus en plus fort et ses gémissements couvraient les cris des hirondelles.

Son amant mit cela, aussi, sur le compte de la grossesse de la concubine du prince Anguo dont l'accouchement approchait. Toute la Cour bruissait de cette naissance à venir. Les mois passaient et, malgré les assauts quotidiens et répétés de son époux, le ventre de la belle Huayang demeurait désespérément infertile et vide de toute vie embryonnaire.

— Il faut que nous cessions de nous voir, assenat-elle d'une voix rauque et dure.

Le Grand Officier vacilla sous le choc. Cette rupture unilatérale et brutale était un coup de poignard de jade qu'il recevait en plein milieu du ventre.

Il aimait Huayang de toutes ses fibres. Il ne pouvait plus se passer de ce corps souple et sensuel qui répondait à ses caresses comme un chat. Il sentait encore les empreintes de la main et de la langue de son amante sur les parties les plus intimes de son corps. Il avait à la bouche le goût de son essence éphémère qui s'écoulait de sa Sublime Fente lorsque son souffle intérieur Qi la prenait et faisait vibrer son ventre comme le caisson d'une cithare Se.

Il n'avait jamais pensé que tant de passion pourrait finir ainsi, du simple fait du soupçon de ce maudit eunuque. Les mots de la rupture avaient été si sèchement prononcés par Huayang qu'il en était à se demander à présent si elle l'avait vraiment aimé un jour.

Un grand vertige saisit son esprit.

Il regardait fixement, sans même la voir tant le coup était rude, la colline aux chevaux et ses écuries en forme de navire.

Le noble confucéen qui faisait trembler tous les gouverneurs des provinces du royaume n'était plus à présent qu'un homme au cœur blessé, déçu par la violence et la dureté dont la femme qu'il avait tant adorée venait de faire preuve à son égard.

Il se retint de pleurer à son tour car l'étiquette bannissait qu'« un fonctionnaire puissant ne pleurât devant une faible femme ».

Il rassembla toutes ses forces pour affronter une dernière fois le regard de son ancienne amante. Lorsqu'il se tourna lentement vers elle en s'efforçant de montrer un visage impassible, il n'y avait plus personne sur la terrasse de l'auberge.

*

Les pas de Huayang l'avaient guidée, sans qu'elle s'en rendît vraiment compte, vers la colline aux chevaux lorsqu'elle avait quitté en courant la terrasse luxuriante de l'auberge, incapable de faire face aux reproches et au désarroi de son amant.

La rupture avec ce dernier lui avait coûté, mais elle s'était passée plus facilement qu'elle ne l'avait imaginé, comme toujours lorsqu'elle obéissait à son instinct.

La première épouse du prince Anguo était pragmatique. Elle était sûre que sa liaison avec le duc risquait de tourner mal si elle n'y avait pas mis ce terme.

D'expérience, elle savait la précarité des situations

acquises, surtout dans une cour royale où la moindre cabale pouvait vous entraîner en prison ou en exil, à moins que ce ne fût sur un échafaud. De simples rumeurs suffisaient à faire rouler une tête sur le sable. Prendre le moindre risque avec le noble confucéen, en l'occurrence, devenait dangereux et surtout n'avait aucun sens. En rompant avec lui, d'une certaine façon, elle le protégeait.

Mieux valait à présent consacrer ses forces à empêcher la concubine Xia de prendre sa place, et surtout à faire en sorte qu'enfin son ventre offrît un enfant mâle au royaume de Qin. Ce désir de maternité était ce qui l'emportait sur tout le reste.

Elle progressait à vive allure vers le vaisseau renversé.

Depuis qu'elle avait assisté à la fameuse audience royale, elle brûlait d'envie de connaître cette jeune femme que le marchand de Handan avait rachetée à l'administration des maisons closes. Guidée par une obscure mais tenace prémonition, elle pressentait sans trop savoir pourquoi que cette jeune femme, dont les qualités ne devaient pas être banales, pourrait l'aider à parvenir à ses fins, comme si leurs deux destins, intimement liés, avaient été faits pour se rencontrer.

De même, elle était persuadée qu'une créature aussi chanceuse ne pouvait que répandre la chance et la prospérité autour d'elle.

Arrivée à la porte de la haute demeure de Lubuwei, elle déclina son identité et demanda au concierge si Zhaoji était disponible.

Un serviteur vint la chercher, obséquieux, pour la faire rentrer.

Après avoir traversé la cour intérieure, on la fit monter à l'étage dans une vaste pièce qui servait de salon de musique. Il y avait là un grand phonolithe à seize pierres et, posée sur une table basse, une cithare Qin à dix cordes. Devant la cithare Qin, à genoux sur un tapis, se tenait une toute jeune fille qui accordait l'instrument grâce au son produit par une cloche Lu qui lui servait de diapason.

Huayang comprit tout de suite que c'était Zhaoji.

— Je suis Huayang, la première épouse du prince héritier de ce royaume. J'ai aussi appris à jouer du Qin, dit-elle en souriant.

— Lubuwei m'avait annoncé votre venue mais il n'en connaissait pas le moment, répondit Zhaoji.

Elle continuait à pincer délicatement la corde extrême de la cithare qui émit une note aussi aiguë que le cri d'un oiseau.

— Connaissez-vous la belle histoire de Linglun ? ajouta-t-elle à l'adresse de Huayang comme si elle connaissait la princesse depuis toujours.

— Oui, bien sûr. Linglun était le ministre auquel le grand Empereur Jaune avait demandé de trouver des bambous de longueurs différentes, mais du même diamètre interne, pour étalonner les notes, répondit Huayang d'un ton enjoué.

La princesse était ravie de voir à quel point le contact était facile avec la jeune musicienne.

— C'est cela même. Je suis en train de composer une chanson qui évoque la montagne paradisiaque où poussait cette forêt de bambous extraordinaires qui produisaient le son de la voix humaine lorsque Linglun soufflait dedans ! Écoutez ce que cela donne, murmura-t-elle d'une voix douce.

Elle enchaîna sur une ensorcelante mélopée qu'elle se mit à chanter d'une voix céleste en s'accompagnant de la cithare tandis qu'une servante frappait en cadence les pierres du phonolithe.

Huayang tomba aussitôt sous le charme de la femme-enfant musicienne dont le timbre pur continuait à célébrer la montagne aux bambous sonores. Elle se vit transportée dans ces doux vallonnements que le ministre de l'Empereur Jaune avait si longtemps cherchés, par-delà la montagne Kunlun, là où le vent et l'eau étaient parfaitement en harmonie, avant de les trouver enfin.

En écoutant chanter Zhaoji, elle entendait à son tour les cris sonores de l'oiseau phénix, synthèse à lui seul de tous les autres volatiles, lorsque, soufflant dans le bambou, le ministre Linglun avait reproduit le son de la voix humaine, aussi douce que celle d'une source lorsqu'elle jaillissait de la terre. Douze cris de cet oiseau, six d'un phénix mâle et six d'une femelle, avaient suffi au ministre de la Musique pour établir l'étalonnage sonore qui avait donné lieu à la construction du premier carillon à douze notes.

C'était de cet instrument premier que procédait toute musique humaine.

Cette musique d'essence primordiale, dont les sons orientaient l'univers, manquait cruellement à Huayang qui devait se contenter des fades concerts des musiciens et des musiciennes de l'orchestre royal.

Et voilà que Zhaoji lui donnait l'occasion de l'écouter enfin !

Fascinée, la princesse regardait la jeune fille distiller les notes justes et délicates de son hymne à la musique originelle. Elle faisait corps avec lui. Elle ressentait l'harmonie et le bien-être profonds que seuls certains sons peuvent apporter aux esprits sensibles. Comme la mélopée de Zhaoji, au diapason du carillon originel, l'esprit de Huayang, enfin apaisé et serein, flottait doucement dans l'espace du salon de musique de Lubuwei.

Le temps paraissait s'être arrêté pour la première épouse du prince Anguo. Baignée par les notes suaves et les paroles langoureuses de la belle Zhaoji, elle ne s'était même pas aperçue de la présence de Lubuwei. Ce dernier était entré discrètement dans le salon de musique et observait, pensif et attentif, les deux femmes.

Elles avaient autant de charme et de beauté l'une que l'autre. Elles formaient un duo parfaitement accordé.

Lui tenait, enfoui au fond de sa poche, le Bi noir étoilé.

L'objet rituel demeurait ainsi son compagnon secret le plus intime et son bien le plus précieux.

Il venait d'aller le chercher, comme il en avait l'habitude, pour profiter de l'énergie que cette pierre diffusait en lui. Il aimait le tenir dans sa main tout en écoutant la femme-enfant jouer de la musique.

Il ressentit de très légères vibrations dans la pierre : le disque de jade venait, une fois de plus, de s'accorder à la voix céleste de la femme-enfant.

13

— Ce ventre devient rond comme la panse d'un vase Ding. L'accouchement ne doit pas être loin !

La main de Forêt des Pinacles s'attardait sur le nombril protubérant de la jeune concubine qui venait d'entrer dans son neuvième mois de grossesse. Sous ses doigts, il sentait l'enfant gigoter en tous sens, ce qui avait le don de faire soupirer d'aise sa jeune mère.

Au Gynécée Central, la princesse otage passait ses journées au lit, entourée de toutes les prévenances des autres concubines qui jouaient avec elle aux dames tout en l'éventant lorsqu'il faisait trop chaud. Le directeur du gynécée veillait à ce qu'elle ne manquât de rien : confiseries au miel, boissons rafraîchissantes maintenues au frais dans la glace, pêches mûres et odorantes, oranges pulpeuses, la chambre de Xia prenait des allures de garde-manger et de verger.

La concubine otage n'avait pas revu le père de son enfant depuis la nuit où ils l'avaient conçu.

Anguo venait une fois par mois au gynécée, lorsque sa première épouse était indisponible, pour rendre hommage à la concubine tirée au sort. Il n'avait jamais fait demander la moindre de ses nouvelles à la mère de son futur enfant. Cette indifférence avait fini par agacer la princesse otage, qui s'en était plainte à la reine mère lorsque celle-ci était venue lui rendre visite.

Elle ne gardait pas un bon souvenir de sa rencontre avec la princesse Mei qui était venue, en fait, l'examiner sous toutes les coutures comme s'il s'était agi d'un animal ou d'un meuble dont on veut savoir de quoi il est fait avant de l'acheter.

La princesse Xia avait compris qu'elle ne serait jamais autre chose qu'un ventre fécond aux yeux de cette femme, et qu'il ne servait à rien d'intervenir auprès d'elle pour qu'elle en touche un mot au prince héritier.

— Je sens une grande douleur monter dans le bas de mon dos, dit la concubine otage à Renarde Rusée qui, pour la soulager, lui passait un mouchoir imbibé de fleur d'oranger sur le front.

— Voulez-vous que nous appelions Forêt des Pinacles ? lui demanda avec anxiété sa jeune dame de compagnie.

Des gouttes de sueur perlaient sur son front bombé et pur. Autour de son lit, les concubines brûlaient de l'encens en l'honneur de la déesse Reine des Fleurs qui présidait à la naissance des enfants. L'une des jeunes femmes, pour se donner une contenance, assurait que Xia allait avoir un garçon parce que le pêcher du jardin du gynécée avait donné des fleurs blanches.

Sans attendre qu'on fît appel à lui, Forêt des Pinacles était entré dans la chambre en compagnie d'un médecin et d'une accoucheuse. Le ventre de la concubine otage était secoué de spasmes de plus en plus rapprochés et violents. Elle venait de perdre les eaux. Le médecin avait apporté la statuette de corps de femme en ivoire qui lui permettait d'examiner la parturiente sans lui toucher le corps à l'exception du pouls. Il suffirait à la patiente de montrer sur la statuette les zones où elle avait mal. Quant au reste, puisque l'on demeurait entre femmes, ce serait du ressort de l'accoucheuse.

— Le Classique du Pouls distingue plus de vingt sortes de pouls ! claironnait Forêt des Pinacles pour jouer les importants devant ses pensionnaires tandis que le médecin tenait le poignet de Xia entre le pouce et l'index.

L'eunuque, dont l'émotion faisait couler le maquillage, dodelinait de la tête en regardant l'accoucheuse masser longuement le ventre de la fille adoptive du roi du Zhao dont les lèvres blanches grimaçaient de douleur.

Le soir venu, rien n'avait avancé. Le médecin n'avait pas cru bon de rester et la sage-femme, exténuée par les soins et massages qu'elle avait prodigués à la concubine otage, s'était assoupie.

Au gynécée, à l'exception de Xia, chacun dormait.

La jeune femme n'éprouvait plus aucune contraction mais son ventre, tendu comme un tambour, la faisait souffrir le martyre. Elle grelottait de fièvre en gémissant doucement.

L'eunuque ne savait plus que faire. Il pestait contre le médecin qu'il traitait d'incapable. Il allait et venait en faisant les cent pas dans la chambre, toujours perché sur ses socques tel un gros oiseau qui n'avait pas trouvé la branche sur laquelle il pourrait se poser.

Il se disait qu'il fallait agir pour soulager la jeune femme et provoquer cette naissance, faute de quoi il se pourrait fort bien que l'enfant fût mort-né...

Appeler un autre médecin, plus titré que celui du gynécée, n'aurait servi à rien puisqu'il ne pourrait pas non plus toucher la peau de la jeune Xia. Faire venir Couteau Rapide, le chirurgien en chef de la confrérie des eunuques, était exclu : il aurait proposé qu'on ouvrît le ventre de la parturiente !

En matière médicale, d'ailleurs, Forêt des Pinacles

en connaissait un rayon et n'était pas loin de considérer qu'il pourrait utilement remplacer un homme de l'art. Hypocondriaque, il avait lu et appris par cœur les *Questions Primordiales du Classique de l'Interne de l'Empereur Jaune* qui était le livre de médecine le plus vénérable.

Sa perplexité et son inquiétude, au demeurant, étaient à leur comble.

Il arrangeait nerveusement le bouquet de pivoines mouchetées dans le petit vase de bronze posé sur la tablette qui jouxtait le lit quand lui vint la solution.

Il enfila une houppelande ainsi que des sandales plates et se précipita vers la porte dérobée qui permettait d'aller et de venir incognito au Palais. Elle donnait sur une ruelle où personne n'avait l'habitude de passer.

La nuit tombait. Pressé par l'angoisse, l'ennuque hâta le pas.

Il se dirigea vers le quartier résidentiel situé au sud de la ville. À cet endroit, les riches familles à qui l'État du Qin n'avait pas encore tout pris habitaient des palais plus confortables que les simples maisons particulières. Au bord du terrain vague, tel un navire échoué sur la grève, l'immense carcasse du Palais des Fantômes dressait ses murailles hostiles et délabrées, à demi envahies par le lierre qui en retenait les pierres tant bien que mal.

Arrivé devant la lourde porte de bronze, il s'empara du heurtoir en forme de dragon enroulé sur lui-même et frappa trois coups rapides, suivis de trois plus espacés. C'était la façon de frapper qu'avaient les adeptes.

Quelques instants plus tard, la porte s'ouvrait toute grande sur une vaste antichambre éclairée par des torches, laissant apparaître en contre-jour la silhouette impressionnante du grand prêtre Wudong.

Forêt des Pinacles avait décidé d'appeler le grand prêtre taoïste à la rescousse. Il en était souvent ainsi à la cour du Qin.

La religion taoïste n'avait pas droit de cité à Xianyang, du moins officiellement, mais nombreux étaient ceux, comme l'eunuque Forêt des Pinacles, qui s'y adonnaient en secret et venaient puiser, lorsque tout allait mal, dans l'attirail de ses alchimistes les remèdes destinés à les guérir.

Les vieux rituels compassés véhiculés par la tradition confucéenne qui tenaient lieu de dogme officiel n'étaient, ce soir-là il est vrai, d'aucun secours à Forêt des Pinacles pour arracher cette pauvre Xia aux griffes de la mort. Pas plus, d'ailleurs, que les codes et les lois.

Seules les pratiques taoïstes, souvent proscrites, voire pourchassées par les pouvoirs établis, étaient à même de soulager les maux des hommes. L'exploration de leur corps, considéré comme le temple miniature de l'univers, permettait de mieux les cerner quand c'était nécessaire.

Forêt des Pinacles étaient de ceux qui se réunissaient en grand secret autour de Wudong et Zhaogongming pour célébrer des mystères et rechercher cette harmonie intérieure à laquelle seule la Grande Voie du Dao permettait d'accéder. Alors, dans cette intime communion avec les éléments naturels, l'individu, libéré de toute attache charnelle, se trouvait hors d'atteinte de tous les maux qui l'assaillaient, « *jusqu'à la fin des temps, débarrassé de tout chagrin, à l'image du catalpa inaccessible qui pousse vers le ciel et dont les racines plongent dans la terre jusqu'aux sources jaunes* », ainsi que le proclamait une célèbre incantation taoïste qui célébrait l'entrée en retraite des adeptes, lorsqu'ils partaient se réfugier pendant des mois, ou des années, au sommet d'une montagne sacrée comme le Kunlun ou le Taishan...

— La princesse Xia a le plus grand mal à mettre son enfant au monde. Peux-tu faire quelque chose ? souffla l'eunuque au grand prêtre après avoir refermé précipitamment la porte dont le heurtoir résonna dans la nuit.

— Que donne l'orientation de son lit ? interrogea Wudong.

Il invita l'eunuque à le suivre dans le dédale des couloirs qui menait à la salle des expériences alchimiques.

— Il a été placé selon les préceptes du Fengshui. J'ai fait venir les Géomanciens dès que j'ai appris qu'elle était enceinte. Les vingt-quatre directions ont été passées au crible de la tortue boussole Luoban. Je suis absolument sûr que ça ne vient pas de là.

— Ont-ils utilisé l'autre méthode, celle qui vise à reconnaître si les formes du terrain ressemblent à celles d'un dragon azuré ou d'un tigre blanc ? demanda alors Zhaogongming qui broyait de la poudre dans un mortier.

— Comment veux-tu qu'ils le fassent, puisque le sol est recouvert depuis longtemps par le bâtiment du gynécée ! s'exclama Wudong qui trouvait hors de propos la remarque de son assistant. Depuis qu'il a trouvé la recette de la poudre qui explose en mille flammes, Zhaogongming a vraiment l'esprit ailleurs, ajouta-t-il.

Il désignait la poudre noire du mortier.

Forêt des Pinacles regardait les deux hommes d'un air incrédule. Il ne voyait pas comment une simple poudre pouvait exploser en crachant des flammes comme l'éclair du tonnerre lorsqu'il heurtait une pierre ou un tronc.

— J'ai trouvé la formule par hasard, en me trompant dans la recette de la poudre des cinq pierres ! dit l'assistant.

Il jeta sur les braises d'un minuscule brasero une simple pincée de cette poudre noire. Des étincelles jaillirent, suivies de flammes crépitantes. Puis on entendit le claquement sec d'une détonation.

— On dirait vraiment que le cinabre est devenu de l'or ! s'exclama, médusé, Forêt des Pinacles devant ce qui était déjà un feu d'artifice.

— Je te demande de garder pour toi ce que tu as vu. Nul ne doit savoir, au Qin, que nous possédons un tel secret.

La voix du grand prêtre s'était faite solennelle, presque menaçante. Il fronça les sourcils et ordonna des yeux à son acolyte de ranger le matériel qui lui avait permis de réaliser un tel prodige.

— La jeune femme a-t-elle de la fièvre ? demanda-t-il à l'eunuque.

— Lorsque je l'ai quittée, elle brûlait...

— Dans ce cas, il faut agir très vite ! s'écria Wudong en se dirigeant vers une imposante armoire dont il ouvrit les deux battants.

C'était là qu'il rangeait les ingrédients de toutes sortes qui lui servaient à préparer ses potions médicinales. À l'intérieur, des mortiers et des fioles étaient soigneusement alignés, à côté de toute une collection de mandibules, de pattes et de crochets d'insectes et de reptiles séchés.

Il s'était emparé d'une coupe constituée d'un crâne humain fendu au milieu monté sur un piètement de bronze en forme de dragons enlacés, et avait commencé à la remplir de poudres diverses.

Il prononça la formule au moyen de laquelle l'un des textes taoïstes les plus anciens, *Le Calendrier de Jade*, décrivait le corps humain comme la représentation exacte et conforme de l'univers tout entier :

« *La tête est une montagne élevée ; la langue est un pont sur le lac ; le cou est une tour haute de douze étages ; les seins sont des luminaires ; l'estomac est un entrepôt ; le nombril est le destin du corps, il ouvre sur le Champ de Cinabre qui est la racine de l'être humain d'où part le souffle Qi.* »

Machinalement, Forêt des Pinacles se tâtait le ventre en regardant le visage impassible et transfiguré du grand prêtre dont les yeux absents étaient absorbés dans la contemplation de ce paysage intérieur auquel n'avaient accès que ceux qui étaient capables, après une très longue initiation, d'« invertir leur regard » en le retournant vers l'intérieur du cerveau.

Le grand prêtre montra le fond de la coupe. Elle était remplie d'une substance blanche et mousseuse.

— Il prépare le lait de stalactite. Ce breuvage délivre les forces du bas-ventre et permet d'ouvrir la Passe Originelle... souffla Zhaogongming à l'oreille de l'eunuque qu'un tel spectacle commençait à faire transpirer abondamment.

Lorsqu'ils arrivèrent au chevet de la concubine otage, après avoir traversé la ville en toute hâte, ils la trouvèrent sans connaissance, prononçant des paroles incohérentes, veillée par la pauvre Renarde Rusée qui demeurait prostrée à ses pieds.

Zhaogongming alluma un brûle-parfum et l'approcha de son visage. Les fumerolles d'encens commencèrent à pénétrer dans les narines de la princesse. Sa respiration se fit plus lente.

Wudong prit alors dans ses mains son médaillon d'émeraude pour puiser dans la pierre toute l'énergie dont il aurait besoin lorsqu'il les imposerait sur le ventre de la jeune femme afin de déclencher l'ouverture de sa Passe Originelle pour y insuffler de l'énergie vitale.

Il éleva le petit Bi de pierre précieuse au-dessus de sa tête. L'objet rituel brillait comme une étoile dans la nuit noire.

Il s'approcha du lit et fit signe à l'eunuque et à la suivante de reculer de quelques pas. Il prit la concubine derrière le cou et la fit asseoir. Après lui avoir doucement écarté les lèvres, il lui fit boire le contenu du crâne qui servait de coupe. Elle entrouvrit les yeux et gémit.

Il la recoucha délicatement sur le lit et commença l'imposition des mains.

— Résidence de l'embryon, ouvrez-vous. Comme les eaux de l'océan s'échappent par la Sortie Terminale, murmura-t-il en plaçant ses mains à plat sur le dôme de chair qu'elles frôlèrent à peine.

— Je sens une brûlure intense..., dit la voix plaintive de la jeune femme qui paraissait reprendre doucement ses esprits.

Renarde Rusée sanglotait comme une petite fille tandis que Forêt des Pinacles demeurait incapable d'articuler le moindre son tant sa gorge était nouée.

— C'est un souffle qui pénètre. C'est normal, articula doucement Wudong dont les yeux avaient réussi à capter le regard de la concubine otage.

Puis, après l'avoir découvert, il commença à masser lentement ce ventre qui ne voulait pas s'ouvrir, d'abord légèrement puis avec de plus en plus d'insistance, en enjoignant à la Passe Originelle de laisser passer l'énergie de l'enfant à naître. Pendant ce temps, Zhaogongming, assis à même le sol dans la position du lotus, continuait à souffler sur les braises du brûle-parfum.

Peu à peu, la peau du dôme de chair de la concubine otage se mit à frissonner. Les pores se hérissèrent, les veines du ventre se gonflèrent comme des corps de dragons emmêlés sous l'épiderme que la tension rendait diaphane. Elle étira ses jambes ankylosées et poussa un long soupir. Une longue contraction arriva, puis une autre... La sueur perlait sur le front de Xia dont le visage, sous l'effet de ce début de délivrance, s'éclaira d'un pâle sourire. Alors elle put accomplir son travail d'expulsion.

Les contractions devinrent plus fortes et plus longues, guidant l'enfant du chaos du Champ de Cinabre où il était niché vers la lumière extérieure.

— La Passe Originelle s'est ouverte, chuchota l'assistant du grand prêtre, elle est sauvée !

L'accouchement proprement dit fut rapide.

Il ne s'écoula que très peu de temps entre le moment où le crâne de l'enfant, tel le disque solaire à la levée du jour, apparut dans la Passe et celui où Renarde Rusée recueillit son petit corps tout enduit du sang et des sécrétions de sa mère dans un linge immaculé.

L'enfant poussa alors le cri primordial qui déplisse les poumons et lui fait abandonner son statut de poisson immergé dans l'océan maternel.

— C'est un mâle ! Ce sera un prince héritier. Tout est bien ! s'écria la suivante avec fierté à l'adresse de sa maîtresse.

La concubine otage était heureuse. Elle défiait du regard tous ceux qui l'entouraient, comme si cette naissance, en la hissant à un rang nouveau, en avait fait une autre femme, consciente d'un nouveau rôle qu'elle assumerait pleinement.

Forêt des Pinacles se précipita pour embrasser le poignet de la jeune mère, ce qui était déjà le signe de l'allégeance.

— Louée sois-tu, concubine Xia ! Tu es la mère d'un enfant royal ! clama-t-il avec emphase.

Pour le responsable du gynécée central de la cour, c'était un jour faste. Cette institution allait enfin pouvoir revendiquer son utilité pleine et entière.

Grâce à cette naissance qui, heureusement, se terminait bien, Forêt des Pinacles était à nouveau plein d'espoir. Celui qu'on avait tendance à considérer comme le simple garde-chiourme d'une collection de jeunes femmes à la disposition du roi Zhong et de sa descendance se voyait déjà promu à un grade plus élevé dans la hiérarchie des fonctionnaires du Qin. Il veillait désormais sur un prince héritier en puissance, et cela l'autorisait à monter plus haut.

Les autres concubines étaient venues présenter leurs félicitations à la jeune mère.

— Il conviendrait, à partir d'aujourd'hui, de ne plus m'appeler « concubine ». Du moins tant que la première épouse du père de mon fils n'aura pas encore été capable d'enfanter, leur dit-elle.

L'eunuque acquiesça, puis esquissa une révérence.

— Comment faut-il vous appeler ? demanda-t-il.

— Tout simplement princesse ! Ce que j'étais, d'ailleurs, au Zhao, avant d'arriver ici, répondit-elle.

Fort de cette réponse, il s'en fut annoncer la nouvelle à Anguo, qui revenait de la chasse et l'accueillit avec sa placidité habituelle, sans le moindre étonnement ni la moindre émotion.

Le nom de l'enfant avait déjà été déterminé par les Géomanciens. Si c'était un mâle, il était prévu qu'il s'appelât Yiren.

Ce nom allait être placardé sur la Tour de l'Affichage et vingt préposés du Bureau des Annonces se chargeraient de crier en ville, afin que nul ne l'ignore :

« Le Très Puissant Prince Héritier Anguo est le père d'un enfant mâle qui porte le nom de Yiren. Gloire au valeureux royaume de Qin ! »

*

— Fais-moi encore sentir, je t'en supplie de toutes les forces de mon corps, la délicieuse morsure de tes dents adorables sur la pointe de jade de ma Sublime Flèche..., gémissait en haletant le roi Zhong.

Dans l'immense lit royal, Huayang, entièrement nue, était assise à califourchon sur la maigre carcasse osseuse du vieillard. Sa Porte d'Or, lisse et rose comme un pétale, ointe de maints onguents parfumés, apte à recevoir, avec tous les hommages possibles, les liqueurs essentielles, allait et venait sur ce qui avait sûrement été, hier, une flèche admirable, et qui persistait à demeurer aujourd'hui une petite chose plutôt flasque et discrète. Sa Porte d'Argent, aussi, d'ordinaire cadenassée, était prête, si le vieux roi l'avait souhaité, à servir de cible à son trait.

— J'ai peur qu'Anguo ne se doute de quelque chose ! confia-t-elle, perfidement, au vieux roi qu'elle sentait totalement à sa main, profondément affaibli et dépendant.

Comme d'habitude, il était fort tard lorsqu'elle l'avait rejoint subrepticement dans sa chambre, après qu'elle se fut assurée que personne ne l'avait vue y pénétrer.

— Comment cela pourrait-il être possible ? pleurnicha le vieil homme, l'air soudain effaré et inquiet.

Assommé par ce que venait de lui dire sa bru, il continuait à regarder tristement sa petite chose qui persistait à ne pas vouloir grandir.

— Le plus prudent serait que je cesse de venir te voir.

Pour Zhong, cette phrase équivalait à une véritable condamnation à mourir. Il réprima un sanglot. Huayang était satisfaite, elle avait fait mouche. Il ne lui restait plus qu'à porter l'estocade et à mettre en œuvre son plan.

— Je ne suis pas irremplaçable..., lança-t-elle au vieux monarque dont le regard éperdu d'angoisse demeurait pendu à ses lèvres.

— Tu es la seule à pouvoir réveiller mes pauvres sens qui ne marchent qu'à éclipses, gémit-il en montrant du doigt sa chose qui demeurait inerte.

— Je connais une jeune femme capable de faire aussi bien, si ce n'est encore bien mieux que moi !

Le vieux roi Zhong regardait la Sublime Porte d'Or de Huayang d'un air à la fois incrédule et désemparé.

Elle lui prit le menton entre le pouce et l'index et le força à lever la tête.

— Elle est belle. De surcroît, elle est musicienne. Elle danse à merveille et elle est encore plus jeune que moi. C'est une femme-enfant dont le corps vient à peine de se former. Mais elle a de quoi satisfaire l'homme le plus compliqué et le plus difficile, ajouta-t-elle.

Elle observa avec satisfaction que la pupille du vieillard se dilatait légèrement au fur et à mesure qu'elle énumérait les atouts de sa future remplaçante.

— Qui est-elle ? demanda-t-il, égrillard, en tortillant ses maigres jambes.

— Il s'agit de la jeune courtisane dont tu as autorisé la revente au marchand de chevaux de Handan. Son nom est Zhaoji.

— Mais es-tu sûre qu'elle voudra bien d'un vieillard aussi fatigué que moi ? s'enquit le roi d'un air anxieux.

Huayang constata avec satisfaction qu'il semblait avoir déjà admis que la proposition de sa bru allait de soi.

— Je lui en ai parlé. Sa réponse a été immédiate. C'était oui. Elle est même d'accord pour devenir ta gouvernante. Ainsi tu pourras l'approcher en toute quiétude.

— Mais le Grand Chambellan...

Elle ne laissa pas le roi Zhong achever sa phrase et l'interrompit avec perfidie :

— L'un n'exclut pas l'autre ! Et au demeurant, il n'est pas sain que l'eunuque Droit Devant soit titulaire d'un tel monopole. À ta place, je serais plus méfiant vis-à-vis de cet homme. Euh... pardon ! De cette créature...

Huayang observa avec attention le visage du vieux roi et vit qu'elle y avait inculqué le doute et semé la méfiance. Elle connaissait parfaitement le mécanisme qui consistait à instiller subrepticement le poison quelque part sans voir l'air d'y toucher.

Elle soupira d'aise. Elle avait visé juste.

Elle détestait Droit Devant et la façon que ce Chambellan aux manières ridicules avait de vouloir tout connaître et tout contrôler autour de son souverain qu'il couvait comme une mère abusive. Elle était trop fine pour ne pas savoir qu'en étant aussi proche du roi du Qin, on ne pouvait survivre dans de telles fonctions qu'au prix de vilenies et de basses besognes. Et comme, de surcroît, on disposait des moyens de faire accomplir par autrui ce qu'on n'avait pas le courage d'effectuer soi-même, on ne s'en privait pas.

De fait, elle était sûre que ce castrat toujours revêtu de grenat subodorait l'emprise qu'elle avait sur le roi et, probablement, la liaison qu'elle entretenait avec lui. En le mettant en cause, elle savait qu'elle avait fort peu de risques de porter sur lui un jugement immérité.

Elle sentit qu'elle avait ébranlé le vieux Zhong. Le moment était venu pour elle d'enfoncer définitivement le clou et d'obtenir ce qu'elle souhaitait du vieillard.

Ce fut sa langue fraîche et rose qui s'en chargea en réveillant, pour le plus grand bonheur du vieux roi, sa petite chose qui se mit peu à peu à reprendre une forme plus digne et plus présentable. Elle continua dans la même voie, jusqu'à ce que la turgescence devînt conforme aux règles élémentaires des plaisirs amoureux. L'extase, quoique plutôt fugitive, arracha au vieux monarque un râle de bonheur.

Huayang pouvait être satisfaite. Le clou était bien enfoncé.

— Dis-moi que tu es d'accord, reprit-elle alors, triomphante, en le repoussant doucement sur les oreillers.

— Dès demain, Zhaoji peut venir. Tes souhaits sont pour moi des ordres, répondit-il distraitement.

Il ne pensait à rien d'autre qu'au corps de cette femme dont les charmes et la grâce avaient accompli le miracle de le faire sortir de la prison où le temps, inexorablement, enfermait peu à peu ses sens.

— Elle sera bientôt auprès de toi, chuchota la belle Huayang avant de s'éclipser.

Après être sortie de l'hôtel particulier du vieux Zhong, elle pensa qu'assister au lever du jour la réconforterait.

Lorsque rien n'allait, elle aimait plus que tout regarder, depuis l'édicule Ouest du Pavillon de la Forêt des Arbousiers, l'astre solaire surgir du magma bleuté des montagnes.

Sous l'effet des rayons rasants, les toits de la capitale paraissaient alors reconstituer leur savant ordonnancement, comme si la ville reprenait peu à peu les formes qu'elle avait eues la journée précédente et que la nuit lui avait fait abandonner.

Elle fixa le disque orange qui n'était pas encore éblouissant et le laissa impressionner sa rétine. Une marque rouge, puis d'autres, barrèrent sa vue. Le rouge était la couleur associée au Sud et à l'animal à plumes. Elle rêva qu'elle était un oiseau qui s'envolait vers le grand Sud.

Elle ferma les yeux et laissa tout son être se mettre à vibrer à l'unisson de la terre que le soleil levant réveillait. C'était comme une nouvelle naissance qui lui redonna courage. Elle rouvrit les yeux. Le soleil avait déjà pris sa couleur normale. Elle se sentit soudain apaisée et plus forte.

Elle en avait besoin.

La venue au monde du fils d'Anguo l'avait anéantie et transperçait son cœur comme un coup de poignard. L'orgueil infini qui était le sien, et dont elle seule connaissait l'étendue, en recevait la douloureuse atteinte. Elle se sentait dégradée par cette concurrence qu'elle supportait si mal.

Le temps, désormais, jouerait contre elle, et la concubine otage avait pris une bonne longueur d'avance par rapport à ce que la Cour attendait de l'épouse du souverain.

Son époux était toujours aussi amoureux d'elle. Il lui en donnait chaque jour, et souvent plusieurs fois, la preuve éclatante. Mais jusqu'à quand ?

Tôt ou tard, ne trouverait-il pas plus jeune qu'elle et peut-être plus belle, même si moins experte... Alors, inéluctablement, elle finirait délaissée, surtout si elle n'avait pas été capable, entre-temps, d'enfanter. Il fallait donc faire vite, pour profiter de l'emprise qui était encore la sienne sur le prince et son père. Qu'elle tombât enceinte devenait impératif.

En attendant, son sort était, indirectement, dans les mains du vieux roi. Tant qu'Anguo n'était pas monté sur le trône, c'était en effet au roi Zhong que revenait la décision de nommer celui de ses petits-enfants qui deviendrait prince héritier du Qin. Or Huayang connaissait mieux que personne l'étendue de la rouerie dont le vieillard était capable. Elle savait que, trop heureux de la tenir par ce biais, il n'exclurait jamais de la liste le fils de la concubine Xia.

À ce petit jeu du chat et de la souris, elle serait à coup sûr, dans le temps, perdante. Sur ce point, elle était lucide et sans illusions. Et elle ne voulait à aucun prix être celle qui, croyant faire courir le vieux roi, serait en fait tenue par lui.

Aussi un plan avait-il germé dans sa tête lorsqu'elle avait rencontré Zhaoji pour la première fois dans la maison de Lubuwei.

Elle avait éprouvé pour elle, de prime abord, une profonde sympathie. Elle avait décelé dans le regard de cette femme-enfant ce mélange d'innocence et de volonté particulier aux êtres entiers qui sont capables d'aller jusqu'au bout de leurs actes. Zhaoji était sûrement beaucoup trop jeune pour savoir ce qu'était l'ambition.

Qu'à cela ne tienne !

Huayang se sentait parfaitement capable de le lui apprendre, de lui montrer l'étendue des atouts qu'elle possédait et la manière d'en user efficacement. Elle allait jusqu'à penser que Zhaoji aurait pu être sa fille et qu'à bien des égards elles avaient beaucoup de points communs, tant au niveau du caractère que du physique. En lui faisant partager ses aspirations, elle était persuadée que la jeune femme ne refuserait pas de l'aider.

Les origines et la brève histoire de la si jeune Zhaoji plaidaient pour elle. Quand on avait été danseuse dans un cirque ambulant et que l'on avait failli finir ses jours dans un lupanar d'État, on était capable de comprendre qu'il y avait des moments où il ne fallait pas hésiter sur les moyens à employer pour parvenir à ses fins. On connaissait déjà suffisamment le prix des choses et l'avantage de certaines situations par rapport à d'autres.

De même, elle ne doutait pas que Lubuwei, parce qu'il en comprendrait l'intérêt, ne ferait pas obstacle à ce que sa toute jeune protégée entrât dans l'intimité du vieux roi.

Un grand marchand comme lui, doublé d'un homme d'affaires hors pair, n'était-il pas nécessairement guidé par une certaine dose de pragmatisme ? Placer sa protégée tout près du roi ne pouvait qu'être bon et efficace pour ce qu'il souhaitait accomplir au Qin. Elle lui expliquerait que Zhaoji n'aurait pas à rendre d'hommages particuliers au vieillard, mais devrait se borner à s'en faire involontairement désirer par sa seule présence et au prix de quelques caresses innocentes et furtives, à peine un léger frôlement ici ou là, qu'elle lui apprendrait à dispenser. Il fallait au contraire que la femme-enfant repoussât gentiment les éventuels assauts du souverain que l'âge rendait, au demeurant, de plus en plus timides. Le vieux Zhong désirerait d'autant plus Zhaoji qu'elle lui demeurerait inaccessible. Il se contenterait de la regarder et de la désirer sans que, jamais, elle se laissât toucher.

Restait à Huayang à former sa jeune élève...

Elle avait déjà commencé à s'y employer, multipliant les visites auprès d'elle.

Les deux femmes passaient désormais de longs moments de connivence ensemble. Elles se promenaient dans les forêts des collines environnantes, où elles cueillaient des fleurs et des champignons. Dans le salon de musique du marchand, la princesse apprenait à sa protégée d'autres pas de danse. Elle l'accompagnait au luth quand elle se mettait à chanter en présence de Lubuwei, lequel se joignait volontiers à ces deux femmes tant leur compagnie le comblait d'aise.

Huayang avait réussi, grâce à son charme et à son intelligence, à pénétrer l'intimité de Zhaoji. Celle-ci, de son côté, n'avait pas tardé à apprécier les visites de sa nouvelle amie. Très vite, les deux femmes étaient devenues inséparables.

Quant au marchand de chevaux célestes, la princesse Huayang avait su le mettre en confiance. Elle avait détecté les sentiments qu'il nourrissait à l'égard de Zhaoji, auxquels cette dernière ne répondait alors que par de la distance et même une certaine indifférence, comme si elle s'était sentie trop jeune et trop dépendante pour répondre favorablement à l'intérêt que le marchand ne cessait de lui manifester.

Par sa seule présence, Huayang servait d'alliée à Lubuwei. Elle lui tenait lieu d'intermédiaire. Ce qui, aux yeux du marchand, n'avait pas de prix.

Huayang avait atteint le but qu'elle s'était fixé. Elle était au milieu de Zhaoji et de Lubuwei. Il ne restait plus qu'à mettre en œuvre son plan. Alors la suite ne présenterait pas de difficulté.

Assurée de la présence de Zhaoji aux côtés du vieux roi, la montée d'Anguo sur le trône ne serait plus qu'une formalité.

Il suffirait à Huayang d'en choisir le moment.

14

Depuis la rupture avec son amante, le duc Élévation Paisible de Trois Degrés était devenu l'ombre de lui-même.

Méconnaissable, il déambulait voûté. Il n'avait plus ce port altier inculqué par une éducation stricte, qui suscitait le respect chez les autres. De surcroît, comme il dormait mal, ses yeux tristes s'enfonçaient dans leurs orbites. Comme l'appétit lui manquait, son corps maigrissait à vue d'œil et le faisait flotter dans ses vêtements devenus trop amples.

De noires pensées envahissaient, lancinantes, son esprit à toute heure du jour et de la nuit, qui s'ajoutèrent à cette douleur qui faisait saigner son cœur.

Élévation Paisible de Trois Degrés était persuadé, désormais, que sa liaison avec l'épouse officielle d'Anguo avait été découverte. Il n'expliquait pas autrement la brutalité de la décision de Huayang et la hâte avec laquelle la jeune femme y avait mis un terme.

C'était sûr, des gens, à la Cour, devaient être au courant de leur idylle... Les rumeurs y allaient bon train, de même que derrière chaque courtisan se cachait un espion ou un délateur. Tous les jours, il s'inventait des calomnies nouvelles. L'étonnant, se disait le duc, était que leur liaison n'eût pas été découverte plus tôt ! Le roi Zhong lui-même, c'était sûr, devait être au courant. L'ancien amant regrettait de ne pas s'en être douté plus tôt. Il avait perdu son amante, il risquait à présent de perdre sa place de Grand Officier des Remontrances.

D'ailleurs, cet étrange calme autour de lui était bien le plus inquiétant. Il avait beau observer ses interlocuteurs d'un regard en coin, et guetter sur leur visage le moindre signe, il ne percevait rien d'hostile ni de soupçonneux dans les yeux des autres.

Il continuait à vaquer à ses inspections comme si de rien n'était. Mais c'était sûr, le complot de son élimination devait se tramer derrière son dos.

Il connaissait suffisamment le fonctionnement de la cour de Xianyang pour se sentir fou d'inquiétude. Le manteau de l'opprobre tombait toujours sur les épaules de la victime sans qu'elle s'en aperçoive. Les coups étaient portés par-derrière, silencieusement, de telle sorte que la victime ne sût jamais d'où ils venaient. Ceux qui tombaient ainsi en disgrâce étaient toujours les derniers à le savoir. Un beau jour, ils disparaissaient, bannis et expédiés sur des chantiers publics dans le meilleur des cas, ou emprisonnés dans des cachots d'où ils ne seraient jamais extraits, voire, encore pis, froidement assassinés par des sbires qui s'évaporaient miraculeusement une fois leur crime perpétré.

Et chacun, alors, de feindre de ne pas s'être aperçu de ce qui venait de se passer.

Alors, poser la moindre question, évoquer le moindre doute faisait courir de tels risques aux curieux que chacun gardait soigneusement pour soi ses considérations sur la disparition de tel ou tel.

Le pouvoir du roi Zhong, pour durer, avait besoin que fût alimenté le feu de l'inquiétude de ses sujets qui brûlait en permanence dans ce four de l'intrigue et de la suspicion qui ne devait jamais s'éteindre ; et pour cela, il fallait toujours une victime expiatoire pour en devenir le combustible, même si la disgrâce des uns ne représentait qu'un petit répit pour les autres, car personne, a priori, ne pouvait se sentir à l'abri.

Aussi, lorsqu'il avait été demandé au duc de se rendre auprès du vieux roi toutes affaires cessantes à un jour qui n'était pas prévu, celui-ci avait-il senti son sang se glacer dans ses veines. Il pensait que l'heure du tocsin, pour lui, avait sonné et que celle du carillon du malheur ne tarderait pas derrière.

Avant cet entretien royal, dont il était persuadé qu'il serait le dernier, il était allé se recueillir longuement devant le petit temple de ses ancêtres de la maison familiale pour y faire brûler deux longues baguettes d'encens.

Il avait revêtu ses plus nobles habits et portait l'écharpe d'hermine blanche qui était le totem de son clan. Il s'était prosterné longuement devant la haute pyramide de tablettes qui représentait toute la noble ascendance du lignage des siens depuis la dynastie des Zhou.

Il y en avait vingt-huit, une par génération. Il était le vingt-neuvième descendant de ce clan immémorial, et certainement le dernier. Il avait compté, un jour, que cela représentait néanmoins plus de quatre cents années lunaires. Il s'était dit alors que peu de familles nobles avaient survécu aussi longtemps que la sienne à la nouvelle organisation de l'État, qui avait peu à peu remplacé les nobles par de hauts fonctionnaires recrutés par concours. Et voilà que quatre cents ans plus tard, son clan était en passe de rendre les armes !

En bon confucéen, il était plutôt enclin à la résignation et se disait que toutes les situations peu conformes finissaient toujours par avoir un terme. L'important, par respect pour la tradition familiale à laquelle il restait profondément attaché, était de demeurer stoïque et de mourir dignement pour faire honneur aux ancêtres de son clan.

Lorsqu'il avait été introduit dans le bureau du roi, le duc était presque apaisé, comme la victime que le geste du bourreau va libérer de l'insupportable attente.

Il avait constaté que le vieillard était seul, ce qui ne lui était jamais arrivé. C'était bien le signe que les choses, pour lui, allaient fort mal ! Il s'attendait à écouter le roi formuler d'une voix blanche, celle de ses colères froides, les plus terribles, les griefs à son encontre, et s'était préparé à soutenir fièrement le regard du vieillard pour qu'il ne fût pas dit qu'il avait eu peur ou qu'il avait perdu la face devant Zhong.

— Je t'ai demandé de venir parce que j'ai à te confier une mission délicate, avait annoncé ce dernier d'un air plutôt grave.

— Je suis à vos ordres, ô mon roi, était-il parvenu à articuler.

Il avait fait de grands efforts pour se donner l'air le plus calme et le plus détaché possible.

— C'est au sujet de Droit Devant. Il est trop près de moi et cette intimité finit par me peser. D'ailleurs, il n'est pas sain qu'un seul homme – pardon ! un seul eunuque, avait-il précisé, sourire en coin – monopolise ainsi cette fonction...

Élévation Paisible de Trois Degrés s'était retenu de toutes ses forces pour ne pas laisser paraître l'immense soulagement suscité par ces propos qui ne le visaient pas.

Il s'était fait peur inutilement ! Il sentait son écharpe d'hermine parsemée de gouttelettes de sueur. Il ressentit un tel soulagement qu'il éprouva le besoin d'appuyer une main sur le rebord de l'immense table de travail derrière laquelle le vieux roi était assis.

Les propos du monarque n'étaient-ils pas, au

contraire, une marque de suprême confiance à son égard ?

— Quels sont vos sublimes désirs, en l'occurrence, Très Haute Majesté ? avait-il demandé, cassé en deux.

Il avait fait exprès d'utiliser une expression de la langue classique destinée à montrer au roi qu'il avait été élevé noblement et qu'il tenait le plus grand compte de sa volonté.

— Il faut que Droit Devant accepte de partager sa fonction avec quelqu'un d'autre. Mais nous devons trouver un prétexte qui ne le fâchera pas. J'ai pensé que tu pourrais t'acquitter de cette tâche.

Le vieux Zhong, qui s'était levé et marchait à présent de long en large d'un bout à l'autre de la pièce, exposait au duc un dilemme qui n'en était pas un puisqu'il avait été spécialement inventé pour les besoins de cette cause :

— Si l'eunuque Droit Devant devait le prendre mal et qu'il commençât, de ce fait, à jouer contre moi, je serais contraint de l'empêcher de nuire. Or je ne lui veux aucun mal, n'ayant à me plaindre ni de sa loyauté ni de son ardeur à la tâche. Tu as pour mission de lui faire avaler cette pilule amère. Il n'y a que toi à posséder l'habileté nécessaire.

— C'est une mission plutôt ardue..., déclara le duc, dans l'espoir de provoquer une flatterie supplémentaire.

— Si je te la confie, c'est bien que je t'en juge parfaitement capable, coupa le roi qui était redevenu celui dont on ne discutait jamais les ordres.

Le vieillard prit la clochette de bronze qui était disposée sur sa table et l'agita.

Au signal habituel, Droit Devant se précipita dans le bureau. Élévation Paisible de Trois Degrés trouva le Grand Chambellan plutôt défait.

L'eunuque avait très mal pris cet entretien pendant lequel le roi avait reçu le duc seul à seul. C'était la première fois qu'il ne le priait pas d'assister à leurs rencontres, Droit Devant servant toujours de greffier, notant sur une planchette les faits que le Grand Officier signalait au roi sur ce qui n'allait pas dans le royaume.

En vieux routier des intrigues de la Cour, Droit Devant en avait déjà subodoré la cause : il devait être le sujet, ou plutôt l'objet de leur entretien en tête-à-tête.

En raccompagnant le Grand Officier des Remontrances jusqu'au perron central, il n'avait pas desserré les dents.

— Il faudrait que nous parlions de ton emploi du temps. Le roi pense à toi pour des fonctions plus hautes encore. Mais pour cela, il te faut passer l'examen de dernière classe des Fonctionnaires Supérieurs d'Autorité, qui n'aura lieu qu'au début de l'année prochaine, celle du Rat. Et tu auras besoin de temps pour préparer cette épreuve difficile, glissa au moment de le quitter le Grand Officier à l'eunuque.

Le ton du duc se voulait bienveillant. Mais cela ne fit que renforcer la méfiance de Droit Devant.

— De quelles fonctions s'agit-il ? demanda-t-il avec une gourmandise toute feinte.

— Tu connais notre souverain ! Il a été des plus évasifs. Lui seul connaît ce qu'il te prépare. Et je suis moins digne que toi de recevoir de sa part une telle confidence dont il te réserve à coup sûr la primeur, répondit le duc hypocritement.

Droit Devant alors avait frissonné d'aise. Il se rengorgeait comme un vieux coq dans son manteau carmin. Il avait pris pour argent comptant les propos du duc, alors que celui-ci les avait tenus à tout hasard, sans se faire trop d'illusions, en s'attendant à ce que l'autre l'accusât de se payer sa tête et ne lui volât dans les plumes.

Mais le bas orgueil et la fatuité du Grand Chambellan étaient encore plus faciles à flatter qu'il ne l'avait pensé. Élévation Paisible de Trois Degrés avait perdu tout scrupule devant un tel monument de vanité et de bêtise.

— Cela veut-il dire que mon roi accepte que je ne sois auprès de lui qu'à mi-temps ? avait poursuivi l'autre.

— C'est exactement ce qu'il m'a chargé de te dire !

Devant tant d'aveuglement, le duc avait fini par se demander si l'eunuque et le roi n'étaient pas de mèche pour l'éprouver ou lui tendre un piège...

Ils traversèrent la première cour, où l'incessant cortège des valets vaquant à leurs corvées et des soldats allant prendre leur tour de garde faisait crisser les gravillons immaculés.

— Au fait, ajouta l'eunuque au moment où ils allaient se séparer, à propos d'un message que j'ai reçu l'autre jour, je voulais te dire que je lui ai fait le sort mérité par les ragots : il est parti en fumée dans un brûle-parfum !

Le Grand Officier des Remontrances avait joué celui qui n'a rien entendu et avait pris congé de cet eunuque dont il ne savait plus trop s'il était un courtisan qui finirait perdu par les flatteries ou un comédien hors pair qui cachait diablement bien son jeu.

En sortant de la première cour, il avait aperçu Accomplissement Naturel qui examinait un document sur la terrasse du premier étage de la Tour des Livres du Pavillon de la Forêt des Arbousiers et s'était dirigé vers lui pour le saluer. Le lettré lui avait fait signe de le rejoindre et ils s'étaient retrouvés dans la salle de consultation des livres de la bibliothèque.

— Comment se portent les deux nouvelles recrues que vous allâtes chercher à l'Académie de Linzi ? avait-il demandé au Très Sage Conservateur.

— Mieux que jamais. L'un d'entre eux, dont le nom

est Lisi, possède malgré son très jeune âge un esprit aussi cultivé et agile qu'un vieux lettré expérimenté !

— Se plaisent-ils tous deux à Xianyang ?

— D'autant plus qu'ils y ont retrouvé l'un de leurs anciens professeurs, Hanfeizi le philosophe, qui accompagne Lubuwei. Notre roi a souhaité qu'il intègre le corps professoral du Collège des Fonctionnaires Supérieurs d'Autorité. Cet homme a écrit des choses incroyables, et même proprement sidérantes quand on en prend connaissance pour la première fois.

Il avait désigné l'ouvrage qu'il tenait entre ses mains et dont il essuyait soigneusement les lamelles étalées sur la table avec un mouchoir de soie. Quand il avait eu fini de l'astiquer, il l'avait tendu au duc.

— C'est un exemplaire des *Sept Principes de l'art politique*. Il s'agit du dernier ouvrage que je connaisse de lui. Hanfeizi y énumère les préceptes qui doivent guider un souverain efficace et prend d'immenses libertés avec les théories équitables que nos maîtres confucéens nous ont apprises !

— Mais est-il pour autant dans le vrai ? s'était enquis le Grand Officier.

Il assistait avec inquiétude au recul des principes confucéens et à leur remplacement par l'arbitraire et le pragmatisme du totalitarisme qu'on commençait à appeler du nom de légisme.

— Je le crains, avait laissé tomber le lettré.

Accomplissement Naturel avait pris un temps de réflexion.

— Je finis par me dire que nos préceptes supposent que l'être humain soit vertueux par essence. Or je crains que ce soit de moins en moins vrai. Les légistes, pour ce qui les concerne, n'ont aucune illusion sur l'espèce humaine. Ils ne croient qu'aux châtiments et aux récompenses. À la carotte et au bâton. Tout bien pesé, je ne suis pas sûr qu'ils aient tort.

— Mais le Grand Ordre Immuable des Rites n'a-t-il pas tout prévu et organisé ?

— Il suppose que les hommes veuillent bien y adhérer. C'est votre cas ; c'est aussi le mien. Mais que dire de tous ces gens qui vaquent dans les rues et travaillent en esclaves pour faire manger difficilement leur famille. Ils n'ont que faire de nos idées !

Il avait désigné la foule qu'on voyait grouiller, en bas, dans les rues de Xianyang.

— Pensez-vous que ces gens sont concernés spontanément par les Rites ? avait-il ajouté.

Le duc Élévation Paisible de Trois Degrés, en son for intérieur, avait senti monter sa mauvaise humeur. Si les plus grands lettrés confucéens eux-mêmes, comme l'était Accomplissement Naturel, finissaient par douter des grands principes moraux qui leur avaient été patiemment inculqués depuis des siècles, alors on pouvait penser à juste titre qu'il y avait péril en la demeure pour leur pérennité.

— Pouvez-vous m'énumérer quelques-uns des enseignements de Hanfeizi pour que je me fasse ma propre opinion ? avait-il demandé à Accomplissement Naturel en lui rendant le livre.

Celui-ci avait recouvert le tapis de lamelles éparses, les examinant pour choisir un passage précis qu'il s'était mis à lire :

— « *Si l'on fait jouer ensemble tous les instrumentistes d'un orchestre, il sera très difficile de distinguer les fausses notes. Pour séparer le vrai du faux, il faut diviser. Un prince fait semblant d'avoir perdu un ongle et le fait chercher. Un courtisan va jusqu'à s'arracher un ongle pour faire croire qu'il l'a retrouvé en démasquant ainsi sa nature d'homme prêt à tout pour se faire valoir. Le roi affirme qu'il a vu passer un cheval blanc alors qu'il n'en est rien. Celui qui confirme l'assertion est un menteur.* » Et le florilège continue...

— Mais n'est-ce pas là qu'une suite de vilenies ! s'était exclamé, ulcéré, Élévation Paisible de Trois Degrés.

— Ce ne sont hélas que des situations dont nous voyons vous et moi tous les jours des exemples à la cour du royaume de Qin, avait tristement confirmé le lettré.

— Cet homme en connaît manifestement un rayon sur les turpitudes de ceux qui veulent plaire au prince à n'importe quel prix...

Le duc avait fait la moue. Tout ceci ne lui avait que trop rappelé, en effet, l'attitude de l'eunuque Droit Devant.

— De combien d'ouvrages avez-vous aujourd'hui la charge ? avait-il poursuivi pour changer de sujet.

— Il nous en arrive une dizaine de nouveaux tous les mois lunaires. La bibliothèque de la Tour de la Mémoire se veut une bibliothèque exhaustive et le thesaurus de l'ensemble de notre savoir transmis par nos aïeux. Elle se doit de posséder tout ce qui a pu s'écrire depuis la nuit des temps de l'Empereur Jaune, tant en matière philosophique et religieuse que littéraire et historique, poétique, mathématique et médicinale, avait-il affirmé avec une certaine fierté. Si tout cela devait un jour disparaître, ce serait une perte irrémédiable pour nos enfants !

*

— N'est-ce pas qu'il est mignon ? répétait avec insistance Renarde Rusée à l'adresse du prince héritier qui regardait gigoter son fils d'un air indifférent.

Pendant que, dans la bibliothèque royale de la Tour de la Mémoire, le duc Élévation Paisible de Trois Degrés et Accomplissement Naturel dissertaient littérature et philosophie, dans le Gynécée Central du

Palais, la princesse otage Xia essayait d'intéresser Anguo au petit Yiren qui allait sur ses quatre mois et que son père n'avait vu qu'une seule fois depuis sa naissance.

Anguo n'avait même pas daigné assister au bain rituel d'eau lustrale qu'on donnait aux nouveau-nés le troisième jour. Forêt des Pinacles en avait été l'un des seuls témoins, avec quelques concubines proches de la princesse du Zhao. Le prince héritier s'était contenté de rendre visite à son fils et à sa mère pour la cérémonie du « mois révolu », au cours de laquelle il était d'usage de raser le crâne des enfants mâles afin que leurs cheveux repoussent plus dru. Ce jour-là, un Géomancien de la Cour lui avait solennellement donné, au nom du roi Zhong, le nom de Yiren en lui passant autour du cou une chaînette de bronze à laquelle était accrochée une minuscule tortue en jade, symbole d'immortalité.

— Il s'assied déjà... Comme il paraît bien dégourdi ! constata le père.

Il ne savait pas trop quoi dire en caressant le menton de ce bébé joufflu qui le regardait avec un adorable et baveux sourire.

— Yiren a une force dans ses petites mains qui préfigure déjà le prince héritier qu'il sera ! lança d'un air de défi la princesse otage au père de son enfant.

— Je peux témoigner, pour le changer trois fois par jour, que ce petit homme est extrêmement vigoureux, confirma la suivante de Xia qui jouait aussi le rôle de gouvernante de l'enfant.

— Nous lui faisons manipuler des jouets en miniature. Il va toujours vers les petits couteaux et les petits chevaux, ajouta en gloussant l'eunuque Forêt des Pinacles qui assistait à la visite.

— Il fera sûrement un excellent chef de guerre ! s'exclama la mère de l'enfant.

Le Directeur du Haut Concubinage avait joint le

geste à la parole. Il avait pris l'enfant dans ses bras et l'avait délicatement posé assis sur une natte avant de renverser devant lui le contenu d'une panière en osier remplie de jouets. Le bambin, que ce manège amusait au plus haut point, saisissait les jouets les uns après les autres et les lançait le plus loin qu'il pouvait en poussant de petits cris stridents.

La princesse otage en profita pour demander à Anguo de se rendre avec elle sur la terrasse sur laquelle donnait la chambre. De là, agitée par la brise, la cime des arbres du parc du gynécée laissait découvrir une multitude de nids de bergeronnettes dont les queues battaient l'air comme des ailes de papillon.

— La mère de votre fils ne souhaite plus habiter avec les autres concubines, dit-elle sobrement.

Elle avait prononcé sa requête d'un trait en plantant son regard comme une flèche dans celui du prince héritier.

Anguo, qui ne connaissait pas la force de caractère et la volonté que pouvait montrer la concubine otage à qui il avait fait un fils, ne cacha pas sa surprise.

Il croyait qu'à l'instar des autres concubines, Xia était une jeune femme soumise, attendant la moindre manifestation d'intérêt du prince et son bon vouloir comme une divine aumône. Il constata qu'il s'était trompé. Il se souvint alors que le règlement du gynécée prévoyait que la naissance d'un garçon conférait le droit à la concubine d'habiter à l'extérieur de cette enceinte. La demande de la princesse Xia était donc parfaitement recevable.

— Ce sera chose faite. Dès ce soir, je donnerai des instructions en ce sens, répondit-il à la concubine otage.

Il regarda la mère de son enfant, d'abord avec surprise, puis avec intérêt.

Ce bref intermède sur la terrasse lui avait fait découvrir à quel point la princesse était charmante. Elle lui paraissait plus fraîche encore que Huayang. Malgré sa maternité, son corps était demeuré mince et de proportions parfaites. Elle avait de longs cheveux châtain clair et une peau blanche comme l'ivoire, et avait passé sur sa bouche une poudre vermillon qui en faisait ressortir les lèvres pulpeuses et parfaitement dessinées. Une lueur de défi faisait briller ses yeux turquoise comme des éclairs.

Il se mit à la dévisager avec de plus en plus d'insistance. La nuit où ils avaient conçu le petit Yiren lui revenait par bouffées. Il l'avait promptement oubliée sous l'effet de sa passion pour Huayang, mais à présent le souvenir de cette étreinte resurgissait, avec la sensation de la peau de Xia, la douceur des parois de sa cavité profonde, juste derrière sa Porte de Jade, et les traces de ses petits ongles qu'elle avait enfoncés dans son dos, celles-là mêmes que Huayang avait découvertes, le soir quand il s'était déshabillé, et qui avaient à ce point contrarié son épouse qu'elle s'était refusée.

Tout remontait peu à peu à la surface. Il se souvint aussi lui avoir dit qu'elle était faite pour l'amour et eut soudain envie de prendre cette femme dans ses bras et de mélanger ses lèvres aux siennes.

— J'aimerais que nous nous revoyions, proposa la princesse d'un ton plus calme.

Xia, qui avait fort bien perçu dans les yeux d'Anguo qu'elle ne le laissait pas indifférent, lissait avec un petit peigne de bronze sa longue chevelure décoiffée par la brise.

Elle cambra légèrement ses reins, ce qui eut pour effet de faire ressortir sa poitrine, et s'efforça de prendre une pose avenante. Elle constata avec satisfaction que le prince la regardait maintenant avec concupiscence.

— Je viendrai une nuit prochaine, assura-t-il en

effleurant sa chevelure, de plus en plus émoustillé par la mère de son enfant.

— Ce sera avec plaisir, lui souffla-t-elle dans le creux de l'oreille.

Elle avait fait en sorte que le bout de sa langue s'attardât quelques instants sur son lobe. Sans l'avoir appris de personne, elle commençait à son tour à posséder la bonne façon de séduire.

*

Quand Anguo regagna ses appartements, sa première épouse l'y attendait, assise dans un fauteuil d'ébène dont les accoudoirs se terminaient par des gueules ouvertes de dragon aussi peu engageantes que l'était son humeur.

Elle avait sa tête des mauvais jours et répondit distraitement à son baiser. Il entreprit de passer la main sous sa chemise de tulle, elle se détourna et l'empêcha de continuer. Elle se recroquevilla sur le fauteuil et replia ses jambes sous son menton.

C'était la première fois, s'agissant de Huayang, que le prince Anguo tombait aussi brutalement à plat. La nouveauté de la situation le laissa interloqué et sans repartie. Il se tenait penaud et coi devant elle, comme un garçonnet qui aurait été pris en flagrant délit de triche par son professeur.

— J'ai vu chez Chang, l'antiquaire de la ville basse, une superbe statue antique que je compte t'offrir..., finit-il par annoncer pour se donner une contenance.

— Je n'ai que faire de tes statues antiques ! lâchat-elle d'une voix blanche.

La réponse désarçonna Anguo. D'habitude, de joie elle battait des mains lorsqu'il lui faisait de tels cadeaux archéologiques.

— Mais je te l'assure, elle irait à merveille dans ta collection, ajouta-t-il en s'enfermant un peu plus.

— Anguo, il faut que nous parlions, assena Huayang avec solennité.

Il la regarda d'un air surpris et craintif à la fois.

— Eh bien je t'écoute... bredouilla le prince.

Elle s'était levée du fauteuil et s'était rapprochée de son époux. Il pouvait sentir son parfum à l'orchidée et le souffle tiède de ses narines rondes comme de petites lentilles d'eau.

— Il s'agit de ton fils Yiren. L'enfant, dit-on, grandit et se porte bien. Ce gosse est un clou enfoncé dans mon œil ! lança-t-elle avec rage en le regardant d'un air désespéré.

— Mais quel mal t'a-t-il fait ? Et pourquoi as-tu l'air si inquiète ? dit Anguo qui ne devinait pas où elle voulait en venir.

— Il ne m'a fait aucun mal. Du moins pour l'instant. Mais demain cela pourrait changer...

Elle regardait pensivement les toits de la ville que l'on pouvait découvrir de sa fenêtre, et une larme commençait à perler au coin de ses yeux clairs.

— Quel gage peux-tu me donner qu'il en sera toujours ainsi ? s'écria Huayang.

Anguo avait pris les mains de son épouse dans les siennes avant de les porter à ses lèvres. La sueur commençait à perler sur son front.

— Mais de quoi veux-tu donc parler ? demanda-t-il en blêmissant.

— Jure-moi que Yiren ne sera jamais ton prince héritier ! lâcha-t-elle en explosant en sanglots.

Anguo baissa la tête, assommé par tout ce désespoir, cette détermination et cette haine qu'il lisait sur le visage de Huayang. Elle lui faisait peur. Accablé, il s'assit sur le bord du lit.

Voyant qu'elle l'avait ébranlé, après avoir séché ses

larmes avec son écharpe de soie, elle le prit par la taille et frotta délicatement sa jambe contre la sienne, comme pour le forcer à répondre.

Il leva les yeux vers les siens. L'iris de Huayang, parfaitement rond, ressemblait à un Bi rituel de jade vert. Une pierre aussi dure que l'éclat de son regard. Il comprit qu'elle ne lui donnait pas le choix. Il était sommé de répondre favorablement à sa requête.

Le délicat parfum de son épouse, à nouveau, envahissait ses narines et le portait vers elle comme la cuiller de la première boussole telle que la mentionnait le *Livre du maître de la vallée du Diable* écrit deux siècles plus tôt par Suqin le philosophe.

Puis il eut une brève pensée pour la princesse otage et ses atouts qu'il venait de découvrir et ne soupçonnait pas. Xia ne pourrait-elle pas aussi bien le combler que Huayang ?

Il vit aussi son fils Yiren, assis sur son tapis, dont les petites mains potelées puisaient dans la panière à jouets. Ne lui avait-on pas assuré qu'il ferait un vaillant chef de guerre ? Pouvait-il de la sorte lui fermer définitivement la porte à toute destinée glorieuse ?

Huayang sentit qu'il hésitait. Il lui fallait employer les grands moyens pour couper court au flottement qu'elle percevait.

Le frottement de sa jambe se fit donc plus insistant. Elle colla son ventre contre le sien et sa main, lentement, descendit vers le Champ de Cinabre de son époux et commença, de ses doigts fins et agiles, la minutieuse exploration de son bas-ventre.

Anguo ferma les yeux. La douce torpeur habituelle qui le prenait dans ces moments-là commençait à l'envahir. Ses poils se hérissaient de désir. Il glissait vers ce tendre abîme où plaisir et néant, comme le Yin et le Yang lorsqu'ils se rencontraient sur la Grande Voie du Dao, finissaient par se confondre.

Dans ce genre de combat et face à une ennemie aussi redoutable que son épouse, il ne savait pas faire autre chose que baisser la garde. Il était comme pris au collet par les adroites mains de son épouse.

Huayang avait décidément bien des atouts et savait user d'armes contre lesquelles il lui était impossible de se défendre. Il s'entendit donc répondre clairement, même si c'était d'une voix incertaine et tremblante :

— Je te le jure.

15

Le général Paix des Armes possédait un don que
personne ne pouvait lui ôter.

Lorsqu'une catastrophe se produisait, il rêvait toujours d'une licorne blanche. L'animal, après être surgi
des ténèbres sous la forme d'un point lumineux qui
s'agrandissait peu à peu en prenant cette forme étrange
de l'animal au dard sur le front, se mettait à le charger.
Alors, au moment où il allait lui planter son immense
pointe d'ivoire torsadé dans le ventre, le général se
réveillait en nage, puis il regardait son ventre qui ne
présentait heureusement aucune perforation.

Dans la journée qui suivait ce mauvais rêve, il se
passait obligatoirement quelque chose de nocif.

Tantôt c'était une bataille perdue par le Qin, au cours
de laquelle étaient exterminés des centaines de chevaux
en parfaite santé ; tantôt c'était une de ses juments pré-
férées qui mettait bas un poulain mort-né ; tantôt c'était
la mort d'un parent proche ; tantôt un accident de chasse
qui lui ôtait un ami ou un collègue ; une fois, pis encore,
lorsqu'il n'était que colonel, c'était son plus jeune frère
qui avait été dévoré par le terrible tigre blanc dont la
mâchoire était capable de sectionner d'un seul coup, de
ses canines aiguisées comme des glaives, les deux os
d'une cuisse d'homme.

Cette nuit-là, la licorne blanche avait de nouveau foncé sur lui, mais au moment où elle s'apprêtait à l'embrocher il avait vu une main armée d'un long couteau trancher la gorge de l'animal fabuleux en faisant jaillir un jet de sang. Il s'était réveillé en nage, au moment où ce flot allait souiller son visage.

Il était donc de fort méchante humeur lorsqu'il se leva avec un puissant mal de crâne.

Il s'attendait au pire et n'eut pas à attendre longtemps.

Son ordonnance venait de l'aider à enfiler ses jambières de cuir de buffle lorsqu'un palefrenier du haras central fit irruption dans sa chambre. L'homme était rempli d'effroi et tremblait comme une feuille, il bredouillait qu'il était arrivé quelque chose de grave au petit couple de chevaux célestes. Le sang de Paix des Armes ne fit qu'un tour. Il enfila promptement un pourpoint de cuir et courut au haras, suivi de son ordonnance qui peinait derrière.

Devant la stalle aux murs de planches de catalpa, un palefrenier pleurait toutes les larmes de son corps en hurlant de désespoir. Paix des Armes, la gorge nouée, s'avança.

Les corps raidis d'Épervier Pourpre et d'Épervier Rose baignaient dans une mare de sang coagulé sur la paille. La gorge des deux bêtes avait été scientifiquement tranchée. Les deux entailles, très profondes, laissaient entrevoir la trace blanche de leurs vertèbres. Les yeux des animaux étaient encore grands ouverts et révulsés.

Cet acte barbare avait sans doute été accompli au petit matin. Il n'y avait aucune trace de lutte sur le corps des chevaux célestes, qui avaient dû être saignés en un clin d'œil, d'un geste décidé, par une main experte tenant un couteau au fil tranchant comme un rasoir.

Paix des Armes sentit la nausée lui venir à la bouche.

Il appuya son dos contre les planches de catalpa pour ne pas vaciller.

— Quand j'ai voulu leur apporter leur ration du matin, j'ai découvert ce spectacle atroce..., murmura le palefrenier qui cherchait ses mots.

Il y avait à peine huit mois lunaires que Lubuwei avait vendu au haras central du Qin son couple de petits chevaux des steppes en échange de la jeune courtisane Zhaoji. Deux semaines plus tôt, après moult tentatives infructueuses dues au fait que la jument n'était pas en chaleur, Épervier Pourpre avait enfin réussi à saillir Épervier Rose. La petite jument céleste avait accepté que l'étalon lui montât sur le dos avant que son énorme appendice n'entrât dans sa vulve luisante. Pour Paix des Armes, cela avait été un très grand jour. Il avait couru auprès de Lubuwei pour l'en avertir. Même le vieux roi Zhong avait été informé de la bonne nouvelle.

La descendance de cette race si rare d'équidés était en passe d'être assurée pour le Qin.

Lubuwei, dont les travaux d'aménagement des prés et des écuries étaient terminés, avait de son côté commencé à reconstituer le cheptel du royaume, à la plus grande satisfaction de son vieux roi. La naissance d'un poulain du couple de chevaux célestes aurait scellé le triomphe définitif de l'action menée à Xianyang par le marchand de Handan.

Les choses avaient progressé rapidement et tout allait donc pour le mieux, tant pour Paix des Armes que pour Lubuwei, avant cet horrible crime. Paix des Armes était en passe de réussir son pari. En remplissant avec succès la mission qui lui avait été confiée par le monarque Zhong, il pourrait prétendre devenir ministre de la Guerre, c'est-à-dire supérieur hiérarchique de son ennemi Défaut du Jade qu'il pourrait enfin mettre au pas.

Mais voilà que cet horrible meurtre des deux chevaux célestes remettait en cause toutes ces belles perspectives !

Qui donc pouvait avoir disposé de ce sang-froid et user d'autant de cruauté pour s'en prendre, dans un lieu aussi gardé que le propre haras du roi, à ses deux pensionnaires les plus précieux ? Qui, de lui-même ou de Lubuwei, était visé par cette mauvaise action ? À qui profitait-elle ? Quelles en seraient les incalculables conséquences ? Paix des Armes, le regard vide et comme anéanti, se perdait en conjectures.

Reprenant peu à peu ses esprits, il allait demander à son domestique d'aller au plus vite prévenir le marchand de Handan lorsqu'il vit arriver l'eunuque Droit Devant, que suivait un petit homme à l'habit noir barré d'une large ceinture blanche et au bonnet carré d'enquêteur de justice.

Les nouvelles, décidément, allaient vite à la cour du Qin.

— J'ai prévenu le bureau des enquêtes criminelles qui a bien voulu dépêcher le juge Wei, annonça la voix de fausset du Grand Chambellan.

L'eunuque, toujours tout habillé de rouge, paraissait presque guilleret.

— Que personne ne bouge et surtout ne touchez à rien ! s'exclama le petit juge.

Les palefreniers, venus aux nouvelles, s'étaient progressivement rassemblés autour de la stalle.

— Ces chevaux appartenaient au marchand de Handan avant que le Qin ne s'en porte acquéreur, indiqua l'eunuque.

— Qui a découvert les cadavres de ces bêtes ? demanda l'enquêteur.

Le palefrenier des chevaux assassinés leva timidement la main.

— Le haras est-il gardé pendant la nuit ? poursuivit

283

le juge en lançant à la ronde un regard lourd de défiance.

— Les portes en sont fermées à double tour. Mais je réponds de la loyauté de tous mes hommes. L'assassin disposait de la clé du haras. Sans cela, il n'aurait jamais pu y pénétrer, répondit sèchement le général Paix des Armes d'une voix de stentor.

La tournure que prenait cet interrogatoire lui déplaisait souverainement. Il regarda l'eunuque d'un air sombre.

À présent, le juge, qui venait d'appeler son greffier, demandait pompeusement à chacun de décliner son nom et sa fonction.

Il n'était pas arrivé à la moitié de sa tâche que l'on vit un homme, qui avait fait irruption dans le haras, se jeter sur les corps ensanglantés des deux petits chevaux et les secouer en leur parlant, comme s'il voulait les faire revenir à la vie. Paix des Armes reconnut Mafu, l'écuyer en chef de Lubuwei, qui avait dû être prévenu par son domestique. Son désespoir faisait peine à voir. Accroupi dans la paille, il caressait les crinières raidies par la croûte de sang et leur murmurait de douces paroles aux oreilles.

— Qui êtes-vous pour braver de la sorte mon interdiction ? éructa, furieux, le petit juge.

Ayant saisi les cheveux de Mafu noués en natte, il le tirait violemment par l'arrière.

— C'est l'écuyer qui les a dressés. Laissez-le tranquille ! rugit Paix des Armes.

En s'interposant ainsi entre les deux hommes, il souhaitait faire rabattre son caquet à l'enquêteur de justice. Celui-ci, refroidi dans ses ardeurs, recommença ses interrogatoires plus calmement.

— Je propose à tout le monde de se calmer, l'affaire est grave. On a porté atteinte aux biens du royaume.

On ne pourra éviter une enquête de troisième degré, déclara doctement la voix de fausset de Droit Devant.

L'eunuque affichait un complaisant sourire qui dénotait que la disparition du couple de chevaux célestes ne le troublait nullement.

Le code pénal du Qin prévoyait trois degrés d'enquête.

L'enquête simple concernait les menus larcins et autres manquements aux petits règlements pour lesquels on se bornait en général à couper le nez du coupable. L'enquête de deuxième degré visait à élucider les crimes de sang ou les faits de corruption de l'administration qui pouvaient mener jusqu'à la castration ou à l'amputation des deux pieds. De l'enquête dite de troisième degré relevait tout ce qui portait atteinte à l'État, qu'il s'agît de sa sûreté, de ses fonctionnaires ou de ses biens, et qui valait le châtiment suprême à ses auteurs, autrement dit la pendaison, l'écartèlement ou la décapitation. Il était beaucoup plus grave, par exemple, de frauder le fisc que de tuer son prochain dès lors que ce n'était pas un fonctionnaire, ou encore de voler une pierre qui pavait une route que de piller la devanture du magasin d'alimentation appartenant à un particulier.

La prééminence absolue de l'État sur le reste était en effet la pierre angulaire de l'organisation collective, qui en conditionnait les lois pénales.

Les individus, au sens de leurs droits éventuels, ne comptaient pas face à ce qui relevait de la collectivité. Les hommes n'étaient bons qu'à ployer l'échine. La peur des châtiments que provoquait une stricte soumission à la Loi tenait lieu de civisme.

Et, en l'occurrence, la proximité du souverain que lui procurait sa fonction conférait à Droit Devant, qui pouvait parler au nom de son maître sans être contredit

285

par grand monde, un avantage décisif sur Paix des Armes, qui sentit venir le danger.

— As-tu prévenu le Grand Officier des Remontrances ? demanda-t-il au Grand Chambellan.

— Je ne pense pas qu'il soit dans ses attributions de procéder à une enquête de troisième degré, rétorqua aigrement ce dernier.

— C'est ce que nous verrons ! lâcha sèchement le général Paix des Armes en tournant les talons.

Le petit juge continuait à interroger les palefreniers, qu'il avait fait placer à la file, les uns après les autres. Lorsque arriva le tour de ce pauvre Mafu, il le bombarda avec délectation de toutes les questions les plus indiscrètes :

— Vous venez du royaume de Yan ? Quelle étrangeté ! Mais que faites-vous ici, et que vient faire Lubuwei dans tout ça ? s'esclaffait l'enquêteur.

Assommé par ce qui venait d'arriver aux deux petits chevaux qu'il chérissait comme ses propres enfants, l'écuyer répondait avec peine en bredouillant distraitement des réponses qui, mises bout à bout, finissaient par devenir incohérentes.

L'interrogatoire se prolongeait, et le juge Wei faisait durer le supplice comme pour se venger de l'attitude de Paix des Armes.

Il avait appris que le premier travail d'un juge était de dénicher un suspect. Et beaucoup d'éléments plaidaient, a priori, en défaveur de l'écuyer.

Il décida donc de soumettre Mafu à la question et le somma d'en dire plus sur ses origines et les circonstances qui l'avaient amené à être au service du marchand de Handan.

D'abord, c'était un étranger au Qin, dont il ignorait visiblement l'étiquette et la coutume. Ce prétendu écuyer royal ne savait manifestement pas se retenir et encore moins se tenir devant une personnalité du niveau du Grand Chambellan du roi.

Son bannissement du royaume de Yan, où il prétendait qu'on l'avait rendu injustement responsable de la pénurie de chevaux qui sévissait dans ce pays, paraissait de surcroît des plus suspects à l'enquêteur dont l'opinion était déjà faite. Au Qin, de fait, on ne pouvait pas rester en vie après une telle accusation.

Enfin, et c'était le plus important aux yeux du juge Wei qui, n'étant pas un cavalier, n'imaginait pas une seconde que l'on pût être à ce point ému par de simples destriers – fussent-ils de la race d'Épervier Pourpre et d'Épervier Rose –, la douleur que ce Mafu paraissait exprimer était si extrême qu'elle semblait feinte.

Un tel torrent de désespoir, c'était sûr, cachait quelque chose de louche.

— Vos réponses sont incompréhensibles et vos propos de plus en plus obscurs. Je vais être obligé de vous faire délivrer un mandat d'amener, grommela le petit juge.

Les palefreniers avaient assisté sans broncher à ce triste spectacle d'une autorité judiciaire qui exerçait sa tyrannie aveugle sur un innocent en le transformant peu à peu en suspect idéal. Le juge Wei avait décidé qu'il tenait un coupable. Dès lors, son profil, ses origines et son histoire ne pouvaient que plaider en sa défaveur.

À l'abri derrière l'un des murs de planches de la stalle, Droit Devant assistait à cette parodie de justice avec délectation.

Le pauvre Mafu roulait des yeux hagards et avait compris qu'il était inutile de continuer à se justifier. Déboussolé et sans illusions, il attendait le bon vouloir du petit juge-enquêteur.

— Gardes, veuillez emmener cet homme ! hurla enfin le juge Wei à l'adresse de son escorte de gendarmes.

Quelques jours plus tard s'ouvrait à Xianyang, où l'injustice était expéditive, le procès de l'écuyer Mafu.

Le juge Wei avait fait procéder, sur la Tour de l'Affichage, à l'exposé des griefs qui étaient reprochés à l'accusé. L'ensemble occupait un pan de mur entier et le fonctionnaire préposé à la lecture des affiches en criait le contenu du matin au soir à une foule de badauds qui grossissait de jour en jour.

À Xianyang, nombreux étaient ceux qui attendaient ce procès comme l'attraction du moment. La mise à mort du petit couple de chevaux Akkal avait fait le tour de la ville et, dans les estaminets, les pronostics allaient bon train sur l'issue de l'enquête du petit juge.

Les uns disaient, l'air entendu, que Mafu s'en sortirait avec une simple castration, les autres juraient, jubilant, que son cadavre flotterait bientôt sur la rivière.

Pour Lubuwei, que cette affaire contrariait au plus haut point, ce procès était aussi une manière d'heure de vérité.

Au début, il avait été assommé par la nouvelle de l'extermination des chevaux célestes Akkal auxquels il continuait à tenir comme à la prunelle de ses yeux. Puis cet abattement s'était transformé en révolte quand il avait appris les méthodes employées par le juge contre son écuyer innocent.

Il était persuadé qu'en accusant Mafu, c'était lui en fait que l'on visait. Et il n'avait pas été long à se forger une conduite.

Ou bien la justice du Qin en était une et l'innocence de son écuyer serait reconnue à l'audience, ou cet État couvrait la félonie de son institution judiciaire et alors il ne valait pas la peine qu'on aidât ses armées à sortir du mauvais pas où elles se trouvaient.

Que Mafu fût condamné, et le marchand repartirait sans délai pour Handan avec armes et bagages, soit avec le millier d'équidés qu'il avait déjà importés. Alors, sans le moindre regret, il laisserait le Qin à sa pénalisante pénurie de chevaux et celle-ci finirait par lui être fatale.

Que Mafu fût gracié et, au contraire, cela voudrait dire que ce royaume était digne de l'appui qu'il lui avait déjà apporté.

Pour mettre toutes les chances de son côté et éviter d'être contraint de faire un tel choix, il avait demandé à Hanfeizi d'assurer la défense de l'accusé. Il était sûr que son intelligence et sa perspicacité, ainsi que sa maîtrise parfaite de la rhétorique, seraient pour Mafu du meilleur secours.

— L'accusation de ce petit juge ne repose absolument sur rien ! La justice du Qin me paraît bien légère. Je ne doute pas que vous saurez faire en sorte que ce pauvre Mafu soit lavé de tout soupçon ! avait-il dit au philosophe bègue.

Celui-ci n'avait pas accepté sans réticence une mission aussi risquée. Il connaissait les pièges des procès dont les accusés sont désignés coupables à l'avance.

— Mon défaut d'élocution ne fait pas de ma personne le meilleur plaideur..., avait-il commencé par répondre.

— Allons donc ! Votre plaidoirie sera étayée par une argumentation aussi irréfutable que vos écrits philosophiques. C'est cela, seulement, qui comptera et que l'on remarquera.

Les marques d'attention que Lubuwei lui témoignait, l'hospitalité qu'il lui avait accordée dans sa demeure où il avait un appartement privé, et la sympathie qu'éprouvaient les deux hommes l'un pour l'autre obligeaient Hanfeizi à rendre ce service à son protecteur et ami. Il lui avait été impossible de se dérober.

C'est ainsi que le bègue s'était enfermé dix jours entiers pour préparer la défense de l'écuyer en chef, en compulsant minutieusement le code de procédure pénale dans sa version modifiée par les lois en cours au royaume de Qin. Il ne lui avait pas été possible de communiquer avec Mafu, maintenu au secret dans un cachot de la prison du Palais. Il avait toutefois passé de longues heures à réfléchir à la bonne stratégie de défense en imaginant le dialogue qu'il devrait avoir avec l'écuyer, pour susciter les bonnes réponses de la part de ce dernier, au cours de l'audience.

Le matin du procès, Lubuwei et Hanfeizi avaient effectué une longue promenade à cheval dans les forêts qui s'étendaient autour de la colline de la maison du marchand.

Il faisait beau et l'air était vif. Le philosophe testa son argumentaire auprès du marchand, qui l'assortit de remarques intéressantes. Lorsqu'ils rentrèrent, l'esprit de Hanfeizi était parfaitement clair. Le philosophe bègue ressentait la tranquille assurance du bon élève en pleine possession de ses moyens avant un examen.

Il était toujours aussi calme et impavide quand s'ouvrit le procès.

C'était là, dans la grande salle du tribunal de troisième degré – la plus impressionnante de toutes ! –, au pied d'une estrade carrée sur laquelle on avait placé un tripode en bronze aussi haut qu'un enfant de six ans, que l'institution judiciaire du Qin, devant un public trié sur le volet qui en serait le témoin, s'apprêtait à déployer ses fastes.

Sur la panse du tripode étaient gravés les cinq milliers de caractères du Code des Délits et des Punitions tel qu'il était relaté dans le *Zhouli*, le livre du rituel des Zhou. Le tripode avait été installé sur un plateau tournant qu'un fonctionnaire du tribunal pouvait actionner. On pouvait ainsi faire tourner le gigantesque vase sur lui-même afin que les juges puissent lire le passage précis du Code des Délits et des Punitions qui s'appliquait à l'affaire dont ils étaient saisis.

Lubuwei, dans l'espoir d'impressionner favorablement le jury, avait revêtu de beaux habits de cérémonie. Il avait fière allure dans sa tunique de moire brodée de fils d'or et de bronze, fermée par une boucle de ceinture de jade en forme de masque Taotie. Les pommettes tendues de son visage immobile, à peine plus pâle que d'habitude, traduisaient cette impassibilité dont il s'efforçait de faire preuve dans les moments difficiles. Il aurait fallu bien le connaître pour percevoir que, derrière son regard aigu et mobile, se cachait en réalité une sourde angoisse.

Les juges étaient au nombre de trois, doctement assis sous un dais capitonné chamarré de soie rouge sur de lourdes chaises de palissandre : le président était reconnaissable à son bonnet carré ; il était flanqué de deux assesseurs. L'accusateur public, en l'occurrence le petit juge Wei, se tenait à leur gauche, accoudé à une petite balustre. Ils ressemblaient tous à des prêtres et la salle d'audience à un temple.

Les audiences et les jugements étaient toujours publics, aussi la foule des grands jours se pressait-elle dans l'enceinte du tribunal.

Sur le côté droit, derrière un paravent en cuir de buffle, se tenait un petit orchestre composé d'un tambour biface disposé sur un jambage aux pieds griffus, de deux orgues à bouche Shenghuang ainsi que d'une flûte traversière Chi.

Lubuwei avait pris place au premier rang dans la salle, tandis que Hanfeizi se tenait à la barre, face aux juges et à l'accusateur public.

Personne ne savait que le marchand tenait contre son cœur le Bi noir étoilé qu'il avait glissé dans la poche intérieure de sa veste.

Le battement saccadé du tambour de bronze biface se fit entendre, suivi du sifflement strident et impétueux de la flûte Chi.

Des gardes amenèrent l'accusé devant le tribunal. Les jambes de Mafu étaient lourdement entravées par des chaînes qui raclaient le sol dans un cliquetis métallique. L'homme à l'allure si fière qu'était Mafu était devenu un pauvre corps crasseux et décharné dont les vêtements déchirés exhalaient une repoussante odeur de moisi. Le visage de l'écuyer disparaissait dans sa barbe. Son nez et ses paupières étaient recouverts de croûtes purulentes.

Lubuwei eut un haut-le-cœur. Il imaginait le calvaire que devait endurer son écuyer en chef. Il ne faisait pas bon dormir dans les geôles humides des prisons du Qin.

La mélopée lancinante de l'orgue à bouche Shenghuang à treize anches recouvrit soudain le son de la flûte Chi, puis s'arrêta net. Le silence se fit dans la salle d'audience, le procès pouvait enfin commencer.

— Je donne la parole à l'accusateur public, tonna le président du tribunal.

Sanglé dans sa robe noire barrée de blanc, le juge Wei prit la parole :

— Nous accusons le dénommé Mafu, du royaume de Yan, d'égorgement de deux chevaux de la race de la steppe. Cet homme s'est introduit nuitamment dans le haras central et y a procédé à son forfait. Connaissant bien les lieux, il lui fut loisible de s'enfuir sans être inquiété.

L'accusé, hagard et terrorisé, épuisé par ses conditions d'internement, était dans l'incapacité de prononcer la moindre phrase.

— Ces chevaux appartenaient-ils à l'État ? demanda l'un des assesseurs.

Un frisson parcourut l'assistance. Posée ainsi, la question signifiait que le jugement risquait d'être expéditif. La tête de ce pauvre Mafu ne tenait plus qu'à un fil.

Sur l'estrade, le préposé au tripode fit tourner le plateau pour faire apparaître sur l'énorme panse de bronze la colonne de caractères qui traitait des peines encourues en cas d'atteinte aux biens de l'État.

— Assurément, ils avaient été reçus en échange d'une courtisane publique... répondit, ravi de son effet, le petit juge Wei avec componction.

Alors, interrompant le juge, Hanfeizi leva le bras pour prendre la parole. Le président voulut l'en empêcher mais il était trop tard. Devant une salle médusée par son culot et sous le regard admiratif de Lubuwei, il s'exprima d'une voix calme et forte :

— ... Et et cc'est p'pour ça qu'qu'que c'cet homme est innocent !

Le bégaiement du philosophe, loin de le desservir, avait proprement médusé l'assistance. Son défaut d'élocution paraissait donner à Hanfeizi, dans cette enceinte, un statut de porte-parole d'un demi-dieu du royaume des esprits, à l'instar de certains médiums lorsqu'ils entraient en transe après avoir marché sur des braises rougeoyantes en exprimant au moyen de borborygmes la parole de certains dieux dont ils étaient proches.

Le président du tribunal, le premier, avait l'air stupéfait. Les musiciens, d'habitude soigneusement parqués derrière leur paravent, pointaient la tête au-dehors et regardaient, médusés, cet homme aux intonations si insolites.

Hanfeizi, de plus en plus impérial, désormais assuré de son effet, poursuivit sa plaidoirie :

— Pour quel motif voudriez-vous que cet individu ait tranché la gorge de deux petits chevaux célestes qu'il chérissait comme ses propres enfants pour s'en être occupé depuis leur plus jeune âge et les avoir dressés ? Le pensez-vous assez fou pour courir le risque d'être jugé coupable par votre tribunal ? À qui profite ce crime ? Posez-vous donc la question ! Mais ne la posez pas à celui qui en est l'innocente victime !

— Le tribunal n'est pas indifférent à votre fougue, mais si ce n'est pas à lui, à qui pensez-vous donc ? interrogea le président que l'époustouflante tirade du virtuose Hanfeizi avait quelque peu ébranlé.

— Comme l'a souligné le juge-enquêteur, ces deux chevaux ont été acquis par l'État du Qin en échange d'une courtisane publique, poursuivit le philosophe.

— C'est exact, dit le juge.

— En supprimant ces chevaux, que cherchait donc, selon moi, ce criminel ? J'ai une idée précise à ce sujet. N'existe-t-il pas une loi, au Qin, qui prévoit que la destruction d'un bien de l'État acquis par échange d'un autre entraîne obligatoirement la restitution de celui-ci à la puissance publique ? En d'autres termes, cela ne signifie-t-il pas que, suite à la mort de ces deux chevaux célestes, la jeune courtisane qui servit au Qin de monnaie d'échange doit, dans ces conditions, revenir dans son lupanar d'État ?

— Si l'administration le demande, ce sera effectivement le cas, admit le juge.

— Eh bien, je suis sûr qu'une demande a déjà été formulée en ce sens, conclut Hanfeizi.

Il faisait là un énorme pari, mais il avait décidé de brûler ses vaisseaux dans cette bataille judiciaire où le pauvre Mafu n'avait plus rien à perdre.

— Nous allons le vérifier séance tenante ! déclara le président du tribunal.

L'orchestre fit entendre la sonnerie intermittente des orgues à bouche qui signifiait une suspension de séance.

— Vite, que l'on aille chercher le premier greffier du bureau des missives de l'État, ordonna le président au deuxième assesseur.

Tous les documents publics de l'État transitaient par

ce bureau où on leur affectait un numéro d'ordre, avant de vérifier si l'autorité compétente y avait régulièrement apposé son sceau. Après avoir servi, les documents repassaient dans ce même endroit avant d'être versés aux Archives du royaume.

Au bout d'un moment, on vit arriver tout essoufflé, précédé par l'assesseur en nage, le premier greffier. La tête des musiciens de l'orchestre disparut promptement derrière le paravent. Le son du tambour et de la flûte annonçait la reprise de l'audience.

— Avez-vous vu passer ces jours derniers un édit réclamant la restitution à l'État d'une jeune courtisane du nom de Zhaoji ? demanda le philosophe bègue au greffier.

— En effet, j'ai reçu un tel document avant-hier, pour réinscription de cette femme sur l'inventaire de l'État du Qin, affirma celui-ci sans hésiter.

Hanfeizi, qui n'en demandait pas tant, exultait et exprima bruyamment sa satisfaction. Puis il ajouta lentement :

— Vous souvenez-vous du sceau qui était apposé sur cet édit ? À qui appartenait-il ?

Le premier greffier marqua un temps d'arrêt et se mit à réfléchir. Il voyait passer des dizaines de documents tous les jours. Dans la salle, à présent, chacun retenait son souffle. Les magistrats du tribunal exprimaient une surprise extrême tandis que le visage du petit juge Wei se renfrognait à vue d'œil. Mafu reprenait, lui, lentement espoir. Les yeux du greffier, quelques instants plus tard, s'éclairèrent.

— Je crois bien que c'était le sceau du Grand Chambellan du roi, répondit-il sobrement.

— Eh bien, vous venez de citer un nom de suspect beaucoup plus plausible que celui de l'écuyer Mafu. J'ai même quelque idée sur un possible mobile ! lança alors le philosophe triomphant à l'adresse du petit juge Wei.

Lubuwei, qui avait toujours la main contre son cœur, se leva pour serrer dans ses bras Hanfeizi tandis qu'un murmure d'approbation parcourait l'assistance qui n'était pas habituée à assister à un procès aussi haletant.

La surprise avait été totale, et la démonstration infaillible.

Ainsi que le prévoyait le code de procédure pénale, le trio des juges s'était retiré dans une salle contiguë afin de délibérer.

La délibération fut longue.

Les juges ne pouvaient faire autrement que de tenir compte de ce coup de théâtre suscité par le bègue. Il rendait nécessaire la rédaction d'un jugement très différent de celui qu'ils avaient préparé à l'avance. Lorsqu'ils eurent achevé de le graver au stylet sur sa planchette de catalpa, un roulement de tambour signala au public que le président du tribunal allait donner lecture de ses conclusions.

— Notre tribunal des peines de troisième degré décide que le suspect Mafu est lavé de toute accusation d'égorgement de chevaux appartenant à l'État et qu'il convient d'interroger l'eunuque Droit Devant, aux fins d'enquête approfondie, afin qu'il s'explique sur la décision qu'il a prise de faire procéder au classement dans le domaine des biens publics de la jeune femme nommée Zhaoji.

Le juge Wei grimaça piteusement. Le jugement venait de lui faire perdre la face.

Puis le président ordonna aux gardes de désentraver Mafu de ses chaînes pour qu'il puisse repartir librement.

Le public, ravi, quitta la salle des audiences. C'était la première fois qu'il assistait à un procès équitable, qui n'était pas une simple parodie de justice.

Lubuwei, que son écuyer en chef avait rejoint, caressa longuement le Bi noir étoilé. Le jade était chaud et doux. C'était toujours sa bonne étoile.

L'aventure au Qin, grâce à l'habileté de Hanfeizi, pourrait continuer.

16

Confortablement assis dans son palanquin que portaient deux serviteurs en livrée violette, le duc Élévation Paisible de Trois Degrés se sentait rasséréné.
L'aventure qu'il avait eue avec la première épouse
d'Anguo avait en effet toutes les chances de demeurer
secrète.

Dès le lendemain du procès de Mafu, l'eunuque
Droit Devant n'était plus apparu à la Cour et chacun
faisait désormais comme si le Grand Chambellan
n'avait jamais existé. Les sournoises menaces que l'eunuque avait fait planer sur sa relation secrète avec
Huayang s'étaient ainsi éloignées, au grand soulagement du duc.

Depuis ce moment-là, chaque matin il faisait faire
brûler devant l'autel de ses ancêtres, pour les en remercier, une double ration de bâtonnets d'encens.

Au soulagement qu'il éprouvait s'ajoutait aussi la
satisfaction de constater que le vieux roi Zhong paraissait de moins en moins avare de confiance à son égard.
C'est ainsi qu'il l'avait chargé de sélectionner, parmi
trois candidats, le futur Grand Chambellan en remplacement de Droit Devant dont il n'avait même pas daigné prononcer le nom.

Le roi avait souhaité que le nouvel impétrant, à l'instar de son prédécesseur, fût eunuque, d'où la visite qu'il allait rendre à Couteau Rapide. Parmi les trois individus pressentis, en effet, un seul avait subi l'opération de castration. Les deux autres avaient dépassé trente années lunaires. Il convenait de voir avec le chirurgien des eunuques si ces deux candidats présélectionnés présentaient des contre-indications à ce geste chirurgical qui était particulièrement risqué après l'adolescence.

L'eunuque Couteau Rapide habitait dans les locaux mêmes de la clinique des eunuques, qui était située en bordure de la Wei, en aval de Xianyang. C'est pourquoi, pour gagner du temps, le Grand Officier des Remontrances avait pris le palanquin, ce qui ne lui arrivait que rarement.

La clinique occupait un élégant bâtiment pavillonnaire dans un parc où d'immenses peupliers dressaient leurs branches vers le ciel. Au milieu du parc s'élevait la statue de marbre rose au déhanchement lascif de Longyangjun, le ministre du roi du Wei qui avait réussi, deux siècles plus tôt environ, à devenir l'amant de son souverain. Il était devenu une sorte de modèle pour les eunuques désirant servir de Pi, c'est-à-dire de mignon, à leur maître.

Le bâtiment central, dont les arêtes du toit était ornées de larges tuiles bleues, avait une taille beaucoup plus imposante que celle des pavillons où se trouvaient les chambres des convalescents et des pensionnaires de la clinique. Toutes les bâtisses étaient blotties dans la verdure, au pied d'arbres séculaires dont les majestueuses frondaisons faisaient de cet endroit un havre de fraîcheur pendant les mois d'été torrides.

Nul ne savait, lorsqu'il entrait pour la première fois dans ce jardin, que c'était aussi celui des supplices.

C'était là en effet que Couteau Rapide et ses assistants opéraient les jeunes gens appelés à entrer dans la confrérie des castrés.

L'horrible mutilation se déroulait à la chaîne dans une salle au sol maculé de sang, au milieu des hurlements de douleur des opérés auxquels on se bornait à passer une pommade anesthésiante sur les parties génitales et à apposer des aiguilles sur le ventre et dans le lobe des oreilles afin de couper court à tout influx des souffles Ying ou Wei entre le Champ de Cinabre du bas-ventre et le cerveau.

Après avoir fait asseoir l'impétrant sur un fauteuil approprié, puis ligoté ses membres, on attachait sa tête au dossier au moyen d'une corde qui passait devant la bouche ouverte.

Alors Couteau Rapide entrait en action.

Au moyen d'un scalpel recourbé, il accomplissait sur les parties génitales le geste qui consistait à dénoyauter une pêche sans l'ouvrir. Sa dextérité, sa longue pratique de ce geste chirurgical ainsi que son absence de pitié étaient telles qu'il n'avait jamais à s'y prendre à deux fois. Le nouvel eunuque, tout entravé par ses liens, recevait l'horrible supplice sans pouvoir ne serait-ce qu'émettre un râle. Le tout se déroulait en un éclair. Un assistant pouvait alors procéder à la suture, tandis qu'un autre nettoyait le sol de la salle inondé de sang.

Puis le chirurgien Couteau Rapide remettait à l'opéré sa « boîte au trésor » dans laquelle avaient été placés les deux attributs que son scalpel venait de détacher de ses chairs. Il devrait conserver la boîte précieusement jusqu'à sa mort, en vertu du respect que l'on devait à ses parents. C'était d'eux, en effet, qu'on tenait son corps. Et il convenait que ce dernier fût enterré dans le même état où on l'avait reçu, c'est-à-dire sans manques, qu'on fût eunuque ou non.

Les castrés étaient obligés d'entrer et de sortir de la salle d'opération debout, en marchant sans aide. C'était une façon de tester leur résistance et d'éprouver leur courage. Il n'était pas rare d'en voir s'effondrer, après avoir franchi la porte de la salle d'opération, dans les bras de l'infirmier qui les attendait dans le parc, pâles comme la lune d'hiver, bandés de langes rougis par leur terrible meurtrissure.

La castration servait aussi d'infaillible épreuve éliminatoire pour le recrutement des membres de la confrérie des eunuques.

Plus d'un opéré sur trois n'y survivait pas. Pourtant, les candidatures spontanées de ceux qui souhaitaient entrer dans cette caste particulière étaient nombreuses.

Devenir eunuque était de fait, lorsque l'on était né pauvre, une sorte d'assurance pour l'avenir. Cette corporation se serrait les coudes comme personne. Elle était au pouvoir d'État ce qu'une prêtrise pouvait être à la religion. Grâce à l'épreuve qu'ils avaient subie, les castrats occupaient toujours des fonctions de haute confiance qui les plaçaient non loin de l'épicentre du pouvoir ou à ses plus proches lisières. Qu'ils fussent chambellan, gérant de gynécée, confident des concubines, archiviste privé, précepteur ou encore goûteur de plats, ils ne possédaient rien d'autre que cette intimité avec les princes qui valait, à condition de savoir en user habilement, tous les pouvoirs et toutes les prébendes pour son bénéficiaire.

Lorsque le palanquin déposa le Grand Officier des Remontrances devant le porche du bâtiment central, Couteau Rapide venait d'achever sa dernière opération de la journée. Le noble duc expliqua sans détour au chirurgien le but de sa visite.

— Quels sont les candidats auxquels pense notre roi ? demanda celui-ci avec une lueur d'inquiétude dans le regard.

La disparition de Droit Devant ne laissait pas indifférent Couteau Rapide. Elle s'était répandue comme une traînée de poudre dans le petit monde inquiet des eunuques.

— Il y a l'eunuque Forêt des Pinacles ainsi que deux archivistes en chef de l'État, l'un chargé de collationner les décrets et l'autre les documents du cadastre public. Ce sont des hommes réputés pour leur sérieux et leur discrétion. Ces deux-là ne sont pas encore opérés, indiqua le duc en pointant son doigt entre ses jambes.

— Quel âge ont ces deux archivistes ? questionna le castrateur.

— Ce sont des hommes d'âge mûr. Ils ont à la fois l'expérience et le talent.

— Dans ce cas, il vaut mieux choisir Forêt des Pinacles. Passé le moment où l'on peut porter le bonnet viril, l'opération réussit moins d'une fois sur trois, proclama péremptoire le chirurgien.

— Mais ce choix ne m'appartient pas, je suis là pour répondre au souhait de notre roi. Il vous faut procéder à l'examen de la morphologie des archivistes pour savoir s'ils sont à même de subir la castration, ainsi notre souverain pourra choisir entre ces trois hommes comme il le souhaite, dit le Grand Officier, agacé par les propos du chirurgien qu'il jugeait quelque peu déloyaux.

— Les intéressés sont-ils au courant ? demanda le chirurgien après avoir marqué un temps d'arrêt.

— Pas encore. Je compte le faire dès demain, répondit tout à trac Élévation Paisible de Trois Degrés.

Non seulement son éducation le portait à faire diligence pour exécuter tout ordre venu d'en haut, mais surtout il souhaitait aller vite pour répondre au mieux à la marque de confiance que le roi lui témoignait en le chargeant de cette mission.

— Dans ce cas, sitôt qu'ils auront été prévenus, ils pourront venir se faire examiner, proposa le chirurgien avec un fourbe empressement.

Le Grand Officier des Remontrances se disait bien que le changement de ton de Couteau Rapide devait cacher quelque chose de louche, mais il ne savait pas quoi au juste.

Il regarda alentour.

Dans le parc, les opérés de la journée, pâles comme des cygnes, les jambes tremblotantes et les yeux encore révulsés par l'horrible épreuve qu'ils venaient de subir, se reposaient sur des bancs à l'ombre des ginkgos, des catalpas et des cèdres, pendant que des infirmiers éventaient leurs visages en sueur.

Quand il remonta dans le palanquin pour se rendre aux Archives de l'État prévenir les deux archivistes en chef du sort qu'on leur avait réservé, sa perplexité était à son comble et il ressentit un profond malaise. Mais il était trop tard pour se dérober. Pour lui, les désirs de ce vieux roi qui lui faisait à ce point confiance ne pouvaient être que des ordres.

Il ne pouvait pas savoir, toutefois, que le chirurgien avait déjà décidé de ne pas accorder la moindre chance à ces deux hommes qu'il considérait comme des intrus dans ce jeu dont les eunuques souhaitaient à tout prix conserver la règle et que, d'un simple mouvement de son scalpel à la lame recourbée, il provoquerait, d'un simple crochetage un peu plus profond que d'habitude, leur mort par hémorragie sur le fauteuil à castrer sans que personne n'y trouvât à redire ni même s'en aperçût.

Élévation Paisible de Trois Degrés ne se doutait pas qu'en refusant de désobéir à la lettre du commandement du vieux souverain Zhong, il avait condamné à une mort atroce deux archivistes innocents.

Comment aurait-il pu imaginer, en effet, que la confrérie des eunuques, dont les membres au grand complet s'étaient réunis secrètement autour du chirurgien en chef Couteau Rapide, avait décidé de tout mettre en œuvre pour que l'eunuque Forêt des Pinacles fût le remplaçant obligé de son prédécesseur Droit Devant ?

— Tu verras, ce n'est pas si difficile que ça de s'occuper d'un vieux roi ! Je suis sûr qu'il va te trouver charmante et que ta seule vue le ravira, au-delà de la musique que tu pourras lui jouer et lui chanter... S'il demande ses pilules d'immortalité, il faudra simplement les lui donner sans tarder. La seule chose à craindre est que, vu son grand âge, il ne s'énerve.

Dans le salon de musique de Lubuwei, Huayang faisait ses dernières recommandations à sa jeune élève.

Celle-ci progressait chaque jour à pas de géant. Elle comprenait chaque intention à demi-mot. Elle avait l'intelligence des situations. Déjà fort mûre pour son âge, elle savait user de son charme et de sa beauté comme si elle avait eu dix ans de plus au bas mot. La première épouse d'Anguo n'en avait pas éprouvé de surprise, qui avait d'emblée détecté les facultés d'adaptation et d'apprentissage de Zhaoji.

Elle avait d'ailleurs tenu à assister à la présentation de Zhaoji au vieux Zhong, prévue pour le lendemain en fin d'après-midi.

— Mais est-ce que je ne risque pas de vivre une existence de recluse, au fin fond d'un palais d'où je ne pourrai jamais sortir ? questionna Zhaoji dont les yeux malicieux brillaient comme la rosée du matin.

— Il t'appartiendra de faire en sorte qu'il n'en soit pas ainsi ! Le serviteur efficace est aussi celui qui sait éduquer son maître... dit Huayang en souriant, ce qui provoqua chez Zhaoji un éclat de rire cristallin.

Lubuwei buvait les paroles des deux femmes. Tant d'effronterie et de légèreté dans des choses aussi sérieuses le ravissaient au plus haut point. Il ressentait la force mentale qui se cachait derrière les douces et innocentes apparences de ces deux beautés. Rien, se disait-il, ne pourrait résister à ce mélange de charme et de rouerie.

La rencontre avec l'épouse d'Anguo, dont les attraits ne le laissaient pas indifférent et pour laquelle il commençait, comme tous ceux qui croisaient sa route, à éprouver des sentiments étranges, auxquels il avait ajouté de la méfiance, faits d'attirance et d'admiration, qu'il s'était efforcé de refouler au plus profond de lui-même, lui permettait aussi d'entrevoir les contours, plus simples qu'il n'y paraissait au départ, d'une conquête progressive du pouvoir à la cour du Qin où Zhaoji et Huayang lui seraient des alliées précieuses, aussi brillantes qu'efficaces.

Grâce à la présence quotidienne de Zhaoji auprès du vieux roi, il serait aux premières loges pour comprendre les mouvements et les stratégies des gens en vue et des puissants, et en dénouer éventuellement les intrigues, si d'aventure elles devaient entraver son irrésistible ascension.

Faire du commerce et gagner de l'argent lui semblait, depuis qu'il était arrivé à Xianyang, l'activité la plus simple du monde comparée à la tâche qui attendait celui qui avait décidé de capter le pouvoir politique. Il était bien plus facile de faire fortune que de réussir à tracer son chemin dans la jungle complexe d'un pouvoir royal vieillissant où chacun, qu'il fût ministre ou haut fonctionnaire, profitait de l'âge et de la mémoire défaillante du souverain cacochyme pour jouer dans son coin.

Face à un vieillard au soir de son règne, dont l'héritier était loin de valoir le père, il convenait de se placer dès maintenant pour, le moment venu, lorsque Anguo lui succéderait, se retrouver dans la meilleure posture. Or Lubuwei était en passe d'y parvenir.

Mais le marchand de chevaux célestes savait aussi qu'il n'était pas, loin de là, le seul à penser que le Qin était entré dans une de ces périodes où tout devient possible, parce que les rouages traditionnels font subitement défaut et que tout un système se délite. Nouveau venu à Xianyang, il connaissait moins bien que d'autres l'organisation et les ressorts intimes de la Cour. Mais les difficultés et les aléas qui découlaient de son état de novice qui n'avait rien à perdre étaient plutôt de nature à stimuler son envie d'aller haut.

Sous la peau du marchand perçait peu à peu l'homme qui croyait à sa bonne étoile et que le désir d'avancer rendait encore meilleur parce qu'il le stimulait. Plus les jours passaient et plus il avait confiance dans la prophétie de Vallée Profonde.

— Je ne doute pas, comme Huayang, que tu t'en tireras haut la main ! s'exclama-t-il à l'adresse de Zhaoji.

Buvant une gorgée de thé vert qu'un serviteur venait de lui servir, il s'aperçut que, pour la première fois, il venait de tutoyer sa protégée.

Huayang et Zhaoji s'étaient mises à chanter en s'accompagnant au luth. Leurs voix claires se répondaient et s'accordaient superbement dans un duo parfait. Il les trouvait semblables et proches comme deux sœurs. Il n'arrivait plus à se dire que l'une était plus belle ou plus intelligente que l'autre.

— Si de telles musiques ne font pas fondre le roi, c'est que je ne m'y connais pas ! ajouta-t-il, complice, à l'adresse des deux jeunes femmes avant de les quitter pour aller vaquer à ses multiples occupations du jour.

— Ton protecteur est un homme aussi charmant que son physique est avantageux, constata Huayang lorsqu'elles eurent fini de chanter.

L'autre restait silencieuse.

— Tu n'as pas répondu. N'es-tu pas d'accord ? insista la première épouse du prince Anguo.

Zhaoji persistait à ne rien dire.

La femme-enfant accordait son luth dont elle pinçait les cordes une à une pour en vérifier la tension sur les chevalets mobiles. Elle paraissait totalement absorbée par son instrument et son visage ne manifestait aucune sorte d'émotion. Huayang se dit que Zhaoji était encore plus experte qu'elle lorsqu'elle souhaitait ne rien laisser paraître de ses pensées intimes. Elle eut beau insister, elle n'obtint de la jeune femme aucune confidence particulière au sujet du marchand.

Le lendemain, elle présenta la toute jeune Zhaoji au vieux roi.

Ce dernier leur avait donné rendez-vous dans l'un des édicules du Pavillon de la Forêt des Arbousiers, à l'heure où les carpes faisaient des sauts. Lorsqu'il vit les deux jeunes femmes qui s'étaient, pour la circonstance, parées de leurs plus beaux atours, les rides de son visage parcheminé se transformèrent en un large sourire.

— Bonjour, petite ! dit le vieillard à la femme-enfant.

Celle-ci répondit en exécutant à la perfection la profonde révérence que Huayang lui avait apprise.

On pouvait entendre le bruit des énormes poissons qui sautaient au-dessus du lac en miniature, attirés par la nourriture que les jardiniers leur jetaient.

Les yeux de Zhaoji, qui n'était jamais entrée dans une demeure aussi somptueuse, passaient au crible tous les détails qui en faisaient le luxe et le raffinement.

Dans cet endroit, tout, les couleurs, les parfums, les lumières et les formes, était fait pour s'accorder. Les fines arcatures ornées de stuc offraient leurs fleurs entremêlées au ciel du crépuscule qu'elles encadraient comme un écrin. Les colonnettes de marbre dont les fûts poudroyaient dans le contre-jour du soleil couchant semblaient monter une garde attentive autour de ce vieil homme qui, depuis la rambarde de pierre à laquelle il aimait s'accouder en fin de journée, regardait l'astre jeter ses derniers feux. Les pieds des fauteuils en forme de pattes griffues de dragons s'enfonçaient dans d'épais tapis de laine aux motifs de tortues faisant la ronde. Les plantes odorantes plantées dans de petites jarres de terre imprégnaient l'atmosphère de leurs suaves ou entêtantes senteurs.

— Quelle âge a-t-elle ? s'enquit le roi Zhong en s'adressant à Huayang.

— Je suis à la moitié de ma treizième année lunaire, répondit innocemment la femme-enfant.

Le vieux souverain regarda, interloqué, celle qui n'était encore qu'une petite fille à laquelle il aurait donné facilement trois ou quatre années de plus.

— Zhaoji paraît plus âgée que son âge réel, mais elle a les capacités et la maturité de ses apparences, ajouta Huayang en guise d'explication.

— Comment ne pas vous croire sur parole ? dit le vieux Zhong.

Il avait pris délicatement la main de sa bru puis l'avait portée à ses lèvres avant d'y déposer un baiser.

— Zhaoji est musicienne. Elle pourra aussi aider à vous endormir en musique, poursuivit la première épouse d'Anguo.

— Petite femme, regarde cet arc-en-ciel. As-tu déjà vu quelque chose d'aussi beau ?

Le roi désignait la pluie de gouttelettes irisées que les poissons, jaillis de la vase comme des projectiles, laissaient en suspension après leur lourde chute dans les eaux sombres des douves.

Zhaoji se pencha à son tour, juste devant le vieux roi. Il pouvait voir sa nuque délicate, que relevait un chignon noué avec grâce, et le début de la blancheur laiteuse de ses épaules fragiles.

Il fit, des yeux et de la bouche, signe à sa bru qu'il

trouvait très charmante sa nouvelle recrue. Huayang vit de l'imploration dans les yeux du vieux roi.

La princesse était satisfaite. Son beau-père avait adopté la femme-enfant. Le plan se déroulait encore plus facilement qu'elle ne l'avait prévu. Elle était presque au bout de ses peines.

Il ne lui restait plus maintenant qu'à présenter Zhaoji au grand prêtre Wudong.

*

C'était au jardin botanique, où nul garde de la Cour ne mettait jamais un pied, que la première épouse du prince héritier avait convié le grand prêtre pour lui présenter, en toute confidence, sa nouvelle protégée.

Après de fortes pluies, une éclaircie faisait briller les troncs des catalpas géants. La terre humide et chaude, où des limaces gluantes étaient apparues, laissait encore échapper quelques fumerolles. Les pelouses moussues, où des champignons orangés semaient leur étrange phosphorescence, étaient à ce point gorgées d'eau qu'elles chuintaient sous les pas de Wudong lorsqu'il rejoignit les deux femmes assises sur un banc de pierre devant lequel un paon faisait la roue.

— A-t-elle déjà entendu parler de la Grande Voie ? s'enquit le prêtre taoïste auprès de la première épouse du prince héritier.

— Je lui en ai déjà parlé brièvement. Elle est déjà très intéressée par ce que j'ai pu lui raconter des expériences d'alchimie, répondit Huayang en jetant au paon quelques grains de millet.

— J'ai hâte de voir les transformations du cinabre en or ! ajouta Zhaoji qui ne semblait pas impressionnée le moins du monde par la stature et l'allure du grand prêtre Wudong.

Le paon, qui avait apprécié le millet, cherchait à s'en

faire donner davantage et se dandinait devant Huayang en essayant de picorer ses mules de soie aux broderies grumeleuses.

— Zhaoji va entrer au service de notre roi. C'est elle qui lui délivrera désormais tes pilules d'immortalité. Je veux qu'elle sache comment tu les fabriques et avec quel soin, déclara tout de go la princesse.

Taquine, elle s'était lancée dans de grands gestes pour faire peur au paon. L'oiseau s'était mis à courir et elle marchait derrière lui pour l'affoler un peu plus et le pousser à s'envoler.

— J'aimerais aussi en savoir plus sur cette Grande Voie dont mon amie me parle si souvent, dit encore Zhaoji qui était demeurée seule avec le grand prêtre.

Celui-ci alors montra un immense catalpa et déclama à la femme-enfant l'un des plus célèbres poèmes taoïstes :

— « *Il faut s'enfouir dans une retraite Yin. Ceux qui sont dotés de propriétés extraordinaires, dont la beauté s'expose et dont les qualités se révèlent, seront toujours, à cause de cela même, diminués au point de périr.*

« *C'est ainsi que le martin-pêcheur se retrouve estropié à cause de ses ailes, la tortue tuée pour ses carapaces divinatoires, le cinabre étalé sur la peau comme un vulgaire fond de teint, et la pierre brisée pour le noyau de jade qu'elle est censée renfermer.*

« *Il faut tendre vers le catalpa inaccessible dont les branches touchent le ciel et les racines les sources jaunes : jusqu'à la fin des temps, à l'abri du regard des autres, cet arbre ne connaîtra pas le chagrin.* »

Wudong avait soigneusement choisi ces vers plutôt obscurs pour le non-initié afin de tester les capacités de Zhaoji à comprendre ce qu'était le ressort intime du discours taoïste.

Il ne vit aucune trace d'étonnement dans les yeux de

la jeune fille. Elle paraissait recevoir naturellement, comme si elle comprenait parfaitement leur sens, les paroles ésotériques qu'il venait de prononcer.

Il pensa qu'elle pourrait sans peine devenir une nouvelle adepte de la Grande Voie...

Huayang, qui avait délaissé le paon, les avait rejoints.

— Je saisis fort bien. Cela signifie aussi qu'il vaut mieux, pour être heureux, vivre caché, ajouta-t-elle.

— C'est exactement cela. Les textes anciens du très vénérable Zhuangzi nous le disent sous une autre forme tout aussi explicite : en fermant ta porte, tu te conserves, assura Wudong en guise de conclusion.

— Je suis sûre que Zhaoji sera très vite initiée à nos mystères... lança Huayang, consciente des aptitudes de sa petite protégée à embrasser ces croyances et ces pratiques.

De grosses gouttes de pluie commencèrent à tomber. Il fallait s'abriter. Le trio trouva refuge sous un élégant pont de pierre qui enjambait un petit canal.

— Il faudrait à présent en apprendre un peu plus à Zhaoji sur ces pilules d'immortalité qu'elle devra faire prendre au roi Zhong, reprit la princesse.

— Leurs ingrédients sont classiques : orpiment, cinabre, arsenic, quartz, ginseng et d'autres éléments dont je ne peux révéler la teneur qu'à des initiés du stade ultime. Tout tient dans les proportions de ces composants épars. C'est bien le paradoxe de la poudre d'immortalité : diluées à trop fortes doses, la plupart de ces substances peuvent s'avérer mortelles !

Wudong appuyait sa démonstration par de grands mouvements de bras. Son pendentif d'émeraude allait et venait sur sa poitrine. Son crâne rasé brillait comme un miroir poli.

— Et quelle en est selon vous la substance la plus dangereuse ? interrogea Huayang.

311

La jolie Zhaoji, que cette énumération n'avait pas manqué d'étonner, ouvrait de grands yeux.

— À coup sûr, c'est l'arsenic. Dilué dans du thé, il emportera à son insu la vie d'un homme en deux mois ! Et sans même qu'il s'en rende compte. C'est un poison aussi efficace que fourbe ! déclara le grand prêtre d'une voix songeuse.

La pluie avait cessé. Un groupe de promeneurs approchait, il ne fallait pas attirer l'attention. Le trio fit mine de reprendre sa promenade interrompue.

Puis Wudong invita Zhaoji à venir assister à ses expériences alchimiques au Palais des Fantômes avant de prendre congé des deux jeunes femmes.

— Tu auras sans doute compris l'étendue du pouvoir qui sera le tien, dit Huayang à Zhaoji.

Le ton de sa voix se voulait normal, parfaitement détaché. Elle avait entrepris de caresser nonchalamment la crête du paon qui était revenu vers elle.

La femme-enfant ne pipait mot.

Elle s'était penchée pour ramasser de minuscules renoncules mauves qui étaient blotties dans un écrin mousseux au pied d'un catalpa. Lorsqu'elle se redressa, elle sentit le souffle de Huayang sur sa nuque. C'était un souffle tiède, rauque et parfumé de mille senteurs. Elle sentit aussi les mains de son amie sur ses épaules, dans un geste qui se voulait à la fois protecteur et suppliant.

Huayang la fit asseoir sur un banc de pierre au bord de l'allée et commença à lui parler d'une voix douce et grave.

Elle avait décidé de mettre son amie au courant et de lui révéler la teneur de son plan. Elle lui raconta son arrivée à la Cour, après qu'elle avait été vendue par ses parents à un entremetteur dont l'eunuque Droit Devant était par hasard le cousin. Placée au gynécée, son charme et sa beauté avaient fait le reste.

Elle lui décrivit sa vie dans cette cage aux barreaux dorés, les assauts mécaniques et répétés du prince Anguo qu'on lui avait fait épouser sous la contrainte et sans même qu'il lui ait demandé son avis. Elle s'était retrouvée son épouse sans l'avoir souhaité. C'est alors qu'elle avait décidé, au moins, de retourner à son profit ce qu'elle avait dû subir. Elle lui expliqua aussi comment elle avait réussi à donner le change avec les gestes qu'il fallait pour mimer le plaisir, alors même qu'il n'était pas capable de lui en donner. Elle relata les avanies et les humiliations que lui faisait subir la reine mère Mei pour qui elle n'était que la jolie chose qui appartenait à son fils. Sa stérilité était devenue une épreuve indicible, qui transformait en cauchemar ce qui aurait pu être une revanche sur le sort.

Lorsqu'elle en arriva à la maternité de sa rivale Xia et à la naissance de Yiren, les beaux yeux de Huayang, dont la tête s'était légèrement appuyée sur l'épaule de Zhaoji, étaient déjà noyés de larmes.

Alors, devant tant de souffrance et de détresse, avec une compassion vraie, Zhaoji ouvrit ses bras à son amie. Huayang se réfugia contre la petite poitrine de la femme-enfant et se laissa aller. Celle qui aurait pu être sa mère s'était réfugiée auprès de celle qui aurait pu être sa fille.

C'était la première fois que la princesse exposait ainsi ses malheurs à autrui. Cette femme si belle et si intelligente, dont chacun pouvait lire le bonheur sur le visage, n'avait jamais laissé entrevoir son désespoir. Mais la totale confiance qu'elle avait en Zhaoji lui avait ôté tout sens des convenances et de la retenue, tant était profonde, déjà, leur connivence.

Et cet épanchement, en même temps qu'il lui arrachait des larmes, lui procurait l'étrange jubilation d'un soulagement qu'elle découvrait aussi pour la première fois.

Zhaoji, que ces terribles confidences avaient boule-versée, demeura profondément touchée par cette marque de confiance. Elle découvrait qu'elle n'était pas seule au monde à avoir enduré tant de souffrances. Elle avait trouvé sa comparse. Après avoir posé son doigt sur la bouche de Huayang, elle avait décidé, confidence pour confidence, de parler à son tour.

Ses petits yeux noisette irisés de jaune s'étaient, à leur tour, embués. Son histoire n'avait rien à envier à celle de Huayang. Zhaoji n'avait jamais connu, et de loin, les joies de l'enfance.

Originaire du grand État méridional du Chu, dont le Qin était l'ennemi héréditaire, il lui en restait suffisamment de souvenirs pour affirmer qu'elle était née de parents qui étaient des paysans pauvres d'un petit village perdu dans une morne plaine où les rizières s'étendaient à perte de vue.

Au cours d'une des incursions des armées du Qin, son village avait été brûlé et sa famille entièrement massacrée. Elle avait échappé miraculeusement au carnage. Elle n'avait pas trois ans, mais savait déjà chanter comme un rossignol. C'était un don qui lui était venu sans l'aide de quiconque, à force d'entendre les chansons des femmes pour se donner du courage lorsqu'elles travaillaient aux champs.

C'était un atout non négligeable, qui lui avait permis d'échapper au massacre au cours duquel toute sa famille avait été exterminée. Un petit chef de guerre s'était emparé du charmant butin qu'elle représentait pour le revendre à une troupe de cirque ambulant. Ce cirque exhibait avec profit ce petit bout de fillette dont le luth sur lequel elle jouait dépassait de fort loin la taille.

La petite Zhaoji avait servi à tout au directeur du cirque. De chanteuse, d'acrobate, de danseuse, de servante et aussi, hélas, à autre chose dès que son petit corps avait commencé à être formé.

Le cirque avait sillonné de nombreux royaumes, du Nord au Sud et d'Ouest en Est, dont elle avait connu ainsi les contours, les formes, les couleurs et les odeurs. Elle connaissait déjà la variété du monde, ses paysages divers à l'infini, desséchés ou luxuriants, plats ou escarpés, mais aussi les us et coutumes des gens qui y habitaient, les caractéristiques de tous ces royaumes qui se combattaient avec acharnement – et sur lesquels l'emprise du Qin devenait chaque jour un peu plus forte. Depuis celui de Yan, le plus au nord, aride et plat, où vivaient les plus belles hordes de chevaux sauvages, jusqu'à celui de Shu, le plus méridional, où poussaient des mangues et où les tigres avaient, dans la jungle luxuriante et humide, une somptueuse robe striée de jaune et de noir.

Du haut des falaises escarpées de la côte de la principauté de Lu, elle avait découvert les vagues de l'océan et, des plateaux arides de l'extrême sud du royaume de Ba, admiré les pentes vertigineuses des premiers contreforts du toit du monde.

Dans certaines capitales, les cirques étaient vénérés comme des temples ambulants dont les artistes auraient été les demi-dieux ; dans d'autres, au contraire, on les considérait comme de vulgaires attractions qui servaient de couverture à des larcins, à des exactions et à des enlèvements d'enfants, ce qui leur valait un traitement néfaste de la part des autorités.

Malgré sa jeunesse, Zhaoji avait déjà presque tout vu et tout éprouvé.

Elle savait que de ce côté-ci de la montagne, on pouvait être vénéré comme une divinité descendue sur terre, et que de l'autre on pouvait finir pourchassé comme un vulgaire voleur. Elle savait aussi la cruauté et la cupidité qui se nichaient, avec une belle constance, dans le cœur des hommes, et cela expliquait la méfiance qu'elle avait éprouvée, au début, pour Lubuwei, lorsqu'il l'avait sauvée de l'esclavage, avant qu'elle ne découvrît à quel point ce marchand désintéressé n'avait obéi qu'au seul but de faire le bien pour elle.

Les leçons des choses et des gens l'avaient rendue plus forte, mais aussi très méfiante et sans illusions sur la nature humaine dès son plus jeune âge. Chaque jour passé, pour Zhaoji, avait ainsi été une victoire sur le malheur qui aurait dû l'abattre. Et chacune de ces victoires lui avait endurci le caractère. Ayant déjà vécu le pire, elle savait également que le pire n'est jamais sûr. Elle découvrait, grâce à Huayang et à Lubuwei, que l'être humain n'était pas qu'un animal jeté dans une jungle où seule régnait la loi des plus forts.

— Tu n'es encore qu'une enfant mais tu as donc déjà tout vécu, murmura Huayang avec tendresse en serrant à son tour Zhaoji dans ses bras.

— On peut le dire en effet, d'ailleurs ce vieux roi ne me fait vraiment pas peur ! répondit celle-ci en essuyant ses larmes avec le mouchoir de son amie.

— Nos existences si semblables et parallèles se sont par bonheur rencontrées, nous sommes comme deux sœurs séparées à la naissance et qui auraient fini par se retrouver, dit la princesse.

Zhaoji s'était blottie contre elle comme un jeune animal. Elle sentait la douceur du petit chignon contre son menton.

— Maintenant, veux-tu m'aider ? chuchota-t-elle dans un souffle rauque en la serrant encore plus fort.

— Je ne désire que cela...

Huayang avait saisi Zhaoji par les épaules et elle la regarda droit dans les yeux. Les deux jeunes femmes pouvaient lire à livre ouvert ce que l'autre avait dans le cœur.

— Dans ce cas, jure-moi que tu feras prendre au vieux roi le breuvage qu'un jour nous lui préparerons ! s'écria la première épouse d'Anguo.

— Je le jure, dit Zhaoji, parce que c'est toi et parce que c'est moi.

Alors, elles reprirent leur promenade en se donnant la main, comme deux sœurs unies par la dureté que le sort, jusque-là, leur avait réservée.

17

Entre les pots de buis taillés en forme de chandeliers, le petit Yiren avançait d'un pas incertain, manquant de tomber dix mille fois ; à chacun de ses pas, lorsqu'un de ses petons revenait précipitamment sur le sol en faisant vaciller son petit corps, l'enfant surpris par son audace riait aux éclats. Heureusement, l'animal qu'il poursuivait sur l'allée de gravillons du jardin intérieur était une tortue à la démarche hésitante, qu'il finit par attraper.

Renarde Rusée avait trouvé ce stratagème pour lui apprendre à marcher.

— Toutes mes félicitations vont à toi, ô mon petit prince ! s'exclama-t-elle en battant des mains.

— C'est vrai qu'il progresse de jour en jour, constata, non sans satisfaction, la mère de l'enfant royal.

La nouvelle demeure de la princesse otage était un vaste et somptueux immeuble de pierre adossé aux remparts du Palais Royal, non loin du Gynécée Central.

Anguo avait fait en sorte que l'Intendant Général, chargé des aménagements intérieurs, ne lésinât pas sur la dépense. Les pièces étaient remplies de meubles rares et précieux, et de lourdes tentures brodées d'or et d'argent ornaient leurs murs. Le jardin intérieur qui occupait l'espace central, de forme strictement circulaire, représentait le ciel, les arbres en étaient les étoiles et les allées les constellations. Au pied des figuiers nains et des orchidées grimpantes, des canalisations souterraines faisaient surgir l'eau des rivières et des cascades en miniature où des libellules venaient boire.

Depuis qu'elle avait obtenu d'Anguo d'emménager dans sa nouvelle demeure, la princesse Xia n'était plus la concubine effacée et discrète qui élevait son petit garçon à l'abri des hauts murs du Gynécée Central de la Cour. Elle n'était plus la même. Elle avait gagné en prestance et en aplomb ce qu'elle avait perdu en timidité. Sa beauté, intacte, était devenue plus froide et plus distante. Son regard, hautain à souhait, accentuait le singulier hiératisme de son visage.

Quand Anguo venait lui rendre hommage, ce qui arrivait de plus en plus fréquemment, c'était presque si elle ne le rudoyait pas.

Elle n'avait pas mis longtemps à comprendre ce qu'elle avait à faire pour se l'attacher davantage. Elle constatait avec satisfaction que le prince héritier passait désormais autant de nuits auprès d'elle qu'auprès de sa première épouse. Elle le sentait chaque fois plus empressé quand son sceptre de jade entrait dans son bouton de lotus. Elle réussissait à faire en sorte, à force d'exercices appropriés – ce qui ravissait Anguo au plus haut point tant l'événement était rare chez une femme –, que la source vitale ruisselât abondamment lorsque l'onde du plaisir suprême faisait durcir et vibrer son ventre comme la peau d'un tambour.

— Donne-moi encore un peu de ta noble liqueur intime... Elle décuple mes forces ! la suppliait Anguo devant ce déferlement qu'il attendait avec empressement, après les étreintes de plus en plus longues qu'elle lui accordait.

— Jure-moi donc que tu reconnaîtras officiellement

Yiren comme ton premier fils ! répondait-elle invariablement jusqu'à ce qu'il lâche un borborygme qui, à s'y méprendre, ressemblait à un « oui ! ».

Ce combat feutré qu'elle avait entrepris pour vaincre les dernières réticences du prince Anguo commençait à tourner à son avantage.

Elle savait que le temps jouait en sa faveur, même si elle se doutait bien que sa rivale Huayang ne restait pas inerte, tentant par tous les moyens d'empêcher le jeune Yiren de devenir le prince héritier du royaume de Qin.

Elle n'avait jamais eu l'occasion de rencontrer ni de croiser sa rivale. Les deux femmes s'évitaient soigneusement mais échangeaient des signaux mutuels, lourds de sous-entendus.

Un jour, Xia avait envoyé Renarde Rusée porter à Huayang, de la part d'une inconnue, un petit cactus planté dans une minuscule jarre de bronze. Ce que Renarde Rusée lui avait raconté de la réaction de la première épouse du père de son enfant à la vue de cet hommage ambigu dont elle avait immédiatement décelé la provenance lui avait laissé entrevoir la dureté du combat qui les opposerait. Elle avait poliment prié Renarde Rusée de rapporter la plante à la concubine otage, en lui indiquant que cette fleur lui procurait des allergies. En retour, elle lui avait fait porter un arbre miniature, bourré de longues épines, au tronc si rabougri que l'on eût juré qu'il était mort.

Une autre fois, c'était Xia qui avait reçu trois lignes d'un poème en langue classique auquel elle n'avait pas compris grand-chose. Il y était écrit qu'on était toujours « otage de père ou de mère en fils ». Xia avait envoyé en retour le même petit vase de bronze, mais dépourvu de sa cactacée, en ayant pris soin, afin de le rendre inutilisable, d'en percer le fond.

Ces passes d'armes, où aucune ne consentait jamais

à baisser la garde, prenaient des formes variées mais ne cessaient pas. Anguo demeurait au milieu, totalement incapable de rendre le moindre arbitrage entre les deux femmes.

La princesse Xia regardait encore son fils jouer à attraper la tortue quand elle entendit des bruits sourds à la porte d'entrée.

On frappait à coups redoublés. Renarde Rusée alla voir. Quelques instants plus tard, trois hommes en armes se présentèrent à elle.

L'un d'eux s'avança vers Xia, lui présenta un bref salut et dit d'une voix forte :

— Je me nomme général Défaut du Jade, commandant les armées du Qin. Je suis accompagné du général Shandong, de l'état-major des armées du Zhao, qui vient vérifier que l'otage de son royaume auprès du Qin est en bonne santé et bien traité !

Le général du Zhao sourit à sa compatriote et s'inclina devant elle respectueusement.

Le troisième, qui portait un costume civil, se présenta à son tour :

— Mon nom est Zongbi. Je suis le directeur du Bureau des Otages à la Chancellerie Royale de la Cour. Heureux de vous rencontrer !

Zongbi servirait de greffier à l'inspection de l'otage.

C'était la première fois qu'un militaire venu de son pays venait s'assurer que la princesse otage était convenablement traitée et en bonne santé.

Les inspections d'otages étaient monnaie courante entre les États qui n'avaient pas signé de traité de paix. La procédure en était parfaitement codifiée. L'État qui souhaitait procéder à l'inspection prévenait le Bureau des Otages de l'autre, qui n'avait pas le droit de refuser et déclenchait à son tour une inspection auprès de l'État demandeur. Ainsi les inspections se menaient-elles toujours de façon réciproque, afin que fût respecté le strict équilibre sur lequel ce système reposait. Elles donnaient lieu à un rapport écrit en deux exemplaires que les États s'échangeaient entre eux.

— Comme vous pouvez le voir, la princesse Xia est convenablement traitée, dit avec humour le général Défaut du Jade à l'envoyé du Zhao.

— Je vois, en effet, constata l'autre.

— Vous pouvez à présent, si vous le souhaitez, interroger directement l'otage, proposa à Shandong le général commandant les armées du Qin.

L'envoyé du Zhao déclama la longue liste de questions qu'il avait prévu de poser à la princesse otage. L'énumération en était longue et fastidieuse. Il y en avait sur la nourriture, les conditions d'hébergement, le droit à la promenade, les vêtements dont l'otage disposait, les livres que l'on pouvait lui prêter, les personnes qu'elle avait le droit de rencontrer. D'autres, encore, sur les sentiments qu'elle éprouvait et les éventuels mauvais traitements qu'on lui aurait fait subir. Xia se prêta de bonne grâce à ce minutieux interrogatoire dont il ressortit qu'elle était traitée par le Qin, à tous égards, comme une princesse de sang royal.

L'enquête, qui n'avait été qu'une simple formalité, touchait à sa fin.

— Qu'en est-il de mon otage symétrique ? demanda alors la concubine otage au général Shandong.

— Le prince Wangbi se porte très bien, même si sa condition et son sexe ne lui permettent pas, hélas, de tenir à Handan un rang semblable au vôtre !

L'ambassadeur mentait effrontément.

La santé chancelante de Wangbi avait contraint les autorités du Zhao à mobiliser une armée de médecins à son chevet pour qu'il ne fasse pas trop mauvaise figure lors de l'inspection qui se déroulerait à Handan à un ou deux jours d'intervalle. L'otage du Qin au Zhao était si amaigri qu'on le nourrissait, depuis deux semaines, cinq fois par jour par quantités infinitésimales qu'il éprouvait le plus grand mal à ingurgiter. Son visage restait hâve comme celui d'un cadavre.

L'important, en tout état de cause, serait de prouver, le moment venu, que l'otage était décédé de mort naturelle et non en raison des mauvais traitements que le Zhao lui aurait fait subir.

— Comme il doit s'ennuyer..., ajouta-t-elle.

— S'il s'ennuie vraiment, affirma Zongbi, notre roi Zhong pourrait fort bien décider de le rapatrier ici et de le remplacer par quelqu'un d'autre ! Je pourrais lui en toucher un mot, sauf votre respect !

Dès lors que le Qin aurait changé d'otage, le Zhao avait le droit d'en faire autant. Cela voulait dire qu'un otage viendrait peut-être du Zhao pour remplacer la princesse Xia.

— Dans ce cas, qu'adviendrait-il de moi ? s'enquit la princesse otage qu'une telle perspective remplissait d'inquiétude.

Elle n'avait aucune envie de quitter Xianyang, où elle menait l'existence d'une princesse dont le fils avait toutes les chances de devenir le prince héritier et, plus tard peut-être, le roi du Qin, pour revenir à Handan où personne ne l'attendait et où elle risquait fort de finir mariée de force à un ministre quelconque.

Elle ne souhaitait pas lâcher la proie pour l'ombre.

— Rien de plus. Du moins tant que les autorités du Zhao n'en décideront pas autrement, dit le directeur du Bureau des Otages, au grand soulagement de la princesse Xia, tout en achevant de consigner son rapport.

L'interrogatoire était terminé.

Les trois hommes prirent congé en s'inclinant cérémonieusement devant la princesse du Zhao, tandis que le petit Yiren essayait, mais c'était plus difficile que la tortue, d'attraper une libellule qui venait de se poser sur une des rivières miniatures du jardin intérieur.

— Ne trouvez-vous pas bizarre, je dirais même louche, cette visite inopinée ? demanda Renarde Rusée à sa maîtresse lorsqu'elles se retrouvèrent seules.

Renarde Rusée, qui portait bien son nom, était aussi méfiante qu'intuitive.

— Pourquoi une telle pensée traverse-t-elle ton esprit ?

— Je ne comprends pas pourquoi le Zhao, soudain, se préoccupe de votre sort alors qu'il y a près de trois années lunaires qu'ils vous ont placée au Qin comme otage sans jamais chercher à savoir ce que vous deveniez...

— Il faudrait que je m'en ouvre à Forêt des Pinacles. J'ai une confiance totale dans cet eunuque qui m'a sauvé la vie lorsque j'attendais Yiren. Mais depuis qu'il se trouve au service du roi Zhong, c'est devenu un homme aussi invisible qu'un fantôme ! se plaignit la princesse Xia.

— Il y a trop de gens, à la Cour, qui souhaiteraient que vous repartiez à Handan.

— Tu veux parler de la première épouse d'Anguo ?

— D'elle, bien sûr, mais elle n'est pas la seule à souhaiter du mal à notre petit prince, affirma la servante.

Xia, à ces mots, avait pris son garçonnet dans les bras et le serrait contre son cœur de toutes ses forces.

— Que faire ? gémissait-elle en caressant l'enfant.

— On dit que dans *L'Art de la Guerre* de Sunzi, il y a cette phrase : « La meilleure défense c'est l'attaque... » !

Renarde Rusée, bizarrement, aimait citer ce grand stratège.

— Peux-tu t'expliquer ?

— Nous savons assez de choses sur Huayang pour l'envoyer dans un cachot, chuchota d'une voix grave et dure Renarde Rusée.

La princesse otage leva les yeux au ciel. Ça n'était pas la première fois que sa servante abordait le sujet.

— Crois-tu vraiment que cette liaison avec le duc Élévation Paisible de Trois Degrés intéresse grand monde à la cour d'un roi aussi dépravé que l'est ce vieux Zhong ?

Le visage de Renarde Rusée, d'habitude si calme, commençait à s'animer et l'excitation qu'elle éprouvait transformait ses joues rondes en pivoines rouges.

— Si je n'en avais pas été témoin, le fameux soir, nous ne l'aurions jamais su ! C'est dire que tout le monde l'ignore encore et que sa révélation ferait le plus grand bruit ! Et d'autre part...

— Mais la missive que tu as expédiée à cet eunuque Grand Chambellan n'a pas donné grand-chose, si ce n'est que ça ne lui a pas vraiment porté chance... Il a disparu sans laisser de trace. Ils ont dû l'éliminer ! l'interrompit Xia que l'insistance de sa servante finissait par agacer.

Renarde Rusée se tut. Elle laissa un long silence s'installer entre elles. Xia, désemparée, ne savait trop que dire. Le petit Yiren dormait à poings fermés dans les bras de sa maman. On entendait seulement les doux chuchotements de l'eau des cascades et des rivières en miniature. Un merle s'était mis à chanter.

— Il y a une autre maxime dans Sunzi, dit alors lentement la servante. « Il vaut mieux s'adresser au général qu'au capitaine. » C'est au roi Zhong en personne qu'il nous faut à présent faire parvenir cette information.

La princesse otage demeura coite.

C'était indubitablement le signe que Renarde Rusée avait marqué un point. Car autant Xia savait dire non, autant elle ne disait jamais oui.

— Il nous faut seulement trouver le bon truchement pour que le message parvienne au roi sans être déformé ni qu'il y voie une manipulation contre Huayang, enchaîna la servante.

— Je crois que c'est aussi Sunzi qui a écrit : « Le messager est aussi important que le message », dit alors la princesse otage.

Interloquée, Renarde Rusée regardait sa maîtresse. Avait-elle dit cela pour plaisanter ou parce qu'elle acquiesçait à sa proposition ? Le visage de Xia était lisse comme du marbre. Il était impossible d'y lire ce qu'elle cherchait. C'était toujours ainsi qu'elle parvenait à maintenir avec les autres cette distance qui la rendait plus forte.

Renarde Rusée, que les raisonnements de sa maîtresse avaient plongée dans un abîme de perplexité, ne savait plus trop sur quel pied danser.

Alors la concubine otage jugea qu'il était temps d'informer la servante.

— Tant que tu n'auras pas trouvé de messager crédible pour avertir le roi Zhong de cela, il est inutile d'aller plus loin. Quant à le faire toi-même, cela reviendrait à signer mon propre arrêt de mort car on suspecterait un règlement de comptes, lui confia-t-elle simplement.

Puis elle quitta son jardin pour aller coucher le petit Yiren qui continuait à dormir à poings fermés.

*

Lisi aimait jouer à la balle avec Regret Éternel.

C'est lui qui avait pris les devants. Il avait d'abord lancé la petite sphère de chiffons dans les pieds de celle qu'il prenait encore pour un jeune homme frêle au visage fin, et Regret Éternel la lui avait renvoyée maladroitement en le prévenant qu'il n'entendait rien à ce jeu d'adresse. Lisi avait recommencé et, peu à peu,

Regret Éternel, qui avait pris goût à ce manège, n'avait pas tardé à la relancer à son tour avec le pied.

Depuis ce moment-là, les deux jeunes gens avaient pour habitude de jouer tous les jours avec ce petit ballon souple, vers la fin de l'après-midi, à l'issue des cours, sur la vaste esplanade située devant le porche du Collège des Fonctionnaires Supérieurs d'Autorité. Ils y étaient souvent rejoints par les garçons et les filles du quartier qui profitaient aussi de l'étendue des lieux, lorsque le vent soufflait, pour y lancer des cerfs-volants.

Ce jour-là, une forte brise venue du Nord avait balayé les nuages d'un ciel bleu d'azur et faisait voleter une fine poussière au ras du sol, mais il n'y avait aucun cerf-volant. L'esplanade était vide ; seuls trois gros chiens jaunes, tout au bout de celle-ci, se disputaient un os de buffle.

— Tu es un garçon complet, apte aux études et fin joueur de ballon ! dit en riant Regret Éternel qui venait de projeter la balle le plus loin qu'il pouvait.

Lisi essaya de la faire rebondir sur sa tête, plongea en avant, la manqua de peu et termina sa course éperdue par une cabriole dans la poussière, incapable de s'emparer de cette balle de chiffons que son compagnon réussissait toujours à pousser un peu plus loin.

— C'est toi qui progresses. Bientôt tu seras plus fort que moi ! lança Lisi qui époussetait la poussière qui recouvrait ses épaules.

Regret Éternel avait à nouveau la balle dans la main et fuyait à toute allure vers le fond de l'esplanade. Lisi s'était lancé à sa poursuite en hurlant de rire.

— Tu enfreins la règle. On n'a pas le droit de courir avec la balle dans la main. Seul le pied doit être utilisé, criait-il.

Mais Inébranlable Étoile de l'Est avait décidé, ce jour-là, que Lisi lui courrait après. Elle continuait à foncer vers le fond de l'esplanade où les trois chiens jaunes commencèrent à la regarder d'un air mauvais en montrant leurs crocs.

— Attention ! hurla vainement Lisi à son compagnon de jeu, ce sont des chiens capables de tuer des ours !

Emportée par l'élan de sa course, elle s'était approchée trop près des bêtes qui n'avaient pas tardé à se jeter sur elle en aboyant sauvagement. C'étaient des animaux de la taille d'un petit veau, aux canines longues comme le pouce, utilisés par les bergers pour défendre les troupeaux contre les attaques des ours.

L'un des molosses avait saisi dans sa gueule la tunique de la jeune fille et l'agitait furieusement pour la déchirer. Il parvint à faire rouler la jeune femme sur le sol et cherchait furieusement sa gorge tandis qu'elle se débattait et luttait avec la dernière énergie. La mâchoire terrifiante s'apprêtait à ne faire qu'une bouchée de ce pauvre Regret Éternel alors que les deux autres chiens s'étaient approchés, prêts à bondir aussi sur la proie dès qu'elle serait définitivement à terre.

Lisi regarda autour de lui pour appeler de l'aide. L'esplanade restait désespérément vide. Il fallait agir sans attendre ! Il allongea ses jambes en avant de toutes ses forces pour séparer les chiens qui avaient déjà commencé à déchiqueter le haut de la tunique de ce malheureux Regret Éternel, lequel était arrivé à rouler sur le ventre pour protéger son visage et sa gorge.

À peine Lisi avait-il réussi à repousser l'un des chiens qu'un autre revenait à la charge, puis le troisième. Il commençait à s'épuiser lorsqu'il put, à force de leur donner des coups de pied, faire reculer les deux molosses les moins acharnés. Restait le premier, dont l'énorme gueule continuait à secouer sa victime comme un fétu de paille.

C'est alors que Lisi avisa l'os de buffle qui traînait sur le sol. C'était un gros fémur, d'une blancheur immaculée, que les fourmis avaient parfaitement nettoyé. Il s'en empara et commença à rouer de coups la tête du premier chien qui s'enfuit la queue entre les jambes, puis celle du deuxième, qu'il finit par atteindre aux yeux. Hors d'haleine et à bout de forces, il enfonça violemment l'os dans la gueule du dernier animal pour en bloquer les terribles mâchoires. La bête, surprise, recula sans demander son reste avant de s'enfuir ventre à terre, en compagnie des deux autres. Il avait réussi à faire fuir cette meute dangereuse.

Lisi se précipita vers le corps de son compagnon, qui était toujours allongé sur le sol. Il ne vit même pas que ses mains bleuies et boursouflées étaient profondément déchirées par les crocs des chiens. Il se pencha vers son jeune camarade dont le visage demeurait tourné contre le sol. Regret Éternel pleurait à chaude larmes, terrorisé par ce qui venait de se produire. Lisi lui passa doucement la main dans le dos à travers sa tunique déchiquetée pour s'assurer que les chairs n'avaient pas été entamées avant de l'aider à se relever. Les griffes des chiens, par bonheur, avaient épargné son ami d'infortune.

Lisi le saisit par la poitrine pour l'asseoir. Avec stupéfaction, il s'aperçut que ses mains s'appuyaient sur deux petits seins chauds et doux. C'est ainsi qu'il découvrit que Regret Éternel était Inébranlable Étoile de l'Est.

À présent, les deux jeunes gens se faisaient face. Ils avaient besoin de reprendre leur souffle et, pour des raisons différentes, leurs esprits.

La jeune fille vit que le jeune homme regardait intensément sa poitrine. Baissant les yeux, elle s'aperçut que ses seins dardaient leurs pointes dans la large échancrure que les crocs des molosses avaient découpée au beau milieu de sa tunique. Ses yeux croisèrent alors le regard effaré de Lisi.

— Merci ! Sans toi, je ne serais plus là, avoua-t-elle sobrement.

— C'est normal, se contenta-t-il de répondre.

Autour d'eux régnait le plus grand silence.

— Je te dois une explication, dit à Lisi Inébranlable Étoile de l'Est.

— En effet, répondit la voix nouée du jeune homme.

— Ce travestissement était la seule façon pour moi de me présenter au concours de recrutement qui permet d'accéder à notre école. Les femmes n'y sont pas admises. Maintenant, nous sommes trois à partager ce secret.

— Qui est le troisième ?

Lisi manqua de tomber à la renverse lorsque la jeune fille répondit :

— C'est sire Zhong.

— Que vient faire le roi du Qin dans cette mascarade ?

— Le roi Zhong tient à moi comme à la prunelle de ses yeux...

— Ton explication est un peu courte ! fit le jeune homme qui s'appliquait à ne pas comprendre.

— Je t'en laisse juge, répliqua Inébranlable Étoile de l'Est en rajustant le haut de sa tunique.

Ils entendirent des rires sonores. Des garçons et des filles avaient commencé à envahir l'esplanade avec des cerfs-volants multicolores.

— Je peux à présent te dire enfin mon nom, je m'appelle Inébranlable Étoile de l'Est, poursuivit celle-ci en souriant.

Sa main fine avait saisi celle de Lisi. À l'étonnement de ce dernier avaient succédé l'amusement que suscitait une situation si inédite et l'heureuse surprise de découvrir la raison de l'attirance qu'il éprouvait pour Regret Éternel.

— Promets-moi de ne rien dire. Je t'ai fait confiance, ajouta-t-elle.

— Tu as bien fait, dit le jeune homme qui sentait la douce chaleur de la petite main d'Inébranlable Étoile de l'Est au creux de sa paume.

Lorsqu'ils arrivèrent devant le porche du Collège, leurs mains durent se séparer et la jeune fille s'engouffra dans le dortoir pour changer de tenue et reprendre en tout hâte ses apparences de jeune homme.

Pour le juriste pointilleux et respectueux des lois et des règlements que commençait à être Lisi, ce qu'il venait de découvrir était proprement inouï.

Que le roi du Qin eût accepté de prendre un tel risque le laissait pantois. Dans le corpus des textes administratifs régissant l'organisation de l'État tels qu'ils existaient déjà dans le *Zhouli*, il n'était dit nulle part que les femmes pouvaient devenir fonctionnaires. Le travestissement de la jeune fille était un viol caractérisé de la loi d'État ! Qui plus est, le roi, garant de celle-ci, en était le premier complice. Lisi, jeune homme encore candide, n'avait jamais imaginé qu'il pût en être ainsi au sommet de l'État du puissant Qin.

Mais la peau des doigts du jeune juriste légiste et légaliste était tout imprégnée de la douceur des tétons roses de la jeune fille, qui ressemblaient à des bourgeons de fleur d'amandier. Il comprenait mieux pourquoi, jusqu'alors, le visage de Regret Éternel lui avait toujours paru si fin et si délicat. La confiance que lui avait témoignée la jeune fille qui portait ce nom d'emprunt n'avait fait qu'accroître l'attirance qu'il éprouvait à son égard.

Après tout, le Rituel des Zhou se contentait d'ignorer la gent féminine. Il décida de considérer que cette ignorance ne valait pas interdiction.

Lisi n'avait pas mis longtemps à se forger toutes les raisons valables de protéger le secret dont venait de lui faire part Inébranlable Étoile de l'Est.

À partir de cette date, les deux jeunes gens devinrent

331

inséparables. Ce lourd secret qu'ils partageaient les avait précipités dans les bras l'un de l'autre. Seuls au monde à connaître la nature profonde de leur relation, ils étaient inéluctablement faits pour s'aimer.

Ils prirent l'habitude d'aller marcher dans les forêts des environs de Xianyang dès qu'ils avaient un moment de libre. Alors, la jeune fille pouvait redevenir elle-même.

Ce fut là, à l'abri du soleil printanier, sous les majestueuses frondaisons des sapins et des mélèzes, au milieu des herbes hautes et du fenouil sauvage, Inébranlable Étoile de l'Est ayant défait son turban pour laisser sa longue chevelure se répandre sur ses épaules, Lisi y ayant plongé son visage, qu'un jour ils apprirent ensemble les premiers gestes de l'amour.

La fille secrète du vieux roi s'offrit à Lisi naturellement, lorsqu'il se mit à la couvrir de baisers. Elle avait doucement ouvert son corsage et l'avait laissé butiner les boutons roses des fleurs d'amandier de ses pointes des seins. Puis ils s'étaient mélangés l'un à l'autre, laissant le désir les submerger sans la moindre réticence, forts de leur mutuelle attirance. C'est tout juste si Inébranlable Étoile de l'Est avait laissé échapper un petit cri lorsque l'oiseau avait forcé pour la première fois la Porte de sa petite Cage Dorée.

— Nous partageons à présent un autre grand secret, celui de l'amour que nous nous portons et que personne ne doit connaître, avait-elle murmuré tendrement à son amoureux.

Pour lui répondre, le juriste avait su se transformer en poète :

— « *Ta jolie bouche au sourire charmant, tes beaux yeux ravissants me font penser, sur ton visage, aux couleurs qui ravivent la blancheur immaculée de la soie.* »

— De quel recueil vient une si jolie poésie ?

— C'est le cinquante-cinquième poème du *Classi-*

que des Vers, celui que Confucius a commenté dans les *Analectes* en mettant en exergue que le fond est toujours indispensable aux couleurs, avait affirmé Lisi qui n'était pas peu fier de montrer à sa belle à quel point il connaissait ses classiques sur le bout des doigts.

— Viens encore dans mes bras, mon amour, avait chuchoté la jeune fille que le désir n'avait pas encore tout à fait abandonnée.

Ils s'étaient tendrement replongés dans l'extase mutuelle exquise où se réunissaient, au bout de la divine route, le Yin et le Yang.

Lorsque leur étreinte s'était achevée, le soleil avait déjà fortement décliné et ses rayons rasants ourlaient le bord des troncs des arbres de reflets pourpres.

— Tu es bien la fille du vieux roi Zhong, dis-moi ? Je veux savoir. Il ne doit plus y avoir aucun secret entre nous, avait-il soufflé à l'oreille d'Inébranlable Étoile de l'Est.

Celle-ci, en guise de réponse, s'était contentée de lui rendre le plus tendre des baisers.

18

— Monseigneur, le poste frontière du Grand Sud nous avertit du retour du prince Anwei. L'estafette qui nous informe de la nouvelle vient de repartir.

Coupure de la Ligne Droite tremblait comme une feuille en annonçant ainsi au roi Zhong la bonne nouvelle du retour de son fils préféré.

Chaque fois qu'il entrait dans le bureau du souverain, c'était la même chose, la peur panique d'être interrogé sur la bévue qu'il avait faite en étranglant le pilleur de la tombe d'Étoile du Sud le reprenait aux tripes. Le vieux roi n'y avait plus jamais fait allusion. L'épisode du Bi noir étoilé semblait avoir disparu de sa mémoire. Un tel miracle ne pourrait assurément pas durer longtemps ! Coupure de la Ligne Droite se disait que le vieillard pouvait y repenser à tout moment tant son obsession de longévité grandissait au fur et à mesure que son organisme subissait les outrages du temps.

Depuis l'éviction de Droit Devant, il ne pouvait plus être question d'espérer que le Grand Chambellan en fonction au moment des faits servît de bouc émissaire. Et Coupure de la Ligne Droite ne pouvait pas compter sur la moindre compréhension de Forêt des Pinacles, qui venait à peine de prendre la place de Droit Devant et devait tout ignorer – du moins le croyait-il – de ce malheureux épisode. Au cas où la mémoire reviendrait au roi Zhong, il se trouverait donc inexorablement en première ligne.

Ce matin-là, l'annonce de l'arrivée inopinée de ce fils royal n'arrangeait rien. La situation devenait désespérée. La mère du prince Anwei n'était autre qu'Étoile du Sud, dont c'était la tombe que le vieux roi avait ordonné qu'on allât fouiller afin d'y récupérer le fameux Bi noir étoilé ! Coupure de la Ligne Droite était sûr que le vieillard finirait inévitablement par établir un jour le lien entre le retour de ce fils qu'il adorait et cet objet rituel qu'il avait fait placer dans la tombe de sa première concubine. Il se voyait à nouveau, au mieux, le nez tranché par la machette du bourreau et, au pire, son cou subissant le même traitement.

Pourtant, à sa stupéfaction, le miracle semblait se poursuivre. Le roi ne fit aucune allusion à la mère de son fils et encore moins à l'objet rituel.

— Que voilà une très bonne nouvelle ! Je veux voir Anwei dès qu'il sera à Xianyang, se contenta-t-il de dire en souriant au chef des gardes.

Coupure de la Ligne Droite en profita pour se retirer sans demander son reste, tandis que Forêt des Pinacles annonçait au roi que le général Défaut du Jade souhaitait le voir pour une affaire urgente.

— Que l'on fasse donc entrer le général, si c'est à ce point urgent ! accepta le roi d'une voix maussade et plutôt lasse.

Le cliquetis caractéristique des lames d'épée de bronze sur des plaquettes d'armure en jade se fit entendre. C'était Défaut du Jade, suivi d'un autre général qui portait aussi un bouclier tendu de peau de rhinocéros, l'animal fétiche du corps d'armée du Grand Sud.

— Majesté, j'ai souhaité que le général Daoming, qui commande les armées méridionales, vous fasse lui-même, avant de repartir, le rapport de nos avancées contre le Chu, dit fièrement Défaut du Jade en présentant ses respects au vieux souverain.

Affalé dans son fauteuil comme la voile d'une embarcation que l'équipage vient d'amener, le vieillard leva un sourcil broussailleux. C'était un signe de l'inquiétude que cette visite inopinée ne manquait pas de susciter en lui.

Il souhaitait en savoir plus.

— Il y a quelques jours, ô mon roi, nos troupes ont réussi à s'emparer de la citadelle de Sui. La voie nous est désormais ouverte pour progresser jusqu'à Ying, la capitale. Il suffira de s'emparer du pont-forteresse qui permet de traverser la rivière Han, déclara cérémonieusement le général Daoming.

C'était plutôt une bonne nouvelle !

— Avons-nous perdu beaucoup de chevaux dans l'affaire ? demanda d'un air soupçonneux le vieillard aux deux militaires.

— Fort peu, répondit Défaut du Jade. Il n'y a guère de chevaux au Chu, c'est un pays méridional. On y accorde moins d'importance que chez nous. Cette offensive a été menée par notre infanterie et nos archers à pied.

— C'est vrai, j'avais oublié. Mais que devient le prince Anwei dans tout cela ? dit le roi Zhong d'un ton qui se voulait le plus détaché possible.

— Lors de la reddition de Sui, nous avons négocié avec les autorités du Chu. Elles ont accepté de relâcher notre otage contre l'arrêt de notre offensive, dit Daoming.

Telle était donc l'explication du retour de son fils.

— Un arrêt très provisoire... Nous repartirons à l'attaque dès que notre potentiel militaire le permettra ! ajouta Défaut du Jade, l'air entendu.

— Attendez que mon fils soit de retour ici avant de lancer toute offensive.

— Mais, Majesté, cela allait sans dire. D'ailleurs, le prince Anwei risque d'être auprès de vous sous peu, murmura Défaut du Jade de sa voix la plus obséquieuse.

— Je sais. Le poste frontière vient de nous en avertir.

Le vieux Zhong s'était levé de son fauteuil de roi avec une énergie que l'on ne lui connaissait plus.

Le retour du fils aimé était pour lui une divine surprise, qui le rendait joyeux. Cela faisait quatre ans qu'Anwei le courageux et l'intelligent était l'otage du Qin auprès du Chu. Quatre longues années qui lui avaient paru une éternité. Le temps avait été si long qu'il en aurait fini par oublier ce fils qu'il avait envoyé se morfondre à Ying sous la pression de la reine Mei.

La mère d'Anguo avait catégoriquement refusé que ce dernier servît d'otage, fût-ce auprès d'un État aussi important que le Chu, comme le roi en avait caressé le projet. Zhong s'était laissé faire. Zhong, pourtant, préférait et de très loin Anwei à Anguo.

Dès son plus jeune âge, Anwei avait montré des dispositions supérieures à celles de son demi-frère aîné. C'était un enfant vif, à l'esprit ouvert, brillant dans ses études, alors que les mêmes précepteurs s'arrachaient les cheveux lorsqu'il s'agissait de faire apprendre à Anguo la moindre ligne d'un texte ancien. De même, lorsque leur père les emmenait tuer l'ours, Anwei se montrait plus volontaire et plus perspicace que son frère, non seulement dans la traque de l'animal mais surtout dans l'ultime combat, lorsqu'il s'agissait d'affronter au glaive la bête dressée sur ses pattes, ses griffes supérieures prêtes à s'abattre sur le chasseur que l'animal dépassait de deux ou trois coudées. C'était toujours Anwei qui, bras tendu comme une lance, fonçait sur la bête tandis qu'Anguo, terrorisé, restait le plus souvent tapi derrière un tronc d'arbre. Surtout, Anwei était beaucoup plus affectueux avec ce père admiré qu'il ne quittait pas d'une semelle.

Ces liens affectifs et cette connivence faisaient d'Anwei le successeur que le roi Zhong aurait souhaité se donner.

La reine Mei avait eu tôt fait de remarquer les qualités qui faisaient du fils de sa rivale le favori de son époux et l'héritier du trône. La mort d'Étoile du Sud avait facilité le travail de sape qu'elle avait entrepris pour éloigner l'un de l'autre le père et ce fils favori.

L'occasion s'était présentée, précisément, lorsqu'il avait fallu trouver un otage de sang royal pour arrêter une guerre qui s'éternisait avec le puissant Chu. Elle avait jeté tout son poids dans la balance pour convaincre Zhong que ce fût Anwei et non Anguo.

Dix ans plus tôt, la manœuvre de Mei eût échoué. Mais, l'âge venant, le roi s'était fait plus malléable et résistait moins bien au caractère acharné et aux assauts sournois de sa première épouse. De guerre lasse, il avait donc cédé.

Deux ans plus tard, toujours sous l'insistante pression de la reine mère Mei, il avait désigné Anguo comme prince héritier du Qin, le jour des vingt ans du jeune homme. Quant à Anwei, qui en avait trois de moins, toujours exilé au pays de Chu, nul ne savait au juste quand il reviendrait de ce royaume méridional.

Zhong se consolait comme il pouvait, et surtout par l'oubli, de l'éloignement du fils aimé dans une contrée où la vie, au demeurant, était plus douce qu'au Qin en raison du climat plus chaud et des femmes qu'on disait plus nombreuses et plus volages.

Il s'était donc habitué, malgré lui et de guerre lasse, à l'idée que son fils le plus médiocre serait appelé, un jour, à lui succéder tandis que l'autre, qui possédait toutes les vertus nécessaires, coulerait des jours tranquilles et oisifs sous le soleil du Chu.

Mais la nouvelle de la prise de la citadelle de Sui par les armées du Qin, qui permettait à Anwei de revenir à Xianyang, avait bouleversé cette donne. Le vieux Zhong avait à nouveau sous la main son fils préféré.

Dans quelques mois, Anwei aurait vingt ans accomplis. Alors le roi Zhong, s'il le souhaitait, pourrait en toute légalité déposséder Anguo de son titre d'héritier du royaume pour l'octroyer à son puîné. Une telle perspective, à laquelle il avait rêvé sans le moindre espoir qu'elle se réalisât, devenait désormais possible !

Aussi l'irruption inopinée dans son bureau de Coupure de la Ligne Droite, suivie de celle de Défaut du Jade, le remplissait-elle de joie et parvenait à illuminer le teint blafard de son visage de vieillard dont les forces diminuaient de jour en jour. Il se réjouissait par avance du tour pendable qu'il pourrait jouer à tous ceux, et surtout à celle, qui voyaient déjà Anguo sur le trône du Qin. Le retour inespéré d'exil du fils aimé sonnait comme une revanche et un don de la chance.

Le vieux souverain était à ce point perdu dans ses pensées jubilatoires qu'il n'avait même pas entendu la fin du discours des deux militaires.

Ceux-ci, statufiés dans un garde-à-vous solennel, durent attendre qu'il sortît de cette torpeur.

Au bout d'un moment, l'air satisfait, il se contenta d'acquiescer en baissant imperceptiblement ses sourcils. C'était le signe qu'ils pouvaient disposer.

Les deux militaires quittèrent le bureau à reculons, afin de respecter l'étiquette selon laquelle un militaire portant une tunique faite de plaquettes de jade ne saurait présenter au roi du Qin, sous peine d'irrespect, son dos qui en était dépourvu.

*

— Majesté, le marchand de Handan que vous avez souhaité recevoir attend dans l'antichambre depuis deux heures, dois-je le faire entrer ? demanda timidement Forêt des Pinacles au vieux Zhong.

Les deux généraux étaient déjà sortis depuis longtemps.

— Qu'il entre !

La perspective du retour de son plus jeune fils lui avait fait oublier cette visite, tout occupé qu'il était à échafauder son plan.

Il caressa d'une main distraite le minuscule tripode de bronze gravé à son nom qui était posé sur la table devant laquelle il était assis.

Le roi avait fait prévenir Lubuwei par Paix des Armes qu'il souhaitait le voir. Le marchand en avait été extrêmement flatté et honoré, mais il ne connaissait pas le but de la rencontre. C'était la première fois qu'il était reçu en audience privée par le vieux souverain. Pour faire la meilleure figure possible, il avait revêtu un costume de brocart de soie du Chu ourlé d'un col de fourrure de zibeline. Il avait prudemment demandé à Hanfeizi de l'accompagner.

Forêt des Pinacles introduisit les deux hommes et leur fit signe de s'asseoir sur deux étroits tabourets de bambou, car il convenait que les invités du roi ne fussent jamais à l'aise devant ce dernier, tandis qu'un serviteur ajustait les plis du lourd manteau, de couleur gris souris, de laine dite en « duvet de grue », que portait le vieux monarque.

— J'ai souhaité vous faire venir devant moi pour entendre de votre bouche le nombre de chevaux dont vous disposez aujourd'hui sur vos terres, déclara tout à trac le vieux roi au marchand sans faire de fioriture.

— Mille trois cent cinquante-quatre dont cinq cent soixante-sept pouliches capables de mettre bas cette année, répondit instantanément Lubuwei qui s'était préparé à une telle question.

— Qu'on appelle le numérologue de service, dit le roi à Forêt des Pinacles.

Il y avait à la cour du Qin trois numérologues à la disposition du roi jour et nuit, qui se relayaient en permanence.

Quelques instants plus tard, le numérologue, un petit homme replet, faisait son entrée dans le bureau du roi, armé de son grand boulier.

— J'ai le chiffre cinq cent soixante-sept ! lança le vieux Zhong.

Le numérologue manipula son boulier à la vitesse de l'éclair. Aussitôt, les petites billes de bois se mirent à cogner contre les parois du boulier avec le claquement du bois sec quand il est attaqué par les flammes.

— Cinq cent soixante-sept contient soixante-trois fois le chiffre parfait. Et six plus trois font aussi le chiffre neuf, dit l'homme d'un ton mécanique avant de se retirer.

— Voilà qui est de bon augure ! s'exclama le roi dont le visage se déridait peu à peu.

Le vieux Zhong croyait aux chiffres, et tout spécialement au chiffre neuf, le chiffre du Yang, celui du parfait pouvoir, le chiffre rond et entier par excellence dont la mise en évidence, dans la somme annoncée par Lubuwei, ne pouvait être, en l'occurrence, qu'un très heureux présage.

Fort de ce résultat, il pouvait poursuivre sans retenue ni méfiance son interrogatoire.

— Je vais à présent être très direct. Combien vous faudra-t-il de temps pour être capable de fournir dix mille chevaux de plus à mon pays, sachant que notre dernier recensement en comptait un peu moins de quarante mille ?

C'est alors que, bravant son bégaiement, Hanfeizi prit la parole.

— Tout dépend, sire, de la position que vous allez prendre. Si les chevaux sont tous envoyés au combat, ils risquent d'y périr et la reconstitution du cheptel s'en trouvera amoindrie. Si vous voulez renouveler le cheptel du Qin, il vous faut commencer par préserver les pouliches sur le point de mettre bas. Vous ne devez plus les envoyer sur les champs de bataille. Il vaudrait mieux, à cet égard, signer des trêves provisoires avec les États ennemis pour mieux lancer par la suite des offensives fulgurantes et décisives. En moins de trois ans, le Qin pourrait ainsi retrouver sa puissance équestre et annexer d'un seul coup les États ennemis.

— Le Qin aurait besoin d'un esprit de votre qualité capable d'autant de ruse, fit le vieux roi en portant au philosophe bègue un regard d'admiration non feinte. Donnez-moi votre recette, s'enquit-il en s'adressant à présent au marchand. Comment vous procurez-vous les animaux alors que vous ne possédez pas d'armée pour les prendre à un ennemi ?

— Ma méthode est simple, sire, je les achète. Parfois au prix fort. Des rabatteurs me signalent les plus beaux troupeaux et les meilleurs éleveurs. J'ai pu ainsi mettre récemment la main sur des lots de plus de cent chevaux célestes, surtout dans les contrées du Nord qui jouxtent les steppes où ces destriers vivent en liberté à l'état sauvage. Ensuite, tout est affaire de sélection et de tri, pour mettre d'un côté les juments capables de mettre bas et de l'autre les meilleurs étalons reproducteurs. C'est ainsi qu'on obtient les poulains les plus valeureux. Tout est affaire de lignage et de classement, répondit le marchand.

C'était la raison d'être des nombreuses clôtures et couloirs de bambous que les palefreniers de Lubuwei construisaient à longueur de journée pour éviter que les bêtes ne se mélangent. Ce véritable labyrinthe étonnait les promeneurs par sa complexité et son étrangeté lorsqu'ils s'aventuraient autour de ce qu'on appelait maintenant à Xianyang « la colline aux chevaux surmontée d'un palais ».

— On peut parvenir aux mêmes fins qu'avec la force aveugle quand on a de la méthode, conclut sobrement le philosophe bègue.

Le vieux roi avait tourné son regard vers la fenêtre du balcon et admirait pensivement les toits de sa ville.

Il fallait donc attendre trois ans avant de prétendre relancer efficacement la machine guerrière de l'orgueilleux Qin. Trois années passaient vite, mais sa vieille carcasse tiendrait-elle ? Verrait-il cette renaissance armée de son pays ? C'était ce qui le chiffonnait.

Il sentait bien que ses forces l'abandonnaient tous les jours un peu plus.

L'angoisse de la mort, tout d'un coup, le surprit à nouveau, sourde et tenace. Il sentit un poids comprimer le Champ de Cinabre de son ventre. Il regarda ses interlocuteurs. Il voulait être sûr qu'ils ne se rendaient compte de rien.

Il les voyait à présent dans une sorte de halo, comme si la flamme de son esprit, moins alimentée en souffle vital, s'était brusquement affaiblie, empêchant désormais toute conversation avec ses deux visiteurs. Il valait mieux couper court et éviter de donner le spectacle de ses forces qui l'abandonnaient à ces deux étrangers.

Il trouva le moyen de renverser pieds en l'air le minuscule tripode de bronze sur lequel étaient gravés son nom de roi et sa date de naissance. C'était le signal muet par lequel le souverain signifiait au Grand Chambellan qu'un entretien était terminé.

Forêt des Pinacles reconduisit les deux hommes dans l'antichambre où Coupure de la Ligne Droite les attendait pour les raccompagner jusqu'à la cour d'honneur.

— Fais venir la petite, souffla le vieillard à l'eunuque lorsqu'ils furent seuls, je sens que mon souffle vital s'épuise.

Lorsqu'il vit Zhaoji entrer dans la chambre, son visage s'illumina.

— Comme d'habitude désormais, il me faut une pilule ! lui dit-il d'une voix douce.

La femme-enfant ouvrit l'armoire et prit une coupe de bronze dans laquelle elle versa de l'eau avant d'y écraser la pilule de longévité.

Elle s'approcha lentement du vieillard et lui fit boire lentement ce breuvage dont il aurait suffi de doubler la dose pour qu'il devienne un poison aux effets fulgurants.

*

Le prince héritier poussa le soupir rauque du plaisir intense lorsqu'il finissait par éclater dans la cime du corps après sa lente remontée depuis le Champ de Cinabre du bas-ventre.

La petite langue rose et pointue de Huayang achevait de rendre un hommage rapide mais tout aussi efficace au sceptre de jade d'Anguo dont le corps massif continuait à haleter comme un animal fourbu.

La première épouse s'efforçait d'entretenir du mieux qu'elle pouvait la flamme de son époux qui devenait volage. Elle avait décelé l'attirance qu'il éprouvait à présent pour la concubine otage qui lui avait donné un fils, et entendait déployer tous les efforts possibles pour l'en détourner, voire, si possible, y mettre un terme.

Ce jour-là, pourtant, elle avait la tête ailleurs depuis qu'elle avait appris que son beau-frère Anwei était revenu à Xianyang et que le vieux roi Zhong l'avait accueilli avec les égards dus à un fils légitime.

Tout cela était fort inquiétant pour Anguo.

Huayang s'était renseignée auprès des jurisconsultes. Ils avaient été formels : elle savait désormais que le jour où Anwei atteindrait ses vingt ans, le roi pourrait fort bien le désigner comme héritier du Qin à la place de son époux. Il suffisait au roi de faire graver l'édit sur un tripode de bronze qui serait conservé en lieu sûr et qu'on ressortirait le jour de sa mort.

La nouvelle du retour de son beau-frère l'avait à la fois satisfaite et inquiétée.

Après tout, dès lors qu'Anwei devenait prince héritier à la place d'Anguo, le jeune Yiren n'avait plus aucune chance de le devenir à son tour. Le danger que sa rivale Xia représentait disparaissait comme par enchantement. Elle retrouvait toutes ses chances d'accéder un jour au statut de reine mère.

Mais pour arriver à ses fins, qui étaient d'enfanter un roi, il ne lui faudrait rien de moins, toutefois, que s'employer à séduire le prince Anwei en espérant qu'elle tomberait enceinte d'un homme qu'elle ne connaissait pas encore. La manœuvre, à première vue, paraissait singulièrement compliquée et sa réussite hautement aléatoire.

Et c'était là que le bât blessait. Huayang détestait l'inconnu. Elle connaissait l'efficacité de son charme et la faiblesse de tous ceux sur lesquels elle l'avait exercé. Nul homme jusqu'alors ne lui avait résisté. Mais en l'espèce, elle éprouvait un sentiment bizarre qui l'inquiétait. Il suffisait d'une fois pour que ses charmes laissassent Anwei indifférent et alors tout son plan s'écroulerait.

Pour mesurer ses chances, il fallait absolument qu'elle rencontrât le plus rapidement possible le fils aimé du roi.

— Sais-tu que ton frère est de retour ? dit-elle durement à Anguo en secouant les épaules du benêt qui,

épuisé par son va-et-vient, somnolait encore sur sa couche.

L'œil vague, il répondit d'une voix distraite :

— Oui. Et alors ?

Elle leva les yeux au ciel mais n'était qu'à moitié
étonnée de tant d'aveuglement.

Anguo, décidément, ne changerait pas, elle n'avait
rien à espérer de ce côté-là. Il ne serait jamais qu'un
bâton de jade dépourvu totalement d'esprit critique.

— J'aimerais au moins que tu me présentes à
Anwei, ajouta-t-elle alors d'une voix redevenue char-
meuse.

— Ce sera fait dès demain. Je me suis toujours bien
entendu avec ce demi-frère plus jeune. Petits, nous passions des journées à nous amuser ensemble. Nous étions
inséparables !

Il ne pouvait imaginer, et pour cause, ce que cachait
le souhait de son épouse. Il fit en sorte de la satisfaire
pour le mieux.

Le lendemain, lorsqu'elle vit son beau-frère pour la
première fois, elle ne mit pas longtemps à comprendre
pourquoi le vieux roi Zhong préférait le prince Anwei
à son mari.

Elle regretta de ne pas l'avoir rencontré plus tôt, à
la place du prince héritier officiel.

Les yeux noisette d'Anwei pétillaient d'intelligence
et son visage aux traits fins et subtils tranchait avec
celui d'Anguo, dont le front lui paraissait à présent
fuyant et bas. Sa sveltesse et la noblesse de son port,
dépourvu, contrairement à Anguo, de toute fatuité, ne
pouvaient de surcroît que frapper, comparées à l'embonpoint qui menaçait déjà de transformer en outre le
ventre gonflé par les excès alimentaires de son frère
aîné.

Huayang portait une tenue affriolante dont le savant
ordonnancement de gaze transparente et de soie mou-

lante ne laissait rien échapper, lorsqu'elle bougeait les jambes, des formes et des endroits les plus secrets de son corps magnifique. Elle avait enduit ses cheveux d'essence mentholée, et savamment recouvert ses lèvres d'une imperceptible poudre de couleur carmin.

Et elle s'était opportunément assise juste face à Anwei.

Du coin de l'œil, elle surveillait sa prunelle pour y déceler cette petite étincelle qui lui signifierait que la voie était ouverte à son entreprise de séduction.

Elle commença par constater, non sans dépit, que nulle rivalité n'était visible entre les deux frères et qu'ils paraissaient s'entendre si bien que, tout absorbés qu'ils étaient par le récit de leurs souvenirs mutuels, ils ne semblaient pas lui prêter la moindre attention.

— Après de si longues années, te voilà enfin de retour, dit Anguo à son demi-frère après l'avoir serré dans ses bras avec effusion.

— J'ai l'impression de t'avoir quitté hier, répondit l'autre qui ne regardait que son frère et que Huayang laissait visiblement indifférent.

— Raconte-moi le Chu. On dit de ce pays que les femmes y sont particulièrement désirables, demanda à son demi-frère le prince héritier officiel.

Le regard d'Anwei transperça celui de Huayang l'espace d'un instant. Soulagée par ce mouvement instinctif, elle fit exprès de décroiser ses jambes pour s'assurer qu'elle avait vu juste. Mais l'autre détourna promptement la tête et fit celui qui n'avait rien vu.

Interrogé par son frère, Anwei avait commencé à décrire ses conditions d'existence au royaume de Chu sans jamais jeter un seul regard à Huayang. Il semblait avoir décidé d'agir ainsi pour signifier à sa belle-sœur qu'il n'était pas dupe et qu'elle perdait son temps.

Huayang se sentit humiliée. Sur son visage pouvait se lire une imperceptible moue de déception et de colère rentrée. Anwei serait à n'en pas douter pour la belle chasseresse un gibier bien plus difficile à capturer que les précédents.

— Mes journées se passaient dans une villa des environs de Ying, au bord d'une rivière poissonneuse. Je menais une existence oisive, entre la lecture des *Classiques*, le tir à l'arc et la pêche à la truite. Il y avait un très beau jardin. Tu sais que j'ai toujours été féru de plantes et d'arbres. J'étais fort bien traité, poursuivit le frère.

— Et les femmes ? interrogea Anguo d'une voix gourmande lorsque Anwei eut achevé son récit.

Anwei marqua un temps d'arrêt. Il fit semblant de ne pas voir la posture encore plus avantageuse et provocante que, dans une ultime tentative, venait de prendre Huayang dont les lèvres roses de la fente intime apparaissaient clairement entrouvertes, telle une bouche suave sur le point d'embrasser.

Il avait parfaitement compris le manège de sa belle-sœur.

— J'ai rencontré au Chu une jeune fille que je compte faire venir à Xianyang pour la présenter à notre père, dit-il en regardant Huayang droit dans les yeux.

Ce regard dur et hostile avait transpercé l'écorce de la jeune femme. Il paraissait fouiller le tréfonds de son âme. C'était un regard de mépris et de condamnation. La première épouse d'Anguo, blessée au cœur, baissa les paupières.

Elle avait compris qu'il était inutile de chercher à séduire ce beau-frère pourtant si désirable. Il ne céderait pas.

— Comment s'appelle-t-elle ? lui demanda-t-elle alors, l'air de rien.

— Fleur de Jade Malléable. Sa famille est de noble origine. Elle danse comme la feuille d'automne qui tombe de l'arbre et elle chante aussi bien que le rouge-gorge. C'est la femme que j'aime, conclut fièrement Anwei.

Il avait fait exprès d'user d'accents poétiques pour bien lui signifier qu'il avait fait le choix de Fleur de Jade Malléable et ne répondrait jamais à ses avances.

Lorsque les deux frères la quittèrent, Huayang laissa échapper sa rage. Elle demanda à sa servante de la laisser seule et s'abattit sur sa couche en sanglotant avec violence.

Les images se mirent à défiler dans sa tête, toutes plus inacceptables les unes que les autres.

Elle voyait l'inaccessible et incorruptible Anwei couronné roi du Qin après avoir épousé Fleur de Jade Malléable. Elle voyait Anguo assister sans broncher, et même en acquiesçant, à la dépossession de son titre au profit de ce frère qu'il admirait tant. Et chacun à la Cour, et à bon escient, de s'en féliciter et de trouver ça normal. Elle voyait enfin la princesse Xia qui était sa cadette la remplacer peu à peu dans le cœur – et le corps – d'un Anguo devenu de surcroît sans valeur à ses yeux puisque ayant perdu sa qualité de prince héritier.

Mais ce qu'elle gardait surtout à l'esprit, c'était le regard terrible d'Anwei lorsqu'elle l'avait défié.

Elle s'était sentie épluchée comme un fruit pelé jusqu'au noyau. Elle avait l'impression de lui avoir livré, en un instant, sous la contrainte, tous ses secrets les plus inavouables, toute l'épaisseur de la duplicité et de la rouerie dont elle était capable mais qu'elle gardait soigneusement enfouies au fond d'elle-même et dont personne ne pouvait soupçonner l'existence. Anwei avait déshabillé son cœur.

Pareille mise à nu lui était insupportable. Elle s'était définitivement aliéné son beau-frère et craignait de s'en être fait un ennemi irréductible. À laisser filer les choses au point où elle en était, elle courait le plus grave des dangers : celui de ne plus être à même de maîtriser son propre sort.

Huayang était une combattante. Elle était une femme libre qui n'acceptait pas qu'autrui décidât à sa place. Elle savait le prix de certaines décisions qu'il fallait prendre, quel qu'en fût le coût, sans lesquelles on courait le risque de tout perdre.

Elle se releva et essuya ses larmes.

Le choix s'imposait à elle, dans sa terrible évidence.

C'était un choix implacable qu'elle ne partagerait qu'avec elle-même. Anwei n'avait pas voulu d'elle ; eh bien, elle s'arrangerait pour le détruire.

Sans le savoir, Anwei, en refusant de saisir la perche qu'elle lui avait tendue, se privait de la destinée glorieuse qu'il aurait méritée. Au moins lui avait-elle donné sa chance ! Elle n'était pour rien dans son refus de se laisser séduire. Ce serait donc tant pis pour lui.

Il fallait à présent agir sans tarder.

Dans moins de quatre petits mois, le vieux roi pourrait éliminer à sa guise le prince Anguo de sa lignée successorale. Il lui suffirait d'un simple geste, celui de convoquer un graveur dont le stylet écrirait le nom d'Anwei, assorti de sa désignation comme prince héritier, sur la panse d'un petit tripode. Cela aurait suffi à anéantir tous les efforts qu'elle déployait pour essayer de devenir autre chose que l'obscure épouse inféconde et soumise d'un mari sans cervelle auquel elle avait été mariée de force.

Huayang disposait de son propre stylet.

C'était un stylet plus efficace encore, plus pointu qu'un poignard et qui ne se contenterait pas d'effleurer la panse d'un vase rituel de bronze...

Son stylet à elle s'appelait Zhaoji, c'était la femme-enfant.

Elle lui demanderait simplement de mettre deux pilules au lieu d'une dans la coupe du vieux roi chaque soir, pendant trois ou quatre jours, avant qu'il ne s'endormît.

L'effet du poison, Wudong le lui avait assuré, serait fulgurant.

L'eunuque Forêt des Pinacles retrouverait le cadavre froid du vieux roi au petit matin du quatrième jour. L'examen des viscères du cadavre par les médecins légistes, qui occulteraient au passage tous les orifices du corps donnant vers l'extérieur en y introduisant des bouchons de jade en forme de cigale pour empêcher que l'esprit du roi mort ne s'en échappât, ne donnerait rien, puisque le roi prenait déjà sa ration quotidienne de cinabre.

Sa mort serait considérée comme naturelle. Il avait largement atteint l'âge où l'on mourait dans son sommeil de sa plus belle mort lorsque le souffle Qi n'avait plus la force d'irriguer, depuis le centre du ventre d'où émergeait la passe du nombril, les différents organes vitaux du corps.

Anguo, toujours prince héritier, monterait alors sur le trône du Qin.

Il ne resterait plus à Huayang qu'à inonder de prières et d'offrandes la déesse donneuse d'enfants afin qu'elle accordât enfin la fertilité à son ventre.

Elle savait qu'après cela, elle ne serait pas encore au bout de ses peines. Elle aurait toujours Xia face à elle, rivale de la reine.

Plus Yiren grandissait et plus la rumeur faisait état d'une Xia entreprenante, avide et orgueilleuse, sûre d'elle-même, bien décidée à évincer Huayang du cœur de son époux. Le jour où celui-ci deviendrait roi, nul doute que Xia décuplerait ses assauts.

Huayang, toutefois, se sentait plus forte que la concubine otage. Du moins dans ce face à face dont l'issue, selon elle, ne faisait guère de doute, pouvait-elle espérer continuer à gouverner son destin comme elle l'entendait. Tout bien pesé, mieux valait un Anguo médiocre roi du Qin, qu'elle pouvait espérer garder sous sa coupe après avoir éliminé sa concurrente, qu'un Anwei tout-puissant et hostile qu'elle avait, sans y parvenir, essayé de charmer.

Alors, rajustant sa tenue et essuyant toute trace de larmes sur son visage, elle retrouva sa belle apparence et se mit à chercher les mots qu'elle allait dire à Zhaoji pour l'amener à accomplir la tâche pour laquelle elle l'avait programmée.

19

— Amis si chers, le bureau du Cercle du Phénix doit ce soir procéder au serment du sang, annonça à voix basse Couteau Rapide.

Alors, chacun tendit son bras gauche et le chirurgien n'eut qu'à effleurer avec son scalpel les poignets des eunuques présents pour recueillir les filets de sang dans un crâne humain qui servait de coupe. Quand il eut fini, ils se passèrent le crâne de lèvres en lèvres. Celles-ci se teintèrent de rouge comme si elles avaient été fardées.

— Nous jurons, comme il est d'usage, le secret absolu sur notre réunion ! proclamèrent-ils tous ensemble.

Lorsque les douze chefs de la confrérie des eunuques procédaient à ce rituel sanguinaire, pour lequel ils se réunissaient en grand secret dans un grenier à céréales désaffecté de la périphérie de Xianyang, c'est que l'heure était grave.

Cela n'arrivait tout au plus qu'une, voire deux fois tous les deux ans. Les réunions se tenaient toujours en pleine nuit et les participants s'arrangeaient pour ne pas y arriver en même temps, afin d'attirer le moins possible l'attention de témoins éventuels qui auraient dénoncé l'existence de la confrérie.

Celle-ci, placée sous la protection de l'oiseau mythique et protéiforme, n'apparaissait dans aucun document officiel, pas même le recueil institutionnel des assemblées, et encore moins dans la liste qui était exhaustive des associations officielles conservée à la Tour de l'Affichage.

Son existence remontait à des temps immémoriaux. Elle était à la base de la toute-puissance de ces hommes qui avaient subi ce choix contre nature qui leur ouvrait les portes d'un pouvoir particulier. La castration les faisait entrer dans un monde à part, distinct de l'organisation séculière ordinaire. L'eunuque ne pouvait être suspecté d'agir pour sa descendance puisqu'il n'en aurait jamais, ni de fomenter un coup d'État puisqu'il ne pourrait jamais devenir roi à son tour, les codes rituels ayant exclu qu'un castré pût devenir le chef suprême d'un pays. Il lui restait le pouvoir occulte, qu'il lui était loisible d'exercer sans limites. Or l'efficacité de ces hommes de l'ombre était d'autant plus grande qu'ils étaient capables d'agir de concert. Cette soif de pouvoir et cette volonté de protéger leur influence déterminante avaient cimenté au fil des siècles la caste des eunuques, qui s'était organisée en conséquence.

Dès qu'un eunuque avait subi l'opération de castration, il devenait membre de cette société secrète dont on ne connaissait l'existence que si l'on était soi-même castré. Les eunuques s'étaient toujours attachés à ne partager leur secret avec personne.

Lors d'un convent triennal, les membres de la société secrète procédaient à l'élection de douze directeurs qui avaient pour fonction d'administrer et de diriger la confrérie. C'étaient en général les eunuques les plus âgés et les plus expérimentés qui avaient accédé aux grades les plus élevés de la hiérarchie administrative, mais ce pouvait être aussi des eunuques plus jeunes, aux dents plus longues que celles de leurs confrères.

Couteau Rapide était de ceux-là. Les douze chefs disposaient chacun d'une voix équivalente lorsqu'il fallait délibérer.

Cette nuit-là, une tension particulière régnait dans le grenier désaffecté. Le directoire s'était réuni pour traiter de la question la plus grave depuis son élection. Le premier à prendre la parole fut Forêt des Pinacles.

— Mes amis, loué soit notre modèle à tous, Dongfangshao ! Vous avez paré au plus pressé en faisant en sorte que je remplace ce pauvre Droit Devant... Je vous remercie de la confiance que vous me témoignez, s'exclama-t-il.

— Plutôt que d'invoquer notre ancêtre dont les atouts permirent de séduire son prince et maître, il vaudrait mieux nous en remettre au vénérable Laozi afin qu'il fasse de nous de ces Immortels à la peau fraîche comme la neige givrée ! lança une voix.

Elle venait d'un personnage à la crinière couleur de feu ; elle était haut perchée et avait les intonations de celle d'une courtisane.

— « *Les Immortels sont discrets comme des vierges, ils aspirent le vent et boivent la rosée, ils chevauchent des dragons volants pour aller s'ébattre au-delà des quatre mers* », ajouta Forêt des Pinacles en citant la description des Immortels telle qu'elle figurait au premier chapitre du livre de Zhuangzi.

— Il est vrai que nous n'en serions pas là si ce pauvre Droit Devant avait été un Immortel ! Mais trêve de jeu de mots. La situation est grave. C'est la première fois, à ma connaissance, que l'un des nôtres, et pas n'importe lequel, doit subir les rigueurs de la justice de notre État alors qu'il n'existe aucune trace probante de sa culpabilité si ce n'est une plaidoirie brillante d'un philosophe bègue, déclara Couteau Rapide d'une voix dure.

— Sait-on où il se trouve ? fit la voix qui avait les intonations d'une courtisane.

— Hélas, malgré mes nouvelles fonctions, je suis dans l'incapacité de vous dire où se cache ce pauvre garçon. Peut-être dans les cieux du mont Kunlun, dit Forêt des Pinacles en réprimant un court sanglot.

— Ce vieux despote, malgré son âge, garde bon pied bon œil ! Il sait se servir des hommes de telle sorte que l'un ignore ce que l'autre fait. Il règne suffisamment pour diviser, constata amèrement une autre créature à la crinière flamboyante.

— Si au Qin un Grand Chambellan peut ainsi disparaître d'un jour à l'autre comme n'importe quel serviteur de rang médiocre, je dis que notre confrérie court les plus grands dangers. D'ailleurs, la présence de la toute jeune fille qui sert de gouvernante au vieux roi en est un signe avant-coureur... proclama avec emphase et gravité Couteau Rapide.

— Certes, mais que faire dans ces conditions ? demandèrent d'une seule voix tous les autres.

Personne ne disait plus rien.

Au sein de ce rassemblement de tenues bigarrées et chatoyantes, telles de grosses fleurs bizarres miraculeusement surgies du sol en terre battue de la grange, chacun regardait l'autre avec inquiétude. Le plus lourd des silences régnait dans le bâtiment désaffecté où flottait encore une odeur de poussière et de graines séchées.

Couteau Rapide, au bout d'un moment, reprit la parole.

— Nous devons venger ce pauvre Droit Devant. Il devra être dit que nul n'a le droit de s'en prendre ainsi à l'un des plus brillants des nôtres.

— Peux-tu préciser ta pensée ? s'enquit timidement la voix qui avait les intonations d'une courtisane.

— Forêt des Pinacles et moi avons un plan à vous proposer. Notre chance s'appelle la princesse otage Xia.

Elle tient les eunuques en haute estime parce qu'elle doit la vie à l'un d'eux. C'est notre ami Forêt des Pinacles qui l'a sauvée de la mort alors qu'elle allait accoucher... Elle a donné au prince Anguo un enfant mâle qui est l'unique petit-fils du vieux roi Zhong. Xia, dont les atouts sont nombreux, commence à avoir quelque influence sur Anguo qui paraît de moins en moins insensible à ses charmes. Le jour où Anguo deviendra roi, nous aurons grâce à elle le meilleur des soutiens. Dès lors, le nouveau roi ne s'avisera jamais de toucher un seul cheveu de la tête de l'un des nôtres, conclut-il devant le reste du directoire médusé par sa brillante démonstration.

— Mais que fais-tu de Huayang et de son influence sur le prince Anguo ? demanda la crinière flamboyante.

— Il nous suffira d'œuvrer pour que son influence décline. Huayang demeure infertile, et Xia est plus jeune que Huayang. Qui plus est, elle est loin d'être sotte. Tôt ou tard, cela finira par l'avantager définitivement.

— Si je comprends bien, il s'agit de faire en sorte qu'Anguo devienne le roi du Qin le plus rapidement possible, reprit la crinière flamboyante.

— Je ne te le fais pas dire, gloussa d'un air entendu Couteau Rapide.

Le chirurgien en chef n'était pas mécontent de l'effet que produisait son discours sur le directoire de la confrérie du Cercle du Phénix.

— Éliminer un souverain en activité n'est pas chose facile, hasarda à nouveau la voix suraiguë de courtisane.

— C'est un fait. Aussi vous demanderai-je de faire preuve d'imagination, répondit abruptement Forêt des Pinacles, coupant court aux murmures qui commençaient à parcourir la petite assemblée.

Peu à peu, malgré la gravité du thème à propos

duquel il leur avait été demandé de réfléchir, les eunuques commencèrent à papoter comme de vieilles commères, assis à même le sol de terre battue où l'un d'entre eux venait d'allumer un feu.

Un étranger qui aurait fait irruption dans le grenier désaffecté serait reparti à toutes jambes, tremblant de peur devant ce qu'il n'aurait pas manqué de prendre pour une assemblée de sorciers. Il y avait là tout ce que le genre humain pouvait produire d'excessif, tant en matière de posture que d'apparence. Certains ressemblaient à de vieilles femmes fardées ; d'autres à des jeunes gens efféminés ; d'autres encore à des guerriers valeureux dont les muscles surdéveloppés sculptaient les corps d'athlètes. Chaque eunuque avait le souci de la représentation et cherchait à se singulariser par un signalement propre. Le seul point commun était les cothurnes que chacun portait et qu'il avait posées derrière lui avant de s'asseoir autour du brasier.

La discussion s'était engagée et les idées fusaient pour trouver le moyen adéquat de faire disparaître le vieux Zhong. Les divagations allaient bon train, avec leur lot d'exagérations. Trois des douze directeurs s'étaient même proposé de se sacrifier eux-mêmes en l'assassinant de leurs propres mains.

— Je vois que vous n'avez pas une vision claire de la protection rapprochée dont bénéficie le vieillard ! rétorqua, agacé, Forêt des Pinacles à ces candidats au suicide.

— Dans ce cas, il n'y a que toi, puisque tu es Grand Chambellan, qui puisses agir de façon sûre et efficace, affirma la crinière flamboyante que les flammes du brasier paraissaient avoir allumée.

— Ne crois-tu pas que c'est aussi pour ça que nous nous sommes arrangés pour qu'il accède à ses fonctions actuelles ? répliqua Couteau Rapide.

Sûr de son effet, il esquissa un mauvais sourire qui en disait long.

Un murmure d'admiration parcourut l'assistance. Une telle confidence signait l'efficacité redoutable du tandem que Couteau Rapide et Forêt des Pinacles formaient ensemble.

Au sein du directoire, ils jouaient depuis la disparition de Droit Devant un rôle prépondérant d'animateurs et de guides que nul ne songeait à leur contester.

— Le mieux serait qu'il mourût dans son sommeil. Ainsi, il ne pourrait appeler à l'aide, suggéra le nouveau Grand Chambellan.

— Mais les goûteurs ne risquent-ils pas de déceler la moindre trace de poison dans les aliments du roi ? s'inquiéta la crinière flamboyante.

— Tout le problème est là. Le roi n'ingurgite pas un seul biscuit qui n'ait été préalablement goûté ! La jeune gouvernante qui l'assiste au lever et au coucher ne me paraît pas être une écervelée. Rien ne lui échappe, reconnut Forêt des Pinacles.

— Mes amis, donnons-nous quinze jours pour trouver une solution efficace maintenant que nous sommes tombés d'accord sur l'objectif à atteindre. Je vous propose que nous nous réunissions ici dans deux semaines pour en délibérer, arrêta Couteau Rapide en levant la séance.

Après quoi le directoire se leva, enfila ses cothurnes et s'égailla dans la nuit noire après que Forêt des Pinacles eut piétiné, pour les éteindre et ne pas laisser de traces de leur réunion secrète, les charbons rougeoyants du brasier.

*

Les petites mains de Zhaoji tremblaient à peine lorsqu'elle versa dans la coupe de bronze deux pilules

359

de cinabre au lieu d'une, après les avoir au préalable concassées dans le mortier de pierre. Ce serait la quatrième et dernière fois qu'elle aurait à le faire.

Elle prit le temps nécessaire pour remuer la poudre à l'aide d'une cuillère plate, afin qu'elle se mélangeât du mieux possible à l'eau jusqu'à former un brouet noirâtre. Restait à attendre que le roi l'appelât.

L'attente lui parut éternelle. Elle finissait par penser que le vieux Zhong s'était endormi sans avoir réclamé son remède. Dans ce cas, tout serait à recommencer le lendemain.

Ce fut Coupure de la Ligne Droite qui la sortit de la somnolence où cette attente avait fini par la plonger.

— N'avez-vous pas entendu que le roi réclame sa pilule du soir ? lui chuchota le chef des gardes.

Zhaoji serrait sa coupe un peu plus fort lorsqu'elle s'avança vers le vieux souverain.

Elle s'arrangea pour qu'il la bût d'un trait.

Quand le vieillard eut fini de déglutir, elle s'assit au bord du lit et caressa lentement les rares cheveux blancs qu'il avait encore sur le sommet du crâne.

Huayang lui avait enjoint de rester auprès du roi jusqu'à ce qu'il s'endorme de peur qu'il n'aille recracher la décoction mortelle à laquelle la double dose de cinabre donnait une terrible amertume. Les petites mains douces de la femme-enfant allaient et venaient sur la peau jaunie et parcheminée du crâne du vieillard. Ses grimaces consécutives à la déglutition du breuvage empoisonné avaient disparu pour laisser place à une moue béate. Les yeux ridés se fermèrent en une fente imperceptible tandis que le souffle devenait plus régulier.

Le vieillard, épuisé par le traitement qu'elle lui avait déjà administré, venait de s'endormir pour la dernière fois.

Alors seulement, Zhaoji, sa mission accomplie, se

retira sur la pointe des pieds en prenant soin de saluer haut et fort Coupure de la Ligne Droite afin qu'il puisse éventuellement témoigner qu'elle n'était pas restée un long moment seule en compagnie du roi après son coucher.

En quittant cette vieille carcasse qui allait devenir un cadavre au visage affreusement défiguré par l'intensité de la douleur au ventre consécutive à l'ingestion d'une telle quantité de sulfure de mercure et d'arsenic, elle n'éprouvait nulle émotion. Huayang avait trouvé les mots pour la convaincre de perpétrer ce crime sans qu'elle ait à éprouver le moindre remords.

Elle n'était que l'instrument d'une vengeance qui la dépassait. Elle se sentait parfaitement étrangère à l'acte qu'elle venait de commettre tout en comprenant les motivations de sa commanditaire.

La première épouse d'Anguo avait su lui faire partager le bien-fondé de cet empoisonnement et l'avait convaincue qu'elle ne pourrait agir que par son truchement. En retour, elle la considérerait comme une fille adoptive dont le destin serait indéfectiblement lié au sien.

Zhaoji avait accepté sans réticence les termes de ce contrat dont personne d'autre qu'elles deux ne connaissait l'existence.

La femme-enfant avait la force de ceux qui, radicalement dépourvus d'illusions, n'éprouvaient jamais de regrets et agissaient en toute chose, lorsqu'ils l'estimaient juste, sans le moindre état d'âme tout en sachant qu'un jour les conséquences mêmes de leur geste pouvaient les amener à devenir à leur tour des victimes d'un sort identique.

Au petit matin, Forêt des Pinacles pénétra dans la chambre du roi pour s'assurer, comme d'habitude, que le souverain dormait bien dans son lit.

Il s'en fallut de peu qu'il ne défaillît.

Sur le grand lit, le cadavre du vieux Zhong était déjà refroidi.

Une immense langue de bile et de sang sortait de sa bouche grande ouverte dont elle accentuait le rictus. Dans ses yeux révulsés, on pouvait encore lire la panique qui avait dû s'emparer du vieillard lorsqu'il avait ressenti les premières attaques du cinabre sur la paroi de son estomac. Ses mains tordues comme d'antiques racines de catalpa faisaient encore le geste de contenir le ventre que le breuvage mortel avait fait gonfler comme ces énormes vases de terre cuite dont se servaient les paysans pour mettre à l'abri des rats la récolte des céréales.

L'odeur aigrelette de la mort, déjà, flottait dans la chambre.

La posture du cadavre ne faisait, pour le Grand Chambellan, aucun doute : il ne pouvait s'agir d'une mort naturelle. Quelqu'un était allé plus vite que le directoire de la confrérie des eunuques.

Lentement, Forêt des Pinacles reprenait ses esprits.

Valait-il mieux crier à l'assassinat, ou faire comme si la vieillesse avait fini par avoir raison du vieux roi ? C'était à lui d'en décider...

Après avoir soigneusement pesé le pour et le contre, le Grand Chambellan se persuada qu'il valait mieux, pour toutes sortes de raisons, opter pour la seconde hypothèse.

Dénoncer un assassinat et lancer une enquête revenait à prendre le risque que le complot des eunuques ne s'ébruitât, car la confrérie aurait pu être suspectée d'avoir trouvé ce moyen radical pour venger la disgrâce de Droit Devant.

Privilégier l'explication de la mort naturelle, c'était laisser courir le ou les assassins mais cela ne changeait rien au fait que la voie était libre pour l'accession d'Anguo au trône du Qin.

C'était là l'essentiel.

Enfin, l'eunuque Forêt des Pinacles ne se sentait pas une âme de justicier et sa mémoire fourmillait d'exemples où des enquêtes s'étaient retournées contre ceux-là mêmes qui, croyant bien faire, les avaient lancées.

Quelqu'un – mais qui était-ce ? – avait fait le travail en lieu et place de la confrérie du Cercle du Phénix.

Il ne serait même pas nécessaire de se réunir pour décider de l'action à mener ! Le mieux était de profiter de l'aubaine sans que quiconque pût suspecter que le roi Zhong avait été assassiné et n'était pas décédé de mort naturelle.

Forêt des Pinacles se composa un visage éploré et se rua dans l'antichambre en se tordant les mains.

— Notre Majesté est morte ! Malheur sur le Qin ! Notre Majesté s'est envolée vers le mont Kunlun ! s'écria-t-il tandis que les gardes aux yeux encore bouffis de sommeil s'étaient rassemblés autour de lui en joignant leurs lamentations aux siennes.

— Ne faut-il pas avant toute chose appeler un médecin légiste ? demanda Coupure de la Ligne Droite.

— Le chirurgien Couteau Rapide remplira ce rôle, qu'on le fasse venir céans. En attendant qu'il arrive, je vous interdis d'ébruiter la nouvelle ! répliqua le Grand Chambellan sans hésiter une seconde.

Dans l'antichambre, les sentinelles, à l'annonce du décès, se lamentaient déjà en se frappant la poitrine avec les poings. Coupure de la Ligne Droite avait apporté une étroite bande d'étoffe blanche afin qu'ils s'en servent comme d'un brassard.

Le blanc était la couleur du deuil. C'était ainsi qu'on devait exprimer sa peine lorsque le souverain passait de vie à trépas.

Des gardes annoncèrent l'arrivée du chirurgien en chef des eunuques. Couteau Rapide et Forêt des Pinacles s'entretinrent à voix basse pour bien se concerter sur la conduite commune à adopter.

— Où est le corps ? demanda d'une voix forte le chirurgien en prenant l'air le plus détaché possible.

— Sur le lit, dans la chambre. Il a dû mourir dans son sommeil, répondit le Grand Chambellan d'un ton accablé.

Après qu'ils furent entrés dans la chambre du roi, un garde tendit un bout de la bande blanche en travers de la porte car l'étiquette voulait que nul ne puisse y pénétrer avant que les embaumeurs n'aient accompli leur tâche.

Les deux eunuques étaient seuls. Ils pouvaient se parler.

— Quelqu'un a eu la même idée que nous, constata Couteau Rapide qui paraissait quelque peu contrarié.

— Ce qui m'inquiète, c'est moins cet acte, qui nous ôte une bonne épine du pied, que le fait que nous ignorerons toujours quels en sont les auteurs, murmura d'une voix étouffée Forêt des Pinacles.

— Notre corporation est pourtant censée tout savoir ! Il est vrai que tu n'as pris tes fonctions que depuis quelques jours. Si notre cher Droit Devant était encore avec nous, je suis sûr qu'il aurait déjà deviné quels sont ceux, ou celles, qui ont pu perpétrer cet empoisonnement...

Pour la forme, ils retournèrent le corps et dégrafèrent la tunique. Puis ils essuyèrent soigneusement les traces de bile et de sang et refermèrent la bouche du roi en la serrant avec un bandeau qu'ils nouèrent sur son crâne, non sans lui avoir enfilé au préalable une grosse cigale de jade entre les dents. Enfin ils lui étendirent les jambes et les bras.

Le cadavre de Zhong paraissait dormir paisiblement. Ils sortirent de la chambre.

Le Grand Chambellan s'adressa alors à Coupure de la Ligne Droite :

— À présent, tu peux aller annoncer au royaume que notre bienheureux roi vient de s'éteindre pendant son sommeil.

Le chef des ordonnances royales s'en fut d'un pas lent vers la cour d'honneur.

Coupure de la Ligne Droite était partagé entre le soulagement et l'inquiétude. Il n'aurait plus à se tourmenter de devoir rendre des comptes sur la disparition du Bi noir étoilé. Mais cette mort du vieux souverain le prenait de court et le contrariait plus encore. Coupure de la Ligne Droite avait peur de la mort. Il s'était habitué à l'idée que la pharmacopée que le grand prêtre Wudong administrait au vieux roi finirait par produire son effet et retarderait indéfiniment sa mort. C'est pourquoi il lui chipait une ou deux pilules tous les jours, qu'il avalait en secret.

Dans ses rêves les plus fous, il se voyait lui-même un jour atteindre cette immortalité qui obsédait le vieux roi. Et voilà que ce décès remettait en cause les espoirs qu'il avait placés dans ces pratiques fondées sur l'alchimie et le contrôle du corps. Les confucéens de la Cour avaient donc raison de railler les boniments de Wudong le taoïste ! Il se félicita de ne pas avoir osé donner suite aux propositions d'initiation qu'il avait reçues de la part de son acolyte Zhaogongming, accompagnées d'œillades explicites au beau garçon qu'il était.

Perdu dans ses pensées, le chef des gardes royaux ne s'était pas rendu compte qu'il avait déjà franchi le seuil de l'immense porte de bronze à deux vantaux qui donnait sur la cour d'honneur, où une armée de serviteurs vaquaient déjà aux tâches de nettoyage des lieux qui devaient impérativement être achevées au lever du roi, avant leur inspection par le Directeur de la Propreté des bâtiments royaux.

Il appuya ses deux mains sur la rambarde en marbre blanc du perron et cria d'une voix forte :

— Malheur au Qin ! Notre roi le prince Zhong est mort cette nuit !

L'espace d'un instant, toute vie s'arrêta.

Puis, telle une onde de choc, on entendit de nouveau cette phrase : « Le roi est mort ! », que chacun répétait à l'autre, se répandre dans les galeries et les cours, dans les esplanades et les jardins, sur les terrasses, franchissant les murs et les clôtures sous les voûtes des corridors, traversant les hauts murs de pierre, montant à l'assaut des troncs séculaires des arbres et pénétrant dans les jarres de bronze destinées à recueillir les eaux pluviales.

La rumeur enfla tel un grondement de tonnerre, jusqu'à ce qu'elle devienne une immense complainte qui fit résonner le Palais Royal comme un gigantesque tambour de pluie.

La Cour, déjà, savait. La ville, très vite, saurait aussi.

Puis le pays de Qin tout entier finirait par savoir, où, dans le moindre village, jusqu'aux confins de ce vaste territoire qui allait des plaines arides et désertiques des steppes de l'Ouest et du Nord aux chaînes montagneuses et luxuriantes du Sud et de l'Ouest, une estafette apporterait la sinistre nouvelle au peuple qui ferait semblant de pleurer ce roi si lointain.

Alors, gardes et fonctionnaires extorqueraient les hommages des plus riches, essentiellement des marchands, sous forme de dons obligatoires destinés, prétendument, à embellir les funérailles du roi.

L'orgueilleux et conquérant royaume de Qin se préparait à accomplir un deuil de vingt et un jours pour saluer la mémoire du souverain décédé.

Dès l'annonce de la nouvelle, Accomplissement Naturel fut parmi les premiers à accourir.

Il avait sous le bras le manuel des procédures funéraires du *Zhouli*, le grand rituel de la dynastie des Zhou que feu le roi Zhong, dans sa quête de restauration de l'esprit qui régnait au temps de ce grand Empire d'autrefois, avait fait adopter par le Qin.

Le lettré vénérable s'installa dans un petit bureau où il fut rejoint par le ministre de l'Étiquette. C'était aux deux hommes que revenait l'organisation des différents rites qu'il fallait à présent accomplir : celui de l'embaumement, celui de l'exposition au peuple dans la cour d'honneur du palais, et enfin celui de l'enterrement proprement dit, dans le grand mausolée qui attendait le roi dans la nécropole non loin de celui d'Étoile du Sud, et dont la construction avait commencé le jour de son couronnement pour s'achever quelques années plus tard.

La première décision des deux hommes avait été de procéder à la réquisition des pleureurs et des pleureuses professionnels qui auraient à se relayer jour et nuit au pied du catafalque. Ils revêtiraient la tunique blanc immaculé en « duvet de cygne », fermée par une ceinture de lin rouge à laquelle étaient accrochées les deux petites cymbales de bronze qu'ils heurteraient en cadence en lançant leur triste complainte. De cette garde composée de trente hommes et trente femmes, à l'issue des vingt jours et à l'orée du vingt et unième, celui des funérailles, dix seraient choisis pour accompagner le cadavre du roi dans son ultime demeure où ils seraient enterrés vivants. Très vite, leurs chants deviendraient des pleurs de faim et des hurlements de terreur qu'on entendrait à peine, après que les terrassiers auraient jeté la dernière pelletée de terre sur la butte qui recouvrait la tombe.

Lorsque la nouvelle lui parvint, Anguo dormait encore dans les bras de Huayang.

La première épouse s'était arrangée pour retenir auprès d'elle, cette nuit-là, le fils du vieux roi qui allait mourir. Coupure de la Ligne Droite fit irruption dans leur chambre et se prosterna devant Anguo en remettant au prince héritier le lourd sceau de bronze de son père ainsi que le petit tripode qu'il posa sur la table de son bureau.

— Honneur à notre nouveau roi ! s'exclama-t-il en offrant sa nuque à celui qui allait remplacer le roi Zhong.

Au temps de la dynastie des Zhou, tout nouvel empereur pouvait récuser l'allégeance de ses hommes. Il eût suffi à Anguo de placer sur ce cou offert la tranche de sa main, et le chef des ordonnances royales eût été condamné à mourir la tête tranchée car nulle part il n'était écrit que le nouveau roi devait faire confiance aux hommes liges de son prédécesseur.

Nulle peur n'avait pourtant étreint l'inquiète nature de Coupure de la Ligne Droite. Le geste qu'il venait d'accomplir était purement rituel.

— C'est le plus beau jour de ma vie, avait murmuré Huayang à son époux en effleurant de ses doigts fins la peau de son ventre tandis que le chef des gardes sortait de la pièce à reculons.

Le prince Anguo s'était redressé comme un arc, le regard effaré par la nouvelle de la mort de son père.

Il n'avait jamais réellement conçu qu'un jour, il lui succéderait.

Dehors, dans la longue galerie qui menait de la chambre de Huayang à la Cour d'Honneur, on pouvait entendre le cliquetis des épées et des lances de la garde royale qui prenait position afin de rendre les honneurs à son nouveau maître, le roi Anguo.

Celui qui allait devenir roi du Qin regarda son épouse d'un air incrédule.

— Ne reste pas ainsi devant tes hommes ! Le roi doit se faire obéir. Tu as l'air d'avoir peur de ta nouvelle charge, lui reprocha-t-elle.

— M'aideras-tu ? demanda-t-il niaisement.

Elle l'embrassa longuement en enfonçant ses ongles laqués le long de ses bras, comme une tigresse qui enserre sa proie pour mieux la dévorer.

— Je vais demander qu'on vienne t'habiller comme le roi, lui dit-elle en faisant teinter une clochette d'argent. Qu'on fasse venir le tailleur du roi ! ordonna-t-elle à un camérier. Mon époux doit passer la tunique ornée de haches à col de renard ! lança-t-elle au tailleur qui attendait déjà dans l'antichambre et s'était avancé la nuque baissée.

— La princesse Huayang fait allusion au manteau des empereurs d'autrefois tel qu'il était décrit dans le *Livre des Odes*, ajouta l'homme qui était entré dans la chambre juste derrière le tailleur, avec le barbier.

Huayang tourna la tête et vit qu'il s'agissait du lettré Accomplissement Naturel qu'accompagnait le duc Élévation Paisible de Trois Degrés. Elle sourit.

— Vous êtes toujours là quand il s'agit de respecter la tradition et l'étiquette, dit-elle au Très Sage Conservateur tandis qu'Anguo, que des gardes avaient sorti du lit et installé dans un fauteuil, avait déjà été pris en main par le barbier qui lui frictionnait les joues avec un onguent au miel.

— Je viens de compulser le *Zhouli* et proposerai à notre roi de nous en inspirer si possible à la lettre. Après tout, il ne reste plus que six États voisins à conquérir pour que le Qin ait la taille de l'ancien Empire de nos ancêtres, les très glorieux Zhou, fit le lettré.

— Que voilà une excellente initiative, ajouta en s'inclinant cérémonieusement le Grand Officier des Remontrances.

Anguo écoutait tout cela d'un air perdu et lointain, accablé qu'il était par ses nouvelles fonctions auxquelles il ne s'était jamais préparé.

La barbe du nouveau roi était presque entièrement

achevée quand il se fit entendre un brouhaha. Quelqu'un fendait la foule des courtisans et des serviteurs qui se pressait dans la galerie menant à la cour d'honneur.

C'était la princesse Xia, qui portait le jeune Yiren dans ses bras.

Lorsqu'elle devina que c'était sa concurrente, Huayang esquissa une moue de dépit.

Mais il était trop tard pour barrer le chemin à l'intruse. Et faire une scène en public à Anguo ou lancer des imprécations était exclu. Restait donc à faire bonne figure en serrant les dents.

— Ton fils a voulu rendre hommage au nouveau roi son père ! clama d'une voix forte la princesse otage.

Puis elle planta là, devant le fauteuil où officiait le barbier, le petit garçon.

Yiren, lorsqu'il vit Anguo, tendit ses bras.

Alors le roi prit son fils dans ses bras et posa son nez sur le front du bambin qui éclata de rire.

Alentour, chacun, médusé, faisait silence et observait le défi que les deux femmes se lançaient ainsi, l'une soutenant le regard de l'autre sans jamais le baisser tandis que l'enfant et le père continuaient à rire aux éclats.

C'était l'affrontement de deux ambitions extrêmes, que rien ne pourrait désormais arrêter.

DEUXIÈME PARTIE

20

Le chiffre treize, au Qin, n'était pas fétiche.

Treize années, donc, étaient passées depuis la mort
de Zhong. Treize ans pendant lesquels fort peu de chose
avait changé.

Le Bi noir étoilé se trouvait toujours dans l'armoire
de Lubuwei qui s'était définitivement installé à Xianyang. Tous ceux qui étaient venus avec lui de Handan,
l'Homme sans Peur, l'écuyer Mafu et le philosophe
Hanfeizi – dont les principes légistes n'avaient cessé
de se répandre dans l'État –, étaient restés, à l'exception
de Zhaosheng que son épouse réclamait et qui était
reparti au Zhao où il gérait les intérêts de Lubuwei.

Un peu plus de douze ans s'étaient ainsi écoulés
depuis qu'Anguo avait succédé à son père le roi Zhong,
six mois après sa mort, à la date exacte choisie par les
astronomes et les géomanciens du ciel.

Le nouveau roi, comme c'était prévisible, n'avait
brillé ni par son intelligence ni par sa perspicacité. Sa
timidité dans l'action, son absence totale d'ambition et
le peu de lucidité qu'il avait toutefois sur lui-même
l'avaient amené à gérer le Qin sans toucher à ce que
son père avait construit.

Ce que d'aucuns auraient pu juger comme de la prudence ou de l'effacement lui avait finalement plutôt

réussi. Après douze années de règne d'Anguo, le Qin était un peu plus puissant encore que ne l'avait laissé le vieux despote Zhong et nul ne songeait à contester l'autorité du roi, même s'il paraissait moins brillant et moins rusé que son père.

Le peuple continuait à être écrasé par l'impôt car le nombre des fonctionnaires augmentait chaque année de façon inexorable. Les armées du Qin, grâce à Lubuwei dont l'influence n'avait cessé de croître et que le roi Anguo avait nommé ministre des Ressources Rares, disposaient enfin des chevaux nécessaires à de nouvelles conquêtes sur les territoires des royaumes ennemis.

La présence d'otages du Qin, adéquatement placés par sa diplomatie auprès des royaumes les plus dangereux et les plus vindicatifs, offrait au royaume autant de répits salutaires, propices à des campagnes militaires à sa portée. Des villes comme Yiyang et Cai, appartenant aux États du Han et du Chu, étaient ainsi tombées, au grand dam de leurs souverains, dans son escarcelle.

Xianyang, la capitale, s'était encore embellie de monuments dont la plupart étaient dus au talent de l'architecte Parfait en Tous Points à qui les chantiers de Lubuwei avaient apporté notoriété et gloire.

Lisi, qui avait épousé Inébranlable Étoile de l'Est, poursuivait sa carrière de brillant haut fonctionnaire. Après avoir gouverné une province septentrionale de taille moyenne, son opiniâtreté et son acharnement au travail lui avaient valu d'accéder au poste de vice-Chancelier, chargé de la promulgation des Lois et des Décrets.

Zhaoji et Lubuwei formaient, de leur côté, un couple soudé par l'intelligence et l'ambition. Celle qui n'était plus une femme-enfant avait fini par céder aux avances du marchand qui en était tombé éperdument amoureux et lui avait un jour déclaré sa flamme.

Le marchand n'avait pas mis moins de six ans pour

arriver à ses fins. Il est vrai que tant de beauté et de maturité réunies en valaient bien la peine.

La jeune femme avait fini par céder à Lubuwei parce que Huayang, auprès de qui elle s'en était ouverte, l'y avait vivement encouragée. Le terrible secret des deux femmes cimentait leur complicité profonde. La reine Huayang jouait auprès de Zhaoji le rôle de mère protectrice et initiatrice. À l'instar d'une mère et d'une fille, elles ne prenaient aucune décision sans que l'autre soit d'accord.

La lutte implacable que se livraient toujours la princesse otage Xia et la reine Huayang, hélas demeurée inféconde, n'avait pas cessé. Le roi Anguo n'avait pu qu'assister à ce terrible combat tout en se gardant bien d'y prendre part. La chasse à l'ours et au tigre occupait toujours le plus clair du temps de ce roi lorsqu'il n'inspectait pas distraitement ses armées, de préférence dans les contrées giboyeuses. Cela lui évitait de subir les remontrances et les reproches des deux protagonistes qui ne se privaient pas de lui faire payer au prix fort la neutralité à laquelle il s'astreignait. Le roi n'avait pas le choix. Les deux combattantes étaient trop fortes pour lui.

Il faut ajouter qu'il profitait de cette rivalité, car les deux femmes jouaient en permanence de toutes leurs cartes pour le séduire et éliminer l'autre. Elles redoublaient de mille attentions des plus particulières à son égard sans qu'il eût besoin de le demander. Aussi préférait-il s'abstenir de toute intervention qui aurait remis en cause ce jeu subtil de balancier.

La seule ombre au tableau, pour Anguo, était cet imperceptible tremblement de la main gauche qui le gênait chaque jour un peu plus lorsqu'il caressait les seins et le ventre de ses deux amantes.

Le combat entre les deux tigresses, depuis treize ans

donc, faisait rage... Ce combat acharné dont le jeune Yiren avait été la première victime.

*

Le sort de l'otage du Qin à Handan était beaucoup moins enviable que celui de la princesse Xia à Xianyang. Il vivait dans les deux pièces d'un pavillon de brique sévèrement gardé au milieu du parc de l'immense caserne centrale qui occupait une bonne moitié de la ville.

Dans cet espace étroit, sommairement meublé et à peine chauffé l'hiver, les journées s'écoulaient de façon monotone, rythmées par les seuls exercices d'entraînement à la course ou au tir à l'arc auxquels l'otage se livrait avec les soldats de la caserne. Exceptionnellement, deux ou trois fois par an tout au plus, il était amené à la chasse au renard ou à l'ours dans les forêts giboyeuses qui ceinturaient Handan. Alors seulement c'était fête pour l'otage, que cette activité sortait de l'horizon étroitement borné du parc de la caserne que protégeaient des murailles aussi hautes qu'un immeuble de trois étages. Les quartiers de viande ramenés par les chasseurs permettaient de surcroît d'améliorer l'ordinaire qui était plus que frugal.

Quant au reste, il était exclu pour l'otage d'aller et de venir comme il l'entendait. Il n'était pas mal traité mais était bel et bien prisonnier du Zhao.

La capitale de ce royaume n'était qu'une bourgade provinciale comparée à sa flamboyante rivale du Qin, et cela faisait un peu plus de trois ans que le jeune Yiren s'y morfondait.

Lorsque Wangbi, son prédécesseur et son oncle, dont la santé était délicate, avait fini par mourir d'étouffement après de longs mois d'atroces souffrances au cours desquels il avait craché ses poumons par lambeaux, la question s'était posée de savoir qui le remplacerait.

Huayang avait usé de tous les subterfuges pour obtenir du roi qu'il expédiât son fils à Handan contre la volonté de sa mère, laquelle s'était battue bec et ongles, mais sans succès, pour l'en empêcher. La reine avait dû s'y reprendre à trois reprises, offrant chaque fois ses trois délicats et précieux orifices aux assauts amoureux de la Tige de Jade d'Anguo.

La désignation du successeur de Wangbi avait ainsi fait l'objet de trois mois de luttes incessantes entre les deux femmes, pendant lesquels les coups les plus bas avaient été échangés.

La princesse otage avait vainement tenté de persuader Anguo d'expédier à Handan son frère Anwei, qui coulait des jours tranquilles à la campagne où il dirigeait l'Arboretum royal avec sa femme Fleur de Jade Malléable et leurs cinq enfants. Anguo, qui portait toujours ce frère dans son cœur, outre les arguments décisifs dont Huayang avait su faire usage, avait catégoriquement refusé de séparer cette famille dont l'harmonie était citée en exemple.

— Je ne séparerai jamais les pétales d'une fleur de lotus, pas plus que je ne séparerai une famille si unie ! avait-il tonné au grand étonnement de Xia qui l'avait rarement entendu s'engager aussi nettement sur un sujet quelconque.

— Mais Yiren et moi sommes unis comme les deux parties du Hufu, avait protesté la princesse otage.

Les Hufu étaient ces insignes de légitimation militaire, en forme de tigre, séparés en deux parties qui s'emboîtaient parfaitement l'une dans l'autre, destinés à s'assurer qu'un ordre était donné ou reçu par qui de droit. La fabrication des Hufu supposait une extraordinaire précision de la part des artisans bronziers, dont les ateliers étaient gardés comme de véritables forteresses. Tous les Hufu du royaume étaient répertoriés et numérotés. Une partie restait au Palais, en possession du roi, l'autre était donnée au général que l'on envoyait dans une contrée lointaine ou sur un champ de bataille. Lorsque le roi envoyait un ordre audit général, celui-ci ne devait l'exécuter que si le porteur du message apportait la partie du Hufu manquante.

Anguo n'avait pas répondu à la mère de son fils. Écartelé qu'il était entre les deux femmes, il n'osait pas avouer par quels moyens Huayang avait réussi à faire pencher la balance de son côté.

— La seule façon de garantir une trêve durable avec l'État du Zhao dont les armées sont si menaçantes, c'est d'y envoyer ton propre fils, lui susurrait tous les soirs à l'oreille sa première épouse.

Depuis des semaines, les caresses de celle-ci se faisaient chaque fois plus douces et plus insistantes au moment où elle lui ouvrait toutes les portes de son corps.

Xia, de son côté, déployait toute sa science amoureuse pour protéger son cher petit Yiren. Elle avait en l'occurrence accompli de tels progrès qu'elle rivalisait désormais sans mal avec sa concurrente, même si elle n'en avait pas encore l'incomparable expérience amoureuse ni l'extraordinaire capacité à mobiliser utilement la variété de ses entrées pour relancer le désir d'Anguo dès que c'était nécessaire.

Les flancs de sa vallée de jade étaient àussi doux que de la soie. Elle en confiait la toilette intime à Renarde Rusée dont c'était devenu l'une des tâches importantes, qu'elle effectuait avec les rasoirs, les ciseaux et les onguents parfumés adéquats. Chaque mois, les deux femmes s'accordaient sur un motif différent : triangle parfait, ligne étroite, forme de cœur ou encore trèfle à quatre feuilles, que le rasoir délimitait sur le ventre à la blancheur immaculée avec la netteté d'un contour de dessin exécuté à l'encre. Et Anguo n'aimait rien tant que respirer délicatement chaque nouveau dessin avec la pointe de son nez.

Le roi avait intérêt à faire traîner l'annonce de la décision qu'il avait prise ; ses deux femmes se surpassaient...

Ses tergiversations auraient pu continuer longtemps si un ambassadeur du roi du Zhao ne s'était présenté au Palais Royal de Xianyang pour réclamer que l'on envoie dans les plus brefs délais un otage pour remplacer Wangbi. Il portait sur lui un message du ministre de la Guerre du Zhao, qui menaçait de reprendre l'offensive contre le Qin si la parité des otages n'était pas rapidement respectée. Il fallait se décider au plus vite car le message stipulait que l'otage désigné devrait repartir avec l'ambassadeur.

Pour habiller sa décision de toute la force d'une argumentation philosophique, le roi Anguo avait fait venir Hanfeizi pour lui expliquer le problème par le menu.

— Je ne vois pas qui d'autre que mon fils Yiren ou mon frère Anwei je pourrais expédier à Handan, avait-il confié au philosophe bègue d'un air très ennuyé.

Celui-ci n'avait pas eu à réfléchir très longtemps.

— L'avantage d'envoyer Yiren, c'est qu'il est le fils de l'otage du Zhao à la cour du Qin. Les autorités de Handan y verront une marque supplémentaire du prix que vous accordez à une paix durable avec le Zhao. Cela vous permettrait de préparer une vaste offensive contre cet État sans qu'il se doute de rien.

Les arguments du philosophe étaient si forts qu'Anguo ne vit pas comment la mère de son enfant pourrait les réfuter. Il jura à Xia que Yiren ne resterait pas otage à Handan plus d'une année lunaire et ordonna que son fils soit confié à l'ambassadeur du Zhao.

Cette nuit-là, Anguo n'eut pas à regretter de partager son lit avec Huayang que cette décision avait remplie de bonheur et qui récompensa son époux en déployant tous ses talents bien au-delà de ce qu'il connaissait.

C'est ainsi que Yiren, adolescent sans histoire, avait quitté, au grand dam de sa mère qui en voulait terriblement au roi du Zhao, une existence oisive et luxueuse de prince héritier putatif du Qin pour le statut plus austère et somme toute incertain d'otage de ce pays à la cour de Handan.

À la fin de la première année, Yiren et sa mère avaient attendu en vain qu'un autre otage fût désigné pour le remplacer. Mais rien n'était venu, pas même l'once d'une explication. Anguo paraissait avoir oublié jusqu'à l'existence de son fils et celui-ci avait fini par en concevoir quelque amertume, même si les liens avec son père n'avaient jamais été très forts. En attendant une hypothétique libération, Yiren, dont le caractère n'était porté ni à l'imagination ni encore moins à la rêverie, se morfondait chaque jour un peu plus.

Ce matin-là, comme d'habitude, il venait de décocher trois flèches coup sur coup au bon endroit de la planche. Il était devenu un archer émérite qui ne ratait jamais sa minuscule cible située à plus de vingt pieds.

— Tu vas pouvoir rivaliser d'adresse avec notre archer en chef ! lui lança le caporal qui avait pour fonction de ramasser les projectiles lorsqu'ils manquaient leur cible.

— Et toi tu as de la chance de pouvoir sortir de ces murs. Après cette séance de tir, je vais encore m'ennuyer à déchiffrer des textes anciens auxquels je ne comprendrai jamais rien, grommela Yiren en détachant la cordelette de chanvre qui tendait son arc.

— Pourquoi ne ferais-tu pas le mur un soir ? Je t'attendrai de l'autre côté et nous irions voir des filles de joie. Il y en a d'excellentes à l'auberge de plaisir du Pont Vermoulu ! s'écria le caporal en riant.

L'adolescent le regarda d'un air incrédule. Vu son

âge, il ne connaissait rien encore aux femmes. L'idée de faire le mur pour s'échapper de la caserne, en revanche, le séduisait davantage.

— Mais on m'a expressément interdit de sortir de ce parc, gémit-il.

— Allons donc ! Ce genre d'interdiction ne saurait t'empêcher de faire le mur le soir et de revenir dans ta chambre au petit matin ! Qui s'en apercevra ? Certainement pas les quelques sentinelles dont on entend les ronflements...

Yiren finit par accepter la proposition du caporal et le soir même escalada avec facilité le haut mur de briques qui ceinturait le parc. À l'aide d'une corde, il se fit descendre de l'autre côté où l'attendait le caporal en compagnie d'un autre soldat.

De ce jour, l'existence de Yiren changea.

Ses pérégrinations secrètes et nocturnes, en lui permettant de mieux supporter sa solitude et son isolement, eurent pour effet de rendre moins mornes ses conditions d'existence. Il économisait désormais ses forces dans la journée pour profiter de ses escapades nocturnes.

Lorsqu'il franchissait nuitamment la haute muraille, il ressentait l'excitation du chasseur qui part à la chasse et ne sait pas encore quelle sera sa proie. Tous ses sens s'éveillaient. Enfreindre le règlement procurait un plaisir supplémentaire. L'adolescent qu'il était encore n'avait jamais eu l'occasion d'errer la nuit dans une ville, pour en découvrir la face cachée.

À Handan, la nuit était une jungle où aucune loi diurne n'avait cours. Les alentours du Palais du Commerce de Lubuwei étaient le seul endroit où l'on pouvait aller et venir sans être importuné. Le vaste et beau palais était éclairé comme en plein jour par des torches et surveillé jour et nuit par des gardiens en armes, parce que le travail ne s'y arrêtait jamais.

Yiren aimait assister aux mouvements incessants des convois de marchandises qui entraient et sortaient de ces immenses entrepôts. Il ne savait pas que ce qu'il regardait si souvent, émerveillé, appartenait toujours au marchand de chevaux de Xianyang que son père avait nommé deux ans plus tôt ministre des Ressources Rares de son gouvernement.

Ailleurs, dans les ruelles obscures où l'on guidait ses pas à l'aide de lumignons, on croisait une faune de faquins et de redresseurs de torts qui réglaient leurs querelles à coups de glaive ou de hache. Des marchands à la sauvette et des trafiquants de tous poils en profitaient pour s'adonner à leur commerce illicite à l'abri de l'obscurité des porches et des galeries couvertes. Aux sorties des tavernes, des ivrognes refaisaient le monde tandis que les filles de joie essayaient de soutirer aux clients leur dernière piécette de bronze. Yiren était jeune et n'avait pas encore osé aller voir ce que ces filles donnaient aux clients qui les suivaient dans les bordels. Des cambrioleurs, en toute quiétude, pouvaient accomplir leurs larcins.

Lorsque les premières lueurs de l'aube apparaissaient, ce fourmillement nocturne disparaissait comme par enchantement. La vie « normale » reprenait son cours. La ville, de nouveau, était fréquentable. Les policiers entamaient leurs factions comme si de rien n'était.

Alors, l'adolescent escaladait son mur en sens inverse et se faufilait dans son lit, les yeux remplis de ce spectacle étrange et fascinant auquel il venait d'assister.

Lorsque le caporal était de garde ou ne pouvait, pour d'autres motifs, l'accompagner, le jeune homme qui s'était peu à peu enhardi n'hésitait plus à partir seul à l'aventure.

Ces soirs-là, pour Yiren, c'était encore plus excitant. Cette petite capitale du Zhao qui le retenait prisonnier lui appartenait entièrement. Pour un peu, il s'y serait senti libre !

*

Cette fois-là, l'expédition nocturne de Yiren avait bien mal commencé mais il ne l'aurait ratée pour rien au monde.

Il faisait déjà nuit noire et il pleuvait des cordes. Les briques sur lesquelles il avait l'habitude de poser les pieds comme sur un escalier étaient glissantes, Yiren avait manqué de les rater au moins trois fois lorsqu'il se laissa retomber lourdement sur le sol de l'autre côté du mur de la caserne. Il se redressa et constata qu'il ne s'était rien rompu.

Il était seul, bien décidé malgré le temps exécrable à profiter de cette nouvelle nuit vagabonde.

Arrivé dans les ruelles du centre-ville, il vit qu'elles étaient désertes. La pluie en avait chassé la faune interlope, les faquins et les coquins. Les portes des auberges étaient désespérément closes.

Yiren était déçu. Il ne sut trop pourquoi, ses pas le guidèrent jusqu'à la place sur laquelle donnait la façade majestueuse du Palais du Commerce. Elle était toujours bien éclairée, mais aussi déserte que le reste de la ville. Nul convoi de marchandises, sans doute en raison des intempéries, n'entrait ni ne sortait du bâtiment.

Il allait rebrousser chemin quand il entendit un bruit sourd et ressentit une vive douleur à la tête. Quelqu'un venait de lui assener un coup de gourdin sur la tempe. Il tomba lourdement inconscient sur le sol.

Quand il ouvrit les yeux, son regard croisa celui d'un homme qui, penché vers lui, demandait si tout allait bien. La voix de l'homme était douce, il souriait gentiment en lui tapotant les joues pour l'aider à reprendre conscience.

— Ce n'est rien, jeune homme, dit-il, vous avez été agressé mais vos cris m'ont prévenu assez tôt pour que je fasse fuir les voleurs.

Yiren, qui n'avait aucune envie de s'expliquer devant l'inconnu, s'était déjà relevé pour partir sans un mot mais il tenait à peine sur ses jambes. L'autre le retint par le bras pour l'empêcher de tomber.

— Entrez dans le palais, je vous ferai placer une compresse d'eau glacée sur cette tempe, proposa l'homme qui venait d'être rejoint par deux serviteurs.

Yiren, à qui la très vive douleur à la tempe continuait de provoquer des vertiges, n'était pas en mesure de refuser cette proposition.

Les serviteurs le prirent sur leurs épaules et le portèrent à l'intérieur du Palais du Commerce. Là, une servante plaça doucement sur sa tempe une compresse trempée dans de l'eau glacée pendant qu'un serviteur lui proposait un bol de thé brûlant qu'il but avec avidité.

— Qui êtes-vous ? demanda à son hôte l'adolescent d'un air méfiant.

— Je m'appelle Zhaosheng, je suis le directeur de cet établissement. Mais que faites-vous dehors à cette heure-là ?

— Vous devez être très riche pour posséder une telle demeure, continua l'adolescent qui n'avait pas envie de répondre.

Il ne tenait pas à avouer qu'il avait fait le mur de la caserne où il était assigné à résidence, et encore moins à donner à cet inconnu sa véritable identité.

— Je n'en suis pas le propriétaire mais le simple administrateur gestionnaire, dit sobrement Zhaosheng.

— Quel est le nom de celui qui possède tant de richesses ? questionna l'adolescent d'un air curieux.

— Il n'habite pas au Zhao, où je suis chargé de gérer ses intérêts. Il vit à Xianyang, dans le royaume de Qin où il occupe d'importantes fonctions.

— Mais j'y suis né ! s'écria Yiren à qui cette confidence avait échappé et qui, s'étant aperçu de sa bévue, avait arrêté net sa phrase.

Il en avait trop dit.

L'habile Zhaosheng eut tôt fait, de fil en aiguille, de lui en soutirer plus en le faisant parler.

— Mais alors tu connais le marchand de chevaux Lubuwei ! fit Zhaosheng qui s'était mis à tutoyer l'adolescent.

— Je ne connais que lui. C'est son écuyer en chef qui m'a appris à monter à cheval ! lança Yiren de plus en plus excité.

— Eh bien, tu es ici chez lui. Le Palais du Commerce lui appartient tout entier, indiqua fièrement Zhaosheng.

Un bref silence s'ensuivit, pendant lequel l'ancien secrétaire particulier du marchand réfléchissait. Il allait et venait devant la chaise où Yiren était assis, buvant son thé. Puis il marqua un temps d'arrêt.

— Tu ne vas pas me dire que tu es Yiren, l'otage du Qin à Handan ? reprit-il alors d'une voix lente.

Penaud, ce dernier baissait le nez sans un mot.

— Peux-tu me dire ce que tu faisais dehors à une heure pareille ? Tu cours les femmes ? ajouta Zhaosheng l'air de plus en plus étonné mais d'un ton bienveillant.

Yiren, d'une voix mal assurée, se mit à raconter son histoire en l'arrangeant du mieux qu'il pouvait.

Il était trop jeune encore pour aller voir les femmes. Mais il ne supportait plus la solitude de la caserne et se voyait contraint de faire le mur par un caporal qui, profitant de la frustration que cette situation engendrait chez lui, l'obligeait à le suivre dans ses équipées nocturnes. Il suppliait Zhaosheng de ne pas le trahir car si les autorités du Zhao venaient à apprendre que l'otage faisait le mur, nul doute qu'elles le jetteraient dans une prison obscure d'où il ne pourrait plus jamais sortir.

— Mais où est ce caporal ? Pourquoi ne t'a-t-il pas secouru ce soir ? demanda Zhaosheng, qui ne paraissait guère convaincu par le récit de l'otage Yiren.

— Euh... Il m'a faussé compagnie dès le début de la soirée et m'a laissé seul. Mais il faut que j'y aille, le grand dragon ne va pas tarder à rouvrir les yeux pour faire surgir l'aurore. À la caserne, ils risquent de s'apercevoir de mon absence, s'inquiéta l'adolescent de plus en plus gêné par l'interrogatoire de Zhaosheng.

Il se mit debout. Il avait moins mal, la compresse d'eau froide avait calmé la douleur. Il remercia son hôte et repartit dans la nuit noire sans demander son reste.

*

Après son départ, Zhaosheng rejoignit sa femme Intention Louable qui achevait de composer un superbe bouquet de pivoines rouge sang avec sa dame de compagnie. Après avoir fait sortir celle-ci, il ferma soigneusement la porte de leur chambre afin que nul ne puisse entendre leur conversation.

— Sais-tu qui je viens de recevoir ? Le jeune Yiren, fils du roi Anguo du Qin, qui est otage à Handan, chuchota-t-il.

— Mais je pensais que c'était à peine un enfant ! s'étonna Intention Louable.

— Il est aussi grand que moi ! J'ai même cru percevoir une ressemblance entre son visage et le mien. À croire que mon père ressemblait à Anguo, fit Zhaosheng que cette ressemblance étonnante faisait sourire.

— Sa mère n'est-elle pas la fille du propre frère cadet de notre roi ? demanda à son mari Intention Louable tout en mettant la dernière touche à l'arrangement des fleurs dans le vase de terre cuite vernissée.

— C'est exact, répondit ce dernier.

— Mais que lui voulais-tu ?

— Ce n'est pas moi qui l'ai fait venir. Je l'ai recueilli devant la porte du Palais du Commerce où il venait d'être roué de coups. Lorsque je l'ai aidé, j'étais à mille lieues de penser qu'il s'agissait de Yiren !

Zhaosheng, d'habitude si calme, était devenu aussi rouge d'excitation que le bouquet de pivoines.

— Moi qui pensais que cet enfant était retenu prisonnier par le Zhao... C'est ce pauvre Rituel Immuable, s'il apprend cela, qui risque de tomber à la renverse, dit pensivement Intention Louable que cette histoire laissait pantoise.

— Jure-moi de garder ce secret entre nous. Je l'ai promis à l'enfant royal, chuchota l'ancien secrétaire particulier de Lubuwei en faisant le geste de pincer ses lèvres.

Elle acquiesça en mettant à son tour son doigt sur sa bouche. Zhaosheng savait que son épouse ne tenait pas toujours sa langue, mais il lui était si profondément attaché qu'il ne pouvait s'empêcher de lui confier tous ses secrets. Il se promit surtout d'écrire à Lubuwei pour lui raconter ce qui venait de se passer. Tous les trimestres, il faisait en effet rapport à son maître de la bonne marche de ses affaires au Zhao.

— Confidence pour confidence, jure-moi à ton tour de garder le secret qui va suivre, poursuivit alors sa femme en souriant.

— De quoi s'agit-il ? demanda-t-il d'un air un peu inquiet.

— C'est le rouge de ces pivoines qui m'y fait penser. Il y a plus d'un mois et demi que je n'ai pas vu le sang menstruel, lui confia-t-elle.

Elle l'observa, sûre de l'effet que ses paroles allaient avoir sur son époux qui attendait un tel événement depuis longtemps.

— Plaise au ciel que ce soit un garçon ! murmura Zhaosheng en serrant Intention Louable dans ses bras.

Pendant ce temps, de l'autre côté de la ville, l'otage Yiren venait de franchir le mur de la caserne.

La lune commençait de se coucher, mais l'astre éteint n'empêchait pas de voir, de chaque côté de la Voie Lactée, la constellation du Bouvier et celle de la Tisserande.

21

La princesse otage Xia avait l'habitude de contempler le dessin que formait sur le bleu sombre du ciel la cime des arbres qui poussaient sur la crête de ce sommet qui dominait la vallée.

Il ressemblait à un long serpent vert, lové au-dessus de la montagne. Elle se disait que c'était son dragon vert protecteur. À son pied, la falaise vertigineuse de calcaire immaculé, sur la paroi de laquelle de minuscules pins rabougris avaient fait l'effort de s'accrocher, plongeait dans le vide jusqu'au minuscule filet argenté du torrent situé à plus de mille coudées en contrebas.

Elle aimait par-dessus tout cet endroit que l'on appelait la « Falaise de la Tranquillité » parce que nulle maison ni pavillon de loisir n'y avaient encore été construits. Situé à l'écart de la ville, il fallait une bonne demi-journée pour y aller et en revenir.

Xia s'y rendait au moins une fois par semaine pour méditer au calme et assister au vol des rapaces qui tournaient dans le ciel au-dessus de la falaise. Au fil des heures, dans cette nature pourtant si hostile où les souffles Sha nocifs et négatifs dispersaient leur trop-plein d'énergie en se jetant dans le vide, il lui semblait voir bouger imperceptiblement la queue du dragon vert. Elle finissait même par entendre le murmure des paroles bienfaitrices de cette bête fabuleuse que le vent lui apportait. Ensuite, elle pouvait rentrer chez elle, le cœur apaisé.

Ce jour-là pourtant, Xia n'était pas allée se promener à la Falaise de la Tranquillité. Elle demeurait prostrée chez elle, assise dans un fauteuil de sa chambre, le regard sombre et les yeux embués de larmes.

— Ne faites pas cette mine triste. Je vous dis que l'heure approche où notre petit Yiren sera enfin de retour parmi nous.

Renarde Rusée ne baissait jamais les bras. Lorsque le moral de Xia flanchait, elle s'efforçait toujours de trouver les mots qu'il fallait pour lui prodiguer des encouragements qui l'aidaient à repartir de l'avant.

— Deux années se sont écoulées depuis le jour où il aurait dû revenir du Zhao. Le roi Anguo ne cesse de me donner des réponses évasives lorsque je lui demande quand mon fils sera remplacé par quelqu'un d'autre. Le travail de sape de Huayang finit par payer, fit-elle d'une voix rageuse en ramenant un coussin de soie sous son menton.

Elle serrait aussi fort que si c'eût été le cou de sa rivale.

— Il ne faut pas accorder plus d'importance qu'elle n'en a à Huayang, avança Renarde Rusée qui espérait que sa remarque calmerait la princesse otage, et constata très vite qu'il n'en était rien.

À vrai dire, cette remarque avait plutôt déchaîné les foudres de Xia qui prit ces mots pour de l'effronterie mal placée.

— Tu parles de ce que tu ne sais pas ! Voilà trois semaines que cet Anguo n'est pas venu me rendre le moindre hommage. Je suis sûre que cette maudite femme trame un complot contre moi ! Et ce tremblement dont il est affecté ! Peut-être même qu'elle l'empoisonne, elle en serait capable..., gémit-elle en sanglotant de rage.

— Allons, il faut penser à autre chose ! répliqua d'un ton plus ferme Renarde Rusée.

— Le bruit court qu'il s'entiche aussi d'une toute jeune fille, comme si Huayang ne suffisait pas, ajouta Xia en hoquetant.

Le coussin de soie ressemblait à présent à une boule informe pleine de taches de larmes. Renarde Rusée n'avait jamais vu sa maîtresse aussi désespérée, elle en était toute retournée. Elle s'approcha d'elle et essaya maladroitement de lui caresser la chevelure pour l'apaiser.

— Laisse-moi tranquille, j'en ai assez ! Je n'ai que faire de tes postures doucereuses ! hurla la princesse otage en proie à une véritable crise de nerfs.

Elle repoussa avec violence les mains de sa dame de compagnie en lui infligeant de profondes griffures sur les bras.

Cette dernière réflexion déchaîna la colère de Renarde Rusée qui s'estimait injustement traitée.

— Il y a treize ans de cela, vous auriez dû me laisser dénoncer cette liaison amoureuse qu'elle entretenait avec le duc Élévation Paisible de Trois Degrés. C'est vous qui m'avez interdit de le faire ! Si vous m'aviez laissée agir, vous seriez déjà reine du Qin et Huayang planterait des pivoines sur le mont Kunlun, assena-t-elle avec violence.

— Je ne vois même pas de quoi tu parles, ma pauvre fille, répliqua, hors d'elle-même et d'une voix encore plus furieuse, la princesse otage, n'hésitant pas à mentir effrontément à sa servante.

Celle-ci n'apprécia que fort peu d'être prise ainsi pour une idiote.

Elle gardait en mémoire, parce qu'elle continuait à le ressentir comme une humiliation, le dialogue énigmatique qu'elle avait eu alors avec sa maîtresse, lorsque celle-ci lui avait cité la phrase de Sunzi sur l'importance du messager par rapport au message. Elle avait vainement cherché qui aurait pu, à la cour du Qin, servir de truchement pour avertir le vieux roi Zhong après la disparition de Droit Devant, auquel les deux femmes avaient déjà envoyé une missive anonyme.

La mort du vieux monarque avait mis un terme aux recherches de Renarde Rusée. Zhong disparu, l'accusation contre Huayang n'avait plus la même portée ni les mêmes conséquences.

Elle avait alors remisé tout cela dans un tiroir. Depuis lors, sa maîtresse ne lui en avait plus jamais parlé.

Mais ce jour-là, les paroles si dures pour elle que la princesse Xia venait de prononcer avaient désagréablement ravivé le souvenir de ce que Renarde Rusée avait toujours considéré comme une occasion manquée.

La dame de compagnie regardait, furieuse, les minuscules sillons rouges des griffures qui striaient la peau laiteuse de ses bras. L'attitude mensongère que venait d'adopter sa maîtresse et ce geste déplacé qu'elle avait eu à son encontre la remplissaient d'amertume et de ressentiment. Elle s'apercevait du mépris que la princesse otage, au fond d'elle-même, n'avait cessé de lui porter.

Après tant d'années passées à son service, et vécues par procuration tant elle s'appartenait peu, les sentiments qu'elle éprouvait à cet instant étaient si insupportables qu'elle préféra les enfouir en elle.

Elle avait tout sacrifié à la princesse, et voilà qu'elle découvrait soudain qu'elle ne serait jamais qu'une créature soumise au bon vouloir d'une femme chaque jour plus fantasque et plus acariâtre.

Faisant fi de toute retenue, elle décida de se laisser aller et se mit à la haïr de toutes ses forces. C'était étrange, mais plutôt évident : Renarde Rusée constatait avec stupeur qu'en acceptant de ressentir cette haine, elle apaisait aussi son âme. Xia était celle qui la rendait malheureuse.

Elle regarda une fois de plus sa maîtresse qui, les jambes repliées sur le fauteuil, faisait comme si elle n'était pas là. Transparente comme une goutte d'eau... Elle se disait qu'elle n'était pour elle qu'une goutte d'eau transparente. Juste une minuscule goutte d'eau qu'un jour le soleil ferait s'évaporer, sans que personne y trouve à redire, ni même s'en aperçoive.

Elle se remémora alors cette histoire du prisonnier qu'on arrive à faire parler en faisant tomber une goutte d'eau sur son crâne à intervalles réguliers. Il suffit d'attendre quelques heures. Le bruit assourdissant de cette goutte qui finit par se répercuter dans le cerveau comme la percussion d'un gong délie les langues les plus muettes.

La goutte d'eau finit toujours par avoir raison du crâne sur lequel elle tombe.

Renarde Rusée en vint à se dire qu'elle pourrait être la goutte d'eau de la princesse otage. Transparente et imperceptible, mais au bout du compte mortellement efficace.

*

Pendant que la mère de Yiren et sa servante se déchiraient, sur la terrasse du somptueux palais qu'il avait fait construire sur la colline aux chevaux qu'il avait entièrement réaménagée à son usage et à sa main, le ministre des Ressources Rares sirotait un rafraîchissement avec celles qu'il appelait volontiers « les deux femmes de sa vie », Zhaoji et Huayang.

Ses nouvelles fonctions administratives, qui en faisaient l'un des membres les plus importants du gouvernement du Qin, n'avaient nullement changé le

393

comportement du marchand de Handan. Il avait la lucidité des êtres supérieurement intelligents et suprêmement habiles.

Alors que d'autres, lorsqu'ils devenaient ministres, perdaient un peu la tête et étaient vite rattrapés par la folie des grandeurs, Lubuwei avait eu le bon goût, dans les mêmes circonstances, de demeurer égal à lui-même. Il était toujours ce marchand accessible et simple avec les autres. Il avait pu, au demeurant, prendre la mesure de ce qu'était réellement le pouvoir politique lorsqu'on était ministre, surtout fait d'apparence et d'étiquette. Son contenu était beaucoup plus ténu qu'on ne le supposait, mais pour s'en rendre compte, il fallait l'avoir exercé.

La bureaucratie finissait toujours par entraver les décisions des ministres. Les hauts fonctionnaires, qui maîtrisaient mieux les rouages de l'administration, savaient les flatter et les combler d'honneurs jusqu'à les emprisonner dans les méandres de leurs procédures. Cette administration tatillonne surveillait ainsi tous les actes du ministre censé la diriger. Elle l'empêchait de sortir des sentiers battus, elle lui opposait l'inertie de l'habitude et jouait habilement de la flatterie du faux acquiescement.

Lubuwei avait plus de pouvoir dans ses affaires commerciales qu'il n'en avait dans l'appareil d'État, malgré qu'il occupât un ministère dit « de souveraineté ». C'est pourquoi ce pouvoir-là, dont il pouvait mesurer tous les jours l'inanité, ne lui était pas monté à la tête.

Mais cette persistance qu'il avait dans son être avait aussi son revers.

Son ambition, de fait, était demeurée parfaitement intacte, pure comme du cristal. L'accession à ce ministère stratégique ne l'avait pas émoussée, loin de là. La frustration que ses fonctions actuelles engendraient le poussait plutôt à ne pas s'en satisfaire.

Désormais, il en souhaitait plus. Il voulait imprimer sa marque à la chose publique et non pas en être l'otage plus ou moins inconscient.

Il n'espérait rien de moins qu'un jour détenir enfin la réalité d'un pouvoir d'État aussi efficace que l'était celui qu'il exerçait à la tête de ses affaires privées. Cette ambition, qui n'était pas illégitime, le condamnait à monter sans cesse plus haut. Car imprimer cette impulsion nouvelle n'était possible qu'en accédant à des fonctions plus hautes encore, et même aux toutes premières.

Il se rêvait donc Premier ministre. Un Premier ministre dont la principale tâche aurait été de remettre à leur place les bureaucrates qui empêchaient les ministres d'exercer la plénitude de leur pouvoir. Un Premier ministre auquel l'appareil d'État répondrait comme une armée obéit aux ordres de son général commandant en chef.

Lubuwei se voyait déjà réformer l'État du Qin, ce qui, d'une certaine façon, le condamnait à en prendre la tête...

Huayang, elle, plus prosaïquement, se désespérait d'être toujours inféconde. Elle avait réussi à éloigner de Xianyang le fils de son époux, mais elle savait bien que cela n'était que provisoire.

Plus les mois passaient et plus ses chances d'être mère s'amenuisaient.

Cette blessure intime qui allait s'agrandissant, elle ne la partageait avec personne d'autre que Zhaoji. Jamais elle ne se serait laissée aller à se plaindre publiquement ou à faire part de son désarroi à des proches. Elle tenait par la seule force de sa volonté. Ce désespoir caché alimentait la haine tenace qu'elle vouait à la princesse otage, dont l'arrogance et la morgue lui étaient insupportables. Elle s'était prêtée à elle-même un serment secret, dont elle s'était ouverte à sa seule complice.

Elle ferait tout, absolument tout, pour empêcher le fils de la rivale d'accéder un jour sur le trône du Qin. Elle n'acceptait son propre état de femme stérile qu'à cette condition-là ! Elle n'avait rien contre Yiren, si ce n'est qu'il était né du sein de la créature qu'elle honnissait le plus au monde. Il lui était arrivé une ou deux fois de croiser cet enfant alors qu'il faisait ses premiers pas et jouait à la balle au jardin botanique, elle avait encore la sensation de la douceur des cheveux fins et clairs du bambin rieur qu'il était lorsqu'elle avait passé sa main dessus. Elle ne lui souhaitait aucun mal, mais elle savait qu'elle irait jusqu'à le tuer si c'était nécessaire pour l'empêcher de succéder à son père.

À cette haine secrète et irrévocable s'ajoutait le penchant tout aussi secret qu'elle avait éprouvé dès sa première rencontre pour Anwei, et que l'indifférence de ce dernier à son égard avait démultiplié.

Elle aimait Anwei. Le peu qu'elle connaissait de cet homme l'attirait comme si, en le côtoyant depuis des lustres, elle en avait déjà cerné toutes les qualités rares. Le courage et l'intelligence, la sagesse mais aussi la prestance. Elle qui jamais ne baissait les bras ne désespérait pas, un jour, de le séduire.

Elle avait compris qu'il ne servirait à rien de lui faire miroiter ses appas comme à un homme ordinaire, sous ses voiles transparents comme des nuages. Anwei serait une proie beaucoup plus coriace. Mais Huayang demeurait persuadée qu'elle possédait les atouts nécessaires pour parvenir à la capter.

Aussi ne manquait-elle jamais une occasion de croiser son regard lorsqu'il rendait visite à son frère, et comblait-elle de cadeaux les enfants de ce beau-frère inaccessible en se disant qu'à défaut du père, il n'était pas inutile de séduire sa marmaille.

Malgré les trésors de charme et de ruse dont elle usait, ses tentatives de séduction étaient jusqu'à ce jour demeurées parfaitement vaines.

Zhaoji était donc l'unique consolation de Huayang, qui l'avait façonnée à son image, projetant en elle tout ses désirs inassouvis et les rêves qu'elle ne pourrait pas réaliser.

Ce que Huayang ne ferait pas, elle aurait payé très cher pour voir Zhaoji l'accomplir.

Zhaoji, de l'enfant qu'elle était encore il y a dix ans, était devenue une pure beauté. Ses yeux noisette irisés de jaune s'étaient légèrement agrandis ; quand elle riait, ils paraissaient lancer des braises. Son corps élancé et finement musclé n'avait pas bougé, si ce n'est qu'il s'était fuselé, parfaitement entretenu qu'il était par la danse qu'elle continuait de pratiquer assidûment. La seule touche nouvelle qu'elle avait apportée à son apparence était l'émeraude en forme de coing dont Huayang lui avait fait cadeau pour son vingtième anniversaire et qui ornait son bijou de nombril, en lieu et place de la perle fine.

Le geste terrible que Huayang lui avait demandé d'accomplir à l'encontre du roi Zhong n'avait laissé aucune trace ni dans l'esprit ni dans le comportement de Zhaoji. Ce crime ne l'avait pas souillée. Elle n'en avait pas éprouvé le moindre remords, puisqu'elle n'avait fait que servir de bras armé à celle qui n'était alors que la première épouse du prince héritier. Elle était de ces créatures que rien ne parvient à atteindre, qui peuvent subir ou accomplir le pire sans que les coups portés et reçus laissent sur eux la moindre empreinte. Sous cette quiétude apparente se cachaient une ambition et une soif de pouvoir au moins aussi grandes que celles de Lubuwei, qui entraient pour beaucoup dans l'admiration que le marchand de Handan vouait aussi à la jeune femme.

Il avait mis de longues années à apprivoiser la jeune fille dont les multiples facettes lui rappelaient la description du Dragon telle qu'elle figurait dans le *Classique des montagnes et des mers* :

« *Le Dragon à la tête de chameau, aux andouillers de cerf, aux yeux de démon, aux oreilles de bœuf, à la nuque de serpent, au ventre de grenouille, aux écailles de poisson, aux griffes de l'aigle, aux pattes de tigre ; sur le dos du Dragon il y a quatre-vingt-une écailles ; sa voix est sourde comme la sonorité du bassin Pan de bronze ; de chaque côté de sa bouche il y a des moustaches ; sur son cou il y a une perle brillante ; sous sa gorge les écailles sont inversées ; sur la tête, enfin, il porte le cône inversé Chimu qui le propulse vers le ciel.* »

Il s'était armé de patience et avait su user des mille subterfuges nécessaires pour lui faire sentir tout le bien que, le plus sincèrement du monde, il lui voulait. Il s'était toujours gardé de la forcer en quoi que ce soit et encore moins de profiter de sa situation de protecteur. Il savait qu'il ne pourrait faire entrer facilement dans sa cage un tel oiseau phénix.

Il y avait pourtant brillamment réussi.

Tout avait commencé par une douce soirée d'été, sur la terrasse de son palais de la colline aux chevaux.

L'air était encore chaud et faisait trembloter les striures zébrées des toits de Xianyang, qui offraient au regard de Lubuwei et de Zhaoji leur palette de couleurs safranées.

Cela faisait plus de cinq ans qu'il essayait de prouver à la jeune femme qu'il l'aimait sincèrement. Au début, il l'avait sentie si méfiante et si fragile qu'il s'était abstenu de toute initiative.

Tout en elle lui plaisait : son apparence si racée, ses

regards attentifs auxquels rien n'échappait, son intelligence si aiguë et son sens inné de la repartie. Il épiait le moindre de ses gestes et s'extasiait sur chacune de ses postures. Elle était l'assemblage de tout ce qui est hors du commun. Elle ne cherchait pas à séduire mais se contentait d'être elle-même. Elle savait qu'elle avait tout pour plaire mais vaquait à ses occupations sans se préoccuper du regard des autres. Et cette indifférence au regard des autres était ce qui rendait Lubuwei fou de la jeune femme. Il s'était lancé le redoutable défi de conquérir cette femme unique sans avoir besoin de la forcer.

Depuis quelques mois, il avait décidé qu'il était temps de s'enhardir et avait commencé à la complimenter sur sa toilette ou sur sa voix quand elle chantait des mélodies anciennes en s'accompagnant au luth. Il avait peu à peu constaté avec satisfaction, à force de patience et de persévérance, que ses marques d'attention ne laissaient plus indifférente la jeune femme. Elle baissait les yeux et une infime roseur colorait ses joues immaculées et douces.

Petit à petit, l'oiseau sauvage entrait en confiance et se laissait apprivoiser.

Ce soir-là, à l'ombre d'un palmier nain, Zhaoji somnolait sur son fauteuil de repos. La chaleur avait rendu la journée harassante. Elle était vêtue d'une tunique légère qui ne laissait rien échapper de ses formes parfaites. Lubuwei avait demandé à un serviteur d'apporter du jus d'orange. Sentant qu'elle avait soif, il lui en avait offert. Elle avait répondu par l'affirmative et il s'était agenouillé auprès d'elle une coupe à la main pour la faire boire.

Sa tête se trouvait tout contre les genoux de la jeune femme. La fraîche odeur des onguents avec lesquels elle se parfumait montait à ses narines. De si près, il pouvait entendre sa respiration entrecoupée par les minuscules contractions de sa gorge déglutissant avec délice le jus des agrumes. Il était ému comme l'adolescent qui, pour la première fois, découvre le corps de la courtisane auprès de laquelle son frère aîné l'a emmené. Il ne bougeait plus et aurait voulu, à cet instant, si près de la femme aimée, que le temps suspendît son vol. C'est alors, contre toute attente, que l'inimaginable s'était produit.

Il avait senti que la main de la jeune femme commençait à caresser doucement sa chevelure. Il avait redressé la tête et l'avait regardée avec incrédulité. Il avait vu, à son sourire tendre et complice, qu'elle savait parfaitement où elle voulait en venir et que son geste n'avait rien de fortuit.

— Cela fait longtemps que vous avez envie de cette caresse. Je vous épie depuis cinq ans, avait-elle murmuré.

— Depuis que je t'ai vue pour la première fois, je vis d'espoir. Mais je savais aussi qu'il viendrait un jour, avait répondu Lubuwei.

Puis il avait proposé ses lèvres à celles de Zhaoji.

Il s'en était suivi un baiser dont il n'était pas près d'oublier le goût sauvage et tendre. La jeune femme avait répondu à la timide approche de la langue du marchand sur ses gencives par un élan sensuel qu'il n'espérait pas aussi tôt.

Il avait compris très vite qu'elle attendait ce baiser depuis longtemps et qu'elle y prenait du plaisir. Ses bras graciles serraient son cou pour mieux orienter son visage, comme si elle avait voulu profiter le mieux possible de cette première offrande. Les mains de Lubuwei avaient parcouru les cuisses frémissantes de la jeune femme dont il sentait à présent la moite tiédeur sous la tunique légère et transparente.

Ils étaient restés ainsi un long moment, sous le palmier nain, l'un à la découverte du corps de l'autre, avant que Lubuwei ne la soulève comme une plume pour la porter et la poser délicatement sur le lit de sa chambre.

Au cours de la première nuit qu'ils avaient passée ensemble, ils n'avaient plus échangé aucune parole, comme si tout avait déjà été dit entre eux. Zhaoji, malgré tous les avatars de sa courte existence, était encore vierge. Lubuwei s'était montré aussi léger que « la libellule qui affleure l'eau ». Sous ses doigts experts, Zhaoji avait fait vibrer pour la première fois son luth intérieur.

D'emblée, Zhaoji et Lubuwei avaient formé un couple totalement uni et complémentaire, comme le cercle où s'imbriquent les figures du Yin et du Yang.

C'était donc sans la moindre réticence qu'il accueillait chez lui Huayang dont Zhaoji était l'unique vraie amie.

Il avait appris à mieux connaître celle qui était la reine du Qin. Très vite, il avait été frappé par la ressemblance entre les caractères de ces deux femmes qui étaient aussi belles qu'intelligentes et aussi rusées que langoureuses. Ils formaient ensemble un trio complice.

Les visites de Huayang à Lubuwei et Zhaoji étaient fréquentes. Au mépris de toute étiquette, la reine se rendait sur la colline aux chevaux accompagnée d'un unique serviteur. Dans le salon de musique du palais du ministre des Ressources Rares, elle jouait du luth avec son amie sous le regard attendri du marchand de Handan.

La confiance qu'il portait à ces deux femmes et l'amour qu'il ressentait pour Zhaoji n'étaient pas allés jusqu'à leur dévoiler l'existence et les propriétés bienfaitrices du Bi noir étoilé, qu'il gardait pour lui seul et n'aurait partagé pour rien au monde. Le Bi était son ultime secret.

Personne d'autre que lui ne possédait la clé de

l'armoire où le disque rituel était toujours soigneusement rangé.

Il connaissait l'amour que la reine du Qin portait aux objets de collection et d'archéologie, mais il ne souhaitait pas qu'elle puisse le tenir dans ses mains. Il était sûr qu'elle aurait voulu le conserver, et il ne tenait pas à le lui refuser.

Le grand disque de jade était le seul bien dont il ne se séparerait jamais.

Ce secret non partagé n'affectait pas, au contraire, la connivence de ses rapports avec Zhaoji et Huayang.

Ce jour-là, les deux femmes avaient été invitées par Lubuwei à prendre le frais sur l'immense terrasse qui dominait la ville. Des rafraîchissements les y attendaient.

Huayang paraissait soucieuse.

— Votre regard est inquiet. Est-il indiscret de vous demander comment vous allez ? dit Lubuwei à la reine qui venait de prendre une gorgée de jus de mangue.

— C'est vrai que tu as l'air préoccupée ! renchérit Zhaoji en prenant son amie par le bras et en l'entraînant un peu à l'écart. Que se passe-t-il ? lui chuchota-t-elle à l'oreille lorsqu'elles furent seules.

— C'est toujours Anguo, comme tu t'en doutes ! Depuis quelques mois, il est affecté d'un étrange tremblement des mains. Mais surtout, il s'est encore entiché d'une autre courtisane à peine nubile !

— Tu devrais te réjouir... Ce sera toujours ça de moins pour la princesse Xia ! lui fit gentiment remarquer Zhaoji en éclatant de rire.

Huayang ne répondait pas.

Elle était moins préoccupée par la dernière foucade de son époux et le tremblement de ses mains que par l'influence grandissante que la princesse otage exerçait sur lui. Le décompte qu'elle faisait tous les mois était formel : il passait désormais plus de nuits avec sa concubine qu'avec sa première épouse.

— J'aimerais avoir ton âge, je suis certaine qu'Anguo changerait son comportement, soupira-t-elle en prenant les mains de Zhaoji dans les siennes.

La jeune femme se contenta de sourire.

— Je vous propose de venir voir l'élevage. Je n'ai pas eu le temps d'y aller cette semaine. Beaucoup de choses ont changé depuis votre dernière visite, proposa alors Lubuwei aux deux femmes d'un air enjoué.

Il espérait ainsi dérider la reine, qui appréciait tout particulièrement d'assister aux opérations de sélection des poulains et des pouliches qui avaient généralement lieu en fin de journée dans les nombreux enclos que le ministre des Ressources Rares ne cessait de faire agrandir par l'architecte Parfait en Tous Points.

Les enclos du marchand s'étendaient à présent à perte de vue sur les plaines et les collines environnantes, selon un impressionnant quadrillage. De part et d'autre d'une allée centrale, qui partait du haras dont le toit ressemblait à un navire renversé et traversait la plaine jusqu'au pied de la montagne, se dressaient trente pavillons octogonaux qui pouvaient héberger chacun plus de deux cents chevaux.

C'était là une véritable ville entièrement dédiée au cheval. Près de dix mille chevaux y étaient hébergés. Tout avait été fait pour que les bêtes, une fois triées et sélectionnées, n'aient plus à se croiser. Au bout de cette allée, Parfait en Tous Points avait érigé un hôpital pour chevaux dont le luxe intérieur était tel qu'on l'avait surnommé le « Palais du Cheval Malade ». On venait de toutes parts le visiter comme s'il s'était agi d'un musée.

La moitié des animaux présents étaient des mâles adultes qui rejoindraient le haras central où l'on procéderait à leur enregistrement avant leur incorporation à l'armée. Lubuwei avait obtenu que toute monture versée aux armées du Qin fût considérée comme un soldat à part entière et traitée comme tel. Il ne désespérait pas qu'on pût un jour conférer aux destriers un grade militaire, compte tenu de leurs capacités et de leur ancienneté.

Pour éviter les rapines et les vols, il avait en revanche obtenu que le roi Anguo promulguât une loi punissant de mort tous ceux qui continueraient à manger de la viande de cheval.

Mais sa plus grande victoire était d'avoir réussi à implanter au Qin, cinq ans plus tôt, la race d'équidés la plus fameuse dont Épervier Pourpre et Épervier Rose avaient été les premiers spécimens introduits : celle des chevaux célestes dits Tekké Akkal, venue des plaines du Turkménistan grâce à l'achat d'un lot d'une centaine de têtes auxquelles des marchands et des éleveurs intrépides n'avaient pas hésité à faire parcourir les milliers de li qui séparaient de la frontière du Qin leur région d'origine pour les présenter au marchand.

Lubuwei s'était rendu propriétaire de ce lot d'Akkal. Mafu et l'Homme sans Peur leur avaient prodigué les meilleurs soins. Le marchand leur avait fait construire un enclos à part, gardé jour et nuit. Au printemps suivant, douze juments avaient déjà mis bas et, l'année d'après, la descendance Akkal était enfin assurée. Le cheptel comptait cinq cent dix exemplaires de ces chevaux dits « célestes ».

Lorsqu'ils arrivèrent à l'entrepôt qui servait de bureau à l'écuyer en chef Mafu, celui-ci avait un air abattu et catastrophé. En treize ans, sa chevelure avait blanchi, il s'était légèrement voûté, ses jambes longilignes étaient un peu plus arquées par la monte, mais il avait gardé toute sa prestance de grand cavalier.

— Que se passe-t-il ici, tu as l'air consterné ?

demanda Lubuwei qui avait commencé à s'inquiéter dès qu'il avait perçu le regard angoissé de Mafu.

— J'ai perdu trois pouliches Akkal pleines depuis hier. J'espère que ce n'est pas le début d'une épidémie, répondit l'écuyer en désignant trois cadavres de chevaux au ventre gonflé qui gisaient à même le sol de l'entrepôt.

Lubuwei fit la grimace. Au fil des années passées à Xianyang, il avait réussi à force d'organisation, de science et de moyens matériels à redonner au Qin le cheptel de chevaux nécessaire au lustre de ses armées et à l'ampleur de ses conquêtes. Il y avait gagné la reconnaissance du royaume qui, en guise de récompense, lui avait donné un titre de ministre. Sous l'appellation pompeuse de ministre des Ressources Rares se cachait en fait un grand ministère de la race chevaline.

Le titre était avant tout honorifique. Il ne recouvrait aucun service d'État. Toute l'organisation mise en place par Lubuwei continuait à lui appartenir en propre.

Il avait conclu avec le royaume un contrat de vente des équidés à un prix fixé à l'avance, ce qui lui avait permis au passage d'accroître sa fortune dans des proportions immenses. Il disposait toujours des haras, des prés et des palefreniers qui contribuaient à la mise en place de ce système sophistiqué d'approvisionnement à très grande échelle. Il conservait plus que jamais les moyens de pourvoir aux besoins des armées. Le très habile Lubuwei était devenu, avec le plein accord tacite des autorités du Qin, un État dans l'État.

Il était, de ce fait et de très loin, la fortune privée la plus importante du royaume, ce qui ne manquait pas de choquer certains ministres de stricte obédience confucéenne qui considéraient que cette situation était contraire à l'idée qu'ils se faisaient de l'organisation des pouvoirs publics. La situation avait également fini par heurter certains hauts fonctionnaires, adeptes du légisme, qui voyaient dans Lubuwei un dangereux contrepoids privé à la puissance de l'État et de son administration.

Conscient des difficultés qu'une telle situation, un jour, pourrait susciter, Lubuwei avait demandé son avis sur la question à Hanfeizi, qui lui avait répondu sagement :

— Ce qui compte, c'est la finalité ! Le but que vous visez est le même que celui du roi du Qin : accroître la puissance de ce royaume. Peu importent les moyens. Tant que le roi acceptera cette situation, je ne vois pas ce qui pourrait la faire changer. Seule votre loyauté compte. Mais je ne dis pas que cela n'engendre pas jalousie et envie.

Cette phrase prémonitoire du philosophe bègue résonnait soudain aux oreilles du ministre des Ressources Rares lorsqu'il fit le tour des cadavres gonflés des trois chevaux Akkal.

La perspective d'une épidémie inquiétait Lubuwei, d'autant plus que ses élevages n'en avaient encore jamais subi. Le soin infini qu'il prenait à éliminer les bêtes qui présentaient le moindre symptôme alarmant l'avait prémuni de ces fléaux qui pouvaient ravager des élevages entiers en provoquant la mort de milliers de chevaux en quelques jours.

Le marchand se baissa devant la troisième jument morte. Comme les autres, elle portait un collier de cuir clouté avec son numéro matricule, son nom et celui de l'étalon et de la pouliche Akkal qui étaient ses parents.

Lubuwei avait remarqué qu'une fine lamelle de bambou avait été glissée entre le collier et la peau de l'animal. Il se posta à l'écart pour la lire.

— Tu n'as pas à t'inquiéter, dit-il à Mafu après avoir lu le texte qui figurait sur la lamelle, ça n'est pas une épidémie.

L'écuyer en chef le regarda d'un air étonné. Lubuwei semblait inquiet.

Après avoir lu et relu la lamelle, il la tendit enfin à l'écuyer en chef.

Elle comportait un bref poème.

Il avait dû être calligraphié par une main experte tant les caractères, parfaitement équilibrés et soigneusement disposés en colonnes, avaient été tracés sans que le moindre trait dépasse, d'un seul geste, souple et ample à la fois, sans le moindre remords ni le moindre tremblement, sur le mode cursif de ces scribes aguerris habitués à écrire vite et bien.

Le nid du coucou Lubuwei est trop grand
Pour que le glorieux État du Qin s'en accommode.
Il vaudrait mieux que cet oiseau aille faire son nid
                                                      [ailleurs,
Faute de quoi les chevaux, l'un après l'autre,
                          [connaîtront le même sort.

Quand Mafu en eut achevé la lecture, Lubuwei lui reprit la lamelle des mains en lui faisant signe de ne faire aucun commentaire.

— C'est le certificat d'inspection de cette pauvre jument que je rendrai dès demain au vétérinaire, indiqua Lubuwei en guise d'explication.

Le marchand voulait trop de bien aux deux femmes pour leur révéler cet odieux chantage lorsqu'elles l'avaient interrogé sur ce qui venait de se passer.

22

— Je veux pour demain un état précis de l'engagement de nos forces sur tous les théâtres d'opérations extérieurs.

— À vos ordres, monsieur le ministre de la Guerre, répondit le général Wang le Chanceux.

Il portait le ruban rouge de chef d'état-major des armées du Qin sur sa coiffe à couture centrale relevée aux deux extrémités en deux séries de cornets et de volutes.

Le général Wang était un valeureux soldat issu de la classe des paysans pauvres à qui son courage et son héroïsme avaient fait gravir tous les grades militaires. Il avait été enrôlé comme simple soldat, après qu'un recruteur l'eut sélectionné dans sa famille à l'issue de quelques épreuves physiques, et qu'un géomancien, ayant examiné la disposition de la maison de ses parents dans le village, n'eut rien trouvé à redire, pour atteindre le couronnement d'une vie dévouée à la guerre. Il occupait le grade militaire le plus élevé, celui de généralissime, chef d'état-major des armées.

Pour y arriver, il avait fallu au soldat Wang des années de campagnes éprouvantes contre les puissants voisins du Qin et une série de victoires décisives auxquelles il avait pris une part essentielle. Mais combattre avec courage ne suffisait pas pour faire carrière. Il fallait de la chance pour demeurer vivant dans ces batailles terribles où les morts se comptaient souvent par dizaines de milliers.

Et la chance n'avait pas été avare pour Wang.

À chaque échelon à gravir, ses collègues frères d'armes qui auraient pu être de dangereux rivaux étaient toujours morts au combat. Wang n'agissait pas par calcul et n'économisait ni son courage ni ses forces, mais il échappait par miracle aux flèches empoisonnées qui perçaient l'occiput et le faisaient éclater, ainsi qu'à ces coups de lance mortels qui pouvaient traverser les viscères de part en part. Son corps était couvert de cicatrices, mais il s'agissait de blessures dont il avait toujours fini par guérir.

Ainsi, lorsqu'il s'agissait de promouvoir le plus valeureux des combattants en le faisant passer à l'échelon supérieur, le choix ne pouvait se porter que sur Wang, puisqu'il était le seul survivant !

Cette chance, qui ne l'avait jamais quitté, expliquait qu'on l'appelât Wang le Chanceux.

Quand on avait atteint le grade de général, l'avancement aux fonctions supérieures de commandant de la cavalerie, de l'infanterie, de l'archerie et des chars selon l'arme dont on était issu, n'était plus une affaire de courage et de mérite. C'était encore plus flagrant pour l'accès au poste de généralissime qui commandait l'ensemble des armées et relevait de la seule autorité du ministre de la Guerre. Les jambes et les bras, alors, ne suffisaient plus, il fallait de la tête. Faire savoir devenait plus important que savoir faire. On entrait là dans le champ du politique, c'est-à-dire de l'intrigue et de l'arbitraire auxquels un esprit comme Wang n'était guère préparé.

La chance de Wang, cette fois, s'était appelée Anguo.

Quelque temps après être monté sur le trône, le nouveau roi du Qin avait introduit des changements notables dans l'organisation des forces armées par rapport à ce qui existait du temps de son père.

Le roi Zhong n'avait pas souhaité se doter d'un ministre de la Guerre. Il avait suffisamment combattu lui-même pour prétendre à l'aura nécessaire auprès des armées du Qin, qui le considéraient naturellement comme leur chef suprême. Il avait ainsi tenu à demeurer en prise directe avec elles. Anguo, dont la légitimité était des plus faibles auprès des militaires de haut rang, avait eu la sagesse de rétablir le ministère des Armées dont la direction incombait au ministre de la Guerre.

Deux militaires pouvaient prétendre occuper la fonction : les généraux Défaut du Jade et Paix des Armes, que le sort semblait avoir décidé de toujours opposer l'un à l'autre.

Anguo s'était montré incapable de choisir lui-même entre les deux hommes. Le benêt qu'il était avait cru bon s'en ouvrir à Huayang et à Xia. La première en tenait pour Paix des Armes, la seconde, bien sûr, pour Défaut du Jade... Une fois de plus, il s'était retrouvé en porte-à-faux, écartelé entre ces deux femmes ! L'affaire avait duré des mois, semant un profond trouble dans les états-majors. Il fallait en sortir et trancher.

Au final, Paix des Armes l'avait emporté sur son adversaire, grâce à l'intervention de Lubuwei.

Averti par Huayang et Zhaoji de ce qui se tramait et de l'indécision du souverain, le marchand de Handan avait tout simplement décidé d'avertir les autorités du Qin qu'il cesserait toute livraison de chevaux si le ministre de la Guerre était Défaut du Jade. Il avait fait savoir haut et fort qu'il ne pouvait concevoir que le responsable suprême des armées ne fût pas lui-même un cavalier émérite ; celui qui avait toujours dénié à la cavalerie le premier rôle dans les victoires guerrières et s'était toujours refusé à monter sur le dos d'un cheval au seul motif qu'il était allergique à son crin n'était pas digne de commander cette arme ni de servir d'exemple.

Le message n'avait pas mis longtemps à être entendu.

Quelques jours plus tard, le décret nommant le général Paix des Armes ministre de la Guerre avait été placardé au balcon du premier étage de la Tour de l'Affichage.

Signe de l'importance que l'État du Qin accordait à son bras armé, contrairement aux autres ministères situés dans la ville basse, celui de la Guerre occupait l'angle du bâtiment d'entrée du Palais Royal et faisait donc partie intégrante de celui-ci. Dans l'ordre d'importance, il venait juste après la Chancellerie.

Ses services s'étendaient sur trois étages. Le dernier était occupé par les bureaux et les appartements du ministre. Au second étage, gardé comme une forteresse imprenable, on trouvait la Salle des cartes et des plans de tous les champs de bataille en cours et à venir. C'était là, devant des relevés topographiques élaborés grâce aux informations fournies par des espions que le Qin envoyait sur tous les territoires ennemis, que s'élaboraient les stratégies de conquête et que l'on mettait au point les attaques-surprises fulgurantes qui avaient permis au royaume d'étendre inexorablement ses frontières au détriment des autres.

Au rez-de-chaussée, de vastes salles voûtées enfumées par les brasiers des forges abritaient les ateliers dans lesquels des ingénieurs militaires mettaient au point les armes nouvelles, que des forgerons et des menuisiers élaboraient sous forme de prototypes avant qu'elles soient testées sur les champs de bataille pour être par la suite fabriquées en série.

Le bureau de Paix des Armes était une vaste salle à l'aspect solennel, aux murs de laquelle étaient suspen-

411

dues toutes les plaques de bronze, représentant chacune un motif animalier différent, qui servaient d'insignes aux régiments du Qin. Au centre, une immense table ronde permettait de tenir les réunions avec les douze généraux commandants d'une armée. Au fond de la pièce, un coffre-fort contenait les moitiés de Hufu nécessaires à la transmission des ordres sur le terrain.

Lorsque le général Wang le Chanceux quittait le bureau du ministre, il éprouvait toujours un petit pincement au cœur car c'était là qu'il prenait réellement conscience de l'importance des fonctions qui lui avaient été dévolues.

Et la demande que venait de lui adresser Paix des Armes lui paraissait particulièrement importante, car elle était la première du genre. Jamais il n'avait été sollicité pour établir un rapport général sur la situation des forces du Qin sur les théâtres d'opérations extérieurs. D'habitude, les seuls rapports qui lui étaient demandés concernaient ses inspections des officiers supérieurs qui l'amenaient à visiter les casernements et les camps militaires.

Il descendit à la Salle des cartes et des plans et demanda au colonel de permanence de lui sortir tous les relevés concernant les batailles qui se déroulaient ou qui allaient s'engager.

— Mon général, six batailles sont encore livrées depuis ce mois lunaire, et nous prévoyons d'en déclencher trois dans les jours à venir.

— Je souhaiterais que tu m'en donnes le détail exhaustif.

— Je vais d'abord vous parler de la plus importante. Il s'agit de notre offensive contre le Zhou. Nous projetons d'attaquer Luoyang, sa capitale. Avec la prise de cette ville, nous comptons obtenir la reddition définitive de ce royaume qui a infligé tant de blessures à nos armées depuis des siècles, dit le colonel en faisant signe

412

à Wang le Chanceux de s'approcher d'un pan de mur où une immense carte avait été tracée sur quatre peaux de mouton cousues ensemble.

— Je connais bien les éléments de cette offensive. Combien d'hommes et de chevaux y avons-nous engagés ?

Le colonel se pencha sur la carte. Dans le coin inférieur gauche se trouvaient inscrits les renseignements souhaités par le chef d'état-major.

— Vingt-trois mille hommes et un peu plus de dix mille chevaux.

— Y a-t-il des problèmes particuliers ?

— Pas à ma connaissance, mon général. Les hommes et les chevaux s'y préparent depuis des mois. Nous avons autorisé la double ration de nourriture pour les bêtes. Mais nous pouvons convoquer le général chargé de cette offensive pour qu'il vienne faire son rapport au ministre avant de la lancer.

— Cela me paraît une bonne idée, vu l'importance de l'enjeu, fit Wang le Chanceux.

— Pour le reste, c'est plutôt de la routine. Les six batailles dans lesquelles nous sommes engagés concernent des places fortes aux frontières du Qi, du Han, du Yan et du Wei que nous affamons en empêchant toute nourriture d'y pénétrer. Il suffit d'attendre.

— Je sais, nous nous positionnons pour massacrer leurs soldats lorsque la faim les obligera de sortir à bout de forces de leurs citadelles. Cette méthode infaillible nous a été suggérée par le stratège Hanfeizi.

— Il y a en revanche une opération plus risquée. C'est celle qui consiste à essayer de prendre le contrôle du pont sur la rivière Han qui est la principale voie d'accès à la capitale du Chu.

Wang le Chanceux fit la moue.

À ce seul nom de Chu qui évoquait pour lui la sueur, le sang et les larmes, il éprouvait un malaise. Il l'avait

413

combattu cent fois, toujours dans les conditions les plus pénibles et en laissant sur le carreau de nombreux frères d'armes. Le Chu était le seul royaume qui donnait vraiment du fil à retordre à celui du Qin. Ses armées étaient aussi nombreuses et entraînées, la cavalerie étant son seul point faible. Au siècle précédent, le Chu avait failli ravir la suprématie du Qin, dont les archers à cheval avaient réussi à desserrer l'étreinte au cours d'une bataille qui s'était déroulée sur trois ans et avait fait une bonne centaine de milliers de victimes dans les deux camps.

— Il me faut une synthèse générale pour demain matin. C'est le souhait du ministre de la Guerre, ordonna le chef d'état-major au colonel.

— Ce sera fait, assura l'autre en appelant le scribe de permanence auquel il s'apprêtait à dicter le résumé des informations souhaitées.

Le lendemain matin, Wang le Chanceux tendait fièrement son rapport au ministre Paix des Armes.

Ce dernier l'examina attentivement.

— La seule opération délicate est ce pont sur la Han qui, pour l'instant, bloque nos offensives contre le redoutable Chu, remarqua pensivement le ministre.

Le général Wang demeurait silencieux, laissant respectueusement son ministre réfléchir.

— Il est clair que nous serons là très loin de nos bases arrière, au cœur d'un État ennemi qui ne sera pas enclin à nous faciliter la tâche ! ajouta Paix des Armes.

— Notre seule chance d'éviter de tomber dans un traquenard qui pourrait nous coûter une armée entière serait de nommer comme chef de cette expédition quelqu'un qui soit parfaitement familier du terrain et connaisse bien les tactiques employées par ce royaume dont les espions pullulent, osa suggérer à son ministre Wang le Chanceux.

Le visage de Paix des Armes s'éclaira. Le général

Wang voyait juste, il fallait trouver un chef de guerre familier de ce royaume.

Or un homme connaissait parfaitement le Chu pour y avoir séjourné comme otage, c'était Anwei, le frère cadet du roi dont le courage et l'intelligence, de surcroît, ne prêtaient pas à discussion.

*

Lorsqu'il avait appris la nouvelle de l'accession de son rival au poste de ministre de la Guerre, Défaut du Jade en avait conçu une amertume immense.

Il se trouvait alors au milieu du pré où il tirait à l'arc tous les jours.

De rage, il avait lâché si brusquement la cordelette que son arc avait résonné dans son bras comme un carillon. Il avait piétiné la flèche et en avait écrasé la pointe sur le sol. Pour lui, cet échec avait valeur de bannissement. Voir son rival de toujours arriver à ces fonctions si convoitées était proprement insupportable !

Le plus inacceptable était encore de perdre la face. Les quelque neuf cent mille soldats titulaires (il y avait autant de suppléants) qui composaient les armées du Qin savaient tous que leur général en chef Défaut du Jade était candidat au ministère de la Guerre. Il avait donc perdu la face devant ses hommes au profit de celui qui commandait aux seuls chevaux dont le nombre était pourtant inférieur de moitié à celui de soldats titulaires. Le commandant en chef des chevaux l'avait emporté sur celui des hommes.

De ce choix d'Anguo, il éprouvait une immense honte. Il ne pouvait être question pour lui, dans ces conditions, de rester un jour de plus au service des armées du Qin.

Un matin, les gardes royaux avaient retrouvé sur le sol de la salle des audiences, au pied du trône, la moitié d'un tigre de bronze incrusté d'or de la longueur d'une demi-paume. Signant ainsi son retrait définitif de la carrière militaire et bravant l'étiquette qui prévoyait la punition la plus sévère pour un geste aussi désinvolte à l'égard du souverain, Défaut du Jade avait fait déposer au pied du trône d'Anguo la moitié du Hufu dont le roi était le seul à posséder l'autre.

Dans le profond désarroi qui s'était emparé de lui, le général avait d'abord pensé qu'il convenait de mettre fin à ses jours. Il avait erré des jours entiers, tantôt au bord de l'abîme que surplombait la Falaise de la Tranquillité, tantôt sur les berges de la Wei, sans avoir le courage de se jeter en avant. Puis il avait essayé, mais en vain, de s'enfoncer son poignard dans le ventre, après l'avoir longuement aiguisé avec une pierre de jade.

Ayant constaté qu'il n'était pas si simple de se donner la mort, il avait passé de longs mois à méditer en silence dans un pavillon qui surplombait un petit lac de montagne où les truites saumonées abondaient, situé à cinq ou six jours de marche de Xianyang.

C'est là que, peu à peu, un plan avait germé dans son esprit. Un plan qui avait un goût de revanche et qui laissait miroiter une lueur d'espoir au général déchu. Il avait tout perdu en tant que militaire de carrière humilié par la victoire de son éternel rival. Mais on pouvait aussi décider que l'on aurait plusieurs vies... L'affront qu'il avait subi en tant que général pouvait être lavé d'une autre façon.

Il fallait pour cela, malgré l'âge mûr qu'il avait atteint et même dépassé, accepter de changer de vie et de devenir un autre.

De fait, il y avait une caste qui disposait toujours à la Cour d'un pouvoir sans égal, bien supérieur à celui des militaires, et qui n'était pas soumise aux règles de l'armée et de l'administration du Qin. Aucun pouvoir n'avait jamais osé s'en prendre à elle tant elle était puissante et incontournable. La caste des eunuques constituait ce monde à part, avec ses règles propres où il lui serait possible de mener une deuxième vie et de prendre ainsi sa revanche. Pour y entrer, il n'y avait pas de limite d'âge, il suffisait de subir une castration. Défaut du Jade, de surcroît, avait toujours entretenu des rapports convenables avec les eunuques les plus en vue à la Cour, à commencer par Droit Devant, et leur chirurgien attitré Couteau Rapide.

C'est ainsi que le général déchu s'était mis dans la tête que c'était là son unique chance d'accéder à des fonctions civiles qui le placeraient dans l'intimité du pouvoir suprême et effaceraient ainsi l'opprobre de son cuisant échec face à Paix des Armes. Il pourrait même, avec le temps, régler définitivement son compte à son vieux rival.

Restait la question de l'âge qui était le sien et de l'aptitude de son corps à subir une telle mutilation sans y perdre tout son sang et y laisser sa vie. Il avait pris rendez-vous à la clinique des eunuques pour se faire examiner par Couteau Rapide.

— J'ai décidé d'entrer dans ta corporation. Je n'ai plus d'avenir dans la carrière militaire, mais je pense que je pourrais faire un eunuque efficace ! avait-il lancé au chirurgien que la démarche du vieux soldat avait cloué sur place d'étonnement.

— Tu serais déjà grand-père si tu avais pris une épouse, avait rétorqué le chirurgien au général déchu.

— Je t'en supplie, examine-moi et sois honnête dans ton diagnostic, avait gémi alors le général déchu en baissant son pantalon.

Couteau Rapide avait soupesé les parties de Défaut du Jade et les avait examinées avec soin.

— La castration me paraît extrêmement risquée, avait-il lâché au bout de quelques instants.

417

— Mais si j'en accepte le risque ? avait insisté l'autre.

— Pour moi, c'est clair, je ne le prendrai pas, avait répondu le chirurgien dont le visage s'était assombri.

Défaut du Jade avait eu beau pleurer et supplier, il n'y avait rien eu à faire. Couteau Rapide, qui trouvait cette démarche si saugrenue qu'il n'avait même pas osé l'avouer à son initiateur, avait décidé de rester ferme sur son refus.

C'était moins la crainte de rater ladite opération qui motivait ce refus que le risque de devoir subir, une fois celle-ci réalisée, les reproches de l'intéressé.

Le cas était fréquent chez les candidats à la castration lorsqu'ils avaient dépassé un certain âge. Tout allait à merveille pendant quelques mois puis, soudainement, ils se mettaient à regretter d'avoir été privés de leurs attributs masculins et, ne supportant plus le fait de n'être ni une femme ni un homme, refusaient cette castration irréversible. Le plus souvent, ils en arrivaient au suicide, quand ils n'essayaient pas de s'en prendre au chirurgien qu'ils considéraient comme coupable d'un véritable crime à leur égard. Couteau Rapide avait fait l'objet de plusieurs tentatives d'assassinat de la part de castrats repentis. Il avait même été contraint d'en tuer deux d'un coup de scalpel à la gorge.

Défaut du Jade, qui était encore une force de la nature, devait disposer d'un arsenal guerrier qui aurait transformé en véritable carnage son expédition vengeresse. Il n'avait aucune envie de courir ce risque en accédant à une telle foucade.

Le général démissionnaire était donc ressorti bredouille de la clinique des eunuques. Broyant du noir, il avait traversé le parc aux catalpas et aux ginkgos-bilobas centenaires dont les feuilles commençaient à ressembler à des médailles dorées. Là, sous ces frondaisons majestueuses auxquelles il était incapable de prêter la moindre attention, il avait commencé à éprouver un sentiment de révolte. L'évanouissement de tout espoir de refaire sa vie comme eunuque, par ricochet, déchaînait en lui une implacable soif de revanche.

Il en voulait terriblement à celui qu'il considérait comme l'unique responsable de sa déchéance et à l'égard duquel il éprouvait une haine inextinguible.

Cet homme avait su trouver les mots et les arguments imparables qui avaient amené le roi Anguo à choisir Paix des Armes.

Il s'appelait Lubuwei.

*

— Je viens vous solliciter pour une affaire d'importance. Les armées du Qin ont besoin de votre jeune frère le prince Anwei, annonça Paix des Armes au roi Anguo en courbant la nuque.

Dans le grand salon de ses appartements privés, confortablement installé sur des coussins de cuir rembourrés ornés de phénix affrontés, le roi Anguo avait entrepris une partie de dames contre lui-même, qui tournait au casse-tête. Il répugnait à accorder des audiences inopinées à ses ministres mais Lisi, son jeune vice-Chancelier qui tenait l'agenda de ses rendez-vous, avait tellement insisté sur l'importance du sujet dont le ministre de la Guerre voulait l'entretenir qu'il avait fini par céder.

Le roi haussa un sourcil. La requête du ministre de la Guerre l'étonnait quelque peu.

— Peux-tu m'en dire un peu plus ? marmonna-t-il en faisant glisser d'une case à l'autre un pion d'ivoire.

— Sire, vous n'êtes pas sans savoir que le Qin prépare une vaste offensive pour s'emparer du pont de pierre qui enjambe au Chu la rivière Han et donne accès à sa capitale. Nos experts sont formels, nous courons les plus grands risques si le commandement des opérations n'est pas donné à un connaisseur intime de ce pays et de ses méthodes guerrières.

— Je comprends mieux à présent. Mais qu'en pense mon frère ? demanda le roi qui paraissait davantage préoccupé par son jeu de dames que par le sujet dont l'entretenait son ministre.

— Nous ne l'avons pas prévenu et attendions votre autorisation pour ce faire, dit Paix des Armes.

— Il faut le solliciter, mais s'il refuse, je veux que tu saches que je ne l'y obligerai pas. Il est marié et s'occupe fort bien de sa progéniture. De plus, il paraît heureux là où il est. Pour rien au monde je ne voudrais le forcer à renoncer au bonheur qu'il a trouvé, insista le roi, tout absorbé qu'il était à marquer un point contre son propre camp.

Anguo éprouvait pour son jeune frère une tendresse et un attachement que rien n'était venu atténuer.

Pour satisfaire à son amour de la nature, il lui avait donné la gestion des parcs et jardins du royaume, une fonction qui valait à son titulaire d'habiter une somptueuse demeure construite en plein cœur de l'Arboretum royal où avaient été plantées les essences les plus rares. Anwei, que ce nouvel exil avait d'abord étonné, avait peu à peu pris goût à la beauté et au charme de ces lieux, où il passait ses journées à jardiner, à creuser les rigoles, à irriguer les jeunes pousses et à tailler les plantes. Ces occupations champêtres le comblaient d'aise. Il se serait bien vu finir en jardinier même si, de façon fugace au fond de lui-même et sans l'avouer à personne, il rêvait de prendre les armes. Alors, le jardinier attentif à ses plantes se transformait en héros fougueux et s'imaginait pourfendant l'ennemi lorsqu'il émondait les branches d'un catalpa.

Il fallait une demi-journée à cheval pour aller de Xianyang à l'Arboretum. Paix des Armes avait décidé de s'y rendre dès le lendemain de son audience avec le roi. Mieux valait faire vite avant qu'Anguo ne se ravise. Il y était parti, accompagné seulement de son secrétaire particulier. Les deux hommes chevauchaient deux petits Akkal au pelage luisant comme la laque.

C'était la première fois que le ministre de la Guerre se rendait à l'Arboretum royal.

Ce parc clos de murs avait été conçu par les jardiniers et les Géomanciens de la Cour comme une reproduction du Palais de la Grande Ourse stellaire, sur un terrain qui avait la forme propice d'un fer à cheval ouvert au sud terminé par une veine de Dragon, c'està-dire une plissure du relief capable de retenir le Souffle Primordial Qi.

On avait respecté tous les principes du Fengshui afin que le parc soit parfaitement orienté et conforme au cosmos. À l'est coulait la rivière sinueuse du Dragon Vert tandis qu'au sud, la petite île de l'Oiseau Rouge dominait l'étang du Zénith. À l'ouest, le chemin tortueux et ascendant du Tigre Blanc menait à la montagne de la Tortue Noire du nord. Les végétaux, sculptés comme des statues, avaient été soigneusement disposés de façon à réaliser trois types de paysages : celui du Serpent qui franchit la rivière du ciel, celui des neuf marches du Palais de Jade, et celui du Buffle à la chaîne d'or.

Tout l'art des jardiniers et des dresseurs de pierres avait consisté à donner à l'ensemble une impression de grandeur et d'espace, comme s'il s'était agi de créer dans ce lieu végétal clos de murs une contrée tout entière qui se serait étendue à perte de vue, avec ses steppes arides et ses montagnes rocheuses ou feuillues, ses lacs, ses fleuves et ses cascades.

Cet Arboretum ignorait la ligne droite et se découvrait petit à petit au détour des chemins sinueux et des ponts en miniature. Les plantes Yin avaient été soigneusement séparées des plantes Yang. Les jardiniers y avaient taillé toutes les pointes maléfiques des « flèches empoisonnées » formées par les arêtes vives des branches dirigées vers l'esprit des visiteurs. De même, les sculpteurs avaient gommé les aspérités trop aiguës des rochers dont les angles auraient pu agresser le promeneur par leur trop grande charge d'énergie négative.

Au centre du jardin, un bosquet de bambous taillé comme une énorme boule servait de puits à échappement des mauvais souffles. Parsemant les aires engazonnées libres de plantes, des pierres aux formes étranges rappelaient le poème de *La Forêt des nuages* : « *Les choses qui sont la plus pure quintessence du ciel et de la terre, du Yin et du Yang, s'agglomèrent en roches, perçant la terre, elles revêtent des formes étranges.* »

C'était là, au milieu des pierres dressées et à l'ombre de l'île-montagne du lac miniature central autour duquel les pruniers, les amandiers et les saules formaient un délicat écran sévèrement gardé par une armée de buis taillés en cubes, que le prince Anwei passait ses journées à méditer et à entretenir avec le plus grand soin ce domaine végétal sur lequel il n'avait aucun mal à régner.

À l'entrée de ce parc, Paix des Armes s'arrêta pour admirer ce que Confucius appelait les « Trois Amis », le pin, le prunus et le bambou, qui avaient été plantés là exprès pour honorer les visiteurs.

Anwei, qu'un domestique était allé prévenir, courut immédiatement à sa rencontre.

Il était habillé comme un jardinier et tenait à la main de minuscules ciseaux destinés à la taille des aiguilles de pin.

— Quel bon souffle amène dans ces lieux si modestes un ministre aussi important ? demanda-t-il en souriant à Paix des Armes.

Avant que le ministre ait pu répondre, il l'avait pris par le bras pour lui faire visiter l'Arboretum. En parcourant les allées sinueuses du domaine, tandis que le jeune frère du roi lui donnait force explications sur les essences les plus rares qui y étaient plantées, Paix des Armes réussit à expliquer à Anwei le motif de sa visite.

— Vous me faites trop d'honneur ! Il y a bien d'autres valeureux stratèges qui connaissent le Chu aussi bien que moi, rétorqua ce dernier tout en cueillant délicatement une fleur de pivoine écarlate avant de la tendre à son visiteur.

— Nous avons mûrement réfléchi. Vous êtes le seul de votre espèce à pouvoir empêcher un désastre militaire qui ruinerait tous les espoirs du Qin de se rendre un jour maître du Chu, déclara avec gravité le ministre de la Guerre.

Anwei était un jeune homme valeureux qui aimait d'autant plus son pays qu'il en avait été privé pendant ses années d'exil comme otage au Chu. Mais il avait pris goût au bonheur et à cette étrange paix intérieure qu'il éprouvait du fait de son immersion dans la nature si joliment organisée de l'Arboretum. Il ne se sentait nulle part plus à l'aise que dans son jardin, au milieu de ses arbres taillés aux formes douces et bénéfiques, enveloppantes pour le promeneur qui découvrait, en suivant ses allées sinueuses, derrière le moindre buisson et au coin de chaque tournant, la somptuosité d'une branche savamment tordue ou d'une fleur qui conférait sa note rare à l'harmonie des lieux.

Il en était venu, à cause de cet Arboretum, à se méfier de la guerre et de son lot d'atrocités barbares, la guerre qui était l'exact contraire d'un jardin organisé en souffles positifs. Sur les champs de bataille, les Sha maléfiques pullulaient au milieu de la forêt des pointes et des piques tranchantes qui étaient autant de « flèches empoisonnées » détruisant les esprits aussi bien que les corps. La guerre n'était que le désordre absolu du monde, alors qu'Anwei en recherchait maintenant l'harmonie suprême dans les plantes et les arbres qui peuplaient ce parc.

C'est pourquoi la proposition de Paix des Armes le plongeait dans un abîme de perplexité. Il ne parvenait pas à lui répondre, perdu qu'il était dans ses réflexions. Il contemplait l'île-montagne du lac miniature central, au sommet de laquelle s'élevait un prunus centenaire au tronc torturé par des années d'entraves. Il n'était pas plus haut que le bras d'Anwei et pourtant cet arbre en réduction irradiait une force extraordinaire, personnifiant le centre cosmique de ce jardin, son point d'orgue, là où devait se concentrer toute la somme de souffles Qi positifs issus des végétaux et des rochers qui peuplaient le parc.

— Je vais être plus précis. En cas de défaite sur la rivière Han, c'est l'État du Qin tout entier qui risque d'être envahi par les armées du Chu ! Un soldat du Chu n'hésiterait pas à couper ce petit arbre d'un coup de sabre ! Il ne resterait alors de cet Arboretum que de la terre et de la cendre mélangées, ajouta le ministre de la Guerre dont le ton était devenu plus grave.

Il désignait le petit prunus centenaire et, d'un geste plus large, tous les arbres et toutes les plantes qui poussaient autour de cet axe central. C'était aussi au pied d'un prunier que le vénérable Laozi, qui avait su écrire le *Livre de la Grande Voie et de la Vertu*, était né.

Anwei savait que Paix des Armes était un esprit délié et subtil, armé d'une grande force de conviction, mais qu'il était aussi profondément honnête. Il était persuadé que le général devenu ministre ne mentait pas.

Il regarda longuement son jardin. Il lui sembla entendre une douce musique intérieure répondre à cette harmonie pure entre les plantes et les rochers. Il connaissait trop la barbarie des soldats du Chu pour savoir qu'ils ne respecteraient rien de tout cela lorsqu'ils y entreraient à bride abattue en poussant leur cri de guerre. Ils prendraient un malin plaisir à tout détruire et à tout hacher par le menu de cette quintessence de subtilité et d'harmonie.

Il releva son pantalon et pénétra dans le lac miniature. L'eau lui arrivait au-dessous des genoux. Puis, en moins de trois enjambées et en prenant soin de ne pas déranger les capsules bourrées de graines des trois lotus qui avaient pris racine dans la vase, il gravit le petit tertre que formait l'île-montagne avant de se pencher tout contre le petit arbre au tronc rabougri. Il sentit le frottement de ses feuilles minuscules contre son oreille. Il en saisit le tronc noueux comme un cep de vigne et ferma les yeux. Il sentit que le tronc vibrait imperceptiblement entre ses paumes serrées. Il éprouva le bien-être et la douce chaleur intérieure du souffle positif que le tronc du vieux prunus faisait surgir comme une source vitale des entrailles du petit tertre.

Il lui sembla entendre un doux murmure sortir du tronc : il en était certain, le prunus miniature du haut de ses cent ans le sommait d'aller défendre cette harmonie et ce souffle que les guerriers barbares du Chu détruiraient sans états d'âme.

Ce ne serait qu'une parenthèse nécessaire qu'il s'efforcerait de refermer au plus vite avant de retrouver la paix de ce jardin et l'amour de sa petite famille. C'était la condition pour que tout cela ne fût pas brûlé et piétiné, pour que toute cette harmonie acquise si lentement grâce à des trésors de patience et de science botanique continuât à demeurer intacte et à exister pour les générations futures.

Pour avoir la paix, il fallait accepter, de temps à autre, d'entrer en guerre.

Il fit signe à Paix des Armes qu'il acceptait de partir se battre pour éviter que de si subtils effluves ne tombent entre des souffles barbares et maléfiques.

23

Lorsque Inébranlable Étoile de l'Est vit la créature aux longs cheveux s'approcher du berceau de son enfant, instinctivement elle se précipita comme une folle pour l'empêcher qu'elle ne lui fasse du mal. Le nourrisson n'avait pas encore quatre mois et dormait à poings fermés sous l'un des saules du jardin de la maison où Lisi habitait avec sa jeune épouse.

La créature avait les épaules recouvertes d'une longue cape de bure noire dépourvue de tout ornement, à l'exception d'une chaîne d'or à laquelle était attaché un pendentif de jade vert émeraude représentant l'animal hybride fabuleux au corps de serpent, à la tête de buffle et aux andouillers de cervidé. Sa longue chevelure poivre et sel lui faisait une autre cape vaporeuse, presque aussi majestueuse que la première. Elle se tenait à contre-jour, si bien que la jeune femme ne pouvait pas distinguer les traits de son visage.

Il pouvait tout aussi bien s'agir d'une sorcière maléfique, d'un gentil fantôme, que d'un de ces esprits errants qui cherchent un corps pour s'y réincarner...

Devant cette apparition bizarre, Inébranlable Étoile de l'Est se rua en hurlant entre le berceau de son enfant et la créature pour empêcher celle-ci de trop s'en approcher. Elle s'apprêtait à accomplir le signe de la main qui fait les cornes, censé repousser les mauvais sorts, lorsqu'elle s'arrêta tout net.

Sa surprise était totale. Ce qu'elle venait d'entendre l'avait proprement sidérée.

— N'aie pas de crainte, je suis ta mère, avait prononcé la créature d'une douce voix de femme.

C'était Vallée Profonde.

La jeune mère tenta de reprendre ses esprits, mais le choc avait été trop violent. Elle sentit sa tête tourner et s'accrocha au rebord du berceau de sa petite fille. Alors Vallée Profonde, avec d'infinies précautions, s'empara de la main d'Inébranlable Étoile de l'Est, sa fille, et la porta doucement à sa bouche pour y déposer un baiser.

— Comment s'appelle ce bébé ? demanda-t-elle à la jeune mère.

— Rosée Printanière, c'est une petite fille, murmura-t-elle.

— Elle est adorable ! Puis-je la prendre dans mes bras ? dit Vallée Profonde.

La fille prit l'enfant et la donna à sa mère. Celle-ci alla s'asseoir sur un banc et lui fit signe de venir se serrer contre elle. L'enfant continuait de dormir à poings fermés.

Pour Inébranlable Étoile de l'Est, le temps semblait s'être arrêté.

Son père, le roi Zhong, ne lui avait parlé de Vallée Profonde que de manière allusive, pour lui en vanter les pouvoirs surnaturels et l'incomparable beauté sauvage mais sans s'y étendre, parce que ces souvenirs réveillaient en lui des sentiments trop douloureux.

Un jour qu'elle s'était faite plus curieuse et insistante, il avait fini par lui confier que sa mère avait quitté la cour du Qin pour se retirer sur une des îles Penglai, celles où l'on ne mourait jamais parce que les fruits de jade qui poussaient sur les arbres repoussaient la mort de dix mille ans.

Elle avait compris qu'il ne lui en dirait pas plus.

— Qu'as-tu fait depuis que tu es partie de Xianyang ? murmura-t-elle.

— Veux-tu savoir la vérité ?

Elle acquiesça, tremblante.

Alors Vallée Profonde lui raconta les choses telles qu'elles s'étaient passées vingt ans auparavant, depuis la rencontre avec Zhong dans la grotte du médium jusqu'à l'arrachement de son départ forcé de la Cour. Elle se garda d'omettre l'épisode où Zhong avait fait semblant de ne pas la reconnaître lorsqu'elle avait essayé de lui parler au cours d'une audience royale où elle avait réussi à se faufiler.

Elle lui décrivit le refuge qu'elle avait trouvé, dans l'antre rocheux au pied de l'immense cascade du pic de Huashan où elle vivait en communion si étroite avec les éléments naturels.

— Pourquoi n'es-tu pas venue plus vite ? s'écria alors Inébranlable Étoile de l'Est dont le visage était noyé de larmes.

Sa mère lui caressa doucement le front.

— Je n'avais pas de raison de le faire. Je savais en consultant la carte du ciel et en auscultant la terre, au seul murmure de ma cascade, que tu allais bien. Il y a quelques semaines, la cascade et le ciel m'indiquèrent que tu venais d'enfanter. C'est pourquoi, aujourd'hui, je suis là, répondit-elle en montrant le petit corps de Rosée Printanière.

Elle tendit à sa fille un sachet de tissu qu'elle avait tiré hors de sa ceinture.

— C'est pour elle. De la poudre de dragon. Il faut vingt ans pour la fabriquer. J'ai commencé à la préparer lorsqu'on me chassa de la cour de Zhong. La poudre de dragon s'obtient par le broyage d'os fossilisés qu'on doit préalablement exposer aux rayons de la lune durant

vingt années lunaires, ajouta-t-elle en guise d'explication.

— Quelles en sont les vertus ? s'enquit Inébranlable
Étoile de l'Est.

Le regard de Vallée Profonde s'illumina.

— Innombrables ! La poudre de dragon a été inventée par l'Empereur Jaune. Elle rend la peau des femmes
encore plus nacrée ; elle aiguise leur intelligence ; elle
éloigne les maladies ; elle fait vivre plus longtemps. Il
suffira que tu humectes de temps en temps sa petite
langue avec une infime pincée de cette poudre.

— Mais comment savais-tu que j'avais eu une fille ?

— Il m'a suffi d'écouter un matin le souffle de la
cascade. Il y avait là une note positive qui en était le
signal sonore.

La jeune femme regardait sa mère intensément. Elle
aurait voulu tout savoir de son antre, de la montagne,
de cette cascade magique qui meublait le silence de sa
solitude.

— Comment fais-tu pour vivre recluse ? ques-
tionna-t-elle avec compassion.

— De nombreux voyageurs font halte à l'entrée de
ma grotte. Certains viennent de très loin pour consulter
mes oracles ou me demander des faveurs. J'ai même
reçu, il y a très longtemps, un certain Lubuwei de Handan, qui, je crois, a fait fortune ici dans le commerce
du cheval, confia en souriant Vallée Profonde.

— Et qu'est-ce que ce Lubuwei te voulait ?

— Il venait me soumettre un disque de jade de taille
immense et aux propriétés extraordinaires. Ce Bi était
taillé dans une pierre de jade noire constellée de minuscules étoiles. Je me souviens avoir lu dans cette pierre
l'arrivée d'un nouvel Empereur Jaune qui gouvernera
un jour le Qin...

Inébranlable Étoile de l'Est interrompit sa mère. Elle

venait d'apercevoir Lisi sur le porche de la maison. Elle héla son époux :

— Veux-tu approcher, j'ai une surprise à te faire !

Lisi s'avança. Il découvrit de plus près l'étrangeté de cette créature aux longs cheveux gris qui était assise sur le banc au côté de sa femme.

— Je te présente Vallée Profonde, ma mère. Elle vient rendre visite à sa petite-fille Rosée Printanière, apprit-elle à son époux qui avait l'air stupéfait et ne savait trop que dire.

L'aspect de sa belle-mère, qui semblait appartenir à un autre monde, désarçonnait celui-ci au point qu'il demeurait coi.

— Elle connaît notre ami Lubuwei, ajouta la jeune femme.

Elle avait cru devoir livrer cette précision à son mari pour meubler ce lourd silence qui venait de s'installer entre sa mère et lui.

— Oui, elle a déchiffré pour lui les signes étoilés du jade noir d'un Bi magique qui annonce l'arrivée d'un nouvel empereur, poursuivit-elle sous le regard de plus en plus ahuri et circonspect de Lisi.

L'esprit logique et le sens juridique de ce dernier le situaient à mille lieues de ces histoires de prédictions gravées dans la pierre. L'accoutrement de sa belle-mère plongeait de surcroît le jeune et brillant vice-Chancelier dans un abîme de perplexité.

Consciente du trouble profond qui venait de s'emparer de son mari, et pour mieux éclairer sa lanterne, Inébranlable Étoile de l'Est se mit à lui raconter par le menu, et sans omettre aucun détail, tout le récit que Vallée Profonde venait de lui faire.

Lisi écouta sans mot dire, cachant soigneusement la perplexité qui était la sienne.

Dans le fatras des propos de sa belle-mère tels que les traduisait Inébranlable Étoile de l'Est, l'annonce de la venue d'un nouvel empereur était la seule chose qui lui semblât digne d'intérêt. Le reste relevait d'élucubrations dont les taoïstes et les chamans étaient coutumiers.

Comme tout bon légiste nourri au lait des textes anciens qui célébraient la gloire des premiers empereurs fondateurs, il considérait l'Empire comme l'aboutissement ultime de l'implacable soumission à la Loi qu'un État devait obtenir de son peuple. C'est pourquoi la prédiction de Vallée Profonde ne le laissait pas indifférent.

— Lubuwei dispose-t-il toujours de ce disque ?

— Je serais très étonnée qu'il s'en soit séparé. Ce disque n'a pas de prix. Et il possède une autre propriété : il rend immortel celui qui a la chance de le posséder, indiqua Vallée Profonde qui s'exprimait pour la première fois devant Lisi.

Un serviteur s'était approché pour avertir le vice-Chancelier qu'un visiteur l'attendait dans l'antichambre.

Les deux femmes se retrouvèrent seules.

— Je souhaite le plus grand bonheur du monde à notre petite Rosée Printanière, dit Vallée Profonde en se levant pour prendre congé de sa fille.

Inébranlable Étoile de l'Est la retint par la taille, elle se rassit. L'enfant, que ces mouvements avaient réveillée, s'était mise à gazouiller.

— Pourquoi ne restes-tu pas davantage ?

— Ne dis à personne que je t'ai donné la poudre de dragon pour Rosée Printanière. Ce doit être notre secret !

— Pas même à Lisi ? demanda la fille à sa mère.

— Pas même à lui, répondit celle-ci d'un ton ferme.

— Mon époux ne t'inspire pas confiance ? murmura alors Inébranlable Étoile de l'Est d'une voix tremblante.

Vallée Profonde demeura silencieuse. Ses yeux toutefois en disaient long. La question de sa fille valait, au demeurant, déjà réponse. Elle berçait doucement l'enfant qui s'était pelotonnée contre sa poitrine et en cherchait déjà le sein.

Elle s'en voulait surtout d'en avoir trop dit sur le disque de jade devant l'époux de sa fille dont elle avait mesuré les mauvais souffles Sha tapis au fond de son esprit.

— L'exercice du pouvoir peut rendre très cruel. Il faut veiller sur toi et ta petite fille... J'ai vu dans le cœur de ton époux des souffles Sha dont tu dois te méfier, souffla-t-elle enfin à la jeune femme en la serrant dans ses bras.

— Des souffles Sha porteurs de destruction ? répéta, atterrée, Inébranlable Étoile de l'Est.

— Je veillerai sur toi et sur Rosée Printanière et agirai en sorte de faire converger sur vos têtes les souffles positifs.

— Comment dois-je procéder pour te donner de mes nouvelles ? reprit sa fille dont les yeux s'étaient à nouveau remplis de larmes.

Vallée Profonde remit le bébé dans les bras de sa jeune mère.

— Il y a à Xianyang quelqu'un avec lequel je suis en contact. Il s'appelle Wudong. Nous partageons des pouvoirs magiques. C'est un prêtre de la Grande Voie, qui habite une demeure en ruine que l'on nomme, je crois, le Palais des Fantômes. Si tu en as besoin, tu dois passer par lui. Promets-moi de ne pas oublier !

Puis elle s'en alla d'un pas à la fois lent et aérien, avant de disparaître, telle une ombre, au-delà de la porte-lune du mur du fond du jardin derrière laquelle commençait la sombre forêt de cyprès par où elle était arrivée.

433

Depuis que sa mère avait ainsi fait irruption dans sa vie, Inébranlable Étoile de l'Est n'arrivait plus à trouver le sommeil.

Cela faisait déjà cinq jours qu'elle errait dans son jardin, telle une somnambule, épuisée par des nuits d'éveil.

Cette visite avait bouleversé son esprit de fond en comble. Elle savait à présent d'où elle venait, son sang royal était mêlé à celui d'une femme dotée de pouvoirs surnaturels qui devait lui en avoir transmis une parcelle. Elle était issue de ce mélange alchimique entre les éléments subtils et contraires de deux pouvoirs que tout oppose : le temporel et le spirituel. Elle comprenait mieux, à présent, pourquoi elle se sentait depuis toujours incarner cette puissance de la fusion entre ce qui était contraire. C'était ce qui lui avait donné ce caractère trempé et cette volonté qu'elle avait exprimée à son père de suivre une scolarité réservée aux hommes.

Depuis son union avec Lisi, elle avait choisi de gommer les aspérités de ses façons. Par pure convenance, elle s'était policée. Elle se rendait compte, maintenant, que ce changement de comportement l'avait rendue plus soumise.

L'irruption de sa mère dans sa vie de jeune épouse l'incitait à redevenir elle-même. Elle se sentait plus forte et moins dépendante de l'influence de son époux Lisi. Mieux encore, Vallée Profonde avait réussi à instiller de la méfiance et presque de la rébellion dans le cœur et l'esprit de sa fille.

La défiance dont sa mère avait fait preuve à l'égard du père de sa petite-fille, et la sourde hostilité que cachait son silence lorsque Lisi les avait rejointes dans le jardin, avaient profondément troublé Inébranlable Étoile de l'Est. Le regard qu'elle portait sur lui depuis qu'elle l'avait rencontré au Collège des Fonctionnaires Supérieurs d'Autorité n'était plus le même. Jusqu'alors, elle n'avait vu que les bons côtés de ce personnage brillant et acharné au travail. Elle mesurait mieux, à présent, à quel point le jeune vice-Chancelier du royaume de Qin n'avait jamais hésité à placer ses ambitions politiques au-dessus de toute autre considération.

Les propos, et surtout l'attitude de Vallée Profonde la rendaient plus lucide. C'était un peu comme si, à cause de sa mère, elle l'avait placé sous surveillance. Aussi avait-elle décidé sans hésiter le moins du monde de suivre ses conseils en gardant pour elle le secret de la poudre de dragon que celle-ci lui avait apportée pour qu'elle en enduise la langue de son bébé.

Pour la première fois, elle ne partagerait pas tout ce qui lui tenait à cœur avec son mari. Elle se sentait plus proche de Vallée Profonde que de Lisi, comme si c'était là l'unique façon pour elle de compenser l'absence de cette mère qu'elle aurait tant aimé avoir plus tôt à ses côtés.

Elle rêvait d'en savoir davantage sur les pouvoirs surnaturels et sur l'existence d'ermite que menait cette dernière sur ce pic montagneux du Huashan. Elle s'en voulait de ne pas avoir eu la présence d'esprit de la retenir au moins quelques jours dans sa maison afin de mieux la connaître. En attendant, toute brûlante de curiosité, tel un animal sauvage élevé en cage qui découvre soudain l'odeur de la forêt et l'étendue des grands espaces, elle avait désormais hâte, pour essayer de mieux percer les mystères de ses pouvoirs surnaturels, de rendre visite à ce Wudong, l'homme dont sa mère avait cité le nom et qui habitait ce palais en ruine dont les habitants de Xianyang disaient qu'il était hanté.

Cet après-midi-là, après avoir allaité Rosée Printanière, elle fila donc à vive allure vers le Palais des Fantômes.

Quand elle commença à cogner les planches vermou-
lues de la porte avec le lourd heurtoir de bronze en
forme de crapaud-buffle, elle crut qu'elles allaient tomber en poussière. Elle n'eut pas longtemps à attendre
pour voir apparaître un homme entièrement vêtu de
noir.

— Vous êtes bien Wudong ? demanda-t-elle, inti-
midée par le visage décharné et blafard de l'homme qui
ressemblait à un spectre.

— Je m'appelle Zhaogongming et je suis son assistant. Que puis-je pour vous ? dit l'homme au visage de
fantôme d'un ton soupçonneux.

Avec ses mimiques qui lui faisaient ouvrir et fermer
la bouche comme une carpe, il ressemblait à une vieille
femme méfiante.

— Je viens de la part de Vallée Profonde, je suis sa
fille, annonça-t-elle d'une voix hésitante.

Ses mots eurent l'effet d'un sésame. La porte s'ouvrit
toute grande.

— Il fallait le dire plus tôt ! Ta mère parle souvent
de toi au grand prêtre Wudong, s'exclama Zhaogongming en entraînant la jeune femme dans le dédale des
couloirs qui menait à la salle des expérimentations
alchimiques.

Elle n'osa pas lui demander dans quelles circonstances sa mère avait rencontré le grand prêtre et son acolyte.

Quand ils arrivèrent dans la grande salle voûtée où
régnait encore l'odeur des effluves des expérimentations de la nuit, elle vit un homme au crâne entièrement
rasé, à l'exception d'une courte natte plus noire qu'une
plume de corbeau. L'éclat de ses yeux était renforcé
par le fard noir dont ils étaient ourlés. De fines moustaches enduites de cire noire retombaient en demi-cer-
cles parfaits de chaque côté de la commissure de ses
lèvres. Sa poitrine était ornée d'un disque Bi taillé dans

une émeraude, qui brillait de mille feux lorsqu'il s'approchait du petit brasier qui avait été allumé dans le renfoncement d'un mur.

— Je suis Wudong. Es-tu sûre que tu n'as pas été suivie ? questionna tout à trac le grand prêtre.

— Ma visite serait-elle donc si dangereuse ?

— Le clan légiste me fait surveiller depuis des mois. Il voit du plus mauvais œil le succès que rencontre la Grande Voie auprès de ses adeptes. Je dois aussi t'avouer que ton époux est l'un des plus virulents à s'acharner contre notre cause. Je pense qu'il doit y voir les ferments d'idées et d'actions subversives. Nous plaçons pour ce qui nous concerne le Dao bien au-dessus de la Loi, décréta le grand prêtre.

— Je puis jurer que personne ne m'a suivie ! protesta avec violence Inébranlable Étoile de l'Est.

Le grand prêtre regarda attentivement les yeux clairs et transparents de la jeune femme et constata qu'elle ne semblait pas mentir.

— Dans ces conditions, nous pouvons nous parler. Je t'écoute, assura Wudong.

— Ma mère m'a indiqué que vous pourriez me servir de truchement si j'avais des messages à lui faire passer...

— C'est exact, répondit le grand prêtre qui venait de verser sur le petit brasier une pincée de poudre noire.

— Nous nous rendons régulièrement au pic de Huashan où nous accomplissons diverses expériences avec son concours, ajouta son assistant.

— En quoi consistent vos croyances ? interrogea la jeune femme.

— Nous pensons que toute vie sur terre est conditionnée par le souffle Qi et que chaque chose est ordonnée selon les rapports du Yin et du Yang. Nous pensons aussi que l'état de la matière n'est jamais figé et que les forces de la vie animent selon le même mécanisme le royaume végétal, le royaume animal ainsi que le royaume humain... Regardez ces flammes : elles sont vertes alors qu'elles étaient encore jaunes il y a un instant. Mais pour maîtriser les enchaînements des états de la matière, il faut être initié. C'est le cas de Vallée Profonde qui sait commander, par exemple, à la pluie et au vent, dit Wudong.

— À la pluie et au vent... reprit bouche bée Inébranlable Étoile de l'Est.

— Et même au tonnerre ! claironna Zhaogongming dans un rire sonore.

— C'est donc une femme aux pouvoirs surnaturels ?

— Surnaturel ne veut rien dire. Elle connaît la nature beaucoup mieux que nous, un point c'est tout. Mais c'est déjà beaucoup, ajouta le grand prêtre.

— Savez-vous lire dans la pierre, comme ma mère ?

— Que signifie « lire », selon toi, exactement ?

Le grand prêtre ne voyait pas où elle voulait en venir.

— Elle a lu dans le jade noir étoilé d'un disque rituel extraordinaire que le Qin aurait bientôt un nouvel empereur, répondit-elle.

À ces mots, les sourcils de Wudong se dressèrent comme la queue d'une pie lorsqu'elle va s'envoler.

Il venait de faire le rapprochement avec le disque rituel que le vieux roi Zhong avait souhaiter récupérer dans le mausolée de sa première concubine. Il se souvenait parfaitement de la divination par les carapaces de tortue à laquelle le monarque lui avait demandé de procéder pour être sûr que la réouverture de ce tombeau n'aurait pas heurté les dieux.

— Vallée Profonde ne m'a jamais parlé de ce disque rituel. T'a-t-elle dit où il se trouve ? demanda-t-il fébrilement à la jeune femme.

— Ce Bi noir étoilé appartient aujourd'hui au ministre des Ressources Rares.

— À Lubuwei ? fit le grand prêtre, interloqué.

438

— À lui-même en personne. Ma mère a été formelle !

Wudong connaissait mieux Huayang et Zhaoji que Lubuwei. Les deux hommes ne se croisaient que rarement.

Contrairement à son père, le roi Anguo ne pratiquait pas le taoïsme en secret. Wudong n'avait donc jamais l'occasion de venir à la cour royale. L'entourage du nouveau roi comportait de plus en plus de légistes hostiles à la religion de la nature harmonieuse dont les rituels ésotériques choquaient leurs esprits logiques. Le pragmatisme du légisme s'accommodait mal des pratiques mystiques et des épreuves initiatiques que les initiés au taoïsme devaient accomplir pour atteindre à l'extase d'un rapport fusionnel entre leur corps et le cosmos.

Mais l'emprise croissante de l'État poussait aussi vers le taoïsme de nombreux citoyens qui trouvaient là – dans ce bien-être individuel et cette harmonie intime qui en étaient le but – un contrepoids nécessaire à son omniprésence et à sa tyrannie.

Face à ce tiraillement qui opposait les tenants des lois de l'État à ceux des lois de la nature, Lubuwei avait soigneusement évité d'être catalogué dans un camp ou dans l'autre. Conformément à l'habileté subtile qu'il avait érigée en conduite suprême, il avait opté pour une voie médiane, de façon à ne heurter ni les uns ni les autres.

Il était d'autant plus enclin à s'y tenir que personne à Xianyang ne savait, tout au moins jusqu'à ce jour, qu'il entretenait des rapports que d'aucuns auraient qualifiés de taoïstes avec son Bi noir étoilé et son fameux Chaos originel de Hongmeng.

La journée, le ministre des Ressources Rares se comportait comme un parfait légiste, à l'aise à souhait dans la rigueur de la forêt des lois et règlements administratifs ; la nuit, devant la voie lactée du Bi noir, il était tout aussi acclimaté à la jungle de son Chaos. Alors, quand il parvenait ainsi à fusionner son âme avec ce magma jaune pour ne faire qu'un avec lui, il aurait pu passer pour un des disciples les plus doués du grand prêtre.

Les révélations d'Inébranlable Étoile de l'Est avaient rendu Wudong encore plus circonspect vis-à-vis du marchand.

— Connais-tu bien le ministre des Ressources Rares ? questionna le grand prêtre en plongeant son regard dans celui de la jeune femme.

— Fort peu. Lisi m'en parle de temps à autre. Ils sont tous les deux ministres. Lubuwei élève des chevaux et gagne beaucoup, c'est à peu près tout ce que je sais de lui.

— Jure-moi que tu ne révéleras jamais rien de tout cela à ton époux ! ordonna alors Wudong dont la voix vibrait de colère.

— Ma mère me l'a déjà enjoint, dit-elle, tremblante.

— Elle a bien fait, lâcha-t-il plus calmement en concassant de minuscules pierres noires dans un mortier de bronze.

— Est-il vraiment ce personnage si dangereux pour susciter une telle méfiance de votre part ?

Inébranlable Étoile de l'Est, l'air accablé, regardait le matériel des expériences alchimiques qui s'étalait sur la longue table.

Il y avait là quantité de poudres multicolores et de matériaux rares dont Zhaogongming lui énuméra les noms barbares qui ne lui disaient rien. C'était donc ça, le monde dont sa mère lui avait parlé ? Celui de la matière transformée par l'esprit ; celui des éléments auxquels on pouvait commander... Elle entrevoyait là, dans ce fouillis de poudres et de morceaux de plantes, d'animaux et de roches, dans ces creusets, ces mortiers, ces pilons et ces vases tripodes à réchaud intégré, tous les secrets de la transformation de la matière à laquelle seul un tout petit nombre d'élus avait accès et qui expliquait l'origine de toute chose.

Elle frissonna en pensant qu'elle aurait pu vivre dans l'ignorance de tout cela si sa mère n'avait pas eu la bonne idée de lui rendre visite.

Son existence pourtant fort tumultueuse, depuis l'enfance où, petite fille docile, elle avait été élevée secrètement par une gouvernante muette, puis la scolarité au Collège des Fonctionnaires Supérieurs d'Autorité qu'elle avait effectuée travestie en garçon, jusqu'au mariage, si jeune, avec le brillant Lisi qui l'avait séduite, lui paraissait soudain terne et compassée.

Forte de ce que ses maîtres lui avaient inculqué, elle se croyait savante, et presque supérieure, alors qu'il lui manquait d'avoir appris l'essentiel !

Elle aurait aimé rencontrer sa mère plus tôt, à défaut d'avoir été élevée par une femme dotée de tels pouvoirs. Elle était persuadée que le cours de son existence en aurait été profondément changé.

Ce secret que le grand prêtre à présent, à l'instar de sa mère hier, lui demandait de garder sur ce qu'elle avait vu et entendu, elle s'était juré de ne jamais l'enfreindre.

— Reviens ici quand tu le voudras. Désormais, tu es ici chez toi, tu fais partie des nôtres, lui dit Wudong au moment où elle s'apprêtait à partir.

Lorsque Zhaogongming revint dans la salle des expériences alchimiques après avoir raccompagné la jeune femme, le grand prêtre demanda à son acolyte ce qu'il pensait de cette histoire de Bi noir étoilé.

— La réapparition du Bi noir chez ce Lubuwei est une énigme que nous aurions sans aucun doute intérêt à résoudre tant elle paraît étrange, reconnut l'assistant qui ne voyait pas où son maître voulait en venir.

— Le plus tôt sera le mieux, imbécile ! L'arrivée d'un nouvel empereur à la tête du Qin équivaudrait pour nous à un arrêt de mort... Notre religion a failli disparaître à cause du despotisme des empereurs du temps jadis. Pendant des siècles, nos prêtres n'osèrent même pas sortir de leurs caves. Nous éveillons trop la conscience du peuple pour qu'un empereur soit enclin à nous tolérer, conclut Wudong d'un air grave.

Puis le prêtre lança sur le petit brasier une pincée de poudre que l'assistant venait de concasser.

Alors les flammes jaillirent et crépitèrent, telles ces langues de feu longues comme des serpents qui sortent de la gueule du dragon lorsqu'il veut provoquer un orage.

24

Le pont-forteresse de la rivière Han portait bien son surnom de « Pont-Crocodile ».

C'était un gigantesque château fort de pierre et de poutres qui enjambait la rivière sur cinq énormes piles.

Son édification avait duré près de vingt ans et on disait que plus de cinquante mille ouvriers y avaient péri, emportés par les flots impétueux de la Han lorsque le fleuve en crue voyait grossir ses flots. Un poète de la cour du Chu avait comparé à juste titre cet ouvrage militaire une fois terminé à un « monstrueux crocodile aux dents cruelles gardant la douce rivière Han ». Ce surnom lui était resté.

Comme le reptile dont il avait pris l'appellation, ce pont était méchant et dissuasif. C'était à la fois un obstacle et un piège. Pour le franchir, il fallait passer une porte étroite, fermée par une herse hérissée de piques. Sans sauf-conduit, nul ne pouvait traverser cette forteresse qui était gardée jour et nuit par des soldats en armes.

Les cadavres mutilés de ceux qui avaient essayé de passer clandestinement de l'autre côté de la rive pendaient aux grilles de la herse d'entrée. Chaque nuit pourtant, de pauvres hères affamés et inconscients, mais se croyant habiles, se laissaient prendre à ce terrible piège. À l'endroit du pont-forteresse, la rivière était de surcroît très profonde et un fort courant dissuadait les meilleurs nageurs de tenter de la franchir à la nage.

C'est dire que la prise du Pont-Crocodile n'allait pas être une mince affaire. Le prince Anwei, qui connaissait bien les lieux pour les avoir traversés dans les deux sens, en avait parfaitement conscience.

Le général Wang le Chanceux, qui l'avait convoqué à cette réunion destinée à préparer l'offensive contre le pont, avait entrepris de lui décrire la configuration de la rivière à l'aide d'un relevé topographique tracé sur une peau de cerf que le colonel responsable venait d'accrocher au mur de la Salle des cartes et des plans.

Le ministre de la Guerre Paix des Armes marchait de long en large, l'air soucieux.

— Ce pont est aussi étroit qu'une souricière. Sa prise sera à n'en pas douter extrêmement difficile. Nos agents de renseignements nous ont adressé des rapports alarmants : le Chu a massé des troupes derrière le pont, elles sont assurément prêtes à fondre sur le Qin. Nous n'avons pas d'autre choix que de prendre ce pont par tous les moyens ! annonça-t-il à l'assistance d'une voix blanche.

Il y avait là, dans cette salle où l'on pouvait disposer de tous les plans et les cartes nécessaires à n'importe quel état-major sur n'importe quel théâtre d'opérations, tout ce que les armées du Qin comptaient de généraux en chef, ainsi que le chef des ingénieurs du bureau d'études des nouvelles armes.

— Combien d'hommes et de chevaux comptez-vous mettre à ma disposition ? interrogea Anwei.

— C'est à voir, répondit Wang le Chanceux. Nous sommes tous là pour en discuter.

D'âpres débats commencèrent entre ces hommes chamarrés et galonnés. Les uns préconisaient une attaque massive où, selon eux, seul le nombre de soldats et de chevaux engagés compterait. D'autres étaient partisans d'une opération de type commando beaucoup plus ciblée, lancée de nuit et destinée à neutraliser la place forte construite sur ce pont.

Les débats s'enlisaient.

C'est alors que le chef des ingénieurs conseilla la construction d'une sorte de navire fortifié qui serait mis à l'eau en amont. Portée par le courant, sa coque serait arrêtée par les piles du pont à l'assaut duquel il n'y aurait plus qu'à monter.

Le colonel responsable, qui servait de secrétaire de séance et prenait des notes, dut prier l'intéressé de répéter, tant sa solution paraissait complexe.

— C'est compliqué mais astucieux. Quelle hauteur pourrait avoir ton vaisseau ? demanda à l'ingénieur Wang le Chanceux.

Cette idée de navire d'attaque était encore celle qui paraissait la moins risquée. Elle ne l'avait pas laissé indifférent.

— Je pourrais faire en sorte que ses mâts arrivent à la hauteur du parapet du pont. Et ils pourraient être munis de barreaux, comme des échelles. Ainsi nos hommes n'auraient qu'à y grimper pour se retrouver sur le Pont-Crocodile, ajouta l'ingénieur, pas mécontent de son effet sur cette petite assemblée de chefs de guerre.

— Ta solution ne me déplaît pas ! lui lança en souriant le prince Anwei.

Le général en chef des archers du Qin fit une moue. Il trouvait qu'il était malaisé de tirer à l'arc depuis un navire, surtout compte tenu du tangage et du roulis provoqués par le fort courant de la rivière à cet endroit.

— Mais ils pourront tirer leurs flèches dès qu'ils auront atteint le parapet, objecta l'ingénieur maritime.

— Mais si l'attaque se fait par le fleuve, il n'y a pas besoin de chevaux, dit le général qui commandait la cavalerie.

— Le navire ne voguera pas de Xianyang jusqu'au PontCrocodile ! Il faudra des bêtes pour le tirer par morceaux avant de le monter sur place en amont du pont, répondit, excédé, le ministre Paix des Armes.

— Combien de temps faut-il pour construire ce navire d'attaque ? s'enquit le prince Anwei.

— Ce sera prêt dans trois bons mois lunaires. Les plans de ce navire ne posent pas de problèmes particuliers. C'est sa construction, puis son démontage pour le tirer sur place qui rendent le problème plus complexe, expliqua l'ingénieur maritime.

À la fin de la matinée, le ministre de la Guerre leva la séance après avoir dicté au colonel responsable le relevé des décisions :

— Au nom des armées du Qin et après en avoir délibéré en présence du chef d'état-major, il est décidé des moyens suivants pour l'attaque du Pont-Crocodile situé au Chu : un navire de combat doté de mâts pouvant servir d'échelles ; vingt mille hommes dont cinq mille archers ; dix mille chevaux dont trois mille bêtes de trait et autant de chars. Le commandement des opérations est confié au prince Anwei, l'attaque aura lieu dans quatre mois lunaires.

Il ne manquait plus à Paix des Armes qu'à faire apposer le sceau royal sur le document qui deviendrait un décret que nul ne pourrait contester.

— Pourrai-je assister à la construction de ce navire ? demanda Anwei à l'ingénieur maritime.

— Ce sera chose facile. Le chantier naval se trouve en amont de Xianyang, sur la même rive de la Wei. Vous pourrez même m'accompagner dans la forêt de futaies hautes pour choisir les mâts, déclara l'ingénieur.

Dès le lendemain, celui-ci avait emmené le frère d'Anguo dans la montagne située en amont au bord de la Wei, où poussaient des mélèzes dont les fûts immenses se dressaient vers le ciel comme les colonnes d'un temple. Ils avaient sélectionné les plus droits et les plus vigoureux que des ouvriers forestiers étaient venus sectionner à coups de hache. De lourds chevaux de trait avaient tiré les troncs un par un, avec d'infinies précautions, jusqu'à la Wei où ils avaient été plongés, pour éviter un séchage trop rapide. Attachés comme un radeau et guidés dans les méandres du courant par des hommes munis de perches, ils étaient arrivés par flottaison aux berges du chantier naval.

Une fois ce bois convoyé par la rivière, le prince Anwei avait pu assister au commencement de la construction du navire.

Pour gagner du temps, l'ingénieur maritime avait utilisé la coque d'un navire de transport en cours de carénage. Le plus compliqué à réaliser était la fixation des deux mâts au pont du vaisseau. Elle devait être suffisamment solide pour que les mâts restent droits, malgré leur hauteur, tout en étant démontables, car le montage définitif du navire se ferait sur la rivière Han, en amont du Pont-Crocodile.

Soucieux de contrôler de près l'avancement des travaux, Anwei avait pris l'habitude d'amener sur le chantier son épouse Fleur de Jade Malléable et leur nombreuse progéniture.

Fleur de Jade Malléable, depuis qu'elle avait appris que son mari avait été désigné pour porter les armes contre son pays d'origine, vivait dans la tristesse et l'effroi. Elle connaissait la sauvagerie et l'âpreté au combat des guerriers du Chu pour les avoir vus à l'œuvre au cours de sa jeunesse à Ying. Elle avait tenté en vain de dissuader Anwei d'accepter une mission aussi périlleuse.

Depuis ce moment-là, elle ne quittait plus son époux d'une semelle, comme si elle avait voulu profiter de la présence d'un être qu'elle ne reverrait plus.

Les trois garçons du couple étaient, comme il se doit

à cet âge-là, passionnés par les arts martiaux et les armes. Voir ce lourd navire qui fleurait bon l'essence de mélèze autour duquel s'affairait une nuée de charpentiers se construire peu à peu sous leurs yeux, tel un animal fabuleux dont les deux mâts auraient été les cornes, était une fête qu'ils n'auraient manquée sous aucun prétexte.

Le jour de l'achèvement du navire, le ministre de la Guerre Paix des Armes réunit sur le chantier naval tous les protagonistes de l'expédition du Pont-Crocodile.

Anwei avait revêtu les insignes d'un général du premier grade et portait fièrement à sa ceinture la longue épée de commandement. L'ingénieur maritime était coiffé de son bonnet de cérémonie. Sous les applaudissements des officiers secondaires de l'expédition, Paix des Armes remit solennellement au général Anwei la partie de son Hufu qui lui revenait. Il avait fait forger un crocodile de bronze, dont les yeux et les griffes des pattes étaient incrustés d'or. Les deux parties de l'animal, qui avaient été fondues séparément, s'encastraient parfaitement l'une dans l'autre.

Anwei remercia le ministre de la Guerre par la formule rituelle :

— Je jure d'obéir au porteur de l'autre partie du Hufu qui parlera au nom de notre roi !

Puis les officiers secondaires poussèrent le cri guttural destiné à libérer l'énergie intérieure dont tout combattant valeureux avait besoin avant de s'élancer contre les hallebardes de l'ennemi.

Ils savaient tous, en l'occurrence, que rien ne résisterait aux dents du grand reptile qui les attendait, tapi sur la Han, si d'aventure ils avaient le malheur de se trouver à leur portée.

Cette nuit-là, le garde qui surveillait le mécanisme de la herse du Pont-Crocodile barrant tout accès à la rive gauche de la rivière Han n'en était pas revenu. Une voix l'appelait dans le noir.

Il avait d'abord pensé qu'il s'agissait des gémissements des trois condamnés à mort enfermés dans les cages de bois installées à l'entrée du pont et exposés aux crachats des passants. Leur tête était emprisonnée dans un carcan, et les planches sur lesquelles leurs pieds reposaient étaient progressivement retirées par un bourreau. En deux jours, à force de se dresser sur la pointe des pieds pour échapper à l'étouffement, les misérables finiraient par relâcher les muscles de leurs jambes. Alors, le bourreau les retrouverait sans vie, pendus à leur carcan comme de vulgaires bouts de viande accrochés à l'étal d'un boucher, et les passants n'auraient plus de raison de leur cracher dessus.

Mais avant d'en arriver là, on les entendait geindre en attendant que la mort les délivrât de leur insoutenable supplice.

Le garde avait mis le nez dehors et avait constaté que les trois malandrins étaient déjà passés de vie à trépas.

La même voix, pourtant, continuait à l'appeler.

— Ohé, du pont ! Venez ouvrir la herse, j'ai des choses très importantes à dire ! criait-on dans l'ombre.

Le garde ouvrit la herse et alla voir.

Un homme d'âge mûr, revêtu d'une longue cape noire, fit brusquement tomber celle-ci pour apparaître dans un uniforme chamarré de général.

La situation parut si irréelle au garde du pont qu'il rit d'abord au nez de l'homme lorsque celui-ci s'approcha de lui pour murmurer son identité et un bref résumé de sa carrière.

449

— Laisse-moi tranquille, je ne suis pas d'humeur à plaisanter ce soir ou alors tu risques toi aussi de finir dans une de ces cages ! lança le gardien à l'homme au costume de général.

Mais l'autre insista tellement qu'il ne put faire autrement que d'aller prévenir son chef.

— Sergent, il y a là un homme qui prétend avoir commandé les armées du Qin et souhaiterait entrer en relation avec le commandement en chef de nos armées ! Que dois-je faire ?

Le garde n'en menait pas large. Le sergent détestait être réveillé pour des peccadilles.

— Qu'il aille au diable ! répondit-il d'une voix pâteuse.

— C'est qu'il m'a remis ça en gage de sérieux..., insista le garde en tendant au sergent un sceau de bronze de la largeur d'une paume.

Le sergent ne savait pas lire mais l'objet lui parut suffisamment précieux pour qu'il se décide à le porter au capitaine qui commandait la place forte du Pont-Crocodile.

Le capitaine était enfermé à double tour dans sa chambre en galante compagnie. Il fallut au sergent tambouriner longuement avant qu'il ne daigne ouvrir la porte.

— Je t'ai dit cent fois de ne pas me déranger pour des vétilles ! hurla-t-il au sergent avant même que celui-ci ait prononcé un mot.

— Un homme attend à la herse de la rive gauche. Il prétend avoir commandé les armées du Qin et nous a chargés de vous remettre ce sceau comme gage de sérieux, dit l'homme en tendant le sceau de bronze au capitaine.

L'officier approcha une torche de la face intérieure du sceau. Elle portait le nom de Défaut du Jade, assorti

450

du titre de « commandant suprême des valeureuses armées du Qin ».

— C'est un fait, c'est bien là le sceau du commandant des armées du Qin, reconnut l'officier à voix basse.

— Que dois-je faire de cet homme, mon capitaine ? demanda le sergent.

— Laisse-le passer et mets-le au cachot. Nous aviserons demain, ordonna le capitaine qu'une fille dénudée venait d'enlacer.

Défaut du Jade fut conduit au cachot du Pont-Crocodile.

C'était une pièce si basse de plafond qu'on ne pouvait s'y tenir qu'accroupi. Il y avait là deux autres prisonniers, des malandrins qui attendaient leur pendaison. On lui jeta aux pieds une écuelle de riz gluant qu'il écarta de son nez tant elle sentait le ranci. La porte de sa geôle claqua, laissant ses occupants seuls face à l'obscurité.

Allongé sur sa couche où il sentait qu'allaient et venaient des cafards, le général déchu se demandait si le plan qu'il avait échafaudé n'était pas en train de mal tourner.

Dans son délire de haine et sa soif de vengeance, il avait projeté d'aller avertir les autorités du Chu de l'imminence de l'attaque du Pont-Crocodile. Il espérait qu'ainsi ce royaume infligerait au Qin une défaite cuisante qui coûterait son poste à son ministre de la Guerre honni.

Cela faisait des mois que l'état-major militaire du Qin préparait cette attaque. À Xianyang, chacun en parlait, il n'avait eu aucun mal à apprendre les détails de ses préparatifs. Il était demeuré en excellents termes avec le colonel responsable de la Salle des cartes et des plans du ministère de la Guerre, un gros benêt, à mille lieues de se douter qu'il parlait à un traître lorsqu'il avait raconté par le menu à Défaut du Jade tout ce qui s'était tramé au cours de la fameuse réunion d'état-major au cours de laquelle le choix d'une offensive par le fleuve, au moyen d'un navire de guerre spécialement construit pour la circonstance, avait été décidé.

Il s'était dit qu'il tenait enfin sa vengeance.

Il lui suffirait d'avertir à l'avance le Chu, qui aurait alors tout loisir pour poster des archers derrière les parapets du pont, et, au moment où les soldats du Qin monteraient aux mâts du vaisseau, pour verser sur l'embarcation de l'huile bouillante qui anéantirait ses occupants, ou bien laisser le navire heurter les piles du pont avant de lui lancer des rochers qui le briseraient en mille morceaux.

Sa soif de revanche était telle qu'il n'avait pas hésité une seconde à partir vers le royaume ennemi en emportant avec lui son sceau de commandement pour unique bagage.

Il avait trouvé une place à bord d'une carriole au fond de laquelle il s'était caché au poste frontière. La charrette était remplie de jarres de grande taille qu'un potier devait livrer à un pressoir à huile situé au nord du Chu. Après une journée de marche, il avait atteint le pont-forteresse. Il était arrivé devant sa herse moins de quatre jours après avoir quitté Xianyang.

À présent, il croupissait dans une geôle dont il ne savait même pas quand il pourrait sortir. Il regrettait sa précipitation.

Le croirait-on ? Là était toute la question. Sa démarche pouvait tout aussi bien être prise pour une tentative d'intoxication. L'accueil qui lui avait été fait et l'incrédulité qu'il avait devinée chez le capitaine ne présageaient rien de bon.

La peur commença à le gagner. Il connaissait mieux que personne le sort que l'on réservait aux traîtres au royaume de Qin et d'ici à ce qu'on le reconduise à la frontière, il n'y avait qu'un pas ! À moins qu'on ne lui destinât le sort de ses deux compagnons de geôle, qui parlaient de la hauteur du gibet auquel ils devaient être pendus le lendemain en espérant qu'il serait assez haut pour que la pendaison ne durât pas des heures, comme c'était le cas lorsque le bourreau s'arrangeait pour que les pieds des suppliciés effleurassent le sol.

Il essaya de s'endormir mais ne trouva pas le sommeil. Il sentait des bestioles plus grosses que des cafards monter à l'assaut de ses jambes. Malgré la fraîcheur des lieux, il suait à grosses gouttes. Les deux autres malandrins s'étaient mis à ronfler. Il finit par s'assoupir au petit matin, et rêva qu'il voyait son corps charrié par les eaux boueuses de la rivière Han. Il sentit que sa tête heurtait violemment une pile du pont. Il se réveilla en hurlant.

Ce n'était que le geôlier qui lui avait tapoté le front pour le tirer de son sommeil.

— Debout là-dedans ! Vous autres, vous partez pour le gibet dans deux heures. Toi, le vieux, tu restes là. Le capitaine doit passer pour t'interroger.

— Pourrais-je au moins avoir une fiole d'eau ? gémit Défaut du Jade.

Un bras crasseux lui tendit un bol à travers les barreaux de la porte. Puis deux gardes vinrent chercher les malandrins qui s'étaient mis à claquer des dents et à supplier qu'on les laisse dans la cellule.

Le capitaine le fit sortir du cachot et, après l'avoir longuement examiné sans prononcer un seul mot, le fit conduire dans une vaste salle dont les fenêtres en forme de meurtrières donnaient sur la rivière dont on entendait le bruit sourd du courant.

— Comment peux-tu me prouver que ce sceau est bien le tien ? rugit l'officier en brandissant le sceau de bronze sous le nez du général déchu.

Défaut du Jade défit sa ceinture et montra le sceau plus petit qui y était accroché.

— Voilà mon sceau portatif. Vérifiez. Il porte bien les mêmes caractères.

L'examen du sceau portatif calma un peu le jeune capitaine qui se mit à aller et venir d'un mur à l'autre de la salle.

— Et que viendrait faire au Chu celui qui a commandé les armées du Qin ? Ces deux royaumes sont les plus grands ennemis héréditaires, fit-il d'un air soupçonneux.

— Je détiens des informations de la plus haute importance pour l'existence même de votre royaume.

— Peut-on savoir lesquelles, et ici même ?

— Elles sont si graves que je les réserve pour un général du haut commandement.

— Quels motifs vous amènent à trahir ainsi votre patrie ?

— Le besoin d'argent. Je suis couvert de dettes. Les créanciers sont à mes trousses. D'ailleurs, je ne parlerai que contre une forte somme !

Le jeune capitaine fit la grimace. C'était la première fois qu'il se trouvait en présence d'un général aussi abject, traître de surcroît, et doublé d'un cupide.

Défaut du Jade sentit que son discours avait porté. Il ajouta :

— Le temps joue contre le Chu...

Le jeune capitaine était perplexe. Il avait compris, au demeurant, qu'il ne tirerait rien de plus du général du Qin.

— Le général commandant la province sera en tournée ici dans deux jours. Tu t'expliqueras avec lui, décida-t-il en faisant signe au garde de raccompagner le prisonnier dans sa cellule.

Défaut du Jade ne se souvenait pas que les commandants de région, au royaume du Chu, avaient la tête ceinte d'un bandeau noir lorsque, deux jours plus tard, il fut présenté à un général dont le froncement des sourcils charbonneux trahissait l'embarras et la méfiance.

— On me dit que vous êtes le fameux général Défaut du Jade. Si c'est vrai, vous êtes donc un traître ou un espion ! tonna le haut gradé du Chu.

— À mon âge, les honneurs ne comptent plus. Je suis couvert de médailles mais vis dans mon pays sans un sou depuis que j'ai perdu mes commandements, répliqua d'une voix sourde Défaut du Jade.

Le général félon avait décidé de brûler tous ses vaisseaux pour convaincre le général qu'il ne racontait pas des histoires.

— Et quelle est donc l'information de si haute importance que tu souhaites livrer au royaume de Chu ?

Défaut du Jade hésita une seconde. Son cœur battait à tout rompre. Il fallait en dire suffisamment pour paraître crédible sans pour autant tout révéler. Le jour où il dirait tout, sa vie ne vaudrait plus rien.

— Le Qin prépare une attaque contre votre royaume.

— Nous sommes en guerre depuis des générations ! Nous préparons sans cesse des attaques l'un contre l'autre. Si c'est tout ce que tu as à me dire, il valait mieux rester à Xianyang ! répliqua le haut gradé, le visage fermé.

— C'est une attaque particulière. Nos ingénieurs ont trouvé un moyen de s'en prendre à ce pont.

Le haut gradé éclata d'un rire sonore.

— Le Pont-Crocodile est une forteresse invulnérable ! Assez de balivernes ! s'écria-t-il en faisant signe aux gardes de s'approcher.

— Un bateau spécial est en construction sur le chantier naval de Xianyang..., poursuivit sobrement Défaut du Jade.

À ces mots, le haut gradé renvoya les gardes. Il parut attentif à la nouvelle dont le général déchu du Qin venait de lui faire part. Les autorités du Chu n'avaient jamais envisagé qu'un jour le Qin oserait une attaque du Pont-Crocodile par la rivière. La confidence de Défaut du Jade paraissait d'importance.

Les deux hommes à présent étaient seuls, l'un en face de l'autre, et se jaugeaient mutuellement.

— Il faut que je rende compte de tout ça à mon état-major. À quelle date est prévue cette attaque ?

— Je ne le dirai qu'à votre chef d'état-major des armées en personne, répondit Défaut du Jade qui s'efforçait, en haussant le ton, de cacher tant bien que mal l'anxiété et les remords qui commençaient à le ronger.

Dehors, le grondement de la rivière s'était fait plus fort. Il ressemblait au souffle puissant du dragon.

Le général du Chu laissa Défaut du Jade s'approcher de l'une des meurtrières.

Les eaux boueuses de la Han filaient à toute vitesse, charriant des troncs d'arbres entiers qui se fracassaient comme des brindilles contre les piles gigantesques du pont.

Son cœur de traître se serra.

Il se dit qu'il venait probablement de déchaîner le courroux du dragon de la rivière. Mais il était trop tard pour regretter son geste.

*

— Je suis Saut du Tigre, votre officier d'ordonnance. Le général Wang le Chanceux m'a demandé de me placer sous vos ordres, ce que je fais céans, dit une voix au général Anwei.

C'était un beau jeune homme au regard souriant qui venait de s'incliner devant lui, impeccablement sanglé dans son uniforme d'archer.

Il devait être de noble ascendance car il venait

d'employer, en signe de respect, les mots de la langue écrite.

— Je suis heureux de te connaître. Le chef d'état-major m'avait averti de ta mise à disposition, répondit le général Anwei en serrant dans sa main le poignet de sa nouvelle ordonnance.

— Après dix ans passés dans l'archerie, c'est un honneur pour moi que de vous assister dans cette offensive contre le Chu. J'essaierai de faire de mon mieux, ajouta le jeune homme d'un ton posé.

Le général et son ordonnance sortirent pour aller voir où en était la construction du navire. On était en train de procéder à son démontage pour en assurer le convoyage jusqu'à la rivière Han. Seule la coque demeurait entière. Elle serait hissée sur trois charrettes attachées l'une à l'autre et tirées par une vingtaine de buffles. Quant au reste, toutes les pièces avaient été déchevillées et numérotées.

Des ouvriers s'épuisaient à hisser sur la coque les deux immenses mâts. Ils y seraient arrimés allongés côte à côte, ce qui en permettrait le transport.

— Combien de jours comptons-nous mettre pour amener le navire jusqu'à son lieu de remontage ? demanda Saut du Tigre au prince Anwei.

— Au moins cinquante, alors qu'il en faut douze tout au plus pour parcourir cette distance avec un bon cheval ! Le convoi ne comportera pas moins, en tout, de vingt-cinq charrois, répondit Anwei.

Saut du Tigre écarquilla les yeux d'étonnement.

— Ça n'est pas courant de faire parcourir à un navire une aussi longue distance sur la terre ferme, ajouta le général.

On ne pouvait mieux dire.

L'idée qui avait germé dans le cerveau de l'ingénieur maritime de s'emparer du Pont-Crocodile par bateau était une grande première. Attaquer le pont par la rivière n'avait jamais été envisagé. C'était la première fois qu'une telle expédition était organisée.

Les campagnes militaires du Qin, comme celles de ses ennemis, faisaient appel aux fantassins, aux chevaux et aux chars. Aucun État n'avait encore osé transporter un vaisseau par la route pour lancer une attaque sur un fleuve ennemi. Mais ce pont-forteresse était réputé imprenable. Cet ouvrage d'architecture militaire, lové comme un terrible crocodile au détour d'un méandre de la Han, faisait la gloire des stratèges du Chu. Le monstre aux yeux mi-clos ne dormait jamais que d'un œil. Plus d'un s'était laissé surprendre par le calme apparent qui régnait sur ce pont, avant de subir les attaques meurtrières des troupes nombreuses qu'il pouvait abriter et qui, le moment venu, sortaient de leurs cachettes pour fondre sur les intrus.

Il valait mieux ne pas trop s'en approcher.

Aucune armée, aucun général, ni même aucun commando suicide n'avait réussi à franchir le Pont-Crocodile sans y subir des dommages et des pertes irrémédiables. L'effet de surprise d'un abord par la rivière était donc l'unique chance de réussite de l'expédition d'Anwei.

En cas de prise du pont, c'était l'accès à Ying, la capitale, qui s'ouvrirait enfin au Qin. En cas d'échec, ce serait pour le Qin un terrible revers qui romprait la paix armée entre les deux États les plus puissants de la région, ouvrant une période d'incertitude dont personne ne saurait prédire l'issue. Le résultat de l'expédition serait, dans les deux cas, lourd de conséquences.

Le général Anwei avait fait part de ces réflexions à son nouvel officier d'ordonnance. Après qu'il eut terminé son discours, il vit que ce dernier semblait préoccupé.

— Puis-je vous faire part d'une inquiétude ? fit alors Saut du Tigre.

— J'ai confiance en toi. Tu peux parler sans crainte...

— Qu'adviendrait-il si l'ennemi apprenait que nous allions attaquer le pont avec ce bateau ?

Le frère cadet du roi Anguo marqua un temps d'arrêt avant de répondre à Saut du Tigre.

— Tous nos efforts risqueraient d'être anéantis, reconnut-il lentement, d'une voix sombre.

Devant eux, parfaitement rangées sur la berge du fleuve, les pièces de bois du vaisseau démonté n'attendaient plus que d'être chargées.

25

Depuis qu'il était devenu l'un des quatre vice-Chanceliers du royaume de Qin, Lisi n'avait jamais eu l'occasion de solliciter un avis quelconque d'Accomplissement Naturel.

Les fonctions de responsable de la promulgation des Lois et des Décrets du Qin étaient en effet fort éloignées des occupations auxquelles s'adonnait le lettré le plus âgé de la Cour.

Le Très Sage Conservateur du Pavillon de la Forêt des Arbousiers était devenu un homme âgé à la peau parcheminée et aux cheveux blanchâtres qu'il parvenait encore à rassembler dans un maigre chignon où il plantait le stylet du scribe. Il avançait voûté comme le tronc d'un vieux saule et peinait à monter les escaliers de la Tour de la Mémoire où il continuait à passer le plus clair de ses journées à recopier et à archiver tout ce qui s'écrivait d'important au royaume de Qin et ailleurs.

— Je viens solliciter le savant que vous êtes au sujet d'un objet rituel dont vous connaissez peut-être l'existence. Il s'agit d'un Bi en jade noir d'une taille exceptionnelle, dit Lisi au vénérable lettré d'un ton cérémonieux après s'être incliné à trois reprises devant lui.

— Le roi Zhong avait fait placer un disque Bi en

jade noir unique en son genre dans le mausolée de sa première concubine. Depuis, la tombe a été pillée et le Bi noir a disparu, affirma le vieux sage sans hésiter.

Il se souvenait parfaitement du caprice du vieux roi, qui avait voulu récupérer le disque de jade dans ce mausolée après lui avoir demandé maintes fois de retrouver sur des cartes la trace des Îles Immortelles.

— Vous paraît-il concevable que le ministre des Ressources Rares se trouve aujourd'hui en possession de cet objet ? poursuivit le vice-Chancelier.

— Cela me semblerait irréel. Que je sache, Lubuwei n'a pas la réputation d'être un pilleur de tombes ! s'exclama le Très Sage Conservateur, de plus en plus surpris par les propos du viceChancelier.

— Sans doute ce type d'objet existe-t-il à plusieurs exemplaires..., s'empressa de conclure Lisi, impressionné par la certitude dont faisait preuve le vieux lettré.

— Ce Bi noir étoilé est un exemplaire absolument unique ! Il était déjà répertorié dans le catalogue des trésors archéologiques des Zhou de l'Est dont nous possédons un exemplaire dans la Tour des Livres. Sa notice indique que le jade dans lequel il est taillé provient du centre de la terre d'où Yi l'Archer l'aurait extrait en décochant l'une de ses flèches invincibles dans le cœur du rocher le plus haut du mont Taishan. Il appartenait déjà aux collections royales depuis des temps immémoriaux quand le roi Zhong décida de le placer dans le mausolée de sa concubine en guise d'attachement et de considération, répondit tout à trac Accomplissement Naturel qui, malgré son âge, gardait une excellente mémoire.

Lisi considérait le vieux sage d'un air perplexe.

S'il n'existait qu'un exemplaire du Bi noir étoilé, restait à savoir si Lubuwei le détenait vraiment et comment il avait pu se le procurer. Il connaissait suffisamment bien le ministre des Ressources Rares pour lui poser la question directement lorsqu'ils se rencontreraient à l'occasion de la prochaine réunion des ministres que le Chancelier présidait tous les mois.

Celle-ci eut lieu quelques jours plus tard, dans la grande salle de la Chancellerie du royaume.

— Pourrais-je vous entretenir d'une question qui me préoccupe ? demanda discrètement le vice-Chancelier Lisi à Lubuwei à la fin de la réunion en le retenant par le bras alors qu'il s'apprêtait à aller vaquer à ses nombreuses occupations.

— De quoi s'agit-il ? dit le ministre des Ressources Rares qui s'attendait à ce que Lisi l'entretînt d'un sujet administratif banal.

— D'un Bi noir étoilé qui se trouvait dans le tombeau de la première concubine de l'ancien roi Zhong.

Lubuwei demeura impassible. Il possédait parfaitement l'art de la maîtrise de soi.

— Je ne vois vraiment pas de quoi vous voulez parler. Est-ce tout ce qui vous préoccupe ? finit-il par répondre rapidement en prenant l'attitude de celui qui est pressé.

Lorsqu'il rentra chez lui, le marchand de Handan se rua sur l'armoire de sa chambre après en avoir soigneusement fermé la porte, et en ouvrit les deux lourds battants de bronze. Puis il s'empara du plateau de cèdre où reposait le disque rituel, il défit le mouchoir de soie dans lequel il était enveloppé et prit le Bi noir étoilé dans ses mains.

— J'ignorais que tu faisais partie du mobilier funéraire officiel du Qin ! Tu es si précieux que ça ne m'étonne pas, murmura-t-il à l'objet comme s'il avait été son propre enfant.

Il entendit des pas approcher.

On grattait à la porte de la chambre. Alors qu'il remettait le disque rituel à sa place, il se dit qu'il fallait lui trouver une cachette beaucoup plus sûre. Il alla ouvrir.

— Maître, l'hécatombe des chevaux continue... souffla Mafu à Lubuwei d'un air consterné.

*

— Je n'en reviens pas ! Ta poudre est encore plus efficace que je ne le pensais. Il suffit d'une minuscule pincée dans le picotin pour que le cheval tombe raide mort en quelques instants, confia Wudong à Zhaogongming en tapotant la bourse de cuir qu'il tenait sous son bras.

— C'est toujours la même poudre explosive dont j'ai trouvé par hasard la formule il y a près de quinze ans. Ses effets sont redoutables ! répondit l'acolyte avec un roucoulement de satisfaction non feinte.

Les deux hommes avançaient en tapinois dans la nuit noire. Leurs épaules étaient recouvertes de longues capes sombres comme la nuit afin de mieux se fondre dans l'obscurité. Ils progressaient à vive allure, attentifs à ne pas faire le moindre bruit. Le Palais des Fantômes était situé à l'autre extrémité de la ville par rapport à la colline aux chevaux de Lubuwei. Ils avaient préféré contourner Xianyang, en passant par ses faubourgs extérieurs, afin d'être sûrs de ne pas être reconnus.

Une brise légère s'était levée, rendant plus difficile leur progression car elle faisait claquer leurs capes et les obligeait à en retenir les pans.

— Sommes-nous sûrs du palefrenier qui fait le mélange et qui a glissé notre message dans le licol du cheval mort ? reprit le grand prêtre d'un air inquiet.

— Je réponds de lui, il fait partie de nos adeptes.

Son initiation à la Grande Voie remonte à cinq ans au moins. Tout comme le lettré scribe à qui j'ai dicté ton poème à Lubuwei. Il n'y a aucune raison de s'inquiéter, assura l'assistant qui peinait à suivre les grandes enjambées de son maître.

Wudong connaissait la discrétion et le dévouement dont ses adeptes étaient capables.

Les initiés au taoïsme formaient une grande famille où chacun se serrait les coudes. L'initiation, qui était l'aboutissement d'un long parcours semé d'épreuves pour l'impétrant, valait conclusion d'un pacte à la vie et à la mort entre ses membres. Les adeptes avaient l'habitude d'agir secrètement et ne devaient jamais faire état devant des tiers de leur appartenance à cette religion. Zhaogongming, qui avait fait jurer l'absolue confidence au jeune palefrenier initié au taoïsme, ne doutait donc pas une seconde que ce dernier respecterait sa parole.

Wudong avait rendez-vous ce soir-là avec le jeune adepte, à l'entrée du domaine de Lubuwei. Il avait tenu à venir lui-même pour l'approvisionner en poudre à canon, maintenant qu'il était sûr de l'effet de la mixture dont Zhaogongming avait inventé la formule.

Comme convenu, le palefrenier les attendait sous le haut cèdre qui se dressait à gauche du majestueux portique auquel pendait la fière pancarte : « Domaine du Cheval », signée du nom de Lubuwei.

Wudong émit le ululement de la chouette. C'était le signal convenu avec le palefrenier qui répondit de même.

— Allons dans le sous-bois, j'ai peur qu'on nous observe, chuchota le grand prêtre.

Les trois hommes se glissèrent dans un bosquet de bambous où l'on entendait chanter les cigales. Lorsqu'ils se furent suffisamment enfoncés à l'intérieur des taillis, Wudong alluma son minuscule brûle-parfum Boshanlu afin de s'en servir comme lanterne.

— Je t'ai apporté une dose de poudre plus consé-quente, Accord Parfait. Il y en a au moins de quoi tuer cent bêtes, murmura-t-il d'une voix rauque.

Les yeux de braise du grand prêtre semblaient lancer des éclairs qui remontaient vers le sommet de son crâne luisant. Le jeune palefrenier, qui tremblait comme une feuille, se disait qu'il ne lui manquait que le troisième œil au milieu du front pour que Wudong ressemblât à Dingzhou, l'un des dieux protecteurs des chevaux devant la figurine duquel il avait l'habitude de brûler un peu d'encens. Dingzhou avait ramassé l'œil de Luban, le dieu des menuisiers, après que celui-ci, de rage, se l'était arraché et l'avait jeté par terre. Les trois yeux de Dingzhou lui permettaient de voir le passé, le présent et le futur.

— C'est que, gémit le jeune homme, depuis la découverte des premiers cadavres, Lubuwei fait surveil-ler étroitement tous les enclos. Et il a demandé à des vétérinaires d'examiner par le menu toutes les rations de picotin !

— Un initié comme toi ne doit pas avoir peur lorsqu'il agit pour la bonne cause ! tonna Wudong.

— Il suffit de t'arranger pour éparpiller une minus-cule pincée de poudre dans leur ration juste avant qu'ils la mangent. Tu t'approches et fais le geste de caresser le cheval. On n'y verra que du feu, ajouta Zhaogong-ming qui éprouvait de la sympathie pour le jeune pale-frenier et souhaitait le rassurer.

Mais ce dernier, le visage blafard tenaillé par la crainte, regardait fixement le brûle-parfum sans dire un mot.

— Ta mission est de la plus haute importance, cher Accord Parfait. Lubuwei œuvre pour qu'il y ait un empereur à la tête du Qin. Si tel devait être le cas, ce serait la fin de nos cérémonies et la persécution assurée de tous nos adeptes, à commencer par toi. Il convient de faire en sorte qu'il comprenne qu'il vaudrait mieux pour lui revenir dans son pays d'origine. Autrefois, les premiers empereurs persécutèrent tant et si bien nos prédécesseurs qu'un seul prêtre resta en vie, grâce à sa fuite dans une grotte où il trouva refuge. C'est au nom de ce vénérable à qui nous devons tous d'être là ensemble que nous devons agir, expliqua Wudong.

Cette histoire de vénérable était une invention de son esprit. Mais il avait décidé d'user d'un pieux mensonge pour mieux convaincre le palefrenier de poursuivre la mission qu'il lui avait confiée.

Zhaogongming observait son maître d'un air incrédule. C'était la première fois qu'il l'entendait parler de ce vénérable prêtre qui avait miraculeusement échappé à la persécution des empereurs Zhou. Wudong, voyant que son assistant s'apprêtait à demander des explications, lui fit les gros yeux afin de l'en dissuader. L'acolyte n'osa pas affronter son maître et demeura coi.

— Puis-je compter sur toi ? insista le grand prêtre.

— Je ferai de mon mieux, répondit Accord Parfait d'une voix chancelante.

Il saisit la bourse de cuir que lui tendait Wudong avant de repartir silencieux vers les enclos à chevaux.

— Je ne connaissais pas l'épisode du vénérable qui se réfugia dans la grotte au temps de la dynastie des Zhou..., avoua l'assistant au grand prêtre tandis qu'ils retournaient à vive allure vers le Palais des Fantômes.

Wudong se taisait. Zhaogongming, qui voulait en savoir plus sur cet épisode, continua à le bombarder de questions tout le long du trajet de retour.

— Il y a des situations, lorsque l'essentiel est en jeu, où l'on peut se permettre de prendre quelques libertés avec l'histoire ! finit par assener le grand prêtre d'un air excédé au moment où ils passaient la porte de leur demeure.

* * *

L'âge venant, Forêt des Pinacles et Couteau Rapide s'étaient mis à ressembler à deux vieilles matrones lourdement fardées.

Pour compenser le tassement de leur corps, que renforçait un embonpoint devant lequel ils avaient fini par rendre les armes, ils se chaussaient de cothurnes de plus en plus hautes qui manquaient de les faire tomber au moindre faux pas, et serraient les plis disgracieux de leur ventre dans des bandelettes qui raidissaient leur port.

Ce soir-là, ils marchaient le plus vite possible et avec toutes les difficultés du monde, tels de gros oiseaux gauches, vers la grange désaffectée qui servait toujours de lieu de réunion à la confrérie des eunuques.

Il était loin le temps où celle-ci, encore à ses premiers balbutiements, se situait à mi-chemin entre une amicale de compagnonnage et une association de défense des intérêts des castrats. Cette confrérie du Cercle du Phénix s'était efforcée de devenir une véritable société secrète dont les membres se réunissaient tous les mois.

Ce soir-là débutait la pleine lune. L'ordre du jour de la réunion était important. Les eunuques, recrus d'inquiétude depuis plusieurs mois, n'en finissaient pas d'être sur la défensive.

Depuis la mort du roi Zhong, leur influence à la Cour n'avait cesser de reculer pour atteindre les eaux basses d'un étiage qu'il fallait à tout prix remonter. Son successeur Anguo n'avait pas daigné choisir son Grand Chambellan parmi les leurs. Huayang et Zhaoji y avaient veillé expressément. Elles voulaient avoir le roi pour elles seules et se méfiaient de l'omniprésence de ces encombrantes créatures qui n'avaient pas leur pareil pour capter la confiance de leurs maîtres dont elles devenaient les confidents et les âmes damnées. Les deux femmes avaient obtenu d'Anguo qu'il se passât purement et simplement de Grand Chambellan. Cela avait été une véritable révolution qui rompait avec une tradition immémoriale.

Privé de ses anciennes attributions, Forêt des Pinacles avait été nommé aux fonctions honorifiques de chef des Officiers de Bouche. À ce titre, il était censé goûter tout ce que le roi allait manger pour prévenir les indigestions et les tentatives d'empoisonnement sur sa personne.

Cela faisait des années que les monarques du Qin, forts de la confiance absolue qu'ils avaient dans leurs cuisiniers, avaient perdu l'habitude de faire appel à cette petite corporation qui coulait ainsi des jours tranquilles dans un bâtiment jouxtant les salles à manger du Palais. Forêt des Pinacles, qui s'y ennuyait à mourir, avait vécu cette mutation comme une véritable sanction humiliante. La charge de directeur du Gynécée Central étant déjà pourvue par un autre castrat, il n'avait donc même pas pu revenir à son poste d'origine.

Il passait ses journées à se plaindre de l'ingratitude d'Anguo et à méditer sur ce qui lui donnerait l'occasion de se venger.

Couteau Rapide n'avait pas eu à subir une telle disgrâce. Il continuait à couper et à recoudre les chairs meurtries des candidats à l'état d'eunuque. Il avait perfectionné sa technique opératoire, ses échecs étaient de moins en moins fréquents. Les jeunes gens se pressaient de plus en plus nombreux à la clinique des eunuques dont les bâtiments avaient dû être agrandis. Malgré le recul de son influence, la caste attirait un nombre croissant de jeunes hommes issus des milieux pauvres, rebutés par la difficulté des examens d'entrée dans la fonction publique et que la Cour royale attirait comme une lanterne les papillons de nuit.

Le Cercle du Phénix ne comptait pas moins de trois cents membres. Presque tous était venus cette nuit-là pour assister à l'assemblée.

Comme il était d'usage, Couteau Rapide ouvrit la séance en donnant lecture des noms des prétendants à la castration, distinguant ceux dont la candidature à l'opération avait été acceptée et ceux qui avaient été rejetés.

Lorsqu'il arriva au nom de Défaut du Jade, en indiquant qu'il n'avait pas osé prendre le risque, vu son âge, de le castrer, un énorme tumulte où se mêlaient les rires et les exclamations parcourut l'assistance.

— Parles-tu de l'ancien général en chef des armées du Qin ? pouffa une créature dont le corps d'une maigreur d'échalas flottait dans une robe vaporeuse.

— Est-ce si drôle de se dire que nous avons dû refuser l'entrée dans notre groupe à un personnage aussi puissant ? Si j'étais à sa place, j'essaierais, après un tel affront, de me venger par tous les moyens, rétorqua à la créature Forêt des Pinacles en faisant signe à l'assemblée de se calmer.

— Mais quelle peut être la motivation d'un ancien général qui essaie d'entrer dans notre confrérie après avoir exercé des fonctions aussi hautes ? demanda l'un des rares eunuques présents qui ne s'exprimait pas avec des gestes ridicules.

— Dès qu'il m'a sollicité, je me suis posé cette question sans trouver de réponse satisfaisante, reconnut le chirurgien en chef.

— C'est au moins la preuve que nous ne sommes pas encore morts ! lança une voix de fausset.

— Oh ! pour cela il en faudrait d'autres ! À moins

que l'offensive du jeune frère d'Anguo contre le Chu ne tourne court et que ce royaume où les eunuques sont proscrits ne nous envahisse et nous déporte tous sur un chantier de terrassement ! s'exclama d'un ton mi-chèvre mi-chou un autre membre du Cercle du Phénix.

Forêt des Pinacles fit signe d'avancer à l'eunuque qui venait de s'exprimer.

— Maillon Essentiel, pourrais-tu expliquer à nos amis ce que tu as appris ? demanda le chef des Officiers de Bouche.

Maillon Essentiel dirigeait le Bureau des Rumeurs, une cellule ultrasensible exclusivement constituée de fonctionnaires de confiance qui faisait remonter au roi les ragots et les bruits de couloir, afin de démasquer leur source et de punir sévèrement ceux qui n'étaient pas capables de tenir leur langue. À ce titre, il jouait un rôle décisif dans la connaissance par le Cercle du Phénix des affaires les plus secrètes.

Maillon Essentiel se hissa sur un tabouret pour expliquer aux membres du Cercle de quoi il retournait.

— Le colonel qui dirige la Salle des cartes et des plans de l'état-major général des armées ne tient pas sa langue. Cet homme a dévoilé à un fonctionnaire des archives, de qui je le tiens, que le Qin prépare une offensive foudroyante contre le Pont-Crocodile qui barre la rivière Han et verrouille l'accès à la capitale du Chu. L'opération a été confiée à Anwei, le frère cadet de notre roi Anguo.

— Anwei a plus de considération pour notre engeance que notre souverain, se pressa d'ajouter Forêt des Pinacles d'un ton aigre.

— Mais je croyais que ce pont était réputé imprenable ! gloussa la créature maigre comme un échalas.

— Tu as raison, Pierre de Lune, répondit Maillon Essentiel, mais il y a une botte secrète. Nos armées doivent aborder le pont par la rivière au moyen d'un navire de guerre.

Un murmure d'approbation et d'admiration parcourut l'assemblée.

— Mais si ce projet s'ébruite, le Chu lui-même pourrait en être averti ! avança quelqu'un.

— C'est exact, et cela m'ennuie beaucoup pour Anwei et aussi pour le Qin. Il faut espérer qu'on ne lui a pas tendu un piège en le lançant dans une bataille perdue d'avance !... s'écria Forêt des Pinacles.

— Il faudrait que Maillon Essentiel enquête pour savoir à qui parle ce colonel bavard. Pour l'instant, il est hors de question de le dénoncer tant que nous ne connaissons pas l'étendue de son réseau. Parole de Phénix ! lança Couteau Rapide.

Sa déclaration venait de se terminer par la formule qui engageait tout membre de la société secrète lorsqu'il la prononçait.

— Parole de Phénix ! répéta en cœur l'assistance.

— Maillon Essentiel, nous comptons sur ta diligence ! insista la voix de fausset.

— Je compte m'y employer de mon mieux. Le Bureau des Rumeurs que je dirige ne possède malheureusement aucun réseau d'espionnage au Chu. Je vais m'efforcer néanmoins de me renseigner, dit Maillon Essentiel qui était toujours juché sur son tabouret.

— Le Chu est un État qui cultive l'espionnage ! cria une autre personne. Cela fait des années qu'on entend dire qu'il y a, au Qin, des espions payés par le Chu.

L'assemblée avait cessé de bruire. Chacun à présent écoutait sans broncher. Mais nul n'aurait osé croire qu'un espion se cachait dans leurs rangs. Quand on était eunuque, on était censé ne servir qu'une seule cause : celle de la confrérie.

À dire vrai et pour être plus précis, l'un des membres

471

importants de la confrérie ne partageait pas la réprobation des autres, et pour cause : c'était un agent du Chu !

— Quand l'offensive d'Anwei doit-elle être lancée ? interrogea Forêt des Pinacles.

— Ma source m'a parlé de moins de quatre mois, répondit Maillon Essentiel.

— C'est dire s'il faut faire vite..., reprit le chef des Officiers de Bouche à l'intention de celui du Bureau des Rumeurs.

— Mes amis, la nuit avance. Je vous propose à présent de reprendre notre ordre du jour en vous donnant la liste de vos futurs collègues qui ont subi l'opération de castration avec succès et assisteront à notre prochaine assemblée, dit Couteau Rapide.

Puis il se mit à égrener d'une voix monocorde les noms de ceux qui seraient appelés à prêter le serment du secret par lequel on entrait dans le Cercle du Phénix.

Ils étaient douze à avoir survécu au scalpel de Couteau Rapide. L'un d'eux portait un nom bizarre. Il s'appelait Effluves Noirs.

— On n'a pas idée de porter un nom pareil ! constata en riant Forêt des Pinacles que la chaleur de la salle faisait transpirer et dont le fard commençait à couler sur le visage.

Les effluves noirs étaient toujours signe de mauvais présage. Seul pouvait les faire disparaître Lei Qiong, le dieu des Pestilences, appelé aussi Petit Démon, fils de l'empereur mythique Zhuanxu qui était aussi le dieu des épidémies.

Mais il fallait user de mille subterfuges pour que Lei Qiong daigne accorder aide et protection aux dévots qui l'imploraient lorsque la malaria ou la variole faisaient des ravages dans la population. Il fallait placer des offrandes susceptibles de plaire au Petit Démon sur un bateau de bois miniature et les faire brûler tout en laissant flotter le bateau, ce qui rendait leur combustion totale presque impossible car il arrivait un moment où les offrandes en flammes entraient en contact avec la surface de l'eau.

Tant que les offrandes ne s'étaient pas entièrement dissipées en fumée, il était inutile de supplier le dieu des Pestilences, celui-ci demeurait sourd à tous les appels.

26

À la cour du Qin, chacun se méfiait comme de la peste du Bureau des Rumeurs.

Ce service plutôt spécial occupait à côté du Palais Royal une bâtisse d'apparence banale que rien ne signalait à l'extérieur. L'organisation de cette administration était l'un des secrets d'État les mieux gardés. Elle ne figurait dans aucun organigramme, pas plus qu'on ne connaissait ses membres à qui l'on avait fait jurer, le jour de leur recrutement, de ne jamais rien dire à l'extérieur de l'endroit où ils exerçaient leurs fonctions.

Comme tous les services secrets, le Bureau des Rumeurs disposait d'agents chargés de l'espionnage et du contre-espionnage, que l'on recrutait au cas par cas moyennant rétribution. Nombreux étaient ceux, au Qin, et de toute condition, du paysan pauvre au marchand florissant en passant par le lettré calligraphe, qui avaient un jour été approchés par un inconnu dans la rue ou chez eux. C'était un fonctionnaire du Bureau des Rumeurs venu leur demander le plus poliment du monde un renseignement sur tel ou tel, ou encore de rapporter une conversation ou un événement dont ils avaient été témoins.

Malheur à ceux qui refusaient de coopérer ! Un beau jour, le sort finissait toujours par s'acharner sur eux :

ils tombaient d'une échelle ou dans une embuscade ; leurs chevaux, s'ils en avaient, mouraient de fièvres ; leurs enfants, même, dans certains cas, pouvaient être enlevés par des inconnus et retrouvés déchiquetés comme les proies du tigre blanc.

Ceux qui acceptaient de parler, et ils étaient bien sûr les plus nombreux, se voyaient gratifiés d'une piécette ou d'un coupe-file pour accéder aux audiences royales publiques. Mais en devenant indicateurs, ils s'exposaient à la vindicte de ceux qu'ils avaient dénoncés, et demeuraient marqués à jamais, aux yeux de leurs victimes, du sceau de l'infamie. Le Bureau des Rumeurs était une machine efficace à produire de la haine et à générer l'opprobre.

Les services spéciaux du Qin faisaient ainsi régner une terreur si efficace qu'elle avait engendré une méfiance profonde dans la population, surtout dans les grandes villes. Ils en étaient arrivés à fausser tous les rapports entre les individus. Chacun en venait à voir dans l'autre, que ce soit l'inconnu qui passait sous sa fenêtre ou le voisin immédiat dont l'attitude ne paraissait pas normale, un agent à la solde du Bureau des Rumeurs. Tous les citoyens faisaient attention à ce qu'ils disaient. Lorsqu'on avait un secret à garder, on parlait à voix basse. Lorsqu'on voulait du mal à un proche, il suffisait en général d'ébruiter une fausse rumeur à son sujet, le Bureau des Rumeurs ne tardait pas à s'occuper de lui...

Mais la tâche essentielle de ce service consistait à surveiller en permanence la fiabilité et la discrétion des très hauts fonctionnaires ainsi que des militaires de haut rang. C'était en quelque sorte une police politique.

Qu'un petit espion à la solde d'un État étranger se cachât derrière tel petit paysan pauvre importait moins que s'il s'était agi d'un gouverneur de province ou d'un colonel commandant une garnison. Qu'un général eût la tentation de désobéir pouvait dégénérer en coup d'État.

Et cette logique, poussée jusqu'à son terme, voulait que les responsables les plus hauts de l'État fussent l'objet principal des enquêtes et de la surveillance des agents du Bureau des Rumeurs. La tête de l'État se surveillait elle-même.

Le fonctionnement du service le plus sensible du royaume relevait de l'autorité directe du Chancelier du Qin, c'est-à-dire du Premier ministre. Pour mieux garantir la loyauté de son chef, celui-ci était obligatoirement un eunuque choisi par le roi lui-même.

Afin d'éviter toute complicité entre les membres de ce service et leur chef, ce dernier ne pouvait recruter lui-même les agents du Bureau qui étaient directement choisis par la Chancellerie. Ce nid d'espions était un nid de serpents qui avait été structuré de telle sorte que personne ne pût compter sur personne. Chacun surveillait l'autre. De même, les informations recueillies par les enquêteurs ne pouvaient être échangées entre eux qu'avec l'autorisation de leur supérieur et étaient réservées au seul usage du souverain.

Maillon Essentiel en était devenu le chef par hasard, trois ans seulement après y être entré comme préposé, parce qu'il était resté le seul eunuque après que l'ancien directeur du Bureau eut été retrouvé mort poignardé dans les bras d'un jeune prostitué.

Par crainte du scandale, le Chancelier du Qin avait ordonné que cet assassinat ne fût jamais divulgué. Dans ces conditions, comme il était hors de question de remplacer ce directeur par un eunuque étranger au service – qui aurait forcément posé des questions gênantes sur les circonstances de la disparition de son prédécesseur –, le choix s'était naturellement porté sur ce jeune eunuque nouvellement entré et fort bien noté.

Depuis qu'il dirigeait le Bureau des Rumeurs, Maillon Essentiel n'avait jamais eu une enquête aussi délicate à mener.

Elle concernait ce colonel bavard qui occupait des fonctions de la plus haute importance puisqu'il avait à connaître des offensives préparées par le Qin. Était-ce un espion à la solde d'une puissance étrangère ou simplement un irresponsable ? Seule une enquête serrée pourrait le déterminer.

L'enquête de Maillon Essentiel devait rester secrète, puisqu'il la diligentait à la demande du Cercle du Phénix. Si des tiers avaient appris qu'il menait, au nom du Bureau qu'il dirigeait, des investigations pour son propre compte, il aurait risqué de perdre à la fois son poste et sa tête.

Il en vint très vite à se dire qu'il valait mieux, compte tenu des circonstances, ne faire confiance à personne d'autre que lui-même pour mener ces investigations.

Dès le lendemain, il se mit à l'ouvrage.

Lorsqu'il se dirigea vers le ministère de la Guerre, il prit soin de se retourner pour être sûr que personne ne l'avait suivi.

— Comment t'appelles-tu ? demanda-t-il au jeune soldat qui mâchonnait une écorce de réglisse dans l'antichambre de la Salle des cartes et des plans.

Il tenait ostensiblement dans sa main deux taels de bronze.

— Je suis le garde Longwei, répondit l'autre avec un sourire intéressé.

Il avait deviné le manège.

— Si tu restes discret, tu les auras, poursuivit Maillon Essentiel en montrant la monnaie.

— Je serai plus muet qu'une carpe tapie dans la vase, assura Longwei d'un air entendu en plaçant son index sur ses lèvres.

— Donne-moi simplement le nom de l'estaminet où

se rend ton colonel, lui chuchota à l'oreille le chef du Bureau des Rumeurs.

— Il va toujours à la Perdrix des Neiges. C'est à trois rues d'ici. Je ne l'ai jamais vu ailleurs, ajouta le garde en récupérant dans ses paumes les deux piécettes que l'autre avait lancées en l'air.

L'auberge de la Perdrix des Neiges était une maisonnette de terre battue dont l'enseigne peinte représentait le précieux et gras volatile. L'établissement était tenu par une matrone édentée dont la peau du visage était noire de crasse et de fumée. Là, dans une salle basse de plafond, autour de tables rondes faites de billots de troncs découpés, des militaires de tous grades devisaient de femmes et de batailles tout en buvant leur maigre solde.

Maillon Essentiel se fit servir du vin coupé d'eau. Il avisa une jeune servante, qui avait l'air accorte, et lui fit signe d'approcher.

— Connais-tu le colonel qui dirige la Salle des cartes et des plans à l'état-major général des armées ? dit-il en lui glissant un tael de bronze dans l'échancrure de sa chemise.

— Pour sûr. La boisson le rend volubile ! fit la fille avec un fort accent de la campagne.

— Que veux-tu dire par là ?

— Quand il boit du vin coupé d'eau, comme toi, il raconte sa vie.

— Vient-il souvent dans cette auberge ?

— Au moins tous les deux jours. Je suis étonnée qu'il ne soit pas encore là...

— L'as-tu entendu parler d'un navire de guerre ?

— Pour sûr ! C'était bien il y a un mois. Il n'arrêtait pas de se vanter de l'attaque d'un pont fortifié au moyen d'un navire de guerre auprès d'un certain général Défaut du Jade qui semblait prendre un malin plaisir à le faire boire jusqu'à ce qu'il roule sous la table ! Je me souviens qu'il y avait aussi, assis au même banc, un homme qui travaillait au Bureau des Archives, répliqua avec allant la serveuse.

Maillon Essentiel pensa qu'elle aurait fait un agent de renseignements des plus efficaces pour le Bureau des Rumeurs.

Il allait continuer à l'interroger lorsqu'il sentit qu'on lui tapotait l'épaule.

Il se retourna et vit un jeune homme bien mis aux cheveux longs soigneusement coiffés en arrière. L'imperceptible cerne de fard qui ourlait ses yeux signait son appartenance.

— Je suis un nouveau membre de ta confrérie et suis heureux de te saluer, Maillon Essentiel, susurra le jeune eunuque.

Le sang de Maillon Essentiel se glaça. Avait-il été suivi par le jeune homme bien mis ? Ce dernier l'avait-il entendu poser ses questions à la serveuse ? Il se sentit mal à l'aise.

— Puis-je savoir ton nom ? bredouilla-t-il.

— Je m'appelle Effluves Noirs, dit le jeune homme.

— Et comment connais-tu le mien ? questionna le chef du Bureau des Rumeurs qui se sentait défaillir.

Effluves Noirs paraissait savourer par avance l'effet de sa réponse.

— Je viens de recevoir du Chancelier ma nomination au Bureau des Rumeurs. C'est pourquoi je sais parfaitement qui tu es et d'où tu viens..., murmura-t-il à l'oreille de son nouveau chef avec un large sourire.

*

L'énorme roue était enfoncée dans la boue noirâtre jusqu'à l'essieu, faisant pencher dangereusement le charroi sur le côté droit.

Les deux mâts pouvaient rouler et tomber sur le sol

à tout moment. Il faudrait alors des heures d'effort pour les remonter sur les trois charrettes reliées l'une à l'autre par des cordages et dont la première venait de s'embourber.

Saut du Tigre remonta la longue file du convoi pour aller prévenir le général Anwei qui chevauchait à l'avant.

Ils avaient quitté Xianyang depuis dix jours à peine, mais les bêtes et les hommes étaient déjà exténués par l'effort. Les conditions climatiques rendaient leur progression plus difficile encore sur un chemin que des terrassiers aménageaient au fur et à mesure de la progression du convoi. Il était hors de question de dévoiler au grand jour leur stratégie en empruntant la route normale qui reliait Xianyang à Ying.

De surcroît, le convoi n'aurait jamais été autorisé à passer la frontière par les autorités du Chu. Les stratèges du Qin avaient donc décidé de suivre l'ancienne route désaffectée située plus à l'ouest. Beaucoup plus escarpée que la route normale, ses lacets et ses pentes avaient fini par décourager les voyageurs et les caravanes de marchands. Seuls quelques brigands de grand chemin continuaient à la parcourir dans l'espoir de tomber sur des voyageurs égarés le long des pentes raides et glissantes.

Le transport par terre d'un navire de guerre démonté dont la coque faisait près de six Bu[1] de long était une entreprise redoutable dont l'ingénieur maritime avait manifestement sous-estimé la difficulté.

Il avait fallu atteler une trentaine de buffles aux trois charrois, sur lesquels avaient été hissés la coque et les deux mâts immenses qui reposaient à plat sur elle. Les autres pièces du navire, plus petites et destinées à

1. Un Bu = 1,60 mètre.

l'assemblage, ainsi que des dizaines de tenons prêts à entrer dans leurs mortaises, remplissaient cinq chars lourds tirés chacun par deux chevaux de trait. Les vivres nécessaires à cette expédition avaient été entassés dans des ballots attachés sur le dos des chevaux. Les cavaliers allaient à pied et tenaient les rênes de leurs montures devant lesquelles ils marchaient.

Autour des moyens de transport tirés par les bêtes s'affairaient les hommes, telles des fourmis charriant leur nourriture et leurs brindilles vers la fourmilière. Il y en avait près de trois cents qui poussaient, et autant d'autres qui tiraient. Des cochers guidaient chevaux et buffles, et les fouettaient lorsque ça n'allait pas assez vite. D'autres encore, arc-boutés contre les parois et les roues des charrois, empêchaient qu'ils ne versent quand les ornières les faisaient pencher dangereusement d'un côté ou de l'autre. D'un bout à l'autre de cette interminable procession, qui comptait en tout un bon millier d'individus, fusaient des cris et des jurons.

Depuis qu'ils avaient abordé le massif montagneux qui servait de frontière entre les deux États, Anwei avait décidé d'ouvrir la marche pour imposer un rythme de progression que le convoi avait le plus grand mal à tenir. Ils n'avaient jusqu'alors croisé âme qui vive, à l'exception d'un pauvre hère qui chassait le lièvre au lacet et avait déguerpi dès qu'il avait vu s'approcher ce convoi tout droit sorti d'un songe.

— Général Anwei, l'un des chars est complètement embourbé, cria Saut du Tigre hors d'haleine d'avoir monté la pente jusqu'à la tête du convoi.

— Il faut pousser et tirer plus fort. Le prochain col est en vue, répondit Anwei.

Il montrait la prairie que l'on distinguait à peine au bout du chemin, entre les taches brillantes de deux névés qui luisaient sous le soleil.

— Mais les mâts risquent de verser dans la boue et

de dévaler la pente ! Si cela devait arriver, il nous faudrait d'immenses efforts pour les remettre sur les charrettes, protesta Saut du Tigre.

Anwei descendit de cheval pour aller voir. Au passage, il saluait tous ses hommes et leur prodiguait maints encouragements.

— Faites approcher un char lourd pour servir d'étai, ordonna Anwei.

Puis il enjoignit à chacun de prendre une place déterminée autour du charroi embourbé. À son commandement, tous obéirent, tirant, poussant, retenant sans ménager leur peine ni refréner leurs cris. Lentement, la roue sortit de la boue et les trois charrettes reprirent leur progression dans un terrible grincement de roues et de cordes tendues à craquer.

Anwei reprit sa place à cheval à la tête du convoi.

Ils atteignirent le col. La prairie était tapissée de renoncules multicolores dont les minuscules pétales pointus jaillissaient des herbes grasses et piquantes. Anwei donna le signal du bivouac. Il posa pied à terre et détacha de la selle le petit tambour de bois tendu de peau de crocodile qui servait à appeler au combat.

Devant lui s'étendaient les cimes bleutées des murailles naturelles qu'il faudrait encore franchir avant d'arriver à la plaine plus aride où coulait l'impétueuse rivière Han. Ils devraient alors se diriger vers le sud-ouest, afin d'aborder la rivière suffisamment en amont du Pont-Crocodile pour être sûrs de ne pas être dérangés pendant l'opération de remontage du navire de guerre. Le convoi n'atteindrait pas ces rives avant trois longues semaines d'efforts tout aussi surhumains que ceux qu'ils avaient fournis depuis leur départ.

Ensuite, il faudrait mettre le navire à flot et le laisser descendre le courant jusqu'à ce qu'il soit arrêté par les piles du pont. Après quoi il serait temps de monter à l'assaut victorieux de cette forteresse, qu'il connaissait pour l'avoir traversée lorsqu'il était parti comme otage puis revenu de Ying. Alors seulement, sa mission s'achèverait.

Vue d'où il se trouvait, elle paraissait à Anwei rigoureusement impossible à réaliser de bout en bout tant elle comprenait d'aléas et d'embûches.

Assis sur un rocher plat, le frère d'Anguo se mit à penser à sa femme aimée Fleur de Jade Malléable et aux cinq enfants qu'elle lui avait donnés. Les reverrait-il un jour ?

Rien n'était moins sûr. Et dire qu'il avait quitté l'harmonieux refuge de son Arboretum pour se lancer dans cette folle entreprise qui pouvait tourner à la débâcle et au chaos ! Il avait accepté cette aventure incertaine par amour de sa patrie mais surtout, constatait-il lucidement, par gloriole. La gloire le lui rendrait-elle un jour ? Le Qin le remercierait-il ? Anwei n'était pas totalement dupe mais il était bien trop tard pour faire machine arrière.

Saut du Tigre sentit le vague à l'âme de son chef.

— Vous avez l'air soucieux, général Anwei. Puis-je vous aider ?

Anwei regardait son millier d'hommes, épuisés par l'effort, installer leurs tentes et préparer fébrilement le combustible pour allumer des feux comme le stipulait le règlement militaire, qui obligeait les soldats à couper du bois avant de prendre le moindre repos, pendant que les chevaux et les buffles se gavaient d'herbe grasse et de renoncules.

Il ressentait comme un mauvais présage. Et si un traître avait déjà prévenu les armées du Chu ? Qu'adviendrait-il de ces valeureux soldats et de ces bêtes courageuses auxquels il commençait à s'attacher ?

Anwei préféra ne rien dire cette fois à Saut du Tigre, pour ne pas l'alarmer davantage.

— Général Anwei, je m'y connais en divination par le vent et les couleurs. Je sais capter la vibration que fera l'air lorsque s'ébranlera l'armée adverse. De même, je suis capable de lire la couleur qui se dégage du nuage de poussière provoqué par le galop des chevaux sur le sol. Un nuage jaune est un heureux présage. Le rouge, en revanche, est signe de défaite. Je serais heureux de mettre mes connaissances à votre service, confia le jeune officier d'ordonnance.

La divination par les couleurs et le vent avait été pratiquée depuis les Zhou, ainsi qu'en attestaient les écrits de cette époque. Cette méthode était au moins aussi efficace que la divination par la combustion des carapaces de tortue ou des fémurs de cervidé.

— Il ne faut pas t'inquiéter. Le moment venu, murmura Anwei en souriant à Saut du Tigre, je ferai sûrement appel à ta science. Cela sera utile compte tenu des difficultés qui nous attendent.

*

L'Homme sans Peur avait réussi, malgré sa taille immense, à s'emmitoufler dans sa couverture que n'arriverait pas à transpercer le froid vif de la nuit.

Il guettait, assis contre le tronc d'un gros cèdre planté au sommet d'un tertre. Il dominait l'enclos des juments Akkal. Il y en avait là une trentaine, toutes pleines, à dormir immobiles comme des statues de pierre sous la lueur blafarde de la lune. C'était l'enclos de loin le plus précieux des élevages de Lubuwei. Ces juments représentaient la chance du Qin de posséder un jour les centaines de petits chevaux des steppes qui conféreraient enfin à sa cavalerie une écrasante et définitive suprématie militaire.

— Je veux que tu surveilles l'enclos des juments Akkal et que tu captures quiconque s'en approcherait, lui avait ordonné ce soir-là le ministre des Ressources Rares.

Lubuwei avait de quoi être inquiet. Une dizaine de juments d'autres races, moins précieuses que les Akkal, avaient entre-temps été retrouvées mortes dans les mêmes conditions que les trois premières.

Le géant hun luttait contre le sommeil qui finissait par le gagner.

Les juments Akkal ne bougeaient pas d'un pouce, quand il vit soudain l'oreille d'une bête trembler imperceptiblement. Les chevaux célestes Akkal étaient si sensibles qu'ils étaient capables de capter les moindres vibrations de l'air. L'Homme sans Peur retenait son souffle. Les juments commencèrent à agiter leur queue. Malgré le bruit qu'elles percevaient, elles ne montraient pas de signe d'inquiétude, ce qui étonna le géant, habitué à ce qu'elles hennissent au moindre son suspect.

Il entendit crisser les gravillons du chemin. C'étaient les pas d'une silhouette dont l'ombre furtive, étirée comme une lame de glaive par l'angle des rayons de la lune, en vint à se profiler sur le sol.

Quelqu'un s'approchait de la barrière de l'enclos.

La silhouette portait sous son bras un vase de forme Hu destiné à servir de récipient aux boissons fermentées. Les juments, une à une, s'avançaient lentement vers elle, comme si elle leur était familière. Le géant hun vit alors qu'il s'agissait d'un palefrenier, ce qui expliquait l'attitude tranquille des juments.

Le palefrenier avait soulevé la barrière de l'enclos. Il se dirigea vers le tonneau de bois fermé par un couvercle de bronze qui contenait la réserve de picotin. Puis il versa le contenu du vase Hu dans le tonneau. Il s'apprêtait à plonger une longue louche dans le tonneau pour mélanger la mixture lorsqu'il sentit qu'on le soulevait comme un fétu de paille. Il hurla de terreur. Les juments se mirent à hennir de frayeur et se dispersèrent en galopant vers l'autre bout de l'enclos.

L'Homme sans Peur serrait le palefrenier par la ceinture et le fit pivoter afin de voir son visage.

— Mais c'est toi, Accord Parfait ! Que diantre fais-tu donc ici ? s'étonna le géant hun dont la surprise avait fait desserrer l'étreinte.

Accord Parfait profita de cet instant pour tenter de fuir mais le géant le plaqua à nouveau en un tournemain sur le sol.

— Petit malandrin, si tu veux jouer au plus malin, tu vas être servi ! grommela l'Homme sans Peur en bloquant le cou du jeune palefrenier entre la clé formée par ses deux bras.

Il commença à serrer, d'abord doucement puis de plus en plus fort. L'autre ne tarda pas à étouffer. Il était devenu blanc comme une fleur de cerisier, les veines de ses tempes gonflant comme de grosses larves de papillon de nuit.

— Je me rends, je me rends... murmura-t-il au bord de la syncope, le visage en sueur.

L'Homme sans Peur le laissa reprendre son souffle. Puis il prit Accord Parfait par les épaules et plongea son regard dans le sien.

— Dis-moi à présent ce que tu t'apprêtais à faire à ces chevaux Akkal, gronda le géant d'un air menaçant.

Accord Parfait refusait de répondre. L'Homme sans Peur lui saisit la gorge de sa main immense et commença à serrer lentement. Au fur et à mesure qu'il exerçait sa pression, les cartilages de son cou s'entrechoquaient les uns contre les autres comme du petit bois sec. Accord Parfait était déjà à moitié évanoui lorsqu'il fit signe au géant de relâcher son étreinte mortelle. Le géant hun s'exécuta. Sa grosse main s'ouvrit, libérant d'un seul coup la trachée du palefrenier.

Alors celui-ci n'eut d'autre choix que de se mettre à parler.

Sa confession fut brève, entrecoupée de sanglots et chargée de honte et de remords. Il débita tout d'un trait : son initiation secrète au taoïsme et la formidable pression exercée par le grand prêtre Wudong et son assistant pour le forcer à accomplir son forfait.

Lorsqu'il eut tout avoué, l'Homme sans Peur le laissa repartir avant d'aller faire son rapport à Lubuwei qu'il réveilla en pleine nuit.

Pendant ce temps, Accord Parfait, après avoir réfléchi rapidement à la situation, se dit qu'il avait doublement perdu la face, devant son maître temporel tout autant que devant son maître spirituel. Il considéra que c'était trop. Il n'y avait plus qu'une chose à faire : libérer son esprit du corps où il avait failli. Avec un peu de chance, son âme pourrait, un jour peut-être, porter secours à ceux-là mêmes qu'il avait trahis.

C'est pourquoi, sans plus hésiter, il alla se pendre à une branche du grand cèdre au pied duquel l'Homme sans Peur avait fait le guet.

27

Lorsque Wudong vit les yeux anxieux de Huayang, il comprit que la situation était grave. Ils n'avaient pas leur éclat pétillant et rieur habituel.

La reine était venue en personne, recouverte d'un long manteau de vison brun pour ne pas être reconnue, frapper à la porte du Palais des Fantômes pour lui annoncer la mauvaise nouvelle.

— Il vous faut partir au plus vite. Lubuwei est au courant pour le jeune palefrenier. Celui-ci a tout raconté à l'Homme sans Peur, le géant hun, avant d'aller se pendre à la branche d'un arbre, fit-elle d'une voix blanche.

— Comment le sais-tu ? hasarda le grand prêtre.

— Zhaoji vient de me prévenir secrètement, souffla-t-elle, agacée par cet excès de curiosité.

Zhaogongming, qui avait encore les doigts tout noircis par sa dernière expérience alchimique, les avait rejoints dans le vestibule du Palais.

— Maintenant, j'aimerais savoir ce qui vous a poussés à vous attaquer ainsi à ce Lubuwei qui ne vous a jamais voulu aucun mal ? lança Huayang aux deux hommes sur le ton du reproche.

— J'ai acquis la preuve irréfutable que ce marchand de chevaux œuvre pour la restauration du système impérial, comme il existait du temps des Zhou. J'ai même vu dans la disposition des morceaux d'achillée les signes que cet homme pourrait être le propre père du futur empereur ! répondit Wudong.

Il ne s'était pas contenté de retenir ce que lui avait confié Inébranlable Étoile de l'Est mais avait aussi procédé à une longue séance de divination par l'interrogation des brins d'achillée pour avoir confirmation des dires de la prêtresse médiumnique.

— Et en quoi cela vous gênerait-il ? rétorqua la reine, de plus en plus agacée.

— Ce serait la fin définitive de nos pratiques et la persécution assurée pour nos adeptes, foi de moi ! tonna Wudong dont les yeux paraissaient lancer des éclairs.

La reine baissa la tête. Elle n'était qu'à moitié convaincue par les arguments du grand prêtre mais celui-ci, fort d'un exercice respiratoire qu'il venait d'accomplir, dégageait une telle énergie intérieure qu'elle n'arrivait plus à soutenir son regard.

— Comment un de nos adeptes a-t-il pu livrer un tel secret alors que nous l'avions fait jurer de le garder à tout prix ? gémit l'assistant de Wudong.

— La peur délie souvent les serments les plus forts, assena sèchement la reine qui paraissait en savoir quelque chose.

— Je t'avais bien dit que je n'avais qu'une confiance modérée dans ce jeune palefrenier initié depuis cinq ans à peine. Un pur taoïste plie mais ne rompt jamais ! répliqua à son acolyte Wudong d'une voix courroucée.

Zhaogongming, atterré par la terrible nouvelle, regardait ses mains noires sans rien dire. Il n'osait pas non plus lever les yeux vers le grand prêtre.

— Mais Anguo ?... hasarda Wudong, au bout d'un long silence, en observant Huayang.

— Le roi ne fera rien pour vous. Je le connais, il ne

lèvera pas le petit doigt. Il n'est pas taoïste comme l'était son père ! Ce ne sont pas les rêves d'immortalité du vieux roi Zhong qui l'empêcheront de dormir ! s'écria la reine avec une moue méprisante.

Elle avait toujours ce sourire quelque peu ironique lorsqu'elle parlait d'Anguo.

— Il nous faut quelques jours pour bien évaluer la situation et quitter la ville, fit le grand prêtre qui semblait réfléchir à voix haute.

— Je crains qu'il ne faille aller beaucoup plus vite. Je crois que Lubuwei est reçu par le roi aujourd'hui même. Nul doute qu'il va tout lui raconter. Dès que j'en saurai plus, je vous avertirai, chuchota la reine avant de replacer la capuche de son manteau sur sa tête et de repartir.

Seul face à son assistant, Wudong laissa éclater sa rage.

— Maudit soit le royaume de Qin qui préfère s'adonner au légisme après avoir été confucéen plutôt que de suivre les enseignements de Laozi et de Zhuangzi ! maugréa-t-il en serrant les poings.

— Qu'allons-nous faire de nos centaines d'adeptes ? Leur nombre ne cesse de croître ! Pouvons-nous les laisser sans prêtre ? gémit Zhaogongming.

— Seuls les initiés du premier grade ne peuvent se passer d'enseignements. Les autres possèdent toutes les connaissances, il ne leur manque que la pratique, dit le grand prêtre.

Il était soudain redevenu parfaitement calme.

— Mais le roi risque de décréter des persécutions !

— Nous allons faire passer la consigne aux initiés qu'ils doivent à nouveau prendre le maximum de précautions. Depuis quelques années, la tolérance dont jouissait la Grande Voie a affadi notre prudence. Il faut revenir au secret absolu des temps anciens, conclut Wudong de sa voix caverneuse.

— Dois-je commencer à ranger la maison et à faire nos bagages ? demanda l'assistant en tremblant comme une jeune fille apeurée.

Ils retinrent leur souffle car des bruits sourds s'étaient fait entendre.

On frappait de nouveau à la porte du Palais des Fantômes. Celui qui tambourinait ainsi n'avait pas peur de faire du bruit. Zhaogongming, persuadé qu'il s'agissait de soldats venus les arrêter, commençait à frissonner quand Wudong lui donna ordre d'aller voir. Lorsqu'il revint, la mince silhouette de Zhaoji se profilait derrière lui.

La jeune femme se jeta aux pieds de Wudong en pleurant.

— Mais pourquoi lui ? Pourquoi vous ? s'exclamat-elle d'une voix rauque.

Wudong remarqua son regard dur. Il essaya de lui faire baisser les yeux mais n'y parvint pas. La colère rendait la jeune femme encore plus séduisante. Elle serrait si fort ses petits poings qu'ils ressemblaient à deux pivoines immaculées.

— Ton Lubuwei veut rétablir l'Empire des Zhou de l'Est. Il possède le disque rituel qui annonce la venue au Qin d'un nouvel empereur. Et il a pour conseiller ce philosophe bègue qui prône le légisme. L'aboutissement de la suprématie de la Loi, c'est l'Empire ! Le taoïsme n'a jamais fait bon ménage avec l'Empire...

— Mais qu'est-ce que mon Lubuwei vous a fait de mal pour que vous ayez monté contre lui ce mauvais coup ?

— Je n'ai rien contre l'homme que tu aimes. J'en ai simplement après son rêve d'Empire !

— Vous faites fausse route. Je n'ai jamais vu Lubuwei agir pour le restaurer.

— Je me suis mal exprimé. Je pense à ce signe derrière lequel il court, que paraît porter ce disque rituel

491

dont il semble toqué, selon lequel un Empereur Jaune va revenir. Je ne comprends pas pourquoi Lubuwei est devenu l'instrument de ce disque de jade pour œuvrer à ce point au rétablissement du régime impérial, expliqua le grand prêtre.

Il cherchait, sans grand succès, à faire comprendre à Zhaoji la motivation de son acte. Mais celle-ci, qui venait de découvrir l'existence du disque de jade de son époux, était surtout bouleversée d'apprendre que l'homme qu'elle aimait ne lui en avait jamais parlé.

Zhaogongming, implorant Wudong du regard, le suppliait d'arrêter le procès à charge du marchand.

Zhaoji ravala ses états d'âme et décida d'affronter le grand prêtre pour lui signifier qu'elle désapprouvait totalement sa conduite.

— Et si je reniais sur-le-champ mon engagement dans la Grande Voie ? menaça-t-elle d'une voix blanche en défiant Wudong.

— Que veux-tu renier ? La technique qui permet de respirer pour que le souffle Qi demeure en toi ? La façon de retenir ton essence féminine pour vivre plus longtemps ? Le procédé qui permet de retourner le regard sur soi-même pour contempler son intérieur ? Tu veux renier ce que tu as appris de plus important depuis que ta mère t'a enfantée ? ricana le grand prêtre.

Alors Zhaoji, de fureur, s'empara du petit brûle-parfum Boshanlu qui se trouvait sur la table et le lança avec violence vers le visage de Wudong avant de s'enfuir en courant. Celui-ci s'écarta promptement et l'objet de bronze alla s'écraser en morceaux sur le sol.

Lorsqu'elle revint chez elle, Lubuwei buvait le bol de soupe du matin.

— Pourquoi m'as-tu caché aussi longtemps que tu possédais cette chose ? Je pensais qu'entre nous il n'y avait pas de secret ! cria-t-elle, ulcérée, à l'homme qu'elle aimait.

Elle avait le regard rempli de larmes. Elle supportait mal qu'il lui eût caché un tel secret.

Lubuwei n'hésita pas une seconde, il avait compris qu'il s'agissait du Bi noir étoilé. Il serra longuement la jeune femme dans ses bras, sans un mot, pour la consoler. Puis il lui prit la main et l'entraîna dans sa chambre.

La découverte par Zhaoji de l'existence du Bi l'avait totalement pris de court. Il n'avait pas d'autre choix que de lui faire découvrir l'objet qui la plongeait dans un tel état de détresse. Il ouvrit l'armoire et sortit le disque de sa pochette de soie. L'objet apparut, majestueux, sur sa paume qu'il recouvrait totalement.

— Touche comme il paraît chaud, murmura-t-il à Zhaoji en déposant dans la main de la jeune femme l'immense disque de jade.

— Il est doux comme la peau du ventre d'un agneau, finit-elle par dire en séchant ses larmes.

Puis elle porta à sa joue le Bi noir étoilé.

— À présent, regarde sa surface et dis-moi ce que tu vois, ajouta Lubuwei.

Elle regarda. Les minuscules étoiles micacées continuaient à figurer d'étranges constellations qui paraissaient surgir du Bi noir de jade.

— On dirait une nuit étoilée ! lui confia-t-elle avec des accents de petite fille.

— C'est plus que cela. Il y a le Bouvier et la Tisserande... Regarde comme ils nous ressemblent ! ajouta Lubuwei en touchant la portion du disque où apparaissait le dessin des deux constellations amoureuses qui ne se retrouvent ensemble qu'une fois l'an grâce au pont qui enjambe la Voie Lactée.

Elle passa un doigt sur la surface du Bi en fermant les yeux. Elle sentait la chaleur dont lui avait parlé

Lubuwei. Elle le suppliait du regard. Elle voulait partager tous les secrets du disque de jade.

Et il décida qu'il était temps de tout lui dire.

Il lui raconta les circonstances de la découverte du Bi noir étoilé sur le marché de Handan, puis sa visite à la prêtresse médiumnique Vallée Profonde, enfin la révélation de cette devineresse à propos du Chaos originel de Hongmeng annonciateur de la venue du nouvel Empereur Jaune. Il lui expliqua comment la possession du disque rituel avait déjà profondément bouleversé le cours de son existence tranquille et sans histoire de marchand riche et prospère à Handan.

— Mais cette femme a-t-elle vraiment dit que tu serais pour quelque chose dans l'arrivée de ce nouvel empereur ?

Zhaoji était partagée entre l'étonnement et l'incrédulité.

— Ses paroles résonnent encore à mes oreilles comme si c'était hier ! Tous les jours, invariablement, lorsque je pense à ce disque, je les entends.

— Mais qu'est-ce que cela signifie ? insista-t-elle.

— Je ne sais pas encore lire l'avenir dans ce disque mais je suis sûr que la prêtresse parlait le plus sérieusement du monde. Elle m'a assuré que je participerais à l'arrivée d'un nouvel empereur. Rassure-toi, j'en ai été aussi étonné que toi aujourd'hui !

La jeune femme se taisait.

Wudong, somme toute, n'avait pas tort de soupçonner Lubuwei d'œuvrer à restaurer l'Empire. Mais cette idée, loin de lui déplaire, elle ne savait pas encore pourquoi, la faisait rêver.

Elle tenait à présent le disque de jade tout contre sa poitrine, comme s'il avait été son enfant.

*

494

Comme d'habitude lorsque l'heure était grave, Lubuwei avait demandé à Hanfeizi de l'accompagner à l'audience qu'il avait sollicitée la veille auprès du roi Anguo.

Lorsque les deux hommes entrèrent dans le bureau du roi, celui-ci s'essayait à manipuler un couteau dont la lame se repliait dans le manche d'ivoire. Depuis plusieurs mois, il était affecté par cet inquiétant tremblement des membres qui lui conférait un air encore plus benêt que d'habitude.

Lubuwei constata que l'état d'Anguo, depuis qu'il l'avait vu la dernière fois, s'était singulièrement aggravé. Ce dernier n'arrivait même pas à reproduire le geste simple qu'accomplissait une très jeune domestique pour ouvrir et fermer le couteau pliant. Celle-ci, qui n'était encore qu'une adolescente, faisait preuve d'une infinie patience. Le pauvre roi n'arrivait plus à coordonner ses gestes.

Anguo, tout absorbé qu'il était par sa délicate manipulation, ne prêta même pas attention à ses deux visiteurs malgré les raclements de gorge que renouvelait Lubuwei pour lui rappeler leur présence.

Au bout d'un long moment, il finit par lever les yeux vers les deux hommes.

— Quel est le sujet de cet entretien ? laissa-t-il tomber après avoir enfin réussi à replier la lame du couteau contre le manche.

— C'est au sujet du grand prêtre taoïste Wudong. J'ai acquis la preuve que cet homme, pour des raisons que je ne parviens pas à comprendre, a essayé de décimer par empoisonnement le cheptel de chevaux que je destine à nos armées. J'ai fait surprendre un de mes jeunes palefreniers qu'il avait soudoyé et qui a tout avoué avant de se pendre, raconta au roi le ministre des Ressources Rares.

Anguo regarda Lubuwei d'un air incrédule et quelque peu absent. La maladie avait rendu son visage bouffi et immobile.

— Que pense de tout cela le stratège Hanfeizi ? demanda Anguo en se tournant vers le philosophe bègue.

— Que la religion taoïste est un danger pour les lois de l'État et qu'il conviendrait de l'interdire officiellement. Ce prêtre a failli nuire de façon irréversible aux armées du Qin ! Il est plus facile de couper une petite herbe qu'une forêt. Ne laissez pas grandir cette religion que tant de vos sujets pratiquent désormais sans se cacher. Bientôt, c'est le Dao qui gouvernera le Qin et non la Loi ! dit gravement Hanfeizi.

Anguo caressait de sa main tremblante la taille de la jeune domestique qu'il avait fait asseoir sur ses genoux.

C'était toujours ainsi qu'il agissait avec ses dernières foucades. Il s'entichait de jeunes femmes, nubiles et au teint clair de préférence, et exigeait que la dernière fût présente à ses côtés toute la journée. Cela lui permettait d'en disposer à sa guise et quand bon lui semblait. Dans son bureau, il avait fait placer un paravent derrière lequel il n'hésitait pas à disparaître en compagnie de l'élue du jour, même en présence de visiteurs. Lorsqu'il s'en était lassé, la jeune femme rejoignait le sérail des nombreuses concubines royales délaissées où elle coulait des jours paisibles sans jamais plus croiser le roi. Parmi les femmes recrutées par les rabatteurs de la Cour, celles qui avaient été touchées par le souverain échappaient au sort réservé aux autres, qui allaient rejoindre les bataillons de courtisanes dont les maisons de plaisir d'État avaient en permanence besoin.

— Quelle est ta suggestion ? demanda d'une voix lasse Anguo à Lubuwei.

La jeune fille tressautait imperceptiblement sur les genoux tremblants du roi malade.

— Les lois du Qin prévoient que les coupables d'un

forfait doivent être jugés. Wudong s'en était pris au cheptel du royaume ! hasarda prudemment Lubuwei.

— Affaiblir les armées du royaume revient à affaiblir son roi. Le moment est venu de mettre en œuvre des réformes qui empêcheront que de telles actions se reproduisent, ajouta doctement Hanfeizi.

Anguo avait cessé de caresser la taille de la jeune domestique. Il paraissait intéressé par les derniers propos du philosophe bègue.

— Que me proposes-tu au juste ?

— Il faut ériger le Bureau des Rumeurs en ministère de plein exercice et commencer par en tripler les effectifs. Le peuple est trop libre d'aller et venir, chacun peut fomenter son complot comme il le souhaite. Un État doit savoir à l'avance tout ce qui se trame contre lui ! assura le philosophe sans se départir d'une certaine emphase.

— Veux-tu dire que l'eunuque Maillon Essentiel n'est pas assez efficace ? fit Anguo.

— Je ne le connais que de loin... Il a l'air plutôt malin. Mais là n'est pas la question. Les institutions et leur fonctionnement comptent bien plus que les hommes... Le Bureau des Rumeurs manque de moyens. Quelles que soient les vertus de son directeur, son prestige aux yeux du peuple est insuffisant, affirma le philosophe bègue.

— Ce n'est pas, en tout cas, l'avis de l'eunuque Couteau Rapide ni, selon ses dires, celui du jeune garçon qu'il m'a recommandé le mois dernier. À l'en croire, son protégé ne rêvait que d'une chose : intégrer ce Bureau des Rumeurs que tu te plais tant à décrier ! protesta le roi avec agacement.

— Et vous l'y avez nommé ? demanda Hanfeizi.

— J'ai donné ordre au Chancelier de le faire. Il y avait un poste de préposé vacant au Bureau des

497

Rumeurs..., indiqua Anguo qui ne comprenait toujours pas où Hanfeizi voulait en venir.

— Sire, si vous le jugez utile, je peux vous établir un rapport sur les moyens et les lois nécessaires pour étoffer ce service, suggéra Hanfeizi.

Il pensait qu'Anguo ne serait pas insensible à une telle proposition et à de tels arguments.

Le roi fit signe à la jeune domestique qui était restée assise sur ses genoux de se lever. Il avait l'air courroucé. Il venait en fait de casser le petit couteau d'ivoire qui gisait à terre. Son tremblement ne lui permettait plus de coordonner le moindre geste, il était à bout de forces. Remuer un doigt lui coûtait.

Il regarda Lubuwei et Hanfeizi. Il n'était que l'instrument de leurs intelligences et de leurs manœuvres. Il se sentait cerné par eux comme il l'était par le mal qui gagnait en lui de jour en jour.

Alors, pour conjurer cette maladie qui l'enserrait dans ses griffes, il décida pour une fois de faire acte d'autorité.

— Le roi n'a que faire de tes conseils. Il gouverne ce pays à sa guise, pour le bien du peuple. Quant à la religion taoïste, je vais donner ordre au Chancelier de faire impitoyablement châtier tous ses adeptes, lâcha-t-il en grommelant.

Hanfeizi et Lubuwei se regardèrent. Ils pensaient la même chose. Cet Anguo était encore plus niais qu'ils ne l'avaient imaginé.

Comme l'avait déjà écrit le philosophe bègue, l'absolutisme sans la ruse n'était qu'un pouvoir aveugle et des plus faibles.

*

Après son interrogatoire sur le Pont-Crocodile par le général commandant la région militaire dont relevait l'édifice, Défaut du Jade avait été transféré à la prison centrale de Ying.

Pour assurer son transport, on l'avait enfermé dans une cage de bois montée sur deux roues et tirée par un buffle. Les cahots de la route avaient failli lui rompre les os. Son corps n'était que bleus et plaies. Il avait reçu tant de crachats qu'il avait cessé de les essuyer lorsque la cage à roulettes s'était présentée aux portes de la ville fortifiée sous les quolibets des badauds. Le voyage avait duré deux jours, au bout desquels étaient apparus les toits massifs de bâtiments hétéroclites que leur construction avait, au fil du temps, blottis les uns contre les autres et qui formaient, écrasant de toute leur hauteur la ville de Ying, la demeure du roi du Chu.

La capitale de ce royaume paraissait avoir été construite à de seules fins militaires. Ses hauts murs d'enceinte crénelés et évasés vers le bas faisaient de la ville un immense château fort. À l'intérieur de ces murailles imprenables, on ne trouvait aucune maison particulière ni aucun jardin d'agrément mais des immeubles et des casernes où s'entassaient la population et les soldats. L'architecture et la topographie de cette capitale témoignaient qu'elle était entièrement vouée à la guerre.

À chaque carrefour, des cages de bois exposaient les corps sanguinolents des soldats qui avaient refusé de partir au combat, avec leur nom, leur numéro matricule et leur régiment d'origine. Ils étaient destinés à servir d'exemple. Au Chu, on ne plaisantait pas avec les ordres de commandement, même lorsqu'on envoyait les fantassins s'embrocher sur les lances tendues par l'ennemi. C'était le prix à payer pour qu'il soit dit partout dans les royaumes ennemis que les armées de cet État orgueilleux étaient les plus vaillantes.

La prison centrale de Ying, construite en moellons noirs, jouxtait le Palais Royal dont elle constituait une dépendance. Des galeries et des souterrains permettaient le passage de l'un à l'autre. Les façades en granit des deux bâtiments rivalisaient d'austérité. Seul l'étendard vert et noir du Chu apportait un peu de fantaisie à la porte d'entrée de cette haute bâtisse d'où le roi Wen du Chu ne sortait pratiquement jamais. C'étaient bien deux prisons qui se serraient ainsi l'une contre l'autre, celle destinée au roi et celle des criminels.

Comme cela arrive souvent en pareilles circonstances, Défaut du Jade, au cours de son interrogatoire par le général du Chu, en avait à la fois trop et pas assez dit.

En annonçant l'imminence d'une attaque par la rivière du pont-forteresse, il avait suscité l'inquiétude des autorités, mais en refusant d'en donner l'échéance il avait suscité la curiosité du roi Wen en personne, qui avait souhaité interroger lui-même ce général félon et peut-être manipulateur.

La cruauté et la ruse du roi Wen étaient devenues légendaires. Cela faisait trente ans qu'il n'était plus apparu devant son peuple ni devant ses armées, ayant réussi à faire de cette absence soigneusement calculée et entretenue un motif de crainte supplémentaire. Sa méfiance était extrême. Il ne faisait confiance qu'à lui-même et ne laissait à quiconque le soin de recouper, de vérifier, de jauger et de décider. Avec l'âge, il était devenu obèse et ne se déplaçait plus qu'en chaise à porteurs, même pour aller d'une pièce à l'autre de ses appartements. Il passait ses journées entre sa chambre et son bureau, où il ne travaillait qu'avec un secrétaire particulier.

Le roi Wen attendait depuis quinze ans de prendre sa revanche contre le pays de Qin, ce vieux rival invaincu jusqu'alors.

Quinze années, qui lui avaient paru autant de siècles, s'étaient en effet écoulées depuis la trêve que son royaume avait été contraint de signer à l'issue d'une humiliante défaite qui avait vu la prise de sa place forte de Sui par les armées du Qin. Ce jour-là, le Chu avait dû abandonner à son rival une longue bande de la frange septentrionale de son territoire. La trêve qui prévoyait l'échange d'otages entre les deux royaumes continuait à tenir vaille que vaille. Le roi Wen en avait profité pour renforcer et aguerrir le potentiel militaire du Chu afin, le jour venu, de pouvoir lancer avec quelque chance de succès une offensive générale contre le voisin du Nord honni.

Il n'était pas de jour où il ne ruminât sa vengeance, rêvant à ce moment où il pourrait reprendre au Qin la portion de territoire qu'il avait fallu lui concéder.

Ce matin-là, le roi Wen jubilait. L'heure tant attendue avait peut-être sonné...

Au même moment, dans son cachot étroit et sombre, Défaut du Jade n'en menait pas large. Il connaissait parfaitement la réputation du roi Wen. Il suait à grosses gouttes et maudissait Lubuwei, Paix des Armes et tous les autres qui l'avaient indirectement jeté dans cette prison, lorsqu'un gardien vint le désentraver.

Après avoir parcouru un dédale de couloirs, monté et descendu plusieurs escaliers, marché au-dessus de grilles d'où sortaient les mains de ceux qui croupissaient dans les fosses, on l'introduisit, toujours flanqué de deux gardiens, dans le bureau du souverain obèse.

— On me dit que vous annoncez une attaque par bateau du pont-forteresse ? L'idée est séduisante. Ce pont ne peut être pris que par la rivière, attaqua le roi Wen sans ambages.

Le vieillard plissait ses petits yeux noyés dans la graisse blafarde de son visage. Ses doigts boudinés et lourdement bagués tapotaient les accoudoirs de son fauteuil.

— Tel est le projet du Qin, bredouilla le général

félon que les deux gardiens avaient fait s'agenouiller de force devant lui.

— Mais qui a imaginé un tel stratagème ? Ça ne peut pas être cet imbécile d'Anguo ! ajouta, dédaigneux, le roi du Chu.

— Il y a auprès de Wang le Chanceux, le nouveau chef d'état-major des armées du Qin, un ingénieur militaire qui sait construire les bateaux de guerre. C'est lui qui a suggéré cette attaque par le fleuve. Il a supervisé personnellement la construction du navire, répondit Défaut du Jade.

— Qui est en charge de cette expédition périlleuse ? lança durement le roi.

Défaut du Jade, visage fermé, resta muet.

Le roi Wen fit signe aux deux gardiens de prendre la nuque de Défaut du Jade et de la serrer. Puis il revint à la charge, jusqu'à ce que l'autre finisse par lâcher :

— C'est le frère cadet d'Anguo, le prince Anwei.

— Tu veux parler de l'ancien otage du Qin à Ying ? rugit le roi obèse.

— C'est cela même, acquiesça le général félon qui avait l'impression qu'on lui avait complètement brisé le cou.

— Quel dommage que nous ayons accepté de leur renvoyer cet otage il y a quinze ans lorsqu'ils nous prirent la ville de Sui ! Nous aurions sous la main le propre frère du roi Anguo, et les armées du Qin auraient été privées de son concours ! s'écria le roi Wen que le souvenir de la cuisante défaite infligée alors au Chu par le Qin faisait toujours rougir de honte et de colère. Il me faut à présent connaître la date de cette offensive, reprit-il en se tournant vers son secrétaire.

— Le général Défaut du Jade s'est toujours refusé à donner la moindre indication à ce sujet, dit la voix fluette du secrétaire particulier.

— Je ne doute pas que tu sauras le faire parler !

répliqua le roi Wen en faisant signe aux deux gardes de ramener le général félon dans sa cellule.

Les gardes relevèrent le général du Qin et le traînèrent vers la sortie.

— Cette information est d'une telle importance qu'on ne saurait la prendre pour argent comptant, confia le roi à son secrétaire maintenant qu'ils étaient seuls.

— Nous pourrions en demander confirmation à la source que nous avons placée à Xianyang... Il s'agit de ce jeune eunuque qui porte le nom d'Effluves Noirs et que nous avons réussi à faire nommer au sein même de leurs services secrets ! répondit en jubilant le secrétaire particulier du roi.

Tout à son contentement, le secrétaire particulier parlait avec de grands gestes. Son immense bouche lui mangeait la moitié du visage.

— Il faut que nous sachions très vite si ce Défaut du Jade n'est pas un subterfuge de plus employé par le Qin, ordonna, méfiant, le roi obèse.

Le vieux roi du Chu connaissait mieux que personne les ruses dont les royaumes qui se combattaient étaient capables pour mieux se tromper les uns les autres.

— Je fais immédiatement contacter notre source. Mais nous n'aurons aucune information avant dix jours, le temps que les estafettes fassent l'aller et retour à Xianyang, prévint le secrétaire.

Le roi Wen fit la moue.

Pour l'homme pressé d'en découdre avec le Qin qu'il était, ce délai semblait bien long.

28

Consciente de ce qu'il lui avait apporté, Huayang avait transmis tout son savoir amoureux à Zhaoji.

La reine avait passé des heures à apprendre à sa jeune protégée, avec une infinie patience et sans se priver de joindre le geste à la parole, les figures, les caresses et les attentions qui font immanquablement défaillir un homme : Dragon Vert qui pénètre puissamment la Mer de Jade ; Épervier et Loriot battant les airs de leurs ailes droites et fermes ; Libellule qui affleure la surface du Lac de Jade ; Corolle de Fleur qui, par son harmonieux frémissement, recueille la Suprême Liqueur de Jade qu'elle a soutirée ; Pivoine Éternelle qui attire lentement la Tige de Jade pour être caressée par celle-ci ; Oiseaux Feng-huang accouplés par les ailes.

Plus aucune des postures joliment décrites par les poètes de la chair n'avait ainsi de secret pour Zhaoji.

À cette science amoureuse acquise auprès d'un professeur efficace s'ajoutait la souplesse exceptionnelle de son corps d'acrobate et de danseuse encore très jeune qui l'autorisait à en suivre à la lettre et sans aucune peine les variations les plus complexes.

C'est dire si Lubuwei, qui bénéficiait de ses travaux pratiques, appréciait au plus haut point les leçons que Huayang avait apprises à sa brillante élève.

Lorsque le marchand revint chez lui après l'audience chez Anguo, Zhaoji était allongée entièrement nue sur son lit. Elle reposait sur le dos, lovée sur des coussins de soie. En haut de ses cuisses savamment entrouvertes, son jardin intime, qu'elle avait soigneusement parfumé, offrait la blancheur nacrée de doux vallonnements qu'elle venait de désherber avec une petite pince pour n'y laisser qu'une minuscule rainure parfaitement dessinée. Lubuwei aimait que son doigt suive, pour l'amener jusqu'à l'entrée de la porte du charme de la jeune femme, ce qu'il appelait cette « petite raie du plaisir ». Il suffisait qu'il l'effleure et tout le corps de Zhaoji se mettait à onduler comme un cerf-volant.

Lorsqu'il vit la posture de Zhaoji qui faisait semblant de dormir, Lubuwei ne résista pas à la tentation de parcourir la « petite raie du plaisir » de la jeune femme avec son index.

— Dis-moi ce que t'a dit le roi ? lui demanda-t-elle, l'air de rien, en bâillant.

Le mouvement du doigt de Lubuwei commençait à la faire frissonner des pieds à la tête.

— Anguo est complètement borné ! Il ne voit ni n'entend rien. Et sa santé, au demeurant, n'a pas l'air de s'améliorer, répondit le marchand.

Sa main experte remontait lentement sur la peau des cuisses de Zhaoji.

— Ce pauvre Anguo me fait penser à un corps humain qui serait totalement dépourvu de foie, ajouta-t-il malicieusement.

Il faisait allusion à la célèbre phrase du manuel de médecine des *Questions Primordiales de l'Empereur Jaune* selon laquelle le foie est « un général du corps qui invente les stratagèmes ».

— Qu'avez-vous décidé au sujet de Wudong ?

— Anguo a donné l'ordre de pourchasser ses adeptes afin que le taoïsme n'ait plus droit de cité au Qin.

Mais cela paraît dérisoire. On ne lutte pas contre une religion aussi présente au sein du peuple à coups de décret d'interdiction, décréta-t-il en attirant la bouche de Zhaoji vers la sienne.

Alors ils accomplirent les gestes de « l'Épervier qui fond sur le Loriot avant de battre avec lui les airs de ses ailes droites et fermes » et Lubuwei, une fois de plus, n'eut qu'à se féliciter du degré de délectable sophistication amoureuse auquel la reine Huayang avait réussi à amener sa protégée.

Puis, après l'avoir une dernière fois tendrement embrassée, Lubuwei repartit assister à la fin du comptage mensuel de son cheptel de destriers dont Mafu et l'Homme sans Peur tenaient la comptabilité au poulain près.

Zhaoji avait fait en sorte que leurs ébats ne s'éternisent pas. Elle avait donné rendez-vous à Huayang au jardin botanique en début d'après-midi pour lui rapporter ce qui s'était dit au cours de l'entretien qu'Anguo avait accordé à Lubuwei.

Lorsqu'elle retrouva la souveraine sur le petit pont de pierre orné de lanternons qui enjambait le ruisseau traversant ce parc peuplé de ginkgos-bilobas qu'on disait millénaires, celle-ci avait sa tête des mauvais jours.

— Il s'est encore entiché d'une jeune adolescente totalement analphabète... Lorsque je lui parle, c'est tout juste s'il me regarde. Je n'ai pas pu lui faire dire un mot sur sa conversation avec Hanfeizi et Lubuwei ! s'emporta-t-elle après que Zhaoji lui eut demandé ce qui n'allait pas.

— Lubuwei vient de tout me raconter de cet entretien. Le roi a décidé de faire interdire la pratique du Dao et d'en persécuter les adeptes. Nous n'avons plus qu'à nous cacher comme des voleuses, fit-elle avec gravité.

— Quelle terrible injustice ! Les adeptes du Dao n'ont jamais fait de mal à personne ! Pourquoi devraient-ils payer le prix fort pour l'initiative hasardeuse de Wudong ? Ce pauvre Anguo est complètement manipulé. Il se comporte comme un despote mais ne sait pas s'en donner les moyens... gémit l'épouse légitime d'Anguo.

— Lubuwei pourtant n'avait rien fait contre ce prêtre ! Si le taoïsme doit en pâtir, Wudong l'aura bien cherché ! ajouta Zhaoji.

— Les gens du Qin souffrent trop dans leur chair et dans leur esprit pour pouvoir se passer de l'harmonie intérieure que le taoïsme leur procure. C'est leur seul bien. L'État leur prend déjà tout, ils ont le droit de le garder, murmura la reine à voix basse, comme si cette confidence était un inavouable secret.

— Mais n'est-ce pas ce prêtre qui, par son acte malveillant et sot, a de lui-même tout gâché ?

— Wudong a certes mal agi. Mais il a été démasqué avant d'avoir pu vraiment nuire. Il est de surcroît la mémoire vivante des secrets taoïstes que se transmettent depuis les temps anciens des générations d'adeptes qui se comptent aujourd'hui par myriades. Il faut surtout penser à eux. S'il meurt, cet homme emportera avec lui tous les secrets précieux qui lui ont été transmis.

Sous le petit pont de pierre, des carpes tournaient dans les eaux transparentes du ruisseau. La reine leur avait jeté des morceaux de petits pains farcis à la viande et cuits à la vapeur.

— Il nous faut prévenir Wudong et Zhaogongming le plus vite possible, insista-t-elle.

Les poissons géants se livraient un rude combat pour s'emparer du pain. Zhaoji demeurait muette.

Elle était partagée entre les sentiments qu'elle éprouvait pour Lubuwei, dont Wudong, injustement, avait fait sa cible, et les mots que la reine venait de prononcer sur la nécessité de préserver un fragile héritage dont cet homme était le dépositaire et dont tant d'hommes et de femmes avaient besoin pour atténuer leurs souffrances. Mais à cet instant, c'était son cœur qui l'emportait sur la raison.

Huayang sentait son trouble. Elle en comprenait la cause. À la place de Zhaoji, elle eût agi de même. Elle préféra donc prendre les devants.

— Si tu ne veux pas le faire, j'irai moi-même les avertir de ce qui se trame, dit-elle à Zhaoji en la quittant, après avoir déposé un baiser furtif sur sa petite main.

Lorsque la reine arriva en toute hâte au Palais des Fantômes, toujours revêtue du long manteau de vison qui cachait aussi son visage, elle trouva le grand prêtre et son assistant en train d'arranger fébrilement leurs bagages.

Les ustensiles et les matériaux nécessaires aux transformations alchimiques s'entassaient dans des paniers d'où s'échappait une odeur âcre de salpêtre et d'orpiment. Les lamelles de bambou sur lesquelles étaient écrits des passages du *Daodejing* et du *Zhuangzi* avaient été soigneusement enroulées avec des cordelettes. Ils n'étaient pas faits pour être lus mais pour être jetés au feu. Il était d'usage, au cours de certaines cérémonies, de brûler les textes qu'on venait de lire, pour assurer la diffusion dans l'atmosphère de leurs formules sacramentelles.

— Vous avez raison, leur confirma-t-elle, le mieux est de partir d'ici au plus vite.

— Voilà les ingrédients qui ont causé notre perte, constata tristement l'assistant en désignant les paniers d'osier d'un geste un peu ridicule, comme s'il minaudait.

Le grand prêtre fit signe à Zhaogongming de cesser de se plaindre et de s'activer.

— Savez-vous où vous allez ? demanda la reine.

— Pas encore... Certainement dans la montagne, là où les effluves Yang sont les plus forts. Nous serons capables de vous y attendre pendant des siècles. Là, nous connaîtrons le blanc. Le blanc est la lumière intérieure. Dans le blanc, toutes les couleurs se dissolvent. En un mot, nous serons bien dans la Grande Harmonie, répondit Wudong avec emphase.

— Pourrai-je un jour, moi aussi, voir la perle flamboyante ? dit Huayang que le départ du grand prêtre commençait à troubler.

Si elle n'avait pas été reine, nul doute qu'elle aurait tout fait pour les suivre là-bas, où elle aurait fait vibrer son esprit à l'unisson du Grand Diapason de l'Univers.

Wudong, après avoir plongé ses yeux dans ceux de Huayang, prononça les strophes adéquates tirées du *Zhuangzi* :

Regarde donc l'espace sombre,
Dans la chambre vide surgit l'éclatante blancheur.
Le bonheur est là où tout mouvement s'arrête.

La reine ferma les yeux. Elle voyait à son tour cette masse blanche et lumineuse qui lui faisait penser à un cocon de ver à soie.

Plus le temps passait et plus elle était convaincue que la quête du Dao valait celle de tous les royaumes, et qu'elle seule pouvait donner aux êtres humains la paix intérieure et le bonheur.

*

Maillon Essentiel chevauchait à bride abattue.

Il avait pris le minimum de bagages pour ne pas alourdir son cheval. Outre un vêtement de rechange, il portait son épée, son poignard et la « boîte au trésor »

509

contenant ses attributs que l'on remettait à chaque eunuque après son émasculation.

Après en avoir discuté avec Couteau Rapide et Forêt des Pinacles, Maillon Essentiel n'avait pas mis longtemps à quitter Xianyang pour tenter de prévenir Anwei avant qu'il ne soit trop tard de la probable trahison de Défaut du Jade.

Il avait fait preuve d'un grand flair en donnant l'ordre de surveiller Effluves Noirs dès le lendemain de sa rencontre à l'estaminet de la Perdrix des Neiges. Il n'avait pas eu le choix. Il savait, depuis ce jour-là, qu'entre le jeune eunuque et lui, c'était une lutte à mort qui s'engageait.

Depuis qu'il avait eu la surprise de constater l'irruption d'Effluves Noirs dans l'auberge, Maillon Essentiel se méfiait de ce jeune promu dont le sourire narquois ne lui disait rien qui vaille. Effluves Noirs devait l'épier. Sa présence dans ce lieu où Maillon Essentiel ne se rendait jamais ne s'expliquait pas autrement. Tout cela était bel et bien le comportement d'un espion.

Il avait cherché à savoir comment il avait pu se retrouver au Bureau des Rumeurs et, surtout, qui l'y avait fait nommer. Il n'avait malheureusement pas eu le temps, sa mission au Chu étant prioritaire, de pousser aussi loin qu'il l'aurait souhaité ses investigations.

Le Chancelier du Qin, qui avait signé le décret de nomination d'Effluves Noirs en tant que préposé, lui avait assuré sans plus d'explications que c'était le roi Anguo lui-même qui le lui avait ordonné. Or il ne voyait pas pourquoi le roi aurait fait de lui-même nommer un espion au sein d'un service aussi sensible.

Quelqu'un avait dû souffler au souverain le nom d'Effluves Noirs. Mais qui ? L'enquête s'annonçait délicate et longue. Il s'en était ouvert à Forêt des Pinacles et à Couteau Rapide, puisqu'il avait promis de faire part de l'avancement de ses recherches et des interrogations qu'elles suscitaient aux principaux animateurs du Cercle du Phénix. Il leur avait expliqué comment le colonel de la Salle des cartes et des plans avait parlé à Défaut du Jade en lui livrant la nouvelle de l'expédition secrète. Il leur avait fait part, également, de son étonnement lorsqu'il avait été surpris dans l'auberge par Effluves Noirs et de sa stupeur lorsque celui-ci lui avait appris qu'il venait d'être nommé au Bureau des Rumeurs.

Aucun des deux eunuques n'avait manifestement d'idée précise sur ce qui avait pu conduire Anguo à faire nommer Effluves Noirs au sein de ce service. Toutefois, leurs réactions aux propos et aux interrogations de Maillon Essentiel avaient été fort différentes.

Le chef des Officiers de Bouche était celui des deux qui avait réagi le plus vigoureusement. Une telle nomination lui paraissait d'autant plus étonnante que le roi Anguo ne s'occupait jamais de questions aussi secondaires que la nomination d'un fonctionnaire de rang moyen, fût-ce dans les services secrets. Mais le plus inquiétant, selon lui, était la connaissance que Défaut du Jade, général aigri et vindicatif, avait de l'attaque du pont par la rivière. Quel usage pourrait-il en faire ? s'était interrogé, inquiet, Forêt des Pinacles. N'y avait-il pas un risque qu'il livre cette information capitale aux armées du Chu ? Si tel devait être le cas, alors, avait conclu Forêt des Pinacles devant le visage fermé de Couteau Rapide, l'expédition d'Anwei tournerait nécessairement à la débâcle.

Le chef du Bureau des Rumeurs avait senti Couteau Rapide plus distant, plus évasif et, pour tout dire, plus fuyant. Le chirurgien en chef s'était bien gardé de livrer le fond de sa pensée. Maillon Essentiel avait mis cette attitude sur le compte du caractère plus ombrageux du chirurgien des eunuques dont il savait que la moindre contrariété pouvait le rendre odieux.

Reste que Forêt des Pinacles avait été le seul à vivement encourager Maillon Essentiel à prévenir Anwei pendant qu'il était encore temps.

Maillon Essentiel avait donc quitté Xianyang dans l'urgence, en prétextant une enquête si délicate qu'il ne pouvait rien en dire à quiconque, pas même aux membres de son service.

Le chef du Bureau des Rumeurs suivait, comme l'avait déjà fait l'armée d'Anwei, l'ancienne route du Chu. Son petit cheval gris pommelé galopait vaillamment sur la route mal empierrée.

Le convoi d'Anwei y avait laissé de profondes ornières. La terre piétinée portait encore les traces du charivari des roues des chars et des bottes des fantassins qui avaient labouré le sol à force de le piétiner. Le soleil avait séché les empreintes des animaux et des hommes qui formaient, sur la surface de cette route défoncée, les montagnes, les lacs, les vallées, les rivières et les plaines miniatures d'une contrée inconnue.

Il finit, au bout de deux jours de solitude, par croiser un chasseur de lièvres qui posait des collets sur le talus de la route.

— Bonjour. As-tu vu passer un bateau sur cette route ? lui demanda-t-il.

Maillon Essentiel faillit pouffer de rire lorsqu'il s'entendit poser une question si saugrenue d'apparence.

— Oui, j'ai vu ça en effet, il y a cinq ou six jours, peut-être huit. Il y avait un bon millier d'hommes tout autour. Je me suis fait tout petit. Au départ, j'ai bien cru que c'était une armée de fantômes qui allaient s'embarquer sur les Îles Immortelles ! fit le chasseur le plus sérieusement du monde.

Il parlait avec le fort accent des montagnards de l'Ouest. Puis, montrant l'un des lièvres morts qui pendait à sa ceinture, il ajouta :

— Veux-tu m'acheter un lièvre ? J'ai besoin d'argent !

Maillon Essentiel, qui n'avait pas mangé de viande depuis son départ de Xianyang, lui glissa dans la main un tael de bronze.

Il décida de s'arrêter plus tôt que prévu pour bivouaquer et se préparer à dîner. Les flammes d'un feu promptement allumé eurent tôt fait de crépiter. La chair du lièvre lui parut goûteuse, elle était tendre et délicatement parfumée par les herbes odorantes de la steppe.

Le lendemain, il fut réveillé par la chaleur des naseaux du petit cheval pommelé. L'animal, qui s'était détaché à force de tirer sur sa longe, avait dû être attiré par le carré d'herbe grasse et odorante au milieu duquel il avait planté sa tente.

Il se leva. Les premiers rayons du soleil ourlaient d'or tout ce qui était à portée de vue : les cimes des montagnes, les restes de névés tavelés de cailloux, les arbustes aux troncs tourmentés criblés d'épines, le pré sauvage, tout autour de lui tapissé de renoncules mauves et jaunes, dont le petit cheval gris dégustait le succulent herbage avec voracité.

Il reprit son chemin.

Il n'avait pas encore atteint le col qui séparait le Chu du Qin où il n'y avait même plus de poste frontière depuis que la route avait cessé d'être empruntée par les marchands. Il avait calculé qu'il lui faudrait au moins cinq jours pour atteindre la Han qui coulait dans la plaine vers laquelle descendait par paliers successifs, de l'autre côté de la crête qu'il n'avait pas encore franchie, le massif montagneux dont il abordait à peine les premières pentes.

Le risque était immense, donc, qu'il n'arrive trop tard.

Autour de lui, tout paraissait irréel et hors de portée. L'immensité de la montagne et la solitude des lieux lui avaient soudain donné conscience de sa fragilité. Il se sentait à la fois minuscule et impuissant. Devant lui, d'énormes rochers d'éboulis avaient dévalé la montagne pour former un chaos de pierres.

Il entendit siffler une marmotte, c'était le signe qu'un rapace ne devait pas être loin. Il regarda vers le ciel, le rapace était bien là.

Il aurait aimé être ce vautour fauve aux ailes déployées qui, dans l'espoir d'assouvir sa faim et sans illusions sur ses chances d'attraper la marmotte, s'était mis à tourner très haut dans l'azur, juste au-dessus de son petit cheval pommelé dont l'instinct avait déjà commencé à faire frémir les oreilles.

Maillon Essentiel aurait voulu pouvoir voler de quelques coups d'ailes, tel ce rapace, au-dessus des cimes rocheuses pour avertir, là-bas dans la plaine, le prince Anwei avant qu'il ne soit trop tard.

*

Le secrétaire particulier du roi Wen du Chu connaissait l'art de faire parler les prisonniers. Il commençait par les menacer des tortures les plus barbares. Il lui suffisait alors de leur montrer le petit arsenal des instruments adéquats et la façon dont il allait s'en servir pour que leurs langues, comme par miracle, se délient.

Pour Défaut du Jade, il avait choisi une pince en bronze utilisée par les arracheurs de dents. Il la posa bien en évidence sur le châlit du prisonnier.

— Le roi Wen, dans sa grande et coutumière générosité, a décidé de te rendre la liberté si tu nous donnes la date de l'attaque du pont-forteresse, dit-il à Défaut du Jade de sa voix la plus mielleuse.

Mais le général félon, que le remords venait à tenailler, avait décidé de ne rien dire et de s'en tenir à ses premières révélations.

— Je n'en connais pas la date ! Je n'en connais pas la date ! répétait-il en suant à grosses gouttes et en faisant « non » de la tête.

— Nous allons bien voir si tu mens, articula le secrétaire du roi avec lenteur.

Il avait pris la pince et l'enfonçait de toutes ses forces dans la joue flasque de Défaut du Jade, qui se mit à hurler de douleur.

— Mais je vous jure que je ne sais rien de plus ! hurlait le général félon.

Un petit filet de sang, déjà, coulait sur son visage que la douleur faisait ressembler à un masque d'horreur.

— Bon. Puisque c'est ainsi, je vais passer à une autre partie de ton corps, confia l'air de rien le secrétaire en sifflotant.

Il appela un gardien et lui donna ordre de déshabiller entièrement Défaut du Jade. L'ancien général en chef des armées du Qin était assis à présent, nu comme un ver, sur le châlit.

Le secrétaire particulier pointa l'un de ses tétons. Son index en effleura la pointe. Le général félon frissonna et ferma les yeux. Il essayait de faire en sorte que son esprit s'évadât de son corps comme savent le pratiquer certains médiums qui se passent, comme si de rien n'était, une longue aiguille à travers les joues ou le ventre sans même pousser un cri.

La pince avait entrepris de broyer les chairs de Défaut du Jade. Il essaya à nouveau de faire abstraction de son corps mais il n'y avait rien à faire, il continuait à s'y accrocher désespérément. La douleur était toujours là, parfaitement insupportable. Il sentait la tiédeur de son sang qui jaillissait de la blessure recouvrir peu à peu tout son ventre.

— L'expédition d'Anwei a quitté Xianyang au début du mois ! finit-il, n'en pouvant plus, par hurler.

Le mois lunaire était déjà entré dans son douzième jour. Compte tenu de la distance à parcourir, Anwei devait donc être environ à mi-parcours de son trajet.

— Voilà qui est intéressant. Voilà qui est même très intéressant ! se mit à susurrer le secrétaire particulier.

Il rangea soigneusement la longue pince dans sa boîte laquée et fit signe au gardien de rendre à Défaut du Jade ses vêtements.

Le général félon croyait en avoir fini avec les tracas et les affres de la torture quand le secrétaire fut sorti. Il n'en fut rien. Il avait à peine renfilé sa chemise que deux gardiens vinrent l'attacher pour l'emmener.

De la prison de Ying à son gibet, il n'y avait qu'un pas.

C'est tout juste si Défaut du Jade avait eu le temps de maudire une dernière fois cet abominable Lubuwei et cet infâme Paix des Armes par la faute desquels tout cela était arrivé, lorsque le bourreau, après lui avoir passé la corde au cou, le fit monter sur un tabouret avant de nouer la corde à la potence.

Puis le bourreau, d'un violent coup de pied, chassa le tabouret qui s'en alla rouler quelques pas plus loin.

*

Couteau Rapide savait qu'il ne courait pas un grand danger à rencontrer secrètement ce soir-là Effluves Noirs. Il s'était rendu au lieu de leur rencontre sans se retourner à chaque pas, comme il s'obligeait généralement à le faire dans de telles circonstances.

Le matin, il avait en effet retrouvé pieds en l'air le petit tripode de bronze qu'il posait sur le bord de la fenêtre du pavillon où il logeait dans le parc de la clinique des eunuques. Ce retournement était le signal habituel quand son correspondant souhaitait lui parler.

Le chirurgien en chef des eunuques s'approcha du

gibet qui se dressait un peu plus loin sur la route empier-rée qui passait devant la clinique. L'homme s'y trouvait déjà. C'était le même que la dernière fois. Il se bouchait le nez. Les cadavres du gibet, que les chiens sauvages avaient oublié de dévorer, dégageaient une odeur nau-séabonde.

— Effluves Noirs t'attend ce soir sous le grand figuier du jardin botanique, avait chuchoté son corres-pondant.

Puis, comme à l'accoutumée, il était reparti illico sans laisser le temps à Couteau Rapide de poser la moindre question.

Si Maillon Essentiel n'était pas parti dare-dare pour le Chu afin d'essayer de retrouver Anwei avant qu'il ne mette à l'eau son navire de guerre, il est probable que Couteau Rapide ne se fût pas risqué à honorer ce rendez-vous dès ce soir.

Il savait que le comportement d'Effluves Noirs avait mis la puce à l'oreille du chef du Bureau des Rumeurs et que ce dernier, sur ses gardes, devait surveiller étroi-tement le jeune eunuque. Dans ces conditions, un ren-dez-vous avec lui était extrêmement risqué. La pru-dence qui sied aux espions chevronnés aurait voulu, alors, que Couteau Rapide fît le mort et demeurât tran-quillement chez lui pour éviter d'éveiller les soupçons. De toute façon, toute rencontre remise devait être reten-tée le lendemain, et ainsi de suite, jusqu'à ce qu'elle puisse avoir lieu. Telles étaient les consignes.

Mais ce soir-là, d'évidence, l'absence de Maillon Essentiel faisait que Couteau Rapide ne courait aucun danger à honorer ce rendez-vous.

Il y avait longtemps que Couteau Rapide était un agent à la solde du Chu.

Ce n'était pas un espion heureux de l'être. Souvent, en effet, le remords le poussait à se demander pourquoi il avait accepté de trahir ainsi la cause de son pays natal.

Et il maudissait le jour où il avait accepté de travailler pour le Chu, cet ennemi héréditaire du Qin.

Le vieux roi Zhong venait à peine de monter sur le trône du Qin lorsque Couteau Rapide avait été recruté par les services spéciaux du pays ennemi. Depuis, il subissait l'engrenage classique du chantage et des menaces dont les services adverses savaient faire preuve pour empêcher toute défection de la part de leurs agents.

Derrière un espion fidèle et efficace, il y avait toujours un maître chanteur.

Lorsque Couteau Rapide, lassé de trahir, de mentir et de dissimuler, faisait mine de ne pas répondre aux sollicitations et aux demandes des autorités du Chu, il recevait un message lourd de menaces. Faute de réaction positive de sa part à une ultime sollicitation, son nom serait jeté en pâture aux autorités de son pays. Il préférait chaque fois reprendre du service plutôt que d'être dénoncé.

Plus le temps passait et moins la repentance devenait possible. S'il était allé lui-même battre sa coulpe auprès d'Anguo, cela n'aurait servi à rien. Il aurait été obligé de dévoiler le nombre de secrets d'État et d'informations confidentielles de toute nature qu'il avait transmis au Chu, et la liste était désormais si longue qu'il ne pouvait espérer le moindre pardon.

Quand il avait cédé, vingt ans plus tôt, aux avances d'un éphèbe qu'il pensait avoir rencontré par hasard, Couteau Rapide ne se doutait pas du redoutable piège dans lequel il venait de tomber.

Le jeune homme s'était révélé être un agent du Chu infiltré à Xianyang.

Pour les beaux yeux de cet éphèbe duquel il s'était entiché, il avait accepté d'accéder à son désir de posséder un Hufu appartenant au ministère de la Guerre. Il s'était arrangé pour subtiliser une moitié de Hufu dûment numérotée et la lui avait donnée. Quelque temps plus tard, l'éphèbe n'avait plus donné signe de vie. Mais quelle n'avait pas été sa surprise de recevoir un visiteur qui, ayant en main la moitié du Hufu volée, venait le menacer de le dénoncer à la police pour vol d'objet public.

Contre son silence, le mystérieux visiteur lui avait demandé de fournir le plan d'une place forte en construction à la frontière. Il n'avait pas eu d'autre choix que de s'exécuter.

C'est ainsi qu'il était devenu, sans bien comprendre au départ ce qui lui arrivait, un efficace indicateur qui avait déjà fait passer au Chu nombre de renseignements essentiels sur les armées du Qin, leur composition, leur armement et leurs préparatifs.

Sous le grand cèdre du jardin botanique, à quelques pas du petit pont de pierre sur lequel Huayang et Zhaoji s'étaient donné rendez-vous quelques jours plus tôt, Effluves Noirs attendait son correspondant.

Les deux hommes allèrent s'asseoir sur un banc comme si de rien n'était. Ils commencèrent à parler à voix basse pour ne pas attirer l'attention des promeneurs qui étaient nombreux à profiter de la fraîcheur du crépuscule.

— À Ying, on me demande de confirmer l'attaque du PontCrocodile au moyen d'un navire de guerre, annonça d'un ton neutre le jeune eunuque.

— Le convoi a déjà quitté Xianyang depuis plus de deux semaines ! Pourquoi prennent-ils tant de précautions ?

— Le roi Wen se méfie de Défaut du Jade qui leur a livré l'information. Il craint une manœuvre d'Anguo, expliqua Effluves Noirs.

— S'il savait ! soupira Couteau Rapide qui ne nourrissait aucune espèce d'illusion sur les capacités

519

manœuvrières et encore moins sur l'intelligence du roi du Qin.

— As-tu un message particulier à faire passer au roi Wen ? s'enquit le jeune eunuque du Chu.

— Aucun, répondit l'autre la mine sombre. Par contre, j'en ai un pour toi. Il faut te méfier de Maillon Essentiel. Il enquête sur notre compte. S'il revient vivant du Chu, il ne tardera pas à savoir que c'est moi qui t'ai recommandé à Anguo. Je crains qu'en allant si loin dans ses exigences, le roi Wen ne m'ait trop exposé.

Effluves Noirs tomba des nues en entendant les propos de Couteau Rapide.

— S'il revient du Chu ? Mais que dis-tu là ? C'est donc ça, cette mission ultra-secrète et si sensible que pas un fonctionnaire du Bureau des Rumeurs n'a été capable de m'expliquer son absence ! s'exclama avec stupéfaction l'agent du Chu infiltré dans les services spéciaux du Qin.

Couteau Rapide regrettait d'en avoir trop dit sur le voyage secret au Chu du chef du Bureau des Rumeurs. Il n'aimait pas se laisser entraîner au-delà de ce qu'il avait décidé. Il ne transmettait et ne confirmait que les informations qu'on sollicitait de lui. S'abstenir de tout zèle inutile était la seule façon qu'il avait trouvée d'atténuer son sentiment de culpabilité.

— Euh... attendons qu'il revienne, nous verrons bien ! bredouilla-t-il.

De plus en plus mal à l'aise, il cherchait à orienter la conversation sur un autre sujet. Il trouva pertinent de faire parler Effluves Noirs de sa propre histoire.

— Bon. Maintenant que nous sommes un peu tranquilles, j'ai une question à te poser : d'où viens-tu ? Je ne connais rien de toi. Lorsque le Chu m'a fait savoir qu'il fallait que je t'opère pour faire de toi un eunuque, on m'a juste demandé, dans le cas où l'opération réussirait, de te recommander chaudement auprès du roi Anguo afin que tu intègres le Bureau des Rumeurs, raconta-t-il du ton le plus dégagé possible.

Effluves Noirs hésita un peu avant de répondre. Puis il se dit que Couteau Rapide et lui partageaient suffisamment de secrets pour qu'il lui relatât son histoire sans rien cacher.

— Je suis né au Chu le même jour que le fils aîné du roi Wen, dans un village de montagne, pas loin de l'endroit où la rivière Han prend sa source. Pour célébrer la naissance de son premier fils, le roi avait proposé que tous les garçons nés le même jour soient pris en charge par le royaume. Mon père, qui était un berger très pauvre, sauta sur l'aubaine. Contre une somme d'argent qui lui permit de doubler le nombre de ses moutons, il me confia à l'orphelinat de la cour royale où je reçus l'éducation d'un gentilhomme. Plus tard, le Chu fit de moi un soldat, puis un officier. J'étais doué pour les langues. Je parlais avec facilité des dialectes du Qin et du Han. C'est alors que le roi Wen me fit savoir qu'il y avait une place pour moi dans le Bataillon du Renseignement. Là, pendant deux années lunaires, on me forma à espionner et à renseigner. Le Bataillon du Renseignement du Chu est un corps d'élite à qui rien ne manque : ni l'argent, ni les armes, ni la gloire et la considération.

Couteau Rapide écoutait le récit du jeune eunuque avec intérêt et sympathie. Ainsi, lui aussi était devenu espion par hasard, mais lui n'avait pas eu à trahir son pays.

— Il y a quelques mois, poursuivit Effluves Noirs, le secrétaire particulier du roi Wen, qui est de loin l'homme le plus puissant du Chu derrière le souverain, me fit savoir que je devais partir clandestinement pour Xianyang. Je passai la frontière du Qin sous une fausse identité. Arrivé sur place, un correspondant me donna ordre de prendre rendez-vous avec toi pour me faire opérer. Je faillis refuser et repartir pour Ying. Je songeai même à m'enfuir et à changer d'identité. Alors on me fit savoir qu'en cas de refus de ma part, mes parents connaîtraient de terribles représailles. La mort dans l'âme, je me présentai à la visite médicale auprès de ton chirurgien adjoint qui eut la très mauvaise idée de considérer que j'étais bon pour le service. Depuis, me voilà eunuque sans l'avoir choisi, d'autres l'ont fait pour moi ! Puis c'est à toi qu'on demanda de me recommander au roi Anguo. J'ignorais que j'allais être nommé au Bureau des Rumeurs. C'est toujours ainsi que le roi Wen du Chu opère : avec précision et en compartimentant les rôles de chacun. Sa méthode est redoutablement efficace. Mais dans tout ça, je ne suis pas un homme libre, juste un pauvre esclave à la solde du Chu, même si ce pays me verrait bien en héros !

Il avait l'air pensif en achevant ce récit d'une vie où il ne s'était jamais appartenu.

— Et moi, selon toi, que suis-je, sinon un esclave que le Qin condamnera un jour, lorsque sa traîtrise sera découverte ? murmura Couteau Rapide, la voix pleine de lassitude.

Le chirurgien regardait avec tristesse le jardin botanique où le soir commençait à tomber.

Le vaste parc peuplé de plantes rares et d'arbres mieux soignés que les hommes s'était peu à peu vidé de ses promeneurs. La nature avait repris ses droits. Au pied des catalpas géants et des cèdres dont les aiguilles, lorsqu'elles tombaient sur le sol, étaient ramassées une à une par une armée de jardiniers, seuls quelques chiens se disputaient un os ou coursaient les écureuils enhardis, venus manger les miettes laissées par les passants. Bientôt, les paons feraient la roue en toute quiétude et les canards aux ailes bariolées traverseraient les allées en se dandinant sans être dérangés par quiconque. La nuit venant, loin du regard des humains, la faune reprenait doucement possession de la flore.

— Promets-moi de garder pour toi ce que tu sais à présent de la mission de Maillon Essentiel, supplia-t-il d'une voix pressante.

Effluves Noirs ne répondit pas.

Couteau Rapide put lire dans son regard que le jeune eunuque n'en ferait rien. Un espion ne gardait jamais pour lui une information importante, il se devait de la livrer à son pays.

C'était sa faute, il en avait trop dit. Il sentit monter en lui l'insidieuse douleur habituelle qui l'étreignait lorsqu'il éprouvait des remords.

Les deux espions se séparèrent sans plus un mot et repartirent chacun de leur côté, ne sachant ni l'un ni l'autre si leurs destins se croiseraient à nouveau un jour.

29

Le méandre ocre de la rivière, tel un gigantesque serpent lové au creux de l'immensité grise de la plaine caillouteuse, s'étendait enfin devant le général Anwei. Les écailles du serpent avaient l'air de bouger.

Le fleuve était en crue. La surface menaçante de ses eaux était ourlée de vagues écumantes que poussait un courant rapide. Il charriait des amas de troncs et de branchages qui défilaient à vive allure.

Le convoi avait fini par atteindre la Han – mais dans quelles conditions ! – après d'immenses efforts et de nombreuses pertes humaines et animales.

Alors les hommes, exténués, s'étaient jetés à terre. Ils n'avaient même plus la force d'aller couper du bois et d'installer les bivouacs avant toute prise de repos comme l'exigeait le règlement. Les chevaux, dont le poitrail était tout encroûté par le sel de leur sueur évaporée, avaient perdu la volonté d'aller manger l'herbe abondante qui poussait sur les berges. Ils étaient là, plantés comme de hiératiques statues devant leurs écuyers, à attendre que ceux-ci les déchargent des lourds ballots attachés sur leur croupe.

Anwei demanda à l'intendant de procéder à un comptage rapide des hommes avec son boulier de bronze. Ils n'étaient pas plus de sept cents. Une épidémie de fièvre s'était abattue sur l'expédition lorsqu'ils avaient quitté la montagne, de nombreux soldats n'avaient pas tardé à tomber comme des mouches. Terrassés par le virus sournois, ils s'affalaient d'un seul coup au milieu des pentes. Certains ne pouvaient plus se relever. Anwei avait dû donner l'ordre de les abandonner sur place car leur transport aurait par trop pénalisé le reste du convoi, qui avait assez à transporter avec les gigantesques pièces détachées du navire. D'autres glissaient dans les ravins, leurs jambes ne les soutenant plus. À trois reprises, il avait fallu creuser à la hâte de grandes fosses pour y jeter les cadavres dont on avait récupéré les armes et les vêtements.

Le général demanda à Saut du Tigre d'annoncer à la troupe qu'elle était autorisée à bivouaquer avant même d'avoir coupé du bois.

Les hommes l'en remercièrent bruyamment puis s'assirent en cercle par équipes de dix. C'était l'unité de base des formations de combattants. C'était à dix, dans les armées du Qin, et non pas seul, que l'on allait se battre, que l'on sortait victorieux ou que l'on périssait, mais aussi que l'on mangeait, dormait ou jouait aux dés.

Les sous-officiers préposés aux rations leur distribuèrent les vivres du dîner et la boisson énergétique fermentée à base de miel et de sorgho que le général avait fait servir pour les réconforter. Anwei entendait ses hommes mastiquer et boire de longues rasades de l'eau de la rivière dont on avait rempli des jarres.

Le lendemain matin, les travaux de remontage du navire débutèrent, sous la conduite de l'ingénieur maritime et de deux charpentiers. La pluie, le vent et le soleil avaient fait travailler les planches. Il fallut encore raboter, poncer et polir pour que les tenons coïncident de nouveau avec leurs mortaises et les chevilles avec leurs trous. En trois jours de labeur incessant, la coque du vaisseau, ventrue comme la panse d'un vase tripode Li, avait été entièrement réajustée par les charpentiers. Il ne leur restait plus qu'à la calfeutrer avec de la résine de cyprès. Alors, elle pourrait flotter.

Mais cela n'était rien à côté des difficultés qui les attendaient lorsqu'il fallut monter les deux immenses mâts sur cette infrastructure, une fois accomplie sa mise à flot. Celle-ci avait consisté à faire rouler la lourde coque sur des troncs d'arbres en la retenant avec des cordes, après avoir creusé dans la berge un plan incliné. Lorsque la coque plongea brusquement par l'avant dans l'eau du fleuve, elle provoqua une vague gigantesque qui faillit recouvrir le pont. L'avant du navire sembla piquer du nez puis il se redressa brusquement avant de se stabiliser. Chacun retenait son souffle. Le navire roulait et tanguait, assailli par les eaux boueuses qui projetaient des troncs d'arbres sur ses flancs.

Quand le calme revint enfin, le bateau flottait parfaitement. Les hommes hurlèrent de joie.

L'arrimage des mâts sur le pont put alors commencer.

Il fallut d'abord immobiliser le navire afin de l'empêcher de gîter, ce qui fut obtenu au moyen de cordes arrimées aux arbres de la berge. L'ingénieur maritime procéda ensuite à de savants calculs afin de déterminer l'emplacement le plus pertinent des mâts sur le pont du vaisseau. Les mâts faillirent tomber plusieurs fois avant que les ouvriers ne parviennent à les encastrer dans leurs supports puis à cercler ces derniers avec des anneaux de bronze.

Le bateau était maintenant entièrement remonté.

Une brise se leva, faisant grincer les mâts comme des roues de chars en surcharge. Des chevaux tirèrent alors le vaisseau sur le côté afin qu'il longe la berge à l'endroit où elle jouxtait parfaitement le pont. Après quoi on l'amarra de toutes parts pour empêcher le courant de l'emporter.

Saut du Tigre s'approcha d'Anwei qui avait assisté avec anxiété aux derniers préparatifs et à la mise à flot du vaisseau d'attaque.

— Nous avons atteint notre premier objectif qui était d'amener le bateau à la rivière Han. Il flotte, c'est déjà ça. Il nous reste à présent le plus difficile. Je n'oublie pas la proposition que tu m'as faite, dit Anwei à son ordonnance.

— Je suppose que vous voulez parler de la divination par le vent et par la couleur ? suggéra, flatté, Saut du Tigre.

— L'expédition est trop risquée pour que nous la menions entourés de vents mauvais et de couleurs néfastes, répondit gravement le général.

— Je vais chercher mon tuyau sonore qui est resté sous ma tente, indiqua le jeune homme.

Lorsqu'il revint, il tenait un bambou de la hauteur d'un homme. Le tuyau sonore, dont l'un des bouts avait été coupé en biais et dont le corps était percé de trous séparés d'intervalles croissants, était poli comme l'ivoire.

— Avec cet instrument que j'orienterai précisément vers le Pont-Crocodile, il me sera possible dès demain de capter le souffle énergétique Qi dégagé par les préparatifs militaires de l'adversaire. Si leur Qi est plus puissant que le nôtre, je vous déconseillerai de lancer cette attaque, expliqua-t-il au général Anwei en ajustant le tube contre son oreille.

— Mais comment arrives-tu à déterminer le rapport exact entre ces souffles ? demanda le général.

— Dans le classique *Shujing*, il est écrit que « *les souffles célestes sont au nombre de six, leur incorporation Jiang produit les cinq saveurs, leur floraison Fa les cinq couleurs, leur résonance Sheng les cinq sons* ».

L'univers tout entier procède de souffles énergétiques. Chaque souffle est associé à une couleur et à un son. Qui sait les interpréter est capable de comprendre l'univers !

Devant eux, le bivouac était silencieux et calme. On n'entendait plus que les ronflements des fantassins qui dormaient par dix, les uns sur les autres, complètement épuisés.

— Fais ce que tu dois et tiens-moi au courant, lui recommanda Anwei avant de se retirer sous sa tente.

Le lendemain, un fort vent d'ouest avait balayé les nuages. Au-dessus de la plaine de cailloux et de touffes d'herbes épineuses, le ciel était d'azur. Le bateau dont les deux mâts vibraient comme des cordes attendait sagement amarré à la berge de la rivière.

Lorsque Saut du Tigre accourut vers Anwei, son visage était livide.

— Le Qi des armées du Chu est plus puissant que le nôtre. Un vent mauvais à la méchante couleur prune me souffle que nous sommes attendus au Pont-Crocodile par un grand nombre de soldats. Les armées du Chu sont en ordre de bataille, annonça-t-il d'un air inquiet.

Il brandissait son tuyau sonore comme si c'était la preuve irréfutable de ses dires.

Anwei se mit à réfléchir. Il marchait de long en large, perdu dans ses pensées. Il devait tenir compte de ce que les souffles et les couleurs venaient de prédire à Saut du Tigre. Quelqu'un avait sûrement vendu la mèche.

— S'attendraient-ils à cette attaque par la rivière ? finit-il par demander à Saut du Tigre.

— Tel est, je le crains, le message de ce tuyau sonore, acquiesça le jeune homme, l'air angoissé.

Dans le bivouac, chacun était levé et l'organisation décimale avait repris ses droits. Par groupes de dix, on commençait à vaquer à ses occupations, selon sa spécialité. Pour mettre en ordre de marche une armée de cette importance, il y avait nombre de tâches précises à accomplir. Les ordres brefs et gutturaux des sergents claquaient comme les lanières de leur fouet.

Saut du Tigre regardait le général Anwei qui avait soudain cessé de marcher de long en large et paraissait heureux de l'idée qu'il venait d'avoir.

— J'ai mon plan. Nous allons faire traverser la rivière aux hommes et aux chevaux. L'autre côté du Pont-Crocodile est beaucoup plus vulnérable, nous allons essayer de le prendre par la rive droite. Je me souviens qu'il n'y a pas de herse de ce côté-là.

— Vous abandonnez l'attaque du pont par le bateau ?

Le regard d'Anwei pétillait.

— Je compte me servir du navire comme d'un leurre. Seuls quelques hommes monteront à son bord. Si le Chu s'attend à un abordage, ils auront massé leurs troupes derrière le parapet du pont. Nous l'attaquerons par surprise au même moment par la rive droite. Le Chu ne se doutera pas que nous avons pu traverser la rivière pour le prendre de revers. Avec un peu de chance et tout le courage dont mes hommes sauront faire preuve, je compte bien m'emparer du Pont-Crocodile !

De joie, Saut du Tigre, qui avait posé son tuyau sonore contre le tronc d'un arbre, battit des mains comme un enfant.

— Je suis fier de servir un stratège aussi brillant que vous, murmura-t-il, tout rose d'émotion.

— Trêve de compliments ! À présent, il faut nous mettre au travail, s'écria Anwei.

Le général lança ses ordres. Il fallait commencer par trier les hommes. Les fantassins les moins bien portants serviraient d'équipage au vaisseau fantôme. Il fallait garder les plus vaillants et les cavaliers pour l'attaque terrestre. En tout état de cause, l'ensemble du convoi devait traverser la rivière.

Le transbordement des troupes, des chevaux, des chars, des buffles et du matériel prit une journée entière. Le navire, rempli à ras bord, rasait la surface des flots dont les vagues recouvraient le pont par intermittence. Les hommes s'agrippaient aux mâts tant bien que mal. Il fallait le laisser dériver vers l'aval et, au beau milieu du fleuve, là où le courant puissant provoquait dans la coque de sinistres craquements, donner une violente impulsion au gouvernail en s'arc-boutant dessus pour que l'avant du bateau plonge vers la berge opposée.

La violence de l'accostage fut telle que de nombreux chevaux, déséquilibrés par le choc de la coque contre le flanc herbeux de la berge, tombèrent dans les eaux boueuses du fleuve. Il fallut l'acharnement de trois ou quatre hommes plongés dans l'eau glaciale jusqu'à la ceinture pour les empêcher d'être emportés par les flots tumultueux.

Faire traverser la grande catapulte, qui occupait une charrette à elle seule, ne fut pas une mince affaire non plus. Ils durent démonter pièce par pièce le savant mécanisme de balancier qui avait été mis au point à la demande expresse de Wang le Chanceux par les ingénieurs militaires du ministère de la Guerre. La catapulte géante pouvait lancer des rochers capables de pulvériser un char à plus de quarante li de distance. Quatre hommes étaient nécessaires pour l'armer et trois pour la servir.

Les hommes et les bêtes, hagards, étaient trempés jusqu'aux os lorsque tout le convoi finit par gagner l'autre rive au moment où le soleil allait à nouveau se coucher. Les sergents y avaient fait allumer de grands feux, on en comptait un peu plus de soixante, soit un par équipe décimale. Les palefreniers frottaient la croupe des animaux avec des touffes de foin pour les réchauffer.

La tumultueuse rivière Han avait néanmoins été franchie sans l'aide d'un pont. Et l'armée d'Anwei était à pied d'œuvre.

Après la collation du soir, le général gravit un petit tertre pour haranguer ses troupes.

— Demain sera un jour faste pour le Qin si vous le voulez bien ! cria-t-il aux hommes qui s'étaient rassemblés pour l'écouter.

Saut du Tigre l'avait rejoint et faisait lui aussi face à cette troupe guerrière qui n'allait pas tarder à jouer son va-tout.

— Ce soir, l'expédition se séparera en deux. Dès que la nuit sera tombée, nous partirons vers le Pont-Crocodile afin de l'aborder par la rive droite ; c'est son côté le moins bien gardé. Entre-temps, les amarres du navire auront été larguées et le courant du fleuve le poussera vers les piles du pont. Ainsi, nous ferons croire au Chu à une attaque du pont par la rivière, ce qui détournera l'attention des soldats au moment où je donnerai l'assaut. Demain soir, tout devra être joué ! ajouta le général.

Quelques heures plus tard, le convoi, en s'efforçant de faire le moins de bruit possible, s'ébranlait dans la nuit noire vers le redoutable reptile endormi qui l'attendait en aval de l'impétueuse Han.

*

Lisi n'était pas peu fier qu'Anguo ait pensé à lui non seulement pour rédiger le décret d'interdiction de la religion taoïste mais également pour le mettre en pratique. C'était, de son point de vue, une indéniable marque de confiance. La décision de ce roi plutôt apathique l'avait étonné par sa brutalité.

Il l'interprétait de deux façons. Soit c'était pour Anguo un acte destiné à témoigner de son autorité que d'aucuns considéraient comme chancelante, soit le souverain avait cédé aux exigences de Lubuwei et Hanfeizi.

Mais peu lui importait ses motivations. L'important était qu'Anguo l'ait choisi.

Inébranlable Étoile de l'Est, en revanche, ne s'était pas montrée débordante d'enthousiasme lorsque son époux lui avait appris la nouvelle en se rengorgeant. Elle était allée se réfugier dans sa chambre et avait pleuré en serrant contre sa poitrine la petite Rosée Printanière. Elle commençait à craindre que la volonté de puissance de son époux ne transformât son caractère en celui d'un fauve implacable que nulle compassion n'habiterait jamais plus.

C'était le duc Élévation Paisible de Trois Degrés qui avait suggéré au roi Anguo de confier la délicate mission d'éradiquer du Qin tous les relents du taoïsme au jeune vice-Chancelier chargé de la promulgation des Lois et des Décrets.

Le vieil aristocrate avait été maintenu dans ses fonctions de Grand Officier des Remontrances lorsque Anguo avait succédé au vieux Zhong. Il coulait des jours tranquilles dans sa résidence de fonction où il avait tout le temps nécessaire pour se perfectionner en calligraphie. Le nouveau roi, qui délaissait les affaires publiques et ne percevait guère l'intérêt de faire appel à ses services, ne le sollicitait – et encore, pour des peccadilles ! – que deux ou trois fois par an. Le confucianisme auquel il continuait à hautement revendiquer son appartenance et le mépris qu'il affichait ostensiblement pour la religion populaire avaient incité le souverain malade à lui demander conseil.

Anguo avait convoqué, à sa grande surprise, le vieux duc pour lui demander un conseil et solliciter son avis à la suite de l'audience qu'il avait accordée à Lubuwei et à Hanfeizi.

— Je ne veux plus de taoïstes au Qin ! avait-il proclamé, pas peu fier de l'acte d'autorité qu'il accomplissait enfin.

— Sire, les adeptes du Dao se nichent au cœur même de l'État. Ils n'accepteront pas facilement votre décision. Pour accomplir une tâche aussi difficile, il vous faut quelqu'un qui soit dépourvu de compassion et animé d'une volonté sans faille. Je n'en vois qu'un : le jeune vice-Chancelier Lisi. Sa volonté est implacable, son ambition immense. Il voudra bien faire. Regardez : bien qu'il soit natif du Chu, il est le plus loyal des serviteurs du Qin. Il vous obéira, avait répondu sans hésiter Élévation Paisible de Trois Degrés lorsque le roi lui avait révélé qu'il cherchait à qui confier cette mission.

Le roi avait alors convoqué le jeune ministre pour lui faire part de sa décision.

— Il faut éradiquer le taoïsme ! Je te confie cette mission de confiance pour laquelle tu as carte blanche.

Le ton était sans appel.

— Faut-il prévoir la mort pour ceux qui contreviendraient à votre interdiction ? demanda Lisi.

Il prenait soin de ne pas paraître surpris le moins du monde par les propos du souverain.

— Je te laisse le soin de déterminer les peines et les châtiments encourus, avait laissé tomber Anguo avant de clore l'entretien.

De retour à son bureau, le jeune vice-Chancelier s'était mis à réfléchir à ce qu'il convenait de faire pour accomplir la redoutable tâche qui venait de lui être dévolue.

Les taoïstes, au Qin comme ailleurs dans les autres royaumes, étaient fort nombreux. On en trouvait dans toutes les strates de la société, depuis les classes inférieures jusqu'aux plus hauts dirigeants de l'administration. Ils s'étaient constitués en sociétés secrètes, avec leurs codes propres et leurs lieux de réunion confidentiels, inaccessibles aux profanes. De ce monde souterrain, rien ne filtrait. Traquer les taoïstes comme de vulgaires malfrats reviendrait à mettre à leurs trousses autant de policiers et de gendarmes, c'était rigoureusement impossible ! Ne valait-il pas mieux frapper un grand coup en utilisant la force de la Loi ?

Lisi se dit que la meilleure façon de procéder était encore de publier un décret prévoyant la peine capitale pour tout adepte pris sur le fait.

En punissant de mort tout contrevenant, il espérait que la dissuasion et la terreur produiraient leurs effets. Une fois placardé au balcon de la Tour de l'Affichage, le décret ferait réfléchir tous ceux qui enfreindraient la règle en continuant à pratiquer le taoïsme en secret. Il s'agirait ensuite de faire connaître haut et fort la première exécution capitale d'un taoïste pris sur le fait et d'exposer le corps du supplicié à la foule, assorti d'une pancarte expliquant la cause de sa mort.

Il n'était pas mécontent de son idée. Il était sûr du résultat de sa méthode.

Ce faisant, il ne faisait que suivre le grand précepte que Hanfeizi lui avait inculqué lorsqu'il avait été son disciple à l'Académie Jixia de Linzi : lorsqu'on s'adressait au peuple, si l'on voulait éviter tout débordement et toute anarchie, mieux valait compter sur sa crainte que sur son intelligence.

Il s'agaça en constatant qu'une fois de plus, le philosophe bègue continuait à l'inspirer. C'était toujours ainsi. Là où il aurait souhaité échapper à sa tutelle, les circonstances, immanquablement, l'y soumettaient à nouveau.

Le souffle issu du grondement de la cascade tel qu'elle avait pu le humer la veille au soir était le signe qu'un événement étrange troublerait l'immuable déroulement de la journée du lendemain.

Vallée Profonde n'avait donc pas été surprise de voir arriver sur le chemin les silhouettes de Wudong et de Zhaogongming, accompagnés de leur lourd chargement.

Elle les attendait à l'entrée de la grotte, son perroquet vert perché sur l'épaule, signal de reconnaissance mais aussi, de sa part, de bienveillance et de bienvenue, comme si un messager céleste l'avait avertie de l'arrivée du grand prêtre taoïste et de son assistant. Derrière elle, un arc-en-ciel traversait le nuage de gouttelettes qui s'échappait de la chute d'eau tombant sur les rochers qui formaient cette vasque naturelle où elle s'abîmait dans un fracassant tonnerre.

— Bonjour, ô Souveraine des Nuages Irisés ! s'exclama Wudong d'un ton enjoué.

En la saluant de la sorte, il avait décidé de faire preuve d'humour dans des circonstances qui ne s'y prêtaient pas. C'était sa façon de ne rien laisser paraître, devant Vallée Profonde, du désarroi dans lequel l'avait plongé sa fuite inopinée.

— Ce ne sont pas de bons souffles qui vous amènent. Les brins d'achillée ne donnaient rien de fameux hier soir, dit la prêtresse d'une voix grave.

Le perroquet se dandinait, faisant le beau en opinant.

— Pas d'bons souffles, pas d'bons souffles..., répétait-il de sa voix nasillarde.

— Anguo a fait bannir le taoïsme dans le royaume. Il a fait de nous des réprouvés. Mais la Grande Voie ne meurt jamais ! lança gravement le grand prêtre au moment où il descendait de cheval.

— Ce pauvre roi ne sait pas ce qu'il fait ! Comment peut-on empêcher l'esprit humain de chercher le Dao ? soupira la prêtresse.

— C'est l'époux d'Inébranlable Étoile de l'Est qui a été chargé d'accomplir cette sale besogne, ajouta Zhaogongming qui avait commencé à décharger les chevaux de bât.

— Et il l'a acceptée ? interrogea, soudain inquiète, Vallée Profonde.

— Apparemment sans états d'âme..., soupira Wudong.

Vallée Profonde se mit à frissonner. Elle leur fit signe d'entrer dans la grotte et d'y déposer leurs bagages.

Puis, demeurée seule, elle dirigea ses pas vers la cascade écumante et fixa le mur d'eau qui s'élevait vers le ciel comme une gigantesque colonne jusqu'à la cime de son temple.

Elle pensait à sa fille et avait décidé d'entrer en contact avec ses souffles. Elle l'imaginait, douce et délicate comme une fleur de lotus, donnant le sein à la petite Rosée Printanière sous le saule de son jardin d'agrément. La fleur de lotus reposait sur la surface plane d'un étang miniature dans lequel son esprit s'immergea.

Peu à peu, elle ne fit plus qu'un avec Inébranlable Étoile de l'Est. Elle était le rhizome nourricier de ce lotus tapi dans la vase, d'où son enfant-fleur jaillissait comme une offrande inespérée au ciel. Quoique demeurée à l'extérieur de la grotte, son esprit y était entré et elle faisait face à son petit lac miniature.

Elle imaginait la détresse qui avait dû être celle de sa fille unique et bien-aimée lorsqu'elle avait fini par comprendre que son époux n'était qu'un homme épris de pouvoir pour lequel seule la fin comptait.

Elle n'avait pas osé lui dire l'impression exécrable que Lisi lui avait faite quand il était venu saluer les deux femmes sous le saule du jardin où elles s'étaient retrouvées. Elle avait perçu dans le regard de ce gendre qu'elle n'avait pas choisi toute la dureté du légiste sûr de lui et dominateur.

C'était un insecte prédateur qui ne ferait qu'une bouchée de la jolie fleur de lotus. Il aurait fallu l'en écarter pour protéger l'éclat de ses pétales. Mais comment faire ? Sa fille était si loin d'elle !

Elle vit soudain la fleur de lotus, dont les pétales avaient été arrachés par des mains impures, flotter sur l'étang miniature qui paraissait se vider par le bas. Puis la fleur finit par disparaître, absorbée par le tourbillon formé par les eaux qui se retiraient.

Lorsqu'elle revint à elle, Vallée Profonde avait le regard infiniment triste des devins lorsqu'ils voient un sombre avenir. La main du grand prêtre, qui avait terminé de ranger ses bagages et lui avait effleuré l'épaule, l'avait sortie de sa lugubre méditation.

— Vraiment, cela ne te dérange pas de nous héberger quelques jours ? demanda Wudong.

— Vous pouvez demeurer ici autant que vous le désirez...

— C'est la première fois que je dormirai dans l'antre d'un Fangshi, murmura Zhaogongming tout frémissant d'excitation.

On appelait Fangshi ces êtres qui possédaient les techniques permettant de désagréger son corps, de le dissoudre, de le transformer pour le faire enfin voyager dans le temps et l'espace. Tout corps humain était en théorie capable de se charger en énergie vitale et de se transmuter. Il suffisait d'en prendre conscience et de le vouloir avec assez de force.

Avec sa tête ronde comme le ciel, ses pieds carrés

comme la terre, ses cinq viscères disposés comme les planètes, le corps de l'homme n'était que l'homothétie de l'univers tout entier. Pour se mettre en correspondance avec lui, il fallait y penser de toutes ses forces. Il fallait écouter le grand battement de la vie, comme celui du cœur, en créant le vide dans son esprit pour que l'être se dissolve totalement dans la nature. Alors l'homme, les plantes, la terre, l'eau, le feu et l'air ne faisaient plus qu'un.

Alors commençait le règne de la grande paix intérieure.

Vallée Profonde, du fond de sa retraite solitaire, avait acquis à force de méditation, de concentration et de sommeil extatique, les pouvoirs du Fangshi.

Elle avait passé des nuits entières à se voir en fourmi, en tigre, en lotus ou en feuille de catalpa. Elle avait laissé son esprit vagabonder sans retenue sur les sommets brumeux des montagnes et dans les eaux claires des cascades. Elle avait fini par constater, comme l'écrivaient les textes anciens, que l'univers avait la forme caractéristique de la gourde Hu en forme de poire renversée : une fois que l'on y pénétrait par la pointe étroite, son immensité vous enveloppait de sa douceur à la manière dont la matrice de la mère entoure l'embryon de l'enfant.

Elle savait que le temps finalement a tout pouvoir. Il suffisait d'attendre mille ans pour que l'essence du sang humain se transforme en pierre dure et celle du sapin en ambre jaune.

Vallée Profonde avait libéré les puissances insoupçonnées que tout esprit humain possède mais dont si peu d'hommes et de femmes prennent conscience.

Comme tout Fangshi digne de ce nom, elle avait organisé l'espace intérieur de sa demeure comme une représentation de l'univers tout entier.

La grotte avait d'ailleurs la forme naturelle de la gourde Hu. On y entrait par un boyau étroit qui débouchait sur une vaste salle creusée par une ancienne rivière souterraine, laquelle en avait sculpté le plafond de gros nuages blancs.

Au fond de l'antre, au pied d'un gros rocher rond comme le soleil ou la lune, jaillissait une petite source d'eau claire. Elle en avait aménagé le déversoir comme un lac de haute montagne dont les cailloux des bords, blanchis par la cristallisation du calcaire, auraient été les cimes enneigées. Elle avait réussi à faire pousser, de l'autre côté du lac glaciaire miniature, une minuscule forêt luxuriante de fougères et de mousses traversée de chemins qui menaient à de petites anfractuosités.

L'une d'elles, un peu plus grande que les autres, était la copie conforme de l'entrée de la grotte où elle avait trouvé refuge.

C'était là, dans le ventre de la montagne, que Vallée Profonde reproduisait tous les jours l'expérience qu'elle venait d'accomplir. Elle rêvait intensément à l'image de sa fille, et celle-ci apparaissait. À force de concentration, elle arrivait à faire se déplacer cette image jusqu'au Champ de Cinabre de son ventre, après l'y avoir très lentement fait pénétrer par le nombril. Elle éprouvait alors la paix totale.

Sa petite Inébranlable Étoile de l'Est, par-delà les distances qui les séparaient, redevenait l'embryon qu'elle pouvait protéger et aimer, avec lequel elle se retrouvait dans cette communion totale qui unit l'enfant à sa mère lorsqu'elle le porte.

Wudong et Zhaogongming, épuisés par leur long voyage, venaient de s'endormir, affalés contre la roche qui servait de pourtour au déversoir de la source.

Assise à même le sol, les paumes tournées vers les nuages de pierre du plafond, le nombril découvert dans l'ouverture de sa tunique, Vallée Profonde appela une fois de plus l'image de sa fille. Sa première méditation l'avait laissée inquiète et elle voulait à nouveau s'assurer de son bien-être.

Lorsque lui apparut son visage, elle vit qu'Inébranlable Étoile de l'Est avait les paupières mouillées de larmes. Elle vit aussi son corps, vêtu de blanc des pieds à la tête. Le blanc signifiait le deuil. Bouleversée, elle se hâta de concentrer le faisceau de son regard vers le front de sa fille, comme elle le faisait habituellement, afin d'en attirer les ondes vers son nombril. C'était ainsi que l'image d'Inébranlable Étoile de l'Est se transformait en un filament lumineux qui entrait d'un seul coup dans son Champ de Cinabre, comme la foudre frappe le rocher.

Mais elle avait beau fixer le front avec une intensité croissante, rien ne venait.

L'image paraissait refuser d'entrer dans le cocon protecteur de son corps. Elle frémit. Le blanc du vêtement de sa fille l'éblouissait de plus en plus. L'intensité lumineuse devenait si douloureuse à supporter qu'elle allait se mettre à crier.

C'est au moment où, ne pouvant plus tenir, elle baissa sa tête pour l'enfouir dans ses mains qu'elle ressentit une sorte de choc explosif au plus profond de son cœur et de ses entrailles. Quand elle leva les yeux, l'image d'Inébranlable Étoile de l'Est s'était évaporée comme par enchantement.

Vallée Profonde avait des fourmis dans les jambes, sa bouche était sèche, son nombril lui paraissait froid, telle la glace, et son ventre était secoué de spasmes. Elle avait le dos en feu. Son corps n'était plus qu'une enveloppe charnelle de douleur.

Tout était fini.

Elle venait de décrypter la nouvelle image de sa fille.

Cette image était si douloureuse et insupportable qu'elle avait dû s'en protéger en la chassant de son esprit. Et pourtant, l'image ne la quittait pas. Elle savait que cette vision l'accompagnerait désormais tous les jours de sa vie.

Inébranlable Étoile de l'Est, la fille unique dont le destin l'avait privée et qu'elle n'avait pu toucher qu'une seule fois à côté du berceau de Rosée Printanière, était morte. Elle ne la reverrait plus qu'en songe.

Une pensée traversa l'esprit de Vallée Profonde. Et si elle décidait de la rejoindre ? Rien de plus facile. Il suffisait de surdoser les mélanges de plantes et de poudres, et son esprit ne tarderait pas à quitter définitivement son corps. Alors, elle irait chercher Inébranlable Étoile de l'Est par-delà les montagnes célestes pour la conduire sur les Îles Immortelles. Alors mère et fille seraient réunies pour dix mille ans et ne feraient plus qu'une.

Oui. Mais qu'adviendrait-il de Rosée Printanière ? Qui veillerait à ce que les souffles favorables enveloppent son petit ventre, sa petite tête et ses mains d'enfant ? Était-il raisonnable de la laisser seule face à ce père avec lequel elle avait si mal accroché ? Ne fallait-il pas l'aider à trouver le chemin du bonheur, de la joie et de l'amour ?

Vallée Profonde n'avait d'autre choix que de rester pour protéger le mieux possible le seul être auquel elle tenait. Ce sentiment d'utilité qu'elle éprouvait et cette mission nouvelle qu'elle venait de se donner lui permettraient, elle le savait, de surmonter le chagrin qui logeait à présent dans son cœur, comme ces petits champignons noirs en forme de nuage qui s'installent au centre d'une plante et finissent par provoquer son dépérissement.

Elle savait qu'en se faisant violence, elle parviendrait à se faire une raison.

Mais plus pénible encore était l'intuition qui la taraudait sur la cause de cette mort qui avait dû être atroce. Et cette intuition était à la fois si indicible et si révoltante qu'elle osait à peine y croire. Elle décida de l'enfouir au plus profond d'elle-même.

30

— Le navire de guerre du Qin est en vue ! hurla tout excitée à son chef la sentinelle postée derrière l'échauguette de la tour la plus haute du Pont-Crocodile.

Aussitôt, une centaine d'hommes se replièrent derrière le parapet du pont pour attendre l'abordage sans être vus par les assaillants. Le capitaine monta sur la tour à côté de la sentinelle.

Sous les rayons pâles d'un croissant quart de lune, la Han ressemblait à une longue allée boueuse au bout de laquelle on pouvait voir, charriée par la rivière en furie, une minuscule charrette qui paraissait brinquebaler. C'était la coque du navire que les vagues et le courant de la rivière faisaient hoqueter à sa surface.

Peu à peu, la forme élancée des mâts du vaisseau du Qin apparut plus nettement. On aurait dit ces bâtonnets d'encens qu'on agitait sur la face d'un dieu pour les faire charbonner, après les avoir allumés devant sa statue.

Sur le pont du navire d'attaque, on pouvait distinguer quelques hommes qui s'étaient attachés aux mâts par des cordages pour ne pas tomber à l'eau. Le bateau voguait si vite qu'il semblait dévaler une pente au pied de laquelle s'étendait l'ouvrage fortifié.

Autour des piles du pont, les remous creusaient la rivière comme un entonnoir.

Arrivé à quelques encablures, le navire se mit à tournoyer sur lui-même comme un bouchon entraîné dans un immense tourbillon. Deux hommes à bord avaient lancé une corde pour arrimer le navire à une pile, mais le courant, trop fort à cet endroit, l'avait fait dériver sur le côté.

Le vaisseau finit par se bloquer en travers, dans un énorme fracas de planches qui venaient d'être réduites en miettes et de cordages qui finissaient de rompre, entre les deux piles centrales de l'ouvrage pour former une sorte de barrage sur la rivière, tandis que ses deux mâts heurtaient violemment le bas de son parapet.

Le bateau et le pont, le premier totalement disloqué et le second intact, s'étaient rencontrés pour ne plus former qu'un chaos de pierre et de bois.

Au cri de guerre du capitaine, qui était descendu de l'échauguette pour se placer au milieu de ses troupes, les soldats du Chu se levèrent comme un seul homme derrière le parapet en pointant leurs piques Pi à tête de bronze vers la rivière pour empêcher les occupants du navire de monter sur le pont par les mâts. Ils étaient ainsi plus d'une centaine, tous coiffés d'un bonnet blanc d'étoffe légère, qui transformaient le Pont-Crocodile en véritable hérisson.

Au bout d'un moment, il apparut aux hommes du Chu que le bâtiment était étrangement vide. Pas un homme ne sortait de sa cale. Nulle échelle n'avait été dressée pour monter à l'assaut du parapet. Ne restait que le quarteron de timoniers transis de froid qui s'était rassemblé tout contre une pile du pont pour demeurer hors d'atteinte des flèches des archers si d'aventure ils s'étaient mis à tirer.

Le capitaine du Chu n'eut pas le temps de comprendre que le vaisseau du Qin ne contenait pas un guerrier de plus. Il vit soudain un petit groupe de soldats au visage effaré par l'angoisse arriver vers lui en courant.

— Ils se sont massés côté rive droite ! Ils attaquent ! hurlait le premier, blanc comme du marbre.

Il essayait, mais en vain, d'arracher une flèche qui venait de lui transpercer la poitrine. Ses mains étaient déjà rouges de sang, comme si elles avaient été gantées, lorsqu'il tomba aux pieds du capitaine. Celui-ci, après avoir rapidement examiné le corps qui venait de s'abattre, n'eut que le temps de voir son horrible blessure et de dire au suivant, venu secourir son camarade :

— C'est inutile de l'aider davantage, il a été mortellement blessé par une flèche-harpon. Seuls les archers du Qin en possèdent ! Il s'est lui-même vidé de son sang en essayant de l'arracher.

Lorsque le capitaine accourut vers l'extrémité du pont qui donnait vers la rive droite, le corps à corps, déjà, faisait rage entre la soldatesque du Chu et les guerriers intrépides d'Anwei.

Les hommes du Qin avaient attendu que la nuit s'achève, cachés derrière les collines où serpentait la route qui descendait vers le pont. Depuis leur lieu d'accostage, ils s'étaient suffisamment écartés de la rivière pour ne pas se faire remarquer et avaient progressé à l'abri de collines d'où les bruits de leur marche dans les pierres n'étaient pas parvenus aux oreilles des sentinelles gardant le pont.

Pour ne pas qu'ils se trompent au cours de ces corps à corps acharnés qui se dérouleraient juste avant l'aube, Anwei les avait tous ceints d'un bandeau rouge sur le front. Et, pour ne pas être gênés dans leurs mouvements par l'étroitesse du tablier du pont, tous avaient revêtu des tuniques et des pantalons courts. Ils étaient dépourvus de ces lourdes jambières portées sur les champs de bataille, qui, sur une passerelle aussi étroite, les auraient pénalisés. Sous leurs cuirasses réglementaires, dont

Anwei, en revanche, ne les avait pas dépourvus car elles étaient nécessaires, formées de cent cinquante-trois plaquettes de cuir teinté en noir, enchevauchées comme des tuiles et attachées entre elles par de fines lanières, rivetées aux épaules de clous de bronze, ils ressemblaient à d'étranges scarabées.

Les écailles de la cuirasse d'Anwei étaient plus petites, comme celles de la peau d'un brochet. Contrairement à ses fantassins, il portait un casque à cimier dont le rebord descendait en pointe sur l'arête de son nez. Il n'était nullement gêné de se distinguer ainsi de sa troupe, ce qui en faisait une cible idéale pour l'adversaire. C'était sa façon de montrer à ses hommes qu'il ne faisait qu'exiger d'eux ce qu'il s'imposait à lui-même.

Tous ses soldats avaient passé le tranchant de leurs armes à la poudre de chrome diluée dans de l'eau, puis avaient poli celles-ci au moyen d'un abrasif fait de poudre de sable et de chanvre mélangés à de l'huile de lin. Les épées et les hallebardes des guerriers du Qin auraient pu couper d'un trait un léger foulard de soie lancé dans les airs.

Anwei ordonna d'attaquer.

Derrière ce fier bataillon dominé par le noir et le rouge, surgi en un instant sur le Pont-Crocodile comme un tigre bondissant après avoir dévalé la pente des collines de sa rive droite à la grande stupeur des deux uniques sentinelles que le capitaine du Chu avait postées de ce côté-là, apparurent alors les deux porte-tambours, au dos desquels avaient été accrochés les oriflammes du royaume de Qin où s'inscrivait, en caractères noirs sur fond ocre, le nom du roi Anguo lui-même.

Ils étaient les emblèmes de la force des armées du Qin, la signature de la grandeur du royaume. Ils devraient, par leurs percussions et leurs roulements, soutenir ce terrible combat qui allait commencer et en scander le rythme.

Tout en lançant l'assaut du pont, le général Anwei fit donner les tambours. Les coups des maillets sur les peaux tendues résonnèrent comme un grondement de tonnerre.

Alors, comme un seul homme, toute l'armée du Qin fonça en avant.

Anwei avait pris les devants et, pour montrer l'exemple à ses soldats, se trouvait aux premières lignes. Il avait empoigné la hallebarde double que Wang le Chanceux lui avait confiée en lui glissant à l'oreille qu'elle lui porterait chance. Saut du Tigre le suivait, ceint lui aussi d'un bandeau rouge au front. Il portait sur ses épaules une lourde jarre de terre cuite.

Les deux pointes acérées de la longue hallebarde d'Anwei déchiquetèrent les visages et les cous des deux sentinelles qui tentaient de crier l'alerte. Un fantassin se précipita pour achever la besogne du général et couper les deux têtes d'un violent coup de sabre. Puis il montra ses terribles trophées à la troupe qui se mit à hurler sauvagement de joie. C'était la meilleure des entrées en matière.

Anwei fit accélérer les battements des tambours, leur cadence devint insoutenable. Survoltés, ses hommes venaient de s'engager sur le pont en poussant de grands cris de guerre. Il leur suffit de quelques coups d'épaule pour ouvrir les deux battants de la porte de bois qui leur barrait le passage.

À l'inverse de la porte située sur l'autre rive, de l'autre côté du pont, celle-ci n'était pas protégée par une herse de métal. Derrière la porte de bois défoncée s'étendait l'étroit tablier qui permettait de franchir la Han et traversait la base de la tour du château fort crénelée où logeait la garnison.

Surpris par la soudaineté de cette offensive venue de

la rive droite, les soldats du Chu étaient encore penchés au-dessus du parapet en amont, tout occupés à regarder le navire d'attaque qui avait heurté les piles quelques instants plus tôt.

Anwei avait parfaitement coordonné les deux opérations, de sorte qu'elles se déroulent consécutivement. Il avait donc donné le signal de l'attaque à ses troupes à l'instant même où son vaisseau de guerre avait commencé à tournoyer dans les tourbillons. Il avait visé juste. Du côté de l'ennemi, la surprise avait été totale. Avant même d'avoir perdu un seul homme, Anwei tenait déjà une partie du pont.

Le moment était venu de passer à l'étape suivante.

Anwei demanda à Saut du Tigre de venir près de lui et de poser sur le sol la jarre qu'il avait sur l'épaule. Il en souleva le couvercle. On pouvait sentir l'odeur écœurante de la poisse à calfeutrage qu'elle contenait.

Ensuite, il alluma une brindille de bois et la jeta dans la jarre dont le contenu s'embrasa en faisant un bruit sourd. Puis, tenant la jarre par le col et par le fond, insensible à la chaleur qui s'en dégageait et en faisait se craqueler la panse, il lança de toutes ses forces le plus loin possible devant lui la poisse à calfeutrage qu'il venait d'enflammer avant de laisser retomber le vase qui se cassa en provoquant une explosion d'étincelles.

La langue de dragon rougeoyante sortie de la jarre se déroula comme un tapis de feu sur un bon tiers du pont, provoquant l'indescriptible panique du camp adverse.

Des soldats de la garnison du pont Chu, dont le dos, sous l'effet de la poisse enflammée, s'était embrasé comme une botte de paille, se jetaient dans la rivière ; d'autres, dans la confusion générale provoquée par le geste d'Anwei, aveuglés par les brasiers de leurs jambières huilées qui prenaient feu dès qu'elles étaient léchées par des flammes, s'embrochaient sur les piques à embout de bronze que leurs camarades, dans leur panique, avaient redressées brusquement. La queue de cheval du capitaine commandant le pont-forteresse, qui avait reçu quelques gouttes de poisse enflammée, n'était plus qu'une torche. L'officier du Chu titubait encore en hurlant, incapable de donner le moindre ordre à ses troupes, lorsque l'épée de Saut du Tigre le transperça de part en part.

Anwei n'eut pas besoin d'encourager ses hommes. Cette mort du commandant signait déjà la victoire du Qin. Derrière la langue de feu, le bataillon du Qin n'eut plus qu'à s'élancer fièrement en poussant son cri de guerre guttural.

Dans une odeur de chairs et de cuirasses brûlées, les lames s'abattirent et tranchèrent, les pointes s'enfoncèrent et les haches fendirent. Les lourdes massues du Qin ne firent qu'une bouchée des bonnets blancs du Chu. Ainsi ces bonnets blancs se teintèrent de rouge, le même rouge que celui des bandeaux des soldats du Qin qui massacraient la garnison du Chu comme on tue des mouches.

Les hommes d'Anwei avaient déjà atteint la base de la tour centrale du pont où quelques hommes du Chu, épouvantés par la vigueur de l'assaillant, venaient de se barricader. Le général du Qin y jeta par une fenêtre une touffe d'herbe enflammée. Une âcre fumée sortit aussitôt par les fentes des échauguettes supérieures. L'effet de cheminée s'était propagé jusqu'en haut de la tour. Deux soldats qui s'étaient réfugiés au dernier étage n'eurent pas d'autre choix que de sauter dans le vide avant de disparaître dans les tourbillons de la rivière en faisant de grands moulinets avec leurs bras. On pouvait entendre, malgré le vacarme et le souffle du brasier, les lamentations pathétiques des prisonniers du cachot situé à un étage intermédiaire – là où Défaut du Jade avait été enfermé – qui suppliaient que quelqu'un vînt les libérer. Ils ne s'attendaient sûrement pas à mourir enfumés comme des rats.

Sourd à tous ces cris, Anwei, les armes à la main, veillait à ce qu'aucune sentinelle ennemie ne réchappât au massacre. Le paisible jardinier de l'Arboretum de Xianyang s'était transformé en un sanguinaire et charismatique chef de guerre pour lequel ses fantassins et ses archers se seraient fait désormais couper en morceaux.

— Je veux ce pont entièrement nettoyé ! cria-t-il à ses troupes, les yeux rougis par la fumée et le front luisant de sueur.

Saut du Tigre fit signe au tambour de frapper trois coups répétés. C'était le signal convenu avec le lieutenant qui commandait le détachement de sept hommes qui servaient la catapulte géante installée juste derrière la colline.

Quelques instants plus tard, un souffle strident fendit les airs. Un énorme rocher calcaire s'abattit avec fracas sur l'extrémité du pont, envoyant des milliers de cailloux et d'éclats tranchants comme des lames sur la soldatesque du Chu qui s'y était réfugiée, de l'autre côté du mur de flammes. Un peu plus tard, c'était la tour centrale du pont dont l'un des murs s'ouvrait d'un trou béant après avoir reçu un autre projectile, plus gros encore que le premier. On put voir quelques hommes, jusqu'alors prisonniers de l'incendie, s'en extirper avec peine. À peine atterrirent-ils sur le pont qu'ils furent instantanément décapités par les sabres du Qin.

Au bout de l'allée de flammes, il ne restait plus que des corps tailladés dont les membres pendaient des moignons. Il ne demeurait plus des cadavres des soldats Chu, prisonniers d'une gangue de sang séché et de poisse carbonisée, qu'un informe magma empestant l'infâme odeur des cheveux brûlés.

Le tablier du pont résonnait déjà de l'immense clameur des cris de joie des soldats du Qin. Enjambant les corps suppliciés d'où s'échappaient des fumerolles, leur nouveau chef de guerre allait de l'un à l'autre pour féliciter et encourager.

— Vous êtes devenu un fameux général, murmura Saut du Tigre dont l'émotion faisait trembler la voix. Votre nom sera inscrit dans les Annales du Qin comme le général qui s'est emparé d'un pont réputé imprenable !

— Il faut envoyer une estafette au roi Anguo pour qu'il apprenne cette bonne nouvelle le plus vite possible, ordonna brièvement le général à son ordonnance.

Saut du Tigre l'observa. Il trouvait que quelque chose avait changé dans le comportement du frère cadet du roi du Qin, comme si la prise de ce pont avait transformé son caractère en profondeur, révélant des traits que nul ne lui connaissait jusqu'alors. Le ton était devenu plus impérieux, nulle trace d'émotion n'apparaissait sur son visage. Ses yeux brillaient de fierté mais sa mâchoire serrée contenait tout sourire.

Ce n'était plus le même homme.

*

Même s'il n'avait pas le cœur à ça, c'était un crépuscule comme il les aimait. Un soleil rouge avait embrasé les cailloux de la plaine immense qui rougeoyait tel un brasier.

Maillon Essentiel prit le temps de contempler les berges de la Han défoncées par le piétinement des hommes et des chevaux, les traces profondes laissées par les charrois dans la boue et les cendres fumantes des bivouacs de chaque côté de la rivière.

La rivière impétueuse tant attendue était enfin devant ses yeux. Elle était bien plus large qu'il ne l'avait imaginé. Il avait souvent rêvé à ce moment-là quand il traversait la montagne hostile où l'eau était si rare que l'on pouvait passer deux jours à chevaucher sans tomber sur la moindre mare. Il caressa l'encolure de son petit cheval gris pommelé pour le féliciter.

Il n'y avait plus personne. Il était arrivé trop tard.

Le directeur du Bureau des Rumeurs était à la fois accablé et furieux contre lui-même. Il regrettait d'être parti précipitamment de Xianyang à la recherche d'Anwei et de ses hommes sans avoir suffisamment réfléchi.

C'était moins le trajet inutile et les jours perdus qui le chagrinaient que ce terrible sentiment d'impuissance qui l'étreignait à présent, devant cette rivière si large et si impétueuse qu'il ne pouvait même pas la traverser. Il allait devoir rebrousser chemin et faire la route en sens inverse. Il se sentait à peine le courage de repartir.

Surtout, il était dans l'ignorance de ce qui avait pu advenir de l'expédition d'Anwei.

Que le chef des services de renseignements de l'orgueilleux Qin en fût réduit ainsi à regarder couler une rivière en colère parce qu'il avait été incapable de joindre en temps utile Anwei et ses hommes le remplissait de honte. Que dirait-il, de retour dans la capitale, à tous ceux qui ne manqueraient pas de l'interroger sur les motifs de son absence ? Il osait à peine y penser.

Il laissa le petit cheval aller brouter les quelques plaques d'herbe grasse qui s'étalaient le long de la berge, là où celle-ci n'avait pas été piétinée et labourée. Il y avait à proximité un bosquet de saules au milieu duquel il décida d'installer un bivouac après avoir allumé un feu.

Une immense fatigue l'avait envahi, que le découragement ne faisait que démultiplier. Il ne tarda pas à s'endormir d'épuisement sans même penser à manger.

C'est une mauvaise odeur d'haleine qui le réveilla. L'odeur était accompagnée d'un souffle rauque.

Il ouvrit les yeux. La lumière du soleil déjà haut l'éblouit.

Il aperçut des yeux si rapprochés des siens qu'il ne pouvait en voir la couleur ni distinguer le visage auquel ils appartenaient. Un visage d'homme dont les traits, peu à peu, se formèrent, malgré le contre-jour, au fur et à mesure qu'il s'éloignait du sien.

Il voulut se lever d'un bond pour s'emparer de son épée et vérifier que le cheval était toujours là mais il ne put bouger. Il constata qu'on le retenait le dos plaqué contre le sol. Des bras le tirèrent brusquement pour le relever.

À présent, il était debout entre deux soldats qui le tenaient par les épaules pour l'empêcher de bouger. En face de lui, l'homme à la mauvaise haleine le dévisageait, l'air curieux. Il portait sur le haut du crâne la coiffure des officiers, rectangulaire à l'avant et maintenue par une jugulaire pour couvrir la raie de ses cheveux, triangulaire à l'arrière et attachée à la tresse dont elle recouvrait la base. Une longue épée courbe pendait à son ceinturon.

À côté d'eux se tenaient quelques soldats armés jusqu'aux dents.

Maillon Essentiel regarda autour de lui pour essayer de savoir à quel royaume cette petite troupe armée pouvait appartenir. Après tout, il pouvait aussi bien s'agir d'une équipe d'éclaireurs de l'expédition d'Anwei, ou encore de soldats d'une patrouille de reconnaissance du Qin ?

Nulle oriflamme ne claquait au vent. Ils n'étaient munis d'aucune pancarte militaire comme les utilisaient parfois certains régiments pour indiquer leur appartenance. Aucun des hommes ne portait d'insigne.

Il se mit à les compter fébrilement. Les soldats, y compris l'officier, étaient douze. Il était inutile, dans ces conditions, de vouloir se battre ou s'enfuir.

— Je suis le commandant Wenzhou, chargé de la surveillance des berges de la rivière Han. J'ai ordre de vous emmener à Ying, fit l'homme d'une voix rude.

Dans un flot de pestilence qui fit détourner la tête de Maillon Essentiel, l'officier venait de répondre par avance à la question qu'il se posait. Le chef du Bureau des Rumeurs du royaume de Qin n'était plus qu'un vulgaire prisonnier du Chu.

*

Cela faisait un bail que le juge Wei, rendu de plus en plus replet par l'âge, n'avait pas eu d'enquête criminelle à mener.

La délation, au Qin, faisait office d'enquêteur. Il était rare que les auteurs de vols ou de crimes de sang ne fussent pas dénoncés par des tiers. L'ordre basé sur la terreur y poussait, l'appât du gain faisant le reste. Le système des primes était des plus efficace et chacun y trouvait son compte : les particuliers, qui s'enrichissaient tout en se donnant bonne conscience ; le pouvoir, dont l'encouragement à la délation renforçait l'emprise sur le peuple ; le système, qui se perpétuait sans que quiconque se sente forcé.

Tout cela expliquait l'oisiveté du petit juge qui approchait doucement de la retraite et passait ses journées à jouer aux dames en buvant de l'alcool de figue avec ses collègues du service des Enquêtes Criminelles.

L'enquête dont on venait de le charger paraissait délicate. Elle visait des faits récents qui touchaient les hautes sphères du pouvoir.

Personne à Xianyang ne comprenait pourquoi le corps de la jeune épouse du vice-Chancelier chargé de la promulgation des Lois et des Décrets, mais également de l'éradication du taoïsme, avait été retrouvé ensanglanté et poignardé, dans un état de décomposition avancé et à moitié dévoré, au milieu d'un terrain vague situé aux portes de la ville, derrière un tombereau d'immondices où s'attroupaient les chiens errants en quête de nourriture.

Chacun parlait de ce crime odieux à voix basse, de peur de faire scandale ou d'éveiller l'attention des agents du Bureau des Rumeurs.

Si le cadavre d'Inébranlable Étoile de l'Est n'avait pas été retrouvé dans cet endroit nauséabond ouvert à tous les vents, il est probable que le crime n'aurait été connu que d'un petit cercle de personnes qui se seraient arrangées pour que l'affaire s'ébruite le moins possible. C'était toujours ainsi chez les grands de ce monde. On y lavait son linge sale de préférence en famille et on s'efforçait de taire au peuple tout ce qui aurait pu choquer sa conscience ou ternir l'image qu'on voulait lui donner du pouvoir.

Le corps de l'épouse de Lisi avait été découvert par des enfants du quartier qui jouaient à la balle sur le terrain vague. Le visage du cadavre était bleui et déformé par les coups que l'assassin avait dû lui porter. Les enfants étaient allés illico prévenir leurs parents. Voler les bijoux du cadavre et le faire disparaître était bien trop risqué car la rumeur de la découverte de ce corps ne tarderait pas à se répandre, si ce n'était déjà commencé. Il n'y avait rien d'autre à faire, dans l'espoir de toucher une prime, que d'avertir la police. Les vêtements précieux et les bijoux d'or portés par la victime étaient ceux d'une femme appartenant à la haute société, ils étaient maculés de sang mais intacts, à l'exception de la ceinture de soie noire dont la boucle avait été arrachée.

Le cadavre avait été transporté en l'état à la morgue de Xianyang et une enquête criminelle avait été ouverte.

Lisi, la veille même, avait prévenu les autorités judiciaires de la disparition de son épouse. Le lendemain, il avait été prié d'aller examiner le cadavre de sexe féminin que les enfants avaient retrouvé derrière le tas d'immondices du terrain vague. Il n'avait pu que constater qu'il s'agissait bien d'Inébranlable Étoile de l'Est.

Le juge Wei avait donc décidé, en toute logique, de l'interroger le premier en tant que témoin.

Compte tenu des hautes fonctions occupées par le vice-Chancelier dans l'appareil d'État, le petit juge, soucieux d'éviter tout scandale, lui avait proposé de se rendre à son domicile, à l'abri des regards indiscrets.

Il venait de frapper à l'imposante porte lorsque Lisi en personne vint lui ouvrir. Le vice-Chancelier portait déjà le manteau blanc du deuil.

— Ce ne sera pas long, lui promit le juge en ayant l'air de s'excuser. C'est une simple formalité. Mais je n'ai pas d'autre choix que de procéder à votre interrogatoire.

— Quoi de plus normal ? La loi le veut ainsi, répondit son hôte en l'invitant à entrer.

— Je me suis permis de vous rapporter les effets et les bijoux de votre épouse tels que la morgue me les a transmis, dit le juge Wei en tendant à Lisi un petit coffre en bois de cèdre.

— Je suis très touché, c'est tout ce qui me restera d'elle ! reprit, bouleversé, le vice-Chancelier.

Les deux hommes s'installèrent au salon. Le juge, qui ne s'était pas fait accompagner d'un greffier, avait sorti son stylet et une lamelle de bambou.

L'interrogatoire, destiné à n'être qu'une simple formalité, pouvait commencer.

— Pouvez-vous me raconter comment vous vous êtes aperçu de la disparition de votre épouse ? interrogea le juge Wei avec componction et obséquiosité.

Il savait que Lisi pourrait, par les fonctions qu'il exerçait, influer favorablement le bureau du Calcul des Pensions le jour où il prendrait sa retraite, pour qu'il touche une rente supérieure à celle à laquelle il avait droit. Il prenait donc le plus grand soin à ne pas le vexer.

— Quand je rentrai chez moi avant-hier soir, mon épouse n'était pas à la maison. Notre petite fille était déjà couchée. L'ayant attendue toute la nuit et ne la voyant pas venir, j'ai prévenu les autorités de sa disparition dès le lendemain matin.

— Avez-vous une idée sur qui pourrait avoir perpétré un tel crime ? poursuivit le petit juge en se raclant la gorge, à titre de simple formalité.

— Certainement pas la moindre ! Inébranlable Étoile de l'Est était une femme particulièrement douce, elle ne faisait que du bien autour d'elle. Je ne lui connaissais aucun ennemi. Si j'avais eu un soupçon quelconque, j'en aurais déjà fait part à nos autorités, assura sobrement le vice-Chancelier.

Le juge se leva. Il avait soigneusement consigné la déposition de Lisi et, après la lui avoir fait signer, il s'apprêtait à partir.

Alors qu'il allait franchir le seuil de la demeure, le vice-Chancelier le retint par le bras.

— Je n'ai pas de soupçon mais j'aurais peut-être une hypothèse. Je vous la livre... Il faudrait regarder du côté des adeptes du taoïsme que notre souverain le roi Anguo m'a demandé de traquer impitoyablement depuis qu'il a pris le décret interdisant officiellement cette religion. En s'en prenant à mon épouse, les adeptes de cette religion populaire ont peut-être trouvé une odieuse façon de se venger de moi, murmura-t-il d'un air entendu.

— Cette thèse me paraît fort intéressante ! Elle permettra, j'en suis sûr, à l'enquête de s'orienter vers une direction fructueuse, conclut le juge Wei obséquieusement.

Lorsqu'il se retrouva seul dans la rue mal éclairée,

le petit juge était tout guilleret. La raison de son contentement était simple : contrairement à ses craintes et conformément à son souhait, il n'avait pas vexé le vice-Chancelier Lisi. Et c'était bien ce qui lui importait le plus.

De son côté, une fois seul, Lisi ouvrit le petit coffre de cèdre que le juge lui avait remis. Il y avait là des vêtements souillés de sang, les boucles d'oreilles et le collier en or, ainsi que la ceinture de soie noire dépourvue de sa boucle. Il ne put réprimer un frisson. Puis il alla porter le coffre de cèdre dans son bureau et l'enferma à double tour dans la lourde armoire qui lui servait de coffre-fort.

31

Le retour à Xianyang du général vainqueur Anwei fut triomphal.

Le roi malade avait tenu à assister en personne à l'arrivée de son frère cadet victorieux du Chu. Fièrement assis à califourchon sur son cheval blanc de commandement, il attendait le vainqueur aux portes du Palais Royal.

Son destrier avait été, comme il se doit, royalement harnaché. Des aigrettes et des fils de soie savamment torsadés pendaient de ses mors en bronze doré ; une demi-lune finement ciselée et gravée au nom d'Anguo retenait son toupet soigneusement peigné. Le chanfrein de l'animal portait une plaque de bronze ouvragée en forme de feuille de chêne prolongée par un masque Taotie.

Fleur de Jade Malléable, l'épouse aimée d'Anwei, se tenait aux côtés du roi avec leurs cinq enfants, trois garçons et deux filles.

Le vice-Chancelier Lisi avait tenu à être présent au premier rang. Bien que né au Chu, la défaite de son pays ne paraissait nullement le gêner. Il l'avait quitté si jeune qu'il ne s'en sentait pas le fils. Il avait placé ses ambitions au Qin et cela suffisait amplement à lui faire oublier ses origines.

La foule des grands jours s'était massée autour du roi Anguo pour fêter le vainqueur et l'acclamer lorsqu'il franchirait la porte d'honneur du château. L'oriflamme du Qin flottait sur les nombreuses hampes dont la façade était hérissée, et au-dessus du porche d'entrée, sous lequel se tenait Anguo, on avait accroché une immense bannière ornée de trois idéogrammes : « Gloire à Anwei ».

Le tremblement et l'ankylose qui gagnaient tous les membres d'Anguo s'étant encore aggravés, un écuyer avait dû le soulever pour le placer sur son cheval comme on porte un enfant. Pour cacher cette infirmité au peuple, le roi avait demandé à l'écuyer d'attacher ses mains au pommeau de sa selle avec une très fine lanière de cuir.

Un bruit de sabots frappant les pavés de la rue se fit entendre.

Le convoi du vainqueur approchait, escorté par une foule joyeuse, tandis que les habitants de Xianyang, postés aux fenêtres de leurs maisons, baissaient la tête en signe de respect. Anwei et Saut du Tigre, côte à côte, chevauchaient fièrement en tête de l'armée victorieuse dont on apercevait, juste derrière, la forêt de lances. Le général vainqueur avait tenu à ce que son ordonnance se tînt à ses côtés.

Les enfants d'Anwei, heureux et fiers de retrouver leur père, battaient des mains à tout rompre.

— Loué sois-tu, ô mon frère bien-aimé, pour ton si haut fait d'armes, tu auras droit à l'éternelle reconnaissance du royaume de Qin ! annonça le héraut d'une voix forte pour le compte du roi Anguo lorsque Anwei posa pied à terre devant son frère.

Anwei s'avança vers Anguo. Le roi resta sur son cheval. Anwei remarqua ses mains attachées au pommeau. Il sourit à son frère d'un air complice.

— Je suis très heureux de te voir. Il faut que nous

parlions, je suis malade. Mes forces m'abandonnent, souffla Anguo d'une voix pâteuse à l'oreille de son frère tout en se baissant avec difficulté pour lui rendre l'accolade.

Puis Anwei se jeta dans les bras de sa femme qu'il serra tendrement avant de lui donner un long baiser et d'embrasser chacun de ses enfants.

Enfin, le cortège du vainqueur s'ébranla vers l'intérieur du Palais où le roi Anguo avait convié tous les hommes de son frère cadet à festoyer.

Pendant qu'Anguo rendait les honneurs au vainqueur, la reine Huayang, restée seule dans sa chambre, continuait à écumer de rage sans arriver à calmer son angoisse. Elle avait prétexté un terrible mal de tête pour éviter de se joindre à la cérémonie de célébration de l'armée glorieuse commandée par son beau-frère. La nouvelle de la victoire d'Anwei contre le pont-forteresse l'avait à la fois anéantie et rendue furieuse.

Lorsque ce dernier avait été nommé par son époux chef de l'expédition contre le Chu, elle s'était d'abord réjouie secrètement. Elle ne lui avait pas accordé la moindre chance de réussite. Elle pensait, comme cela s'était alors largement répandu à la cour du Qin, qu'Anwei avait été chargé de cette campagne militaire à son corps défendant et que l'apathie d'Anguo, qui avait laissé faire cela sans broncher, condamnait sans le savoir son frère à une mort certaine.

C'est pourquoi elle y avait vu, sans doute un peu trop vite, la conséquence logique de l'indifférence d'Anwei à son égard. Le refus de ce dernier, si ce n'était de succomber à ses charmes, du moins de lui prêter attention, l'avait privé de tout soutien de sa part. Elle seule aurait pu faire changer d'avis le roi.

L'annonce du départ d'Anwei pour cette campagne militaire, si incertaine qu'elle paraissait perdue d'avance, avait eu pour Huayang le goût agréable de la punition. Mais les sentiments qu'elle éprouvait secrètement pour le prince n'avaient pas tardé, aussi, à la rendre folle d'inquiétude. Elle ne voulait pas sa perte. Au fur et à mesure que l'échéance de son départ avait approché, son inquiétude et son angoisse n'avaient fait que grandir.

Dans ses rêves les plus fous, elle se voyait implorant la pitié de son époux pour empêcher Anwei de partir et obtenir en échange ne serait-ce qu'un regard complice de sa part.

Puis le jour du départ était venu. Alors, comme à son habitude, elle avait mis son cœur sensible à la raison pour s'empêcher de sombrer dans la mélancolie. Elle avait commencé à apprendre à oublier Anwei, et cela était beaucoup plus difficile, en fait, qu'elle ne l'avait pensé. Le retour du vainqueur faisait s'effondrer tout cet édifice !

Elle était satisfaite, au plus profond d'elle-même, qu'il revînt sain et sauf. Anwei était devenu un héros national. Sa victoire sur le Chu le remettait de façon éclatante au centre du jeu.

Tant que son beau-frère était resté confiné dans ses fonctions de directeur de l'Arboretum royal où il avait l'air de se complaire et d'exceller, il ne pouvait prétendre à aucun rôle sérieux dans la succession au trône. Revenu en héros d'une campagne incertaine alors que la maladie d'Anguo progressait à vue d'œil, Anwei, fort de ses trois enfants mâles, devenait un prétendant incontournable au trône du Qin en cas de décès prématuré de son frère aîné. Malgré les efforts que Huayang, avec opiniâtreté mais sans illusions particulières, continuait à déployer pour entretenir sa flamme, le roi malade n'était même plus en mesure d'honorer d'une quelconque façon la Sublime Porte de Jade de son épouse. Son corps s'engourdissait de jour en jour et ses fonctions vitales semblaient s'amenuiser rapidement. Huayang en était sûre, Anguo allait bientôt mourir.

Et cette femme aussi belle et jalouse que fougueuse et passionnée, qui ne supportait pas que l'on se refusât à elle, supportait encore moins l'idée que celui qui avait désormais toutes les chances de devenir le futur roi du Qin n'eût jamais daigné, ne serait-ce qu'une fois, la regarder.

Elle en venait à regretter d'avoir, par l'acharnement qu'elle avait mis à obtenir d'Anguo l'envoi de Yiren comme otage à Handan, évité à Anwei l'exil à Handan, comme l'avait souhaité à l'époque la princesse Xia. Une fois encore, sa haine envers la concubine otage l'avait aveuglée. En s'opposant à la suggestion de sa rivale, elle avait fait peut-être, sans le savoir, le lit d'Anwei.

Perdue dans ses sombres pensées, le cœur toujours plus meurtri par l'insupportable indifférence que lui témoignait son beau-frère, elle constata qu'il était urgent pour elle d'essayer de briser net le glorieux destin qui semblait attendre celui-ci.

Elle se sentait démunie et faible. Ses atouts, en l'occurrence, étaient infimes, et les leviers dont elle pouvait disposer pratiquement inexistants.

Tout d'un coup, la combattante intrépide sentit qu'elle avait un peu vieilli.

*

Renarde Rusée, tendue comme un arc et l'air passablement hagard, marchait comme une somnambule.

Elle avait suivi la princesse Xia qui était partie faire sa promenade habituelle du côté de la Falaise de la Tranquillité, en prenant bien soin que sa maîtresse ne s'aperçoive pas de sa présence.

Dans sa tête, depuis quelque temps, tout se mélangeait.

La scène aussi odieuse qu'injuste de Xia, lorsqu'elle l'avait si durement rabrouée alors que la servante essayait de la consoler, avait cassé définitivement quelque chose en elle. Outre qu'elle s'était mise à haïr sa maîtresse, Renarde Rusée avait subitement perdu le sommeil au cours de la nuit qui avait suivi l'altercation. Elle passait désormais ses nuits à maudire la cause de ses insomnies. Le matin, elle avait à peine la force de se lever. Elle n'avait plus d'appétit, elle avait maigri. Ses yeux tristes aux orbites cernées paraissaient dévorer son visage. Elle n'était plus que l'ombre d'elle-même.

Sa haine était montée d'un cran quand Renarde Rusée s'était aperçue que la princesse otage continuait à se comporter avec elle, malgré son dépérissement physique provoqué par des nuits sans sommeil, comme si de rien n'était. Cette attitude la confirmait dans le sentiment qu'elle n'était pour Xia rien d'autre qu'une créature faite exprès pour la servir et destinée à supporter indéfiniment ses foucades.

Ce matin-là, elle avait trouvé Xia plus odieuse qu'à l'accoutumée. Renarde Rusée lui avait apporté, comme d'habitude, son bol de thé vert parfumé à la menthe.

— Il est froid ! Et en plus, tu as dû y mettre du foin. Je ne sens même pas l'odeur de menthe ! s'était écriée la princesse en lançant violemment le bol vers la tête de sa dame de compagnie.

— Mais je l'ai moi-même préparé comme je le fais toujours ! avait gémi celle-ci qui n'en pouvait plus.

— Je t'interdis de parler ! Je t'interdis de bouger ! Rien qu'à voir tes gestes amorphes, tu me fais bouillir ! avait hurlé Xia.

Elle avait continué à passer ainsi ses nerfs, multipliant les remarques désobligeantes et les griefs.

Poussée à bout, Renarde Rusée s'était réfugiée dans

sa chambre. Là, blessée au plus profond d'elle-même, elle avait cogné de rage et de dépit sa tête contre le mur jusqu'à se faire éclater la peau du front avant de tomber inanimée sur le sol.

Lorsque sa maîtresse, enfin calmée, après l'avoir brutalement secouée pour qu'elle reprenne ses esprits, lui annonça qu'elle voulait être prête pour aller faire sa promenade à la Falaise de la Tranquillité après le déjeuner, Renarde Rusée ne mit pas longtemps à prendre sa décision.

La coupe était pleine ! L'heure de la vengeance avait sonné. Le moment était venu de lui faire payer les années d'esclavage à son service et le manque de considération à son égard dont elle avait fait preuve si souvent. Malgré son état d'épuisement et sa tête qui bourdonnait comme une cloche Yongzhong lorsqu'elle continue à résonner longtemps après le frappement du gong, elle avait décidé qu'elle pousserait le plus fort possible la princesse otage du haut de la Falaise de la Tranquillité.

Renarde Rusée était arrivée sur le plateau rocheux qui formait le haut de la Falaise. Devant elle, au bord du vide, Xia lui tournait le dos. Elle contemplait une fois de plus la crête sinueuse des montagnes situées de l'autre côté, cette longue crête rocheuse aux formes tourmentées qu'elle appelait son « dragon protecteur ».

Puis elle se retourna lentement.

Elle voulait savoir à qui appartenait les pas qu'elle avait soudain entendus derrière elle. Ses pieds dépassaient le rebord de la roche. Xia avait l'habitude de s'approcher ainsi tout près du vide pour regarder le minuscule ruban argenté du torrent qui scintillait tout au fond de la gorge.

Au moment où elle la poussa violemment dans le vide, Renarde Rusée observa dans les yeux de sa maîtresse moins de surprise qu'elle ne pensait. La concubine otage ne manifesta pas d'étonnement. Elle avait compris. Elle poussa juste un hurlement d'horreur.

Pour la première et la dernière fois, Renarde Rusée vit enfin sur le visage de Xia une marque d'intérêt à son égard.

*

— Le Chu est honoré de s'être emparé d'un prisonnier aussi exceptionnel que le directeur du Bureau des Rumeurs de l'État du Qin ! fit le roi Wen de sa voix la plus mielleuse.

Il souriait fiellement à Maillon Essentiel qui faisait mine de ne pas comprendre. Depuis qu'il était prisonnier du Chu, l'eunuque du Qin n'avait pas dit un mot.

Le secrétaire particulier du roi esquissa de son côté un pâle rictus de satisfaction tout en prenant garde de ne pas le montrer au souverain.

C'était la première fois qu'il voyait le roi obèse se dérider un peu depuis la flétrissure de la débâcle infligée par Anwei à la garnison du Pont-Crocodile que le royaume de Qin avait pu s'annexer au passage.

Le coup porté au Chu avait été terrible.

La prise du pont-forteresse était un coin enfoncé qui ouvrait tout droit la route vers Ying aux armées du Qin. Elle permettait à l'État voisin honni de contrôler une large portion de la rive gauche de la Han et lui donnait un avantage indéniable par rapport à la situation d'équilibre d'une paix armée qui prévalait entre les deux royaumes depuis plusieurs décennies. Elle anéantissait surtout les années d'efforts acharnés du roi Wen pour renforcer ses armées et préparer contre le Qin une offensive générale destinée à le faire reculer. C'était l'inverse qui s'était produit. Le Chu avait reculé un peu plus.

La colère du roi Wen, après qu'il fut sorti de l'abattement que cette défaite avait provoqué, s'était exercée de manière aveugle et implacable. Elle avait succédé à l'euphorie d'apprendre la confirmation par Effluves Noirs de l'attaque par le fleuve. Le roi était si sûr de son coup qu'il avait même pris soin de faire écrire par un scribe une Ode à sa gloire qui serait lue au peuple, vantant la ruse du souverain du Chu qui avait réussi à déjouer celle de son ennemi en lui infligeant une défaite cuisante et sans appel.

Anwei, en s'emparant du pont, lui avait fait perdre la face, et cela était bien plus grave que tout autre événement. Alors il s'était vengé sur les autres.

Il n'avait pu faire d'exemple parmi les soldats de la garnison censée garder le pont car ils étaient tous morts, y compris leur capitaine, au cours de l'attaque. Il avait dû frapper plus haut. Le général commandant la région militaire dont dépendait le pont-forteresse avait été passé par les armes. Le chef d'état-major des armées du Chu, auquel le despote ne faisait pourtant jouer aucun rôle opérationnel, avait été déporté dans les mines de sel du sud-ouest du royaume. Pas moins de huit colonels avaient été brutalement démis de leur commandement. Depuis, dans les armées du Chu, chacun tremblait non seulement pour son poste, mais surtout pour sa tête.

Dans le message qu'il avait fait passer au Chu, Effluves Noirs avait averti ses mandants de l'équipée solitaire de Maillon Essentiel. Le roi était si sûr de lui que cette information l'avait surtout rendu hilare lorsqu'il l'avait apprise. Que le propre chef des services spéciaux du Qin se fût embarqué dans une telle aventure lui paraissait extravagant. C'était le signe encourageant que rien n'allait plus dans le royaume d'Anguo dont le Chu, jugeait-il, ne ferait bientôt qu'une bouchée.

Mais à présent que tout était perdu, l'information d'Effluves Noirs était redevenue de la plus grande importance. Elle était la seule opportunité pour le Chu d'essayer de retourner à son avantage la situation dramatique occasionnée par l'abandon de la souveraineté du Chu sur la rive gauche de la Han, qui amputait son territoire de près d'un quart de sa surface.

Pour ce faire, il fallait à tout prix que Maillon Essentiel acceptât de travailler pour le Chu. Mais le vieux roi Wen savait aussi que retourner le chef des services secrets d'un royaume ennemi ne serait pas une mince affaire.

— Il est inutile de nier ton identité. Le jeune Effluves Noirs travaille pour notre compte. Ses renseignements me sont très précieux, assena le roi obèse à Maillon Essentiel pour mieux le déstabiliser.

Ce dernier, de rage, serrait si fort ses poings qu'ils étaient blancs comme de la neige. Il aurait voulu tenir entre ses mains le cou d'Effluves Noirs et le lui rompre.

Il cracha par terre.

— Nous pourrions trouver un arrangement, toi et moi, poursuivit le roi, si tu acceptes de coopérer...

Visage fermé, Maillon Essentiel regardait ailleurs.

— Combien d'argent veux-tu ? ajouta le souverain qui cherchait à pousser l'eunuque dans ses ultimes retranchements.

— Notre roi te parle ! Il faut répondre, Clou dans l'Œil ! hasarda de sa voix aigrelette le secrétaire particulier.

L'injonction du petit secrétaire fit exploser de colère Maillon Essentiel.

— Soyez maudits ! Si je revois Anwei, croyez bien que..., s'emporta-t-il en essayant de se dégager des chaînes qui lui enserraient les bras.

Le roi Wen ne lui laissa pas finir sa phrase. Il attendait cette occasion. Il avait une grande pratique du mensonge et de l'intoxication des autres. Il l'interrompit le plus naturellement du monde en ces termes :

— Anwei ? Alors ça ! Tu invoques un mort ? Ne sais-tu pas que ce malheureux Anwei a été mortellement blessé lors de son expédition contre le Pont-Crocodile ? Mes soldats ont décimé tout son corps expéditionnaire !

En apprenant la terrible nouvelle, l'eunuque, assommé, manqua de défaillir.

— Qu'on le ramène dans son cachot. La nuit porte conseil ! ordonna le roi obèse.

Au cœur de la pénombre humide de sa prison, au fond de ce cachot où Défaut du Jade avait passé les dernières heures de son existence, un profond abattement avait gagné Maillon Essentiel.

Tout était donc perdu irrémédiablement ! Il s'en voulait encore plus de ne pas avoir réussi à prévenir à temps ce pauvre Anwei.

Au milieu de ces sombres pensées, il sentit l'engourdissement du sommeil l'envahir. Il était épuisé. Il n'avait pas dormi depuis qu'il avait été fait prisonnier sur la berge de la Han. Pour se donner du courage, il caressa le couvercle de sa petite « boîte aux trésors » qu'il avait enfouie au fond de sa poche. Il se disait que le souvenir des parties intimes qui avaient fait de lui un homme pourrait peut-être l'aider à mieux affronter les épreuves qui l'attendaient.

Le lendemain matin, il se pinça la peau du bras pour s'assurer qu'il ne rêvait pas. L'odeur de moisissure qui régnait dans le cachot ne lui laissait aucune illusion, pas plus que les cris de douleur des prisonniers qu'on devait torturer dans la geôle voisine. Non, il ne rêvait pas ! Il était bien enfermé dans une prison du Chu et les armées du Qin avaient été vaincues lors de l'attaque manquée du Pont-Crocodile.

Il était bel et bien fait comme un rat. Et tout cela était sa faute. Furieux contre lui-même, désemparé par l'épreuve qu'il lui fallait désormais affronter, il se mit à réfléchir.

Un plan commença à germer dans sa tête lorsqu'il commença à penser au cas d'Effluves Noirs.

L'idée qu'à Xianyang un espion du Chu avait réussi à infiltrer le Bureau des Rumeurs et pourrait continuer à alimenter en informations stratégiques ses mandants en toute quiétude lui parut proprement insupportable. L'indignation qu'il éprouvait devant une action d'espionnage aussi énorme constituait, dans ces pénibles circonstances où tout semblait perdu, un aiguillon efficace.

Il se devait d'agir et de ne pas se laisser complètement abattre.

Mais pour cela, il était nécessaire de revenir à Xianyang. Les propos tenus par le roi étaient, à cet égard, une ouverture qu'il convenait d'examiner. Pour autant, il n'était pas question pour lui de trahir son pays. Il n'avait pas non plus envie de mourir pour rien en repoussant l'offre que le roi Wen lui avait faite la veille.

Il fallait donc ruser et jouer au plus fin. À tout le moins gagner du temps. Revenir à Xianyang, et là tout faire pour prendre sur le fait l'espion qui sévissait dans son service afin qu'il soit pendu haut et court.

Se voir ainsi en justicier possible redonna à Maillon Essentiel du cœur à l'ouvrage. C'était aussi pour lui, se disait-il, une façon de rattraper sa bévue de n'avoir pu prévenir Anwei à temps.

Quand le roi Wen du Chu fit de nouveau venir devant lui Maillon Essentiel, celui-ci arborait donc un sourire trompeur.

— As-tu réfléchi à ma proposition ? demanda le roi obèse non sans une pointe d'impatience.

— Lorsque votre auguste personne m'a parlé de « coopération », que recouvrait au juste ce terme ? s'enquit Maillon Essentiel avec une obséquiosité qu'il s'efforçait de rendre sincère.

— Je vois que la nuit n'a pas été inutile ! Il s'agit simplement de travailler pour nous en nous fournissant quelques renseignements. Sois tranquille, ce ne sera pas le cas tous les jours. À part ça, rien ne changera pour toi. Le Chu a une longue habitude de ces choses. Si tu respectes les consignes, personne ne se doutera jamais de rien..., répondit le roi Wen.

Le visage du vieux souverain obèse s'était quelque peu éclairé devant les bonnes dispositions dont Maillon Essentiel paraissait faire preuve.

— La fiabilité de nos procédures de traitement des agents est légendaire ! Il suffira que l'honorable agent que vous allez devenir s'y conforme, renchérit le secrétaire particulier avec emphase.

Il venait d'employer des mots utilisés en langue écrite, pour mieux se faire apprécier du souverain obèse qui le raillait souvent en prétextant son inculture.

— Quelle sera ma récompense en retour, compte tenu des risques que vous me faites prendre ? voulut savoir Maillon Essentiel.

L'eunuque du Qin regardait le roi Wen du Chu droit dans les yeux. Celui-ci entrevit dans cette requête la confirmation que Maillon Essentiel avait déjà accepté le marché. Cela commença à le rendre guilleret.

— La vie sauve. Ce n'est déjà pas si mal ! Mais je suis prêt à aller plus loin. Que souhaites-tu au juste ?

Le ton du souverain était presque enjoué. Celui de Maillon Essentiel ne l'était pas moins.

— Une simple faveur... Je ne souhaite pas mourir comme un chien pour la seule gloire de votre royaume.

Si un jour l'État du Qin venait à me démasquer, ce qui paraît probable, je souhaiterais que vos services spéciaux m'aident à quitter le Qin pour revenir chez vous à l'abri. Étant donné les fonctions que j'occupe, ma demande paraît légitime.

Il avait fait cette déclaration d'un trait, comme s'il s'y était longuement préparé.

— Rien de plus simple. Nous attendrons ton signal. Il suffira d'un mot de passe que tu donneras à ton correspondant sur place. Tu porteras alors ce bandeau de soie noire. Il te servira de sauf-conduit, dit le souverain qui se sentait de plus en plus ravi de constater la facilité avec laquelle il avait réussi à retourner à son profit Maillon Essentiel.

Il désignait une boîte en laque dont le secrétaire avait ouvert le couvercle. À l'intérieur, il y avait, enroulée sur elle-même, une fine écharpe de brocart de soie noire au centre de laquelle une jolie fleur de lotus avait été brodée au fil d'or. Le secrétaire tendit le coffret à Maillon Essentiel.

— Quel mot de passe devrai-je prononcer ? demanda-t-il au roi du Chu après avoir accepté de recevoir le coffret.

Après avoir réfléchi quelques instants, le roi obèse lui répondit, hilare :

— « Maillon Essentiel » !

Le secrétaire particulier du roi poussa un immense soupir de soulagement. Le résultat de la comparution de Maillon Essentiel devant le roi dépassait toutes ses espérances. Il avait craint un refus dédaigneux de celui-là qui aurait déclenché les foudres du roi obèse, y compris et à commencer contre sa propre personne, et voilà que l'eunuque du Qin, contre toute attente, acceptait de coopérer comme un bon élève !

C'était surtout le signe que son prince avait commencé à digérer lentement l'humiliation du terrible échec de la prise du Pont-Crocodile.

Le secrétaire particulier, qui était toujours placé en première ligne, pouvait enfin respirer un peu.

Depuis la perte du pont, le roi lui avait fait subir les pires avanies. De bras droit, il était devenu souffre-douleur, comme si le souverain avait décidé de lui faire payer au prix fort l'insupportable victoire du Qin. Il en était venu à regretter amèrement d'avoir contribué à faire le vide autour de Wen, car cela l'exposait d'autant plus aux foucades et aux caprices du roi vieillissant. Et ce revers de la médaille était de plus en plus difficile à vivre.

La capture de l'eunuque du Qin et son recrutement comme espion étaient pour lui, à cet égard, un véritable cadeau des dieux.

32

La visite annuelle du contrôleur des otages venu du Zhao avait été annoncée pour dans quinze jours. Et le Qin ne pourrait plus cacher à cet État voisin que le corps de la princesse Xia avait été retrouvé trois mois plus tôt, brisé en mille morceaux, au pied de la Falaise de la Tranquillité.

Chacun avait cru à un accident dû au caractère irrégulier du terrain.

Aucune enquête n'avait été diligentée... Nul n'avait imaginé un seul instant que l'auteur en fût Renarde Rusée. En revanche, que Huayang ait trempé dans l'affaire avait effleuré certains esprits. Chacun connaissait la lutte implacable qui opposait les deux rivales. Mais il était risqué de mettre en cause l'épouse officielle du roi sans la moindre preuve.

Heureusement pour elle, la triste mine qu'affichait la princesse depuis le retour triomphal d'Anwei et le fait qu'elle ait refusé de quitter sa chambre pendant huit jours, n'acceptant que la présence de sa fidèle servante Épingle de Jade, avaient finalement été mis, signe de la versatilité des rumeurs courtisanes, sur le compte de l'effet produit sur Huayang par la mort de sa rivale. Son air déconfit était le signe qu'elle y était étrangère, il l'avait lavée des derniers soupçons qui traînaient encore à ce sujet.

Aussi les rumeurs malveillantes qui avaient couru un temps s'étaient-elles, les semaines passant, peu à peu estompées.

Le duc Élévation Paisible de Trois Degrés avait été chargé par Anguo, dont la santé devenait chaque jour plus chancelante et que le décès de la mère de son fils avait profondément ébranlé, d'organiser discrètement les funérailles de la princesse, qui s'étaient déroulées sans témoin. Le nombre des pleureuses avait été limité au minimum prévu par le rituel des funérailles d'une concubine royale, c'est-à-dire à quatre.

Xia avait été inhumée, après avis favorable des Géomanciens de la cour du Qin, dans un petit tombeau spécialement construit pour elle situé à quelques pas du mausolée d'Étoile du Sud, la première concubine de l'ancien roi Zhong. Auparavant, le Grand Officier des Remontrances avait fait procéder au rituel de « la pose de bourre de soie » sur la bouche du cadavre disloqué de la défunte, pour bien s'assurer qu'elle ne vivait pas encore. S'il demeurait encore un peu de souffle vital à l'intérieur du corps, la bourre de soie frémirait.

Renarde Rusée, comme il était encore de coutume au royaume de Zhao, y avait été enterrée vivante avec son ancienne maîtresse. La dame de compagnie qui pensait s'être débarrassée de sa patronne honnie l'avait ainsi suivie dans la tombe.

Lorsque le duc Élévation Paisible de Trois Degrés était venu lui demander de mettre ses plus beaux atours pour participer à la cérémonie d'inhumation, elle n'en avait pas compris la raison. Elle s'en aperçut trop tard, lorsque l'un des ordonnateurs de la cérémonie l'avait invitée à entrer à son tour dans la tombe où le cercueil de Xia venait d'être déposé.

— Pourquoi voulez-vous me faire entrer dans la tombe ? avait-elle demandé, étonnée.

Sa surprise n'était pas feinte.

— Mais voyons, pour que tu continues à avoir l'honneur de servir la princesse au cours de son long voyage ! lui avait répondu l'ordonnateur, plus surpris encore par la question.

Profitant du brouhaha général provoqué par l'arrivée d'une meute de chiens sauvages affamés attirés par l'odeur des viandes sacrificielles que l'on venait de préparer, Renarde Rusée s'était enfuie du cimetière.

Mourir, passait encore, mais cohabiter pour l'éternité avec la maîtresse honnie : jamais ! Sa révolte donnait des ailes à sa course éperdue.

On l'avait rattrapée rapidement, non loin de la colline aux chevaux de Lubuwei. Ses poursuivants l'avaient maîtrisée sans ménagement et placée en sûreté. De là, elle avait été traînée par les chevaux jusqu'à l'entrée du tombeau et y avait été précipitée avant qu'on refermât l'huis en toute hâte.

Les hurlements de Renarde Rusée avaient duré longtemps. Les vibrations provoquées par ses poings qui tambourinaient sur la porte de la tombe faisaient trembler les remblais. On pouvait encore entendre ses sanglots quand les terrassiers eurent achevé de remplir de terre la tranchée qui menait à l'entrée de la chambre mortuaire.

La visite de l'inspecteur du Zhao tombait ainsi au plus mauvais moment.

Devant l'incapacité d'Anguo à gérer la situation nouvelle née de la mort de la princesse otage du Zhao, c'est vers Lubuwei que tous les regards s'étaient naturellement tournés.

Aux yeux de tous, le marchand de Handan et ministre des Ressources Rares avait, dans la partie délicate qui s'annonçait, de nombreux atouts à faire valoir.

Tout d'abord, il était lui-même originaire de l'État du Zhao et en parlait donc parfaitement le dialecte, ce qui lui conférait un avantage certain, outre celui de connaître la psychologie de ses dirigeants et leurs méthodes. Surtout, il était devenu l'homme des situations désespérées et délicates. Il était celui qui avait réussi à remédier à la terrible crise du cheval qui avait failli coûter si cher aux armées de l'État du Qin.

Lubuwei n'avait pas tardé à comprendre tout le parti qu'il pouvait tirer d'accepter de prendre en main une affaire aussi délicate. Les enjeux de celle-ci étaient considérables, puisqu'elle pouvait tout aussi bien conduire à une guerre sans merci et à l'issue incertaine.

Faute d'avoir prévenu à temps le Zhao de l'accident dont Xia avait été victime, et sous réserve que cet État en acceptât la version, le Qin s'était exposé à la seule riposte possible : l'assassinat de Yiren à Handan. Mais la simple mort de l'otage symétrique n'aurait pas forcément suffi à calmer le jeu. Le Zhao était fondé à considérer qu'il y avait eu duperie de la part du Qin, et cela suffisait à rompre la paix armée entre les deux États.

Lorsque l'inspecteur des otages, revenu à Handan, avertirait ses autorités de la disparition de la princesse Xia, nul doute que le Zhao ne se contenterait pas de faire mourir le pauvre Yiren, mais profiterait de l'occasion que lui fournissait la rupture du pacte pour lancer une offensive militaire.

Or le moment était mal venu pour le Qin, quand tous ses efforts militaires étaient mobilisés et concentrés vers le sud pour profiter de l'avancée importante contre le Chu qu'avait constituée la prise du Pont-Crocodile par Anwei.

L'affaire s'annonçait donc fort délicate pour Lubuwei. Il savait qu'il jouait gros. Mais il avait compris aussi que c'était là une opportunité exceptionnelle pour accroître durablement son aura et son influence.

L'entretien que le roi Anguo lui avait accordé, après l'avoir convoqué pour l'entretenir du problème et mettre au point l'attitude qu'il convenait d'adopter face à l'inspecteur, avait renforcé cette conviction.

Cela faisait quelques mois qu'il n'avait pas vu de près le souverain. Il constata en entrant dans son bureau que son état de santé s'était encore aggravé. Anguo n'avait plus la force de quitter son fauteuil et le tremblement de ses membres était devenu irrépressible, entraînant une incapacité à coordonner le moindre mouvement. Derrière le roi tassé dans son siège comme un vieux satrape immobile, il aperçut, à sa grande surprise, la silhouette élancée de la reine Huayang.

Cela n'arrangeait pas ses affaires. Sa présence, inusitée dans ce lieu, était le signe qu'elle avait repris de l'influence et, malgré l'amitié qu'il lui portait – que renforçait la complicité entre la reine et Zhaoji –, il craignait qu'elle ne s'opposât avec la fougue et le brio dont elle était capable à la solution qu'il avait décidé de proposer au roi du Qin.

Le marchand se dit que, compte tenu des circonstances, le mieux était d'aller droit au but.

— Majesté, je crois qu'il faudrait aller chercher Yiren à Handan et le ramener ici. Ainsi le Zhao serait privé de représailles, assena-t-il au roi à peine fut-il assis.

Il constata avec soulagement que la reine Huayang n'avait pas cillé. Elle avait simplement pris une pose avantageuse, accoudée au dossier du fauteuil où le roi était affalé.

— Mais qui pourrait se charger d'une opération aussi risquée ? interrogea le roi avec difficulté.

Anguo pouvait à peine articuler, un filet de bave coulait de la commissure de ses lèvres.

— Je pourrais m'en occuper si vous en acceptez le principe, répondit sans hésiter le marchand.

Anguo se tourna vers Huayang pour solliciter son avis. Il la regardait comme un petit garçon regarde sa mère, de façon craintive, lorsqu'il a fauté. Sans doute s'attendait-il à un veto de la part de la reine.

— L'idée me paraît bonne, admit sobrement celle-ci à la stupéfaction de Lubuwei et d'Anguo.

Les deux hommes eurent du mal à réprimer, chacun de leur côté, un soupir d'aise.

L'obsession de Huayang de faire l'impossible pour ôter toute chance à Anwei de succéder un jour à son frère l'avait emporté sur sa haine pour Xia, surtout depuis la mort de celle-ci. Des deux maux, Anwei et Yiren, ce dernier était encore le moindre.

La force suprême de Huayang était le pragmatisme dont elle était capable de toujours faire preuve dans les moments décisifs.

— Je remercie Lubuwei de se dévouer ainsi pour cette noble cause ! articula Anguo avec peine en regardant son épouse.

C'est ainsi que, dès le lendemain car il fallait faire vite, Lubuwei était parti en grand secret pour Handan, accompagné de son fidèle Homme sans Peur.

Le seul bien précieux qu'il emmenait dans sa sacoche était le Bi noir étoilé que Zhaoji, folle d'inquiétude à l'annonce de son départ, l'avait supplié d'emporter avec lui, alors qu'il avait projeté de le laisser dans le lieu sûr de sa chambre.

Au moment où elle avait glissé dans sa sacoche le disque rituel enveloppé dans son sac de soie, elle lui avait murmuré à l'oreille :

— Tu m'as dit que ce Bi rendait immortel ! Tu dois le prendre avec toi. Il te protégera.

— Je suis touché par ton attention. Mais je souhaitais te confier à la garde de ce Bi...

— C'est toi que je confie à sa garde. Je veux que tu reviennes indemne. Lorsque tu rentreras, j'aurai peut-être une heureuse surprise à t'annoncer !

— De quoi veux-tu parler ?

Malgré son insistance, Zhaoji n'avait rien voulu dire de plus à Lubuwei.

*

La nouvelle de la mort du roi Anguo s'était répandue dans Xianyang comme une traînée de cette poudre noire inventée par Zhaogongming, qui s'enflammait d'un coup au contact d'une simple étincelle.

La maladie du souverain, qui avait été soigneusement cachée à la population, avait créé une immense surprise. Nul ne connaissait, hormis quelques intimes au palais, la gravité de son état. La stupéfaction des habitants de la capitale n'en avait été que plus grande lorsque l'on avait monté sur les hampes du Palais Royal les oriflammes blanches du deuil royal.

Anwei avait été à la fois contrarié et surpris par la mort de son frère avec lequel il s'entendait si bien. Mais cette triste nouvelle lui avait ouvert des perspectives, tout auréolé qu'il était encore de sa campagne victorieuse contre l'État du Chu.

En l'absence de Yiren, toujours otage au Zhao, la succession au trône, désormais, se profilait.

Il se voyait déjà en roi. Sa campagne victorieuse lui avait changé le caractère et donné un appétit de pouvoir qui s'aiguisait chaque jour un peu plus. Saut du Tigre ne s'y était pas trompé, qui avait surpris son maître plongé dans la lecture ardue d'un manuel de droit successoral.

Anguo avait été retrouvé mort dans son lit. Il avait dû souffrir. Les médecins embaumeurs, qui agissaient sous la direction efficace d'Ainsi Parfois, l'ancien condisciple de Lisi à l'Académie Jixia devenu médecin en chef de la Cour, avaient eu le plus grand mal à faire disparaître l'affreux rictus qui affectait sa bouche lorsqu'on l'avait retrouvé au petit matin, gisant sans vie au milieu de son lit défait.

Ils avaient dû lui étirer jusqu'au seuil de rupture la peau du visage, après l'avoir enduite d'une solution d'huile au camphre et à l'aloès destinée à la rendre plus élastique. Puis il avait fallu tout les talents de chirurgien d'Ainsi Parfois pour tailler et recoudre ce qu'il fallait de façon que le visage du défunt retrouvât son apparence normale.

Il était essentiel de pouvoir présenter à la foule, pendant les trois jours impartis à l'exposition du corps du roi sous le dais de brocart de son catafalque dressé au milieu de la cour d'honneur du Palais Royal où le peuple était, pour l'occasion, autorisé à pénétrer sans acquitter un droit d'entrée, le visage d'un souverain apaisé.

Ensuite, après l'embaumement proprement dit, on avait introduit dans les divers orifices de son corps les cigales de jade destinées à y retenir les souffles internes.

Le deuil allait durer trois mois lunaires, jusqu'aux funérailles. Trois mois pendant lesquels le Qin serait sans roi, nul ne pouvant prétendre, pendant cette période, remplacer un souverain décédé.

Pour la circonstance, on avait réquisitionné tous les pleureurs et toutes les pleureuses du royaume.

Pleureur et rieur professionnels étaient des métiers très bien rémunérés. Pour rire et pleurer avec conviction et art tout en respectant scrupuleusement les règles codifiées par les rites, il fallait un apprentissage et des capacités qui n'étaient pas monnaie courante. Du fin fond du moindre village, des professionnels des lamentations avaient convergé vers la capitale où un immeuble entier avait été réquisitionné pour les loger.

Des forestiers avaient été chargés de scier deux cèdres immenses dans les collines qui dominaient Xianyang pour y couper les planches avec lesquelles seraient fabriqués les trois cercueils Guo, destinés à être emboîtés les uns dans les autres. C'était dans le troisième, le plus ornementé, que le corps d'Anguo serait déposé après avoir été embaumé.

Dès l'annonce du décès, un Intendant Funéraire avait été nommé, ainsi que le voulaient les Rites. Le choix s'était porté sur Accomplissement Naturel, qui connaissait par cœur le code rituel des funérailles royales.

À ce titre, il était chargé de préparer tout ce que le souverain mort emporterait dans sa tombe : la vaisselle de bronze faite des tripodes Ding et Li pour cuire la viande des sacrifices, des coupes Dui et Dou pour les céréales, des Fu et Chan fermés destinés à présenter les mets aux ancêtres, des gourdes Hu pour la boisson de céréales fermentées, des verseuses Yi et des bassins Pan destinés au recueil de l'eau des ablutions rituelles ; mais aussi des provisions de céréales et de viande, sans oublier les animaux vivants, bœufs, porcs, moutons et chiens destinés à la fois à servir de garde-manger au défunt et à figurer au grand sacrifice Tailiao prévu par le rituel des Zhou qui transformait la tombe en une gigantesque cuisine où toutes les viandes rituelles étaient rôties et bouillies.

Il avait aussi demandé aux bronziers de fondre trois longues tables à offrandes sur lesquelles la vaisselle rituelle serait soigneusement rangée selon sa fonction.

Anguo étant chasseur, le Très Sage Conservateur et provisoirement Intendant Funéraire avait prévu qu'Anguo devait être enterré avec toutes ses armes de chasse et ses trophées.

Comme ceux-ci, à moitié pourris, exhalaient une

odeur insupportable, le vieux lettré avait commandé en toute hâte aux bronziers qui y avaient travaillé jour et nuit une créature mythique Guaishou faite de l'assemblage de tous les animaux chassés par le roi défunt : dressé sur un socle où l'arc et l'épée du chasseur s'entrecroisaient, le Guaishou portait fièrement des andouillers de cerf, ses pattes étaient celles d'un tigre et ses ergots ceux d'un coq de bruyère, il avait la tête de l'ours et les oreilles du lièvre, sa queue était celle d'un renard et son bec celui de la perdrix. Sa bouche, dont les fleurs à quatre pétales porte-bonheur s'échappaient de la commissure des lèvres, tirait une langue pendante de dragon ornée d'un couple de phénix stylisés. L'ensemble de cette pièce extraordinaire que l'on déposerait au pied même du cercueil afin qu'elle le garde des mauvais esprits était recouvert d'un fin réseau de motifs en forme de spirales et de nuages.

Les funérailles à venir devaient au moins durer une semaine, vers la fin du dernier mois de deuil. Leur date précise avait été fixée par les devins, après l'interrogation des craquelures sur une écaille de tortue chauffée. Elles devaient avoir lieu dans quatre-vingt-cinq jours très précisément.

Nul ne savait si Lubuwei, parti pour Handan chercher Yiren, pourrait y assister.

Ce laps de temps suffisait à peine pour procéder aux ultimes aménagements du tombeau du roi dont la construction avait commencé dès son accession au trône, après que, par précaution, les devins et les géomanciens avaient certifié la bonne orientation du mausolée par l'interrogation des brins d'achillée.

La tombe royale, recouverte par un tertre sur le flanc duquel s'ouvrait la tranchée menant à sa porte, était composée de trois fosses à gradins en forme de pyramide inversée.

La première était destinée à recevoir ses armes de

bronze. La troisième abriterait les trois cercueils emboîtés, entourés de la vaisselle rituelle du défunt ainsi que des provisions dont son esprit se nourrirait. Quant à la seconde, elle avait fait l'objet de discussions intenses entre ceux qui souhaitaient y enterrer vivants certains proches du roi et ceux, tel Accomplissement Naturel, qui, trouvant cette coutume barbare et surannée malgré tout le respect qu'ils portaient au rituel des Zhou, y auraient plutôt placé des figurines en terre cuite ou en bois censées les représenter.

Mais le cas qui avait le plus prêté à discussion était celui de la reine Huayang.

Depuis la mort d'Anguo, elle portait au-dessus de ses vêtements le Zhancui, un manteau de lin grossier sans couture dont le *Livre des Rites* spécifiait que l'épouse devait se vêtir pendant trois ans après la mort de son mari.

Devait-elle être enterrée vivante avec le roi ? Et si tel était le cas, fallait-il lui consentir le bénéfice de la « mort accordée », c'est-à-dire lui laisser porter l'écharpe de soie qui lui permettrait de s'étouffer elle-même une fois qu'elle aurait été emmurée ? La question avait longuement agité les exégètes des codes rituels anciens.

Huayang, que la mort de son époux ne peinait pas outre mesure, n'avait pas tardé à comprendre le sort que certains lui destinaient. Elle projeta de fuir. Elle savait que, hormis la fuite, elle ne pourrait pas faire grand-chose contre la toute-puissance des Rituels. Ayant appris que son sort allait se décider au cours d'une réunion spécialement organisée à cet effet qui devait se tenir au Palais Royal, elle décida une fois de plus de se battre bec et ongles pour échapper à un sort aussi funeste.

Elle alla trouver le Grand Officier des Remontrances, qui participerait à cet aréopage, pour le convaincre d'y plaider en faveur de sa vie sauve.

— Après les années de souffrances que j'ai endurées quand tu m'as rejeté, voilà que tu viens me demander de prendre tous les risques pour toi en plaidant une thèse contraire à tous les rites ? tonna le duc dont la voix tremblait d'indignation.

Il regarda la femme éplorée qui s'était jetée à ses pieds et dont la main, doucement appuyée sur sa cuisse, ne demandait qu'à remonter plus haut.

La reine était encore très belle. Par l'échancrure de sa chemise entrouverte, sous le lourd manteau Zhancui dont la rugosité, par contraste, les rendait encore plus désirables, il pouvait apercevoir la pointe rose de ses seins fermes. Elle était aussi ravissante que le premier jour où elle lui avait lancé son regard de feu. Les années semblaient n'avoir eu aucun effet sur ce corps dont il avait toujours gardé en lui l'odeur du parfum et la douceur brûlante de la peau.

— Je t'en supplie, fais-le au nom de notre amour passé. Je suis trop jeune pour mourir, et cet enterrement vivante serait un châtiment cruel et totalement injuste. Maintenant qu'Anguo est parti, je suis libre. Si j'ai la vie sauve, je pourrai de nouveau t'appartenir ! lança-t-elle avec fougue et passion, pleurant toutes les larmes de son corps.

Le duc Élévation Paisible de Trois Degrés fut touché au cœur par les propos et la sincérité de son ancienne amante.

Lors de la réunion qui allait décider du sort de la reine, il déploya toute sa science rhétorique pour plaider, au nom de son éthique confucéenne, la cause des figurines de terre cuite.

Hanfeizi, invité à donner le point de vue du légiste, au moyen d'arguments opposés plaida dans le même sens. C'était pour le Qin, selon le philosophe bègue, une éclatante occasion de remettre en cause la tradition rituelle féodale à laquelle il convenait de substituer de façon définitive la force des lois positives.

Cette alliance objective du confucéen et du légiste convainquit les participants : la reine Huayang eut la vie sauve.

Il fut décidé qu'Anguo serait enterré en compagnie d'une statue en terre cuite de taille humaine représentant la reine, qu'Accomplissement Naturel demanderait à un sculpteur de façonner pour remplacer son modèle vivant.

Pour autant, les tourments de la reine n'étaient pas terminés. Certes vivante, elle pourrait assister à sa pire défaite.

Si Yiren, fils et héritier d'Anguo, ne revenait pas de Handan avant la fin des trois mois de deuil, Anwei, à qui Fleur de Jade Malléable avait donné trois garçons, possédait toutes les chances de monter sur le trône à la place de son frère et d'établir ainsi une nouvelle lignée de rois pour le pays de Qin.

*

Depuis deux jours, dans le parc de la caserne de Handan où il était toujours assigné à résidence par les autorités du Zhao, Yiren ratait toutes ses cibles au tir à l'arc.

Cela le mettait d'une humeur exécrable. Il avait beau en changer la corde ou tailler les plumes des empennages des flèches, rien n'y faisait. Le soldat qui surveillait la cible, dans le centre de laquelle il plaçait d'habitude impeccablement tous ses projectiles, n'en revenait pas.

— Tu dois avoir les muscles du bras ankylosés, lui dit-il alors que le prince otage venait une énième fois d'envoyer une flèche dans le tronc d'un saule.

— C'est la corde, pesta Yiren en tapant du pied. Elle est toute mouillée !

— Il y a de la visite. Je crois qu'on vient pour toi, annonça soudain le soldat.

Il désignait les trois hommes qui venaient à la rencontre du prince otage.

— Bonjour. Comment va la vie depuis que tu es venu chez moi ? demanda gentiment à Yiren l'un des trois hommes.

C'était Zhaosheng, que le prince du Qin avait reconnu sans peine.

— Bien. Mieux en tout cas que le tir à l'arc depuis deux jours ! répliqua Yiren en soupirant.

Il montrait la flèche plantée à l'écart de la cible dans le tronc de l'arbre.

— Je crois que tu connais Lubuwei, qui est originaire de cette ville, reprit Zhaosheng en présentant à Yiren le ministre des Ressources Rares.

Le visage du jeune prince s'illumina. Cette rencontre ne lui rappelait que de bons souvenirs.

— Votre demeure à Handan m'a toujours ébloui par sa splendeur ! Vous souvenez-vous que votre écuyer Mafu m'a appris à monter à cheval ? Vous êtes venu plusieurs fois assister aux reprises, dit Yiren à Lubuwei en détendant son arc.

— C'est exact. D'ailleurs, tu es un bon cavalier. Cela devrait nous être utile ! insinua le marchand de chevaux.

Yiren ne voyait pas où l'autre voulait en venir. Lubuwei lui fit signe de venir un peu à l'écart, pour être sûr que le soldat n'entende rien.

— Je suis venu te chercher pour te ramener à Xianyang, lui souffla-t-il dans le creux de l'oreille.

— Mais c'est impossible ! Je suis prisonnier dans cette caserne, je ne peux pas faire un pas sans être accompagné. Des gardes me surveillent en permanence, chuchota Yiren.

— Zhaosheng m'a dit que tu faisais le mur de temps en temps. Rendez-vous cette nuit au Palais du Commerce, murmura le marchand en s'écartant du prince otage pour ne pas donner le sentiment au soldat qu'ils complotaient ensemble.

Quelques heures plus tard, Yiren rejoignait les trois hommes qui l'attendaient sous le porche de l'ancienne demeure de Lubuwei.

Zhaosheng les conduisit dans ses appartements où les attendait Intention Louable qui donnait le sein à son enfant.

— Comment s'appelle ce charmant bébé ? demanda Lubuwei à l'épouse de son ancien secrétaire.

— Nos ancêtres soient loués, c'est un garçon et il s'appelle Zhaogao ! s'écria Intention Louable avec ravissement.

— Il est mignon comme un jeune poulain..., confia l'immense géant hun que l'on n'avait pas entendu jusque-là.

L'Homme sans Peur, qui adorait les enfants, paraissait fondre et arborait un sourire aussi grand que sa haute taille.

— Ce n'est pas tout, coupa Lubuwei. À présent, il nous faut trouver le moyen de repartir à Xianyang avec ce jeune homme sans éveiller le moindre soupçon !

Il désignait Yiren, que la perspective de son retour au Qin avait rendu béat.

— Si nous devons aller vite et éviter tout risque, je ne vois qu'une solution, suggéra Zhaosheng après un temps de réflexion.

— Peux-tu me dire à quoi tu penses ? questionna Lubuwei.

— À la maxime : « Remplacer le pêcher par le prunier. » Lorsque le pêcher est attaqué par les vers, on plante un prunier à côté pour que les insectes viennent s'y loger afin de soulager l'arbre attaqué. J'ai lu cette fable dans le *Shijing*, répondit, satisfait, le secrétaire.

— Veux-tu bien préciser ? insista le marchand, inquiet, à qui les propos de Zhaosheng avaient déjà mis la puce à l'oreille.

— Yiren et moi avons à peu près la même taille et la même corpulence. Je suis prêt à prendre sa place. Avec un chapeau enfoncé sur le crâne et les mêmes vêtements, il faudra quelques jours avant que les gardes s'aperçoivent du subterfuge, lâcha Zhaosheng d'une voix décidée.

— Mais le jour où il sera découvert, tu risques très gros ! Au nom de quoi ferais-tu un tel sacrifice ? se récria Lubuwei.

— Je n'en disconviens pas, le risque n'est pas mince. Mais c'est dans le but de servir loyalement votre cause, maintenant que vous avez épousé celle du Qin ! La rumeur vous donne comme le futur Premier ministre de ce royaume. Je serais honoré si je pouvais, par mon action, y prendre part. Cette occasion, désormais, se présente. Je la vis comme une grande chance, affirma Zhaosheng en s'inclinant respectueusement devant ce maître qu'il admirait tant.

Lubuwei hésita. Il savait que l'opération consistant à enlever Yiren était des plus risquées, et la proposition de son secrétaire avait l'avantage de la simplicité. Elle n'impliquait pas la formation d'un commando d'hommes armés qui aurait extrait par la force Yiren de sa caserne sans être sûr d'y parvenir. D'un autre côté, l'affection qu'il éprouvait toujours pour Zhaosheng, que ce dernier venait d'ailleurs de contribuer à renforcer par sa proposition, le retenait d'accepter, compte tenu des risques qu'elle faisait prendre à ce jeune père.

— J'ai une seule demande à formuler, ajouta le secrétaire. Il faudra emmener à Handan le petit Zhaogao et sa mère en même temps que Yiren. Je ne voudrais pas qu'ils pâtissent d'une façon ou d'une autre de ce que j'aurai fait...

— Je pourrai les porter tous les deux dans mes bras ! intervint fièrement l'Homme sans Peur, que la perspective de tenir le poupon contre son cœur réjouissait au plus haut point.

Lubuwei réfléchit encore. Il n'y avait guère d'autre choix que la solution préconisée par son secrétaire. Maintenant qu'il était sur place, l'urgent était de ramener le prince au bercail. Plus le temps passerait et plus cette équipée deviendrait risquée. Déjà, la visite qu'ils avaient faite à l'otage dans le parc de la caserne ne tarderait pas à faire jaser, voire à éveiller des soupçons.

La mort dans l'âme, il accepta donc la proposition de Zhaosheng de « remplacer le pêcher par le prunier ». Il serra longuement son secrétaire dans ses bras pour le remercier du véritable sacrifice qu'il consentait à faire ainsi de sa personne.

— J'espère avoir l'occasion de te témoigner la gratitude que tu mérites. Nous partirons demain à l'aube. Dès ce soir, tu remplaceras Yiren à la caserne, conclut-il.

Zhaosheng et Yiren échangèrent leurs vêtements et leurs chapeaux. Après quoi Zhaosheng embrassa tendrement sa femme. Puis il prit le petit Zhaogao et le serra contre lui en versant une larme.

Lorsqu'il quitta le Palais du Commerce pour se rendre à la caserne en lieu et place du prince otage du Qin, il savait pertinemment qu'il ne reverrait jamais ni son fils ni son épouse. Il ne pourrait pas garder longtemps caché le subterfuge employé, et on découvrirait très vite sa véritable identité.

Alors, il serait menotté et emmené au supplice.

Mais sous l'infâme torture du carcan, même après qu'un chirurgien lui aurait arraché à l'aide d'une pince de bronze, un à un, les ongles des mains et des pieds, il n'avouerait jamais qu'il s'était échangé contre l'otage pour permettre à Lubuwei de ramener à Xianyang un adolescent qui serait appelé à monter sur le trône du Qin.

33

Maillon Essentiel voyait déjà bouger la minuscule tache jaune que formait le drapeau du Qin claquant au vent sur la Tour de l'Affichage. Il en éprouva une profonde satisfaction.

Son voyage avait été plus court que celui de l'aller. Il avait pris un minimum de bagages avec lui. Les seuls biens précieux qu'il transportait étaient sa « boîte aux trésors », qu'il tenait toujours cachée au fond de sa poche et dont il ne se séparait jamais, ainsi que le coffret contenant l'écharpe noire brodée du lotus d'or dont il devrait se ceindre le front le jour où son exfiltration du Qin deviendrait nécessaire.

La nouvelle route qui reliait Ying à Xianyang était empierrée d'un bout à l'autre. C'était un axe marchand sillonné par les convois et les caravanes chargés de vivres et de marchandises qui coupait tout droit et évitait la montagne.

Ce retour au bercail lui laissait un goût agréable. Il avait hâte de retrouver sa bonne ville de Xianyang et ses amis eunuques. Il était pressé, tout aussi bien, de démasquer l'espion Effluves Noirs. Il ne se sentait plus coupable.

Maillon Essentiel n'avait pas tardé à comprendre que le roi Wen lui avait menti effrontément pour le manipuler en travestissant en défaite du Qin l'éclatante victoire d'Anwei. Cela avait été la divine surprise de ce voyage de retour.

Quand, empruntant la grande route, il était arrivé aux abords du Pont-Crocodile par sa rive droite, il avait constaté qu'il y régnait un grand désordre. Les pierres de l'ouvrage semblaient avoir été brûlées et la tour centrale tenait à peine debout. Levant la tête, il avait vu que le drapeau du Qin couronnait cette ruine dont s'échappaient encore quelques fumerolles. À l'entrée du pont l'attendait un douanier. Le Pont-Crocodile servait déjà de poste frontière entre le Chu et le Qin ! Il se situait désormais sur un territoire contrôlé par les armées de son pays.

Il n'avait pu s'en réjouir que secrètement et avait dû réprimer l'immense élan de joie qu'il avait éprouvé en traversant à son tour, par ce pont-forteresse gardé par les soldats du Qin, la rivière Han au cours puissant. Il voyageait en effet sous la fausse identité d'un marchand de tissus de laine dont le Chu lui avait fourni la patente et les trois ballots attachés à la croupe de son cheval.

Mais peu lui importait, désormais, que le roi du Chu l'eût berné, puisqu'il avait soigneusement mis au point le scénario de sa vengeance et comptait bien lui rendre au centuple, dès son retour à Xianyang, la monnaie de sa pièce.

Il se sentait surtout moins penaud envers son pays et moins coupable à l'égard d'Anwei, lequel avait heureusement triomphé du pont en dépit du fait qu'il ne soit pas arrivé à le prévenir à temps de la connaissance que le Chu avait de l'attaque de l'ouvrage par le fleuve au moyen d'un bateau.

Il lui serait plus facile de justifier son expédition solitaire auprès des autorités qui n'allaient pas manquer de l'interroger sur les causes de son absence et les résultats de cette mission, si secrète qu'il avait cru bon de n'en référer à personne. C'était donc à ce double égard, l'un patriotique et l'autre personnel, que la victoire d'Anwei l'avait hautement comblé d'aise.

En parvenant aux abords de la ville après avoir chevauché sans encombre pendant trois jours, il constata que ce qu'il avait pris pour le drapeau jaune du Qin était en fait une oriflamme blanche de deuil. Il demanda quelle en était la cause à un enfant qui vendait des pastèques au bord de la route. C'est ainsi qu'il apprit que le roi Anguo était décédé deux mois plus tôt et que le royaume se préparait à célébrer l'enterrement.

La nouvelle de la mort du roi, outre qu'elle l'avait surpris, contrariait ses plans.

Il avait pensé aller voir Anguo pour l'avertir en personne que le Chu avait réussi la prouesse de placer un espion au cœur même des services secrets du Qin. Il aurait questionné le roi sur les circonstances de la nomination d'Effluves Noirs dont il lui manquait le nom de l'instigateur, celui qui avait soufflé au souverain le nom du jeune eunuque. Anguo disparu, il devenait extrêmement difficile, pour ne pas dire impossible, de remonter la filière du réseau d'espionnage. Il devrait mener son enquête seul et dans un contexte moins favorable.

Mais ces difficultés nouvelles n'avaient en rien altéré son implacable détermination.

Après être passé chez lui pour changer de vêtements et prendre un repas léger, il se précipita au Bureau des Rumeurs.

Lorsque Maillon Essentiel entra dans la bâtisse d'anodine apparence qui servait de siège aux services secrets du Qin, les agents, dont seul un petit nombre était en mission à l'extérieur, poussèrent des cris de joie et de surprise. Ils étaient presque tous présents parce que l'on préparait les funérailles et que cela, en fait, mobilisait la quasi-totalité de l'effectif du service.

Un tel enterrement royal représentait une période

faste pour le Bureau des Rumeurs. Il suffisait de se mêler à la foule et d'écouter ce qui se disait. La tristesse du peuple le rendait moins méfiant, la moisson de renseignements serait féconde... Les besaces reviendraient bourrées de rumeurs, de ragots et de vrais secrets que l'on mettrait des mois, par la suite, à traiter et à exploiter.

Chacun se félicitait du retour du directeur et l'entourait, en demandant des nouvelles de sa mission ultrasecrète. Celui-ci, l'air entendu, se contenta de dire que tout s'était fort bien passé mais que, pour protéger ses sources et son réseau, il était encore trop tôt pour parler de ce qu'il avait accompli.

Dans un petit bureau du rez-de-chaussée, Maillon Essentiel aperçut Effluves Noirs qui achevait de dicter un rapport à un scribe.

Lorsque son regard croisa celui du jeune espion, le visage de ce dernier se décomposa. Maillon Essentiel entra dans la pièce et en referma soigneusement la porte.

— Je suppose que tu te doutes de ce que je vais te demander ? se contenta d'avancer suavement le chef du Bureau des Rumeurs.

Il voulait tester pour l'occasion le sang-froid et l'à-propos de l'espion.

— Oui, mais j'attendrai que tu parles pour savoir si je me suis trompé, rétorqua tout à trac Effluves Noirs dont le visage avait retrouvé sa contenance.

Maillon Essentiel se dit que le Chu avait l'art de recruter des espions coriaces qui avaient l'estomac nécessaire.

— Qui a suggéré ton nom à feu Anguo pour que tu sois nommé dans ce service ? demanda-t-il d'une voix dure au jeune eunuque en le fixant.

— Je n'en ai pas la moindre idée ! Quand j'ai été opéré, Couteau Rapide m'a indiqué que j'étais appelé à servir au Bureau des Rumeurs. Je n'ai pas eu mon mot à dire, fit l'autre le plus sobrement du monde, avec l'aplomb de ceux qui ont une longue expérience du mensonge.

Maillon Essentiel sentit qu'il était inutile d'insister. Il valait mieux porter l'estocade et initier le plan qu'il s'était juré d'appliquer.

— Je sais beaucoup de choses sur ton compte, qui pourraient au demeurant te coûter fort cher, fit-il en passant la tranche de sa main sur sa gorge, mais le roi Wen du Chu m'a convaincu de travailler pour lui. Ce roi est remarquable ! Bien plus intelligent que ne l'était ce pauvre Anguo. Et la période d'incertitude qu'ouvre son décès permettra au Chu de reprendre une revanche rapide. C'est pourquoi j'ai l'immense plaisir de t'annoncer, ne t'en déplaise, que nous sommes alliés, mon cher Effluves Noirs !

Il tendit son poignet à Effluves Noirs pour qu'il le serre. Après un instant d'hésitation, l'autre s'empressa de tendre le sien pour que Maillon Essentiel le serre à son tour.

C'était le signe que, désormais, ils étaient associés.

Puis Maillon Essentiel quitta le petit bureau, laissant le jeune eunuque plutôt songeur, qui rajusta les plis de sa tunique pour se donner une contenance.

*

La bonne façon de sortir du Zhao l'otage du Qin avait donc été de « remplacer le pêcher par le prunier »...

Cela avait été somme toute beaucoup plus facile et plus rapide à mener que Lubuwei ne pouvait le prévoir. Le sacrifice de Zhaosheng en avait certes été le prix.

Nul doute qu'une fois découverte la manœuvre, son secrétaire serait pendu haut et court pour haute trahison envers son pays. Le souhait qu'il avait émis d'éloigner de Handan sa femme et son fils était le signe qu'il ne se faisait aucune illusion sur ses chances d'échapper à la mort. Un tel héroïsme méritait le respect et la reconnaissance. Pour autant, cette cause méritait-elle la mort d'un innocent qui laisserait derrière lui une veuve et un orphelin ?

Mieux valait ne pas trop se poser la question.

Lubuwei essayait donc de penser à autre chose pendant qu'il chevauchait à bride abattue en compagnie de Yiren et de l'Homme sans Peur.

Intention Louable, qui portait son enfant emmitouflé dans une couverture et, ne sachant pas monter à cheval, poussait des petits cris de frayeur dès que l'allure s'accélérait, s'accrochait de toutes ses forces à la taille du géant hun. Le petit Zhaogao, que le trot ou le galop berçait, dormait à poings fermés.

Le marchand était loin d'imaginer que l'avenir du Qin dépendait du temps qu'il mettrait à parcourir la distance qui séparait Handan de Xianyang. S'il arrivait après le deuil royal, il risquait de retrouver Anwei sur le trône du Qin. Alors Yiren n'en serait jamais le roi, et le sacrifice de Zhaosheng aurait été parfaitement inutile.

Lorsqu'ils avaient quitté Handan à l'aurore, la ville était encore déserte. Ils en avaient traversé les faubourgs et passé les postes d'octroi vides de gardes sans rencontrer âme qui vive, pas même un chien errant.

À présent, sur la route, ils pouvaient croiser des paysans qui convergeaient vers la capitale du Zhao, de lourds balanciers à l'épaule chargés de légumes et de sacs. Ces hommes et ces femmes hâves, perpétuellement exténués, marchaient en sautillant pour atténuer le poids de leurs charges.

Depuis qu'il l'avait empruntée quelques années auparavant, la route qui reliait la capitale du Zhao à celle du Qin avait été repavée et ses fossés refaits. Les chevaux pouvaient avancer à vive allure entre deux auberges-relais où l'on pouvait les faire panser, nourrir et se désaltérer en toute quiétude.

C'est pourtant dans l'une de ces auberges cavalières que tout faillit se gâcher et le voyage prendre fin.

Ils voyageaient déjà depuis une semaine. Les fesses de Yiren supportaient mal de frotter sur la selle si longtemps, sa peau n'y avait pas résisté. Il souffrait atrocement et cela le rendait d'humeur exécrable, lorsque leur petite troupe arriva à l'Auberge du Singe Hurleur.

L'aubergiste était un petit homme gros et velu comme un primate qui commença par les regarder d'un air méfiant. Lubuwei fit miroiter trois taels de bronze, qui eurent pour effet de le dérider. Après avoir dîné et confié les chevaux à un palefrenier aux vêtements raidis par la crasse, ils s'installèrent tous les trois dans un coin du dortoir collectif qui avait été aménagé au-dessus de la salle à manger.

Il y avait là deux sbires à la mine patibulaire, visiblement pris de boisson, qui commencèrent à se moquer des mimiques que faisait le pauvre Yiren pour s'allonger sur la banquette servant de lit. Leur état d'ivresse était tel qu'ils n'avaient même pas pris conscience que leur manège agaçait prodigieusement le géant hun.

L'altercation fut brève mais monta aux extrêmes en un rien de temps. Yiren, que les railleries des deux hommes avaient poussé à bout, se précipita vers eux en tenant son arc comme un fouet pour les corriger. C'est alors que l'un des deux larrons siffla dans ses doigts. Yiren vit alors arriver dans le dortoir deux autres gredins venus leur prêter main-forte. L'un des hommes se jeta sur le jeune homme et, après l'avoir projeté à terre, se mit à lui serrer le cou pour l'étrangler.

Yiren hurla. Mais la strangulation l'empêcha peu à peu de crier. Son visage virait au bleu et ses yeux se révulsèrent.

Sentant que le prince otage risquait de mourir, l'Homme sans Peur se rua à sa rescousse. Les mains du géant s'attaquèrent à un premier larron dont elles s'acharnèrent à broyer le cou. Ses paluches étaient si larges que l'on aurait dit qu'elles ne serreraient qu'un gros tronc de bambou. D'un coup de coude, il brisa la mâchoire du deuxième en le laissant sur le carreau se tordre de douleur. Puis il prit un troisième par la jambe pour le faire tournoyer comme s'il tenait une fronde avant de le lancer contre le mur où sa tête se fracassa. Des débris de cervelle, de sang et d'os giclèrent sur la pierre. Au moment où il s'apprêtait à tirer par les cheveux le dernier, qui s'acharnait sur Yiren dont il frappait violemment la nuque contre le sol, trois hommes en uniforme de gendarme firent irruption dans le dortoir de l'auberge.

Derrière eux se profilait le regard mauvais de la face de primate de l'aubergiste qui avait dû aller les prévenir de ce qui se passait.

— Attachez-moi tout le monde ! vociféra le militaire dont les barrettes de l'uniforme signalaient qu'il était plus gradé que les autres.

L'Homme sans Peur eut le réflexe de repousser violemment de la jambe le sbire qui administrait une sévère correction au prince otage. Celui-ci se releva, crotté et en sueur. Il paraissait indemne.

Lubuwei assistait, atterré, au spectacle. L'arrivée des gendarmes était des plus inopportunes. Il était hors de question de révéler son identité et encore moins celle de Yiren. Intention Louable, terrorisée par ce qu'elle venait de voir, tremblait comme une feuille tout en essayant de calmer le petit Zhaogao que tout ce tintamarre avait réveillé.

— Il nous faut absolument partir d'ici ! Si les gendarmes nous retiennent, nous sommes faits, souffla

Lubuwei au géant qui aidait Yiren à s'asseoir sur la banquette.

Celui-ci n'arrêtait pas de gémir. Son cou n'était plus qu'une collection de marques bleues et de sauvages griffures.

L'Homme sans Peur regarda alentour. Il n'y avait qu'une solution, neutraliser la soldatesque. Alors il chargea les gendarmes en rugissant. Les sabres jaillirent des fourreaux. Les yeux du Hun brillaient de colère. Comme toutes les forces de la nature, il en fallait beaucoup pour déchaîner sa fureur et sa haine. Mais les sbires en avaient suffisamment fait. Il était prêt à réduire en bouillie ces gendarmes venus se mêler de cette querelle où il n'avait rien fait d'autre qu'empêcher les malfrats de nuire. Lubuwei lui avait donné l'ordre de sortir ses amis de ce piège, il fonçait donc sans états d'âme.

Il s'empara des lames que les autres tendaient maladroitement, pointes en avant, pour l'empêcher d'avancer, et les retourna vers les corps des soldats pour les embrocher. Pis, il les força à pénétrer leurs cuirasses de cuir. Les lames entrèrent dans les corps en émettant un sinistre gargouillis. Les gendarmes gisaient par terre.

Le sol du dortoir n'était plus que sang noir et vomissures fétides. L'aubergiste à la face de primate, devant l'ampleur du carnage, était prudemment redescendu dans la salle à manger.

Quelques instants plus tard, l'odeur de la mort régnait dans le dortoir dévasté.

Il aurait fallu voir le spectacle de l'Homme sans Peur descendant l'escalier qui menait au dortoir, portant dans ses bras rougis par le sang Intention Louable et le petit Zhaogao comme s'il venait de les sacrifier à un dieu sur un autel.

Quant à l'aubergiste, il avait disparu depuis longtemps, de peur de se trouver face au géant hun.

Ils n'eurent que le temps de détacher les chevaux qui attendaient à l'écurie avant de partir au galop dans la nuit. Ils étaient devenus des fuyards et des assassins de gendarmes.

Bientôt, toute la gendarmerie du Zhao serait à leurs trousses !

Entre-temps, pour accroître leur malchance, la substitution de Yiren par Zhaosheng avait dû être découverte. Et nul doute que le lien serait fait avec leur équipée...

Il leur restait encore plus d'un millier de li à parcourir avant d'arriver à Xianyang, sans compter la frontière à passer. Désormais, il fallait se montrer prudents, galoper la nuit, dormir le jour à l'abri des regards indiscrets et s'écarter de la route lorsqu'on apercevait des militaires.

Ces chevauchées nocturnes, souvent au clair de lune, étaient pour Lubuwei propices à la méditation.

La conscience perpétuellement en éveil, le marchand se demandait quelle tête ferait Anguo devant son fils lorsqu'il le lui présenterait. Il échafaudait des plans complexes pour tirer le meilleur parti possible du sauvetage si risqué qu'il venait de mener à bien. Il comptait bien en effet demander d'énormes contreparties au roi du Qin.

Il n'avait accepté rien de moins que de jouer contre son pays d'origine, au péril de sa propre vie. Cela méritait doublement honneurs et reconnaissance !

Il se voyait déjà réclamer la création à son intention du poste de vice-Premier ministre du Qin. Il aurait alors gravi une marche de plus vers le pouvoir suprême auquel un homme de sa condition pouvait prétendre. Tout cela, il le devait à son Bi noir étoilé.

Il n'avait qu'à plonger la main dans sa sacoche et toucher le jade de son disque pour sentir une douce chaleur remonter par ses bras et son torse jusqu'à son cerveau. Ces ondes positives l'encourageaient à aller toujours plus loin, plus haut, à faire toujours plus fort. Il n'attendait plus que ce jour où il aurait enfin la révélation de ce que signifiait la prophétie de Vallée Profonde...

Le poussin jaune au centre du Chaos originel de Hongmeng !

Pour l'instant, ça n'était pour lui qu'une sorte d'étoile derrière laquelle il fallait avancer.

Mais il savait aussi que ce serait un jour quelque chose de beaucoup plus tangible et précis, de plus humain, aussi palpable que ne l'était cet objet rituel dont il caressait les faces lisses en chevauchant sous la voûte céleste vers laquelle il suffisait de tourner les yeux pour regarder le Bouvier et la Tisserande que séparait une Voie Lactée argentée comme un grand fleuve inondé par les rayons du soleil levant.

Ce qu'il ignorait, en revanche, c'est que les circonstances allaient faire que, très vite, il serait amené à connaître, pour en être lui-même l'un des principaux acteurs, l'événement qui se cachait derrière la prophétie de la prêtresse du pic de Huashan.

*

Cela faisait un peu plus d'un mois que Zhaoji était sûre d'être enceinte.

Elle ressentait ce changement étrange, fait de sentiments de plénitude mâtinée de léger malaise, provoqué chez les femmes par ce minuscule corps étranger qui était en train de coloniser leur ventre.

Elle se doutait déjà de quelque chose d'anormal lorsque Lubuwei était parti pour Handan chercher Yiren. Elle avait toutefois préféré ne rien dire, n'ayant pas

602

souhaité lui donner de faux espoirs et encore moins l'inquiéter inutilement avant son départ.

Elle se souvenait parfaitement du soir où cela s'était passé.

Lorsque Lubuwei avait pénétré sa Vallée des Roses, après qu'elle avait prodigué avec sa bouche mille baisers du Dragon à sa Tige de Jade, sa jouissance avait été différente, plus douce et plus profonde. Pour la première fois, elle avait ressenti le jaillissement de l'eau féminine de sa source intérieure à laquelle s'était mêlé le vigoureux flot de la Liqueur de Jade de Lubuwei. Elle avait fermé les yeux. Alors, inexplicablement, lui était apparue l'image du Bi noir étoilé dont le cercle central ressemblait à la pupille d'un œil immense qui aurait été le témoin silencieux et complice de leurs ébats.

Elle avait gardé cette vision pour elle et n'avait pas osé en parler au marchand qui s'était endormi dans ses bras alors qu'ils étaient encore tendrement encastrés l'un dans l'autre, noyés dans leurs effluves intimes respectifs.

Le matin, quand elle s'était glissée hors du lit pour procéder à la toilette intime de son Bouton de Pivoine et s'asperger les cheveux d'eau de fleur d'oranger, quelle n'avait pas été sa surprise de constater que le disque de jade se trouvait sous son oreiller.

— Peux-tu me dire ce que fait là ton trésor ? avait-elle murmuré à Lubuwei comme une chatte langoureuse.

— Je ne sais pas. L'idée m'en est venue hier soir. Ce Bi, depuis que je le possède, m'a porté chance. J'ai pensé qu'il pourrait aussi nous en porter à tous les deux. Sa présence est bénéfique. Elle est gage de longévité, avait-il répondu dans un demi-sommeil en lui envoyant un ultime baiser.

Depuis, elle était sûre que leur étreinte avait été particulière.

Quelque temps plus tard, l'absence du sang menstruel l'avait alertée. Ses intuitions se vérifiaient.

Elle prit un jour la décision de s'ouvrir de ce doux secret à sa confidente exclusive, et s'en fut trouver Huayang.

Lorsqu'elle vit le visage de la reine, Zhaoji comprit que celle-ci était encore aux cent coups. Il est vrai que, depuis plusieurs jours, les rebondissements succédaient aux mauvaises nouvelles sans pour autant que ce soit dans un sens favorable.

Huayang venait d'échapper à son ensevelissement vivante. Elle voyait à présent se dessiner la sombre perspective de la montée d'Anwei sur le trône du Qin et se disait que son destin était peut-être fait pour s'arrêter là.

La nouvelle que Zhaoji lui annonça lui changea les idées, la consola et la réjouit. Elle y fleurait un je-ne-sais-quoi qui ressemblait à ce qu'aurait pu être un parfum de revanche. Il arrivait à sa protégée ce bonheur qu'elle avait tant cherché et jamais obtenu. Elle serait mère, elle.

Cela la rendit subitement heureuse et contribua à chasser de son esprit les noires pensées qui ne la quittaient plus. Elle fit sortir de sa chambre sa servante Épingle de Jade afin qu'elles soient seules.

— Tu me procures une immense joie en m'annonçant cette future naissance ! s'écria-t-elle en serrant la jeune femme avec effusion et en la couvrant de baisers.

— Il faut à présent espérer qu'il ne sera pas orphelin de son père, soupira Zhaoji.

— J'invoque tous les jours le Yin et le Yang qui s'unissent dans la Grande Voie et m'abstiens de manger la moindre céréale depuis qu'il est parti pour que Lubuwei arrive à Xianyang avec Yiren avant la fin du deuil royal, confia la reine.

Le ton de Huayang était grave. Elle sembla à nouveau angoissée.

— Que se passerait-il s'ils arrivaient après ? demanda alors Zhaoji, folle d'inquiétude, qui craignait surtout pour la vie de Lubuwei.

— Le prince Anwei monterait sur le trône du Qin !

La jeune femme ne comprenait pas pourquoi cette perspective mettait la reine dans un tel état.

— En quoi serait-ce si dramatique que tu paraisses craindre à ce point une telle éventualité ?

Huayang se rapprocha de Zhaoji et la prit par la taille, l'invitant à la suivre dans son jardin d'agrément sur lequel s'ouvrait sa chambre.

Là, elle fit asseoir sa protégée sur la margelle de la petite fontaine rocaille et, après avoir saisi son visage dans ses mains, la fixa intensément.

— Penses-tu que je sois prête à abandonner ainsi la partie après tant d'années de combats et d'avanies subies en silence ? La seule chose qui me reste, c'est l'espoir de voir un jour mes rêves se réaliser à travers ta personne !

Zhaoji regardait timidement la reine du coin de l'œil, impressionnée à la fois par une telle soif de revanche et par cet aveu la concernant.

— Mais je ne suis ni reine ni mère de roi... osa-t-elle protester.

— Tu pourrais bien le devenir ! Il suffit que Lubuwei revienne avec Yiren avant la fin du deuil ! lâcha Huayang qui faillit se mordre la langue d'en avoir trop dit.

— Crois-tu vraiment qu'il serait raisonnable que Lubuwei usurpât ainsi le trône alors qu'il n'a aucun titre ni légitimité ? s'étonna Zhaoji.

Huayang hésitait à se dévoiler complètement. Mais

elle jugea qu'il valait mieux tout dire, au point où elle en était. Elle avait confiance en Zhaoji. Elle pariait sur le fait qu'elles se ressemblaient tellement que l'autre la comprendrait et acquiescerait.

Alors, elle lui livra le fond de sa pensée.

— Tu ne m'as pas comprise. Il suffirait qu'il soit dit que le père de ton enfant n'est pas Lubuwei mais bien ce jeune prince Yiren, le futur roi du Qin !

Zhaoji, de stupéfaction, écarquilla les paupières. Elle ne s'attendait pas à un tel propos de la part de Huayang, qui était certes sa confidente mais aussi son aînée, dont l'expérience et le jugement étaient grands, et, à cause de tout cela, une véritable mère spirituelle en qui elle avait toute confiance.

D'ailleurs, Huayang ne tarda pas à percevoir qu'il n'y avait nulle réticence dans l'étonnement de sa jeune amie. Celle-ci ne paraissait pas choquée par l'audacieux scénario qui venait d'être évoqué. Néanmoins, et quoi de plus normal, Zhaoji s'était mise à réfléchir. C'était déjà le signe qu'elle ne le prenait pas pour une idée scandaleuse, voire scabreuse. Huayang avait en fait touché dans le mille. Elle venait d'ouvrir à sa protégée des horizons dont la jeune femme ne soupçonnait même pas l'existence.

— Si tu veux qu'un jour ton Lubuwei arrive aux plus hautes fonctions accessibles à sa condition, il suffirait que tu apparaisses comme la mère du futur prince héritier du Qin. Ainsi il pourrait devenir sans peine Premier ministre du royaume, grâce à l'union de nos forces et à la complicité que tu garderais avec lui et qu'il garderait avec toi. Et moi, j'aurais la consolation d'assister à la consécration de celle que je considérerais comme ma fille adoptive lorsque Yiren la prendrait pour femme !

— Mais Lubuwei est désormais comme un époux pour moi. Acceptera-t-il de me partager avec Yiren ?

Il a mis du temps à me conquérir. J'acceptai de me donner à lui parce que refuser eût été inconvenant. Il a tant fait pour moi ! Il tient à moi comme à la prunelle de ses yeux ! Je sens qu'il m'aime. Je m'aperçois aussi, surtout depuis son absence, que ce sentiment pourrait bien devenir réciproque, gémit-elle.

— Tu continueras à le voir secrètement et à l'aimer. S'il obtient ce qu'il recherche grâce à ton sacrifice, le crois-tu à ce point ingrat pour cesser d'éprouver envers toi les sentiments qui l'animent ? C'est le contraire qui se produira, je suis sûre qu'il t'aimera encore plus ! conclut Huayang.

— Il faudrait d'abord que j'ose lui parler d'un tel projet... Ne me prendra-t-il pas pour un monstre de calcul et de duplicité ?

— Je saurai trouver les arguments pour le convaincre. Tu lui diras, bien entendu, que l'idée vient de moi. Il comprendra que nous agissons là, aussi, dans son propre intérêt. Si tu acceptes, tu me permettras d'accomplir par ton intermédiaire un rêve inaccessible pour moi jusqu'à ce moment où je te parle. À trois, Lubuwei, toi et moi, nous pourrions aller si loin ! lança-t-elle d'une voix vibrante, émue jusqu'aux larmes.

Puis elle déposa un tendre baiser à la base du cou de sa protégée qui frissonna de plaisir.

Huayang avait employé les mots qu'il fallait. Elle voyait dans le regard de son amie que celle-ci commençait à se ranger à ses arguments et qu'elle faisait taire les réticences qu'elle pouvait éprouver à se lancer dans une telle aventure. Il suffisait de peu pour que la jeune Zhaoji ne trouvât rien à redire à sa proposition.

D'autres qu'elle l'auraient trouvée choquante et l'auraient promptement écartée. Ce qui touchait le plus la jeune femme enceinte, c'était surtout ce souhait qu'avait émis Huayang de la faire son héritière spirituelle, de lui transmettre ce flambeau que sa stérilité, en la privant de descendance, l'empêchait de donner à un être issu de son propre sang.

L'orpheline venue du néant social qu'était Zhaoji pouvait-elle refuser un tel héritage de la part d'une reine ?

Il était évident, par ailleurs, que Lubuwei ne pouvait que tirer avantage de cette situation pour ses affaires personnelles et pour atteindre plus facilement l'objectif qu'il s'était fixé de s'approcher le plus près possible du pouvoir suprême. C'était sans doute la bonne façon de lui retourner les bienfaits qu'il n'avait cessé de lui prodiguer depuis qu'il l'avait sortie de sa condition d'esclave.

— Dis-moi que nous ferons tout cela, supplia Huayang qui s'était jetée à genoux devant Zhaoji et avait enfoui son visage entre ses cuisses.

— Nous le ferons ! souffla celle-ci après un dernier instant d'hésitation.

Quand elle regagna le palais de Lubuwei sur la colline aux chevaux, Zhaoji se jura qu'elle allait également se priver de céréales en faisant le vœu qu'elle ne recommencerait à en manger que lorsque Lubuwei serait revenu. Et il fallait absolument que ce fût avant la fin du deuil d'Anguo.

Sans trop savoir pourquoi, elle se mit aussi à invoquer le mythique Empereur Jaune dont Huayang et Wudong, au cours de leurs cérémonies propitiatoires, lui avaient raconté les combats contre Chiyou, son vassal félon qui l'avait trahi, ainsi que les atouts que son entourage avait apportés aux hommes : l'écriture, l'élevage du ver à soie et le tissage, la musique et les mathématiques.

Elle n'avait pas pour habitude de s'en remettre aux pouvoirs bienfaiteurs de l'empereur mythique. Mais en l'occurrence, c'était vers lui, inexplicablement, qu'étaient allées ses pensées.

608

Elle constata que sa prière à l'Empereur Jaune lui faisait du bien et l'apaisait. Une douce chaleur rayonnait du centre de son ventre plein.

— Ô Huangdi ! Souverain du Centre et Empereur Suprême du Ciel, fais en sorte que mon Lubuwei puisse revenir à temps de Handan ! murmurait-elle en marchant, le regard confiant, toute tendue qu'elle était vers cet avenir dont elle commençait à percevoir l'étendue des surprises qu'il s'apprêtait à lui réserver.

34

Le cercueil venait d'être descendu dans le mausolée
par la rampe de terre qui menait jusqu'à sa porte située
à flanc de tertre et que les terrassiers recouvriraient au
signal de l'Intendant Funéraire.

Le grand sacrifice Tailiao de cuisson des viandes
venait d'être accompli et embaumait l'air d'une délicate
odeur de mets rôtis et grillés.

Tous les ministres du Qin, à l'exception bien sûr de
Lubuwei, toujours absent, étaient postés au premier
rang devant le mausolée. Un peu plus loin, la reine
Huayang, revêtue du rugueux manteau Zhancui, visage
défait, était assise sur un fauteuil portatif de bambou,
entourée des cinquante-trois concubines du roi Anguo
qui formaient un cercle autour d'elle.

Vers le côté droit du dispositif, Anwei, accompagné
de ses trois fils et de Fleur de Jade Malléable, tenait
sur un coussin de soie jaune l'épée rituelle d'Anguo,
dont la lame était en jade et la poignée de bronze en
forme de phénix affrontés. Il s'apprêtait à la déposer
sur le cercueil Guo de son frère. Le général vainqueur
du Chu avait fière allure dans son costume de parade.
Il portait au front le bandeau blanc du deuil. Il suscitait
l'admiration et le respect. Dans la foule, chacun murmurait déjà qu'il avait la prestance d'un roi. Les agents

du Bureau des Rumeurs, qui circulaient de manière anodine dans ses rangs serrés, pourraient, le moment venu, témoigner de cette popularité montante.

Du côté opposé, le médecin en chef de la Cour Ainsi Parfois et son escouade d'infirmiers et d'embaumeurs avaient revêtu leurs longues robes chamarrées brodées de formules médicinales. C'est eux qui avaient passé de longues heures aux préparatifs ultimes du cadavre du roi, avant son long voyage.

À présent, les terrassiers comblaient de terre le chemin qui descendait au mausolée, dont la lourde porte de bronze venait d'être scellée.

Le dernière pelletée projetée, Accomplissement Naturel pourrait faire procéder à la plantation sur le haut du tertre de l'arbre Fusang dont la légende veut que le soleil se lève en sortant de son tronc chaque matin.

Alors, ce serait le signal de la fin du deuil. De ce moment précis, Anwei pourrait, conformément aux dispositions des Codes Successoraux, devenir roi du Qin.

Le cortège des pleureurs et des pleureuses, tous vêtus de blanc, dodelinait de la tête en signe de désespoir. Ils formaient une longue haie sinueuse qui partait de la porte du mausolée jusqu'à l'immense terre-plein aménagé pour contenir la foule éplorée qui assistait aux funérailles, massée derrière une rangée de gardes.

Sur une estrade, cinq porte-tambours et un carillonneur s'apprêtaient à imprimer à la fin de la cérémonie le rythme de leurs percussions. Un premier tambour, grave comme le pas d'un dragon sur le sol, résonna.

C'est à ce moment qu'un murmure parcourut la masse compacte formée des milliers d'hommes, de femmes et d'enfants de Xianyang venus assister à l'événement.

On avait décidé de se frayer un chemin pour accéder au premier rang et cela avait engendré, de proche en proche, une poussée qui avait dégénéré en bousculade. La foule se fendait pour laisser un passage s'ouvrir, comme l'eau d'un fleuve sous l'étrave du navire.

Qui était donc celui qui avait une force suffisante pour qu'une brèche se forme dans ce mur humain ? Chacun se retournait pour voir.

Des premiers rangs, rien n'était visible. La pression semblait venir de nulle part. Quant à ceux qui étaient vers l'arrière et qui parvenaient à se hisser un peu plus haut que les autres, ils pouvaient apercevoir quatre têtes qui dépassaient de l'immense champ formé par celles de la foule. Elles montaient et descendaient en cadence.

C'étaient des cavaliers. La foule s'écartait devant la force tranquille de leurs chevaux qui continuaient à trotter imperturbablement. Il y avait là une femme et un homme sur la même monture, et deux autres hommes qui chevauchaient séparément.

Un agent du Bureau des Rumeurs reconnut instantanément dans l'un d'entre eux Lubuwei et, de surprise, murmura le premier le nom du ministre des Ressources Rares.

— Lubuwei est de retour ! Lubuwei est de retour ! répéta un autre, et ainsi de suite.

Si bien que la rumeur enfla et se propagea de proche en proche, comme un nuage de brume surgit du lac au petit matin pour recouvrir la plaine, jusqu'au premier rang de la foule, tandis que les soldats formant barrière, qui avaient aussi reconnu le ministre des Ressources Rares, laissaient les cavaliers faire leur entrée sur l'immense terre-plein au milieu duquel se dressait le tumulus royal.

Accomplissement Naturel venait de faire signe à un jardinier de planter sur le tertre l'arbre Fusang.

À la vision incroyable de ces trois chevaux frémissants et brillants de sueur, soudain apparus comme par miracle, portant leurs cavaliers blanchis par la poussière des routes qu'ils venaient de parcourir, le temps s'arrêta net. Toute la cour du Qin rassemblée autour du tumulus, éperdue de stupéfaction, poussa un cri de surprise.

En apercevant le marchand qui ramenait l'enfant mâle de son défunt époux, Huayang manqua de défaillir.

Zhaoji, jusque-là sagement assise au premier rang de l'assistance, se leva d'un bond, rose de joie et d'émotion.

Lubuwei descendit de cheval et demanda à Yiren de faire de même. Puis il fit signe à l'Homme sans Peur de rester sur son cheval avec Intention Louable dans les bras de laquelle le petit Zhaogao continuait de dormir à poings fermés.

Le prince héritier du Qin, toujours blessé au siège, s'exécuta tant bien que mal.

Un grand silence régnait à présent dans la foule qui regardait le spectacle de l'irruption de cette petite troupe poussiéreuse et crottée, aux habits défaits, dans l'ordre impeccable qui présidait à la disposition des ministres et de la famille du roi défunt sur le terre-plein où se déroulait la cérémonie des funérailles.

Le ministre des Ressources Rares prit Yiren par le bras et gravit avec lui le tertre pour rejoindre Accomplissement Naturel et le jardinier qui achevait d'enterrer la motte des racines du Fusang.

Le prince Yiren claudiquait. Lubuwei le soutenait fermement et le guidait. Il ne laissait aucun choix à l'héritier du Qin, il en était devenu le tuteur et le promoteur.

Face à la foule immense, il plaça ses deux mains en porte-voix et s'écria d'une voix forte :

— Voici Yiren, le fils aîné d'Anguo et le prince héritier du royaume ! Je vous l'offre après l'avoir ramené d'un lointain exil !

Le silence redoubla. Chacun, éperdu de reconnaissance, écoutait l'annonce de Lubuwei.

Puis la clameur commença à monter, telle une vague. Elle venait d'au-delà du rang des soldats qui faisaient barrière. Elle sortait des bouches anonymes qui composaient le peuple de Xianyang. C'était lui qui acclamait désormais à tout rompre le jeune Yiren.

En bas du tertre royal, les officiels de la Cour demeuraient cois. L'intervention de Lubuwei était contraire à toute étiquette, ce qui aurait suffi à la rendre blâmable. Mais les circonstances étaient tellement extraordinaires que personne n'osa broncher. L'Intendant Funéraire, médusé, n'avait pas eu d'autre choix que de laisser faire Lubuwei. Et les vivats du peuple venaient d'assurer à son geste l'impunité.

Le pauvre Yiren, que la douleur empêchait de se maintenir convenablement sur ses jambes, ne se rendait pas compte de ce qui lui arrivait. Il saluait la foule avec des gestes maladroits, ce qui avait pour effet de faire redoubler de force les acclamations.

Après un léger flottement, le tambour en chef commença à frapper son large instrument de bronze.

Ce n'était pas le rythme lent de la musique des morts, la cadence était celle des cérémonies joyeuses, des naissances, de la prise du bonnet viril ou des mariages. Puis le carillon de soixante cloches Zhong sans battant résonna à son tour avec allant quand son musicien se mit à le frapper avec son marteau de bois courbé.

Les musiciens de la cour du Qin avaient également adopté le jeune Yiren. Ils venaient s'accorder à leur nouveau roi.

Lubuwei était trop loin pour voir le bonheur insondable qui avait envahi le visage de la reine Huayang lorsqu'elle avait constaté avec stupéfaction que Lubuwei avait rempli son contrat en ramenant à temps le prince héritier du Qin.

De même, il ne pouvait pas voir la mine défaite et sombre qu'affichait le général Anwei dont les espoirs de monter un jour sur le trône du Qin venaient de s'évanouir en quelques instants mémorables.

*

Cela avait été entre les deux amants une très longue nuit d'extase.

Les retrouvailles avaient été encore plus douces qu'ils ne l'avaient imaginé. Après son retour de Handan, Zhaoji s'était donnée à Lubuwei comme jamais. Elle avait déployé toute sa science amoureuse pour le récompenser de son succès. Son ventre plat et lisse ne laissait encore apparaître aucun signe de sa grossesse, qui allait entrer dans son troisième mois. Elle ressentait en revanche cette présence intime de l'embryon comme une braise allumée en elle et cela contribuait à la rendre encore plus sensuelle.

Huayang lui avait appris la figure du Loriot qui s'ébat sur la Licorne. Accroupie sur le Bâton de Jade de Lubuwei qui figurait l'unique corne de cet animal pourvoyeur d'enfants et de réussite, elle allait et venait comme le Loriot qui chante jusqu'à ce qu'elle lui fasse subir la « petite mort de l'extase ».

Le Loriot avait, c'était peu dire, parfaitement répondu aux attentes de la Licorne...

— Tu ne m'as jamais offert un tel assaut ! Qui t'a donc initiée à cette délicieuse chose-là ? chuchota d'un ton gourmand Lubuwei.

— Devine un peu ?

— Ce ne peut être que Huayang ! Elle possède l'expérience amoureuse et, quand on connaît votre entente, elle doit te livrer tous ses secrets sans la moindre réticence, là où n'importe quelle autre femme les garderait soigneusement pour elle...

— Tu as trouvé ! Il n'y a que la reine pour oser m'apprendre de telles figures. J'adore cette femme ! pouffa-t-elle après avoir écarté les jambes pour permettre à Lubuwei de sortir du piège délicieux dans lequel son Bâton de Jade était resté enfermé.

— Cette grande dame a toujours su user de ses charmes et de sa beauté. Cela lui a plutôt réussi. Quel dommage qu'elle n'ait pu enfanter ! Le Qin y aurait à coup sûr gagné, soupira-t-il.

Zhaoji considéra qu'il était opportun de saisir la perche que Lubuwei venait de lui tendre en parlant ainsi de l'infertilité de la reine mère.

— À ce propos, tout n'est peut-être pas perdu. Huayang semble avoir trouvé le moyen d'échapper au destin qui la privait, hier, de descendance.

— Ce serait magnifique, et juste pour elle. Mais je ne vois pas comment cela pourrait advenir au point où nous en sommes...

Zhaoji attendit quelques instants pour répondre puis, le cœur battant, elle décida de lâcher la phrase qu'elle avait tournée déjà tant de fois dans sa tête.

— Huayang m'a proposé rien de moins que de prendre sa suite, un peu comme si j'étais moi-même la fille qu'elle n'avait pu avoir.

Lubuwei la regardait d'un air incrédule, ne voyant pas où elle voulait en venir.

— Un peu comme si elle m'avait adoptée... Voilà le scénario qu'elle a imaginé et dont elle m'a supplié de te parler, ajouta-t-elle.

Alors elle entreprit de dévoiler à Lubuwei le plan que la reine mère avait échafaudé pour qu'il soit dit que leur fils était celui du jeune roi.

Au fur et à mesure qu'elle lui en faisait part, Zhaoji constata que le marchand, soudain devenu impassible, l'écoutait avec la plus grande attention. Elle n'arrivait pas à déterminer s'il était choqué, hostile, ou s'il adhérait. De son côté, elle avait pris soin de ne pas reprendre à son compte le scénario proposé par Huayang et s'était bien gardée de dire ce qu'elle pensait du plan de la reine mère...

— En somme, si je comprends bien ce que tu dis, Huayang suggère que le nouveau roi ait un rapport sexuel avec toi de telle sorte que la paternité de notre enfant puisse lui être attribuée, dit Lubuwei encore incrédule.

— C'est cela même ! Telle est la suggestion de Huayang, répondit-elle avec aplomb pour masquer une certaine gêne.

— Que ce soit son idée, je l'ai compris. Mais toi, qu'en penses-tu ?

— Je te le dirai si tu le souhaites. Il suffit d'un mot de ta part et j'oublierai tout ça. Ce sera comme si nous n'en avions jamais parlé. Huayang, qui nous veut du bien, le comprendra, j'en suis sûre, aisément.

— Serais-tu prête à initier le jeune Yiren qui n'est pas encore allé, que je sache, aux femmes ? insista, feignant l'incrédulité, Lubuwei qui ne savait pas trop que penser.

Sa langue était à portée du Bouton de Rose de Jade de Zhaoji. Il goûta une fois de plus à sa peau souple et parfaitement lisse. Elle sentait le jasmin et la coriandre mélangés.

— C'est cela même. Ce sera sûrement moins bon qu'avec toi !

— En es-tu sûre ? Dans ce cas, pourquoi y aller ?

Cela devenait, entre eux, un jeu.

— Parce que Huayang aurait su trouver les mots et les arguments pour nous convaincre, dit-elle presque sérieuse.

— Tu emploies le nous ?

— Si je faisais cela, ce serait bien au nom de l'intérêt mutuel du trio que nous formons, Huayang, toi et moi !

— Donnons-nous le temps de la réflexion, finit par dire Lubuwei en replongeant son nez au fond de la Vallée des Roses de son amante.

— Mais il faut faire vite ! Je suis déjà enceinte de trois mois... Si nous devons aller dans cette direction, il faut le décider sans tarder, souffla la jeune femme en entourant le cou de son amant avec ses cuisses.

— Donc, tu ne plaisantes pas ? reprit-il, stupéfait, après avoir léché une dernière goutte de sa rosée intime.

— Pas le moins du monde... Je me sens prête à reprendre le flambeau de Huayang, à condition que tu le veuilles toi aussi ! lança-t-elle avec force.

— Mais l'enfant que tu portes, c'est aussi le mien ! s'écria Lubuwei.

Il venait de s'asseoir sur le lit et avait enfoui sa Tige de Jade dressée sous une couverture de soie noire.

— Bien sûr, mais en quoi cela changera-t-il quelque chose ?

Elle avait décidé de le faire cheminer dans le raisonnement qu'elle avait déjà suivi à de nombreuses reprises et qui l'avait conduite à considérer comme digne d'intérêt le scénario échafaudé par Huayang.

De son côté, il était enclin à voir dans les yeux de Zhaoji qu'elle le défiait. Vu les circonstances, cela commençait à l'agacer, même à lui déplaire. Il voulait en avoir le cœur net. Était-ce un jeu ou un choix plus sérieux ?

Il connaissait bien le caractère de Zhaoji, c'était celui d'une tigresse. Les années qu'il avait dû passer pour l'apprivoiser et enfin la séduire étaient bien la conséquence de ce caractère indomptable. Depuis qu'il l'avait recueillie, après l'avoir rachetée au lupanar public, il ne l'avait jamais vue désarmée.

— Penses-tu que j'accepterais sans crier gare que tu

ailles avec un autre homme que moi ? Même si c'est le roi ? hasarda-t-il pour la tester encore.

— Là n'est pas la question. Si je devais séduire Yiren, ce serait parce que nous l'aurions décidé ensemble. Il s'agirait de la première étape d'un plan que nous aurions mutuellement accepté ! avança-t-elle avec fougue.

— En somme, je dois y voir la preuve éclatante et ultime de l'amour que tu me portes ?

— Tu l'as compris comme il faut. Si tu y vois pour toi des avantages, je le ferai volontiers. Cela entrera en ligne de compte autant que le souhait exprimé par Huayang, assura-t-elle en se blottissant contre lui.

— Et si je t'interdisais de le faire ? insista-t-il pour la pousser dans ses retranchements ultimes.

— Je t'écouterai. Il suffit de le dire.

Perplexe, Lubuwei maintenant se taisait. Il ne savait plus sur quel pied danser. Il connaissait trop l'intelligence de Huayang pour balayer d'un geste ce scénario dont il percevait déjà les avantages qu'il pourrait en tirer. Il avait donc décidé de ne pas refermer la porte, d'autant qu'il entrevoyait un moyen d'aboutir au même résultat sans que ce fût au prix de leur enfant.

— Je n'ai pas ce droit-là sur toi, dit-il enfin.

— Dois-je comprendre que c'est une façon d'accepter ?

Il refusa de répondre. Il souhaitait à présent parler avec elle de l'enfant qui allait naître.

— Mais alors, si je devais accepter, de cet enfant qui est aussi le mien je serais privé avant même d'avoir assisté à ses premiers pas ! laissa échapper Lubuwei.

— Tu le verrais, en tout état de cause, grandir. Nous nous arrangerions pour que tu sois pour quelque chose dans son éducation. Les liens du sang, de toute façon, ne s'effacent jamais. Lorsque tu le verrais, tu saurais qu'il s'agit de ton fils ou de ta fille, répondit-elle.

— Mais l'enfant ne verrait pas en moi son père. Te rends-tu compte ?

La façon qu'avait Lubuwei d'aborder le problème, même si elle l'avait quelque peu étonnée, était un signe fort de l'attachement qu'il éprouvait pour elle et de l'amour qu'il lui portait.

— L'amour filial va dans les deux sens, ajouta-t-il, l'air triste et pensif.

Zhaoji s'était assise en tailleur sur l'édredon du lit. Elle l'observait. Elle ne se demandait plus s'il continuait à la tester. Elle venait d'entendre parler le cœur du père de son enfant.

Celui-ci, allongé sur le ventre, poings sous le menton, semblait singulièrement désemparé par tout ce qu'ils venaient d'évoquer. Elle s'approcha de lui et mit son menton sur son dos. Puis elle lui massa doucement les épaules. Elle se sentait gagnée à son tour par son désarroi. Elle le voyait sous un nouveau jour. Elle avait l'impression d'être de plus en plus proche de lui et devinait que le moment n'était pas loin où elle devrait s'avouer qu'elle l'aimait.

— Dans ce cas, que proposes-tu ? murmura-t-elle.

— J'ai peut-être un plan qui nous permettrait probablement de tout concilier, répondit-il sans hésiter.

— Je n'ose y croire... Ce serait vraiment fabuleux !

— En t'écoutant parler depuis tout à l'heure, il m'est venu une idée.

— Je brûle de l'entendre, lui susurra-t-elle dans le creux de l'oreille dont elle se mit à mordiller le lobe.

— Une fois qu'il serait annoncé à la cour que Yiren attend un enfant de toi, nous pourrions nous arranger pour substituer un autre bébé à celui qui viendrait de naître. Rien ne se ressemble plus que deux nourrissons, dès lors qu'ils ont le même sexe et une taille à peu près identique. Ainsi, nous garderions notre enfant pour nous, et fournirions l'autre pour les besoins de la couronne. Tu les élèverais tous les deux, pour toi cela ne changerait rien. Pour moi, cela changerait tout ! Qu'en penses-tu ?

— Ton idée paraît astucieuse. Elle ne m'étonne pas de ta part, j'y vois la marque de ton intelligence. Mais si nous la mettons en œuvre, le futur roi du Qin ne sera pas issu de mon sang. D'autre part, il me sera impossible de me prévaloir d'être la mère de mon vrai fils ! Ce sera moi qui subirai alors les mêmes inconvénients qui t'ont amené à proposer ce stratagème...

Le marchand commençait à mesurer que la volonté de puissance de Zhaoji était, à tout le moins, aussi grande que la sienne. La reine mère Huayang et toute sa force de persuasion étaient manifestement passées par là. Il lui fallait à présent convaincre Zhaoji que ce qu'il venait de proposer aboutissait, de fait, au même résultat, tout en permettant à l'enfant qui allait naître de garder son père originel. S'il préconisait cette solution, qui le privilégiait lui, il se doutait bien que Zhaoji, pour les mêmes raisons, ne pouvait la partager.

Pour essayer de sortir de ce dilemme, il lui fit l'objection suivante, en lui retournant en quelque sorte le compliment :

— Et en quoi cela changera-t-il quelque chose ? L'histoire des royaumes est pleine d'usurpations et de coups d'État. Les filiations par les liens du sang n'ont jamais suffi à légitimer un pouvoir quel qu'il soit ! Quant à ton vrai fils, même si tu ne t'en prévaux pas, tu resteras toujours sa mère. Rien ne t'empêchera de le prendre dans tes bras et, le moment venu, je saurai trouver les mots pour lui avouer, sous le sceau de la confidence, qui est sa vraie mère...

Zhaoji, le visage fermé, se taisait.

L'objection de Lubuwei était de pur bon sens. Sa

proposition, à tout prendre, aurait dû la flatter. Ne témoignait-elle pas de l'amour qu'il lui portait ? Son souci de ne pas laisser partir son enfant n'était-il pas un merveilleux aveu d'amour pour sa mère ? Son idée de substitution témoignait bien des capacités qui étaient celles de Lubuwei à trouver toujours les solutions adéquates aux situations les plus complexes et les plus embrouillées.

Elle regarda le plafond à caissons de leur chambre. Comme celui de la reine, il se trouvait qu'il était décoré de phénix dorés appariés. Les oiseaux mythiques dont les cris multiples avaient permis, jadis, d'étalonner le diapason des notes étaient disposés autour du médaillon central où apparaissait le couple d'oiseaux Biyiniao qui ne pouvaient voler qu'en couple. Elle prit cela pour un signe. Elle avait envie d'y voir un heureux présage.

N'étaient-ils pas, eux aussi, ce couple d'oiseaux qui symbolisait l'amour extrême qu'un homme et une femme peuvent se porter l'un à l'autre ?

Ce grand dessein qu'ils échafaudaient tous les deux depuis des heures dans la solitude de l'alcôve, ils ne pourraient le mener à bien qu'étroitement unis, comme ce couple d'oiseaux. C'était dans cet amour mutuel qu'ils finiraient par combler leur inextinguible soif d'accomplir leur destin. Elle se prit à penser que cette aventure les rapprocherait un peu plus.

— Je ne suis pas contre ton plan. Je suis même d'accord, dit-elle sobrement.

— À partir de maintenant, le temps joue contre nous ! murmura Lubuwei en enlaçant sa femme.

— Comme je suis heureuse de notre harmonie ! soupira-t-elle avec bonheur.

— Cet ultime secret, nous ne devons le partager avec quiconque. Il est inavouable...

— Tu as ma parole, mon amour.

C'était la première fois qu'il l'entendait dire le mot « amour » à son propos.

— Huayang, en particulier, ne devra jamais rien savoir. Elle s'y opposerait de toutes ses forces ! ajouta-t-il avec véhémence.

— Je ne suis pas folle à ce point ! assura-t-elle en souriant.

Ils étaient aussi apaisés l'un que l'autre et échangèrent un très long baiser langoureux.

Leur pacte, qui changerait le cours de la très longue histoire du royaume de Qin, venait d'être scellé. Lubuwei y gardait son fils. Sa femme acceptait de passer pour la mère d'un autre enfant dont il serait dit que le roi était le père. Dans ce jeu subtil, la perdante était Zhaoji que son vrai fils ne pourrait appeler « maman » qu'en secret, une fois que son père l'aurait mis au courant. Mais ce qu'elle perdait là, ne le gagnerait-elle pas au centuple en devenant à son tour la reine du Qin ?

Elle ne se posait même pas cette question. Être reine, pour elle, dans les circonstances où elle se trouvait, relevait de l'abstraction pure. C'étaient moins l'ambition et la recherche du pouvoir qui sous-tendaient son attitude que la volonté d'aider Huayang à reprendre la main sur le cours de l'histoire.

Grâce à Zhaoji, en effet, la reine mère tenait sa revanche. Sa vie de femme stérile, humiliée par les concubines fécondes, tous ces combats incessants qu'elle avait su mener pour tenir son rang et échapper à la mort, tout cela prenait enfin un sens. Elle était fière de se dire que, grâce à elle, les souffrances que Huayang avait endurées ne l'avaient pas été pour rien.

Quant au secret qu'elle partageait désormais avec Lubuwei, curieusement, il renforçait son attirance pour le marchand.

À présent, il n'y avait aucun doute, elle l'aimait.

Alors, sous la protection du couple d'oiseaux Biyi-niao du plafond à caissons de leur chambre, ils conti-nuèrent à faire l'amour jusqu'à l'aube.

*

Yiren observait le bas du ventre de Zhaoji d'un air gêné. Il n'avait jamais vu et encore moins touché la Fleur de Jade d'une femme.

Zhaoji étendit la main et prit celle du jeune homme pour l'amener très doucement sur son nombril. Il put sentir l'anneau qui en perçait le pourtour. Ce bijou de nombril était orné d'une perle fine.

Elle était entièrement nue, assise sur le grand lit, le dos calé par d'immenses coussins de soie pourpre moel-leux comme des nuages.

Elle le regardait avec tendresse et compréhension, en souriant pour le mettre à l'aise. La main de Yiren était brûlante et légèrement tremblante. Elle vit, aux gouttelettes de sueur qui perlaient à la plissure de ses narines, qu'il commençait à éprouver un certain trou-ble. Elle fit alors remonter la main du jeune homme sur un sein puis sur l'autre. Ils étaient fermes et bombés comme des mangues. Elle approcha sa bouche de la sienne et y plaça le bout de sa langue rose et fraîche. Elle constata qu'il osait l'embrasser à son tour avec maladresse mais non sans fougue. Elle défit sa ceinture afin que son pantalon tombe sur ses pieds. La Tige de Jade était déjà dressée. Elle attira Yiren vers elle et l'allongea dos sur le lit. Elle s'assit à cheval sur son ventre et fit en sorte que sa Vallée des Roses l'effleurât à peine pendant qu'elle allait et venait, jusqu'à ce que de la rosée commence à suinter de sa Sublime Porte. Le jeune homme se mit à souffler comme une forge en se tortillant. Elle guida prestement de sa main experte son Bâton de Jade qui n'en pouvait plus vers le lieu qu'il cherchait, et n'eut pas à attendre longtemps pour que le jeune Yiren pousse un rugissement de plaisir.

Zhaoji venait de déniaiser le futur roi du Qin et ce dernier ne connaissait même pas encore le nom de sa première maîtresse !

La première étape du plan n'avait pas été difficile à mettre en œuvre. C'était Huayang qui avait tout organisé après que sa jeune protégée lui eut signifié qu'elle était d'accord. Pour les besoins de la cause, elle avait prêté sa chambre à Zhaoji. Puis elle avait prétexté auprès de Yiren qu'elle souhaitait lui parler d'une affaire importante dans ses appartements.

Le prince héritier, dont la date du couronnement avait déjà été fixée par les devins de la Cour, avait accepté tout naturellement de se rendre auprès de la reine mère. Lorsque le jeune homme était entré dans la chambre de Huayang, il l'avait trouvée elle, allongée, nue, sur le lit. Cette superbe créature inconnue l'avait attiré dans ses bras. La suite s'était déroulée comme c'était prévisible, dans l'éveil des sens de Yiren qu'elle avait su porter jusqu'à l'ivresse...

Lorsque tout fut fini, Huayang apparut enfin dans la chambre.

Yiren rajustait tant bien que mal son pantalon, qui était tout tirebouchonné sur ses chaussures. Troublé par l'irruption de la reine mère dans ce moment intime, il devint rouge de honte. La reine s'approcha lentement du lit en souriant. Puis elle lui passa la main sur la joue comme on dit bonjour à un enfant.

— Je te présente ma jeune amie Zhaoji. Je savais bien qu'elle te plairait, dit-elle au futur roi du Qin.

Le jeune Yiren salua alors avec respect la créature qui venait de lui faire découvrir ce qu'il ne connaissait pas encore, comme s'il la voyait pour la première fois.

— Je suis très flatté de vous avoir rencontrée, marmonna le futur roi.

Il louchait à présent sur le décolleté que Zhaoji venait de rajuster à la hâte pour y faire tenir sa ravissante poitrine. Si la timidité ne l'avait pas paralysé, il y serait volontiers revenu.

Parfaitement consciente de l'émoi intérieur du jeune homme, la reine s'assit sur le coin du lit.

— Si tu le souhaites, tu pourras la revoir ! Zhaoji sera toujours à ta disposition... affirma Huayang de sa voix la plus suave.

Puis elle se leva et, d'un pas lent, sortit pour les laisser seuls.

Dès qu'elle eut fermé la porte, Yiren se rua à nouveau sur Zhaoji pour l'embrasser du front aux pieds. Le désir le faisait vibrer. Elle avait le dos appuyé sur une lourde et odorante armoire de teck luisante de cire contre laquelle il la poussait. Elle se laissa, bien entendu, faire. Il trouva peu à peu les gestes qu'il fallait et ne tarda pas à lui caresser frénétiquement le bas du ventre en se collant à elle.

Le poisson avait mordu parfaitement à l'hameçon. Le piège tendu par Zhaoji fonctionnait à merveille.

— Il faut maintenant que je rentre chez moi, lâcha-t-elle au jeune homme en empêchant ses mains de poursuivre plus loin leur exploration.

Les lèvres de Yiren, tombé à genoux devant elle, continuaient à vouloir parcourir le territoire inconnu du corps de Zhaoji et à l'effleurer. Elle voyait le sommet de sa chevelure qui essayait de s'enfoncer entre ses cuisses. Constatant qu'elle les maintenait fermées, il se redressa brusquement et lui saisit les poignets.

— Pourrons-nous au moins recommencer demain ? demanda-t-il l'air inquiet, soudain enhardi par le désir qui revenait d'envahir tout son corps.

— Avec plaisir. Reviens ici à la même heure et je t'y attendrai, promit-elle doucement.

Et cela continua ainsi pendant quelques jours, le temps que le piège se referme complètement.

Yiren en arriva à ne plus penser qu'à ça.

Il avait pris un tel goût à tout ce que Zhaoji lui faisait découvrir qu'il n'arrivait plus à quitter la chambre sans qu'elle l'en repousse gentiment.

L'élève, de plus en plus séduit par le corps de son habile maîtresse, progressait de jour en jour et faisait montre d'un appétit illimité. Au bout d'une semaine de cette cure de plaisir intense, frustré de ne pouvoir se blottir aussi longtemps qu'il l'eût souhaité contre son corps chaud après l'amour, il finit par supplier Zhaoji de passer une nuit entière avec lui, ce qu'elle accepta tout en feignant d'hésiter.

Le lendemain matin, après toutes les gâteries qu'elle lui avait nuitamment administrées, le futur roi du Qin, soucieux que cette nuit ne fût pas la dernière, exigea qu'elle vînt habiter avec lui.

Elle demanda à réfléchir.

Elle réserva sa réponse pendant trois jours, laissant son jeune amant sur sa faim, pour mieux en aiguiser l'appétit.

À l'issue de ce délai que le pauvre Yiren jugea interminable, pendant lequel son désir était tel que chacun pouvait en distinguer l'empreinte dans la bosse formée par sa Tige de Jade à la surface de son pantalon, elle considéra que le moment était enfin propice pour lui mettre clairement le marché en main : s'il souhaitait continuer à la voir et à partager son lit, les convenances voulaient qu'il la prît officiellement pour épouse...

— ... et moi qui n'osais pas te demander de devenir ma femme ! s'écria-t-il, aux anges, lorsqu'elle finit par en émettre expressément le souhait après moult tergiversations feintes et minauderies charmantes.

Elle ne se posa même pas la question de savoir si Yiren était amoureux d'elle tant elle lui déniait tout sentiment. Yiren n'était qu'un rustre, qu'une Tige de Jade plantée au milieu d'un corps d'homme dépourvu de cerveau.

Il ne lui faudrait pas longtemps pour l'avoir à sa main.

Il n'y avait que les crissements des grillons pour troubler le silence de la nuit qui était tombée sur la capitale. À l'exception des brigands et des insomniaques, chacun, à Xianyang, était censé dormir là où il se trouvait.

Pour Lubuwei, c'était du sommeil du juste. Le marchand de chevaux de Handan, fier du chemin accompli – tant au royaume de Qin où il avait réussi, grâce aux chevaux célestes, à se rendre indispensable, qu'à celui de Zhao d'où il était parvenu à ramener, après sa victorieuse équipée, le prince otage Yiren –, rêvait désormais de gravir une marche supplémentaire de sa fulgurante et irrésistible ascension.

Il se voyait tout près du but, légitimé dans les décisions qu'il avait prises et parfaitement protégé par le disque de jade, qui continuerait, du moins le pensait-il, à lui servir de bonne étoile.

Huayang, pour la première fois, s'était endormie sans avoir à subir, comme d'ordinaire, à peine était-elle couchée, les affres de l'examen de ce qui l'attendait le lendemain pour maintenir son rang, assurer son influence et, surtout, derrière les fastes de ses atouts royaux et sous l'éclat de sa ténébreuse beauté – sans jamais laisser paraître la moindre trace du drame de son infertilité –, survivre en sauvant la face et en préservant son image de reine invaincue par les princes du Qin.

Yiren, éreinté par le rythme haletant de ses étreintes avec Zhaoji, desquelles il ne savait déjà plus se soustraire, émettait des ronflements sonores qui avaient pour résultat d'empêcher sa future épouse et nouvelle amante de trouver le sommeil.

Zhaoji, donc, de ce quatuor qui s'apprêtait à écrire les pages les plus insensées de l'histoire du Qin, était la seule à ne pas dormir. La jeune femme avait maintenant les oreilles pleines du vacarme des grillons dont son insomnie décuplait le volume sonore, au point de les rendre assourdissants.

C'était le résultat d'une angoisse qui, inexplicablement, venait d'éclater en elle. Elle se retourna dix fois, vingt fois sur sa couche tandis que Yiren continuait à rouler contre elle, telle une bille de bois.

Le doute à présent assaillait l'esprit de Zhaoji. Ce plan qu'ils avaient échafaudé avec Lubuwei, sur les conseils de Huayang, et qui les liait désormais par un pacte indicible, n'était-il pas trop parfait, trop beau ou trop facile ? Pouvait-on construire sur le mensonge et la ruse – même si le premier s'avérait pieux, et la seconde destinée à la bonne cause ? N'y aurait-il pas, au dernier moment, un petit grain de sable qui viendrait contrarier la substitution de l'enfant, permettant à chacun de tirer son épingle de ce jeu qui, dès lors, n'en serait plus un ? Lubuwei achèverait-il aussi facilement qu'il l'avait commencée sa longue marche vers le pouvoir suprême ? Et l'enfant substitué, quel roi ferait-il ? Ne regretteraient-ils pas de ne pas y avoir placé leur fils ? À moins que ce fût une fille, auquel cas tout serait à refaire...

Son intuition lui murmurait que ce qui allait advenir serait différent de ce qu'ils avaient imaginé et prévu.

En frissonnant, elle s'aperçut qu'elle suait à grosses

gouttes et dut attendre que le coq se mette à chanter pour s'assoupir, avant d'être réveillée par la main pesante de Yiren.

Alors elle dut se forcer à faire bonne figure, en écartant les jambes. Puis elle ferma les yeux en essayant d'imaginer que c'était Lubuwei, et non Yiren, qui la pénétrait ainsi, avec sauvagerie.

Principaux personnages

Accomplissement Naturel, *le Très Sage Conservateur du Pavillon de la Forêt des Arbousiers à la cour royale du Qin.*

Accroche la Lumière, *sœur jumelle de Diffuse la Lumière, la mère de Lubuwei.*

Ainsi Parfois, *élève, avec Lisi, de l'Académie Jixia à Linzi, capitale du Qi.*

Anguo, *fils du roi Zhong et de Mei, prince héritier du royaume de Qin.*

Anwei, *fils de Zhong et d'Étoile du Sud, envoyé comme otage à la cour du Chu.*

Coupure de la Ligne Droite, *le chef des ordonnances royales à la cour royale du Qin.*

Couteau Rapide, *le chirurgien en chef des eunuques à la cour royale du Qin.*

Défaut du Jade, *général, commandant opérationnel des armées du Qin.*

Dent Facile, *pilleur de tombes, le voleur du Bi noir étoilé.*

Diffuse la Lumière, *la mère de Lubuwei.*

Droit Devant, *l'eunuque Grand Chambellan du vieux Zhong à la cour royale du Qin.*

Effluves Noirs, *jeune eunuque espion du Chu, préposé au Bureau des Rumeurs du Qin.*

Élévation Paisible de Trois Degrés, *Grand Officier des Remontrances du royaume de Qin.*

Épingle de Jade, *la suivante de Huayang.*

Étoile du Sud, *la première concubine du roi Zhong.*

Fleur de Jade Malléable, *l'épouse d'Anwei.*

Forêt des Pinacles, *eunuque et Directeur du Haut Concubinage.*

Hanfeizi, *le philosophe juriste, ex-professeur à l'Académie Jixia au pays de Qi.*

L'Homme sans Peur, *un guerrier hun.*

Huayang, *l'épouse d'Anguo.*

Inébranlable Étoile de l'Est *(élève du Collège des Fonctionnaires Supérieurs d'Autorité sous le nom de* Regret Éternel*), fille du roi Zhong et de Vallée Profonde.*

Intention Louable, *la femme de Zhaosheng.*

Lisi, *élève, avec Ainsi Parfois, de l'Académie Jixia au pays de Qi.*

Lubuwei, *le marchand de chevaux qui habite au Palais du Commerce à Handan, capitale du Zhao.*

Mafu, *l'écuyer en chef de Lubuwei.*

Maillon Essentiel, *chef du Bureau des Rumeurs au royaume de Qin.*

Mei, *la première épouse de Zhong, roi du Qin.*

Paix des Armes, *Intendant Général des Grandes Écuries du Royaume de Qin.*

Parfait en Tous Points, *architecte au royaume de Qin.*

Pic dans les Nuages, *Grand Surveillant de l'Académie Jixia, au Qi.*

Raisonnement sans Détour, *l'Administrateur de l'Académie Jixia, au Qi.*

Renarde Rusée, *la suivante de Xia.*

Rituel Immuable, *le vieux maître confucéen de Lubuwei.*

Saut du Tigre, *officier d'ordonnance d'Anwei.*

Vallée Profonde, *prêtresse médium du pic de Huashan, nommée autrefois par le roi Zhong « douce renarde », mère d'Inébranlable Étoile de l'Est.*

Wang le Chanceux, *chef d'état-major des armées du Qin.*

Wangbi, *fils naturel du roi Zhong, otage du Zhao, et oncle de Yiren.*

Wei, *un petit juge.*

Wen, *le vieux roi du Chu, l'ennemi héréditaire du Qin.*

Wudong, *le grand prêtre taoïste qui s'occupe en secret du roi Zhong.*

Xia, *princesse et fille adoptive du roi du Zhao (fille de son frère cadet), otage du Qin.*

Yiren, *le fils d'Anguo et de Xia.*

Zhaogao, *fils de Zhaosheng et d'Intention Louable.*

Zhaogongming, *l'assistant de Wudong.*

Zhaoji, *une jeune danseuse d'un cirque ambulant dont Lubuwei tombe amoureux.*

Zhaosheng, *le fidèle secrétaire de Lubuwei.*

Zhong, *le vieux roi du Qin.*

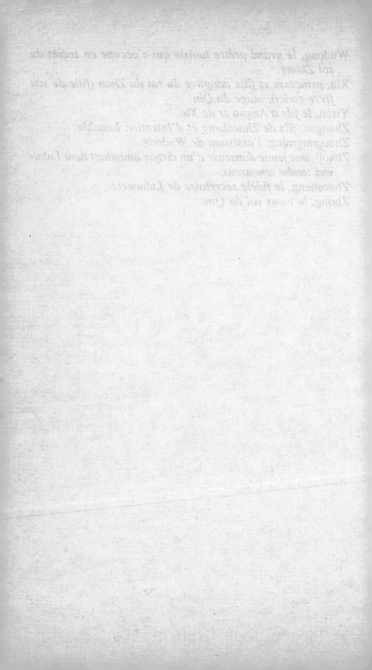

"Au commencement était Anamaya..."

(Pocket n°11410)

Quito, 1527. Seule rescapée du massacre de son village, une fillette du nom d'Anamaya est amenée au palais de Huyana Capac, le onzième empereur inca, pour y être sacrifiée. Sur le point de mourir, l'empereur finit par s'attacher à elle et lui confie les secrets de son royaume. Le lendemain, il meurt et l'enfant ne se souvient de rien. Quelques années plus tard, Anamaya, devenue la confidente du nouvel Inca, Atahuallpa, doit faire front avec lui au débarquement soudain des conquistadores venus d'Espagne pour conquérir le territoire inca et confisquer l'or qui s'y trouve en abondance.

Il y a toujours un Pocket à découvrir

"Deux peuples en guerre, un amour impossible"

(Pocket n°11411)

Lors de la terrible nuit qui suivit le Grand Massacre à Cajamarca, l'empereur inca, Atahuallpa, a été fait prisonnier par les conquistadores. Avec beaucoup d'or, il espère leur racheter sa liberté. Mais sa confidente, la jeune princesse Anamaya, se doute bien que, une fois la rançon réunie, les Espagnols auront tôt fait de se débarrasser de l'empereur. Au contraire, Gabriel, le jeune Espagnol dont elle est tombée amoureuse, croit encore à l'honnêteté de ses amis. Dans cet indescriptible chaos, il est impératif que leur amour reste secret.

Il y a toujours un Pocket à découvrir

"L'amour contre la mort"

(Pocket n°11412)

Venus d'Espagne, les conquistadores menés par le Capitan Pizarro ont pris le pouvoir à Quito, et se sont installés sur le territoire inca. Mais, Anamaya, la jeune princesse aux pouvoirs étranges, accompagnée de Gabriel, un conquistador prêt à tout abandonner par amour pour elle, veut libérer son peuple. Après trois ans d'occupation, les Incas armés jusqu'aux dents, se décident enfin à déclencher l'offensive. Avec Anamaya dans un camp et Gabriel dans l'autre, l'affrontement promet d'être apocalyptique.

Il y a toujours un Pocket à découvrir

Achevé d'imprimer sur les presses de

BUSSIÈRE

GROUPE CPI

à Saint-Amand-Montrond (Cher)
en avril 2005

POCKET - 12, avenue d'Italie - 75627 Paris Cedex 13
Tél. : 01-44-16-05-00

— N° d'imp. : 50848. —
Dépôt légal : mars 2004.
Suite du premier tirage : avril 2005.

Imprimé en France